세계화 속의 삶과 글쓰기

〈2011년 제3회 서울국제문학포럼〉 논문집

세계화 속의 삶과 글쓰기

르 클레지오 · 가오싱젠 · 김우창 외

The Globalization World and the Human Community

민음사

이 책은 대산문화재단과 서울문화재단이 주관하고 한국문화예술위원회가 후원한
〈2011년 제3회 서울국제문학포럼〉 논문집입니다.

* 번역: 이화여대통역번역연구소(영한), 최미경 (불한), 노선정(독한), 박재우(중한), 김훈아(일한)

발간사

　이제 2011년 5월의 제3회 서울국제문화포럼에서 발표되었던 글들이 인쇄 출판되어, 행사에 참가했던 사람들보다 많은 사람들에게 읽힐 수 있게 되었습니다. 포럼의 전체 주제는 "세계화와 인간 공동체"였습니다. 그리고 이 주제 아래 오늘날 작가가 부딪치게 되는 문제들 ─ 작가가 의식하지 않을 수 없고 그 영향을 피할 수 없는 넓어진 독서 시장의 조건, 다문화적이 되고 세계화되는 독자층의 변화, 다매체의 발달 속에서 달라질 수밖에 없는 글쓰기의 위상 등의 문제들을 다루는 여러 부문들이 있었습니다. 또 세계화의 과정 속에서 더 심각해지는 환경 문제를 다루는 부문이 있었습니다. 이것은 작가들만이 아니라 전 인류에게 중요한 문제인데, 지구 환경으로부터 멀리서 영위될 수 없는 인간의 구체적 삶을 다루는 작가들에게는 더욱 섬세하게 느껴지는 문제입니다. 주제의 후반부에 나와 있는 "인간 공동체"는 오늘날 글쓰기에 종사하는 많은 작가들에게 중요한 관심사가 되지 않을 수 없습니다. 인간 문제를 다루는 작가들의 의식에는 세계화가 인간 공동체의 실현의 계기가 되기를 바라는 마음이 스며 있다고 할 수 있습니다. 물론 작가가 공동체의 문제를 벗어나 전적으로 개인적인 관점에서 인간사를 다루는 것이 작가의 특권이기도 하다는 것을 잊어버리자는 것은 아닙니다.

포럼에서 논의되었던 문제들은 말할 것도 없이 작가들에게만 심각한 의미를 갖는 문제들이 아닙니다. 본인은 이것이 보편적 의미를 갖는 문제들이라는 것을 개회사에서 간접적으로 말한 바 있습니다. 그때의 말을 다시 한 번 되풀이하겠습니다.

여러 국가들이 함께 당면하는 과제를 토의하기 위하여 정치 지도자들이 만나게 되는 것을 자주 본다. 그러나 작가들이 인류 공동의 과제를 토의하기 위하여 한자리에 모이는 것은 그렇게 흔한 일이 아니다. 그러나 세계화의 과정을 평화와 번영의 인간 공동체를 구성하는 과정이 되게하는 데에 작가들이 기여할 수 있는 것이 적지 않다. 그리하여 되풀이하거니와 이러한 모임은 귀하고도 중요한 사건이라고 하지 않을 수 없다. 이 자리에서 이야기되는 것이 세계에 널리 알려지기를 바라 마지않는다. 여기에 여러분의 도움이 있기를 희망한다.

이제 포럼에서 발표되었던 글들이 출간됨에 따라 이러한 기회가 더 커질 것으로 생각합니다. 이 자리를 빌려, 2011 서울국제문학포럼에 참가하여 주신 여러 국내외 작가들에게 깊은 감사를 드립니다. 이번 일을 위하여 예산을 마련하고 여러 도움을 주신 대산문화재단과 서울문화재단, 한국문화예술위원회에도 깊은 감사를 드립니다. 또 계획과 조직의 여러 사항들을 성의를 다해 마련하신 조직원위원회 위원 그리고 대산문화재단 임직원, 원고의 출판을 맡아 준비하여 주신 여러 분들께도 깊은 감사를 드립니다.

서울국제문학포럼 조직위원장
김우창

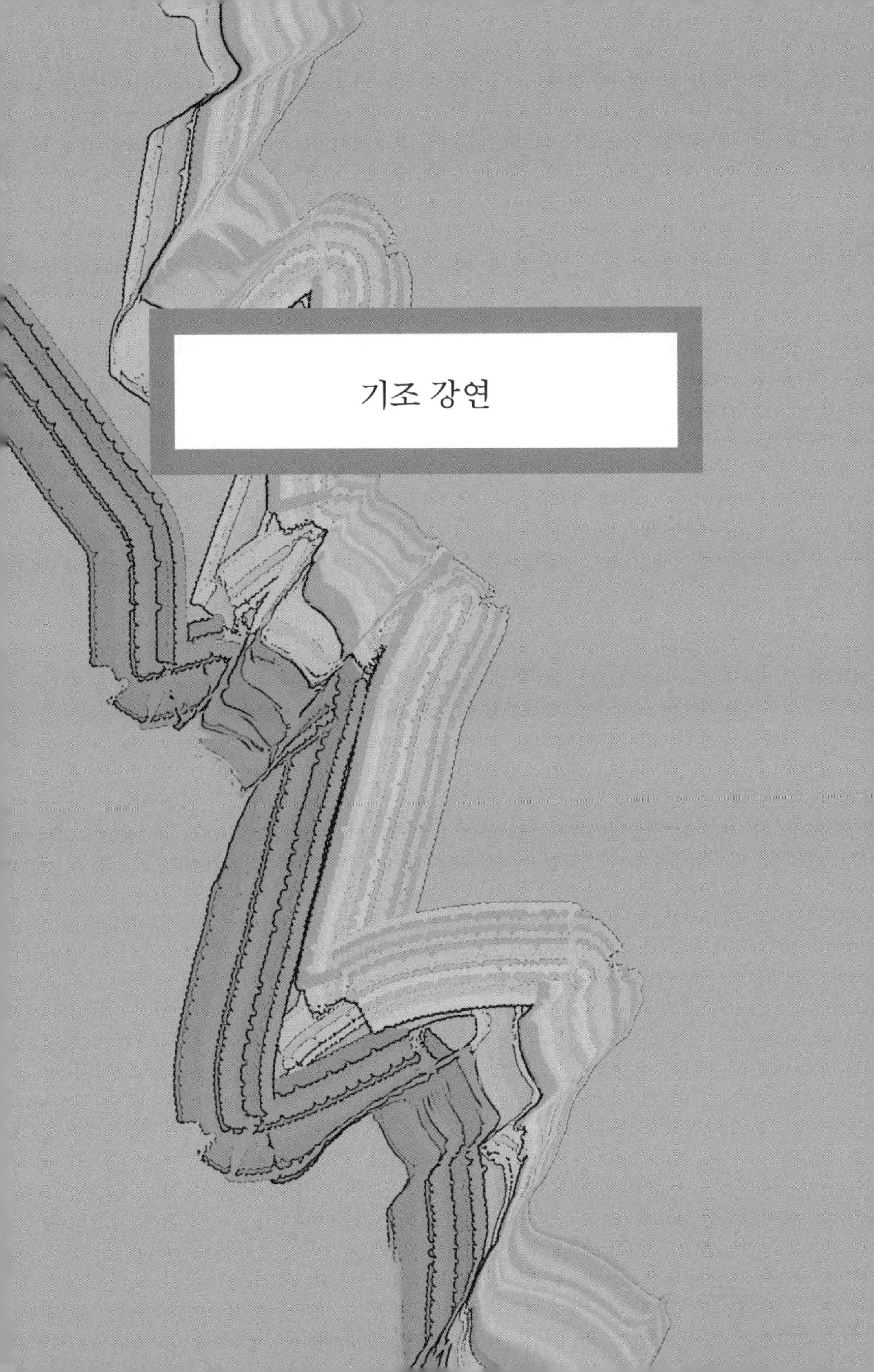
기조 강연

세계화 속의 삶과 글쓰기

르 클레지오

　현대의 세계 문화라는 주제에 대해 생각하고 있자니, 나는 지금껏 살아온 짧은 인생 동안 지구를 무방비 상태의 한정된 피난처로 탈바꿈시킨 커다란 변화들을 직접 목격해 왔다는 사실이 떠올랐다. 보다 긍정적으로 말하자면, 그 변화들은 나를 비롯한 대부분의 지구인을 확장된 공동체의 주민이자 이웃이 되게 했고, 어떤 경우에는 부모가 되게 했으며, 누구든 예외 없이 함께 일하는 동료, 더불어 소비하는 사람, 함께 도로를 이용하는 운전자, 때로는 종교적 신념을 공유하는 동료로 만들었다.

　이 시기에 생긴 가장 큰 변화는 우리가 우리 자신에 대해 품고 있는 생각이다. 1940년부터 현재 2011년 사이에 세계는 농경 사회에서 산업 사회로 변모해 왔고, 이런 변화는 도시와 근교뿐 아니라 시골에까지 미쳤다. 어린 시절, 여름이면 부모님은 우리를 프랑스 브르타뉴라는 지역에 데리고 가서 몇 달을 나곤 했다. 그곳은 내 가족이 모리셔스에 정착하기 전부터 대대로 살아온 고향이었다. 8월 말이면 그곳은 수확 철이었던 걸로 기억한다. 곡식은 기계로 거두어들였지만 곡식 단은 농장 가운데 놓인 쟁기에 대고 털었는데, 허공에 자욱하게 이는 흙먼지와 겉겨가 어린아이들의 목을 잠기게 하곤 했다. 수확할 때면 마치 토속 신앙의 축제라도 열린 듯 흥분의 기운이 밤이고 낮이고 일주일 내내 이어졌고, 덕분에 우리는 잘 수도 놀 수도 없었다. 형과 나는 소작농, 남자, 여자, 아이 할 것 없이 모두 밭으로 나와 귀한 이삭을 줍는 모습을 몇 시간이고 바라보며 농장에 감도는 아찔한 흥분을 느꼈다. 우리는 현대식 고등학교에 다니며 문학과 과학을 배우는 도시 아이들이었지만 오랜 과거의 유산을 보여 주는 이 장면은 우리에게 특별한 의미를 지녔다. 그 당시 시골의 삶은 수백 년 전과 별다를 바 없었다. 형과 내가 우유와 달걀을 사러 가던 농장도 기억에 남는다. 브르타뉴의 농부들은 브르타뉴어를 말했고 몹시도 가난했으며 초가지붕을 얹은 작은 돌집에 살았다. 전기도 수도도 들어오지 않는 돌집은 죽은 양의 피와 흙을 섞어 다진 바닥 위에 지은 것이었는데, 겨울이 되면 농부들은 암소를 들여 집 안을 따뜻하게 덥혔다.

현대식 물건이 없다는 말만으로 그 시절 브르타뉴 소작농들의 생활을 설명할 수는 없다. 어쨌든 이른바 제3세계라 불리는 국가의 농부들 대부분의 삶이 그때나 지금이나 다르지 않다는 사실은 안타까운 현실이다. 중요한 것은 우리가 현대보다는 우리의 선조들의 삶과 사고방식에 좀 더 가까웠다는 점인데, 사실 중세 시대나 심지어는 신석기 시대의 문화와 더 근접해 있었다고 말해도 과언이 아니다. 우리는 이미 미래에 살고 있었지만, 마셜 매클루언이 말했듯 백미러를 통해 과거를 또렷이 바라보고 있었다.

내가 자란 프랑스가 비교적 자립적이고 자국의 과거가 지니는 가치를 인식하고 있는 나라라면, 운이 좋게도 나는 또 다른 문화인 모리셔스의 크리올 세계의 일원이기도 했다. 이미 알고 있겠지만, 모리셔스는 서울보다 조금 더 큰 매우 작은 독립 국가다. 모리셔스의 역사는 실로 놀랍다. 인도양 한가운데에 점처럼 박힌 이 작은 나라는 현대에 발생한 굵직한 사건의 대부분을 겪었고 힘겹게 버텨서 결국 이겨 냈다. 모리셔스 사람들은 자의가 아닌, 불가피한 상황에 이끌려 세계를 향해 문을 열어야 했다. 에두아르 글리상은 에메 세제르와 더불어 프랑스령 서인도 제도에서 프랑스어로 시를 쓰는 대표적인 시인 중 한 명인데, 그는 자신의 작품 『관계의 시학(*Poétique de la Relation*)』에서 유전자와 언어를 각각 혼합하고 이문화 간 상호 관계성(interculturality)을 발전시켜야 할 필요성을 인식하고 있다는 점에서 카리브 해나 인도양이나 태평양의 크리올 문화가 대륙의 문명보다 한 세기 앞서 있다고 표현한 바 있다.

섬사람들이 이런 기질을 보이는 데에는 몇 가지 이유가 있다. 가장 큰 원인으로는 끔찍한 노예 무역을 꼽을 수 있다. 내륙에 위치하거나 대륙에 인접한 강대국(프랑스, 영국, 네덜란드, 스페인, 포르투갈뿐 아니라 중국, 일본, 터키, 페르시아 만에 인접한 아랍 국가들)은 국경 보안이 비교적 철저한 상태에서 법질서의 보호 아래 성장한 반면, 공해(公海) 한복판에 떠 있는 이런 작디작은 섬들은 식민 지배의 부당함과 노예 제도와 강제 노동의 잔혹함에 맞서야만 했다. 얼마 전까지도 이들 섬나라 국민들은 설탕이나 향신료와 같이 값나가는 물건을 값싼 노동력으로 생산하기 위한 도구로서 존재할 뿐이었다. 오늘날에도 이들 시역 대부분은 신혼부부나 해변에서 주운 물건으로 생활하는 부랑자들이 찾는 이국적인 휴양지로만 여겨지고 있다. 모리셔스에서는 이문화 간 상호 관계성을 직접 행동에 옮기는 일이 일상적으로 이루어진다. 모든 주민은 매일같이 적어도 세 개의 언어(프랑스어, 영어, 크리올어)를 말하고 힌두교, 이슬람교, 기독교에 모두 익숙하다. 다시 말해, 모리셔스 사람들은 힌두교의 빛 축제인 디발리, 예언자 무함마드의 탄생일인 아슈라, 예수 그리스도의 탄생일인 크리스마스와 같은 이웃의 종교 기념일을 존중한다. 이곳 사람들은 버스를 타고 포트루이스의 붐비는 거리를 지나면서 형형색색의 타밀 사원과 소박한 이슬람 사원, 자그마한 잿빛 예배당을 늘 접하고 이런 다양성을 즐긴다. 모리셔스 사람들이 지닌 적응력은 가능한 모든 침략자에 대항하여 스스로를 보호하려는 그들만의 방식일지도 모른다. 섬사람들은 수평선을 예의 주시하기 마련인데, 세계대전 당시 일본군이 탄 뗏목이 섬 근처에 떠 있다는 소문이 모리셔스에 돌자 곧바로 그 침략자들을 상대하기 위해 일본어를 배우는 사람들도 있었다는 말을 나는 고모들에게서 자주 들었다!

우리는 이런 작은 나라들의 중요성을 과소평가하고 있는지도 모른다. 최근 세계 정세(政勢)는 러시아, 미국, 중국과 같은 거대 국가 쪽으로 위험한 수준까지 기울어지고 있다. 대중문화(특히, 영화)는 획일화와 체제 순응주의를 대변하고, 주제와 이미지의 동어 반복은 자기만족에 불과한, 아무 영양가 없이 계속되는 '피드백'에 가깝다. 현재 나는 미국에 머물고 있는데 이 나라에서는 바깥 세상에 영화, 문학, 심지어 다른 언어와 사고방식이 존재한다는 사실을 모르는 척하고 사는 것이 가능하다.

이와는 반대로, 크리올의 문화와 역사에 대해 알아 가는 것은 분명 마음을 여는 행위와 같다. 플랜테이션을 기반으로 한 이런 식민지는 캐리커처로 볼 수도 있지만, 사실 현대 산업 사회의 축소판으로서 세계 문명화의 불확실성과 취약성을 여실히 드러낸다. 제1세계 국가들의 산업 발달 양상만 살펴봐도 알 수 있다. 고무, 니켈, 목재, 목화, 설탕, 카카오, 커피, 심지어 비싼 금속, 이를테면 금이나 다이아몬드와 같이 가장 값비싼 물건의 교역은 크리올의 플랜테이션을 모방한 것이다. 즉 다수의 노동자들이 소수의 농장주나 광산 소유주의 지배 아래 땀 흘리며 일하는 방식을 답습한 형태다. 이런 방식을 통해 오늘날 세계를 휩쓰는 대기업의 상당수가 탄생하게 되었고, 이어 농화학에서부터 식품, 차, 컴퓨터, 영화에 이르기까지 전 인류의 요구를 만족시키는 다각화된 다국적 거대 기업이 등장하기에 이르렀다.

그럼에도 불구하고 이런 작은 섬들은 거대 국가가 만들어 내는 위험과 공포에 맞서 통쾌한 반격을 가한다. 그들만의 저항력과 회복력으로 대응하는 것이다. 인간에게 자행된 가장 끔찍한 범죄일지도 모를 노예 무역이 이루어지던 시기에 섬사람들은 남자, 여자, 어린아이 할 것 없이 닥치는 대로 붙잡혀서 서아프리카, 동아프리카, 태평양에 정박해 있는 노예선에 팔아 넘겨졌고, 이들은 노예선에 실린 채 카리브 해, 모리셔스, 미국, 라틴 아메리카는 물론 뉴칼레도니아와 호주에까지 보내져 플랜테이션 노동자로 일했다.(이것이 19세기 말까지 이어진 이른바 흑인 노예 유괴다.) 이들은 인간이라면 마땅히 갖는 모든 것을 박탈당했다. 이름, 출신, 종교, 심지어 언어까지도 빼앗겼다. 노예 소유주는 자신의 노예를 팔아 버리거나 때리고 죽일 수도 있었고, 죽일 경우에는 벌금을 내기만 하면 됐다. 기억해야 할 사실은 모리셔스에서 노예가 책을 읽다가 들키면 처참히 채찍질을 당했다는 것이다. 공포를 유발하는 이런 끔찍한 지배 방법은 무척이나 품위 있는 사람들에 의해 자행되었는데, 그중에는 프랑스나 스페인 귀족 출신으로 피아노를 치거나 낭만적인 시를 읊을 줄 아는 사람도 있었다. 1828년에 노예 제도에 반기를 든 노예 라치타탄이 포트루이스 중앙에 위치한 플랜 베르트에서 참수 당하던 그 순간, 이 지역 문학계의 두 문필은 망고와 바나나의 미덕에 대한 시를 쓰며 서로 겨루고 있었다. 그로부터 몇 년 후, 모리셔스 남쪽에 위치한 먼로록에서 민병대의 추격을 피해 아래로 몸을 던져 삶을 포기할 수밖에 없었던 적갈색 피부 노예들의 비극적인 운명을 가슴 아파하는 사람 역시 아무도 없었다.

　설탕 회사에서 일하는 인도 노동자들의 운명도 비극적이기는 마찬가지였다. 이들은 모리셔스에 거주할 권리를 얻기 위해 있는 힘을 다해 일해야 했다. 그중에는 인도에서 세포이 항쟁이 일어났을 때 전쟁 포로로 모리셔스에 보내진 사람들도 있었는데, 이들은 현재까지도 이용되고 있는 대부분의 고속도로망 건설에 투입되었다.

　오래전에 모리셔스로 끌려온 노예들과 인도 노동자들은 결국 자기들만의 크리올어를 만들고 고유 유산을 새로운 상황에 맞추어 가며 자신들의 정체성을 재정립하고 새로운 문화를 창조하기에 이른다. 사실

이문화 간 상호 관계성을 만들어 낸 것도 바로 이들이다.

전쟁 중에 태어난 불운을 겪은 나는 굶주림과 공포와 고립의 고통이 무엇인지 안다. 내 인생에서 처음으로 기억나는 장면은 프랑스 남부에 위치한 할머니 집 바로 옆에 폭탄이 떨어지던 모습이다. 폭탄을 떨어뜨린 것이 독일군인지 영국군인지 미군인지는 기억할 수 없지만 어쨌든 폭탄은 터졌고 그 충격파로 나는 땅바닥에 쓰러졌다. 폭발음은 기억나지 않지만 그 순간 내 목에서 터져 나온 비명은 기억한다. 세 살이 되던 해에 어쩔 수 없이 먹어야 했던 상한 음식 탓에 이질이 걸려 거의 죽을 고비를 넘긴 기억도 있다. 무엇보다 가장 기억에 남는 장면은 어머니, 할머니, 할아버지와 함께 숨어 살던 작은 산촌 어귀로 미군이 들어오는 모습을 형과 함께 길 위에 서서 지켜본 것이다.(우리는 국적이 영국이라 나치로부터 도망쳐야 했다.) 가끔 뉴스에서 보여 주는 전쟁 지역의 아이들이 그렇듯, 우리는 먹을 것을 구걸했고 흰 빵 덩어리와 껌을 얻으면 기뻐했다.(그 전에 독일군들이 우리에게 초콜릿을 주려고 했지만 할머니는 독이 들었을지도 모른다며 먹지 못하게 했다!)
이런 기억들로 인해 나는 전쟁은 절대악이며 평화라는 균형 상태는 깨지기 쉽지만 반드시 유지되어야 한다는 확신을 갖게 되었다.

오늘날의 예술, 문학

어떻게 문학을 이용할 수 있을까? 문학에 대한 확신을 계속 유지할 수 있을까? 앞서 서문을 길게 쓴 것은 두 가지를 말하기 위해서다. 첫째, 문화와 전쟁은 공존할 수 없다. 전쟁의 상태(이제는 우리 모두가 터득하고 있듯이, 유럽과 일본에서 힘들게 얻어 낸 이상적인 평화의 상태와 목숨을 건 전쟁의 상태 사이에는 수많은 중간 단계가 존재하므로 전쟁의 상태는 하나가 아니라 다수다.)에는 식민지화, 부족 전쟁, 경제 제국주

의, 종교적 혹은 이데올로기적 급진주의가 있다. 이런 여러 전쟁의 상
태는 문화가 전달하는 메시지와 결코 공존할 수 없다.

이에 대한 증거는 꽤 최근에도 찾아볼 수 있다. 얼마 전까지만 해도
유럽, 아시아, 북아메리카에는 문화에 위계가 존재한다는 확신이 존재
했다. 특정 문화가 여타 문화보다 우월하다는 확신은 우월한 문화가 다
른 문화를 대체하거나 파괴하고 자기의 언어와 풍습을 강요할 권리와
의무가 있다는 주장의 근거가 되었다. 16세기에 스페인은 멕시코와 페
루는 물론 아이티와 카리브 해 지역의 아메리칸 인디언 제국을 침략하
고 무너뜨렸는데, 이는 그곳의 토착민들을 진정한 종교로 개종시킨다
는 천년왕국설의 환상에 기인한 것이라기보다는 토착민의 정체성을 말
살하여 그들을 노예로 삼겠다는 필요에 의해 촉발된 행동이었다.

우리는 이제 단일 문화적 급진주의가 초래한 결과가 무엇인지 안다.
바로 19세기에 시작된 대규모 식민 지배다. 전쟁은 단일문화주의를 문
명화와 인류 역사의 종착지라는 명목 아래 퍼뜨리려고 이용된 수단이
었다.

주목해야 할 점은 이런 확신이 과거만의 이야기가 아니라는 사실이
다. 근래에 들어서는 새뮤얼 헌팅턴이나 데이비드 라파포트와 같은 북
아메리카 '철학자'들에 의해 구체화되고, 뉴욕 컬럼비아 대학교 부설
전쟁과평화연구소(Institute of War and Peace at Columbia University)의
두뇌들이 발전시킨 미심쩍은 이론들이 존 F. 케네디에서부터 조지 W.
부시에 이르는 미 행정부의 외교 정책 수립에 토대가 되었다. 1930년
대 독일의 국가 사회주의 이론과 비슷한 이 이론들은 세계가 문명 간
경계선에 따라 나뉘어 있고, 그 경계선을 중심으로 한 힘겨루기가 세계
지배에 혈안이 된 문화들 사이의 충돌을 야기한다고 태연하게 주장한
다. 이전 시대의 사상(오스만 제국주의, 유교와 마르크스주의의 음모론,
이슬람교의 성전(聖戰))에 기초한 이 이론들을 자세히 분석해 보면 금세
그 허술함이 드러나고 만다. 그러나 허황된 공상에 불과한 이 이론들이
때로 위험한 이유는 지나치게 단순한 사람들에게는 꽤 그럴듯하게 보

일 뿐 아니라, 민족주의적 광기와 인간 본래의 외국인 혐오증, 나와 다름에 대한 두려움을 불러일으킬 여지가 있기 때문이다.

두 번째 핵심은 내가 모리셔스의 선조로부터 이어받은 확신이자, 전쟁의 폐허 속에서 어린 시절을 겪으며 갖게 된 확신에 관한 것이다. 문화와 법의 절대적인 적이 전쟁이라면, 우리가 살고 있는 지금 바로 이 순간의 세계에는 또 다른 위험이 존재한다. 그 위험은 우리가 '세계화'와 직면했을 때, 다시 말해 쉽고 신속한 비즈니스와 정보의 교환을 기반으로 하는 보편화된 문화의 일면과 맞닥뜨렸을 때 우리가 느끼는 두려움의 모습으로 나타난다. 유럽, 아시아, 남북 아메리카에서 식민지를 지배하던 제국의 시대가 종말을 고하자 때맞춰 민족주의와 공동체주의가 발전했다. 문화(예술, 문학, 심지어 문화에 속한다는 의견에 이의의 여지가 있을 법한 요리나 패션까지)와 생활 방식(버락 오바마 미 대통령이 "협상 불가능"하다고 주장한 그 "생활 방식")은 어느새 획일성의 지표인 동시에 개개인 정체성의 표식이 되었다.

서양에서 인간의 진보(예컨대, 민주주의나 공화국, 혹은 세속주의까지)를 상징하는 대원칙은 "협상 불가능"한 것으로 선언되고 있는데, 정작 이런 대원칙들이 노예 무역과 인종 분리와 함께 존재했다는 사실은 까맣게 잊혀 가고 있다.

식민주의와 노예 무역의 후계자들이 행하는 문화 정치는 이런 전체주의적 행태와 상충하는 면이 거의 없다. 프랑스에는 영어의 '침략'과 '국가 정체성'을 위협하는 위험 요소에 대한 불안감이 존재하지만, 동시에 쓸모없다고 여겨지는 지역 언어는 의무 교육 과정에서 제외되고 있으며 이민자들은 정치적·문화적 삶에서 상대적으로 지위가 낮고 자발적으로든 강제로든 사회에 흡수되라는 요구를 받는다. 반면 이민자들의 주거지는 철저히 외면당하며 실업자와 범죄자의 피난처이자 새로운 게토가 되고 있다.

경제학자 아마르티아 센의 방식에 따라 세계 모든 국가를 경제력이나 군사력이 아닌 이문화 간 상호 관계성을 가장 완벽하게 실천한 정도에 따라 순위를 매긴다면, 최상위 그룹에 속하는 국가로는 이문화 간 상호 관계성을 정부에서 직접 실천(다수 언어 교육 및 토착 문화의 가치 보호)하고 있는 볼리비아와 에콰도르, 아프리카의 가나와 세네갈 그리고 유럽에서는 스웨덴과 노르웨이가 될 것이다. 그리고 내가 속한 모리셔스도 포함될 텐데, 이곳에서는 공동체들이 놀랄 정도로 평화롭게 공존하고 있다. 반면 최하위 그룹에는 다른 나라들과의 관계에 있어서 무책임하고 자기비판도 할 줄 모르는 과거의 식민 지배 국가들이 포함될 것이다.

이 시대가 안고 있는 과제는, 결국에는 미래 세대의 생존을 좌지우지하게 될 이중의 불안과 관련이 있다. 하나는 무력 분쟁의 종식과 무기 판매 금지(특히 대량 살상 무기)에 대한 불안함이고, 다른 하나는 이문화 간 상호 관계성을 추구하기 위한 평화적인 혁명에 대한 불안함이다.

우리는 미래에 대한 믿음을 지속할 수 있을까? 이 글의 주제가 문학이므로 나는 미래를 믿을 수밖에 없다고 말해야 할 것 같다. 책이라는 아름답고 친숙한 것을 믿는다는 데 다른 이유가 필요할까. 오스카 와일드가 『도리언 그레이의 초상(*The Picture of Dorian Gray*)』의 서문에서 말했듯이, 예술은 윤리나 법을 따를 줄 모르고 전쟁을 막는 방법은 더더욱 모른다. 예술이 미를 창조하고 생명에 향기를 부여하지 못한다면 예술은 "지극히 쓸모없는" 것이다.

나는 전쟁의 폐해와 문화적 제국주의의 해독제로서의 예술과 문학을 늘 신뢰해 왔다. 전쟁으로 인해, 종전 후에는 트라우마로 인해 암울했던 어린 시절을 겪으면서도 내가 희망과 낙관적인 태도를 잃지 않을 수 있었던 것은 나를 부단히 도와준 사람이 있었기 때문이다. 바로 나의 할머니인데, 할머니는 뛰어난 이야기꾼으로 매일 새로운 모험담을 만들어 내곤 했다. 그 이야기의 주인공은 자코(크리올어로 원숭이라는 뜻)라는 이름의 작고 약삭빠른 원숭이로 어려운 상황에 맞닥뜨릴 때마다 잘 피해 나가는 재주가 있었다. 나를 비롯한 어린아이들의 불안과 슬픔을 거둬 가는 것은 할머니의 목소리였다. 마찬가지로 오래전 크리올 사람들은 견디기 힘든 현실을 상상력과 유머로 이겨 냈다. 한국 문학을 접한 일부 유럽 평론가들은 한국 문학이 매우 침울하고 폭력적이라고 느낄 수도 있다. 어떤 의미에서 한국 문학은 끔찍한 전쟁의 유산인 한(恨)을 간직하고 있다. 그러나 이런 어두운 이야기는 우연히 만들어진 것이 아니다. 역사를 이해하고 지속적으로 참여해야 한다는 필요성에 대해 역설하고 있는 것이다. 황석영과 이승우 그리고 젊은 세대 작가인 한강의 소설은 우리가 살고 있는 세계의 연약함을 증언하고 있다. 어쩌면 악령을 쫓아내는 의식을 거행하고 있는 것인지도 모른다.

세계화는 선과 악처럼 그 자체로는 아무런 의미도 지니지 않는다. 햄릿이 말했듯이 "다만 생각이 그렇게 만들 뿐"이다. 문학, 그중에서도 특히 훌륭한 혼합의 결정체라 할 수 있는 소설(시, 고백, 관음증적 냉소주의의 혼합체)은 진정한 이종 간 결합의 장이다. 정체성의 상실과 획일적인 문화 심령체의 모든 활동에 대응할 수 있는 것은 바로 예술이다. 모든 작가와 모든 독자는 서로 비슷하면서도 동시에 서로 다른 인간이다. 우리에게 이런 어려운 모순이 해결될지도 모른다는 희망을 불어넣어 줄 수 있는 것은 오직 예술뿐이다.

르 클레지오 Jean-Marie Gustave Le Clézio 프랑스 소설가. 1940년 프랑스 니스 출생. 1963년 첫 소설 『조서(*Le Procès-verbal*)』로 프랑스의 권위 있는 르노도상(*Prix Renaudot*)을 수상하고, 이후 『열병(*La fièvre*)』, 『홍수(*Le déluge*)』, 『물질적 황홀(*L'extase materielle*)』 등 화제작을 잇달아 발표했다. 2008년 '인간성 탐구, 관능적 엑스터시, 시적 모험, 새로운 출발의 작가'로 평가 받으며 노벨 문학상을 수상했다. 현대 프랑스 문단의 살아 있는 신화이자 가장 아름다운 프랑스어를 구사하는 작가로서 창작과 함께 세계 여러 대학에서 강연을 하던 그는 현재 자발적 유배자의 삶을 살며 글쓰기에 전념하고 있다. 2001년과 2005년 재단의 초청으로 방한한 이후 대표적인 지한파 작가가 되었고 현재 이화여대 석좌교수이며 한국 문학과 영화에도 관심이 지대하다. 대표작으로는 『성스러운 세 도시(*Trois Villes Saintes*)』, 『우연(*Hasard*)』, 『황금물고기(*Poisson d'or*)』 등이 있다.

이데올로기와 문학

가오싱젠

　이데올로기가 문학을 견제하거나 좌우하고 주도하며, 심지어 조작하거나 판결하는 일은 20세기에 있어 지극히 보편적인 현상이었다. 문학 작품뿐만 아니라 문학평론이나 문학사에도 이데올로기에 의해 찍힌 인장 자국이 남아 있다. 이데올로기는 거의 방어하기 어려운 시대병이 되었다고 할 수 있다. 다행이 이러한 시대병을 막을 수 있었던 작기의 문학은 구원을 받았고, 역사적 시련을 이겨 내어 다시 독자를 가질 수 있었다.

　이데올로기라고 부를 만한 이론과 논설은 먼저 철학적인 틀을 가져야 하고 특정한 세계관과 그에 상응하는 가치관을 제시할 수 있어야 한다. 마르크스주의는 의심할 나위 없이 이론 구성이 가장 잘 되어 있고 영향력 또한 가장 광범위한 이데올로기의 하나로 여러 세대에 걸쳐 지식인들에게 깊은 영향을 미쳤다. 과거 공산주의 국가에서 관방의 사상적 지주가 되었던 것은 물론이고 전 세계의 좌익 지식계에서는 한동안 주류 사조가 되기도 했다. 자유주의와 민족주의도 마찬가지로 이데올로기로 전변되어, 정당과 국가가 제창하는 사상과 가치관이 될 수 있었다. 그리고 지식계(물론 문학과 예술 영역도 포함하는)에 있어 모더니즘과 포스트모더니즘 및 이른바 포스트콜로니얼리즘도 모종의 가치 판단으로 변화되거나 심지어는 경직되어 도그마가 되기도 했다.

이데올로기는 원래 세계를 해석하고 인류 사회에 어떤 특정한 가치 체계를 세워 주며, 국가 권력과 사회 구조에 합리적인 근거를 제공하고자 설립된다. 철학이 단지 형이상학적 사고에 국한된다고 한다면, 이데올로기는 현실 사회의 구조와 각종 이해 관계적인 가치 판단에 연계된다. 문학은 사람의 감정과 사상의 자유로운 표현으로서 본래 현실적인 이해관계를 초월한다. 작가가 독립적인 사고력을 상실하면 이러저러한 이데올로기 사조를 추종하게 된다. 현 시대의 문학은 이처럼 종종 자주성을 상실하고 이데올로기에 종속적인 불행한 존재가 되었으니, 20세기의 문학은 이미 우리에게 너무도 많은 교훈을 남겨 주었다.

이데올로기로 종교를 대체한 것 역시 20세기에 있어 지극히 무지몽매한 일이었다. 이성의 기치 아래 유토피아적인 도그마로 현실 세계를 개조하고자 시도한 갖가지 혁명들은 폭력을 선동하고 대중 또는 전 민족을 광분토록 하여 과거 인류 역사상 존재한 적이 없었던 거대한 재난을 초래했다. 이데올로기의 틀에 들어선 문학은 폭력과 전쟁을 고취하고 영웅과 영도자를 숭배하게 했으며, 그를 위한 희생을 찬양했다. 지금은 비록 종적을 감추었지만 문학이 그에 개입해야 한다는 호소는 여전히 끊이지 않고 있다. 문학을 사회 개조의 도구로 변화시키고자 하는 것은 흡사 문학을 도덕규범으로 변화시키려는 교화와 같으며, 다만 도덕규범을 현재의 정치적 정당성으로 대체하는 것에 지나지 않는다. 오늘날의 문학은 이데올로기의 속박으로부터 온전히 벗어나지 못했다. 이른바 개입이라는 것은 곧 현실 정치에 대한 개입으로, 이러한 문학관은 여전히 오늘날 지식계에 통행되고 있다.

지식인이 정치에 대해 논하는 것은 현재 상당히 보편적인 현상이다. 만약 확실하게 매진하지 않고 공리공담에 그친다면 정국과 사회에 대한 영향은 아주 미미할 것이다. 그런데 현실 정치는 현 시대에는 정당 정치에 지나지 않기 때문에 지식인이 정당에 투신하여 직업 정치가가 되지 않는다면 이렇다 할 성취를 내기는 어려울 것이다. 문학에 종사하는 작가가 정치에 영향을 주고자 한다면 더욱 진퇴양난에 빠질 것이다. 이것이 바로 문학이 정치에 개입하는 데 따르는 곤혹스러운 상황이다. 그러나 정치는 작가의 이러한 곤경을 결코 이해해 주지 않으며, 심지어 정치를 위해 입론한 이데올로기조차도 이해해 주지 않을 것이다. 어떤 주의가 만약 정당 정치가 당면하고 있는 현실적인 이해관계에 저촉된다면, 당이 이론을 포기하지 않는 한 이론가가 그를 수정하든가 새로이 해석하여 현실 정치의 수요에 적응토록 해야 할 것이다. 이른바 정치적 정당성은 이처럼 거듭 안색을 바꾼다.

불쌍한 작가(문학으로 정치에 참여하는 작가)는 정치라는 전차에 묶여 몸이 자유롭지 못한 채로 깃발을 흔들며 고함치지만 결국 자신의 목소리는 상실하고 만다. 물론 후일 다시 독자를 가질 만한 작품을 남기지도 못한다. 더욱 불행한 경우 본인과 가족의 생명까지도 매장되어 버린다. 이것이 바로 공산당 집권 정치 아래서 혁명을 위해 문학을 희생한 수많은 혁명 작가들의 운명이었다. 역사에는 결코 종말이 오지 않았고, 민주 정치 아래 정치에 참여하는 문학의 앞길도 꼭 희망적인 것은 아니다. 각 정당 정파는 모두 스스로의 대중적 언론 매체를 갖고 있고 정치적 견해를 명백히 그리고 충분히 논술할 수 있기에 문학이 충성을 다해 주기를 바라지 않는다. 문학은 보도 매체도 아니고 매일같이 언론을 타지도 못하기에, 문학이 정치에 개입하는 것은 기껏해야 이러한 정당 정치를 위해 장식용 무늬를 변두리에 덧붙여 주는 데 지나지 않는다.

이데올로기는 본래 현실 정치를 위해 세워지지만, 좌우파 정치의 현실적 이해관계와 권력 경쟁은 이론에 의해 결정되는 것이 아니다. 정치는 필경 이데올로기보다 더욱 생동적이므로 오늘은 옳고 어제는 그르며, 또한 영원히 정확한 것이다. 이데올로기에 집착하는 작가는 혹 어떤 주의에 대한 신앙에서 출발했다고 할 수 있겠지만, 자신이 추구해 온 이상이 현실 정치에 의해 한두 번, 혹은 두세 번씩 버림받으며 맛보게 되는 쓸쓸함과 상실감은 이데올로기의 불완전성이나 잘못에서 기인한 것이 아니다. 어떤 특정한 주의를 수정하는 것은 아예 정치에 참여하는 것만 같지 못할 것이다. 이 역시 문학의 정치에 대한 개입이 불러온 필연적인 결과이다. 이러한 문학은 스스로 문학 본연의 독립과 자주를 상실하고 정당 정치에 종속당하게 된다.

작가, 여기서 가리키는 작가는 문학 창작에 종사하는 작가와 시인으로, 다른 종류의 직업인 시사 평론가나 신문 잡지의 고정 칼럼니스트와는 다르다. 현재 이러한 작가와 시인은 문학으로 생계를 꾸리기가 쉽지 않다. 정치에 참여하지도 않고 시장이 만들어 놓은 유행 풍조와 대중적 취향에 굴종하지도 않으면서 문학적 글쓰기를 견지해 나가려면, 작가는 먼저 마음속으로부터 토해 내지 않고는 배길 수 없는 그 무엇이 있어야 한다. 사실 이것이 본래 문학 최초의 지향과 소망으로, 예부터 지금까지 동서양 모두 그러했을 것이다. 이러한 문학은 이데올로기와 정치를 초월할 뿐 아니라 현실적 이해관계도 초월하게 되니, 바로 인류 생존 조건과 인간성의 증거이다.

현재의 이 글로벌화 시대에 있어서 경제적 실리는 이미 이데올로기를 대체해 버렸다. 또는 이데올로기는 역시 시효가 지난 공론에 불과하며, 기껏해야 거죽만 휘황한 정계의 간판에 지나지 않게 되었다고 할 수 있다. 그리하여 이제 포스트 이데올로기 시대라고 해도 무방할 것이다. 다행히 이데올로기의 속박에서 벗어난 오늘날의 문학이 시장이 만들어 낸 유행 풍조를 거들떠보지 않고, 오늘날 사람들이 처한 실제 상황에 감히 맞설 수 있다면 문학은 곧 구원될 수 있을 것이다. 이러한 문학이 작가에게 요구하는 것은 진실과 성실이며, 현실 사회 사람들의 각종 곤경에 대해 조금도 회피하지 않는 자세이다. 이처럼 진실하고 성의에 찬 문학이 바로 우리 시대 사람들이 기대하는 문학이다.

　이데올로기의 종결이 결코 문학의 종결도 아니고, 사상의 종점도 아니다. 한 세기 동안 만연되었던 유토피아의 붕괴는 일찍이 그렇게 되어야 했으나, 정신적 빈곤은 지금 막 문학을 향해 부르짖고 있다. 진실로 문학이 이 세계를 구원할 수 있는 방법은 없으며 작가 또한 구세주가 아니다. 바로 이 공허한 역할에서 벗어나 실제적인 그리고 연약한 개인에게로 돌아가야만 인간 세상에 맑고 또렷한 인식을 줄 수 있을 것이다.

　문학은 단지 작가 개인의 목소리여야만 한다. 일단 인민의 대변인이나 민족의 대변자로 되어 버리면 그 목소리는 허위가 아니라고 할지라도 반드시 목이 쉬고 힘이 빠진다. 또한 작가는 진리나 정의의 화신이 아니다. 스스로의 약점과 결점이 결코 보통 사람보다 적다고 할 수 없지만, 문학적 글쓰기를 통해 정화될 수 있는 부분이 있다. 또한 작가는 법관이 아니기에 시비를 판단하거나 도덕적인 심판을 하지 않는다. 작가는 더더욱 초인이 아니기에 하느님을 대신할 수도 없다. 이와 같은 자아 무한 팽창적인 시대병은 위에서 언급한 이데올로기와 마찬가지로 확실히 한 시대를 풍미했다고 할 수 있다. 현재의 작가가 만약 자신의 이러한 허망으로부터 벗어나 소박한 태도와 맑은 두 혜안으로 이 광활한 세계의 중생상을 맑고 뚜렷하게 살필 수 있고 또 혼돈에 찬 자아를 냉정히 성찰할 수 있다면 그 붓끝에서 나온 작품은 역사의 시련을 이겨 내고 살아남아 독자를 가질 수 있을 것이다.

　작가는 사회와 인간성의 관찰자로서, 우선 현실적인 이해관계와 마음속의 잠재적인 장애로부터 벗어나 밝은 마음으로 본성을 보아야 한다. 이러한 관찰이 투철하고 정교하며, 꺼리는 바가 없게 되어야만 비로소 인생의 참된 상황에 대해 심도 있게 드러낼 수 있을 것이다. 문학은 실제로 존재하는 사람과 사건의 실록으로는 만족해하지 않는다. 인생과 인간성에 대한 작가의 통찰력은 본래 작가의 생활 경험에서 오지만, 더욱 중요한 것은 그 작가가 타고난 독특한 품성이다. 그러한 심오한 통찰력과 환기된 느낌은 심미적 감각에 호소되고 언어를 통하여 진술된다.

작가가 사람들의 생존에 대해 남긴 증거들이 이처럼 생동적이고 힘 있고 오랫동안 쇠하지 않는 것은 언어의 공력뿐 아니라 작가가 부여한 인물들의 심미적 감각에서 기인한다. 이러한 감각은 단순한 시시비비나 도덕적 판단과는 다르다. 사람에게 주입한 감정은 당연히 작중 인물에 대한 작가의 태도에서 오는 것이고, 바로 이러한 심미적 감각이 부르면 튀어나올 것처럼 매우 생동적이고 리얼하게 작중 인물을 만드는 것이다.

비극과 희극, 혹은 희비 혼합극, 심지어는 사람의 오욕칠정 모두가 심미적인 표현을 통해 슬프거나 불쌍하게 느껴지기도 하고 웃기게 느껴지기도 한다. 황당함과 유머, 숭고함과 익살은 모두 작가가 부여한 것으로, 이처럼 감정과 밀접히 연계되어 있는 심미적 감각은 이성적 인식에 비해 매우 풍부하다. 이 역시 문학이 철학과 다른 점이다. 비록 때때로 상호 근접된 인식에 도달할 때도 있긴 하지만 문학은 이데올로기의 종속적 존재도 아니고 철학을 해석하지도 않는다. 철학이 순수 이성적인 사변에 호소할 때, 문학이 도달한 인식은 항상 감성과 정감과 함께 연계되어 있다.

문학과 철학은 서로 다른 방식으로 세계와 인간에 대한 인식에 도달하는데, 거기에 이른바 고저와 우열의 구분은 없다. 이성과 감성은 모두 사람의 인식이 반드시 거쳐 가는 길이다. 문학은 이처럼 인생 중의 곤혹과 초조, 추구과 미혹을 투철하게 드러내고 인간성의 심오함을 한껏 표현하여 사람들로 하여금 깊이 성찰할 수 있게 해 준다. 이처럼 사람을 놀라게 하고 세상을 일깨우는 기능은 정치적 시비와 도덕적 설교를 초월할 뿐 아니라 포스트모던적인 언어의 해석과 유희에도 비유할 바가 아니다. 문학 언어의 배후에 있는 작가의 인생 경험은 설사 사고로 전화된다 할지라도, 순수 이성의 관념적인 표현이나 연역이 되어서는 안 되며, 작가 혹은 인물의 감정에 주입하여 작품 속의 특정한 장면에 투입되어야 한다.

두 종류의 사상가가 있다. 하나는 이성에 호소하는 형이상학적이고 사변적인 철학자이고, 다른 하나는 문학 형상에 호소하는 작가이다. 전자는 고대 그리스의 철인들 같은 존재이고, 후자는 동시대 그리스에 보이는 비극과 희극 작가들 같은 존재이다. 그들은 서로 다른 방식으로 후세 인간들의 생존 환경(일반적으로 곤경)과 인간성에 대한 인식을 일깨워 주었다. 유럽 중세 스콜라 철학 사상이 질식에 처하게 되었을 때 시인 단테의 세계와 인간에 대한 인식은 오히려 더욱 충만했다. 셰익스피어는 그의 시대에서 의심할 바 없는 가장 위대한 사상가였고, 괴테와 칸트 또한 깊은 사상이 있었다.

이제 포스트모던 사조는 거의 다 지나가 버린 것 같다. 그렇지만 정신적 빈곤으로 곤혹스럽게 된 이 시대 사람들은 문학이 주는 어떤 계시를 기대하고 있다. 전 세계 금융과 경제 위기는 경제학자들을 처음으로 사상의 무대로 끌어올렸다. 그러나 철학은 침묵한 채 입을 열지 않고 있다. 인류는 결국 어디를 향해 가는가? 사람은 미래를 예측할 수 있을까? 혹 다시 한 번 유토피아의 건설을 추진할 것인가, 아니면 다시 패를 뒤섞어 언어의 유희를 할 것인가? 그렇지만 문학은 필경 사람들이 당면한 현실 사회를 얼마간 묘사할 수 있을 것이다.

문학이 물론 현실을 모사하는 데 그치는 것은 아니다. 현실주의 문학은 일찍이 중요한 문학 사조였다. 19세기 말에서 20세기 초에 오늘날까지 세상에 전해지는 위대한 작가들과 많은 걸작들이 출현했다. 20세기의 모더니즘 문학은 방향을 바꿔 사람들의 내면세계로 들어가 문학의 다른 측면을 개척했다. 현대 사회의 황당함과 존재의 의의에 대한 문제 제기에 이성으로만 답하기에는 불충분했던 것이다. 철학도 마찬가지로 전통적인 명제로부터 방향을 바꾸었다. 사회 현실을 묘사한 문학은 이데올로기의 견제 아래 혁명에 대한 선전물로 변화됐다. 오늘날의 사회적 조건에서 문학은 아직도 현실을 반영할 수 있을까? 당연히 반영할 수 있을 것이다. 문제는 주의를 버리고 이데올로기의 틀과 도그마로부터 벗어나 정치 정확성의 설교를 해체하고, 작가의 절실한 느낌으로 돌아가 개인의 독자적인 목소리를 낼 수 있는가에 있다. 설령 그 목소리가 아주 미약하고 그다지 듣기 좋지 않더라도 그것이 사람의 진실한 목소리인 것이고 문학의 가치는 바로 여기에 있는 것이다.

문학은 인간 스스로의 존재에 대한 확인이다. 유약한 개인은 비록 세계를 개조하는 힘은 없지만 자기가 하고 싶은 말을 할 수는 있다. 문제는 작가가 확실히 자기의 목소리를 갖고 있는가에 있지, 권력과 언론 매체에 의해 널리 퍼진 목소리를 반복하는 데 있지 않다. 개인의 정신적인 홀로서기야말로 문학의 척추이니, 이것이 바로 문학의 자주독립인 것이다. 문학은 정치 세력에 의존해서도 안 되지만, 시장에 의지해서도 안 된다. 그야말로 인간의 자유 정신의 터전인 것이다. 비록 신성까지 이야기할 수는 없지만 침범 당하지 않도록 지켜 내는 것 역시 얼마 안 되는 인간의 인간다움에 대한 하나의 긍지일 것이다.

사람은 현실 사회의 각종 제약 가운데 놓여 있다. 자유는 결코 천부적인 인권이 아니고, 결국 대가를 지불해야 한다. 또한 조건이 있어서 예로부터 무상으로 주어진 적이 없다. 정신의 자유만은 개인에 속하지만 이 또한 개인의 선택에 의해 결정된다. 문학의 자주독립은 작가가 선택할 수 있다. 이것이 인간됨, 그리고 문학이 가지는 존엄이다.

이러한 의미에서 문학은 개인 의식의 각성이고, 작가는 자신의 양식에서 출발하여 인간 세상을 관찰하고 자아를 살펴 맑고 밝은 의식을 작품 속에 주입한다. 세계에 대한 개인의 이 독특한 인식은 개체적 존재의 생존 환경에 대한 도전이라고 하지 않을 수 없다. 문학 작품이 도달한 인식은 그리하여 항상 작가 개인의 인장 자국이 찍혀 있다. 바로 이 하나하나의 개별성이야말로 문학이 다른 그 무엇으로도 대체할 수 없는 풍부한 흥취를 갖게 하는 특성이다. 철학적 사변이 추상에 호소할 때, 문학은 생활로 돌아가고 살아 있는 사람들의 감각으로 돌아가며, 정감으로 돌아간다. 바꾸어 말하면 문학은 바로 철학이 이야기할 수 없는 곳에서 비로소 시작된다. 이러한 인식 역시 철학이 대체할 수 없는 것이다.

　고전 철학이 개념으로서의 이성과 함께 하나의 사변 체계를 건립하여 세계에 대해 가장 완비된 해설을 하려고 시도했을 때, 모두 이야기할 수 없는 부분은 하느님에게 남겨 두었다. 그러나 문학은 이야기를 다 개진할 수도 없고, 헛되이 어떤 특정한 세계관을 제시하려는 시도도 하지 않는다. 또한 항상 개방적이어서 사람들로 하여금 끊임없이 온갖 생각을 떠오르게 하고 끝없이 감탄하게 만든다. 또한 문학이 당면하고 있는 생활은 한없이 다양하기 때문에 결코 주인공이나 작가의 사망, 혹은 작품의 종료로 인하여 종결되지 않는다.

　각각의 작가들은 각기 독특한 시야를 제시해 주는데, 이러한 독특함은 다른 작가의 그것으로 대체할 수 없다. 철학이 비판을 입론의 전제로 삼아 왕왕 자신이 최후의 유일하고 정확한 진리라고 선포하는 것과는 다르다. 포스트모던 철학은 비록 주장이 다의적이고 심지어 의미를 해체하기도 하지만 전인들은 모두 죽고 없다는 전제 위에 서 있다. 문학은 이와 같은 배타성도 없고 비판으로써 길을 개척해 가지도 않으며, 각자 스스로 자신을 진술해 나가는 데 변화무쌍하기 그지없다.

　문학은 또한 사회 비판을 자신의 소임으로 삼지 않고 어떤 예비된 세계관과 이로부터 건립된 가치관으로 현실 사회에 대해 판결을 내리지 않으니 문학의 증거는 단지 심미(審美)에 호소할 수 있을 뿐이다. 심미는 우선 인간성으로부터 나오는데, 인류 역사가 오랫동안 쌓아 온 문화적인 축적과 밀접한 관계가 있고, 번역을 통해 어종(語種)을 뛰어넘어 보편적인 세계와 소통할 수 있다. 작가가 작품 속에 주입해 넣은 이러한 심미적 정서가 불러일으키는 정감이 이처럼 강력한 까닭에 상상을 넘어 서로 다른 민족과 서로 다른 시대의 독자들과도 공감할 수 있다. 그리하여 문학은 인류가 서로 나누어 가질 수 있는 정신적인 자산이 되는 것이다.

　그러므로 작가가 문학 작품 중에 부여한 심미는 궁극적인 판단으로 기왕의 현실적인 이해관계와 선악과 시비를 뛰어넘을 뿐만 아니라 사회적 습속과 시대를 초월한다고 할 수 있다. 이러한 작품이 세상에 전파되어 누군가에 의해 읽혀지기만 한다면 이 문학의 증거가 환기하는 심미적 정감은 역사를 초월하여 오랫동안 존속될 것이다.

설사 모든 작가의 각각의 작품에 다소간 시대가 찍어 놓은 인장 자국이 남아 있을지라도, 엄격히 말하자면 문학 앞에 시대는 의미가 없다. 문학을 서로 다른 시대의 서로 다른 주의로 나누는 것은 문학사가의 일이고, 작가의 창작과는 관계가 없다. 20세기의 모더니즘 또한 일군의 작품이 나오고 난 후 문학평론가의 귀납을 거쳐 그렇게 분류되고 입론된 것이다.

이는 문학 연구에는 도움되는 바 있겠지만, 작가의 창작과는 별 관계가 없다. 실로 어떤 작가들은 모더니즘을 표방하지만, 그 역시 그들의 선배와 대표작들이 공인을 받고 그것이 공통적인 인식이 된 후 이러한 기치 아래 모여 하나의 조류가 된 것이다. 작품이 문학적 가치가 있는가의 여부는 그것이 내거는 기치에 달려 있는 것이 아니라 작가와 작품이 지닌 독특한 인식과 심미적 정서에 있다.

지극히 다른 일군의 현대 작가의 작품 가운데 추출해 낸 현대성은 도그마로 변할 가능성이 있다. 현대성은 독창 정신이 풍부한 작가와 작품이 나온 뒤에 시대성을 표상하는 것으로 귀납되었지만, 20세기 후반에 이르러 이미 확실히 경직된 미학적 도그마가 되어 버렸다. 도그마의 하나는 이른바 전복으로, 전인에 대한 전복을 하나의 패턴으로 삼고 부정의 부정을 역사를 추동하는 보편적인 법칙으로 삼는데, 이는 또한 포스트모더니즘의 기본 책략으로 되었다. 따져 보면 결국 이 역시 마르크스주의로부터 나왔다. 헤겔의 변증법으로부터 출발한 마르크스주의가 일단 문학과 미학에 유입되면 문학과 예술의 부단한 혁명은 문학과 예술의 역사적 글쓰기가 된다.

인간성과 인간 감정의 풍부한 내용을 추출하게 되면 포스트모던 미학은 수사와 논설로 변하고, 어의에 대한 해설과 분석이 심미를 대체하게 되며, 철학과 문학은 모두 언어의 유희로 변하고, 당연히 의미는 해체되어 버린다. 이러한 포스트모던의 전복 책략은 심지어 사회를 향하지도 않고, 사람의 생존과 생존의 곤경 또한 공허한 담론 속에 소실되어 버려, 단지 작가도 없고 작품도 없는 한 시대의 공허한 표지만 남기게 된다.

문학은 본래 언어에 호소하지만 작가의 붓끝의 언어는 어법 학자 또는 언어학자가 연구하는 대상과는 거리가 아주 멀다고 할 수 있다. 그렇다고 전혀 관계가 없다고 할 수는 없다. 어법과 어법 구조 기능에 대한 해석과 서술은 의당 언어의 가장 낮은 층위일 뿐이라고 해야 한다. 물론 다른 어떤 학문 분야와 같이 무궁무진하게 학문을 펼칠 수도 있겠지만, 문학과는 지극히 멀리 떨어져 있다.

문학의 언어는 사람의 사상, 감정과 정신의 담지체이고, 그처럼 풍부한 인류의 유산은 의심할 바 없이 이미 거기에 담겨 있다. 각 시대의 작가는 있는 힘을 다해 끝없이 새로운 표현을 하여 그들은 그에 의존하여 표현하는 언어를 보다 풍부하게 만들 수 있다. 이러한 의미에서 작가는 스스로 민족 언어의 창조자이고 혁신자이다.

문학은 부호가 아니라 사람들의 살아 있는 목소리이고, 사람의 오욕칠정이 모두 그 속에 있다. 작가가 글을 쓸 때 이 목소리는 바로 마음속에 실아 숨 쉰다. 문학 언어는 낭독할 수도 있고, 어떤 역을 맡을 수도 있으며, 생생하게 무대 위에 올라 독자와 관중들의 강렬한 공감을 불러일으킬 수도 있다. 작가가 창조하는 것은 바로 이처럼 살아 생동하고 당당하게 울려 나가는 언어이지, 언어학이 연구하는 소리 없는 개념이니 음성 형상이니 하는 것들이 아니다. 작가는 항상 전인들이 써 놓은 언어에 안주하지 않고, 늘 새로운 표현을 발굴하여 신선한 느낌을 전달하며, 언어에 대한 표현력의 추구가 끝이 없어야 한다. 작가들의 이러한 추구는 결코 전인들의 성취를 전복시키고자 하지 않고, 언어가 이미 도달한 표현의 기초 위에 다시 한층 더한 심오함을 추구하는 것이다.

작가가 이미 사망을 선고한 포스트모던이라는 이 시대성의 표지는 마치 문학 혁명이 문학을 종결시키지 않고 스스로를 종결했던 것처럼 마땅히 종료되어야 한다. 작가와 문학은 아직 존재하고 있고 역사 또한 종결되지 않았다. 문제는 단지 오늘날의 문학이 현 시대 사람들의 생존 조건과 문학이 당면한 곤경에 대해 어떻게 대응할 것인가, 작가가 사람들이 처한 진실된 상황을 드러낼 용기가 있는가, 그리고 더욱 적절한 문학적 표현을 찾아낼 수 있는가 하는 데 있다.

작가는 문학 양식과 문학 언어의 창조자이다. 문학은 사실을 기록하는 글쓰기가 아니다. 이 역시 문학과 역사 기록의 큰 차이점이다. 작가의 감각은 문학의 양식과 표현 방법, 문체와 함께 생성되므로 성취를 낸 모든 작가는 스스로 편애하는 문체와 스타일이 있다. 연상과 상상은 마찬가지로 창작에 참여한다. 작가들은 시가, 산문, 소설로부터 희극에 이르기까지 각 문체의 발명을 거듭하여, 경직되거나 생명력을 잃은 양식은 없을 것이다. 작가가 전달하고자 하는 심미적 감각은 일정한 문학 형식을 떠날 수 없고. 순수 형식적인 미학은 의미가 없는 공론이며, 문학 속의 시적 정취 역시 그러하다.

그러나 틈만 있으면 정치가 파고들고 전 지구에 이윤의 법칙이 가득하여 욕망이 범람하는 이 시대에 시적 정취는 어디에 있는가? 아름다움은 이미 갈수록 멀어져 가는 기억이 되어 버렸다. 인간(이것이 가리키는 것은 결코 인도주의와 같은 추상적인 대문자로서의 인간에 관한 이념이 아니고, 현실 사회 속의 고독한 개인이다.)은 예부터 이처럼 연약해진 적이 없었다. 인간은 고독에 당면하고서야 비로소 실질적인 존재인 것이다. 이 고독한 개인은 결코 사상이 없는 것이 아니다. 생존의 의미에 대한 질문은 이전 그 어느 때보다도 더욱 자각적이 되었고, 자유에 대한 이해 또한 더욱 절실해졌다. 일찍이 이렇게 많은 사람들이 글쓰기에 종사한 시대가 없었다. 문학은 정신적 빈곤 시대의 기탁처가 되어, 생명의 흔적 한 점 남기기를 바라고 있다. 이 또한 현 시대 문학이 결코 바로 이렇게 쇠망하지는 않으리라는 것을 어느 정도 설명해 준다.

언제 문예 부흥이 재현될 수 있을 것인가는 단지 역사의 우연에 기대할 수밖에 없을 것이다. 문학은 흡사 생명과 같이 하나하나 우연에 의해 결정되는 개별적 사안이기 때문이다.

삶의 이야기, 삶의 이론 — 이데올로기, 진정성, 시장

김우창

삶의 이야기와 이론

한 장소에 서 있는 사람은 자신이 서 있는 곳 저편으로 펼쳐지는 공간에 대하여 일정한 느낌을 가지고 있어야 한다. 이 공간은 어떤 때 지평의 끝까지 이어진다. 이것을 보아야 마음이 편하다. 산에 올라 내다보는 전망이 주는 쾌감은 여기에 이어지는 것일 것이다. 그리고 사람은 자신의 삶 전체에 대하여서도 이러한 연장(延長)의 느낌을 가지고 싶어 한다. 주소는 한곳에 있지만, 삶의 터전으로서의 세계에 대하여 전체적인 느낌을 가지고 싶어 하는 것이다. 현대적인 우주론이 등장하기 전에는 이러한 욕구는 궁극적으로는 우주의 탄생과 역사에 대한 여러 신화들에 의하여 충족되었다. 지금에 와서, 지리학, 지질학, 생물학, 물리학 그리고 천체물리학으로부터 물리적 우주 전체의 시공간적인 진행에 대한 지식을 얻을 수 있다. 그런데 이에 대하여 사회는 또 하나의, 그리고 보다 중요한 삶의 지평으로서의 의미를 갖는다. 그리하여 이 전체성을 향한 욕구에 맞아 들어가는 사회와 역사의 이론이 필요해진다.

그렇기는 하나 이러한 이론의 아래에는, 산에 오르고 산 아래의 광경을 내다보는 것과 같은, 삶의 현실을 느낌으로 전해 주는 형태로서, 보다 친숙하게 알고 싶은 마음이 그대로 남아 있다. 끊임없이 전해 오는 소문이나 뉴스나 여러 정보들은 우리가 사는 세계가 어떻게 이루어지고 이루어져 가고 있는가를 아는 데에 있어서 작은 자료의 일단을 이룬다. 예술 작품의 현실 재현도 이러한 요구를 충족시킨다. 풍경화는 물리적인 환경으로서의 사람의 세계를 총체적으로 보고자 하는 원형적인 갈구에 가장 단적으로 대응하는 예술이다. 그림은 보이는 것의 세부를 기록한다. 그러면서 그것을, 특히 풍경화의 경우, 큰 배경과의 관계에 비추어 그려 낸다. 예술 작품의 현실 재현은 일정한 형식적 정비를 경유한 현실이다. 형식은 그 자체가 특정한 현상을 초월하는 형상적 가능성 — 그 매트릭스에 연결하는 기능을 갖는다. 이러한 연결로 인하여 예술 작품은 전체가 한순간에 스스로를 드러내는 계시 또는 현현(顯現)의 계기가 된다.

다시 말하여, 이야기는 소문이나 잡담, 신문의 뉴스와 비슷한 기능을 가진 것으로 생각될 수 있다. 물론 문학 작품으로서의 이야기에는 보다 심각한 실존적 개입이 있게 된다는 차이는 있다. 이야기 그리고 서사적 문학의 본질을 설명하는 글에서 발터 벤야민은, 독일의 싱구(成句), "나들이를 갔다 온 사람은 할 이야기가 있게 마련이다."라는 말을 인용하고 있다. 여기에서 갔다 왔다는 곳은 장터일 수도 있고, 가까운 읍일 수도 있고 먼 고장일 수도 있다. 그렇기는 하지만, 사람들은 어디를 갔다 온 사람이란 먼 곳을 다녀온 사람이라고 생각한다.[1] 이렇게 생각하기에 사람들은 여행담에 호기심을 갖는다. 자신들의 세계를 넘어가는 먼 곳의 이야기를 듣고 싶어 하는 것이다. 기대하는 것은, 말하자면, 세상의 뉴스이다. 그러나 사람들이 듣고자 하는 것은 단지 먼 곳을 다녀온 사람 또는 먼 곳에서 온 낯선 사람들의 이야기만이 아니다. 그들은

---

1) 영역, Walter Benjamin, *Illuminations*(New York: Shocken Books, 1969), 82쪽.

살아왔던 이야기를 듣고자 한다고 벤야민은 말한다. 그 이야기는 어떤 의미의 틀을 가진 이야기이다. 그 삶의 이야기는 세상살이의 이야기로서, 세계를 단순히 공간적 연장으로가 아니라 시공간의 지속 — 삶의 공간으로 느낄 수 있게 한다.

그러나 벤야민의 생각으로는 이야기는 사라져 가는 기예(技藝)이다. 세상이 바뀌고 사람들이 세상을 파악하는 방식이 달라졌다. 해설과 설명이 많아지고 이것이 이야기에 끼어든다. 우리가 세상에 대하여 듣는 이야기도 설명 안으로 흡수되어 버린다. 그렇다고 하더라도 몸으로 느끼는 세상은 여전히 상상력으로 또는 이론으로 파악하는 세계의 바탕으로 남는다. 문학은 무엇보다도 이 느낌의 바탕과 자원에 이어져 있다. 그리고 그것을 그려 내고자 한다. 물론 복잡한 세상에서 문학도 이론화된 세계 이해의 방식으로부터 도움을 받는다. 그리고 그로 인하여 이야기에 억지스러운 왜곡이 일어나기도 한다. 중요한 사실의 하나는 세상을 아는 방식으로서의 이야기가 이론에 대하여 경쟁을 하게 된다는 것이다. 이 경쟁은 인식의 경쟁이기도 하지만, 사회적 지위와 인정을 위하여 벌이는 경쟁이기도 하다.

되풀이하건대, 문학은 이야기이다. 그것은 세상과 삶에 대한 이야기이다. 그것은 사람이 사는 일을 그 직접적성 속에서 펼치는 이야기이다. 따라서 그것은 조각조각들로 이루어진다. 그러면서 거기에서 하나의 일관성을 발견해 내고자 한다. 이 후자의 측면에서 그것은 보다 직접적인 전체화의 기술을 행사하는 이론적 설명에 못 미칠 수 있다. 그러나 삶의 직접적인 현실을 전달하는 일에 있어서는 전체성의 이론을 능가한다. 이론과 이야기의 경쟁은 커다란 정치적 의미를 갖는다. 이론은 사회 개조의 공학이 되고 문학까지도 영혼 개조의 공학이 되게 할 수 있다. 그리하여 문학은 그 독자성을 위하여 그리고 인간 영혼의 자율을 위하여 여기에 저항하게 된다.

이론의 대두

현대 인류의 생활 환경에 일어난 가장 거대한 변화의 하나인 자본주의는 처음 시작부터 인간 심리의 주요 동기로서의 경제적 욕망과 그에서 출발하는 부의 축적이라는 관점에서 사회 이론을 발전시켰다. 그러나 더 철저하고 정교한 사회 발전 이론을 만들어 낸 것은 마르크스주의로서, 마르크스주의는 자본주의 이전의 사회 구성으로부터 자본주의 그리고 자본주의 이후의 사회주의에로의 이행을 망라하는 사회 변화의 역사적 과정을 총체적으로 설명하려 하였다. 그의 설명력은 당대 사회의 모순들을 비판하고, 다가오게 될 유토피아적 미래를 통하여 스스로의 이론과 그에 기초한 실천을 통해 정당화되었다. 그 호소력은 어떤 사회적 소재가 되었든지 간에 그것을 분석적으로 해석해 낼 수 있다는, 인간의 사회적 생존 전체에 대한 이론의 철저함에 있었다. 물론 그 분석은 일정한 관점에서의 분석이지만, 그 스스로 그것을 인정하는 것은 아니었다. 그리하여 그것은 인간의 문제에 대하여서는 무엇이 되었든 답을 가진 것으로 보였다.

그러나 사회주의권의 갑작스러운 붕괴는 그 패러다임으로서의 기능에 종지부를 찍게 했고, 그 관점에서 예견되었던 '역사'에 송말을 가져오고, 그 이론의 정치함에서 마르크스주의에 비교할 수 없었던 자본주의로 하여금 역사의 승리자가 되게 하였다. 그러나 이론이 없어진 것은 아니다. 마르크스주의와 같은 대이론을 비판한다는 포스트모더니즘의 이론들, 그러면서도 마르크스주의의 후계자라고 할 수 있는 포스트모더니즘 이론들은 현대 세계의 모순을 분석해 내고 자본주의와 짝을 이루고 팽창했던 식민주의, 제국주의와 그 후계 체제의 비판을 계속하고 있음을 볼 수 있다.

인간의 삶에 대한 여러 이론적 또는 이데올로기적 설명은 다른 어느 곳에 못지않게 한국에서 커다란 영향력을 행사하여 왔다. 그리고 문학은 오랫동안 여기에 긴밀한 연계를 가지고 있었다. 14세기 말에 창건

되어 20세기 초까지 계속된 왕권 체제는 유교 이데올로기를 그 이념적 기초로 하면서, 세계 다른 곳에서 보기 드물게, 삶의 크고 작은 모든 부분을 철저하게 이데올로기적으로 조직하고자 하였다. 여기에는 문학도 포함되었다. 근대에 접어들어서는, 제국주의 지배, 내전, 근대화, 산업화, 민주화 등 거대한 격변의 역사를 거치면서, 이러한 변화를 총체적으로 파악할 수 있게 하는 이론의 필요는 절실한 것이 될 수밖에 없었다. 근대에 와서 특히 요구되었던 것은 민족 독립과 민주화의 저항을 정당화하는 이론에 대한 요구였다. 정치적 참여와 실천에 이데올로기적 보조 수단은 필수적인 것이었다. 그것은 자기의 선 자리를 흔들림 없이 일정하게 유지한다는 점에서만도 필요한 보조 수단이었다. 작가들이 격동 속의 삶을 일정한 질서 속에 파악하는 데에도 이데올로기는 중요한 지렛대가 되었다. 지난 수십 년간 사회 변화를 그려 내고자 하는 대표적 문학 작품이 정치적 이데올로기적 움직임의 일부가 된 것은 자연스러운 일이었다. 그리고 이데올로기적 투쟁에 참여하는 것은 사회 공간 안에서 작가에게 일정한 지위를 부여하였다.

이데올로기의 득실

그러나 이데올로기 의존은, 이미 비친 바와 같이, 문학 작품의 상상력의 유연성과 범위를 제한하는 효과를 가질 수 있다. 이보다 중요한 것은 이데올로기가 가져오는 도덕적 파급 효과이다. 총체적 사회 이론은, 함의(含意)의 차원에서일망정, 그에 의존하는 정치적 행위에 정당성을 부여한다. 이것은 한국에서도 그러하지만, 지금에 와서 20세기의 정치 혁명에서 세계적으로 볼 수 있는 것이다. 최근에 밝혀지고 있는 중국 문화 혁명으로부터의 예를 들건대, "사람이 만들어 낸 최고의 재난"으로 3000~4000만의 인명이 희생되었다는 이 기간 중에, 인간적 피해를 두고 한 정치 지도자는, "병들고 죽은 사람이 조금 있지만, 그것은 아무것도 아니다."라고 말했다고 한다. 전쟁과 감옥에서 죽어 간 무수한 사람들의 희생으로 얻어진 것이 혁명이라는 관점에서 말하여진 것이다.[2] 큰 명분은 작은 희생 — 그것이 누적되어 엄청난 것이 되는 것까지도 무시할 수 있는 강고한 마음을 만들어 낸다. 그러면서도, 이러한 발언 그리고 그러한 발언을 뒷받침하는 이데올로기가 정당화하는 인간 희생은 실로 가공할 일이지만, 이렇게 말한다고 하여 혁명의 필요가 절실해지는 상황이 있다는 것을 부정하려는 것은 아니다. 정치는 — 도덕적 책임의 정치질서를 만들려고 의도하는 정치도, 막스 베버의 말을 빌려, "악마와의 협약"을 요구한다는 것도 인정하지 않을 수 없는 사실인지 모른다. 그러나 최소한으로 필요한 것은 정치에 스며 있을 수 있는 이러한 악마의 지시를 그러한 것으로 인정하는 것이다. 그리고 그것으로부터의 탈출을 모색하는 일이다. 탈출을 위한 시도는 정치 그리고 인간 상황 일반에 존재할 수 있는 모순의 시종(始終)과 비극적 결과를 직시하는 데에서 시작될 수 있다. 적어도 문학은, 이론에 의한 인간 현실의 단순화를 거부하고 모순의 전폭을 드러낼 수 있는 여유를 갖는 위치에 있다고 할 수 있다. 그 위치에서 모순을 극복하고 악마의 손아귀를 벗어나는 일에 기여할 수 있다.

시장의 자유

이데올로기의 단순화가 가지고 있는 위험을 생각할 때, 사회 총체에 관한 이론의 후퇴는 인간 현실의 보다 자유롭고 폭넓은 묘사를 약속하는 것으로 생각될 수 있다. 그리하여 마음은 현실의 부분과 전체를 보다 편견 없이 보는 자유를 얻고 인간의 삶을 보다 다양하고 섬세하게

---

2) cf. Frank Diokoetter, *Mao's Great Famine: The History of China's Most Devastating Catastrophe 1958~1962*(New York: Walker, 2010), Roderick MacFarquhar의 서평, *New York Review of Books, February* 10~23, 2011.

그려 내는 개방성을 얻을 성싶다. 그러나 그 나름의 단련, 즉 크고 작은 현실을 다룰 수 있게 하는 단련이 없이 그것이 가능할 것인가? 이론의 소멸은 사람의 마음이 방향타가 없는 표류 상태에 빠지고 외부로부터 다가오는 영향들에 무방비로 노출된다는 것을 의미한다. 이것은 사물의 총체성의 파악이 없을 때 가장 쉽게 일어나는 결과의 하나이다. 그런데 총체성의 파악이 없다는 것은 사물 자체에 반드시 그러한 전체가 없다는 것이 아니다. 비록 전체성의 강제가 없다고 하더라도, 그것은 존재하게 마련이다. 그것은 혼란의 전체라는 상태에서라도 존재한다. 문학의 실천 그리고 다른 인간 활동에 있어서 그것은 의식의 깊은 곳까지 침입해 들어간다. 자본주의에 있어서, 이 계획 없는 계획은, 말할 것도 없이, 시장이다. 시장의 자유는 인간을 자유롭게 하면서 동시에 그 편재하는 영향 속으로 인간의 모든 것을 흡수해 들인다.

아이자이어 벌린의 유명한 정식화에 의하면, 인간의 자유는 소극적 자유과 적극적 자유 두 가지로 나누어 생각할 수 있다. 전자가 억압적인 정치 체제로부터의 자유를 말하는 데 대하여 후자는 이성적 인간 완성의 이상을 추구하는 자유를 말한다. 벌린은 이 자아의 이상적 추구의 큰 의미를 인정하면서도, 그것이 이성의 보편적 근거를 가진 것으로 파악될 때, 전체주의적 정치 체제를 정당화할 수 있다는 점을 경고한다. 그리하여 민주 사회의 자유는 근본적으로 부정적인 자유일 수밖에 없다.[3] 그렇기는 하나, 긍정적 자유의 뒷받침이 없이는 부정적 자유가 오래 지탱되지 못하는 것이 인간의 현실이다. 부정적 자유가 만들어 낸 진공에는 곧 다른 세력, 반드시 인간의 자기 실현에 도움이 된다고 할 수 없는 다른 세력들이 밀려오기 마련이다. 비슷한 일은 문학 행위에서도 관찰될 수 있다. 시장의 자유는 문학을 이데올로기적 강제성으로부터 해방하면서 동시에 그것을 그 무정견의 시장의 조종에 맡겨 놓

---

3) Isaiah Berlin, "Two Concepts of Freedom", *Political Ideas in the Romantic Age*(Priceton University Press, 2006) 참고.

게 된다. 이에 대하여 정전(正典)에 오를 만한 문학 작품들에서는(정전 개념의 횡포에 대한 비판이 많이 있기는 하지만) 그 자유를 제한하는 여러 테두리들을 발견할 수 있다. 그럼으로써 비로소 작품은 인간 정신의 적극인 성취가 된다. 여기에 우선 생각할 수 있는 것은 형상적 제약이다. 그러나 주체의 측면에서도, 정전들은, 또는 간단히 말하여, 심각한 작품들은 정치적 이데올로기에 표현되어 있는 바와 같은 부류의 주제를 다루어야 한다는 강박을 가지고 있다. 가령 자유, 평등, 정의, 또는 인간애, 도덕과 윤리, 그리고 인간 생사의 심각한 문제를 다루려는 강박 속에 괴로워한다. 이데올로기가 없어도 이데올로기로부터 완전히 자유로운 것은 아닌 것이다. 그러한 작품들은 주어진 상황을 살피고 그것을 그리려고 할 때, 그 재현에 충실하면서도 직접 간접으로 위에 말한 주제들과의 관련에서 옳고 그름, 선과 악의 판단을 시사하지 않을 수 없다.

　이러한 의미에서 문학 작품은 언제나 도덕극(morality play)이다. 차이는 도덕적 판단의 복합성과 판단에 있다고 할 수 있다. 이것은 도덕이 자리하는 위치에 크게 관계되는 것으로 생각된다. 판단은 관점의 위치에 따라 달라진다. 그것은 개인의 위치에 있는 것일 수도 있고 집단의 위치에 있는 것일 수도 있다. 판단의 시각은 사회의 큰 장면을 넓게 보는 것일 수도 있고 개인에 집중하는 것일 수도 있다. 그리하여 집단적 명령과 개인적 실존 사이에 갈등과 모순이 생겨난다. 이 갈등에서, 문학 작품에서는 대체로 이 초점이 개인에게 쏠리는 것이 보통이다. 결국 이야기는 어떤 사람의 이야기이다. 사람의 이야기는 일반적이고 추상적인 이론의 사례가 되고 말지는 아니한다. 추상화는 비개인화이고 비인간화이다. 이야기에서 개인은 우리의 공감을 얻는다. 그렇다고 해서 집단적 총체의 존재가 인간으로부터 사라져야 한다는 것은 아니다. 뿐만 아니라 개인이 도덕적으로 또는 윤리적으로 상황 속에 존재한다고 하면, 집단은 이미 그 개체성 안에 존재한다고 말할 수 있다.

　심각한 이야기는 단순히 우리를 재미있게 해 주거나 연민을 자아내는 사람의 이야기가 아니다. 사람은 방금 말한 바와 같이 이미 도덕적 윤리적 상황 속에 있다. 문학적 상상력은 이러한 개체의 심층으로부터 노력이 솟구쳐 오는 것을 들추어 냄으로써 도덕과 윤리가 어떻게 개체 안에 위치하는가를 넘겨볼 수 있게 한다. 그것을 단적으로 보여 주는 것이 비극적 작품들이다. 비극이 되는 극단적인 경우가 아니라 하더라도 많은 작품에서 문제가 되는 것은 삶의 진정성이다. 작품에 그려진 삶이 인간 실존의 진정한 모습에 맞아 들어가는 것인가 아닌가 하는 것이 문제가 되는 것이다. 모든 문학 작품이 그러하다고 또는 그러해야 한다고 하는 것은 또 하나의 억압 체제를 불러들이는 것이 될 것이다. 그러나 그것이 문학의 중요한 특징임은 틀림이 없다. 그런데, 시장의 자유 속에서 쉽게 상실되는 것이 이것이라 할 수 있다. 밀란 쿤데라의 작품의 제목을 모방하여 말하건대, 시장 체제 안에 묘사되는 삶의 지나친 가벼움은 진정 견디기 어려운 것이 된다. 이에 대하여, 이하에서 잠깐 살펴보고자 하는 것은 전통적 문학 작품에서 무거운 주제들의 모습들이다.

심미적 보편성과 진정성의 추구

관조와 거리. 대체적으로 말하여, 문학 작품이 사회 변화의 계획들에 비하여 관대할 수 있다는 것은 틀림이 없다. 흔히 말해지듯이 예술 작품은 지속적인 관조를 수반한다. 관조는 그 대상에 대하여 거리를 만들어 낸다. 이것이 상황의 넓은 조망과 함께 상황의 구성 요소들 — 체험의 순간, 개인의 성품, 복합적 동기 등에 자세한 집중을 가능하게 하고, 따라서 인간들을 정죄(定罪)하지 않는 눈으로 볼 수 있게 한다. 현실을 프로크루스테스의 침대에 맞추어 재단할 긴급한 사연이 없는 것이다.

서사 형태의 현실 묘사와는 달리, 이러나저러나 체험의 시적인 재현에는 외적인 간여의 공간이 없다고 할 수 있다. 서정시 또는 일반적으로 시의 호소력은, 대상물이건, 상황이건, 정서이건, 묘사되는 체험의 자연스러움 그리고 직접성의 인상에서 얻어진다. 그러면서 그것은 동시에 보다 큰 배경을 시사한다. 이러한 부분과 전체의 교차로 인하여, 시적 계기는, 앞에서 비쳤듯이, 계시 또는 현현(顯現)의 순간이 된다. 물론 선전이나 교훈을 담은 시에서 보는 바와 같이 이데올로기적 개입이 가능해지는 것도 이 교차로 인한 것이다. 그러나 순정한 시적 순간은 인격적 개체의 지각과 성찰의 삶의 흐름 속에 일어나는 정지와 초연의 사건이라는 인상을 준다. 물론 정서나 생각은 이미 존재하는 주제와 형식 속에 형성된 것이기 쉽다. 그러나 느낌은 자연스러운 사건으로 일어나고 그것이 시로 표현되는 것이다.

그러면서도 이 자연 발생의 사건은 관조가 가능하게 하는 거리에, 그 성찰에 일치한다. 시는 말할 것도 없이 긴 성찰과 퇴고(推敲) 외 소산이다. 말할 것도 없이 서사(敍事)는 보다 큰 거리와 사고의 여유를 요구한다. 거기에는 재현되는 현실에 대한 보다 의식적인 개입이 있을 수밖에 없다. 그것은 삶의 복합적인 흐름의 지속을 포착하여야 한다. 그 지속에는 여러 행동의 노선이 펼쳐진다. 그 여러 노선들을 하나의 행동으로 통일하는 것은 극히 힘든 일이다. 적어도 사건의 실질적 내용이 관계되는 한은 그렇다. 일관성이 있어야 하기는 하지만, 하나의 행동 노선에 따라 다른 여러 있을 수 있는 노선들이 제거된다면, 그러한 서사는 현실적 인상을 주지 못한다. 이러한 기교적인 필요만으로도 서사는 저절로 인간에 대한 너그러운 관점을 요구한다. 문학 작품의 고전적인 기준을 논의하면서 해럴드 블룸은 셰익스피어와 같은 작가는 "우리로 하여금 천박한 인물, 멍청이, 범죄자 등에 대하여 관심을 가지게 하고," 이들이 그들 나름의 삶을 한껏 살려고 한다는 점에서, 헤겔의 공식대로, 인간적으로 이해할 수 있는 "자아 예술가"로 볼 수 있게 한다.[4] 여기에는 흔히 사회적 계획에서는 볼 수 없는 선악을 초월하는

---

4) Harold Bloom, *The Western Canon*(New York: Harcourt Brace, 1994), 71~75쪽 참고.

인간적 관심이 있는 것이다. 여기에서 보편적 휴머니즘의 가능성이 열리게 된다.

1 윤리적 파토스

보편적 관용과 갈등. 그리하여 블룸은 도덕의 기준을 넘어가는 것이 문학이라고 한다. 그러나 블룸이 생각하는 바와 같이 반드시 그러한 것일까? 뛰어난 문학 작품이 참으로 도덕의 기준을 넘어가는 보편적인 관용을 보여 준다면, 그것은 갈등, 즉 도덕과 윤리를 중심으로 한 갈등을 겪게 되는 복잡한 행동의 과정을 거친 다음에 일어나는 최종의 결과라고 하는 것이 옳을 것이다. 이것은 어느 한쪽의 선악의 확인이라기보다는 다만 그러한 갈등과 그 고통에 승복하는 것일 수 있다. 그러나 그것이야말로 큰 관용의 근거가 된다. 어쨌든 문학의 관심은 최종적 보편성에 못지않게, 행동의 도덕적 갈등의 과정에 ── 그 직접적인 또는 간접적인 변주에 놓여 있다. 서사는 행동을 말하고 행동은 선택을 말하고 선택은 도덕적 결과를 낳는다. 오늘날과 같은 상대주의의 시대에 있어서 행동적 선택을 도덕적으로 검증하는 것은 시대착오적인 일로 보인다. 이데올로기는, 비록 그것의 궁극적인 삼제(芟除)를 목적으로 한다고 하더라도, 적극적으로 갈등을 조직화한다. 그러나 이데올로기를 폐지한다고 갈등이 없어지는 않을 것으로 보인다. 그 폐지는 우리로 하여금 다시 인간의 실존의 깊이에서 솟구쳐 나오는 갈등(결국 이것도 제거되어야 하는 것이지만)을 넘겨 볼 수 있게 한다.

인간이라는 행위자의 여러 동기 그리고 여러 대안적인 행동 노선을 병치한다는 것은, 보지 않을 수도 있었을 모순들과 갈등을 부각시키는 효과를 갖는다. 갈등의 요인으로는 사람 사이의 오해, 이해관계의 싸움, 도덕적 소신의 차이 등이 있을 수 있다. 그중에도 마지막 요인은 타협이나 화해를 허용하지 않는 가장 심각한 갈등의 요인이 될 수 있다. 이것은 개인적인 고집이나 완고함 때문만이 아니라 어떤 종류의 도덕적 윤리적 명령의 성격이 간단히 해소할 수 없는 모순을 포함하고 있기 때문이다.

비극의 파토스. 문학적 상상력에서 특히 관심의 대상이 되는 것은 사회 통념의 윤리 규범에 충돌하게 되는 인물의 자기 확신이다. 집착은 통속적인 연애담에서까지 중요한 상황 설정의 매듭이 되지만, 특히 도덕적 확신의 문제를 다룬 대표적인 예는 그리스의 비극들이다. 그중에도 대표적인 것은 「안티고네」이다. 헤겔은 그 주제를 두 개의 윤리 규범의 충돌이라고 말한다. 국가의 지시를 어기는 주인공 안티고네의 윤리적 소신은, 아마 그 반대쪽보다도 원시적인 것인 까닭에 더욱, 심성의 깊이로부터 솟구쳐 나오는 감정으로 나타난다. 그러나 보다 일반적으로 헤겔은 이 강력한 감정 — 파토스가 비극 그리고 예술 작품의 핵심적 영역이라고 생각한다. 이 비극의 파토스는 "이성과 자유 의지를 본질적인 내용으로 하면서 그 자체로 정당화되는 감정의 힘"이다. 그것은 개인을 휩쓰는 감정이면서도, "모든 사람의 가슴에 있는 금선(琴線)을 울린다. 그리하여, 사람들은 진정한 파토스의 내용에 들어 있는 가치 있고 이성적인 요소를 인지한다."[5] 그러면서도 그것은 일방적인 감정이며 이성이기 쉬워서, 다른 사람의 파토스에 충돌한다. 소포클레스의 연극에서 일어나는 것이 바로 안티고네의 원초적인 파토스와 크레온의 국가적인 규범이다.

최근 중동 지방에서 일어난 일 그리고 그것으로 상기하게 되는 한국의 정치적 사건들은 방금 말한 종류의 파토스가 단순히 문학 작품 속의 사건이 아님을 생각하게 한다. 작년 12월 우리는 튀니지의 시다 부지드에서 대학을 졸업하고 취직이 어려워 길거리에서 채소 장소를 하던 모하메드 부아지지라는 젊은이가 경찰의 단속에 항의하여 분실자살한 사건에 관한 뉴스를 들었고 이것이 튀니지의 혁명 그리고 오늘날에도 계속되고 있는 중동 지방의 정치적 격동을 유발하는 원인이 되었다는 것을 들었다. 이 사건은 1970년에 한국에서 일어났던 사건과 극

---

5) G. W. Hegel, *Aesthetik I*(Frankfurt: Suhrkamp, 1970), 301~302쪽.

히 유사하다. 평화시장 봉제 공장에서 일하던 전태일은 당시의 열악한 노동 조건을 항의하는 운동을 벌이다가 분신자살하였고, 그것은 노동 운동과 민주화 운동에 있어서 하나의 중요한 이정표가 되었다. 이러한 분신 항의는 사회의 부정의에 저항하는 사건이면서, 마음 깊이의 정의 감에서 우러나온 행동이라고 할 수 있다. 이것은 그 후의 여러 일들이 보여 주듯이 가깝고 먼 곳에서 많은 사람들의 공감을 즉각적으로 불러 일으켰다. 이러한 근원적인 파토스는, 정치적 프로그램에 일치하는 것 이면서도 혁명 지도부의 상부에서 내리는 지시에 따라 계획되는 정치 행위와는 상당히 다르다고 할 수 있다. 민주화 운동기의 노동 운동을 취급한 한 한국 소설에 보면, 집단 행동을 유발하려는 목적으로 노동 자의 자살을 계획하는 사람의 이야기가 있다. 여기의 행동은 앞에 든 사건들 또는 비극에서 보는 바와 같은 파토스의 분출과는 다른 동기의 사건이다.

비폭력. 그렇기는 하나 제일 좋은 것은 분신과 같은 비극적 결단이 일어날 상황이 발생하지 않는 것임은 물론이다. 비극적 현실의 진상을 알게 되는 것은 조금은 그러한 상황을 피하고 화해를 호소하는 일이 될 것이다. 비극이 보여 주는 인간 실존의 심연을 접하게 되는 것은 갈 등 해결을 위한 보다 단호한 결의를 촉구할 것이다. 이 심연의 전시 자 체가 보다 평화적인 대책을 시사하는 것일 수도 있다. 서정주(徐廷柱) 의 시에는 부처의 죽음을 기술한 것이 있다. 부처가 죽는 것은 제자가 대접한 독 섞인 음식으로 인한 것이다. 서정주의 묘사로는 부처는 죽어 가면서도 설법을 계속한다. 부처의 설법은 그 엄청난 자기희생을 통하 여 제자로 하여금 자신의 행위의 진정한 의미를 깨닫게 하고 그의 마 음 깊이에 잠들어 있는 도덕과 윤리에 대한 감각 ── 시인 자신의 말로, "영생하는 정신 생명의 까닭"을 깨우치게 하려는 자비로운 의도의 일 부였을 것으로 생각된다. 이 시 「에베레스트 대웅봉(大雄峯)은 말씀하 시기를」은 인도 기행록의 일부로써, 이 기행록에는 간디에 관한 시도 있지만, 서정주는 이 부처의 죽음에서 간디의 비폭력 정치 운동의 원형을 본 것이라고 할 수 있다. 폭력에 대하여, 폭력 투쟁이 아니라 비폭력으로 맞서는 것도 악과 삶의 모순을 다루는 한 방식일 것이다.

민주적 정치 질서. 「안티고네」의 비극적 딜레마로 다시 되돌아 가서, 극적 효과라는 관점을 떠나서 생각하건대, 문제의 이상적인 해결 가능성을 생각해 볼 때, 안티고네와 크레온 또는 개인적인 윤리 감각과 시민적 준법 요청 사이에 타협이 없으라는 이유는 없다. 물론 이 가능성은 사후(事後)에야 깨닫게 되는 것이 되기 쉽다. 이상적으로 말하여, 비극은 비극 나름의 이성을 가지고 있지만, 현실적 이성의 방법은 민주 정치 질서의 원리이다. 그것은 비극적 파토스, 그리고 거기에 따르는 가공할 인간 희생이나 폭력적 봉기를 피하고 상호 견제와 균형의 제도를 수립하여 갈등의 문제를 해결하려는 원리라고 할 수 있다.

2 명증성의 파토스

위에 언급한 분사(焚死) 사건은 문학 작품이 아니라 현실 속에서 벌어진 사건이다. 현실은 비극보다 비참할 수도 있다. 동시에 조금 전에 말한 것은 삶의 모순을 조금 더 타협적으로 또 평화적으로 해결할 수도 있다는 것이었다. 그러나 현실에 비하여 상상적 작품들은 인간 조건에 내재할 수 있는 모순을 보다 예리하게 부각하는 기능을 수행한다. 비극이 갖는 디오니소스적 축제의 여러 속성들을 빼놓고 생각할 때, 심미적 현실 묘사로서의 비극도 잠재적 갈등의 요소를 명증화한다. 이것은 인간 현실에 적중되는 여러 윤리적 도덕적 개념에도 그대로 해당되는 일이다. 이러한 이야기는 심미적 현실 재현의 문제에서 이탈하는 것이지만, 잠깐 인간 삶에서의 개념적 변별의 의의를 조금 생각해 보고 다시 심미적 문제로 돌아갈까 한다.

도덕 윤리의 가치와 현실 전략. 비극이 일반적인 윤리의 파토스를 구분하면서 그것들이 서로 맞부딪쳐 폭발하는 모습을 드러내 보여 주는 것처럼, 도덕이나 윤리의 문제를 바르게 이해하는 데에는 거기에 관여되는 개념들을 분명하게 갈라서 살피는 것이 필요하다. 현실과의 관련에서 개념의 역할은 일반적으로 그러한 것이라고 할 수 있다. 흔히 말하는 "정직은 최선의 정책"이라는 격언은 도덕 가치와 사회적 편법을 하나로 엮어 놓은 말이다. 이것은 개인적으로나 사회적으로 좋은 행동의 기준이 되는 것으로 간주된다. 그러나 그것은 그 자체로 값있는 것이 되어야 할 정신적 가치와 사회적 정치적 전략을 혼동하는 결과를 낳는다. 그리하여 가치는 그 자체로서의 의의를 상실하게 된다. 도덕의 난제는, "최선의 정책이 되지 않을 때에도 정직하여야 하는가?" 하는 방식으로 제기될 수 있고, 여기에 대하여 "그렇다."는 대답이 있을 수 있다.(답이 이보다는 복잡하다는 것은 다음에 다시 생각해 볼 것이다.) 공자는 봉건 사회에서 사회적 지위와 기능을 분명하게 유지하기 위해서는 이름을 바르게 유지하는 것이 중요하다고 말하였다. 그런데 유교의 테두리 안에서 학문적 수양의 의의를 생각함에 있어서, 학문의 자체로서의 의미와 그 사회적 의미 사이에 위와 비슷한 긴장이 있는 것을 본다. 학문의 목적은 그 자체에 있고 수신에 있다. 그러나 그것은 부귀와 공명의 수단이 되기도 한다. 학문을 위하여 시골에서 은거하기를 선택한 16세기 유학자 조식(曺植)은 퇴계에게 보낸 편지에서 당대의 학문이 부귀공명은 물론 학자로서의 명성을 얻는 수단으로 이용되는 것을 개탄하였다. 그것은 "배우는 자가 명성을 훔치고 세상을 속이는" 일이라고 말하였다. 이에 대하여 퇴계는 세속적 목적을 위한 학문의 전용을 지나치게 비난하는 것은 사람들로 하여금 더 큰 길, "도"로 나가게 하는 방도를 없애는 것이라고 말하면서 이러한 일에서 일어나는 약간의 혼란을 옹호하였다.[6] 학문의 순수성을 옹호한 남명의 진의를 이해하지 못한 것은 아니었겠으나, 그는 보다 넓은 사회적 효과를 고려하여 남명의 결백주의에 동의하지 않았다고 할 수 있다. 그러나 이것은 사회적 목적의 명분을 빌리는 세간적 속임수 ― 극단적으로 말하여 마키아벨

---

6) 금장태, 『명성을 소중히 여긴다는 뜻』, 실학산책, 164. 2011년 2월 14일. dasanforum@
naver.com.

리적인 전략을 허용하는 일이 된다고 할 수도 있다. 퇴계의 의도가 그러했다고 할 수는 없겠지만, 그것은 전략적 목적을 위하여 도덕적 윤리적 이상의 순수성을 혼탁하게 하는 결과를 가져올 수 있다. 너무나 많은 것이 의도적 또는 의도 되지 않은 이러한 혼란의 결과이다.

개념적 명증성. A는 A라는 동일성의 원리는 우리의 사고와 삶에 명증성을 부여한다. 도덕적 윤리를 지적 일관성 속에 유지하는 데에는, 그 비현실성에도 불구하고 개념의 명증이 필수적이다. 그렇다고 근본주의나 광신이 정당화되는 것은 아니다. 물론 현실에는 타협이 불가피한 경우가 많다. 그러나 그것은 그러한 것으로 인지되어야 한다. 수신(修身)을 하고 덕을 닦는 데에 명성이 수단이 되고, 공공질서의 윤리를 확보하는 데에 명성이 유용하다면, 그것은 채택될 수 있는 방편이라고 할 수 있다. 다만 여기에 윤리와 현실 전략의 두 차원이 개재되어 있다는 것을 분명히 하는 것이 필요하다. 앞에서도 비쳤지만, 지조, 명성, 정의 또는 다른 사회적 개인적 윤리 가치가 이익과 권력의 수단으로 사용되는 예는 오늘날에 있어서도 너무 많이 볼 수 있는 일들이다. 사생결단의 정치 투쟁에서 좋은 이름들은 너무나 쉽게 전투에서 이겨 내는 수단으로 변화된다. 정명(正名)은 모든 윤리적 사고의 필수 조건이다. 그것 없이 사회적 인간적 가치는 그 본래의 의미를 상실한다. 위에서 언급한 첸이〔陳毅〕 중국 외교부장의 발언은 혁명적 목적과 그 비인간적 결과를 분명하게 갈라 보지 않은 데에서 일어나는 과오라 할 수 있다.

과학의 파토스. 개념적 명증성의 근원은 무엇인가? 아마 그것도 사람의 마음에 있는 파토스의 힘이라고 해야 하지 않을까 한다. 과학적 지식에 있어서도 관찰과 추론의 과정을 하나의 일관성 속에 지탱하는 것은 연구자의 주체의 지구력이다. 따지고 보면, 그 힘은 개체적인 것이다. 관찰과 추론을 진행하는 개인의 겸허와 정직성과 헌신이 그것을 지탱하는 것이다. 물론 이것은 동료 공동체의 인정을 통하여 과학적 진리가 된다. 그런 점에서 개체의 진리에 대한 헌신은 개인적인 것이면서 동시에 개체를 넘어가는 공공 영역에 존재한다. 윤리의 규범도 과학의 이성과 비슷하다. 안티고네의 경우에 그러한 것처럼, 윤리적 이념은 개인적인 파토스이면서 모든 사람의 심금(心琴)을 울린다. 도덕 윤리의 개념은 개인의 주체성에 지탱되면서 공공 공간에 존재한다.

도덕적 느낌의 직접성. 그러나, 또는 그러니만큼, 도덕적 개념의 도덕적 의미는 불분명하다. 하나의 도덕적 개념은 다른 도덕적 개념들과 모순될 수 있다. 그것보다 더 중요한 것은 그것이 상황과의 관련에서 여러 의미를 가질 수 있다는 사실이다. 그런데 조금 기이한 이야기이고 사실 도덕의 모호성을 더 짙게 하는 이야기이기는 하지만, 도덕 개념의 모호함은 그것이 어떤 특정한 상황과의 관련에 일어나는 느낌의 깊이에 의하여 다소간은 해소된다고 할 수 있다. 이 점에서 마음의 느낌에는, 헤겔이 추측하는 대로, 특이한 진정성의 핵심이 있고 이것이 그 나름의 이성적 성격을 갖는다고 할 수 있지 않나 한다. 이나치오 실로네의 소설,『빵과 포도주』에서 가톨릭 사회에서 자란 주인공은 교회에 대하여 소외감을 느끼는 경험을 어릴 때에 갖는다. 교사인 신부는 학급에서 정직성의 의무를 강조하기 위해서 정치적 도피자가 나쁜 정부의 추격자에 쫓겨 자기 방으로 들어오고 추격자가 방의 어디에 도피자가 숨었는가를 물어보는 경우에 어떻게 대답해야 하는가를 묻는다. 그리고 그 경우에도 정직한 대답이 필요하다고 말한다. 여기에는 여러 가지 다른 의무가 관여되어 있다고 할 수 있다. 정직성은 개인이 자기 일체성을 위하여 지켜야 하는 덕성이다. 그렇기는 하나 교사의 가르침에서 그것은 추상적인 의무로 파악된다. 추격자는 파시스트 정부의 요원이고 도망하는 자는 이에 대한 저항 운동을 하는 사람이다. 그러나 어린 주인공 그리고 실로네에게 중요한 것은 그러한 정치적인 사실보다도 그 상황과의 관련 속에서 도망하는 사람의 생명의 문제이다. 핵심은 도망자에 대한 동정심이다. 물론 그것은 다른 정당성도 가지고 있다. 도망자는 국가의 관점에서 범죄자이지만, 그 범죄가 개인적인 사욕(私慾)의 동기를 갖는 것은 아니다. 그러나 다시 말하여 소년의 동정심은 깊이 개인적인 것이다. 그것은 다른 개인에 대한 것이며 스스로 깊이 느끼는 것이다. 그러면서 그 개인적인 느낌을 부정해야 하는 이유가 충분하지 않은 것이다. 이러한 동정심에서 그는 내심 신부의 가르침을 받아들이지 않는다. 그러면서 그가 선택하는 것은 보편적 윤리이다. 소년 주인공 피에트로 스피나는 자라서 공산주의 혁명운동가가 된다. 그러나 다시 그는 공산주의에 등을 돌린다. 어린 시절에 생각해야 했던 도덕 윤리의 문제는 가상의 문제였지만, 도망자 개인에 대한 그의 공감은 나중에 집단의 명령에 대항하여 개체 존중의 윤리를 선택하게 되는 것을 예고하는 일이었다고 할 수 있다.

3 진정성의 추구

삶의 의미 있는 질서화. 일반화하여 생각할 때, 피에트로 스피나의 선택의 이유가 그렇게 확실한 것이라고 할 수는 없을 것이다. 또 그 자신 확실한 결단의 가능성을 생각하는 것은 아니다. 그러나 그의 경우는 적어도 상황의 직접성 속에서의 감정적 반응이 인간의 도덕적 행위의 근본이 될 수 있다는 것을 예시하는 것이라 할 수 있다. 스피나의 경우에 비하여 안티고네의 결심은 단호하다. 그러나 두 경우 모두 도덕적 결단이 파토스의 근원적 분출에 이이져 있다는 사실을 생각하게 한다. 이것은 특히 불확실성의 시대에 있어서 그러하다. 물론 엄밀하게 따져 보면 불확실성은 어느 시대에나 존재한다. 어느 시점에서나 도덕 행위는 개인의 실천이 없이는 현실로 존재할 수 없다. 물론 개인이 처한 상황과 사정은 여러 가지로 다른 것일 수밖에 없다. 문학은 상황과 개체적 결단의 결합에서 발생하는 파토스의 순간, 그 에피파니의 순간에 각별한 관심을 갖는다. 이때 파토스는 깊은 의미에서 개체적이다. 그렇다는 것은 그것이 개인에 고유한 사건이라는 뜻에서만이 아니다. 그것은 개인 삶의 심부에 잠겨 있는 퇴적층으로부터 생겨나는 성품에 관계된다고 할 수 있는 것이다. 그러한 의미에서 그것은 개체적 인격 전체의 표현이다. 그것은 자신의 삶에 의미 있는 질서를 부여하고자 하는 요구 — "영생하는 정신 생명의 까닭"의 명령이다.

양심의 부름. 조금 덜 극적인 차원으로 옮겨 보면, 이것은 삶의 진정한 가능성에 따라서 살고자 하는 소망의 표현 또는 더 간단히 말하여 양심의 부름에 따라서 살고자 하는 마음의 성향에 부합하는 일이라고 할 수 있다. 물론 여기에서 반드시 비극적인 결말로 나아가는 것은 아니지만, 해결해야 할 갈등이 생겨난다. 양심이란 정화되지 못한 '초자아'의 강박이라고 해석될 수도 있다. 그러나 그것이 완전히 비이성적인 것이라고는 할 수 없다. 위에서 여러 번 말한 바와 같이, 그것은 피상적인 합리성의 계산을 넘어가는 삶의 전체성에 대한 느낌의 결정(結晶)이라는 면을 가지고 있다. 자신의 삶의 전체성, 그리고 그것의 한층 더 깊은 뿌리에 틀림없을 삶의 보편성 — 이것을 관통하는 원리는 합리적 이성은 아니라도 적어도 실존적 이성이라고 아니 할 수 없다. 그러나 중요한 것은 그것이 회피하기 어려운 충동으로 다가온다는 사실이다. 그러면서 그 특징은 그것이 세속적 이해를 넘어간다는 것이다. 적어도 사람의 마음 깊은 곳에 자신의 삶을 의미 있게 값있게 살려는 욕구가 있는 것은 틀림이 없다. 제멋대로의 욕망과 거침없는 충동의 발휘가 삶의 일관성을 지속하고자 하는 자아의 요구를 충족시켜 줄 수는 없을 것이다. 양심의 행위는 외적인 도덕적 기준에 따라 행동하는 것이라기보다는 자신의 품성과 자아실현의 가능성 속에서 나오는 것이라고 할 것이다. 즉 진정성의 삶의 일부인 것이다. 그러면서 그것은 이성의 전체성을 구성하는 하나의 기초이다.

진정성. 진정성(Eientlichkeit, Authenticity)이라는 말은 서구 현대 철학에서 자주 쓰이게 된 말이고 한국에서도 '진정성'으로 번역되어 흔히 쓰이는 말이 되었다. 물론 이것은 하이데거의 인간 실존 분석에서 중요한 말이다. 이 말은 여기의 논의 — 파토스, 양심, 의미 있는 삶 등의 논의를 총괄할 수 있는 개념으로 생각된다. 하이데거의 설명에서, 진정성은 주어진 대로의 사실적인 삶으로부터 스스로를 빼내어 — 이것은 사회적으로 '무리'의 삶으로부터 거리를 유지하는 것을 요구한다.

자기 실존의 전체, "가장 깊은 내면에 있는 존재를 향한 잠재력"[7]을 포함하여 자기의 실존적 전체를 반성적으로 되돌아볼 때 문제가 되는 삶의 성향이다. 이렇게 자기 속으로 들어가는 것은 나르시시즘에 빠지는 것으로 보일 수도 있지만, 실존의 원초적 조건이 다른 사람과의 공존(Mitsein)을 포함하는 것이기 때문에 반드시 그러한 것은 아니다. 또 이 근원적 사회성 이전에 인간 존재의 근본에 있는 것은 생물학적 그리고 다른 여러 환경적 조건이다. 하이데거의 시대에 있어서 사람의 환경 의식은 별로 없었다고 할 수 있다. 그러나 그에게 인간 존재의 근본이 "지구에 거주하는 것(wohnen auf der Erde)"이라는 사실은 그의 많은 에세이에 되풀이하여 강조되어 있는 점이다. 진정성의 삶은 자신의 삶에 충실하면서 이러한 모든 삶의 근원적 요건에 충실하고자 하는 삶이다. 그렇다고 하여 진정성의 삶이 결정론적으로 정해지는 삶이라는 말은 아니다. 그것은 개체적 선택과 결단에 의하여 이룩되어야 하는 새로운 삶이기도 하다. 사회적 공존의 테두리도 지나치게 협소한 것일 수는 없다. 전정한 사회성은 각 개인이 발전시키는 진정성의 존재 양식들을 포용할 수 있는 것이어야 한다. 물론 개인이 창조하는 존재의 방식들 사이에 갈등이 있을 수는 있으나 그것이 너무 심각하지는 않을 것이다. 그것은 세속적인 이익, 사회 정치적 계획, 또는 종교석 신앙의 대치에서 일어나는 갈등이 아니기 때문이다. 물론 그럼에도 불구하고 개인의 존재 양식의 선택이 사회에 영향을 줄 것이다.

진정성과 현실 갈등. 위에서 우리는 문학 예술이 매개하는 인간성에 대한 폭넓은 조망 그리고 거기에 이어지는 선악을 초월하는 보편적 휴머니즘을 언급하였다. 그러면서 동시에 서로 병치되는 여러 요소들 사이에 있을 수 있는 갈등을 말하였다. 막스 베버는 정치와 윤리의 관계를 논하면서, "무가치의 윤리(Ethik der Wuerdelosigkeit)"라는 말을 쓴

---

7) Martin Heidegger, *Sein und Zeit*(Max Niemeyer Verlag, 1972), 193쪽. 여기가 아니라도 진정성에 대한 논의는 이 책의 여러 곳에 나와 있다.

일이 있다. 인간의 관점에서 윤리적 선택은 불가피한 것이지만, 신의 관점은 모든 창조된 것들에 대하여 철저하게 공평한 것이라고 할 수 있다. 그것은 철저하게 윤리적이고 그러니만큼 특정한 윤리적 선호를 가지지 않는다. 그렇다면, 인간도 그러한 선택을 보류하는 것이 마땅하고 바로 그것이 최고의 윤리적인 태도가 된다고 할 수 있을 것이다.

그러나, 이에 대하여, 자신의 삶과 존엄성 그리고 인간 일반의 삶과 존엄성을 위한 투쟁을 피할 수 없는 것이 인간의 가혹한 운명이라는 사실도 부정할 수는 없다. 심미적 초연함은 최대한으로 너그러운 무사공평한 안목을 유지하도록 노력하면서 동시에 인간 존재가 스스로의 진정성을 위하여 벌이게 되는 투쟁과 갈등에 개입한다. 서사(敍事)는 갈등의 서사인 것이 보통이다. 그리고 갈등은, 적어도 심각한 문학이라고 할 수 있는 문학에서는, 주어진 상황의 단초에 주어진 것보다는 더 만족스러운 자아실현을 향한 투쟁의 과정에서 일어나는 갈등이다. 여기의 투쟁은 세속적인 관점에서의 합리적 규범을 넘어가는 생명력에 의하여 추동된다.

그것은 자유 의지의 표현이면서, 그 나름의 이성적 궤도 안에서 움직이는 생명력이다. 그리고 (희망적인 관점에서 본다면) 이것은 사회적 정치적 계획의 윤리성에 일치할 수 있다. 그러나 현실 세계에서만이 아니라 상상력의 실험에서도, 개체적 도덕적 윤리적 실험은 집단의 사회적 정치적 조직 속에서 쉽게 소실되고 윤리적 이상은 진정성을 잃어버리고 왜곡된다. 지난 세기에 있었던 여러 전체주의적인 정치 체제 속에서 일어난 일이 이것이다.

작가와 시장의 자유

자본주의와 그 결여 체제(default system). 역사에 대한 다른 총체적 비전이 몰락함에 따라 자본주의 체제는 인간 역사가 따라가는 유일한 궤도가 되었다. 그리고 그것은 세계적인 확산을 지속하게 되었다. 그러나 그것은 깊은 의미에서 인간성의 실현에 대한 일정한 약속과 희망을 가진 의식적 계획이 아니라 그러한 것을 결여하고 있는 체제로 존재한다고 할 수 있다. 적어도 그것은 적극적으로 이데올로기적으로 조직화하여 강제력을 써서 부과하려는 아무런 프로그램도 가지고 있지 않다고 할 수 있다. 그러나 결여의 체제라는 것은 무책임을 말한다. 이것은 경제적 부의 확대에도 불구하고, 전 지구적으로 드러나고 있는 "미발전의 발전," 인간의 윤리적 능력의 둔화, 자연 자원의 무한한 개발에 따른 자연환경 파괴 등의 결과에서 쉽게 볼 수 있는 일이다.

어쨌든 인간의 마음은 반성적으로 그 스스로의 조건을 검토하여 자신을 회복하려는 노력이 없이는 자유로울 수가 없다. 그것은 어떤 조건이나 환경에서든지 스스로의 생존을 위하여 이미 장비하고 삶의 바다를 건널 준비를 마친 배와 같다. 밖으로부터 오는 이론과 개념을 버린 마음은 이미 지구적 자본주의 속에 들어가 있고 시장의 상인이 되어 시장이 만들어 놓은 조건 아래서 거래할 준비가 되어 있다. 이 시장의 조건은 글을 쓰는 사람에게도 그대로 작용한다. 이것은 반드시 글쓰기가 갖는 외면적 관계만을 말하는 것이 아니다. 시장은 그것이 길러 놓은 마음의 습관으로서 안으로부터 글쓰기에 들어간다.

글쓰기, 공적 공간, 시장. 글을 쓴다는 것은 언어를 매개 수단으로 하는 교신(交信)의 범주에 들어간다고 할 수 있다. 그러나 그것은, 일상 회화나 정치 연설이나 신문 보도와 같은 의미에서의 교신 행위라고 할 수는 없다. 독자의 입장에서 말하여, 시는 듣는 것이 아니라 엿듣는 것이라는 말이 있다. 이것은 작가 일반에 해당될 수 있다. 작가의 관심은 일단 바깥세상과의 소통이 아니라 작품 자체의 완성이라고 할 것이기 때문이다. 그러면서도 작가가 사회적 역할 기능 속에 존재한다고 하여 틀린 말이 되는 것은 아니다. 작가로서 글쓰기는 사회 경제의 관습과 제도를 가로질러 존재하는 공동 관심의 공공 공간에 일정한 의미 있는 부분으로 존재한다. 문학이 교신 또는 소통 행위라고 한다면, 그것은 이 공적 기능을 통하여 정당화되는 교신 행위이다. 그것은 이 보이지는 않지만 필수적인 공간에, 즉 문화라고 분류되는 이차 공간에 기여하는 활동인 것이다. 이 기여는 이 공적 공간을 지탱할 재현적 표현적 진실성의 척도로 평가된다. 즉 작가의 자기 충족적인 작업은 이 공적 공간을 통하여 타목적에 봉사하는 것으로 전환된다.(그러면서도 두 존재 방식은 어디까지나 따로따로 나누어 존재한다.) 시장 경제에서 공공의 관심사는 주로 경제적 기능으로 환원된다. 이 과정에서 문화적 작업은 매우 모호한 기능을 갖는 것이 된다. 작가는 대중 매체에서 오락으로 구분되기도 하는 문화에서 그 '콘텐츠'의 제공자로 간주된다. 이렇게 하여 작가는 시장의 소비자와 공급자의 관계에 들어가야 한다는 압력을 받고 작품은 그 조건에 맞출 것을 요구받는다.

시장을 위한 출판. 이러한 작업의 내적인 환경은 문학 작품의 생산을 지원하는 외적인 조건에 의하여 조성된다. 적어도 부분적으로는 문화적 공적 사명감에 의하여 움직이는 것이 문화 산업으로서의 출판이라고 한다면, 이제는 출판도 이윤의 극대화를 추구하는 자본주의 산업이 된다. 출판업은 베스트셀러 또는 그에 준하는 빠른 자금 순환을 가져오는 출판에 관심을 집중하고 판매는 책의 본래적인 의의보다도 각종의 판매 전략에 크게 의존한다. 작가는 그 생계를 위해서만이 아니라 작품의 성취를 가능하기 위해서라도 판매 성적에 마음을 빼앗기지 않을 수 없게 된다. 판매 성적, 명성, 인정, 이러한 것들이 전부 시장의 조건에 의하여 크게 영향을 받는 것이다.

기술과 출판 정보 폭발. 문학 작품의 환경을 구성하는 요인에는 반드시 시장에서 유래하는 것이 아닌 것들도 있다. 새로운 인쇄 제본 기술 등은 출판 과정을 간소화하고 비용을 절감할 수 있게 한다. 세계적으로 확장되는 시장과 결합하여, 기술의 발전은 책의 양산을 용이하게 하면서 필수적인 목표가 되게 한다. 그리하여 출판되고 저작되는 책은 다른 소비재와 같은 평면에 존재하는 소비품이 된다. 전자 기술의 발달도 문학 저술 행위와 출판의 의미를 크게 바꾸게 한다. 전자 정보의 폭발은 정보 제공자의 위치를 격하시킨다. 작가도 어떤 의미에서는 정보 제공자라고 할 수 있는데, 그 위상도 변할 수밖에 없다. 사회에서 생산되는 정보를 평가하는, 흔히 전문가들의(작가나 평론가도 여기에 포함될 수 있다.) 위계적 평가 질서도 시장의 명성의 질서에 의하여 대체된다.

　생각의 전자화.　출판과 관련하여, 전자책이 인쇄된 책을 대체할 것이라는 생각들이 대두되고 있다. 물질적 무게를 잃어버린 책의 내용은 더욱 쉽게 허공에서 주고받는 정보의 교환 수단이 된다. 책의 내용을 만들어 내는 수단으로서의 컴퓨터는 이미 종이에 쓰이는 언어의 무게를 가벼운 것이 되게 한다. 만년필이나 연필 그리고 볼펜에 의하여 붓이 대체되고 글쓰기가 쉬워졌던 것과 비슷한 일로 하여 글쓰기에 또 한 번의 경량화가 일어나는 것이다.(이것은 세 번째의 혁명이라고 할 수 있다. 첫 번째의 혁명은 엄숙한 상호 주체성의 공간에서 행해지던 구술 언어 행위가 문자 행위로 바뀐 것으로 일어났다.) 작품을 쓰는 작가의 마음가짐도 달라진다. 컴퓨터의 상용으로 말들을 찍어 내고 지우고 다시 찍는 일이 쉬워지고 그에 따라 글쓰기에 필요한 정신 집중이 풀어진다. 일반적으로 전자 글쓰기의 발달은 작문에 있어서 생각과 표현의 간격을 단축시킨다. 메시지의 생산은 거의 자동 행위가 되어, 생각을 하는 것은 물론 보다 긴 작문에 요구되는 반성은 불필요한 것이 된다.

조류와 함께 움직이기

　가벼운 마음과 윤리.　산업 자본주의의 이러한 전개는(금융 자본주의가 이것을 다시 한 번 경량화한다 하겠는데) 문학으로 하여금 무거운 도덕적 윤리적 문제를 벗어나서 가벼움의 세계로 떠오르게 하고 문학이 그리는 현실로 하여금 재치 있는 정보 유희의 콤비나토릭스가 되게 한다. 위에서 비추어 본바 도덕적 파토스에 대한 생각들은 이러한 포스트모던 세계의 가벼움의 상상력에 대한 반대 명제가 될 것으로 생각된다. 그렇다고 그러한 생각들로써 가벼움의 마음을 부정하려는 것은 아니다. 그것이 없이도 삶은 견딜 수 없는 것이 될 것이다. 문제가 되는 것은 적절한 균형이다. 전통적 문학이 전부 무거운 심각함만을 지니고 있었던 것은 아니다. 비극이 갈등과 고통의 문제에 사로잡혀 있는 문학의 장르라고 한다면, 여기에 대조되는 가벼운 문학 장르로서 우리는 희극, 풍자시, 전원시, 전기(傳奇) 소설, 야담, 유머, 수필 등등을 생각할 수 있다. 대표적인 근대적 장르로서의 소설은 자본주의 발달과 함께 부르주아 계급의 사회적 부상, 그리고 그와 동시에 주의의 대상이 된 일상적 삶에 대한 관심이 그 발생의 동기가 되었다고 말하여진다. 한국의 전통에서도 심각한 내용의 문학과 가벼운 내용의 문학은 늘 병존하였다. 서구의 영향 아래서 한국의 근대 소설도 일상적 삶을 그리려고 한 새로운 장르로 한국 문학에 등장하였다. 위에서 불안한 것으로 말한 것은 소비주의의 전횡 아래서 심각한 도덕적 윤리적 사회적 관심이 문학에서 사라진다는 사실이었다. 물론 사회의 도덕적 사명의 주축을 담당하는 것은 정치 운동가들이다. 그러나 이데올로기는 그 심각성을 일반화하는 대신 인간 현실의 복합성을 절단해 버리는 결과를 가져온다. 문학은 이에 대하여 도덕과 윤리의 근거가, 쉽게 이데올로기화되지 않는, 사람의 인격적 전체성에서 솟구쳐 오는 도덕적 파토스에 있다는 것을 증언한다고 할 수 있다. 그것은, 헤겔이 말하는 바와 같이, 모든 사람들의 심금에 울리게 된다. 이것은, 실증적 증명이 없는 대로, 인간 실존의 밑바닥에 공통된 윤리적 기초, 즉 개인적이고 집단적인 윤리적 기초가 있다는 것을 말한다고 할 수 있다. 도덕적 파토스는 인간 존재의 다층적 지반에서 보다 낮고 기본적인 층위를 이룬다. 인간의 인간다움은 이러한 층들의 복합 구조 위에서 또는 그것의 통합 속에서 실현될 수 있는 것이 아닌가 한다.

시장, 문명화 과정, 평화. 소설의 경우에 그러한 것처럼, 시장 경제의 등장은, 처음에 보다 세속적이고 다양한 문학의 발전을 자극하였다. 애덤 스미스는 사람이 타고난 본능에 장사하고 교환하는 것이 있다고 하였다. 시장은 보통의 사람들이 이러한 본능적인 활동을 수행하는 것을 매개하는 공간이라고 할 수 있다. 경제적 본능만으로 인간성의 모든 것을 설명하려는 것은 많은 비판의 대상이 되었지만, 장사하고 교환하고 부를 축적하고 하는 것이 인간의 자연스러운 성향에 있다는 것은 인정할 만한 사실일 것이다. 적어도 그 기초적인 표현에 있어서는 대부분의 사람들은 이 활동에 쉽게 종사하고 그것을 즐기고 또 거기에서 창의력을 발휘한다. 다만 소규모로 시작한 이러한 활동은 거대한 사회 기구로 확대됨에 따라 인간의 모든 것을 흡수하게 되었다. 그리고 많은 재난의 원인이 되었다. 위에서 우리는 세계화 속에서의 빈곤의 증대, 또는 불평등의 증대, 환경 파괴, 인간의 윤리적 능력의 천박화 등을 언급하였다. 그러면서도 산업 자본주의의 업적을 가볍게만 말할 수는 없다. 인류의 많은 부분이 풍요를 누리게 된 것이 그 업적인 것은 말할 필요도 없다.(물론 폐단이 여기에 이어져 있지만.) 칸트는 그의 영구평화론에서 국제 무역의 발달이 전쟁을 방지하고 평화를 확산하는 데에 중요한 기여를 할 것이라고 말하였다. 이것은 현실을 크게 빗나가는 말이라고 할 수 없다. 아직도 전쟁이 있지만, 오랫동안 세계 대전이라고 부를 수 있는 큰 전쟁이 없었던 것은 사실이다. 특히 주목할 만한 것은, 이슬람권에서 말하는 성전(聖戰)의 경우를 제외하고는, 전쟁을 예찬하고 전투적인 영웅주의 또는 무작정한 용맹주의를 칭찬하는 공적인 수사를 별로 들을 수 없게 되었다는 것이다. 칸트는 무역의 국제적인 의미 이외에 이성에 의한 계몽의 진전이 보다 평화로운 세계를 만들 것으로 생각하였다. 백과사전적 지식인이었던 18세기의 한국 유학자 다산 정약용은 19세기 초에, 일본이라는 나라의 호전성에 대하여 질문을 받고, 일본 유학자들의 저서를 읽은 경험을 근거로 하여, 유학의 문명화 효과로 인하여, 일본은 이제 전쟁을 좋아하는 나라가 아닐 것이라고 말하였다.(물론 이것은 틀린 예측이었다.)

세계화는 여러 각도에서 신랄한 비판의 대상이 되어 왔고 비판은 그 나름의 근거가 있는 것이라고 할 수 있다. 그러나 세계화는, 무역에서

만이 아니라 통신과 정보의 교환에, 무엇보다도 일반적인 상식선에서
의 세계에 대한 사람들의 지식에 일어난 커다란 변화를 포함한다. 서
양의 패권이 쇠퇴하고, 적어도 지적인 평면에서는, 여러 문화와 사회
사이에 평준화가 이루어진 것은 그 효과의 하나라고 할 수 있다. 여기
에 따르는 또 하나의 효과는, 좋든 나쁘든, 모든 질적 가치 내용들이
범속화되었다는 것이다. 이 변화는 문학의 흐름에도 비슷한 변화를 가
져왔다.

　이러한 변화들이 보편적 대동 화합을 향하는 흐름이 된다고 한다면,
그러한 평준화와 통속화를 크게 불평할 이유가 없다고 할 것이다. 그러
나 원칙이 없고 지향이 분명치 않은 세계화의 과정이 일으키는 문제가
너무나 많은 것도 사실이다. 그리하여 아직도 단단한 도덕적 윤리적 사
고 그리고 그것을 뒷받침하는, 인간 심성의 심부로부터의 파토스에 대
한 필요가 없어졌다고 할 수는 없다. 그것은 오히려 날로 절실한 것이
되고 있다고 하지 않을 수 없다. 문학은 이 정신적 파토스를 살아 있게
하는 데에 중요한 역할을 할 수 있는 인간 활동이었다. 이것을 상기하는
것은 아직도 필요한 일이다. 물론 보다 효과적인 것은 이와 더불어 다른
실천적인 전선에서의 적극적인 인간 활동이라고 하여야 할 것이다.

김우창 평론가, 이화여자대학교 석좌교수 및 고려대학교 명예교수. 1937년 전남 함평 출생. 서울대학교 및
미국 코넬 대학교 대학원, 하버드 대학교 대학원에서 수학했다. 『궁핍한 시대의 시인』, 『심미적 이성의 탐구』,
『정치와 삶의 세계』, 『행동과 사유』, 『정의와 정의의 조건』 등의 저서가 있다. 팔봉비평문학상, 대산문학상
(평론 부문), 금호학술상, 고려대학술상, 인촌상 등을 수상했다.

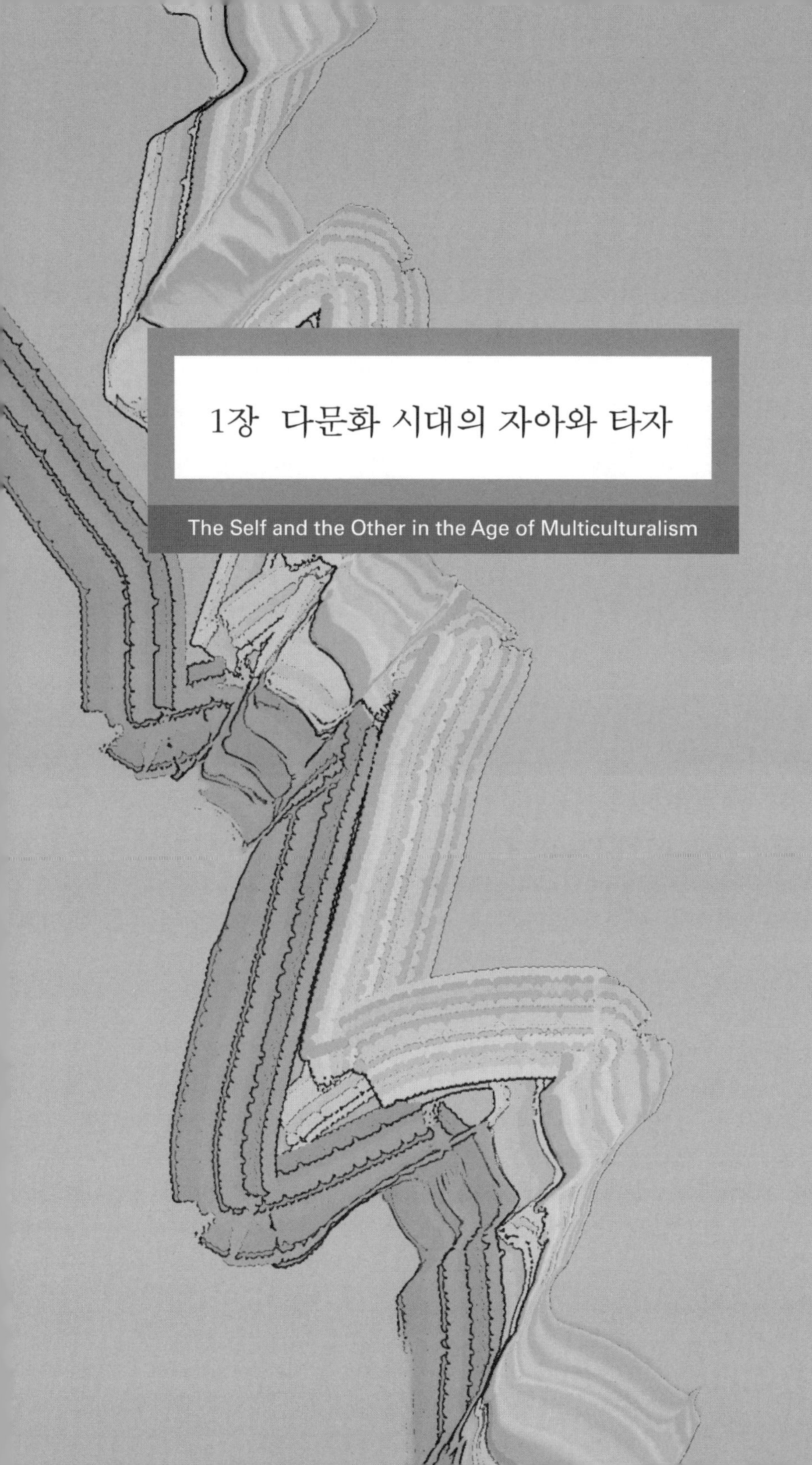

1장 다문화 시대의 자아와 타자

The Self and the Other in the Age of Multiculturalism

낯선 이로 살아가기

앤드루 모션

신사 숙녀 여러분.

대산 서울국제문학포럼에 발표자로 초청해 주셔서 대단히 감사합니다. 오늘 발표는 개인적인 이야기로부터 시작할까 합니다. 이렇게 하면 여러분이 나중에 다룰 작가들에 대한 이야기의 밑바탕을 이해하는 데 많은 도움이 될 듯합니다.

발표의 제목은 "낯선 이로 살아가기"입니다만, 정작 저는 이때껏 그렇게 살아 본 적이 별로 없습니다. 사실 저희 집안처럼 한곳에 오래 머물러 사는 경우도 드물 것입니다. 제 고향은 이스트앵글리아(영국 동부 저지대 끄트머리)의 작은 마을인데 제 친가는 그곳에서 삼 대째 살아오고 있으며 사 대인 제 남동생도 인근 지역에 살고 있습니다. 마을 묘지에는 제 부모님까지 포함해 모두 오 대 조상들이 묻혀 있습니다. 이만하면 저로서는 삶의 뿌리를 잘 알고 있다 할 수 있겠지요.

이미 태어날 때부터 앞날도 정해져 있었다고 할 수도 있겠습니다. 저는 전형적인 중산층 아이로 길러졌습니다. 책을 많이 읽는다거나 문화 생활, 정신적 삶에 딱히 관심이 있지는 않았습니다. 아버지는, 당신의 아버지처럼, 또 그 아버지의 아버지처럼, 양조업자였는데 일터는 런던에 있었습니다. 짐작하셨겠지만 집은 시골에 있었습니다. 우리 가족은 독서나 대화 대신 조랑말 타기를 즐겼습니다. 들판에 산책을 나가고 낚시를 하러 다녔습니다. 학교에 들어갈 나이인 일곱 살 무렵 일단 기숙사 학교로 들어갔는데 거기서 열여덟 살이 될 때까지 지냈습니다. 그러고는 옥스퍼드 대학교에서 영문학을 전공했습니다. 여기까지, 익숙하디 익숙한 이야기죠.

최소한 지금까지는 익숙한 이야기일 것입니다. 그런데 사실은 이미 대학에 들어갈 즈음에 제가 낯선 이로 살아가고 있다는 의식(오늘 이 자리의 이야깃거리로 괜찮겠다 싶을 정도로 저에겐 심각한 일이었죠.)을 품기 시작하고 있었습니다. 그런 생각을 하게 된 것은 바다를 건너 멀리 떠나왔기 때문도, 또 다른 뻔한 이유로 저만의 안락한 보금자리로부터 끌려져 나온 탓도 아니었습니다. 그것은 제가 부모님의 존재 양식을 깨고 나왔기 때문이었습니다. 그러니까, 저를 제외하곤 집안의 어느 누구도 대학에 간 이가 없었던 겁니다. 아버지나 할아버지나 모두 진학을 고민했어야 할 시기에 전쟁터로 끌려가고 말았거든요. 단순하게 들리지만 사실은 복잡 미묘한 사정이었습니다. 물론 이 정도를 두고 만물의 위대한 섭리 안에서 결정적인 힘을 발휘한 차이라고 하기는 좀 그럴 수도 있을 것입니다. 하지만 정말로, 저희 집안에서는 천지개벽이라 할 만한 사건이었습니다. 그전에는 만나 보지 못했던 부류의 사람들과 어울려 제 의견이라는 것을 꺼내어 보라고, 제가 자라난 세계에서는 전혀 상상할 수 없었던 기대라는 것을 품어 보라는 말을 듣는 것, 이 모든 게 단 한 번의 도약으로 가능해진 것입니다. 그래서 그 후로, 비록 부모님을 한결같이 사랑했지만, 고향집으로 돌아가서 살지 않았습니다. 두 분의 여생 동안 집은 어쩌다 가끔 가는 곳이 되었죠.

갑작스러워 보일지도 모르겠지만 이 단절감은 이미 고등학교를 졸업하기 두어 해 전부터 서서히 진행된 변화 과정에서 자라난 것이었습니다. 그것에 불을 댕긴 사람은 피터 웨이라는 이름의 훌륭한 영어 선생님이었습니다. 웨이 선생님을 만나기 전까지는 영어 과목은 다른 과목보다 조금 쉽다는 그렇고 그런 이유로 약간 관심을 더 둔 과목에 불과했었습니다. 제2 외국어요? 어려웠습니다. 수학과 과학? 묻지도 마십시오. 하지만 영어라면, 시나 소설에 대한 감상을 이야기할 때 처음부터 끝까지 다 틀려 버리는 망신은 피할 수 있겠구나 싶었습니다. 게다가 일상생활에서 사용하는 말과 별반 다를 것 없는 언어를 써도 되겠다 싶었고요.

조금 더 그럴듯한 표현을 쓰자면 웨이 선생님은 제게 주관적 의견 갖기의 가치를 보여 주셨습니다. 그리고 더 나아가 그 주관적인 의견을 철저한 고찰과 독서로 이어지게 하는 작업이 얼마나 중요한지를 보여 주셨습니다. 웨이 선생님 덕택에 저는 개인의 생각이, 고유의 표현과 정의, 준거 기준들을 담은 하나의 사고 체계에 속하면서도 동시에 개별성을 유지할 수 있음을 납득할 수 있었습니다. 확고하면서도 유연한 사고 체계. 그 자체로 독특하면서도 사회의 일부분이 될 수 있다는 것을요.

제게 그 사고 체계는 굉장히 관대한 허락처럼 느껴졌습니다. 나 스스로를 확인하게 해 준 데다가 제가 살아온 배경과 근원에 충실하면서도 개별성을, 그러니까 제가 가진 낯섦이란 것을 고집해도 되겠다는 깨달음도 얻게 해 줬으니까요.

이 고집은 시를 쓰기 시작하면서 더욱더 강해졌습니다. 저는 시를 본격적으로 읽기 시작한 지 오 분 만에 시를 쓰기 시작했습니다. 당시 자작시라고 썼던 것들은 사실 시라고 하기에는 부족했습니다. 아이슬란드 표현을 빌려 본다면, 간헐천 같은 것에 불과했죠. 시적 구조나 청중은 별로 신경 쓰지 않은 채 그저 주기적으로 분출되어 시끄러운 소음과 에너지로 공간을 채워 버리는 단어들일 뿐이었습니다. 하지만 바로 그 거칢이 제가 자작시에서 추구했던 목표의 가장 큰 알맹이였습니다. 그 시들은 '공유'한다거나 '남들의 인정'을 원한다거나 '즐겨 주기'를 원한 것도 '사랑 받기'를 원해서 쓴 것도 아니었습니다. '이게 바로나', '이것이 내 생각', '내가 중요함'을 말하기 위해 쓴 것이었죠.

지금 이야기하는 시절이 벌써 40년 전이니 그 후로 많이 달라지기는 했습니다. 그사이 더 많이 읽었고 더 많이 생각했으며 작가가 청중을 끌어들이면서 동시에 도전거리를 던질 수 있는 다양한 기법에 대해서 예전보다 더 많이 관심을 기울이게 되었습니다. 하지만 '내가 중요하다'는 그 목소리는 전혀 사그라지지 않았습니다. 사실 그랬다면 시 쓰기 자체를 중단했을 겁니다.

여기서 '내가 중요하다'는 말은 무슨 뜻일까요? 당연히 자신의 존재가 다른 어느 것보다도 가치 있다고 느끼는 것을 의미합니다. 그리고 이 자기 가치감은 자아와 세계를 동시에 규정하는 경험에 어떻게 반응하는지에 따라 크게 달라집니다. 즉 '내가 중요하다'는 '나는 다르다'는 의식과 밀접한 연관을 갖는 것입니다. 또 '나는 다르다'가 '나는 고유하다'와 밀접한 관련이 있으므로 '나는 낯선 이다'라는 의식과도 연결되는 것이고요.

제가 생각하기에 그리고 제 경험으로 볼 때, 작가는 누구나 낯선 이로서 살아가고 있습니다. 제아무리 익숙한 장소의 익숙한 사물, 사사롭지만 우리 모두의 가슴이 공감하는 것들을 주제로 쓸지라도 우리 작가들은 그 경험으로부터 멀찌감치 떨어져 있으려고 합니다.

이렇게 하는 이유는 다양합니다. 우선, 그 경험을 이야깃거리로 쓸 만하게 하는 데 필수적인 관점과 포착의 감각을 얻어야 하기 때문입니다. 또, 시의 생동감을 살려 내려면 감정적 반응에만 오롯이 의존할 수 없으므로 상상력이 발휘될 기회를 만들어 보려는 의도도 숨어 있다고 할 수 있습니다. 상상의 화폭(畫幅)을 더 크게 늘리고, 어떤 특정한 사건이 길고 거대한 시간의 흐름과 일종의 연결점을 맺을 수 있도록 하기 위함이기도 합니다. 이유는 여러 가지입니다.

이렇게 말하면 간격을 벌리는 행동이 매우 고의적으로 보일 수도 있겠지만, 그건 오해입니다. 저는 작가들이 낯선 이로 살아가는 무수한 이유들이 고의에서 기인했다고 생각하지는 않습니다. 오히려 그것은 무의식적인 압박입니다. 그것은 애초에 작가가 글쟁이가 될 수밖에 없는 기질의 증거인 것입니다. 그레이엄 그린이 말한 소설가의 가슴에 박힌 얼음 조각들인 것입니다.(그러고 보니 조각보다는 빙하가 더 적절하겠군요.) 그것은, E. M. 포스터가 『소설의 제상(諸相; *Aspects of the Novel*)』에서 언급한 대로, 작가를 우주의 어느 외진 귀퉁이에 홀로 서게끔 만드는 충동입니다. 어떤 작가의 자서전을 고르든 그 속에서 발견할 수 있는 이기적인 선택들의 향연에서 분명하게 목도할 수 있는 것들이죠.

다시 설명할 수도 있겠지만 결론은 쉽습니다. 공통된 경험의 단면에 근접하여 그것을 심오하게, 기억에 남도록 그려 내는 작가들은 모두 예외 없이 삶으로부터 거리를 둡니다. 위대하고도 영광스러운 역설이라는 수단을 빌려 사랑의 정수에, 슬픔의 상처에, 익숙한 것들의 아름다움에 접근해 갑니다. 플로베르가 말했듯, 멀찌감치 떨어져 손톱이나 다듬으면서 세상에 무슨 일이 벌어지는지 눈을 번뜩이며 지켜보는 사람들이 작가인 것입니다.

지금까지는 모두 앞으로 할 이야기에 일종의 타당성을 부여하고, 조금 후에 바로 이어질 좀 더 구체적인 고찰에 밑바탕을 그리기 위한 이야기였습니다. 하지만 일반 담론을 완전히 미뤄 놓기 전에 이 말을 먼저 하고 싶습니다. 지난 몇 세대 동안 낯섦에 대한 우리의 관심(그것을 향한 조바심, 호기심, 협오, 환대, 적의, 포용)이 역사상 그 이느 때보다도 시급해졌습니다. 이렇게 된 이유는 지난 50여 년 동안 그 어느 시기보다도 인구 이동이 전 세계적으로 활발해졌기 때문입니다. 제가 살고 있는 런던은 세계의 그 어느 곳보다도 인종이 다양하다고 말해도 과언이 아닙니다. 350개가 넘는 서로 다른 언어로 말하는 소리를 아무 때나 들을 수 있으니까요.

이런 환경적 배경이, 다양성의 토론장은 물론 그 다양성에서 파생된 여러 유형의 거리감에 대한 토론장과 함께 이 시대의 중요한 의사소통의 장으로 발전하게 될 앞길을 닦아 주고 있음은 그다지 놀랍지 않습니다. 오히려 매우 필요한 것이지요. 오늘 이 자리에 참석한 다른 발표자들도 지적하겠지만 이것은 사회적, 정치적 맥락에서 들여다볼 수 있는 문제입니다. 또 문학적 맥락도 생각해 볼 수 있겠지요. 교육계를 생각해 보십시오. 괜찮은 대학 영문과라면 어느 곳이든 식민지·탈식민지 문학 강좌가 개설되어 있습니다. 문예창작 석사 과정에서도 안전한 '중심부'보다는 '주변부'가 더 강렬하고 강력하며 놀라움을 줄 수 있다는 말을 들을 수 있습니다. 출판계는 어떨까요? 한눈에 봐도 모든 문학상이 다양성과 사회적 소속감을 동등하게 찬양하는 축제 같은 것을 만들려 하고 있습니다. 그럼 글쓰기의 세계는 정작 어떤지 볼까요…….

이제 제가 하려는 이야기가 여러 갈래로 나뉘는 순간이 온 듯합니다. 한쪽 길로 내려서면, 제가 제일 잘 아는 고전 영문학에서 스스로를 '낯선 이'로 취급한 작가들을 두고 해 볼 수 있는 토론의 길로 이어집니다. V. S. 네이폴, 살만 루슈디, 아룬다티 로이, 이시구로 카주오 등 훌륭한 작가들을 줄줄이 나열할 수도 있습니다. 이런 토론을 통해 『자정의 아이들(*Midnight's Children*)』이나 『도착의 수수께끼(*The Enigma of Arrival*)』 같은 책이 구습을 타파하고 새로운 비유와 기법을 소개하는 한편, 자신이 도전장을 내민 전통을 오히려 어떻게 더 풍요롭게 만들었는지를 들여다볼 수 있을 것입니다.

또 이 새롭고 더 다채로워진 세상에 토박이 작가들은 어떻게 반응하는지를 가늠해 볼 수도 있을 것입니다. 예를 들어 제 눈에는, 우리 시대에 잘 알려진 작가들(마틴 에이미스, 이언 매키완, 앨런 홀링허스트)의 우수한 신작들 중 상당수가 변화된 영국인의 의식으로부터 나온 것으로 보입니다. 또 특색 있는 작가들(이언 싱클레어, 데이비드 미첼, 톰 매카시)의 작품들 대다수도 해외에서 살아가는 사람들로부터 영감을 얻었다고 할 수 있으며, 어느 정도는 실제 체험을 바탕으로 했기에 그런 글을 쓸 자격마저 갖춘 듯 보이기도 합니다. '저곳과 다른 곳'에 익숙해지려는 도전 감각과 흥분감이 이 작가들의 '이곳과 고향'을 날카롭게 다듬어 준 것입니다.

갈림길의 한편에 이런 것들을 살펴볼 기회가 놓여 있지만 저는 그 길을 택하지는 않으려 합니다. 그런 것들을 잘 다룬 저작물은 많이 있으니까요. 제가 택한 길은 다른 길, 그러니까 제가 이미 이야기한 '낯섦'에 대해 좀 더 일반적인 (그러면서도 개인적인) 이해를 추구할 수 있는 쪽으로 놓인 길입니다.

시를 직접 쓰기도 하고 읽기도 하는 사람으로서 제가 외부자라는 개념에 처음으로 진지한 관심을 가지게 된 계기는 학창 시절 읽었던 T. S. 엘리엇의 시였습니다. 아시다시피 엘리엇은 미국 세인트루이스에서 태어나 1914년 처음으로 영국으로 건너와 살기 시작했습니다.(정식 영국 시민이 되기까지는 12년이 걸렸습니다.) 엘리엇이 발을 디딘 시의 세계는 에드워드 마시와 해럴드 먼로를 중심으로 한 조지 왕조 풍의 시인들이 지배하는 곳이었습니다. 루퍼트 브룩이나 월터 데라메어 같은 이들도 같은 부류로 칠 수 있겠습니다. 나중에 등장한 에드워드 토머스도 포함될 수 있겠군요. 조지 왕조 시대의 사람으로 보긴 힘들지만 이 사조의 시인으로는 최고였습니다. 이들은 자신을 젊은 혁명 세대(실제로 젊기도 했죠.)라고 생각했습니다. 빅토리아 시대의 마지막 흔적을 지워 버리고 테니슨의 무덤을 훌쩍 뛰어넘어 근대 시대로 나아갈 장본인들이라고 자부했습니다.

얼마 지나지 않아 그들의 반란은 뜨뜻미지근한 실패작임이 드러났습니다. 물론 대담하면서도(그래서 과격하기도 한) 솔직한 시가 몇 편 탄생하기는 했습니다. 일례로 브룩은 대영 해협을 오가는 여객선에서 사랑에 빠져 시름시름 앓는다는 내용의, 조금은 역겨운 시를 쓰기도 했습니다. 그렇지만 그들의 시어(詩語)는 자신들이 지워 버리겠다고 공언한 빅토리아 시대의 냄새(thee, thou, tis, neath 등)를 물씬 풍긴 테다가 심지어 감수성마저도 선배들의 것과 근본적으로 똑같았습니다. 그들은 결국 기억을 더듬기도 힘들 정도로 오래된, 영국 시문학의 근간을 이룬 전원시의 전통을 답습한 전원시인들이었던 것입니다.

이 구습을 전복시킨 혁명에 일조한 것은 오히려 전쟁이었습니다. 서부 전선의 잔인한 현실이 병사들의 목숨을 끔찍하게 앗아 간 것처럼 그 구태의연한 전원주의적 이상향도 무너뜨렸거든요. 하지만 T. S. 엘리엇과 미국인 동료 에즈라 파운드야말로 세상의 변화에 언어를 부여하고 그 일을 효과적으로 성공해 내기까지 해 조지 왕조 풍의 시인들이 반동자로 보이게끔 한 장본인이라 하겠습니다. 이 두 시인은 현대적인 물건(예를 들어 알루미늄 깡통과 여성용 속옷)에 흔히 쓰이는 누가 봐도 현대적인 언어로 시를 썼습니다. 「휴 셸윈 모벌리(Hugh Selwyn Mauberly)」(1922)와 『황무지(*The Waste Land*)』(1922) 등을 예로 들 수 있겠군요. 둘은, 약강 오보격도 내내 실험해 보긴 했지만, 기존의 리듬, 운율 양식을 붕괴시키거나 완전히 배제해 버렸습니다. 선형적 서사 구조에 등을 돌리고 짤막한 전환 기법을 선호했으며 에피소드들을 단절시켰습니다.(그래서 두 사람의 시는 실질적으로 콜라주나 다름 없습니다.) 명쾌하고 일반적인 시 작법 대신 인용, 난해한 암시, 복잡한 신화 속 대등물을 사용했습니다.(엘리엇은 시에 본문만큼이나 성가시기 일쑤인 주석을 달기로도 악명이 높았습니다.)

그런데 영국 시인 중에는 이런 것들을 잘 버무려 엘리엇과 파운드처럼 지각 변동을 이뤄 낼 능력이 있는 사람이 없는 모양이라고 생각할 이유는 없습니다. 다만 그 두 시인이 영국에 낯선 이로 살러 오게 되면서 그들의 내부에 동시대 다른 토박이 시인들에게는 없었던 욕구나 도발심이 길러졌던 것뿐입니다. 둘은 색다른 영감을 줄 소재들(엘리엇의 경우 브래들리와 프랑스 상징주의 시)을 끌어들였습니다. 1900년대 후반부터 1910년 초기까지 영국에서는 그다지 넓게 퍼지지 못했던 다른 예술 장르(회화 및 영화)의 모더니즘적인 발전에 열광했는데 이런 것들이 작품에 고스란히 영향을 미쳤습니다. 하지만 무엇보다도 중요한 점은 두 시인이 전통에 민감하면서도 자유롭게 영국의 풍경, 관습, 특히 자산을 들여다보았다는 것입니다.

역설적이지만 이 마지막 요소가 『황무지』에 특유의 분위기를 부여했습니다. 엘리엇은 단순히 자신에게 '이국적으로' 느껴져 품게 된 호기심에서 출발하여 영국의 목소리(예를 들어 2부 '체스 게임(A Game of Chess)'에 등장하는 펍에서 흘러나오는 목소리들)에 귀 기울이게 됩니다.

그리고 우수 어린 보랏빛 불빛이 밝힌 전후 런던의 길거리를 탐색하다 인적이 드문 그 텅 빈 시가지가 바로 자신의 정신적 번민에서 이끌어 낸 이미지이자 현실임을 알아차렸을 때는, 본래 자신이 자라난 익숙한 풍경이 아니어서 그랬던지 거리에 서린 비애에 부자연스러울 정도로 민감하게 반응했습니다. 탈출, 소외, 외부인화, 이 모든 것들과 그것들 로부터 끌어내진 감정들로 인해 엘리엇의 경계심은 유독 정밀해졌으며 특별한 슬픔이 서리게 되었습니다.

> "이 음악은 파도를 타고 내 곁을 흘러"
> 스트랜드 가를 따라 빅토리아 여왕 가로 올라갔다.
> 오, 시티여, 도시여, 내게 때때로 들린다.
> 아랫녘 템스 가(街)의 어느 선술집 옆에서
> 흐느끼는 만돌린의 유쾌한 음악과
> 그 안에서 대낮부터 빈들거리는 어부들의
> 껄껄대고 지껄이는 소리가. 그리고 그곳엔
> 마그너스 마터 교회의 벽이
> 이오니아식 백색과 금색의 신비한 아름다움을 지녔다. [8]

   엘리엇의 사상은 시인이 된다는 것이 어떤 의미인지를 깨달아 가는 제게 크게 다가왔습니다. 저 역시 익숙함이 면밀한 관찰의 적이라는 것을 알아차렸으니까요. 작가로서 우리는 우리 앞에 놓이는 것들을 새롭게 재평가함으로써 스스로를 깨우치고자 끊임없이 노력하고 있습니다. 이런 맥락에서 시를 쓴다는 것은 완전히 새로운 생각을 전달하는 것과 반드시 상관이 있어야 할 필요가 없습니다. 개인적으로 저는 생각 그 자체가 목적으로서 시에서 꼭 중요하게 다뤄질 필요가 있을까 의구심

---

8) T. S. 엘리엇, 『황무지』 3부 「불의 설교」; 이창배, 『이창배 전집 9 — T. S. 엘리엇 전집: 시 와 시극』(서울: 동국대 출판부, 2001), 57쪽.

이 듭니다. "뻔한 시를 혐오한다."라는 키츠의 말이 옳은 것 아닐까요. 시 쓰기는 우리에게 당면한 것들을 자유롭게 풀어주고, 평범함이 기적임을 깨닫는 일과 더 가깝습니다. 알고 있었지만 잊고 있었던 것들을 되새겨 보는 과정입니다. 인생의 크고 중심적인 것들, 시간, 시간의 흐름, 사랑, 사랑의 변화, 죽음을 인지하는 우리의 감각을 심화시키는 작업인 것입니다.

이 목적을 전부, 아니면 어느 하나라도 충족시키려면 시인은 끊임없이 지성보다는 감각에 의지해야 하는, 자신의 의식에 재시동을 거는 과정을 되풀이해야 합니다. 제가 처음 글을 쓰기 시작했을 때 사용했던 (물론 지금도 그렇게 생각하지만) 제일 쉽고 확실한 방법은 전에 가 보지 않은 곳으로 휴가를 간 뒤 나중에 처음 이삼 일 동안 느꼈던 감정을 되살려 보는 것이었습니다. 처음 며칠 동안은 모든 것이 매혹적이어서 눈을 뗄 수가 없고 그저 놀랍기만 하며 글로 쓸 거리도 많은 법입니다. 하지만 휴가가 길어질수록, 주변 환경에 차차 익숙해질수록 시선을 사로잡는 것이 점점 줄어들게 되죠. 워즈워스가 말한 "그 영광과 꿈"을 잃게 되는 것이죠. 낯선 이로서 살기를 멈추면서 잃게 되는 것입니다.

한편 영국 생활 말년으로 접어들면서 엘리엇은 속담처럼 영국인보다 더 영국적으로 변합니다. 스리피스 양복(버지니아 울프의 말로는 포피스 양복)을 갖춰 입은 신앙심 깊은 고교회파 교도, 메리트 훈장을 수여한 국교회의 주축이 되었던 것입니다. 그렇지만 그렇게 놀랄 일도 아니었습니다. 오히려 작품 활동 초반의 엘리엇에게 원동력이 되었던 직감이 정상적인 발전 과정을 거친 것으로 바라보는 것이 맞습니다. 이런 것들 때문에 본토박이 영국인처럼 보인다고 해도 여기에 속아서는 안 될 것입니다. 영국을 받아들임으로써 낯섦을 탈피하려는 노력이 진심으로 가상하지만, 어차피 그것은 일종의 껍질일 뿐이었습니다. 나중에 쓴 시에서도 발견되지만, 자신과 제2의 고향 사이의 괴리감이라는 막이 완전히 사라지지는 않았기 때문입니다. 『지혜로운 고양이가 되기 위한 지침서(*Old Possum's Book Of Practical Cats*)』에서 언뜻 내비치는 학습된 영국식 유쾌함이 내뿜는 가벼운 분위기나 『네 개의 사중주(*Four Quartets*)』에 묘사된 영국 풍경이 자아내는 깊은 여운에 감탄하는 경이로움이 그 증거입니다. 일례로 「리틀 기딩(Little Gidding)」에서는 이렇게 이야기합니다.

> 그리고 죽은 자가 살았을 때 말 못 했던 것을
> 죽어서는 그대에게 말할 수 있는 것이다. 죽은 자의 통화는
> 산 자의 언어 이상으로 불이 붙어 나올 것이다.
> 무시간의 순간이 교차하는 이곳은
> 영국이면서 동시에 장소가 아니고,[9]

엘리엇이 이 시를 쓰기 몇 년 전 그와는 정반대의 방향으로 대서양을 건너 나그네 길을 떠난 이가 있었습니다. 20세기 전반에 두각을 나타낸 위대한 영국 시인 W. H. 오든이었습니다. 1939년 오든이 영국을 떠날 때 그 동기를 두고 가혹한 추측이 난무했습니다. 이블린 워 같은 정적들도 모자라 심지어 몇몇 의회 인사들까지 합세해 오든이 유럽에서 벌어지고 있는 전쟁, 특히 런던에서 폭격을 맞는 일을 피하기 위해 도망친다고 떠들었습니다. 사실 오든의 결정은 시 때문이었지 전쟁과는 상관이 없었습니다. 요크셔에서 태어나 영국 각지를 돌며 자라 온 오든은 다양한 지역을 체험한 덕분에 작품을 쓸 수 있는 힘을 얻기도 했지만 한편으로는 영국의 숨막힐 듯한 답답한 분위기가 자신의 재능을 질식시키고 있다고 느끼고 있었습니다. 게이로서 살아갈 수가 없었던 것입니다. 가족이나 정치적 삶 역시 자신에게 필요한 낯섦을 제약하기만 했습니다.

미국에서는 그것을 되찾을 수 있었습니다. 비록 대가를 치러야 했지

---

9) T. S. 엘리엇, 「리틀 기딩」; 이창배, 『이창배 전집 9―T. S. 엘리엇 전집: 시와 시극』(서울: 동국대 출판부, 2001), 146~147쪽.

만 말입니다. 그러나 그 대가란 것이 고향이란 무엇인가에 대한 각성이었으므로 그 값어치는 충분했습니다. 오든이 뉴욕에서 쓴 여러 유명 시 중 한 편에서는 그가 42번 가의 술집에서 "비굴하고 부정직한 시대" 속에서 고향과의 끈을 잃어버린 것과 자기에게 새로운 지평선을 열어 준 기회, 그로 인한 흥분감을 견주어 보는 모습을 볼 수 있습니다. 그것은 평생 동안 그를 따라다닌 주제였습니다. 비록 오든을 비난하는 사람들이 그가 영국에 등을 돌려 버리는 바람에 천재성의 원천도 버린 셈이라고 떠들어 댔지만, 오든의 시 전집은 전혀 그렇지 않음을 입증해 줍니다. 1939년 이후 오든의 시는 이전보다 두서가 없게 들립니다. 특히 말년의 시는 엔진도 끄지 않고 기어도 바꾸지 않은 채 내려 버린 차에서 흘러나오는 소음 같은 것도 있습니다. 하지만 시의 범위, 권위, 그 성과물을 들여다보면 오든이 낯선 이의 삶을 선택함으로써 스스로에게 새로운 활력을 불어넣었음을 엿볼 수 있습니다. 오든의 아름다운 서정시 「로마의 몰락(The Fall of Rome)」 마지막에 등장하는 "그 어딘가(elsewhere)"라는 단어가 그 증거입니다.

> 멀리 떨어진 그 어딘가에선
> 엄청난 순록의 무리가
> 조용하고도 날렵하게
> 끝없는 황금이끼의 벌판을 가로지른다.[10]

　20세기 후반에 등장한 영국의 걸출한 양대 시인 중 하나인 필립 라킨(개인적으로 다른 한 명은 테드 휴즈입니다.)에게서는 '다른 곳(elsewhere)'이라는 단어를 금세 떠올릴 수 없습니다. 라킨은 고향에 집착하기로 유명했습니다. 심지어 외국 혐오증까지 있었죠. 어느 인터뷰에서 "외국 시"를 많이 읽느냐는 질문을 받았을 때는 "외국 시요? 전

---

10) W. H. 오든, 「로마의 몰락」, 『아킬레스의 방패』; 봉준수 옮김(서울: 나남, 2009), 119쪽.

혀요!"라고 몸서리를 치기까지 했었습니다. 휴가를 가도 사크나 스코틀랜드까지만이었고 영국 해협을 건너 본 적도 없습니다. 라킨이 시인으로서의 성장 과정을 본인 입으로 직접 들려주었던 적이 있는데, 그때 예이츠(상징주의자이며 외국인)가 아닌 하디(자연주의자이며 영국인)를 귀감으로 삼은 덕분에 진정한 목소리를 찾았다는 인상을 남기려고 무리하게 애를 쓰다가 복잡다단했을 시인으로서의 발전 과정을 지나치게 단순화시킨 일도 있었습니다. 라킨이 쓴 비평문은 대개 모더니즘(미국이나 유럽 본토에서 파생됨)을 혹평하고 영국 시의 위상을 드높이기 위해 쓴 것이었으며, 심지어 오든이 영국을 떠나자 비난의 목소리를 높이기도 했습니다. 사실 요즘에는 낯선 이의 삶이 근본적으로 시적 창작 행위와 상충한다는 인상을 주려고 저렇게까지 애쓰는 시인을 생각해내기가 어려운데 말이죠.

하지만 심지어 여기에서도 라킨 본인이 그의 입장과는 반대되는 주장(제가 지금껏 이야기하고 있는 것이죠.)을 한때 지지한 적도 있음을 알 수 있습니다. 1950년부터 1955년까지 북아일랜드 수도 벨파스트에서 부(副)사서로 근무하느라 영국 본토 밖에서 지낼 때 라킨이 쓴 특별한 표현에서 그 흔적을 발견할 수 있습니다. 그 5년 동안, 예이츠 대신 하디를 귀감으로 따르면서 라킨 특유의 솔직한 문체를 찾게 되었습니다. 벨파스트 시절이 끝날 무렵 완성하여 본토로 돌아오자마자 출간한 시집 『덜 속은 사람들(The Less Deceived)』로 라킨은 이름을 알리기 시작했습니다. 『덜 속은 사람들』의 후속 시 중 한 편을 잠깐 인용해 보겠습니다.

다른 곳이 중요한 까닭은[11]

아일랜드에선 외로웠네, 집이 아니므로

---

11) 필립 라킨, 「다른 곳이 중요한 까닭은(The Importance of Elsewhere)」, 『성령강림절 결혼식(The Whitsun Weddings)』(1964).

낯설 수 밖에 없는 곳. 소금 같은 거부의 언어가,
다름을 고집함이, 오히려 반갑네.
그걸 깨닫고 나니, 우리 사이에 연결 고리가 있었네.

바람이 황량한 거리의 끝과 맞닿는 언덕,
점점 희미해지는, 마구간같이 오래된 부둣가의 냄새,
청어 행상의 점점 멀어지다 사라지는 고함 소리는
한 발짝 떨어져도 무익하지 않음을 증명해 주네.

영국의 삶에는 이런 변명이 통하질 않네.
내 관습과 확립된 가치가 있고
그 거부가 심각하게 받아들여지는 곳,
이곳은 다른 곳이 아니기에 내 존재를 승인할 수 없네.

보시다시피 이 시는 영국 본토로 잠시 돌아갔을 때 쓴 것입니다. 시 속에서 엿볼 수 있는 아일랜드의 '낯섦'이란 그 기억을 떠올리자 즐거움을 불러일으키는 양념임을 알 수 있습니다. 그것은 풍미를 위해 음식에 치는 소금처럼 라킨의 경험에 '간'을 맞춰 주지만 한편 얼얼한 쓰라림을 되살려 줄 가능성도 내포하고 있습니다. 이렇듯 이 4행 3연시의 각 연에는 팽팽한 균형감이 잘 살아 있습니다. 하지만 여기서 라킨이 말하는 '외로움'이 그에게는 느껴 볼 만한 보람이 있는 감정이었다는 점에도 이견이 없을 듯합니다. 공감된 정서나 의사소통의 결여를 굳이 내색하지 않고 다름을 고집하는 사이 오히려 복잡미묘한 안도감을 느끼고 있으니까요. 외로움은 라킨의 성격적인 면들, 특히 주의 깊게 귀 기울이는 성격(바람이 황량한 거리와 그곳에 속한 모든 것들)이 얼마나 그에게 힘이 되고 가치가 있는지를 확인시켜 줍니다. 또 라킨과 영국적 "관습과 확립된 가치" 사이에 거리를 두게 함으로써 일종의 자유를 얻게 해 주고 있습니다.

하지만 반대로 뒤집어 보면 이 모든 것이 영국이 라킨에게 익숙한 고향이기 때문에 오히려 제약을 가하는 위협이 되고 있으며, 그로 인해 영국에서는 라킨이 다른 곳이라는 개념을 가지고 '자신의 존재를 승인(underwrite his existence)'해 보는 시도를 할 수는 없음을 암시하기도 합니다.(오든은 인지하고 있었을 문제입니다.) 이런 과정이 제가 지금까지 말한 모든 것들, 작가다운 본능대로 살기, 즉 한 발짝 떨어져 살기, 회의적인 눈으로 바라보기, 자아를 억제하기 등을 강화해 주는 것입니다. 또 하나 눈여겨볼 점은 라킨이 본토로 영구 귀환했을 때 거처를 영국에서 가장 외진 북동 지역의 열차 종착지인 헐(Hull)에 마련했다는 것입니다.

그곳은 라킨이 여러 걸작시에서 칭송한 곳입니다. 한 시[12]에서는 마지막 연의 핵심 시어로 "외로움"을 사용하면서 '다른 곳의 중요함'이라는 주제를 다시 꺼내어 들기도 합니다. 시는 드라마틱하게 피사체를 포착하는 가운데 잉글랜드의 중심부에서 날아오르다가 방향을 급전환해 바다를 향해 돌진해 가다가 헐을 가로지르며 이 도시와 바다 사이에 걸쳐진 아름다운 시골 평지를 음미합니다.

> 반쯤 짓다 만 채 저당 잡힌 경계 밖으로 나서면
> 생울타리만큼 높게 자라 그림자가 빠르게 드리우는 밀밭과,
> 인적이 없는 외딴 마을,
>
> 외로움이 극명하네. 이곳은 정적이 열기처럼 괴어 있는 곳.
> 이곳은 풀잎이 모르는 사이에 짙어지고,
> 잡초가 숨어서 꽃을 피우며, 무심코 지나치는 시냇물이 거세게 흘러가고,
> 반짝거리는 영기(靈氣)가 뭉쳐 솟아오르는 곳.

---

12) 필립 라킨, 「이곳(Here)」, 『성령강림절 결혼식』.

그리고 양귀비 꽃밭을 지나치면 저 멀리 푸른 듯 바랜 땅이
굽이진 선과 조약돌의 해변을 넘어선 뒤 갑자기 멈추어 서네. 여기 울
타리가 없는 존재가 있네.
말없는 해와 마주 보는, 손을 뻗어도 닿을 수 없는 것.

그 건너편의 삶의 모습에서 죽음과 비슷한 것이 느껴집니까? 저는
그렇습니다. 사람의 손길을 거부하는 무언가가 있던가요? 가능해 보입
니다. 하지만 작가가 낯섦을 껴안는 모습도 놀랍도록 잘 드러나 있기도
합니다. 또 그런 상태로 인해 비가시적인 것들이 어떻게 가시적이 되
는지가 특별히 강조되어 있기도 합니다. 눈에 띄지 않는 풀잎들, 숨겨
진 잡초들, 무심코 지나가기 쉬운 시냇물을 눈으로 보고 있음에도 제대
로 보여지지 않는다고 라킨은 말하고 있습니다. 이것은 키츠의 「나이
팅게일에 부치는 노래(Ode to a Nightingale)」에서 시인이 새의 노래에
이끌려 들판을 달려가던 중 현실에서 벗어난 상상의 세계 속에 뛰어들
어 황홀한 모험에 참여하는 사이 상상 그 자체가 소중한 대상으로 칭
송 받는 무대가 되는 그런 과정을 떠올리게 합니다. 라킨과 마찬가지로
키츠도 보이지 않는 것을 봄으로써 다른 곳을 마치 살아 숨쉬는 것처
럼 생생하게 그려 냅니다.

무슨 꽃들인지, 발 밑의 꽃들이며
가지 끝에 달리는 싱그러운 향기들
보이지 않으나 향기로운 어둠 속에 미루어 알 뿐.
풀이며 나무 섶이며 들과일 나무에
철따라 세월이 마련하는 향긋한 것들.
흰 산사나무 꽃, 들장미, 잎에 싸여
어느 사이라 없이 이우는 오랑캐,
한 오월의 맏아기,
이제 피는 사향 장미, 이슬의 포도주 넘치며

여름 저녁 파리들 잉잉거려 모이는 곳.[13]

위대한 시인 키츠와 라킨, 그리고 그들이 비슷한 상상 속 영상을 쫓아가며 공유한 특별한 상상적 공감을 이렇듯 만끽하고 나서 발표를 제 이야기로 마무리 짓자니 조금 뻔뻔해 보이지는 않을까 걱정스럽습니다만, 그래도 글을 쓰기 시작한 이래로 제게 특별한 영향을 남긴 사람들임을 밝히며 특정 작가들을 간략하게 훑어보았기 때문에 아마도 그들이 제 작품 인생을 통틀어 중요한 영향을 끼친 사람들이라는 말로 끝맺음을 해도 양해해 주시리라 생각합니다.

엘리엇, 오든, 라킨 이전에도 다양성, 이국의 경험 탐구를 주제로 한 대학 수업에 등장할 법한 작가는 많이 있습니다. 그리고 그런 추세가 타당합니다. 좋은 이유에서든, 고통스러운 이유에서든 우리는 뿌리내림과 뿌리채 뽑혀짐에 대한 질문이 근본적으로 중요한 시대에 살고 있습니다. 이 개별 사례들을 들여다보고 각자의 독특한 경험을 존중하면서 발견하는 공통 분모를 통해 우리들은 무언가를 얻게 됩니다. 왜일까요? 그 공통 분모를 알아차리면서 우리가 서로 공유하고 있는 인간성에 대한 생각이 강화되기 때문입니다.

오늘 저는 모든 시에는 '내가 중요하다'는 외침이 담겨 있고 이 말은 '나는 다르다'를 암시한다는 말로 발표를 시작했습니다. 그런데 이제 이 말에는 또 다른 뜻, '당신과 나 모두'라는 뜻이 담겨 있다는 말로 발표를 마치고자 합니다. 우리들 중 어떤 이는 필요에 의해 낯선 이로서 살아가고 있고 어떤 이는 그런 삶을 선택하여 살아가고 있습니다. 우리들 사이를 분리하는 거리의 외피와 가시적인 형상은 앞으로도 늘 다를 것이지만, 그 속의 정신적인 형상은 우리가 서로 존중하고 적절한 호기심의 한도를 넘지 않는 한 서로 많은 것들을 공유한다고 외치고 있

---

13) 존 키츠, 「나이팅게일에 부치는 노래」, 『가을에 부쳐』; 김우창 옮김(서울: 민음사, 2007), 46쪽.

습니다. 오늘 문학 포럼과 관련짓자면, 한국을 넘어서 이제는 전 세계적인 표현이 된 이 말이 적당한 비유가 될 듯합니다. 1964년 소설가 김승옥 씨는 동인문학상을 수상하면서 "우선 제가 생각하고 있는 질서는 인간이 잔인해지지 않는, 타인의 고통을 자기도 느낄 수 있는 환경을 가리킵니다. 그런 환경을 만드는 데 방해가 되는 것들을 저는 저의 적으로 생각하고 있습니다."[14]라고 했습니다. 정말 그렇지 않습니까.

앤드루 모션 Sir Andrew Motion 영국 시인, 소설가, 전기 작가. 1952년생. 영국 옥스퍼드 대학교에서 수학했다. 런던 대학교의 로열 할러웨이(Royal Holloway) 문예창작과 교수. 1999년부터 2009년까지 영국 왕실의 계관 시인으로서 영국 시단을 상징적으로 대표해 왔으며 2009년에 기사 작위를 받았다. 평소 노동당을 지지해 온 모션은 계관 시인이 된 1999년 전국노동조합총연맹(TUC) 연례총회에서 「완전한 세상에서(In a Perfect World)」라는 시를 지어 헌사했는데 이는 연맹 창립 이후 처음 있는 일로 계관 시인의 보수적 이미지를 완전히 탈피했다는 평을 받았다. 시, 소설, 전기 등 장르의 경계를 성공적으로 무너뜨려 『필립 라킨(*Philip Larkin*)』 전기는 윗브레드전기상(Whitbread Prize for Biography)을 수상하며 라킨의 평가에 일대 변혁을 가져오기도 했다. 현재 영국의 가장 권위 있는 문학상인 부커상 심사위원장이자 광고감독기구의 위원이며 박물관·도서관·문서고위원회장을 맡고 있다. 시집으로 『작은 길(*Cinder Path*)』, 『삶의 방식: 장소, 화가와 시인(*Ways of Life: Places, Painters and Poets*)』, 『내륙(*Inland*)』, 『위험한 놀이(*Dangerous Play*)』, 『모든 것에 대한 가격(*The Price of Everything*)』, 『소금물(*Salt Water*)』 등이 있다.

---

14) 김승옥, 『제3세대 한국 문학 "김승옥"』, 12권(서울: 삼성출판사, 1983), 445쪽.

다원화 사회에서의 집체와 자아 권한의 경계

류짜이푸

1

본인은 곧 한국에서 개최될 예정인 서울국제문학포럼의 초청을 받아 "다원화 사회에서의 자아와 타자"라는 패널에 참석하게 되었다. 나는 주최 측의 요구에 따라 '명제 작문'을 지을 수밖에 없었다. 이는 아주 큰 제목으로 많은 현대성 관련 담론들을 끌어들여 사고할 수 있겠지만, 여기서는 논리적인 사변은 지양하고 실질적인 논증을 많이 하고자 한다. 왜냐하면 중국은 백 년 이래 특히 최근 60년 동안 이 제목에 관한 경험이 지극히 풍부하여 아마도 이에 비견할 만한 나라를 찾기란 쉽지 않을 것이기 때문이다.

자아와 타자의 관계 철학은 줄곧 서양 철학 주제 중의 하나였다. 백년 전인 지난 세기 초, 중국의 저명한 계몽사상가인 옌푸〔嚴夏〕는 일찍이 존 스튜어트 밀(John Stuart Mill)의 『자유론(On Liberty)』을 번역했는데, 밀의 이 저작을 중국어 문언으로 『군기권계론(群己權界論)』이라고 번역하고 백화문으로 설명을 가했다. 바로 "집체(타자)와 개체(자아)

권한의 경계"라는 의미인데, 번역을 정말 잘했다고 할 수 있다. 그는 이『자유론』의 기본적인 사상을 서명에 부각시킴으로써 현대 사회(다원화 사회)의 자유 문제의 관건이 '집체'와 '개체'의 관계임을 천명했으니, 이는 바로 오늘 우리가 토론하고자 하는 '타자'와 '자아'의 관계 문제이기도 하다. 옌푸의『『군기권계론』의 번역 범례』는 1903년에 쓰였으니 지금으로부터 108년 전의 일이다. 108년 전 중국 사상가의 관심의 초점이 108년이 지난 오늘 한국 사상계에서 또다시 관심의 초점이 되리라는 것은 정말 예기치 못한 일이다. 이는 또한 이번 문학 포럼에서 토론하고자 하는 문제가 본질적인 문제이며, 사상가가 직면한 현대 사회의 회피할 수 없는 학술적인 요체임을 설명해 준다.

루쉰〔魯迅〕 선생은 옌푸의 번역을 "번역 작품"이라고 불렀다. 즉 번역 중에는 본래의 텍스트에 절대적으로 충실한 직역이 있고, 또한 자신의 견해가 작품 속에 녹아 들어가 원 텍스트의 본의와 다소 차이가 있는 '창의적인 번역'도 있다는 의미이다. 이미 작고한 미국의 저명한 한학자이자 하버드 대학교 교수인 벤저민 슈와르츠(Benjamin I. Schwartz) 선생은『부강을 찾아: 옌푸와 서양』이라는 논저에서 바로 이런 차이점을 발견하고 다음과 같이 지적했다.

옌푸의『군기권계론』은 우리에게 번역을 통하여 자신의 관점을 발휘하는 가장 두드러진 실례를 보여 주었다. 비록 원문의 대다수 논증이 손상을 입은 것은 아니지만 많은 표현들은 고쳐지거나 곡해되었다. 옌푸의『번역 범례』는 밀의 관점을 자신의 목적에 굴종시켰다는 것을 충분히 증명해주고 있다. 중국 독자들은『군기권계론』을 통해 아마도 밀, 스펜서(Spencer), 스미스(Smith)의 자유 문제에 대한 차이점에 대한 분명한 인상을 도출해 낼 수 없을 것이다. 만약 밀이 개인의 자유를 항용 목적 자체로 보았다면, 옌푸는 개인의 자유를 "민중의 지혜와 덕성"을 촉진시키고 국가의 목적에 도달토록 하는 수단으로 변화시켰던 것이다.[1]

슈와르츠는 밀이 집체와 자아의 관계 가운데 강조한 것이 '자아', 즉 자아의 개인 자유로서 개인의 자유를 목적 자체로 보았다면, 옌푸는 '자아'의 우수함은 '집체', 즉 사회와 국가라는 더욱 높은 차원의 목적을 위하여 복무하는 것임을 강조했다고 지적하였다. 자아(소아)를 타자(대아, 즉 국가)의 도구로 간주하는 옌푸의 이러한 이념은 청 말과 민국 초기 사상의 주류였는데, 5·4 운동 시기에 이르러서야 비로소 타파되었다. 5·4 신문화 운동의 주요 특징은 개인을 부각시키고 개성을 선양하는 것이었다. 이 운동은 '국가의 우상'을 타파하고 개인의 자유를 목적 자체로 보았으며, 밀의『자유론』의 원초적 사상으로 회귀시켰다. 5·4 운동이 입센과 니체의 기치를 높이 치켜들고 선양한 것은 '개인', 즉 자아였지, '집체', 즉 국가가 아니었다. 그러나 당시 중국은 여전히 극단적인 빈곤과 나약함, 그리고 제국주의 위협에 처해 있었기에 5·4 신문화 운동의 주요 장수들, 즉 예를 들어 루쉰, 후스〔胡適〕역시 종종 '집체'와 '자아' 사이에서 동요하며 방황했다. 루쉰은 자신이 종종 '개인주의'와 '인도주의'라는 두 사조 사이에서 기복이 있었다고 말했고, 후스 역시 '소아'와 '대아'의 관계에 관한 글을 썼다.

5·4 운동 이후 수십 년 동안, 중국은 생존 문제와 사회 제도의 합리성 문제가 모든 것을 압도하였기 때문에, "5·4"기 제창했던 '자아의 독립'과 '개성의 자유'는 급속히 잠잠해졌고, 개체 의식은 다른 큰 집체 의식, 즉 계급의식에 의하여 대체되었다. 1949년 이후, 계급적 이데올로기는 정치와 동맹을 맺었고, 전 사회적인 경제 국유화 운동을 벌이고, 그에 상응하여 개인 영혼의 국유화 운동을 벌인 결과, 개성과 자아는 소외되었다. 문화대혁명 시기에 이르러 국가는 '레이펑〔雷鋒〕'이라는 표준적인 인물 형상을 내세웠는데, 이 인물 형상의 상징적인 함의는 절대적으로 자아를 버리고 오직 타자만을 위하라는 것이었다. 그리고

---

1) 벤저민 슈와르츠,『부강을 찾아: 옌푸와 서양』; 중역본, 예펑메이〔葉風美〕옮김(장쑤〔江蘇〕인민출판사, 1989), 133쪽.

그 타자는 국가라는 기계와 그 영도자였다. 이때 자아는 아주 형상적으로 국가 기계 속의 한 개의 나사못으로 규정되었다. 바로 이와 같은 엄청난 역사적 진실 상황을 앞에 놓고, 중국은 1980년대에 들어서야 비로소 "5·4"와 유사한 새로운 사상 해방 운동이 출현하였고, 다시 한 번 '자아'를 부르짖었으며, 다시 한 번 집체에 있어서의 개인의 독립적인 지위를 쟁취하게 되었다. 본인이 1980년대에 발표한 「문학주체성론」이라는 논문은 전국적인 논쟁을 불러일으켰다. 이 논문은 바로 사회 문화 활동 가운데에서의 개인의 독립적인 지위와 정신적 가치 창조(특히 문학 예술의 창작)에 있어서의 개인 자유의 기본적인 권리를 강조하는 것이었다.

2

　그렇지만 나 자신의 임무가 끝난 것은 아니었다. '자아가 상실'된 일차원적인 전제주의적 사회 조건 아래에서 자아의 '주체성'을 신장하는 것은 필요한 일이었다. 하지만 중국은 1980년대에 이미 개방되었고, 다원화 사회로 진입하고 있었다. 이런 역사적 상황 속에서 일어선 각각의 모든 '자아'들은 모두 각자의 주체성을 지니고 있었기에 자연스레 주체와 주체 사이의 관계 문제, 즉 자아와 타자의 관계 문제가 발생하게 되었다. 이 또한 본인이 '주체성'이란 명제를 제기한 후, 반드시 진일보 답을 내놓아야만 하는 '상호 주체성(Inter subjectivity)'의 문제였다. 하지만 1989년 본인은 정치적인 풍파로 인하여 해외에 표류하게 되었고, '상호 주체성' 문제에 대하여 명백하게 논술할 기회가 없었다. 나는 오늘 한국에서 본인에게 제공해 준 이 학술 교류의 자리를 빌려서, 본인 스스로의 주된 이념에 대하여 설명하고자 한다. 나는 이 설명이 바로 주최 측에서 요구하는 답안일 것으로 생각한다.
　본인의 '상호 주체성'의 과제, 즉 자아와 타자의 관계에 대해 어떻게 응대할 것인가 하는 과제는 우선 중국 학계에 잘못 유입된 프랑스 철학의 두 가지 명제를 겨냥하고 있다. 하나는 모든 사람들이 다 알고 있는 사르트르의 "타자는 자아의 지옥"이라는 명제이고 다른 하나는 레비나스(E. Le'vinas)의 "자아는 타자를 위하여 희생해야 한다는, 즉 인도주의"의 명제이다. 나는 후자를 "타자는 자아의 하느님"이라는 명제로 간략히 부르고자 한다. 본인은 이 두 명제는 모두 잘못된 것이고, 둘 모두 우리로 하여금 다원화 사회에서의 자아와 타자의 관계를 잘 처리하도록 이끌어 주지 못한다고 생각한다.

자아와 타자의 관계 철학은 줄곧 프랑스 현대 철학의 주제였다. 프랑스 철학가들의 사고는 그들의 저작을 통하여 중국의 학계와 사회에 상대적으로 광범한 영향을 미쳤다. 이러한 영향은 20세기 하반기부터 시작해서 이미 세 차례나 발생했다. 첫 번째는 사르트르의 실존주의였다. 그중 "실존은 본질에 앞선다"와 "타인은 자아의 지옥"이라는 두 명제의 영향이 가장 컸다. 두 번째는 첫 번째의 영향보다 약간 늦었으니, 첫 번째 영향이 1980년대 초반에 발생했다면, 두 번째 영향은 1980년대 후반에 발생했다. 두 번째 영향의 대표적 인물은 푸코(Michel Foucault), 라캉(Jaques Lacan), 데리다(Jacques Derrida) 등이었다. 그들의 언어 본체론과 그 서양 형이상학 체계에 대한 해체는 우리 세대의 중국 학자들에게 매우 큰 놀라움을 가져다주었다. 세 번째 영향을 준 인물에는 장프랑수아 리오타르(Jean-François Lyotard)와 레비나스가 있고, 질 들뢰즈(Gilles Deleuze)와 미켈 뒤프렌(Mikel Dufrenne) 등도 포함된다. 이들의 영향은 1990년대 이후에 더 많이 발생하였고, 지금까지도 영향을 주고 있다.

1980년대 중국에서 사상 해방과 주체성을 선양할 때, 사르트르의 "타인은 자아의 지옥"이라는 명제는 쉽게 받아들여졌다. 특히 '자유'에 대하여 깊은 이해가 부족한 청소년 세대에 있어서는 더욱 그러했다. 얄팍한 자유주의자들은 자유를 종종 평소의 자기 식대로 행하는 것과 자기가 하고 싶은 대로 하는 것으로 이해했다. 즉 자유를 무제한적인 자아의 확장과 자아의 발전으로 이해하고, 모든 타자(개체적인 타자, 집체적인 타자와 국가 타자를 포함)를 자유에 대한 장애물 혹은 자유를 제한하는 존재로 이해했다. 철학적으로도 자유와 제한이라는 이 기본 모순을 제대로 파악하지 못했다. 사실 제한이 있기 때문에 비로소 자유가 있는 것이다. 이 점에 관해서 독일의 대철학자 헤겔은 일찍이 분명하게 말한바 있다. 그가 거듭 설명한 것은 자유는 하고 싶은 대로 하는 것이 아니고 제한이 있어야 비로소 자유가 있다는 점이었다. 정치의 중요한 사명은 여러 가지 자유의 권한을 명백히 구분하여 규정하고, 아울러 이러한 권한들을 법률과 윤리의 원칙에 적용시켜 모든 개인의 자유를 보장해 주는 데 있다. 즉 모든 개인은 주체적으로 자유를 향유할 자유가 있는 것이다. 만약 함부로 교통신호를 위반하는 사람들의 행위를 제한하지 않는다면 어떻게 모든 사람들이 안전하게 운행할 수 있는 자유가 있겠는가? 만약 무기를 휴대하는 테러 분자들의 행위를 제한하지 않는다면 어떻게 모든 사람들이 비행기를 탈 수 있는 자유가 있겠는가? 헤겔 이전의 독일의 또 다른 대철학자 칸트는 일찍이 자유의 가능성에 대한 탐구를 도덕의 가능성에 대한 탐구와 연결시켰다. 그의 철학 체계에서 자유는 본능에 따라서 하고 싶은 대로 할 수 있는 것이 아니고, 오히려 본능을 통제하여 자유의지를 실현하는 것이었다. 칸트는 특별히 또 가장 자유로운 사회, 즉 다원 사회에서는 사회 구성원 사이에 틀림없이 대항과 충돌이 발생할 것이므로 반드시 자유의 한계에 대하여 가장 정확한 규정과 보장을 해 줌으로써 자아의 자유와 타자의 자유가 사회 속에서 공존하도록 해야 한다고 지적했다. 그는 다음과 같이 말했다.

오로지 사회에서, 또한 오로지 가장 높은 자유가 있는 사회에서는, 그로 인하여 사회 구성원 사이가 철저히 대항적이 되지만 동시에 이러한 자유의 한계는 도리어 가장 정확한 규정과 보증을 해 줌으로써, 이 자유가 사회 속에서 다른 사람들의 자유와 공존할 수 있게 되는 것이다. 오로지 이런 사회에서만 대자연의 최고 목표, 즉 대자연의 모든 선천적인 잠재력의 발전은 비로소 인류의 몸을 통하여 실현될 수 있는 것이다. 대자연이 규정한 모든 목적과 같이 대자연은 또한 인류에게 스스로 그렇게 해낼 것을 요구하고 있다. 그리하여 대자연이 인류에게 부여한 최고의 임무는 반드시 외계 법률 아래의 자유와 저항 불가능한 권력의 양자가 가장 큰 가능성 속에서 상호 결합된 사회를 만드는 것인데 그것은 또한 완전히 정의로운 공적인 헌법을 가지고 있는 사회이다.[2]

칸트건 헤겔이건 모두 개체 자유에 대하여 제한을 두는 것이 합리적임을 인정하고 있다. 이런 제한들은 근본적으로 말하자면 자아의 주체성을 인정할 때에는 동시에 타자의 주체성도 인정하고 존중해 주도록 하며, 개인의 자유와 권리를 신장하고자 할 때에는 타자의 자유와 권리도 인정하고 존중해 주도록 하는 것이다. 사르트르의 "타자는 자아의 지옥"이라는 말의 잘못은 타자를 존중하지 않는 것, 즉 사회질서를 존중하지 않는 것 이외에도 자아를 전부 분실되게 하여 자아로 하여금 자아 본능의 노예로 만드는 것이다. 인간의 본능은 무한한 악의 가능성을 내포하고 있으니, 인간은 본능적인 욕망 충족을 위해 반드시 각종 반사회적인 행동을 하기 마련이다. 인간은 타자를 자아의 지옥으로 보면서도 동시에 실제로는 또한 자아를 자아 본능의 노예로도 만들어 자아 지옥 속에 빠지게도 한다. 반윤리적이고, 도덕의 제한을 반대하며, 사회의 기본 규범(법률)을 위반하는 모든 범죄자들은 어떤 의미에서 보면 모두 "타인은 자아의 지옥"이라는 말의 신봉자이고 실행자이다. 1980년대 말부터 현재까지 20여 년 동안 중국에서 성행했던 건달 철학에 있어 그들이 신봉했던 것이 바로 "타인은 자아의 지옥"이라는 철학이었다. 그들의 유명한 구호는 "내가 건달인데 내가 누구를 두려

___
2) 칸트, 『역사이성비판 문집』; 중역본, 허자오우〔何兆武〕 옮김(상우〔商務〕출판사, 200),
9쪽.

워하랴?”였다. 이 구호는 자아를 모든 것으로까지 팽창시켰다. 모든 것에 대해, 그들이 경외하는 것은 없었고, 존중하는 것도 없었으며, 제한을 두는 것도 없었다. 그 뒤에 따라오는 것은 도덕의 모든 최저 수위를 타파하고 자신의 이익만 생각하며 타인이 죽든 말든 신경 쓰지 않으며 심지어 “자아실현”을 위하여 파렴치하게 거짓말을 하고, 도둑질을 하며, 부정부패를 저지르고, 행하는 모든 나쁜 짓을 하늘의 대의로 여겼던 것이다.

본인이 사르트르의 명제에 비판을 가할 때는 동시에 니체의 철학에 대해서도 비판을 가했다. 자아의 확립은 자아의 팽창과는 다르다. 니체 초인 철학의 크나큰 해독은 스스로 홀로서기 한 자아를 팽창적인 초인적 자아의 방향으로 유도한다는 점에 있다. 본인은 친구인 가오싱젠이 20여 년 동안 자신의 『주의 없애기』, 『또 다른 종류의 미학』이라는 책에서 끊임없이 니체를 비판하고 있는 점에 공감한다. 만약 레비나스가 만든 것이 타자의 하느님이라면, 그보다 60년 앞섰던 니체가 만든 것은 자아의 하느님이었다. 양자의 공통점은 모두 낭만적인 기질과 구세주를 자임하려는 콤플렉스였다. 그 배후에는 모두 ‘아(我)’의 팽창이 있었으니, 하나는 ‘타아’의 팽창이었고, 다른 하나는 ‘자아’의 팽창이었다. 가오싱젠이 혜능(慧能)을 찬미하고 선종(禪宗)을 높게 평가한 이유는 바로 선종 사상이 니체와 정반대라는 점에 있었다. 선종이 선양하는 인간의 깨달음은 필히 ‘아집’을 타파하고, 특히 “미망된 자아”, 즉 팽창적 자아에의 잘못된 집착을 타파하는 것이다. 불성(佛性)을 갖고 있는 자아가 ‘득도’한 후, 즉 ‘진여(眞如: 궁극적인 진상)’를 끌어안은 뒤, 소중한 점은 타인을 능가하고 압도하는 ‘초인’이 되는 것이 아니라 여전히 일상적인 인간으로서 평상심을 간직한다는 것이다. 오로지 그렇게 해야만 자비를 베풀 가능성, 즉 정확하게 타인과 타자를 대할 수 있는 가능성이 생기는 것이다. 그리하여 가오싱젠은 자아가 확립된 뒤에 진실된 인간, 나약한 인간으로 돌아가야 한다고 주장했고, “자아의 지옥”을 타파해야 한다고 주장했다. 뿐만 아니라 가장 타파하기 어려운 것이 "자아의 지옥"이라고 인식했다. 그의 철학적인 희극 작품 『도망』이 표현한 것이 바로 이러한 주제인데, 이는 사르트르의 "타인은 자아의 지옥"이라는 명제와 서로 대립되는 또 다른 철학적 명제이다. 『도망』은 20년 전에 쓰였고, 이 20년 동안의 중국의 역사적 실천은 '자아'가 일단 맹목적으로 팽창되면, 그 결과는 책임을 지지 않고 질서를 지키지 않는 깡패와 무뢰배가 대거 출현하고 또한 노자(老子)를 천하제일로 삼는 리틀 니체들이 대거 산생된다는 사실이다. 이런 리틀 니체들은 깡패 끼가 있다는 점 이외에도 종종 자신을 창세기 최고의 선구자, 심지어는 사회 정의의 화신이나 구세주로까지 팽창시키는 것이다.

3

"타자는 자아의 지옥"이라는 명제와 서로 대응되는 명제는 레비나스의 "타자를 위한 인도주의"라는 명제이다. 위에서 말한 것처럼 이 명제의 본질은 "타자는 자아의 하느님"이라는 것이다. 재미있는 것은 1980년대의 중국에서는 이 명제를 기들띠보는 사람은 아무도 없었지만, 1990년대와 21세기의 첫 번째 10년 동안 중국에서 또다시 유행하기 시작했다는 사실이다. 본인 세대의 사람들과 본인의 바로 아래 또는 위 세대 사람들은 이 명제를 아주 쉽게 이해할 수 있다. 왜냐하면 이 명제는 우리 이 두세 세대 사람들의 사회적 체험과 완벽히 상통하기 때문이다. 바꾸어 말하자면 우리가 이전에 인간 사회의 규범이라고 떠받들었던 "사회주의 인도주의"가 바로 "타자를 위한 인도주의"였기 때문이다. 다만 중국 학자들의 표현은 줄곧 레비나스가 서술한 것처럼 그렇게 철학적이고 정교하지 못했을 따름이다.

레비나스는 20세기 1920년대 말에 독일의 프라이부르크 대학교에서 후설(Husserl)과 하이데거(Heidegger)의 가르침을 받았고, 1930년에는

『후설 현상학 중의 직관 이론』이라는 책을 출판하여 사르트르의 공감을 샀다. 레비나스는 사상의 대상(타자)이 사상 자체보다 더 차원 높고 비중이 더 크다는 기본 점을 보지 못한 후설을 비판하는 데서 출발하여 자신의 이론 체계를 구축했고 최후에는 다음과 같은 논리적 결론에 이르렀다. 즉 '타자'는 무한하고 철저한 외재성을 갖고 있는바, 사상과 존재는 필연적으로 자신보다 더 차원 높고 큰 이 무한성을 지향하고 있기 때문에 아무런 대가도 바라지 않으면서 타인을 위한 절대적인 책임을 완성한다. 이처럼 이성과도 다르고 존재와도 다른 무한적인 타자는 초월(사상과 존재를 초월)적이고 또한 절대적(자아와 대칭되지 않으면서 자아보다 절대적으로 높은 차원)이다. 그리하여 타자에 대한 자아의 절대적인 복종은 레비나스 사상 체계의 철학적 기초가 되었다.

20세기 후반의 정치 생활을 겪은 사람들, 특히 문화대혁명을 겪은 중국의 학자들은 레비나스의 이론을 아주 쉽게 이해할 수 있다. 이 이론의 핵심은 바로 개인은 타자를 위해 존재하고, 자아는 타인을 위해서 희생해야 한다는 것이다. 중국은 5·4 운동 이래 일찍이 '소아'와 '대아'의 관계에 대하여 토론한 바 있으니, 소아는 개체적 자아인 것이고 대아는 집체적인 타자로서 민족, 국가, 당파 등을 포함한다. 20세기 전반에 중국은 줄곧 계급 모순과 민족 모순이 지극히 첨예했던 전쟁 시기(이런 시대는 또한 영웅 시대라고 부를 수 있다.)에 처해 있었기 때문에, 이런 역사적인 상황 속에서 중국은 계급해방과 민족 해방을 위해 과감히 자신을 희생시키는 영웅이 필요했다. 즉 다시 말하면 '타자'를 절대정신의 담지체로 보고 그를 위해 용감하게 소아를 헌신하기를 소망하는 영웅이 필요했다. 그리하여 자아를 무한한 타자의 사업에 바치는 것은 당연한 진리로 간주되었다. 중국 현대 문학에 있어 창조사의 많은 작가들, 특히 귀모뤄〔郭沫若〕가 5·4를 지난 1920년대 중반, "자아를 위한 예술"이라는 구호를 포기할 것을 선포하고 모든 것을 계급해방의 사업에 투입하겠다고 한 것은 전형적인 예라고 할 수 있다. 1949년에 이르러 영웅의 시대는 끝났다. 그러나 중국은 여전히 영웅시대 즉 전쟁시대의 기본 이념을 계속 활용하면서 자아는 반드시 절대적으로 타자를 위하여 존재하고 희생해야 한다고 강조했다. 이 시기의 타자는 '민족'이 아니라 당과 대중이었다. 이때 자아와 타자의 관계 문제는 더 이상 이론적인 문제가 아니라 대규모적인 정치 실천의 문제였다. 개체적 자아가 반드시 무조건적으로 외재적 타자(당과 대중)에 순종해야 한다는 것은 논의의 여지조차 없었다. 이런 정치적 실천은 레비나스의 이론적 방향, 즉 이른바 "외재적인 철저성"과 완전히 부합되었다. 문화대혁명 시기에 이르러 '당과 대중'이라는 이 절대적인 타자는 영도자로 단순화되었다. 그리하여 자아는 또 단지 영도자를 위해서 존재하고 희생되어야만 했다. 그리하여 "모든 것은 마오〔毛〕 주석을 위하여"라는 시대적인 구호가 등장했고, 이어서 이런 구호들을 체현하는 영웅 인물의 전형이 출현했으니, 그가 바로 레이펑〔雷鋒〕이다. 레이펑의 전형적인 의의는 자아의 가치와 모든 자유 의지를 완전히 말살하고 자신의 생명을 단지 영도자의 책을 읽고, 영도자의 말을 들으며, 영도자의 훌륭한 전사가 되는 것으로 응축시켰다. 이 전형은 자아의 철저한 소멸(타자를 위한 절대적인 희생)을 상징하는데, 레비나스의 철학 용어를 빌려 표현하자면 무한한 타자에 대한 자아의 절대적인 헌신과 "보답을 바라지 않는" 책임을 상징한다. 당시 영도자라는 이 타자는 바로 수천수만의 개체적 자아에게는 절대적으로 외재적인 "표정 아이콘"이었다. 꼬박 한 역사 시기 동안 자아와 타자는 비대칭적이었다. 타자는 무한한 주체성을 갖고 있었고, 자아는 오히려 모든 주체성을 상실했다. 그리하여 자아와 타자의 관계는 상호 주체성의 관계가 아니라 자아가 타자에 의해 절대적으로 박탈당하는 관계였다.

  이런 역사적 경험을 갖고 있는 중국 사상가들은 보다 많은 사색을 할 필요도 없이 쉽게 레이펑을 레비나스 철학의 형상적인 주석(註釋)으로 간주하고, 레비나스의 절대적인 타자 이론을 레이펑 실천의 형이상학적 승화로 보고 있다. 필자와 레비나스는 모두 인도주의에 대해 말하고 있지만, 필자는 자아가 무조건적으로 타자에 복종해야 한다는 것을 강조하게 되면 인도주의를 실현할 수 없을 뿐만 아니라 오히려 타자를 거대한 우상으로 만들고 자아에 대한 타자의 독재를 초래한다고 생각한다. 필자는 인도주의를 생명 개체의 존중, 즉 모든 '소아(小我)'의 존중에 적용시키지 않는다면, 이러한 인도주의는 단지 공허한 이론에 불과할 뿐이라고 생각한다. 구소련 교육가인 수호물린스키(B. A. Cyxomjnhcknn)는 "전 인류를 사랑하기는 쉽지만 한 사람을 사랑하기는 힘들다."라는 명언을 남긴바 있는데, 중국 문화대혁명은 이 말이 진리임을 증명하고 있다. 그 시기 우리는 타자(전 인류)를 해방시킨다는 구호를 가장 우렁차게 외쳤지만 그 누구도 감히 억울하게 "반동분자", "자본주의 노선을 걷는 무리", "반동적 학술 권위"라고 불렸던 개체적 자아를 위하여 공정한 말 한마디도 하지도 못했다. 역사는 만약 개체적 생명 하나하나가 자아 확립을 하지 못한다면 거대한 집체적 활동 가운데서 개체적 생명을 보호하는 그 어떤 인도주의 목소리도 낼 수 있는 힘이 존재할 수 없다는 것을 증명하고 있다. 레비나스의 이론적 맹점은 바로 그가 인도주의적 입각점과 버팀목을 찾지 못했다는 데 있다. 자아 확립이 없이는 인도주의의 확립이 있을 수 없고, 개체 주체성의 선양이 없이는 타인과의 교류 행위 가운데 다른 주체를 도와줄 힘이 있을 수 없으며, 그로부터 건립된 상호 주체성 또한 필연적으로 하버마스가 말한 "타당성 있는 요구"(하버마스의 타당성 있는 요구에는 "진실성 요구"와 "정당성 요구", "성실성 요구"가 포함된다.)가 부족하게 될 것이다. 레비나스의 철학은 겉으로 보기에는 아주 감동적이지만 사실은 타자를 명분으로 내세워 생명 개체를 우민처럼 어리석게 만들어 희생하고 헌신하게 하는 것이다.

4

　앞에서 이미 말한 바와 같이 자아와 타자의 관계는 시대의 변화에 따라 서로 정도가 다른 편향이 발생할 수 있다. 그렇다면 다원화 사회의 시대에서 이러한 관계에 있어 어떻게 균형점을 찾아야 할 것인가?

바티스타 비코(Giam battista)는 일찍이 역사를 세 시기로 나눈바 있다. 첫 번째 시기는 신의 시대, 즉 신이 운명을 지배하고 모든 것을 지배하는 시대이다. 두 번째 시기는 영웅의 시대이니, 이는 씨족 사회부터 시작된 전쟁과 명예, 군사적인 위력을 숭배하고 받들던 시대이다. 세 번째 시기는 인간의 시대이니, 즉 평민들이 자유와 평등, 민주를 주된 정신으로 하는 시대이고 또한 욕망으로 사람을 통제하는 시대이기도 하다. 레비나스의 절대 타자와 무한 타자의 관점은 첫 번째 시대에 속한다고 할 수 있다. 사람이 신을 위하여 존재하는 시대에 자아는 없고 오로지 무한히 확대된 타자 즉 신만 있을 뿐이니, 이는 자아 상실의 시대이다. 니체의 철학은 영웅 시대의 철학이다. 그는 신의 죽음을 선포하고 무한히 확대된 타자인 초인, 즉 영웅으로 하느님을 대체했으니, 이는 자아 팽창의 시대이다. 세 번째 시대 즉 인간의 시대(다원 시대)에 있어 레비나스의 철학과 니체의 철학은 모두 들어맞지 않는다. 중국은 5·4 운동 이후에 이미 근대 사회로 진입했지만 사상적으로는 충분히 성숙하지 못하여 평민 시대인데도 또다시 첫 번째 시대와 두 번째 시대 철학의 지배를 받아, 때로 자아 상실을 경험했고, 때로 자아 팽창을 경험했다. 더 정확하게 말하자면 5·4 운동 이후의 90년 동안 중국 사회는 늘 "자아상실 — 타자신성"과 "자아팽창 — 타자상실"의 순환 속에서 맴돌고 있을 뿐, 사유 방식에 있어 결코 세 번째 시대로 진입하지 못했다. 그리하여 지금도 여전히 레비나스와 사르트르, 니체에 대한 비판 능력이 결여되어 있다. 오늘 본인이 중국의 사변가로서 하고 싶은 점은 세 번째 시기의 자아와 타자 관계에 대한 이념적인 방안을 설정하려는 데 있지 않고, 본인이 소속된 국가가 마땅히 세 번째 시대 즉 인간의 시대(다원 시대)의 사유 속으로 진입해야 하고, 세 번째 시대의 인간에 관한 보편적인 가치를 스스로의 사유 속에 수용해야 하며, 사유하는 가운데 중심을 '타자'에 둘 것이 아니라 마땅히 '자아'에 두어, 자아-개체 생명의 가치와 존엄을 확인하고, 자아 - 개체 생명의 한계성을 확인해야 함을 일깨우고자 하는 것이다. 즉 자아 - 개체 생명의 가치와 존엄을 확인해야 할 뿐만 아니라, 또한 자아 - 개체 생명의 유한성도 확인해야 한다는 것을 일깨워 주고 싶은 것이다. 이 두 가지의 확인이 있어야만 비로소 우리는 이미 다원 공존의 시대에 진입했다고 말할 자격이 있는 것이다.

그 밖에 본인은 또 세 번째 시대, 즉 다원화 시대에서 자아와 타자의 관계는 여전히 고정적인 것이 아니라 유동적인 것임을 강조하고 싶다. 즉 양자의 관계는 여전히 시간과 공간의 변화에 따라서 변화하기 때문에 "구체적인 상황에 따른 구체적인 분석"을 필요로 하는 것이다. 루쉰은 유명한 시(중국인들은 모두 알고 있는)에서 "뭇 사람들(적)의 질책에 사나운 눈초리로 차갑게 쏘아 보며, 고개 숙여 기꺼이 어린아이(민중)를 태우는 소가 되리라."라고 했다. 이 두 구절 모두 자아와 타자의 관계에 대하여 말하고 있다. 전자는 타자를 적으로 여기고 있고, 후자는 타자(아이)를 하느님으로 여기고 있는데 모두 이치가 있는 말이다. 한 나라가 전쟁 시기에 있을 때, 모든 각 민족 집단이 흉악한 적들과 맞서고 있기 때문에 이 시기에는 개체 자유와 자아 독립을 강조할 수 없다. 미국 대통령 제퍼슨은 그의 21조 어록에서 "일단 어쩔 수 없이 전쟁에 진입해야 한다면 우리는 나라를 지키기 위하여 다른 의견들은 보류해야 한다."라고 했다. 이런 요구는 합리적인 것이다. 이때 국가와 민족이라는 타자는 확실히 자아보다 중요하다. 하지만 평화적 상황 속에서 국가와 시민들이 정상적인 삶의 시간대와 공간에 살고 있다면 국가는 반드시 모든 생명 개체(자아)의 개성과 서로 다른 선택을 존중해 주어야 하고, 그들이 '삶을 누리고자' 하는 요구도 존중해 주어야 한다. 그리고 개체와 개체와의 관계 역시 구체적인 시간과 구체적인 장소라는 문제가 개재되어 있고, 집체와 자아의 권한에 대한 규정 역시 반드시 그 구체성을 통해서만 합리성을 드러낼 수 있다. 이것이 바로 우리가 오늘 토론하고자 하는 큰 주제이다. 마지막으로 실천 문제가 있다. 즉 복잡한 사회에서의 객관 세계에 대한 주관 세계의 이해의 문제인 것이다.

2011년 2월, 미국 볼더에서

류짜이푸 劉再復 Liu Zaifu 중국 평론가, 학자, 수필가. 1941년 중국 푸젠성〔福建省〕 출생. 1963년 샤먼 대학 〔厦门大学〕 중문과를 졸업한 뒤 중국사회과학원 연구원, 문학연구소 소장, 《문학평론》 편집인, 중국작가협회 이사를 역임했다. 1989년 천안문 사건 이후 창작의 자유를 찾아 미국으로 떠나 현재 콜로라도 대학교 동아 시아학과 객원연구원, 홍콩시티 대학교 중국문화센터 명예 교수로 활동 중이다. 비판적인 학술·문화 활동을 해 온 대표적인 지식인으로 강한 이론성과 실천성이 담겨 있는 작품 활동을 하고 있다. 1989년 『성격조합론』으로 황금열쇠상을 수상하였고, 저서로 『루쉰전(魯迅傳)』, 『죄와 문학(罪與文學)』, 『면벽침사록(面壁沈思錄)』 등 수십 권을 출간했다. 가오싱젠의 가장 절친한 친구이기도 하다.

다문화 사회, 우리는 준비되어 있는가

박범신

2003년 11월 11일. 나는 늦은 저녁을 먹으려고 식탁 앞에 앉아서 막 숟가락을 들다가 그 뉴스를 보았다. 텔레비전 9시 뉴스였다. 성남의 '단대오거리역' CCTV 카메라에 잡힌 필름이 여과 없이 뉴스 화면으로 방영됐다. 어느 외국인 청년이 달려오는 전철을 향해 부나비처럼 뛰어드는 순간의 화면이었다. 청년은 물론 즉사했다. 코리안 드림을 꿈꾸면서 한국에 와 노동 현장에 근무하던 스리랑카 청년 '다르카'였다.

급격한 산업화에 따른 경제 발전의 여파로 인해 더 힘든 업종의 노동자를 구하기 어려워진 산업 현장의 인력 수급을 위해 정부가 이른바 '산업 연수생 제도'를 도입한 것은 1993년의 일이었다. 연수 기간과 취업 기간을 합쳐 3년간 한국에서 일할 수 있는 기회를 부여하는 이 제도는, 철저히 우리의 산업 노동 실태에 맞추어져 있었을 뿐 연수생의 인간적 권리와 복지는 거의 고려되지 않는 방향으로 운영됐다. '중소기업 협동조합'에서 인력 수급을 전적으로 책임지는 방식으로 운영됐기 때문에 생기는 갖가지 반윤리적 잡음도 끊이지 않았다. 이에 정부는 보다 합리적인 인력 수급을 위한 '고용허가제'로 전환, 새로운 고용허가제법을 만들고 그 시행에 들어갔다. 원활한 법 집행을 위해선 합법적인 산업연수생들과 불법 체류자 신분이 된 수많은 이주 노동자들이 뒤섞인 혼란스러운 현실을 '깔끔하게' 정리할 필요가 대두됐다. 고용허가제법에 따라 정부 차원에서 인력 도입 계약을 맺은 나라는 8개국뿐이었다. 이미 들어와 '한국민화'한 이주 노동자들의 사정은 고려 대상이 아니었다. 특히 정부는 한국에 들어온 지 4년 이상 된 이주 노동자의 경우, 아무런 대안도 제시하지 않고 무조건 '나가라'고 통고했고, 곧 무차별적인 단속에 들어갔다. 우리의 필요에 따라 불려 들어와 온갖 불평등한 대우를 견뎌 온 이주 노동자들에게, 새로운 제도가 생겼으니 그에 맞춰 하루아침에 네 나라로 돌아가라는 압박하는 꼴이었다. 이주 노동자들을 오직 경제 발전의 도구로만 인식한 일종의 행정편의주의였으며 반인간적인 정책이었다.

스리랑카 청년 '다르카'는 이에 항의하기 위해 달려오는 전철로 뛰어든 것이었다. 그는 크리켓 선수 생활을 하다가 보다 잘살고 싶은 꿈을 좇아 한국에 들어온 서른두 살의 청년이었다. 죽기 전까지 매달 70여만 원의 돈을 스리랑카 부모에게 꼬박꼬박 송금하던 2남 2녀의 장남이라 했다. 전철에 뛰어드는 청년의 생생한 모습은 내게 큰 충격을 주었다. 뉴스를 보고 난 뒤 숟가락을 그만 놓고 말았다. 잘살고 싶은 건 인류 보편의 지향이 아닌가. 나는 마치 내가 그 청년을 전철로 밀어 버린 것 같았다. 다음 날 나는 방송국에 물어 청년의 시신이 안치된 성남의 '중앙병원' 영안실로 문상을 갔다.

우리의 무엇이 젊은 청년의 목숨을 스스로 갈가리 찢게 만들었을까.

나는 영정을 향해 두 번 절하고 가만히 사진 속 그를 바라보았다. 눈이 깊은, 아름다운 청년이었다. 그때까지만 해도 나는 이주 노동자들의 삶에 대해 구체적인 관심도 갖지 않았으며 그들이 어떤 조건 속에서 살고 있는지도 잘 몰랐다. 등 뒤에선 스리랑카 대사관에서 나온 사람, 그를 고용했던 사람, 시민 단체 관계자들이 그의 장례의 주도권과 그 절차를 놓고 옥신각신하고 있었다. 입장이 다 제각각이었다. 비행기에 시신을 실어 옮기려면 규정상 금속관을 사용해야 하는데, 가장 싸게 하려면 나무관 위에 함석을 입히는 편법이 좋다는 말까지 나왔다. 죽어서도 그는 인간적 예우를 받지 못하고 있었다. 함석이라니, 라고 나는 생각했다. 가난하던 젊은 날, 내가 살았던 강경 집의 갈라지고 우그러진 함석 대문이 생각났다. 그리고 동시에, 아무것도 가진 것 없이, 오로지 보다 잘살아 보겠다고 서울로 무작정 상경하던 때가 떠올랐다. 어머니는 "서울 사람은 가만히 앉아 있어도 코를 베어 간다드라!"라고 말했다. 서울로 올라오는 기차 속에서 청년이었던 나는 남몰래 자꾸 코를 만졌다. 나는 그때 일종의 이주 노동자였다. 두렵고 무서워서 당장 고향 집으로 되돌아가고 싶었다. 스리랑카 청년 '다르카'는 어땠을까. 말도 다르고 피부색도 다르니, 그 두려움은 나보다 훨씬 깊었을 터였다.

　내가 중앙병원 영안실에 있던 바로 그때, 또 한 명의 외국인 노동자가 목을 매고 있었다. '비쿠'라는 방글라데시 청년이 김포의 한 공장에서 소형 크레인에 목매 자살한 것이었다. 그리고 며칠 후엔 러시아의 '안드레이'가, 또 며칠 후엔 우즈베키스탄 사람 '부르혼'이, 자살했다. 중국에서 온 조선족 김원섭 씨가 새벽길의 도심 고가도로 밑에서 수없이 112, 119로 구원을 요청했음에도 불구하고 끝내 얼어 죽은 사건이 생긴 것도 그 무렵이었다. 노동자들의 자살이 도미노처럼 이어지던 스산한 겨울이었다. 나는 겨울이 다 지나기 전에 이주 노동자를 다룬 장편 『나마스테』를 쓰기 시작했다. 고용허가제법 시행에 따른 효용성 중심의 비인간적 정책에 맞서 이주 노동자들이 성공회 마당에 모여 궐기한 '83일간의 농성 사태'의 전말을 기본 서사로 삼은 소설이었다. 세상과 맞서는 데 있어, 내가 가진 창(槍)이라곤 부끄럽게도 나의 문장밖에 없었다.

소설 『나마스테』의 남자 주인공 카밀은 네팔에서 한국으로 온다. 비록 피부색이 다르고 빈부 차이가 있더라도 사람은 근본적으로 평등한 존재일 뿐 아니라, 다른 존재에 대한 인간적 이해와 사랑만 있다면 어느 곳이든 '세상이 환하다'라고 믿는 순진한 청년이다. 소설의 앞부분에서 그가 처음 택시를 타는 장면이 나오는데 택시 운전기사와의 대화는 이렇다. "웨얼 후롬?" 택시 기사가 묻고 "네파리에서 왔습니다." 그가 대답하면 "네팔? 이거 완전, 쌩 촌놈이 걸렸네. 어이, 촌놈. 니네 나라도 택시 있냐?" 운전기사가 그의 나라를 확인한 뒤, 단순히 가난한 나라에서 돈 벌러 왔다는 것만을 전제하고서 그때부터 '마음 놓고' 모멸의 말을 날리기 시작한다. 텔레비전이 있나, 비행기가 있냐고 묻고, 이윽고 "너희 나라도 해 뜨냐?" 하는 식으로 조롱하는 격이다. 그리고 그는 한 공장에 취직한 후엔 불법 취업자라는 사실을 안 공장주에게 여권을 빼앗기며, 감금되다시피 한 상태에서 오로지 생산의 도구로 활용된다. 심지어 그는 "너 같은 놈들을 보면 이유 없이 패고 싶어진다."는 공장장한테 수시로 두들겨 맞기까지 한다. '너 같은 놈'이란 물론 얼굴색이 다른 가난한 나라의 노동자를 가리킨다.

이것은 소설 속의 이야기일 뿐인가.

단도직입적으로 말하자면, 아니다. 1990년대나 2000년대 전반기에 비해 이주 노동자에 대한 우리의 편견이 많이 개선된 것도 사실이지만 우리 사회의 한 켠에선 아직도 여전히 경제적 인종적 편견에 따른 차별 의식과 배타성이 상존하고 있다. 이제 이주 노동자만 우리 곁에 있는 것은 아니다. 국제결혼에 따른 외국인 아내의 숫자만 해도 수만 명을 넘어섰으며, 전체 체류 외국인도 100만 명을 훨씬 상회하고 있다. 그것에 비한다면, 이주 노동자나 다문화 가정, 다문화 사회를 위한 정책이나 사회 문화적 인프라가 여전히 턱없이 부족하다. 특히 우리의 의식 수준이 그렇다. 스위스 국제경영개발원이 조사한바, 외국 문화, 외국인에 대한 개방도에서, 조사 대상 57개국 중 우리나라가 56위를 했다는 보고는 우리가 아직도 외국인, 특히 제3국인에 대해 오만과 편견, 혹은 배타성의 감옥에 갇혀 있다는 것을 단적으로 보여 준다. 불법 체류 이주 노동자에 대한 단속은 여전히 기계적이고 획일적이며 가혹하다. 월급을 제대로 못 받고 혹사당하는 이주 노동자의 사례가 현저히 줄었다는 보고 또한 들리지 않는다. 여권을 압수당한 채 신랑이나 신랑 가족에게 맞고 사는 외국인 아내의 이야기도 신문 기사에 자주 오르는 단골 메뉴이며, 경우에 따라선 죽임을 당하는 사건도 없지 않다. 그들은 우리의 경제에, 우리의 사회와 가정에 편입되어 헌신하고 있으나 여전히 우리에겐 피부 빛깔이 다른 '타자'일 뿐이다. 가령 한국인과 결혼한 경우에도, 귀화하려면 결혼 동거 목적의 비자 F-2를 받은 후 2년을 기다려야 비로소 신청이 가능하고, 남편이 신원 보증을 해야 하며, 3000만 원의 재산 증빙 자료가 필요하다. 남편의 신원 보증이 철회되면 곧 불법 체류자로 전락하기 때문에 매 맞고도 그냥 살 수밖에 없다. 이주 노동자의 경우는 체류 허용 기간이 최대한 4년 1개월이고 귀화 신청 요건은 5년이기 때문에 그나마 결혼을 통하지 않고선 귀화할 수 있는 길이 사실상 원천 봉쇄되어 있다.

여기에서, 정책적인 문제들을 지적할 생각은 없다.

명백한 것은 '나' 또는 '우리'만을 앞세운 어떤 정책이나 의식이 최종적으로 거두는 행복이라는 것은 믿을 수 없다는 사실이다. 경제 구조나 산업 현실만을 중심으로 삼은 배타적이고도 비인간적 관행을 계속 수수방관하고 있을 수는 없다. 모두가 똑같이 '인간'이라는 사실을 전제한 글로벌한 인간주의, 모든 문화가 다 고유하다는 수평적인 문화주의에서 이주 노동자와 다문화 가정을 보는 일은 너무도 당연하다. 다른 인종, 다른 민족을 '우리'로 받아들이기 위해선 제도보다 보편적인 정서와 보이지 않는 문화적 전통이 우선이다. 효율성만을 앞세운 우리의 협소한 '의식'이 외국인에 대해 패쇄적이면서 불완전한 사회 구조를 엉거주춤, 수용하고 있는 것이 우리의 현실이라는 것이다. 겉으로는 열려 있는 척하면서, 혈통주의나 우리 고유한 공동체주의 등 다양한 이유에 의해 속으로는 닫혀 있는 이 이원적 사고는, 다원주의적 세계화의 측면에서 많은 딜레마를 함유하고 있는 듯이 보인다. 다원적 세계화를 위한 올바른 이데올로기를 확립하기 위해선, 그 과정에서 이상과 현실의 충돌이 불가피한 것이 사실이다. 특히 우리 사회처럼, 경계에 따른 갈등과 분파가 깊은 사회에서는, 그 충돌을 합리적으로 조절하는 일이 낙타를 타고 바늘구멍으로 들어가는 것처럼 더욱더 어려울 수밖에 없다. 정책에 앞서 문화, 또는 문학적 관점으로서 이 문제에 대해 우선 접근해야 할 이유가 여기에 있다고 본다.

문학으로서의 문장은 해결을 지향할 때조차 해답을 쓰진 않는다. 그 사회가 원천적 해결을 얻어 내는 합리적 이데올로기를 찾아내지 못한 경우, 그 혼란과 그늘 속에서 문학은 오히려 역동성을 확보할 수 있다. 말할 것도 없이, 문학은 기본적으로 삶의 조건을 이루고 있는 가치의 충돌을 주목해야 하고, 그것이 어떻게 반인간적으로 우리들 자신을 옭아매고 있는지 들여다보아야 한다. 이주 노동자 문제는 물론, 건강한 다문화 사회로 가는 데 장애가 되는 다양한 문제들은, 그런 점에서 오늘날의 우리가 짚어야 할 가장 부조리한 현실의 한 부분임에 틀림없다. 이는 우리가 직면하고 있는 사회 환경을 이루는 매우 예민한 요소일 뿐 아니라, 나와 타자, 우리와 이주민의 존재론적 근원을 함께 아우르는 일이기 때문이다.

그러나, 우리 문학은 아직 이에 충분히 반응하고 있지 않는 것처럼 보인다. 내가 『나마스테』를 쓸 때에 비한다면, 이주 노동자나 다문화 가정의 이야기를 소재로 삼은 작품들이 최근에 많아진 건 사실이다. 김재영의 『코끼리』나 구경미의 『라오라오가 좋아』 같은 좋은 작품이 없는 것도 아니다. 하지만 문제의 현실성과 중요성에 비추어 볼 때, 그 양적 생산성이 매우 미흡할 뿐만 아니라, 문학적 성과에서도 의미 있는 생산 효과를 거두고 있지 못하다는 게 일반적인 진단이다. 이래도 괜찮은가. 우리의 '이웃'으로 편입돼 함께 살아가고 있는 그들에게 사회의 풍향계를 자처하는 문학에서조차 관심을 갖지 않는다면, 다른 예술 장르는 물론 사회 전반의 관심 또한 요원할 수밖에 없다. 이것이 현실이다. 최근의 우리 문학은, 어쩌면 우리네 삶의 현실적인 조건에 대해, '나'와 '타자' 또는 '우리'와 '이주민'의 실존적인 관계에 대한 모색에서, 혹시 직무 유기의 타성에 빠져 있는 건 아닌가.

『나마스테』의 여주인공 '신우'는 미국 이민에 실패하고 돌아온 한국 여자이다. 네팔 남자 '카밀'과 사랑에 빠졌다가 2003년 '고용허가제' 시행에 따른 위험한 국면을 넘어서지 못하고 끝내 사랑하는 '카밀'과 함께 죽음을 맞는 순정적 캐릭터인데, 그들의 죽음으로 확인되는 한 가지는 위의 문제들이 전 지구적 문제라는 사실이다. 예컨대 유럽의 경우 기존의 사회 공동체를 지키려는 보수적인 정책들이 일반적으로 강화되고 있으며, 그것은 필연적인 가치 충돌로 많은 혼란을 야기하고 있다. '나'와 '타자', '우리'와 '타 집단'과의 갈등은 유구한 역사를 통해 오랜 시행착오 과정을 겪었음에도 불구하고, 현재도 전 지구적으로 현재 진행형이다. 아니 해결되기는커녕 오히려 새로운 양상으로 더 심화되고 있는 듯 보이기도 한다. 다원주의 문화를 자장으로 삼아 경제적 번영을 이룬 미국도 그 점에선 예외가 아니다.

'신우'는 잘살아 보자는 아메리카 드림을 쫓아 미국으로 갔다가 'LA 흑인 폭동'에서 아버지와 오빠를 잃고 조국으로 되돌아온다. 문제의 본질은 백인과 흑인의 불평등 구조에 따른 갈등이었으나, 폭발 과정을 통해 백인은 슬며시 빠져나가고 난데없이, 흑인들과 한국 이민자들 사이의 갈등처럼 비화되고 만 것이다. 한국 이민자들이 운영하는 업소만 2000개 이상이 불타거나 약탈당했다. 그렇게 된 과정엔 유독 한국 이민자들의 부정적인 이미지들을 특별히 강조한 백인 주류 사회의 언론 보도들이 크게 한몫했다. 한국 이민자들의 상점이 불타고 약탈될 때 주 경찰이나 방위군은 코빼기도 보이지 않았다. '신우'는 이를 회상하면서, 백인 주류 사회 입장에서는 흑인들의 분노를 다른 데로 돌려야 할 어떤 표적이 필요했었다고 회상한다. 돈 버는 데 악착같은 한국 이민자들은 좋은 제물이 될 수 있었다. 우리에게서도 'LA 흑인 폭동' 같은 사건이 일어나지 않으리라는 보장은 없다고 그녀는 생각한다. 그녀는 오직 '네팔인'이라는 이유로 착취당하면서 고통 받는 '카밀'에게, 이렇게 말하고 있다.

"그렇다고 우리가 잘못이 없었다는 건 아냐. 우리나라 사람들, 흑인이나 멕시칸들을 무시한 건 사실이야. 깜둥이들, 열에 여섯은 도둑놈이다! 아버지도 생전에 그런 말 자주 했었어. 우리 이민자들, 다들 고학력자였지. 그러니 흑인들이나 못 배운 멕시칸들이 게으르게 사는 거 보면 한심하다는 생각이 들 밖에. 그런 점에서 자업자득인 면이 없진 않았어. 백인들은 존중하고 흑인이나 멕시칸은 깔보는……."

신우의 이 고백은, 나와 타자, 또는 우리와 이주민들 사회의 문제가 전 지구적인 문제라는 것뿐만 아니라, 다문화 사회로 가는 데 있어, 우리 사회의 가장 큰 걸림돌이 무엇인지를 명백하게 보여 준다. 우리 사회가 이주민에 대한 '선별적 포용'과 '폭력적 배척'의 단층이 그 어느 사회보다 더 크다는 사실이다. 그 단층은 매우 위험해서 폭력적으로 느껴지기까지 한다. 이런 단층을 불러온 인종, 경제적 기준에 따른 모든 존재의 서열화는 말할 것도 없이 지난 반세기에 걸친 경제 제일주의에 따른 산업화의 결과이다. '이웃사촌'이라는 속담이 사문화된 지 오래되었으며, 미물에게조차 나누어 먹이려는 '고시레' 풍속 같은 것도 이제 전설 속의 개그 같은 것으로 전락하고 말았다. 사람은 물론이고 동물과 하다못해 꽃 화분 하나에 이르기까지 재빨리 서열화해 값을 매기는 습성이 아무런 가책이나 저항 없이 받아들여진다. 유색 인종 위에 한국인이, 한국인 위에 백인이 있으며, 제3세계 위에 한국, 한국 위에 미국이나 유럽 선진국이 있다고 무의식적으로 생각하면서, 그 생각을 받아들이는 게 너무도 자연스럽다. 심지어 같은 한국인을 두고도 얼마나 예민하고 폭력적으로 계급을 매기는가.

서열주의 관습에 의존하면 폭력적 계급화가 필연이다.

관계의 수평은 무너지고 오직 관계의 수직선만 남는다. 그런 세상에서는 당연히 반생명 반문화의 사막화만이 가속적으로 진행된다. '우리'는 없고 '나'와 '타자'만 있을 뿐이기 때문이다.

고향집을 떠나 보다 '잘살아 보자고' 여기저기 '밥 벌어 먹을 데'를 찾아다니다가 한 신문사의 입사 시험을 본 적이 있었다. 시퍼런 유신 헌법이 지배하는 독재 정권 시절이었고, 정부가 주인이나 다름없던 신문이었다. '밥' 먹고 사는 일이 너무 절실했던 터라, 이것저것 가리지 않고 입사 시험을 보러 다녔는데, 그 신문의 필기시험에 턱 붙었던 것이다. 남은 시험은 면접이었다. 나는 거의 고지에 당도했다고 생각해 속으로 쾌재를 불렀다. 면접시험의 마지막 관문은 사장과의 면담이었다. 사장실 밖의 비서가 설명했다. 사장실로 들어가면, '바닥에 백묵으로 발의 모습을 그려 놓은 데'가 있으니, 꼭 그곳에 두 발을 대고 서서 사장을 만나야 한다는 설명이었다. 시골에서 밤 기차를 타고 올라오느라 잠도 제대로 자지 못한 데다가 종일 긴장하여 면접 코스를 돌아온 끝이라, 나는 지칠 대로 지쳐 있었다.

마침내 내 차례가 왔다.

소심해서 '백묵으로 그려 놓은 발'을 딛고 서라는 비서의 지시에만 너무 집중한 것이 문제의 발단이었다. 사장실은 교실 한 칸 넓이나 됐다. 예상하지 못했는데, 바닥은 복실복실한 털실로 짠 붉은 카펫이 쫙 깔려 있었다. 나는 앞을 확인할 겨를도 없이 '백묵으로 그려 놓은 발'만을 분주하게 찾았다. 처음엔 그나마 선명했을지 모르지만, 이미 나보다 앞서 면접을 본 사람들이 여러 차례 밟고 서는 바람에 다 지워지다시피 했으니, '백묵으로 그려 놓은 발'이 얼른 눈에 들어올 리 만무했다. 이리 찾아보고 저리 찾아봐도 헛일이었다. 누군가의 목소리가 들렸다. 나는 얼른 고개를 들었으나 처음엔 목소리의 주인공이 보이지도 않았다. 두 번째 말이 날아왔을 때에야 높은 단상, 그것도 거대한 책상 뒤에 앉은 사장이 겨우 눈에 들어왔다. 권위적 군사 문화가 지배하던 시절이었다. 정부의 신문이었으니 더 그랬을 터였다. 사장의 책상은 밑에서 보면 허리께 높이로 높인 단 위에 놓여 있었다. 결재할 서류를 들고 온 사람은 단하에서 부동자세를 취한 뒤 단상을 향해 구십 도로 절을 하고 나서 계단을 올라간 다음 결제를 받도록 돼 있는 시스템이었다.

사장과의 문답은 생각나지 않는다.

나는 초주검이 되어 저녁 기차를 타고 고향 집으로 내려왔다. 한참을 기차에서 졸고 난 다음에야, 사장실에서의 상황이 객관적으로 내 눈앞에 재현됐다. 사장은 처음부터 나를 내려다보고 있었을 것이었다. 촌티 나는 '가다마이'를 겨우 걸쳐 입은, 어깨는 굽고 눈만 퀭한 내가, 마치 잃어버린 동전이라도 찾으려는 듯이 눈에 불을 켜고 붉은 카펫 바닥을 우왕좌왕하는 모습이 마치 남인 것처럼 선연히 보였다. 얼굴이 확 달아올랐다. 모멸감을 뼈저리게 느꼈다. 처음엔 바보 같은 나를 자책했으나 이내 자책은 분노로 바뀌었다. 나를 세우기 위해 백묵으로 발 모양을 그리고 있는 몰상식한 손들을 밟아 버리고 싶었으며, 그렇게 만든 세상의 싸가지 없는 구조에게 불이라도 싸지르고 싶었다.

이듬해 서울로 올라와 갖은 고생을 했다.

언제나 잊히지 않는 것은, '백묵으로 그려 놓은 발'을 찾아 '거기에 서라'는 명령을 받고 카펫 바닥을 우왕좌왕하고 있는 내 자신의 우스꽝스러운 모습이었다. 힘들 때마다 그 일이 더 자주 생각났다. 다시는, 이라고 나는 늘 중얼거렸다. 다시는, 그 누구에게든, 내가 밟고 서 있어야 하는 곳을 명령받지 않겠다, 내가 서 있어야 할 자리를 다른 누가 맘대로 정하도록 가만두지도 않겠다, 라고. 그것은 젊은 날 나를 싸움꾼처럼 살게 만든 원동력이 되었다. 또한 이것은 내 문학적 이념의 한 가지가 됐을 뿐 아니라, 소설 하나로 한사코 인생을 견뎌 온 원천적인 에너지로 작용하기도 했다.

길은 명백하지 않으나 방향은 명백하다.

누구는 단상 위에 군림해 서서 명령하고 누구는 단하에서 그 명령과 함께 그가 주는 열매를 일방적으로 받아먹어야 하는 관계로 '나'와

‘타자’ 혹은 ‘우리’와 ‘타 집단’을 생각하는 한 그 어떤 정책도 최종적인 해법이 될 수는 없다는 사실이다. 1970~1980년대 정치권력의 독점이 가져온 반인간적 사회 구조에 대해 강력하고 예민하게 반응해 왔던 우리 ‘한국 문학’이 오늘날 자본주의 세계화가 불러온, 반인간 반생명의 폭력적인 서열화에 머뭇거리기만 하고 있다면, 이것을 어떻게 볼 것인가.

다문화 사회는 이미 거부할 수 없는 현실이 되었다. 필요한 것은 이에 대한 사회적 합의를 끌어올리는 일이다. “민족적 증오심은 문화가 열등한 곳에서 심하다.”라는 오스카 와일드의 말은 많은 것을 시사하고 있다. 이주 노동자나 외국인에 대한 우리 사회의 불건강한 이중성을 벗어나 합리적 이데올로기를 구축하기 위해선 정책에 앞선 문화적 어필이 우선되어야 한다. 문화의 최저층을 이루는 것은 물론 활자 중심의 문학일 것이다. ‘한국 문학’이 이주 노동자나 다문화 가정에 더 많은 역량을 기울여야 하는 당위가 여기 있다고 본다.

가끔 히말라야 트래킹을 하려고 네팔에 간다. 한국에 머물다가 돌아온 네팔 사람을 만나는 것은 흔한 일이다. 한국에서 자신에게 부동자세로 서라고 명령하고 군림하면서 설 자리를 ‘백묵’으로 그려 보여 준 사람들한테서 받은 상처 때문에, 더러 노여운 얼굴을 하는 네팔 사람도 있지만 대개는 반갑게 다가온다. 상처를 받았다 할지라도 어느덧 우리에게 동화되고 우리와 정들었기 때문이다. 어떤 네팔인은 수없이 월급까지 떼이고 조롱받으면서 쫓겨 왔으나 가끔 한국이 그리워 라면에 밥을 말아 먹는다고 고백했다. 네팔 사람들은 밥을 왜 그렇게 “더럽게 해서 먹느냐.”라고 묻고, 그러면 그 자신은 울면서 대답한다는 것이었다. “이게 코리안 스타일입니다.”라고. 몇 해 동안 불법 체류자라는 신분 때문에 고용주에게 여권을 압수당한 채 냉난방이 안 되는 컨테이너 박스에 갇혀 살다시피 했으면서도, 하도 라면만을 먹어 인이 박혔노라고 말하면서도, 그는 “그래도 늘 한국이 그립다.”고 했다. 그는 누구보다

친한(親韓) 네팔인이었다.

문화는 흐르는 게 당연하다.

나무들이 햇빛을 향해 커 가듯이 보다 잘사는 곳으로 사람이 흐르는 것 또한 인간 본질이다. 하와이의 뜨거운 사탕수수밭에서, 식민지 시절의 일본에서, 척박한 남미에서, 아메리카에서, 열사의 사막 아랍에서 우리 또한 그렇게 살아왔다. 오늘날의 경제적 번영 뒤엔 눈물겨운 우리의 이주민 역사가 숨 쉬고 있다. 인종이나 외국 문화에 대한 편견과 서열은 그들만이 아니라 우리들 자신의 환경까지도 황막하게 만든다. 오늘도 많은 이주 노동자들이, 많은 외국인 아내들이, 보다 잘살고 싶은 코리안 드림을 쫓아 우리나라로 들어와 살고 있으며, 들어오고 있다. 우리는 어디에서, 잔뜩 긴장하여 우왕좌왕하고 있는 그들을 바라보고 있는지 되돌아볼 일이다.

혹시 드높은 단상인가.

박범신 소설가, 명지대학교 문예창작과 교수, 서울문화재단 이사장. 1946년 충남 논산 출생. 원광대학교 졸업. 초기에는 소외된 계층을 다룬 강한 사회비판적인 소설 모음집 『토끼와 잠수함』, 『덫』을 펴내 젊은 '문제 작가'로 평가받았고, 1970년대 말에서부터 1990년대 초반까지 『죽음보다 깊은 잠』, 『풀잎처럼 눕다』, 『불의 나라』 등 수많은 베스트셀러를 냈으며, 1993년 "상상력의 불은 꺼졌다."라면서 돌연 절필을 선언한 뒤 3년여 동안 은둔자로 칩거했다. 이후 『흰소가 끄는 수레』, 『나마스테』, 『더러운 책상』, 『촐라체』, 『고산자』, 『은교』, 『비즈니스』 등 빛나는 상상력과 역동적 서사가 어우러진 미학적 문체로 존재의 본질적인 문제들을 밀도 있게 그려 낸 작품들을 잇따라 발표해 큰 반응을 얻었다. 대한민국문학상, 김동리문학상, 만해문학상, 한무숙문학상, 대산문학상(소설 부문) 등을 수상했다.

패러 공원

테리 잰치

여러분께 감사드립니다. 또한 오늘 행사에 참여하도록 초청해 주신 대산 국제문학포럼에도 감사를 드립니다.

나는 당신의 애정을 원하는 사람, 내
머리칼은 칠흑, 어린아이 적에도 그랬듯!

이 두 행은 「패러 파크(Farrer Park)」라는 시의 일부입니다. 이 시는 싱가포르 시인인 시릴 옹(Cyril Wong)과 공동으로 집필한 시집 『용량 초과 수화물 수취소(*Excess Baggage and Claim*)』 중 제가 쓴 부분 가운데 한 편입니다. 이 시에서 저는, 매주 일요일이면 싱가포르 리틀인디아 패러 파크로 모이는 타밀족(族) 이주 노동자들과 저를 연결지어 보려 합니다. 본질적으로, 위 두 행은 제 모든 시작(詩作)을 지탱하고 이끄는 욕망을 대변합니다. 나의 자기본위와 타인의 경험 속 어디쯤에 나 자신 또는 내 경험의 편린이 있는가를 찾아냄으로써, 제 자신을 외따로 떨어 뜨려 놓기보다는 그들 사이에 두겠다는 것이죠. 위 시의 이어지는 행에서 순순히 인정하고 있듯, 연결을 짓겠다는 이런 시도가 제 경우엔 남들보다 그다지 효과적이지 못한 경우가 종종 있습니다.

　　너무 미약하고, 너무 늦은, 무장 요청
　　하지만 나는 어떤 경우에도 그 시도가 모든 것임을 받아들이리라

　나중에 이 시 전체를 다 읽을 생각입니다만, 우선은 이 시가 쓰인 맥락과 공동 시집이 나오게 된 전반적인 상황을 좀 더 말씀 드리는 게 도움이 되지 않을까 싶습니다. 『용량 초과 수화물 수취소』는 2004~2005년에 있은 아시아 링크 레지던스 프로그램의 결과물이었습니다. 이 프로그램을 계기로 저는 넉 달간 싱가포르에 머물며 시릴 옹 시인과 공동 작업을 했습니다. 그전까지는 시릴과 이메일로만 의견을 나눈 터였습니다. 카스트라토 오페라 가수를 조명한 시집을 내고 싶다는 것은 저의 오랜 바람이었는데, 이메일을 주고받는 과정에서 시릴이 한때 카운터테너(현대판 카스트라토에 가장 가까운 목소리죠.)였다는 사실을 알게 되었고, 그래서 제가 공동 작업을 제안했습니다. 시릴이 동의하자 저는 공동 작업을 원활히 실현시킬 지원금 물색에 나섰습니다. 레지던스 신청서 항목 중 하나인 프로젝트 목적은 필수 기재 항목으로, 저는 그 난에 이렇게 써넣었습니다.

　　싱가포르 시인 시릴 옹과의 원활한 공동 작업을 위해 아시아 링크 싱가포르 레지던스에 지원코자 합니다.

　　현재 임시로 "뮤지코[1]의 레드 벨트(Musico's Red Belt)"라는 가제를 붙인 이 프로젝트의 결과물은 한 권의 시집입니다. 이 시집에서는 18세

---

1) 원래는 아마추어 음악인에 대비되는 훈련된 전문 음악인을 지칭하는 말이었으나, 18세기에는 카스트라토를 모욕적으로 일컫는 말로도 쓰였다.

기 카스트라토 오페라 가수의 생애를 통해 바라본 현재의 남성 동성애자 문화(싱가포르 및 오스트레일리아)를 살펴보려 합니다. 보다 구체적으로는, 남성 동성애자와 카스트라토를 신체적, 예술가적 혹은 개인적으로 주변화시키고 '도착'화하는 역할을 한 현재(싱가포르와 오스트레일리아) 및 카스트라토 시대(교회에 여자 가수를 두지 않으려는 데서 비롯된 카스트라토)의 이성애 규범적·종교적 구조에 대해 살펴보려 합니다. 보다 일반적인 차원에서는, 양성구유·'타자'로서의 예술가의 개념과 젠더(gender)를, 젠더를 초월하거나 정당화하는 환경 속에서의 예술에 대한 개념을 다뤄 보고자 합니다.

형식적으로는 오페라·뮤지컬 양식, 특히 다 카포 아리아(da capo aria) 양식을 차용해 시집 전반에 걸쳐 항시적으로 도입코자 합니다. 이는 주제와 관련된 여러 문제를 하나의 목소리, 즉 우리 시대의 카스트라토인 남성 동성애자의 목소리로 정제해 내기 위해서입니다.

이번 레지던스를 통해 싱가포르 '동성애자 문화'와 동성애자 문화에 영향을 미치는 전 범위적 헤게모니를 보다 면밀히 살펴보고자 합니다. 나아가, 시릴이 예술가이자 개인으로서 기능하는 싱가포르 문화와 제가 속한 오스트레일리아 문화 사이의 상관관계도 찾을 수 있으리라 생각합니다. 이번 레지던스 프로그램의 목표는 두 문화 간의 공통 경험에 대한 이해를 높이는 한편, 앞서 언급한 공동 시작에 착수해, 가능하다면 정해진 시간 내에 작업을 마치는 데 있습니다.

저는 아시아와 연이 닿기는 이번이 처음이며, 아시아 지역과 예술적·문화적 연대를 일궈 가고자 이렇게 제 의견을 개진하기도 이번이 처음입니다. 우리 정부가 문화적 차이를 빌미로 전쟁을 정당화하려 드는 국가의 편을 드는 현 시점에서, 우리와 가장 가까운 커뮤니티에 대한(예술적으로든 다른 측면에서든) 지식과 인식을 키워 가야겠다는 제 열망은 더욱 강렬해졌습니다. 그리고 이러한 이유에서 저는 이 지구촌에서 우리의 위치에 대한, 덜 무지하고 더 겸손한 인식을 키워 가고자 합니다.

　프로젝트 목적을 다시 보면서 두 가지 생각이 떠오르더군요. 첫째, 제가 당시까지는 써 본 적이 없던 방식으로 제 섹슈얼리티에 대해 써보고 싶어 했다는 점입니다. 그 점이 제 작업의 핵심이 되길 바랐습니다. 시집 전반에 걸쳐 도입하기로 한 시적 장치에 구애받지 않고, 제 섹슈얼리티를 희석되거나 약화되지 않게 가시적으로 드러내 보이고 싶었습니다. 이런 열망은 다소 코드화·암시화된 시의 특성과는 상충될 수 있습니다. 둘째는 제 자신보다는 동성애를 다루기 위해, 익숙지 않은 기후와 문화에서 글을 쓰겠다고 제안했다는 점입니다.

　다른 두 가지 요인도 제 열망을 부추겼습니다. 제가 레지던스 프로그램을 하러 가기 전인 2004년 존 하워드 집권 당시, 오스트레일리아 보수 정부는 1961년 국내에서 제정된 결혼법을 개정하기 위한 법안을 상정했습니다. 남녀 동성애자 커플의 결혼을 막기 위해서였습니다. 이 법안은 고국에서도 결혼을 인정받길 바라며 해외에서 결혼식을 올린 여러 남녀 동성 부부에 대한 직접적인 대응이었습니다. 법안은 통과되었고, 결혼법은 개정되었습니다. 게다가 전 레지던스 시작을 한 달여 앞둔 때에 한 남자를 만나 새로운 관계에 접어든 터였습니다.

　싱가포르에 도착했을 때 저는 가장 먼저 그 습기와 열기에 놀랐습니다. 점잖게 말해, 애초에 제 예상이 순진무구했던 겁니다. 전 여행책자에 적힌 몇몇 내용을 과장된 정보라며 싹둑 무시를 해 버린 터였습니다. 싱가포르 사람들이 좋아하는 여가 활동이 쇼핑과 식사라는 등의 내용을 보고 내심 그럴 리가 없다고 여긴 터였는데, 거의 전적으로 맞는 말이었습니다. 저는 문화 충격이 있을 수도 있다는 생각조차 못한 터였죠. 두 번째 충격은 제 피부색, 제가 하얗다는 사실이었습니다. 이전까지는 한 번도 명시적으로 느껴 보지 못했던 부분이었고, 다른 코카시안 여행객들이 그런 식으로 자신의 피부색을 자각하는 것은 일종의 기우나 자의식 과잉임을 알고 있던 터였음에도 불구하고 제 피부색은 제

안에서, 서구 '백인'들이 자행한 식민화라는 문제투성이의 역사와 피부색을 연결 짓는, 내재된 자의식과 자기혐오를 만들어 냈습니다. 저는 노점에 들어갈 때도, 코피티암에 들어갈 때도, 상점이나 가라오케 주점에 들어갈 때도 제 존재가 그곳에 있던 다른 누군가를 내쫓거나 내쫓을지도 모른다는 생각을 선명히 떠올려야 했습니다. 간단히 말해, 제가 어딜 가든 저를 따라다니는 제 피부색 자체가 일종의 공격 행위로 느껴졌습니다. 그 상황에서 제 동성애는 가장 신경이 덜 쓰이는 부분처럼 여겨지더군요. 물론 당면한 프로젝트와 관련해서는 제 머릿속에서 가장 중요한 자리를 차지하고 있는 부분이었지만 말입니다. 첫 몇 주간 저는 제 자신을 찾기 위해 부단히도 애를 썼습니다. 나의 일상적인 '문화적' 맥락과 '사회적'·'물질적' 기준이 배제된 상황에서 제 동성애는 시종일관 변화를 모르는 하나의 사실일 뿐이었습니다.

제 이런 우려를 가장 잘 보여 주는 게 아래 시가 아닐까 합니다. 「지금 내가 듣고 있는 것은(I'm listening to)」이라는 제목은 저만의 친밀하고 사적인 영역이 거의 없다시피 한 문화 속에서 그런 느낌을 만들어 내고자 아이팟으로 음악을 들으며 길을 걷곤 했던 저의 현실에서 비롯된 것입니다. 이 시는 CD 수록곡 목록 형식을 띠고 있지만, 각각의 목록은 곡명이라기보다는 제 안에서 벌어지는 내면화된 독백의 한 단면을 재(再)반복한 것입니다.

지금 내가 듣고 있는 것은

1. 환율―속옷을 벗는 값
2. 머라이언 상, 상징적, 문제적―우리 모두에게 침을 뱉다
3. 나의 피부색이 소리치다―조용히 커바우 로드를 내려가다
4. 내 주문이 내게 되돌아오다―앞니 두 개가 없이
5. 오처드 로드 완전 고용―두 길목 건너 한 명

6. 조르지오 쇼핑백들이 마주보고 넘어지다—티슈 판매상, 두 길목 건너 한 명

7. 싱 호텔의 안주인이 더없이 친근한 이름으로 나를 부르다—부드러운 남자

8. 내 웨이터가 타일 위를 오가는 소리—SAM, 싱가포르 아트 뮤지엄

9. 테-핑? 테-오?—완전무결한 것에 대한, 여행자의 미심쩍은 갈증

10. 동성애자 등장인물은 기침을 하다 죽는다는 사실을 희미하게나마 깨닫다—여전히

11. 당신의 편지는 나의 죄에 비례해 쌓인다—나는 글을 써야만 한다!

12. 실용주의—분재가 철사 정리가 되어 버리다

13. 선텍 시티, 내 처방전이 동나다—세상에서 제일 큰 연못

레지던스 첫 주에 저는 이번 시집을 어떻게 구성할지를 두고 시릴과 의견을 나눴습니다. 우리는 두 부분으로, 두 등장인물의 '목소리'로 나눠 시집을 구성하기로 생각을 모았습니다. 각자 맡은 부분에 대해 스무 편가량씩 따로 집필을 하기로 했습니다. 우리는 주로 고백투를 쓰기로 했습니다. 항상 그렇지는 않지만 많은 경우 우리의 시는 곧 투명한 그대로의 우리입니다.

공동 시작에서 우리의 동성애를 다루는 것은 이미 정해진 바였지만, 더 공을 들이고 창의적 측면도 높일 겸, 우리는 '등장인물'의 성장 배경을 각자 정했습니다. 크게 봐서 시릴은 집안 형편과 가족관계가 순탄치 않은 환경에서 자란 인물의 관점에서 쓴 반면, 저는 중산층의 병폐와 가족의 안위 속에서 자란 인물의 관점을 택했습니다. 시릴은 중산층 가정에서 자랐고 저는 고아원에서 자란 터라 우리는 꽤 효과적으로 상대의 관점에서 글을 쓸 수 있었습니다.

제 부분에는 배경이 가라오케 주점인 시가 여러 편 있습니다. 작업

이 진척되면서 카스트라토 오페라 가수의 생애에 관한 특정한 내용이
어느샌가 제게는 동성애를 대변하는 목소리로, 동성애를 표현할 수 있
는 자유 혹은 결핍을 대변하는 목소리로 탈바꿈했습니다. 가라오케라
는 세계는 동성애 행위를 법으로 처벌하는 싱가포르의 축소판일 뿐 아
니라 전 세계 동성애자들의 자유에 영향을 미치는 전 범위적 이성애
규범 헤게모니의 축소판이기도 합니다. 노래를 부르라고 목소리를 내
라고 사람들을 한껏 부추기는 곳이 가라오케 주점이고, 사람들은 그렇
게 하고 나면 해방감을 느낀다고 말하곤 합니다. 하지만 이 '자유'는
과연 얼마나, 그런 자유가 표현되는 환경의 제약을 받습니까? 우리는
정해진 목록에서 곡을 골라 정해진 조성으로 부르고, 우리에게 주어진
노랫말은 마디마디 너무나 익숙하게 우리의 의식 속에 뿌리내린 탓에
우리가 아니라 그 노랫말이 우리를 규정짓습니다. 일곱 편의 가라오케
시는 성적 만남, 퍼포먼스, 마음의 상태를 표현하고 있습니다.

가라오케(ktv 체인)

일정한 간격으로 달이 차오르는 데
관여하는 모든 기준은
훗날 물러선다. 그 공원에서 사랑은
희미하지만 유기적으로 밝혀졌다 내 허벅지를

배경으로 부풀어 오른 그림자. 전에는
욕구의 결핍을 노래했던 젊은
아 벵[2]; 그의 열정을 무해한 것으로 만들고자
그것들 안의 열기에 순응하다

---

2) Ah beng: 동남아시아 특히 싱가포르와 말레이시아의 일부 젊은 층을 일컫는 말로, 이들
은 범죄를 저지르거나 공공장소에서 소동을 일으키기도 하며 과시적으로 현란한 복장을
즐기기도 한다.

그가 바라볼 수 있는 모든 것들의 편에서
행동하지 않다. 화초 가운데서
스스로를 진부한 표현으로 여기고 모든 울부짖는
경고를 위해 울부짖지 않다. 유모 국가에서

우리는 갈망한다. 그의 기울어짐은
점차 커지고 온전히 차지 않는다. 유교적
이상: 오페라 아리아는 부풀어 오르고
불쑥 스러지고, 어린애취급을 당하고, 배회한다

　싱가포르에 있는 내내 저는 리틀인디아에 머물렀습니다. 새 단장을
한 무스타파 백화점 길 건너편에 있는 패러 파크에는 일요일이면 타밀
족 이주 노동자들이 모여들곤 했습니다. 저는 타밀족 남자들이 서로에
게 육체적으로 애정 표현을 하는 모습을 보고 놀랐습니다, 라는 건 점
잖게 말해 그렇다는 거고, 몹시도 부러웠습니다! 그 행동이 꼭 동성애
혹은 제가 '문화적으로' 시도할 수 있는 친밀함의 표현은 아닐 수 있다
는 걸 알면서도 저는 못내 부러웠습니다. 한번은 타밀족 사내 둘이 손
을 잡고 건널목을 건너는 모습이 눈에 들어왔습니다. 절반을 건넜을
때, 두 사람은 서로 손을 놓치고 말았죠. 첫 번째 사내가 새끼손가락을
내밀자 두 번째 사내가 손을 뻗었고 두 사람의 손은 다시 맞닿았습니
다. 스스로 미처 의식하지도 않고 아무런 수치심도 없던 그 어린아이
같은 행동은 제 욕망을 고스란히 드러낸 것이었지만 제 경험은 아니었
던 탓에 저는 가슴이 아팠습니다. 비록 의식적이고 수치심이 깔려 있긴
하지만, 「패러 파크」에서는 이와 유사한 맞닿음을 시도해 보고자 했습
니다.

패러 공원

일요일, 그의 이름을 부르며 커브를 돌아
방금, 그의 버스가 멈춰서다

다섯의 움켜쥠이 풀리며
무스타파가 비춘 역광, 그는

달린다, 새로 단장한 현관을 가로지르는
엮임. 닦음의 안

 그리고 밖, 형제들
동지들 백인 남자는 그들을

부르리라, 그리고 이 버스는
동지의 사랑으로 기운다. 세랑군 로드를

건너며 주당 근무 시간의
정리된 끝이 날아간다 내

반바지의, 내 땀의 치욕에
의해. 내 입 안 가득한 프라타[3] —

교감을 향한 딱한 시도.
나는 당신의 애정을 원하는 사람, 내

---

3) pratha: 빵 속에 감자, 야채, 향신료 등을 넣어 만든 음식.

머리칼은 칠흑, 어린아이 적에도 그랬듯! 너무
미약하고, 너무 늦은, 무장 요청.

그가 디아스포라의 안과 밖으로 뛰어오르다
순결하고, 다정한, 그의 동지는

그를 잡고 있다, 그를 뒤로한 채
닫힌 문을 그들이 여는 동안.

이번 시집에서 제가 쓴 시의 대부분은 싱가포르에서 돌아온 지 일년여 후에 쓰였습니다. 우연찮게도, 레지던스 프로그램에 들어가기 전에 시작됐던 연인과의 관계도 시를 쓸 때를 즈음해 끝이 났습니다. 저는 이 시들을 곧잘 미완의 사랑 시라고 부르곤 하는데, 이 시들은 당시 제 연인과의 관계에 대한 것이기도 하지만 제가 싱가포르나 싱가포르에서의 제 자신과 겪었던 어렵고 복잡한 관계에 대한 것이기도 합니다. 그런 관계 속에서 옥신각신하는 와중엔 시를 쓸 수가 없었고, 그런 관계가 없었더라도 저는 분명 시를 쓸 수 없었을 것입니다. 저는 싱가포르에서 화가 나 있었고, 싱가포르의 백인이었으며, 그곳에서 길을 잃고 있었었습니다. 사랑에 속 태우는 동성애자, 난관에 봉착해 잔뜩 부화가 치민, 욕정은 지나치고 혼란에 사로잡힌 모습이었던 저는 제 자신인 동시에 제 자신이 아니었고, 무정하면서도 가슴이 먹먹했고, 검열 아래 있으면서도 검열 밖에 있었으며, 모든 관점을 지닌 동시에 아무런 관점도 갖고 있지 않았습니다. 저는 오스트레일리아인이자 비(非)오스트레일리아인이었고(제 자신을 두고 이런 단어를 쓰게 될 줄은 생각조차 못했습니다.) 정치인이자 먹는 사람이자 고아이자 시인이었습니다. 물론 제겐 이 모든 것들이 되고 이 모든 것을 느낄 수 있는 권리가 있을 수도 있겠지만, 그렇게 했던 제게 품위는 없다시피 했습니다. 싱가포르에 있는 동안 서른네 번째 생일을 맞은 저를 위해 친구들이 음식을 만들고

케이크를 구워 주더군요. 제가 느끼는 불안에만 정신이 팔린 나머지 저는 촛불을 끌 힘조차 간신히 그러모아야 했습니다.

'너무 미약하고 너무 늦은' 건지도 모르지만, 품위를 찾기 위한 나름의 조치가 이 시들입니다. 힘겹고 복잡하지만, 마땅한 조치로서 말입니다. 이 시 속에 등장하는 그 누군가 혹은 그 무엇 못지않게 책임은 저에게 있습니다. 이 시집의 창작적 목표 혹은 장치에도 전혀 약화됨 없이, 저의 동성애는 제가 원래 열망했던 것처럼 확연하고 누그러짐 없이 온전히 전달되고 있습니다.

끝으로, 제가 좋아하는 시이기도 한 이번 시집의 마지막 시를 읽어 드릴까 합니다. 이 시는 네 자신이 아니라 현실을, 경험을 수용하고 받아들이거나 연결 짓기 위한 시도라는 점에서, 부족하지만, 의미가 있습니다.

공기
툴라마린 공항

딱맞는 낱붙이가 없었대도, 그걸 자를 수 있었겠지.
하지만 이 편의와 공포의 시대에 나는
신뢰받을 수 없어. 나는 플라스틱 조각을 가졌어.
나는 내 마음으로 벼려야 해, 지금은.
닦개가 아니라, 눈물, 우리의 일인용 라자냐의
얼굴에서 드러난 처량한 표정.
이건 끝이 아니야, 정확히 말하면 내가 그것을
상상했던 대로의 끝, 목록이 없는 샐러드와 아무렇게나 한 파스타.
구이가 있는 이 단색의 식당, 식당의 무자크[4]와 가족들은

---

4) 상점, 식당, 공항 등에서 배경 음악으로 내보내는 녹음된 음악.

내 포크의 날처럼 둔하다. 다용도 택시와 부두, 아니 이건
끝이 아니야, 이건 끝이야―그리고 끝도 없이 그래.
이 시는 아주 많은 걸 하길 원하지, 적절한
낱붙이: 나는 사랑을 들어올리려 애쓰는 중이야, 난 애를 쓰는 중이야.

감사합니다.

테리 젠치 Terry Jaensch 호주의 시인, 독백가, 배우. 호주 빅토리아 주에서 자랐으며 멜버른에 거주하고 있다. 첫 시집 『부표(*Buoy*)』는 앤 앨더상의 추천을 받았다. 《코르다이트 포에트리 리뷰(*Cordite Poetry Review*)》의 시 에디터로 활동했으며 빅토리아 작가협회상을 수상했다. 또한 연기와 독백 분야에서도 두각을 보여, 그의 일인극 『키싱 마이셀프(*Kissing Myself*)』는 호주 신인 극작가상인 월체리(Wal Cherry)상 최종 후보에 올랐으며 멜버른에 있는 세인트마틴극장에서 상연되었다. 호주 ABC 라디오 방송에서 고아원에서 자란 그의 경험을 바탕으로 독백을 녹음하기도 했다. 또한 아시아링크 싱가포르 레지던스 프로그램으로 싱가포르 시인 시릴 웡과 특별한 공동 작업을 이끌어내기도 했다.

서구 미디어에 나타난 한국인의 이미지

김성곤

미국 사회 속 아시아인의 가시성과 불가시성

흑인에 대한 전형화된 시각 때문에 아프리카계 미국인들은 미국 사회에서 '존재는 하지만 보이지는 않는다'는 주제를 다룬 랠프 엘리슨의 『보이지 않는 인간(*Invisible Man*)』을 읽고 있노라면, 아시아계 미국인들 역시 미국 사회에서 잘 보이지 않는다는 사실을 깨닫게 된다. 아시아인들이 유독 많이 살고 있는 캘리포니아 주를 제외하면, 아시아계 미국인들은 동양인에 대한 미국인들의 전형화로 인해, 미국 사회에서 너무나 눈에 잘 띄면서도 동시에 잘 보이지 않는다.

한국계 미국 작가 단 리(Don Lee)는 중편 소설 「옐로(Yellow)」에서 미국 사회의 인종적 전형화 문제를 뛰어난 통찰력으로 다루고 있다. 이 소설의 주인공 대니는 한국계이지만 좁은 코와 각진 턱, 그리고 큰 키로 인해 유라시안처럼 보인다. 소설의 화자는 이렇게 말한다. "대니의 외모뿐 아니라, 그의 태도도 백인들에게 혼란을 주었다. 그는 고개를 쳐들고 서두르지 않으며 거의 오만할 정도로 우아하게 행동했다. 이와 같은 단 리의 묘사대로라면, 백인 미국인들은 아시아 사람을, 대개 고개를 푹 숙이고 황급하게 움직이며 행동에 우아함이나 자신감이 없는 사람들로 전형화하고 있다는 것을 알 수 있다.

그러한 전형화된 시각 때문에 아시아인들은 미국 사회에서 잘 보이지 않는다. 개인의 존엄성과 특성을 인정받지 못하고, 아시아인으로서만 취급받기 때문이다. 그러나 아이러니컬하게도 아시아인들은 외모의 차이가 너무나 두드러져서 백인 미국 사회에서 금방 눈에 띈다. 33년 전 내가 뉴욕 주립대학교과 컬럼비아 대학교에서 유학할 때를 돌이켜 보면, 강의실에 아시아인은 나 혼자밖에 없었다. 그래서 나는 단 하루도 마음 놓고 결석을 할 수가 없었다. 내가 자리에 없으면 교수가 금방 눈치채기 때문이었다. 후에 내가 펜실베이니아 주립대학교에서 가르칠 때에도 아시아계 교수는 거의 없었으며 내가 사는 아파트 단지에서도 내가 유일한 아시아인이었다. 하루는 내 강의를 듣는 한 여대생이 수줍게 다가오더니 내게 이렇게 말하는 것이었다. "김 교수님, 저는 아시아 사람을 처음 봐요. 저는 해피 밸리에서 살고 있는데, 거긴 아시아인이 한 명도 없거든요. TV에서는 보았지만, 실제로 보는 것은 처음이에요."

나중에 내가 브리검 영 대학교에서 가르칠 때도 상황은 대동소이했다. 몰몬교 대하으로서 브리검 영 대학교는 캠퍼스에서 술괴 담배, 그리고 카페인 음료를 일절 금지했다. 술과 담배는 내게 별문제가 되지 않았지만, 커피와 콜라를 좋아하는 내게 카페인 금지는 좀 심각했다. 그곳에 체류하는 동안 나는 브리검 영 대학교가 있는 유타 주 프로보 (Provo)에서는 한 번도 카페에서 커피나 콜라를 주문할 수가 없었는데, 그건 백인들만 살고 있는 그곳에서 아시아인인 내 모습이 너무나 눈에 띄었기 때문이었다. 그래서 내 몸이 강렬하게 카페인 섭취를 원할 때면, 나는 언제나 오렘(Orem)에 있는 내 아파트로 달려가야만 했다.

미국에서 어디를 가든지 나는 언제나 사람들의 눈에 띄었다. 미국인들은 아마도 내가 근처에는 없는 '진귀한 인종'이어서 그랬는지, 어디서나 아주 친절하게 잘 대해 주었다. 그럼에도 불구하고 나는 자신의 모습이 너무나 드러난다는 사실에 늘 다소간 마음이 불편했다. 5년 전, 캘리포니아의 버클리 대학교에 객원 교수로 가서야 비로소 나는 쉽게 다른 사람들 속에 섞일 수 있었다. 거기는 아시아계 교수들과 직원들과 학생들이 많았기 때문이었다.

30여 년 전 내가 미국 동부에서 공부하고 있을 때, 미국인들은 심지어 내 영어를 들어 보기도 전에 내 외모만 보고 이미 나를 외국인으로 취급했다. 당시 나는 나이아가라 폭포가 그리 멀지 않은 뉴욕 주 버펄로에 살았는데, 해마다 여름이면 나이아가라 폭포를 보려는 수많은 한국인 방문객들이 몰려오곤 했다. 마침 차를 갖고 있던 터라, 나는 자주 한국인 관광객들을 나이아가라 폭포까지 태워다 주었다. 하루는 보통 때처럼 일단의 한국인들을 나이아가라 폭포에 데리고 갔는데, 경찰이 다가왔다. 그 경찰은 체구가 커서 마치 거대한 풍차처럼 보였다. 나이아가라 폭포는 캐나다 국경과 인접해 있어서, 캐나다로부터 몰래 들어오는 불법 밀입국자들을 감시하기 위해 늘 경찰차들이 순찰을 돌고 있었다.

"여권 좀 봅시다." 거구의 경찰관이 마치 바람에 돌아가는 풍차처럼 으르렁거렸다.

"여권은 없지만, 여기 운전면허증이 있는데요."

그 경찰은 내 뉴욕 주 면허증을 유심히 살펴보더니, 이윽고 다시 내게 돌려주며 말했다.

"좋습니다. 이 사람들은 가족들인가요?"

"아니오. 관광객들입니다. 난 가이드고요. 다들 여권을 갖고 있지요." 내가 대답했다. 겁에 질린 한국인 관광객들은 모두들 열심히 여권을 꺼내 들고 흔들었다.

"됐습니다. 가도 좋습니다." 순찰차로 돌아가며 그 경찰이 말했다.

셰익스피어의 말대로 끝이 좋으면 모든 것이 좋은 법이다. 하지만 무엇인가가 나를 괴롭혔다. 갑자기 그 경찰이 내게 "여권 좀 봅시다."라고 말한 것이 생각났다. 그 경찰은 내가 아시아인이기 때문에, 아마도 나를 아시아인 밀입국자들을 인솔하고 캐나다로부터 들어온 외국인으로 생각했던 것 같았다. 하지만 만일 내가 미국에서 태어난 미국 시민이었다면?

그래서 나는 마치 거대한 풍차에 도전하는 돈키호테처럼 그 경찰을 불러 세워 놓고 항의했다. "실례지만 경관, 만일 내가 백인이었어도 여권을 보자고 했을까요?" 그 풍차 경찰은 머리가 좋았던지 금방 자기 잘못을 깨닫고 내게 사과했다.

바로 그 순간, 나는 아시아계 미국인들이 미국 사회에서 겪는 숙명적 어려움을 공감할 수 있었다. 요즘도 미국에서 태어난 아시아인들이, 간혹 학교에서 친절한 미국인 친구들로부터 "너 영어 참 잘한다. 어디서 배웠니?"라는 칭찬을 듣고 난감해하는 경우가 있다고 들었다. 혹은 백인들이 아시아인들을 칭찬할 때에도, 때로는 전형화된, 그래서 당의정이 입혀진 칭찬을 듣는 경우도 있다고 한다. 예컨대 「옐로」에서 주인공 대니가 한국계라는 사실을 알게 된 매기 하트만은 갑자기 수다스러워진다. "한국인 식료품 주인들은 부지런하고 열심히 일하지요. 상점도 잘 정리하고 잘 관리하고요. 송씨가 없었으면 어쩔 뻔했을까 아찔해요. 한국인들은 정말 부지런한 사람들이에요." 그리고 그녀는 계속한다. "난 한국인들이 지녀를 위해 희생하는 것을 엄청 존경한답니다. 송씨의 아들은 뉴욕 대학교에 다니고, 딸은 코넬 대학교에 다니는 것 아시지요? 한국인들은 언제나 공부만 하지요."

서구 국가에서 아시아인들은 눈에 잘 띄면서 동시에 잘 보이지 않는다. 외모가 다르기 때문에 금방 눈에 띄지만, 동양인에 대한 서구인들의 전형화 때문에 진정한 개개인의 모습은 보이지 않는다고 할 수 있다. 아마도 그것이 서구에서 살고 있는 모든 아시아인들의 숙명적인 비애일 것이다.

미국 내 한국인의 이미지, 어떻게 업그레이드할 것인가?

최근 미국을 뒤흔든 북한의 핵 개발 때문에 미국 미디어에 나타나는 한국인의 이미지는 상당히 부정적이다. 흔히 북한과 남한을 구별하지 못한 채, 미국 영화와 텔레비전 드라마는 한국인이나 한국계 미국인을 전형적인 악당, 냉정한 킬러나 탐욕스러운 위조지폐범으로 묘사하는 경우가 많다.

예컨대 인기 미국 드라마 「프리즌 브레이크」를 좋아했던 한국 팬들은 한국계 악당 빌 킴을 기억할 것이다. 잔혹한 킬러이자 수많은 사람들을 죽인 음모의 총지휘자로서 킴은 막강한 정치적 권력을 휘두르며 무대 뒤에서 사람들을 조종하는 악당으로 그려지고 있다. 비록 드라마에서는 감추어져 있지만 한국의 성인 킴이라는 이름 때문에 대부분의 미국인들은 빌 킴을 무의식적으로 북한의 '친애하는 지도자' 김정일과 연관시키게 된다. 또 다른 미국 인기 드라마인 「CSI 마이애미」에서는 형사반장 호레이쇼 케인이 한국계 미국인이 경영하는 요트 선상 도박장을 급습하는데, 그 한국계 도박장 주인은 북한을 돕기 위해 수퍼노트 위조지폐를 찍어 내고 있는 악당으로 드러난다.

할리우드 영화에서도 한국인에 대한 묘사는 크게 다르지 않다. 예컨대 「패시파이어」에서 해군 특공대 SEAL 팀인 셰인 울프는 국방부 비밀 프로젝트를 연구하다가 암살당한 과학자 집에 가서 과학자의 아이들을 보호하라는 임무를 부여 받는다. 울프는 그 집 이웃에 살고 있는 한국계 부부가 북한을 위해 그 비밀 프로젝트를 훔치려 한다는 사실을 알아내고, 동양 무술을 잘 하는 그 한국계 부부를 물리치고 임무를 완수한다. 이 영화는 이웃집에 한국인이 살고 있는 모든 미국인들을 불안하게 만드는 데 큰 공헌을 했다.

007 제임스 본드 영화를 패러디한 또 다른 인기 미국 영화 「오스틴 파워스: 인터내셔널 맨 오브 미스터리」에는 악당 주인공 닥터 이블의 한국인 경호원이 치명적 무기인 쇠구두를 던져서 사람을 죽이는 킬러

로 나온다. 더욱 당혹스러운 것은, 그 한국인 킬러가 「007 골드 핑거」
에서 쇠로 된 모자를 던져서 사람들을 죽이는 일본계 킬러 오드잡의
값싼 패러디라는 점이다.

한국인의 잘못된 전형화는 시각 매체뿐 아니라 미국 문학에도 나
타나고 있다. 할란 코벤의 최근 미스터리 소설 『저스트 원 룩(Just One
Look)』에 보면, 동양 무술의 달인 에릭 우가 사람들을 납치해서 냉혹하
게 죽인다. 그가 너무나 잔인하게 사람들을 죽이기 때문에 독자들은 그
혐오스러운 악당이 나타날 때마다 몸서리를 치게 된다. 그런데 그 악랄
한 아시아계 악당은 북한 정치범 강제 수용소 출신으로서, 그곳을 탈출
한 후 미국으로 온 북한인이며, 북한 강제 수용소에서 사람 죽이는 기
술을 배웠다는 사실이 드러난다. 용감한 한 미국인 가정주부가 마침내
그 한국인 악당을 죽이자 평화는 회복되고 독자들도 안도의 한숨을 쉬
게 된다.

반대로 일본인의 이미지는 지난 수십 년 동안 상당히 호전되어 왔
다. 예전에는 할리우드 영화들이 일본인들을 사무라이 칼을 휘두르는
야쿠자나, 언제나 양복을 입고 있으며, 사진을 찍어 대고, 계속해서 절
을 하며 인솔자의 깃발 아래 몰려다니는 사람들로 묘사하곤 했다. 그러
나 최근 할리우드 영화에서 일본의 위상은 많이 달라졌다. 예컨대 「바
벨」이라는 최근 영화에서는 일본 십 대 소녀의 반항이 삼부작 중 하나
를 이루고 있다. 「바벨」뿐 아니라, 「라스트 사무라이」나 「게이샤의 추
억」에서도 일본 문화는 아주 호의적으로 다루어지고 있어, 오늘날 할
리우드 영화에서 일본 문화가 차지하는 위상을 잘 보여 주고 있다. 그
것은 텔레비전 드라마의 경우에도 마찬가지여서, 예컨대 「히어로즈」의
주요 등장인물 중 하나인 히로 나카무라는 일본인이며, 자신의 초능력
으로 세상을 구하는 데 일조한다.

이안 감독의 「와호장룡」이나 장이모 감독의 「연인」 같은 영화 덕분
에 중국인의 이미지도 점점 더 좋아지는 것처럼 보인다. 중국 영화들을
보면서 미국인 관객들은 현란한 중국 무술과 화려한 중국의 의상과 춤

에 매료된다. 중국 배우 성룡도 유명 미국 배우와 공연한 「상하이 눈」,
「상하이 나이츠」, 「러시 아워」 같은 일련의 인기 영화들을 통해 중국의
이미지를 현저하게 업그레이드하는 데 공헌하고 있다.

 그러나 유감스럽게도 할리우드 영화에 나타나는 한국인의 재현은
아직도 부정적이고 왜곡되어 있다. 문제는 그러한 왜곡된 재현이 국제
사회에서 한국의 이미지를 심각하게 실추시키고 있다는 점이다. 한국
인들은 할리우드 영화가 "의도적이고 악의적"으로 한국을 비하하고 있
다고 불만을 토로한다. 그러나 할리우드 영화에 나타나는 잘못된 한국
의 재현은 "의도적이고 악의적"이라기보다는, 미국 사회에 한국이 잘
못 알려졌기 때문이라고 할 수 있다. 그렇다면 국제 사회에 알려져 있
는 잘못된 한국의 이미지에 대한 일차적인 책임은 우리 자신에게 있다
고도 볼 수 있다. 그것이 왜 우리가 한국의 이미지 향상을 위해 배전의
노력을 기울여야만 하는가 하는 이유이다.

 한국에서 산 적이 있는 미국인 마이클 알렉산더는 이렇게 지적하고
있다. "한국인들은 한국과 한국 문화에 대해 무엇을 아느냐라는 질문
을 받으면 외국인들이 즉시 대답할 수 있도록 강력한 문화적 상징을
갖고 있어야만 한다. 즉 한국은 스스로의 브랜드 가치를 창출해야만 한
다는 것이다. 그러기 위해서 한국인들은 우선 스스로의 문화를 세계에
개방해야만 한다. 한국인들은 대체로 폐쇄적이다. 그것은 한국의 소란
한 근대사와 지금도 계속되고 있는 주변국과의 갈등을 생각하면 충분
히 이해할 만하지만, 그렇더라도 너무 폐쇄적이면 국제 사회에 자칫 부
정적인 인상을 줄 수 있다."

 예컨대 LA에 있는 코리아타운을 보면, 규모는 크지만 닫힌 사회라고
할 수 있다. 거기에 가면 한국 것이라면 무엇이든 다 있다. 대형 한국
백화점도 있고, 한인 수퍼마켓도 있으며, 편의점, 한식당, 패스트푸드,
소규모 한인 상점들도 있다. 하지만 코리아타운을 떠나는 순간, 한국은
사라진다. 다른 곳의 쇼핑몰에는 중국 식당, 몽골 식당, 타일랜드 식당,
일식집, 그리고 베트남 식당까지 있지만, 한식집은 없다. 유니버설 스

튜디오나 디즈니랜드도 마찬가지이다. 어디에도 한국 식당은 없다. 아마도 중국 음식을 제외하고는 한국 불고기가 백인들의 식성에 제일 잘 맞을 텐데도 말이다.

나는 전에 LA에 있는 브리스톨 농장에 간 적이 있는데, 그곳에는 세계 각국의 맥주들이 다 있었는데 유독 한국 맥주만 없었다. OB도 Hite도 Cass도 진열되어 있지 않았다. 중국의 진타오 맥주, 타일랜드의 싱가 맥주, 일본의 기린 맥주도 있었는데 유독 한국 맥주만 없었다. 그런 다음 그는 우리가 마음에 담아 두어야 할 말을 했다. "한국은 한국 문화를 세계에 마케팅해야만 한다. 한류는 아시아에만 해당되는 현상이고 단지 한때의 유행일 뿐이다. 할리우드 영화들은 여러 아시아 국가들을 영화 촬영 기지로 삼았고, 그 나라의 문화에 의거한 영화들을 만들어 왔다. 그러나 한국은 한 번도 거기에 끼지 못했다."

과연 할리우드 영화는 교육받은 해외의 관람객들에게 남북한의 차이를 알리는 좋은 매체가 될 수도 있을 것이다. 그런데도 한국 문화를 다루는 할리우드 영화는 거의 없다. 그렇다면 우리는 왜 미국의 영화 제작자들이 한국에는 관심이 없고, 영화를 촬영하러 한국에 오려고 하지도 않는지 심각하게 생각해 보아야만 할 것이다. 현재 서구 사회에 편만해 있는 한국에 대한 전형화와 편견을 불식시키고 우리 문화의 아름다움과 풍요로움을 널리 알리려면 우리의 긍정적인 면들을 최대한 부각시켜야만 할 것이다.

스크린에 나타난 한국의 이미지: 부정적 측면과 긍정적 측면

1998년에 개봉된 프랑스 영화 「택시」에서 프랑스의 유명한 반한 영화감독인 뤽 베송은 마르세유에서 가난하게 살고 있는 두 한국인 택시 기사를 등장시켜 의도적으로 한국을 비하하고 있다. 그 영화에서 두 사람의 한국인 택시 기사는 24시간 동안 교대로 택시를 운전하며 돈을 버는데, 한 사람이 택시를 운전하는 동안, 다른 사람은 트렁크에서 잠을 잔다. 그 두 사람을 바라보며 역시 택시 기사인 주인공 다니엘은 잠복근무 중인 형사 에밀리앙에게 "저 사람들은 한국인들인데 24시간 일하지."라고 말한다. "하지만 인간인데, 잠은 자야 하잖아."라고 에밀리앙이 대답한다. "택시 한 대에 번호판 하나, 허가증 하나에 운전사는 둘이라." 프랑스 택시 기사가 투덜댄다. "믿을 수가 없군!" 에밀리앙이 말한다. 그러자 다니엘이 킥킥대며 말한다, "집 근처에 한국 남자가 하나 살지, 그런데 그자는 요리사래. 상상이 가?"

2007년에 개봉된 「택시 4」에서 뤽 베송은 한국인을 밀입국자로 묘사함으로써 다시 한 번 한국인을 모욕한다. 아프리카계 흑인 축구선수를 밀입국자로 생각하고 의심스럽게 바라보던 경찰서장 질베르는 에밀리앙 형사에게 자기 경력을 자랑한다. "전에 세관에서 2년간 일한 적이 있지. 그때 밀입국자들을 칼같이 잡아냈었어. 1992년에는 한국인 밀입국자들을 일망타진했었지." "하지만 저 사람은 한국인이 아니잖아요." 에밀리앙이 아프리카계 운동선수를 가리키며 말하자, 질베르는 이렇게 대답한다. "한국인 맞아. 저 째진 눈을 좀 봐."

문제는 뤽 베송의 「택시」가 세계적인 히트작이어서 수많은 사람들이 그 영화를 보았다는 데 있다. 영화의 힘이 얼마나 막강한지 잘 아는 사람 같으면 「택시」가 한국의 이미지를 얼마나 치명적으로 망쳐 놓았는가를 알 수 있을 것이다. 이 프랑스 영화에서 한국은 극빈에 시달리는, 그래서 프랑스에 밀입국이나 하는 가난한 제3세계 국가로 그려지고 있는데, 이는 물론 전혀 사실이 아니다. 역시 한국을 잘못 재현하고 있다고 비판받는 「007 어나더 데이」보다도 「택시」가 훨씬 더 질이 나쁜데, 그 이유는 이 프랑스 영화가 한국을 싫어하는 감독에 의해 악의적으로 한국의 이미지를 비하하고 있기 때문이다.

그런데 이상하게도, 한국인들은 프랑스 영화 「택시」의 무례한 왜곡에 대해서는 침묵하고 있다. 한때 「007 어나더 데이」를 그렇게도 통렬하게 비판하던 사람들은 다 어디로 갔는가? 미국인 실직자가 LA의 한국인 식료품 상점을 부순다는 이유로 「폴링 다운」을 보이콧했던 그 많은 사람들은 또 다 어디로 갔는가? 왜 한국인들은 한국을 폄하하는 미국 영화는 가차 없이 비판하면서, 한국을 심각하게 비하하고 있는 이 프랑스 영화에 대해서는 침묵으로 일관하고 있는가?

다행히도 한국의 이미지를 업그레이드해 주는 영화들도 있다. 예컨대 인기 영화 「오션스 13」에서 재벌 회장 마이클 뱅크는 금박으로 된 값비싼 삼성 휴대폰을 갖고 싶어 한다. 같은 영화에서 한 등장인물은 "삼성 회장하고 골프를 쳤지."라고 자랑한다. 「오션스 13」은 삼성을 훌륭한 전자 제품의 제작 회사로 전 세계에 알리는 데 크게 공헌했다.

하지만 기뻐하기에는 아직 이르다. 국민일보가 최근에 발표한 바에 의하면, 삼성이 한국 기업이라는 것을 아는 외국인은 거의 없다. 미국의 마케팅 컨설팅 회사인 앤더슨 애널리틱스를 인용하면서, 국민일보는 미국 대학생 여론 조사 응답자 중 57퍼센트가 삼성이 일본 제품인 줄 알았다고 대답했으며, 9.8퍼센트만 삼성이 한국 상표라는 사실을 알고 있었다고 보도했다. 광고 카피가 "Life is Good"인 LG의 경우에는, LG가 미국 상품인 줄 알았다고 답한 사람이 41.9퍼센트였으며, 일본 제품인 줄 알았다고 대답한 사람이 26퍼센트였다. 단지 8.9퍼센트만 LG가 한국 상품이라는 사실을 알고 있었다. 만일 그 여론 조사가 삼성과 LG에 대한 미국인들의 인지도를 정확하게 파악한 것이라면, 「오션스 13」도 결국은 일본의 이미지만 띄워 준 셈이다.

뤽 베송은 앞으로도 한국인을 비하하는 영화를 만들 것이다. 아마도 그는 아시아인에 대해 고칠 수 없는 편견과 편협한 생각을 갖고 있는 사람인지도 모른다. 「택시 3」에서 다니엘과 에밀리앙은 마르세유에서 중국계 은행 강도들을 뒤쫓는다. 역시 베송이 각색한 「트랜스포터」에서도 아시아인들은 불법 밀수꾼이나, 프랑스에 밀입국하려고 노력하는 가난한 사람들로 묘사되어 있다.

한국의 이미지를 업그레이드하는 좋은 방법 중 하나는 할리우드를 설득해 한국에서 영화 촬영을 하고, 한국 문화를 주제로 한 영화를 만들도록 하는 것이다. 아니면 우리가 좋은 영화들을 만들어서 할리우드 영화 배급사를 통해 전 세계의 관객들을 찾아가는 것이다. 둘 중 어느 방법을 사용해도 국제 사회에서 한국의 이미지를 향상시키는 좋은 방법이 될 것이다.

「크래쉬」에 나타난 한국계 미국인의 이미지

폴 해기스의 아카데미 수상작 「크래쉬」는 화려한 아메리칸 드림 속에 숨어 있는 은밀한 인종차별주의를 대담하게 폭로한, 그래서 불편하면서도 강렬한 인상을 주는 영화이다. 다양한 인종들이 모여 서로 충돌하며 자동차 안에 스스로를 고립시키는 도시 LA를 배경으로 「크래쉬」는 비인간적인 현대 사회에서 우리가 상실한 따뜻한 인간적 접촉을 그리워하고 슬퍼하는 영화이다. 적절하게도 이 영화는 뒤 차에게 차의 후면을 받힌 채 차 속에 앉아 있는 아프리카계 형사의 독백으로 시작되고 있다. "LA에서는 아무도 너를 터치하지 않는다. 우리는 언제나 자동차의 금속과 유리 속에 들어 있기 때문이다. 우리는 그러한 휴먼 터치를 너무나 강렬히 원하기 때문에 무엇인가를 느껴 보려고 자동차 접촉 사고를 내는지도 모른다."

아이러니컬한 것은 뒤에서 들이받은 차의 주인은 인간적 접촉과는 너무나 거리가 먼 사람이라는 것이다. 브로큰 잉글리시로 경찰에게 마구 대드는 이 거친 여자는 한국계 미국인임이 밝혀진다. 당혹스럽게도, 그 여자는 멕시코 인들에 대해 인종차별 의식을 갖고 있는 뻔뻔한 여자로 묘사된다. 다음 대사는 그러한 것들을 잘 드러내 주고 있다.

경찰: 진정하세요, 아주머니.
한국계 여자: 난 진정하고 있다고!
경찰: 자동차 등록증과 보험 증서 좀 보여 주시지요.

한국계 여자: 왜요? 내 잘못이 아닌데! 저 여자 잘못인데! 저 여자가 내
　　　차 빠가써!
남미계 여자 경찰: 내 잘못이라고요?
한국계 여자: 길 한가운데 갑자기 서짜나! 멕시칸들은 운전 모태! 저 여
　　　자가 블레이크를 너무 빨리 발봤어!
남미계 여자 경찰: (한국 여자의 틀린 발음을 흉내 내며) 내가 '블레이
　　　크'를 너무 빨리 '발봤다고?' 내 블레이크 라이트를 '모빠따니' 유
　　　감이군요.
한국계 여자: 이민국에 전화해서 당신 자바가라고 할거야. 내 차 뿌서진
　　　거 좀 바!

　이 장면은 아무것도 두려워하지 않는 천하무적인 중년 한국 여성의 모습을 잘 묘사하고 있다고 느껴졌다. 그리고 위 장면은 "목소리 큰 사람이 이긴다."라는 한국 속담을 연상시킨다. 왜냐하면 접촉 사고 시에는 뒤 차가 책임이 있는데도, 그녀는 큰 소리로 억지를 쓰고 있기 때문이다. 더욱이 그 한국 여성은 인종차별적인 비하 발언을 서슴없이 해댄다. 그녀의 눈에 대부분의 멕시코인들은 불법 체류자들이고 운전을 못하는 사람들이다.
　영화 「크래쉬」에서는 인종적 전형화가 도처에서 발견된다. 예컨대 백인들의 눈에 아프리카계와 라틴 아메리카계 미국인들은 범법자로만 보일 뿐이고, 이란인 상점 주인은 자주 아랍 테러리스트로 오인된다.(이란인들은 페르시아인이지 아랍인이 아니다.) 한국 남자를 차로 친 두 명의 아프리카계 남자들은 그 한국인을 '차이나 맨'이라고 부른다. 그들의 눈에는 아시아인들이 모두 다 똑같아 보이기 때문이다. 「크래쉬」는 바로 그러한 편견이야말로 따뜻한 휴먼 터치와 상호 이해를 불가능하게 만드는 심리적, 인종적 장벽이라고 지적한다.
　의심할 바 없이, 「크래쉬」는 한국계 미국인들을 심각하게 모욕한 영화라고 할 수 있다. 처음에 등장해 경찰차를 들이받은 한국계 여자의

남편은 아시아인들을 미국으로 불법 밀수입해 들여오는 브로커로 등장한다. 뿐만 아니라 두 명의 아프리카계 차 도둑의 차에 치인 후, 중상을 입고 병원 병상에 누워 있으면서도, 그의 일차적인 관심은 오직 돈뿐이다. 상처를 입어 붕대를 감고 있으면서도 그는 부인에게 일이 잘못되기 전에 은행에 가서 수표를 현찰로 바꾸어 놓으라고 황급히 부탁한다. 한국인 관람객들은 한국계 미국인들에 대한 이러한 부정적 묘사에 당황해할 것이다. 한 가지 위안이 되는 것은, 영화 속에서 한국인들이 '차이나 맨'이라 불리기 때문에 외국 관객들은 그들이 한국인 부부라는 사실을 잘 모를 것이라는 것이다.

「크래쉬」는 한국계 미국인들이 미국 사회에 남겨 놓은 부정적 이미지가 무엇인가를 잘 보여 주고 있다 브로큰 잉글리시, 남에게 소리 지르기, 큰 목소리, 공격성, 그리고 돈을 밝히는 물질주의 등이 바로 그것이다. 비단 「크래쉬」뿐 아니라, 「폴링 다운」이나 「LA 탈출」 같은 영화에서도 한국계 미국인들의 이미지는 결코 긍정적이지 못하다. 사실은 그러한 전형화된 이미지를 깨뜨리는 좋은 한국계 미국인들도 많이 있겠지만, 이런 영화들은 한국인들의 부정적인 측면만 묘사하고 있기 때문에 문제가 된다. 그러나 이런 영화들을 탓하기 전에, 우리는 미국 사회에 비친 스스로의 모습을 돌이켜보고, 한국인의 이미지 개선에 진지한 노력을 기울여야만 할 것이다.

「크래쉬」는 자동차의 충돌이라는 모티프를 통해 서로 다른 인종들과 문화들이 근거 없는 편견 속에 어떻게 서로 충돌하고 있는가를 보여 주는 훌륭한 영화이다. 도시가 그렇게 설계되었기에, 거의 모든 사람들이 운전을 해야만 하는 LA에서 사람들은 자동차 안에 스스로를 고립시키고 인간적인 접촉을 하지 못하며 살고 있다. 그런 의미에서 이 영화는 LA가 아메리카의 상징이라는 암시를 준다. 그러나 고립과 충돌 속에서도 아직 희망은 있다는 것이 이 영화의 메시지이다. 만일 우리가 타자를 이해하고 소중하게 여기며, 주위 사람들에게 손을 내밀고 인간적 교류와 접촉을 시도한다면 말이다. 세계의 여러 비인간적인 대도시에서 한국인들은 '정'이라 불리는 특유의 따스한 감정으로 각기 다른 인종과 문화를 화합하는 역할을 해낼 수도 있을 것이다.

아시아인의 올바른 재현을 위하여

캘리포니아 버클리 대학교의 일레인 킴(Elaine H. Kim) 교수는 얼마 전에 서울대학교에서 '할리우드의 아시아 재현'이라는 주제로 강연을 한 적이 있었다. 그 강연에서 김 교수는 최근에는 미국 사회에서 아시아인들의 불가시성이 많이 사라지긴 했지만, 아시아계는 여전히 백인 미국인들의 전형화로 인해 피해를 보고 있다고 말했다.

과연 할리우드 영화들은 흔히 아시아인들을 마약 밀매자나 불법 이민이나 악당으로 묘사하는 경우가 많다. 일레인 킴 교수에 의하면, 브루스 리의「용쟁호투」에서도 쇠로 된 갈퀴손을 달고 있으며, 마약에 중독된 성적 노예들의 하렘을 소류하고 있는 악당은 아시아인으로 제시되어 있다. 과연 브루스 리의 아들 브랜든 리가 출연하는「래피드 파이어」에서도 아시아인들은 마피아와 손을 잡고 불법을 저지르는 마약 암거래상으로 묘사되고 있다.

또 다른 영화「콜래터럴」에서는 암살자 톰 크루즈가 한국계 미국인이 경영하는 LA의 나이트클럽에서 총을 난사해 한국인들을 대량 살상한다. 또 더스틴 호프만이 주연한「아웃브레이크」에서는 야생동물을 미국으로 밀반입해 에볼라 바이러스를 퍼뜨리는 악당이 한국인 선원으로 제시되고, 그에 따라 한국 배를 수색하게 된다.

할리우드 영화에서는 한국에 대한 편견뿐 아니라, 무지도 발견된다. 예컨대「페어 게임」에서는 전직 KGB 요원들이 아시아 은행들을 통해 돈 세탁을 하는데, 그중에는 한국은행(The Bank of Korea)도 있다. 분명 미국의 영화 제작자들은 한국은행이 일반 고객들을 상대로 하는 상업 은행인 줄 알았을 것이다.

「007 어나더 데이」에서 007 제임스 본드는 서핑을 해서 북한에 상륙한다. 하지만 한국의 바다에는 화면에 나오는 대로 서핑을 할 수 있는 거대한 파도가 이는 해안이 없다. 뿐만 아니라, 영화의 마지막에 제임스 본드와 본드 걸은 남북한 경계선에 위치해 있는 것 같은, 조상의 묘를 모신 어느 사당 같은 데서 불경스럽게도 사랑을 나눈다. 그러나 조상들의 묘지에 세워진 그러한 사당은 한국에는 없다. 아마도 영화 제작자들은 머나먼 아시아의 끝에 위치한 나라의 문화는 잘못 제시해도 큰 문제가 없으리라고 생각했던 듯하다.

「007 어나더 데이」가 개봉되었을 때, 일단의 친북 한국인들은 북한을 테러국가로 묘사했다는 이유로 그 영화를 보이콧하기 위해 전국적인 항의 데모를 벌였다. 그러나 그건 핵심을 비켜 간 것이었다. 이 영화의 문제는 북한을 테러국가로 묘사한 데 있는 것이 아니라, 한반도에 대한 무시와 무지에 있었기 때문이었다.

「007 어나더 데이」를 이데올로기적으로 반대했던 편협한 일부 한국인들과는 달리, 일레인 킴은 이 영화를 보면서 사람들이 놓치기 쉬운, 그러나 진정으로 심오한 문제점을 지적해 보여 주었는데, 그것은 북한군 장교가 DNA 이식 수술을 통해 영어를 말하는 백인으로 변신한다는 점이었다. "그 결과 북한군 악당은 백인 배우가 그 역을 맡는 백인으로 변했습니다."라고 일레인 킴 교수는 말했다. "이러한 설정에는 '내부의 적'이라는 모티프 외에도 유색인은 백인이 되고 싶어 한다는 편견이 들어 있습니다. 상류층 영어로 말하고 백인의 모습을 한 북한군 악당은 백인 사회의 내부의 적, 즉 동화된 유색인들에 대한 은밀한 두려움, 그리고 이민 와서 살고 있는 나라가 아니라, 자신들의 원래 조국에 충성하는 지하반군으로서의 아시아인에 대한 두려움을 불러일으켜 주고 있습니다." 그러한 지적은 한국의 영화평론가들도 미처 깨닫지 못한 뛰어난 성찰이라고 생각되었다.

할리우드 영화에는 또한 '무지'뿐 아니라, '오만'도 발견된다. 「왕과 나」는 영국 여성이 전 근대 국가인 샴의 국왕을 문명화시키는 영화인데, 그녀는 왕을 '야만인'이라고 부르기까지 한다. 또 「마지막 황제」에서는 영국인 고문 피터 오툴이 중국 황태자와 왕족들을 꾸짖으며 그들을 문명화시키려고 한다.

할리우드는 자타가 공인하는 꿈의 제조 공장이다. 그렇기 때문에 할리우드는 이 다문화주의 시대에 문화적 편견에 근거한 인종적 전형화를 영화에 재현해서는 안 될 것이다. 그건 꿈이 아니라 악몽이 될 것이기 때문이다.

김성곤 평론가, 서울대학교 영문과 교수. 1949년 전북 전주 출생. 전남대학교 영문과와 미국 컬럼비아 대학교 및 뉴욕 주립대학교 대학원을 나왔다. 서울대학교 출판문화원 원장 및 언어교육원 원장, 국제비교한국학회 회장, 문학과영상학회 회장, 현대영미소설학회 회장, 한국아메리카학회 회장을 역임했다. 펜실베니아 주립대학교와 버클리 대학교 객원 교수 및 하버드 대학교와 옥스퍼드 대학교 연구 교수를 지냈다. 한국 문학의 세계화, 문학의 위기 등 여러 과제들을 심도 있게 검토하고 한국 문학 비평이 나아가야 할 새로운 지표를 제시했다는 평가를 받아 김환태평론문학상을 수상했으며 저서로『글로벌 시대의 문학』,『다문화 시대의 한국인』,『문화 연구와 인문학의 미래』,『하이브리드 시대의 문학』 등이 있다.

세계의 문

김인숙

몇 해 전 일이다. 이사를 하려고 이삿짐센터 사람들을 불렀는데, 그 중 한 명이 몽골인이었다. 오늘날의 한국은 외국인 노동자가 100만 명을 넘는 시대라고 하지만, 내가 사는 동네에서 외국인 노동자를 보는 것은 쉬운 일이 아니다. 우리 동네는 주택가인데, 외국인 노동자들은 대개 공장 지대에서 일하기 때문이다.

나도 그가 신기했지만 그도 내가 신기했던 것 같다. 내 집의 책 짐 속에 몽골어 책이 있었기 때문인데, 그가 한국인의 집에서 자국어로 된 책을 발견한 것은 아마도 그때가 처음이 아니었을까 싶다. 그 책은 몽골어로 번역된 한국 작가들의 단편 선집이었다. 비록 자기 나라 작가의 책은 아니었지만 그는 그 책을 틈틈이 들여다보았다. 다른 사람들이 물을 마시며 쉬고 있는 동안에도 그 책을 손에서 내려놓지 않았다. 내가 그에게 책 읽는 것을 좋아하느냐고 물었더니 그렇다고 대답했다. 한국말을 꽤 잘했는데 말뿐만 아니라 글도 꽤 읽을 수 있는 모양이었다. 버리려고 모아 둔 책 몇 박스를 가리키며 자기가 가져가도 되겠느냐고 물었다. 한국어 책을 읽을 수 있겠느냐고 했더니 노력해 보겠다고 했

다. 더는 둘 데가 없어서 정리하지 않을 수 없기는 했지만, 책을 버리려
던 마음이 미안해지던 순간이었다.

그와의 기억은 그게 전부다. 이사하는 일이 바빴으므로 나는 그가
몽골어로 번역된 한국 소설을 어떻게 읽었는지 물어볼 기회가 없었고,
그 역시 바빴으므로 일을 끝내자마자 내 집을 떠나야만 했다. 그런데도
그가 오래 기억에 남는다. 내가 만난 최초의 몽골인 독자여서가 아니라
아마도 그를 내 집에서 만났기 때문일 것이다. 그것도 내 살림살이를
속속들이 다 드러낸 가운데.

반면 나는 그에 대해서 아는 것이 아무것도 없었다. 그가 몽골에서
어떤 삶을 살았는지, 과거에는 어떤 직업을 가졌는지는 물론이거니와
한국에서는 합법 노동자로 일하고 있는지 불법 체류자인지도 알지 못
했다. 그가 한국에 대해서 갖고 있는 인상도 알지 못했고, 그가 알고 있
는 한국이 어느 정도인지도 몰랐다. 그는 몽골어로 번역된 한국의 문학
책이 마음에 들었을까. 자신이 현재 살고 있는 곳의 이야기이기 때문에
혹 더 절실했을까. 아니면 혹시 한국에서 겪고 있는 자신의 고단한 삶
때문에 한국 소설이 실망스럽거나 화가 나지는 않았을까. 아니면 한국
도 지워지고 몽골도 지워진 채 오직 사람의 이야기만이 고스란히 맘속
에 들어갔을까.

몽골어로 내 짧은 소설이 번역된 바 있기는 하지만, 나는 아직 단 한
번도 몽골에 가 본 적이 없다. 몽골의 초원은 TV 화면으로만 보았고,
게르는 한국의 몽골 문화 체험촌에 세워져 있는 것을 본 것이 전부다.
그러나 나는 몽골의 춤과 노래를 좋아한다. 한동안은 어찌나 열렬히 좋
아했던지 능력만 된다면 그 춤을 배워 보고 싶다고 원했던 적까지 있
었다. 한 번도 가 보지 못한 몽골 초원이 꿈에 나타날 때도 있었는데
그때마다 마음이 환해지곤 했다.

가 봐야만 모든 걸 이해하고, 모든 걸 이해해야만 문학이 보이는 것
은 아닐 터이다. 그렇더라도 내가 그곳을 어느 정도는 알고 있다는 것
은 여전히 중요하다. 문학은 내가 알고 있던 어느 정도의 지평을 갑자

기 확장해 주면서 지식과 이해의 수준을 한순간에 소통의 수준으로 비약하게 만든다. 나와 그들이 다르다는 것을 인정하는 것은 또 다른 것을 얻는 기쁨이다. 다르다는 것은 차별과 경계가 아니라 그로부터 시작되는 역동적인 만남이다. 다른 것은 결국, 최후의 같은 것과 만나기 위한 출발이 아닐까. 그것을 사랑이라고 말해도 좋고, 생명이라고 말해도 좋고, 혹은 죽음이라고 말해도 좋다. 최근에 몽골 초원의 늑대 이야기를 쓴 책을 읽으면서 그곳에서는 사람이 죽으면 늑대 밥으로 던져 주는 풍습이 있다는 것을 알았다. 초원의 풀을 양과 말이 먹고, 그 양과 말을 늑대가 죽여 초원의 풀을 남아나게 하고, 사람은 늑대를 죽여 양과 말을 구하고, 마지막으로 사람이 죽으면 늑대의 밥으로 시신을 초원에 버린다는 것이다. 물론 오래전에 사라진 풍습일 터이다. 어쨌거나, 죽음은 모두에게 같지만 죽음으로 가는 문은 다르다. 다시 말하면, 죽음으로 가는 문은 다 다르지만 죽음은 모두에게 같은 것이다. 그러나 문을 열지 않는다면, 어떻게 그 끝에 이르러, 비약적인 소통에 닿을 것인가.

　한국어로 쓴 내 책이 국내에서 출판될 때, 간혹 외국인 독자를 만날 때가 있다. 그들은 극히 순수한 호기심으로 내 책 이야기를 들으러 오거나 사인을 받기 위해 줄을 선다. 사실 그들은 특별한 독자들이다. 외국인이지만 한국에 사는 외국인이기 때문이다. 한국을 이해하거나 편견을 갖고 있거나, 그들은 어쨌든 특별하고도 개인적인 방식으로 한국을 알고 있는 사람들인 것이다.

　작년에 역사 소설 한 편을 출판했는데, 그 책의 사인회에 일본인 독자가 왔다. 한국에서 공부하고 있는 유학생이라고 했다. 나는 그 독자에게 고맙다고 말하는 것보다 먼저, "이 책은 읽기 어려울 거예요."라고 말했다. 한국이라면 누구나가 알고 있는 역사적인 배경이나 용어들이 해석 없이 나오는 소설이기 때문에 걱정이 앞섰던 것이다. 그러나 따지고 보면, 나 역시 숱하게 그런 외국 소설들을 읽어 왔다. 물론 번역서에는 친절한 각주가 붙기도 한다. 특별한 경우에는 작품 전체의 배경을 이해할 수 있는 해설이 붙기도 한다. 그러나 실은 그 각주나 해설이 작품과 만나는 열쇠였던 적은 없다. 낯선 공간과 낯선 역사, 혹은 낯선 인물들로 가득 찬 소설이라 해도, 그들과 내가 공유하는 감정까지 완전히 낯설었던 적은 없다. 오히려 그 낯섦이 같은 것에 대한 소통을 더 극명하게 해 주지는 않았던가.

어려서 문고판으로 읽었던 세계 문학들이 떠오른다. 초등학교 시절, 교육열이 높은 한국의 부모들은 능력이 닿는 만큼 아이들에게 책을 사 주곤 했다. 아이들이 읽을 책이니 아이들의 눈높이에 맞춰 재구성되거나 요약된 것들이 대부분이었다. 원어로 읽는 것은 고사하고, 작품의 완역본도 읽고 이해할 수 있는 나이가 아니었던 것이다.

그때 읽었던 수많은 세계 명작들 중에는, 그 후에 다시 읽은 완역본들보다 더 인상 깊게 남아 있는 것들도 있다. 에밀리 브론테의『폭풍의 언덕』이 그중 하나인데, 스토리의 구성을 완전히 바꿔 놓은 축약본이었다. 나는 이 소설을 어찌나 좋아했던지, 때때로 꿈에서까지 이 소설을 만나곤 했다. 물론 그들의 그 치명적인 사랑 때문이다. 내 십 대 시절, 사랑이라는 단어는 늘 히스클리프라는 이름으로 떠오르곤 했다. 그러나 단지 사랑의 기억만 남았다면 폭풍의 언덕이 내게 그토록 깊은 영향을 미치지는 않았을 것이다. 사실 내가 기억하는 폭풍의 언덕은 스토리가 아니라 워더링 하이츠가 있던 그 황량한 언덕인 것이다. 캐서린이 에드거의 집으로 가기 위해 그 황량하고 음산한 벌판을 가로지르던 장면은, 그 소설 전체가 되어서 내게 다가왔다.

그때에도 지금도, 나는 영국에 대해서 그리 잘 안다고 할 수 없다. 영국의 사회와, 영국의 날씨와 영국의 사람들을 모른다. 그러나 폭풍의 언덕은 안다. 소설 제목이 아니라, 바로 그 음산하고 황량한 언덕, 그리고 히스클리프와 캐서린을 안다.

그럼에도 불구하고, 나는 여전히 한국을 전혀 모르는 사람들에게 한국 문학은 어떻게 다가갈까를 생각해 보지 않을 수 없다. 그리고 이때, 한국 문학이라는 것은 또 구체적으로 어떤 의미의 단어를 뜻하는 것일까.

외국의 한 문학 행사에 갔다가 이런 질문을 받은 적이 있다. 한국 사람들은 정말 이렇게 사나요? 나로서는 대단히 당혹스러운 질문이었는데, 그 소설을 쓴 이유가 한국 사람들은, 한국의 아버지나 어머니들은, 혹은 한국의 오늘날의 사회 문제는, 뭐 이런 내용을 전달하기 위해서가 아니었기 때문이었다. 그렇더라도 그 질문을 이해 못 할 것은 아니었다. 내가 무슨 말을 하고 싶어 그 글을 썼든 간에, 외피로 둘러싸인 한국이라는 배경은 분명히 견고하기 때문이다. 그것은 내가 심지어 국외를 소설 무대로 삼고, 등장인물들을 외국인으로 하고 소설을 썼을 때조차도 마찬가지다. 내가 50년 동안이나 한국 사람으로 살아왔고, 그중의 절반 이상을 한국 작가로 살아왔다는 사실은 변하지 않기 때문이다. 외국이 무대라고 하더라도 그것은 한국인인 내가 보는 외국이며, 외국인이 주인공이라고 하더라도 그는 한국인인 내가 보는 외국인이다. 내 소설 속에 그려진 한국인에 대한 질문이 처음에는 당혹스러웠지만, 나는 곧 그 독자의 순수한 호기심을 이해했다. 그는 이해하려고 하고, 알려고 하고, 그러면서 내 작품과 보다 전면적으로 만나기를 원하는 것처럼 보였다.

또 이런 질문을 받은 적도 있다. 한국 소설은 너무 복잡해서 읽기가 어려워요. 인도네시아 자카르타 대학생의 발언이었는데, 그 발언이 나오자마자 많은 학생들이 웃음을 터뜨리거나 고개를 끄덕였다. 적어도 그 자리에 모인 대학 초년생들의 상당수가 그 말에 동의하는 듯했다. 내가 그 나라 소설을 두루 읽어 본 적이 없으니 그 나라 소설과 한국 소설의 차이를 알지 못하기는 내가 더할지도 모르겠다. 혹은 한국 소설 전반이 아니라, 내 소설이 그들에게 특별히 복잡하게 받아들여졌던 것일지도 모르겠다.

그런데 바로 그 학생들이 내 소설을 짧은 퍼포먼스로 만들어 그 모임에서 공연을 했는데, 그렇게 복잡하다는 내 소설을 단순화시켜 놓은 그 퍼포먼스가 대단히 인상적이었다. 당시의 내 소설 배경은 중국이었고, 등장인물들은 중국인과 조선족, 또 한국 사회에서 부유하는 한국인 등이 나오는, 방금 전 학생의 말대로 '매우 복잡한(!)' 소설이었음에도, 퍼포먼스가 보여 주고자 하는 주제와 내 소설이 말하고자 하는 주제가 일치했다. 모든 복잡한 코드를 제거하고 나니, 결국에는 같은 것을 보고, 같은 것에 인상적인 감동을 받은 것이다. 물론 소설은 단순히 핵심적인 어떤 것만을 말하는 것은 아니다. 그렇더라도 그 어린 학생들의 퍼포먼스가 소중한 선물 같았던 것만큼은 분명한 사실이다.

　나는 그곳, 자카르타를 방문했을 때 인도네시아와 말레이시아 언어에는 과거형과 미래형의 구분이 없다는 이야기를 들었다. 그러니까 모든 시제가 현재형이라는 것이다. 그전까지는 알지 못했던 사실이었다. 그런데 만일 내가 인도네시아의 소설을 번역된 상태의 한국어로 읽는다면, 나는 어떻게 그 언어가 표현하는 시간의 개념을 이해할 수 있을 것인가. 오늘 비가 와요, 내일 비가 와요, 어제 비가 와요. 이 세 가지 각기 다른 문장의 시제는 한국어로 번역될 때는 오늘 비가 와요, 내일 비가 올 거예요, 어제 비가 왔어요, 로 번역될 것이고 그 의미의 전달에는 아무 문제가 없을 것이다. 그러나 문학 속의 언어는 단순한 말의 전달이 아닌 것이다. 시제를 만들 필요가 없었던 그들의 세계를 이해해야만 어쩌면 그들의 문학을 완전히 이해할 수 있을지도 모른다.

　한국어 역시 마찬가지다. 영어와는 어순이 완전히 다른 한국어, 각각의 느낌이 완전히 다른 수많은 표현 구들, 심지어는 띄어쓰기와 쉼표까지, 번역은 어떻게 나의 한국어를 외국인 독자들에게 전달할까. 한국어에는 존칭어가 있다. 다양한 존칭어는 말의 전달이 아니라 그 말이 오가는 의미의 전달이기도 하다. 불행히도 나는 내 소설이 외국어로 잘 번역되었는지를 확인할 능력이 없다. 실은 어떤 것이 좋은 번역이고 어떤 것이 나쁜 번역인지 구분할 능력조차 없다. 소설은 단지 이야기가 아니고 그 이야기를 전달하는 언어와 문장이기도 하다는 것을 생각할 때, 나는 언제나 약간의 좌절 비슷한 것을 느낀다. 그것은 한국의 서점에 나와 있는 수많은 외국 소설을 볼 때 역시 마찬가지다. 나는 어차피 좌절을 안고 그 책들을 구입할 수밖에 없다.

나는 지금 내가 쓰고 있는 이 글이 영어와 프랑스어로 번역될 거라는 걸 알고 있다. 번역될 글이라니 번역자들에게 좀 더 친절해야겠다는 마음이 든다. (번역가는 절대로 그렇지 않다고, 화를 낼지도 모르겠으나) 나는 이 글을 쓰면서 문장에 대해 크게 신경 쓰지 않고, 단어 하나가 가져야 할 은유와 상징에 대해서도 크게 신경 쓰지 않기로 한다. 너무 포괄적인 의미로 해석되는 단어는 쓰지 말아야지, 생각하기도 한다. 그러나 이 글이 소설이라면, 내가 어찌 그렇게 할 수 있겠는가. 문장은, 단어는, 심지어는 쉼표와 마침표까지, 그 모든 것들은 소설의 숨결이다.

한국 문학과 세계화라는 거창한 주제를 제목으로 하고 있지만, 나에게 그것은 언제나 사람의 이야기로 다가온다.

이삿날의 에피소드가 하나 더 떠오른다. 이번엔 내가 아니라 막내 오빠 얘기다. 막내 오빠는 직장 일 때문에 오래전부터 외국을 떠돌며 살고 있는데, 한번은 미얀마에서 5년을 근무하다 귀국했다. 회사 배를 이용해 공짜로 실어 온 그의 귀국 짐에 미얀마의 민속 공예품들이 엄청나게 많았다. 실은 집 한 채를 통째로 싣고 온 것 같았다. 소파도 식탁도 심지어는 침대의 프레임까지도 미얀마의 목제품이었으니까. 그 짐을 풀러 온 이삿짐센터의 직원 중에 공교롭게도 미얀마 사람이 있었다. 박스 하나를 풀 때마다 그 사람이 탄성을 내뱉거나 한숨을 내쉬던 기억이 지금도 생생하다. 알아들을 수 없는 미얀마 말로 오빠와 그 사람이 몇 마디 대화를 나누었다. 나중에 무슨 말을 했냐고 물어봤더니, 오빠의 미얀마 말도 능숙한 것이 못 되어서 미얀마에서는 어디 살았었느냐고 물어봤고 그가 그 대답을 한 것이 고작이었다고 했다.

그러나 고작이라니.

실은 그것이 전부일지도 모른다.

　세계는 어떻게 가까워지고 어떻게 서로 소통하나. 세계의 사람들은 다 같고 다 다른데, 그들은 또 어떻게 같고 또 어떻게 다른가. 한국이 한국이라고 이야기될 수 있는 핵심은 어디에 있고 또 그것의 의미는 무엇인가. 그리고 나는 왜 이런 것들을 생각해야 하나.

　최근 일이십 년 사이 한국에서는 대단히 의미심장한 변화가 일어났다. 한국의 농촌 남자들이 외국인 신부를 맞아들이면서, 상당수의 농촌 가정들이 다문화 가정으로 변모한 것이다. 이것은 고용이 아니라 결혼이다. 외국인 신부들은 혼혈 아이들을 낳고, 그 아이들은 당연히 한국 사람이다. 그리고 그 아이들이 또 아이들을 낳을 것이다. 몇 천 년의 역사 동안 다른 민족과 피가 섞이지 않은 채 단일 민족으로 살아왔다는 의식은 한국인에게는 일종의 자부심이었다. 그러나 그 자부심이 이제 와서는 폐쇄적이고 오만하며 폭력적인 성향을 띠기까지 한다. 순혈주의에 대한 오래된 전통적 의식이 다른 피를 받아들이는 것에 쉽게 적응하지 못하고 있는 것이다. 그러나 실은 한국 사람들은 이미 오래전부터 끝없이 한국 바깥으로 나가고 있었다. 이민, 취업, 교육 등 다양한 이유들로 한국 사람들이 서구로 떠났고, 그것은 지금 역시 마찬가지다.

　우리 사회가 이미 다문화 사회라는 것을 받아들이지 않는다면 마음이 편안하기는 하겠으나, 역동적인 즐거움을 누릴 수는 없을 것이라는 어느 학자의 말을 인상 깊게 들은 적이 있다. 적어도 오늘날의 한국 문화가 '민족적'인 것만을 운운하기에는 보다 더 광범위해졌으며, 역동적이 되어 있다는 사실만큼은 분명해 보인다. 그리고 한국 문학이 한국 속에 들어 있는 세계를, 세계 속에 들어 있는 한국을 끌어안으려고 노력하는 것도 분명해 보인다.

　내 소설은 아니지만, 한국의 젊은 작가의 소설 하나를 짧게 소개하고자 한다. 손홍규가 쓴 『이슬람 정육점』이라는 이 소설은, 한국 전쟁 때 파병되었다가 본국으로 돌아가지 않고 한국에서 살아가는 터키 사람을 주인공으로 하고 있다. 이슬람교도이면서도 그는 한국에서(실은 한국에서 살기 때문에) 정육점을 열어 생활하며, 한국 전쟁에서 고아가 된 한국 소년을 입양해서 산다.

소설의 배경이 되는 시대가 바로 오늘날의 시점은 아니지만, 이 작가가 오늘날 한국 사회의 변화를 적극적으로 받아들이려는 시도를 하고 있다는 것은 분명해 보인다. 농촌으로 시집온 동남아 출신 신부는 등장하지 않고, 혼혈의 아이도 등장하지 않지만, 앞으로 지속적으로 변화해 갈 한국 사회의 한 모습을 보여 주고 있는 것이다. 소설에서 직접적으로 묻고 있지는 않지만, 이 소설을 읽으면서 나는 이런저런 생각을 한다. 주인공인 터키인이 돼지고기를 팔고 있으니, 그는 이미 이슬람교도가 아닌가? 한국에서 몇 십 년을 살았으니 그는 한국인인가? 전쟁고아인 소년은 터키인에게 입양되었으니 한국인이 아닌가? 한국에서 살고 있는 그 터키인에게 고향은 어떤 의미인가? 그런 질문들을 다 지우고 나면, 남는 것은 터키인과 소년의 사랑이다. 그러나 중요한 것은 그런 단순 명쾌한 핵심이 아니라, 그 핵심으로 들어가는 문과 그 문에 그려질 무늬들이다. 그것이 문학이다.

한국은 이미 세계이다. 실은 모든 나라가 다 그렇고 모든 나라의 문학이 다 그렇다. 세계를 알지 않고는 자신의 고유함을 말할 수 없고, 자신의 고유함을 포기하면 세계를 말할 수 없다. 그런데 도대체 세계란 무엇인가? 문학은 다만 자기가 존재하는 자리에 뿌리를 깊게 뻗고 있을 뿐이다. 그 자리가 바로 세계가 아닌가.

김인숙 소설가. 1963년 서울 출생. 연세대학교 신문방송학과를 졸업. 1983년 조선일보 신춘문예에 당선되어 등단했다. 『함께 걷는 길』, 『칼날과 사랑』, 『유리구두』, 『브라스밴드를 기다리며』, 『먼 길』, 『그늘, 깊은 곳』, 『그 여자의 자서전』, 『소현』 등의 작품이 있다. 『칼날과 사랑』을 발표한 뒤, 오스트레일리아 시드니에서 생활하다가 1995년 귀국하였고 이후 중국 다롄에 잠시 거주하기도 했다. 진지하고 웅숭깊은 시각으로 불우한 운명에 시달리는 보통 사람들의 상처를 따뜻하게 보듬어 주는 소설들을 쓰고 있으며, 한국일보문학상, 현대문학상, 이상문학상, 대산문학상(소설 부문) 등을 수상했다.

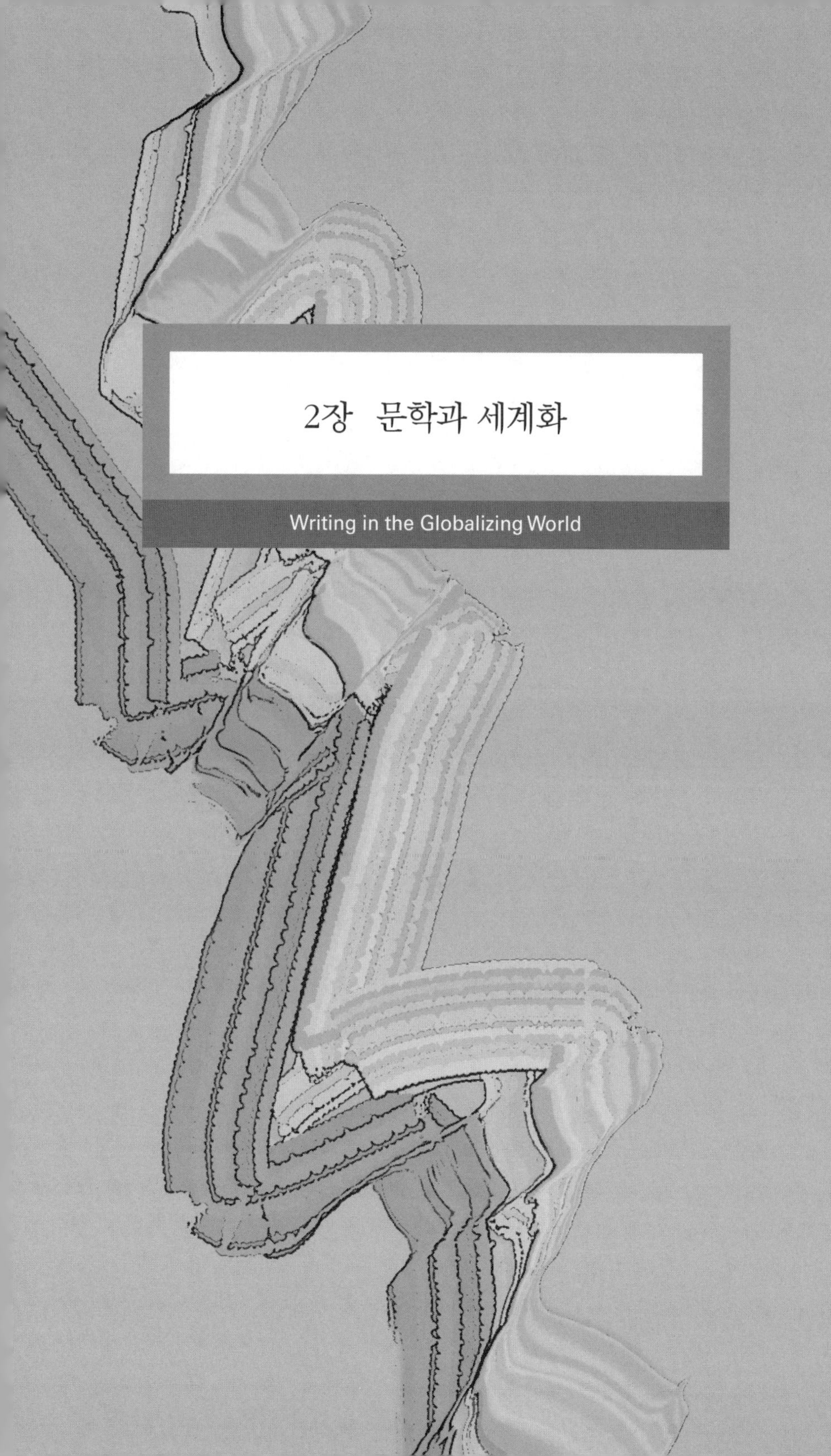

2장 문학과 세계화

Writing in the Globalizing World

세계화 속의 글쓰기—인도를 참고로 하여

아미야 데브

덧붙이는 말: 무릇 비평가는 덜된 작가이기 쉽지만 독자로서는 특출할 수도 있다. 내가 되고 싶은 쪽은 후자, 내 기준으로 시적 활동의 상징 격인 파묵의 『순수 박물관(*Museum of Innocence*)』을 둘러보는 관람객이 되고 싶다. 콜카타 토박이인 내게, 소설 속에 등장하는 그의 이스탄불은 마치 도스토옙스키의 페테르부르크 묘사를 읽는 듯한 매력이 있었기 때문이다.

1

2010년 11월 16일 7년간의 기나긴 가택 연금에서 풀려난 지 사흘째 되던 날 아웅 산 수 치는 《미지마뉴스》의 세인 윈과 나눈 전화 인터뷰에서 미얀마의 민주화 운동 가속을 위해 현대적인 커뮤니케이션 기술을 활용해 보겠다고 말했다. 이것은 온갖 불평과 불만에도 불구하고 세계화가 타당함을 입증해 주는 사례다. 세계화는 기본적으로 전자(電子)의 힘을 빌려 토대를 닦은 커뮤니케이션 혁명이다. 인도의 대서사시

「마하바라타(Mahābhārata)」의 판다바 형제 중 가장 맏이인 유디스티라는 호숫가에서 야크샤 족들과 질의문답을 갖는 자리에서 지구에서 가장 빠른 것이 무엇이냐는 질문을 받았다. 유디스티라는 정신이라고 대답했다. 이제는 전자(電子)가 정신의 속도를 대략 따라잡을 수 있게 되었다. 인터넷으로 메시지를 보내면 눈 깜짝할 새에 목적한 곳에 도착하는 것이다. 1848년 마르크스와 엥겔스가 전파한 "세계의 노동자들이여, 단결하라. 잃을 것은 속박밖에 없으리라."는 받아 볼 이유가 충분한 메시지였지만 목적한 곳에 도달하기까지 기나긴 시간이 걸렸다. 나의 경우 평균 일주일에 한 건씩 멸종 위기 동식물 구호 운동이나 불법 감금 피해자 석방을 위한 인도주의 운동 온라인 청원서에 서명을 하고 있는데, 컴퓨터 스크린 위로 송출되는 내 서명이 뜨는 데 걸리는 시간을 좌우하는 것은 마우스를 조작해 팝업된 그림 창을 누르는 손가락의 민첩성뿐이다. 물론 이 즉시적인 커뮤니케이션으로 세상이 더 살기 좋은 곳이 되어 가고 있다는 주장을 하려는 것은 아니다. 오히려 전 세계적으로 예전보다 더 많이, 매 시간마다 범법 행위에 노출되고 있는지도 모른다. 요는 세상이 내 손가락 끝에 있다는 것이다. 9·11 테러 사건이 있던 날 트윈 타워 중 한 건물이 화염에 휩싸이는 걸 본 어느 콜카타 거주민이 다른 타워에서 일하고 있던 남동생에게 즉시 알려 동생의 생명을 구했다는 설이 있는데, 그 말이 정말 소문에 불과한 것일까? 누군가의 간절한 기원에서 와전된 헛소문일 뿐일지도 모르지만, 전자 혁명이 몰고 온 만물의 섭리에 제법 잘 들어맞는 사례다. 상상해 보라. 중국인으로서 최초로 인도를 순례한 법현이 율장을 찾고 제타나와에서 인도 승려들과 함께 지내기 위해 목적한 땅으로 가는 데만 '수년'이 걸렸지만, 우리는 법현이, 미처 당도하기도 전에 목숨을 잃은 자들의 해골에 발이 채이는 고난을 겪어 가며 횡단한 사막의 순례길을 단 한 번의 마우스 클릭으로 알아낼 수 있다. 수세기 동안 누군가의 헌신적인 노력으로 쌓인 지식이 온라인상에 저장되어 있는 것이다. 전자백과사전, 전자책, 전자잡지는 이제 매일매일 열어 볼 수 있는 지식 원천이다.

순식간이란 단어가 오늘날의 화두가 되었다. 웹 사이트들이 마치 양자 물결처럼 무작위로 뻗어 있는 고속도로 위로 밀려든다.

그렇다고는 해도 차단이나 '제재'가 전적으로 불가능한 것은 아니다.(일례로 오늘날의 양자 기술자들이 노력한 덕분에 조만간 해킹도 억제(바라건대 선(善)한 목적이길)할 수 있을 듯하다.) 아웅 산 수 치는 전화 인터뷰에서 미얀마 정권에 인터넷 접속 허가를 청원하겠다고 했다. 미얀마에서는 금지된 정치적 사용 의도를 청원서에 정직하게 밝히겠다고도 했다. 아마 그 청원은 거부당하리라. 뜬금없지만 이 일은 다시 한 번 『오디세이(*Odyssey*)』에서 호메로스가 파이아키아인(人)들에게 부과한 '제재'를 떠올리게 한다. 우리의 여행하는 인간, 즉 오디세우스가 떠난 여행길에서 그에게 제일 친절을 베풀고 쉴 곳과 집으로 돌아가는 데 필요한 안전통행권을 제공해 준 사람들은 바로 파이아키아인들이었다. 오디세우스의 정체가 드러난 뒤 이제 과거의 저주가 막 실현되려는 찰나에도 파이아키아인들은 자기의 말을 철회하지 않았으며, 오히려 오디세우스를 이타카로 보내 주었다. 그리고 그 결과는 세계 문학상 형언할 수 없는 최대 비극으로 손꼽힌다. 이 존경 받아 마땅한 사람들이 높이를 가늠할 수 없는 산들에 에워싸여 영원히 잊혀지게 된 것이다. 물론 이것은 픽션이다. 『오디세이』와 유사하지만 훨씬 더 폭력적인 작품(크리스테바-지네트의 '상호 텍스트성', '하이퍼텍스트성'이 딱 들어맞는 결정적 사례)으로는 폴란드 영화 「지하수도(Kanal)」를 꼽을 수 있겠다. 이 영화는 나치에 점령당한 바르샤바로부터 다른 안전지대로 탈출하려는 어느 마지막 생존 저항군 병사가 겪는 기묘한 오디세이를 다루고 있다. 어느 아름다운 일요일 아침 교회 종소리가 울리는 가운데 누더기가 된 군복을 걸친 채 물 한 방울 없는 깡통을 든 사람이 등장한다. 고요한 거리엔 그 어느 곳에서도 위험의 징조가 보이지 않지만, 병사는 감상적인 정의가 구현되길 기대하는 관객의 일말의 희망을 저버리며 매복 중이던 게슈타포의 총 아래 쓰러진다. 그리고 갑자기 암전된 스크린은, 어떤 지혜의 말도 해 주지 않은 채 말 그대로 관객을 내

팽개친다. 바라건대 마지막에 진실이 승리한다는 간디의 확신이 아웅 산 수 치와 미얀마의 민주화 투쟁에서도 실현되길. 이 기회를 빌려 다시 한 번 아웅 산 수 치에게 찬사를 보내고 싶다. 요즘 나는 그녀가 미국 기자 앨런 클레멘츠와 나눈 대담을 담은 『희망의 목소리(*The Voice of Hope*)』(1997 출판, 2008 재출간)를 읽고 있다.

마셜 매클루언의 '지구촌(Global Village)' 개념은 오늘날의 커뮤니케이션을 반밖에 맞추지 못했다. 하지만 TV가 우리의 삶에서 차지할 자리는 마치 예언이라도 하듯 정확하게 짚어 냈다. 단순히 바보 상자가 아닌, 세상이 우리의 가정 안으로 침투할 때 이용될 매체로 본 것이다. 살인이 생중계되는 장면을 TV로 보지만 않았어도 "미디어야말로 메시지"라는 매클루언의 슬로건을 칭송했을지도 모르겠다. 그 살인 사건이란 케네디 대통령 살해범 리 하비 오스왈드의 법정 송환이 보도되던 중 잭 루비가 오스왈드를 살해한 사건이었다. 이 충격적인 일은 주변의 모든 사람, 심지어 멀리 떨어진 곳의 시청자들마저도 살인 목격자로 만들어 버렸다. 지금 내가 이야기하는 시점은 50년 전이다. 『바보 김펠(*Gimpel the Fool*)』로 유명해진 아이작 바셰비스 싱어를 누군지도 모른 채 우연히 만났던 그런 시절인 것이다. 그때 나는 영어권 문학계에서 성공을 거뒀다는 유명한 인도인 작가를 축하해 주고 싶다는 친구의 손에 이끌려 뉴욕 시의 어느 인도인 집에 가 있던 참이었다. TV는 여전히 보기 힘들었다. 우리는 엄밀한 의미에서 세계화와는 여전히 먼 사람들이었다. 내 고향 콜카타에 국빈 방문을 한 미시마 유키오(나중에 그가 광신적인 사람으로 변하리라곤 생각도 못했다.)를 우연히 만나 잠시 시간을 같이 보냈을 때도 여전히 세계화는 먼 세상 이야기였다. 우리는 여전히 국제주의자에 머물러 있었다. 또 몇 년이 흘러 니카노르 파라가 콜카타 청중을 위한 영어 번역서 낭독회(파라가 모국어인 스페인어로 암송하면 영어 번역을 뒤따라 낭독했다.)를 열었을 때도 예외는 아니었다. '지구(globe)'라는 단어는 여전히 「위대한 독재자(The Great Dictator)」의 찰리 채플린이 가지고 놀다가 공기가 빠져 버리고 마는 풍선처럼 생긴 지구 공을 떠올리게 할 뿐이었다.

지금까지 커뮤니케이션을 강조하긴 했지만 그렇다고 세계화에 숨은 무궁무진하고 무시무시한 뒷이야기를 슬쩍 간과하려는 의도는 아니다. 세계화가 불만 없이는 이뤄질 수 없다는 스티글리츠의 저서 『세계화와 그 불만(*Globalization and Its Discontents*)』(2002)이 나중에 진실로 드러났듯, IMF, WTO, 세계 은행이 전 세계에 걸쳐 막대한 권력을 휘두르며 시작된 세계화는 무수한 국가의 목구멍 속으로, 한 지역의 불경기가 다른 지역들로 마치 산불처럼 퍼질 수도 있는 위험천만한 개발 계획을 쑤셔 넣었다. 이렇듯 여러 일들이 발생했기에 이제 우리는, 그동안 확연한 불평등에도 불구하고 유지되었던 '세계'에 대한 기존 관념, 즉 지구 문명이라든가 지구 정치라는 개념을 더 이상 고수할 수 없게 되었다. 그런데 더 깜짝 놀랄 준비를 해야겠다. 중국에서 '세계화' 포럼을 개최할 예정이라는데, 이 포럼은 아직도 고수되지만 고리타분하기 짝이 없는, 고로, 조만간 비약적인 이론에 자리를 내줄 세계의 '문명화' 논리에 견줄 만한 일 아닌가?

2

작년 북경대학교에서 열린 타고르 탄생 150주기 기념 학술 대회에서 어느 노부인(북경 문인 모임에서 참가한 사람이었다.)이 영어로 번역된 『기탄잘리(*Gitanjali*)』 중 유명한 시구, "그곳은 마음에 공포가 없고 머리는 높이 쳐들려 있는 곳"을 암송했을 때 나는 감동을 받았다. 원래 벵골어 시인데 번역을 잘해서 힘찬 기운이 느껴졌던 것이다. 이 글을 쓰는 동안 나는 인도 자이푸르에서 열린 문학 축제에 초대된 오르한 파묵이 타고르의 위대함을 언급했다는 소식을 들었다. 게다가 오늘 이 자리에 있다 보니 2009년 삼성이 인도 국립문학아카데미와 공동으로 제정하고 거행한 타고르 문학상(총 8개 부문 시상) 수상식도 결코 잊을 수 없을 듯하다. 이번 행사에 맞춰 유네스코가 '전 세계의 화해'를 주제로 칠레의 파블로 네루다, 마르티니크의 에메 세제르 등의 글을 실어 발간하기로 한 수필집에서도 타고르에 대한 이야기가 첨가될 것이다. 그러나 지금 내가 이야기하고 있는 것은 사실 타고르가 아니라, 오늘날 궁지에 몰린 채 세계화에 내몰린 세상 속에서 문학이 내 것이라 주장하는 안전한 정박지(碇泊地)에 관한 것이다.

　세계화가 진행 중인 세상이란 세계 자본이 소모품을 만들고 파는 곳을 말한다. 문학도 소모품이긴 마찬가지다. 물론 자본이 문학을 생산할 수는 없지만, 문학도 일단 생산이 되면 자본이 그것을 포장해 팔 수 있다. 작가에게 선금을 지급하는 식으로 책 저술을 후원하는 대형 출판사도 있긴 하다. 그렇다고 그 책이 본문에서 출판사를 홍보한다는 말은 아니다. 사실 출판사는 본문 내용을 두고 이러쿵저러쿵하지 않는다. 그들의 관심사는 오로지 어떻게 포장을 해서 팔 것인가이다. 이런 관점에서만 본다면 책도 소모품이다. 책 시장은 다른 여느 시장과 비슷하다. 출판 시장의 법칙은, 예를 들어 의류나 신발 시장의 법칙과 다를 바가 없다. 예전에 움베르토 에코가 청바지의 첫 시장 진입을 두고 쓴 기호학 에세이를 읽은 적이 있는데, 에코는 청바지가 격식을 차린 정장의 규범과 정반대되는 자유를 드러냈다고 했다. 또 가격이 저렴하고 헐렁한 매력에 보헤미안들이 청바지를 하나의 규칙처럼 입게 되었다고도 했다. 그런데 이 청바지가 내 고향 도시나 비슷한 처지의 이른바 제3세계 도시들에 처음 등장했을 때는 고급 패션으로 여겨졌고 다른 평범한 바지보다 가격도 훨씬 비쌌다. 시장에 따라 상황이 달라진 탓이었다. 벵골어로 된 『타고르 전집(*Tagore's Collected Works*)』에서 이런 이야기를 읽은 적도 있다. 어느 젊은이가 부자 친척의 집으로 오게 됐다. 책장에서 청년이 본 것은 멋진 양장의 타고르 전집이었다. 그중 한 권을 꺼내 들어서 읽기 시작한 청년은 책장을 다소 거칠게 넘기는 것도 의식하지 못한 채 금세 이야기에 빠져들고 만다. 청년이 책을 더럽힐까 봐 지키고 서 있던 여주인은 결국 조심해서 다루라는 잔소리를 한다. 여주인에게는 책이 보물 같은 존재였던 것이다. 하지만 내용 때문에 애지중지했던 것은 아니고 중산층 가정들 사이에서 그 책에 매긴 가치 때문이었다. 그 책이 집에 없으면 다른 중산층 사람들이 얕봐서 그랬던 것이다. 시장이 그물을 던지는 곳이 이런 곳이다. 뻔하지만 재미있는 점은 지금 이 이야기도 은쟁반에 얹혀져 우리 앞에 놓일 수 있다는 것이다. 시장은 심지어 스스로의 비평조차도 판다. 이데올로기는 완전히 사라졌다.

인도계 작가 아라빈드 아디가의 2008년 맨부커상(賞) 수상작 『화이트 타이거(*The White Tiger*)』를 생각해 보라. 이 책은 30개국 언어로 번역되어 벌써 50만 권이 넘게 팔렸다고 한다. 내가 가진 페이퍼백은 마치 새로 주조되어 눈이 부실 정도로 반짝거리는 동전처럼 보인다.

앞 표지에 그려진, 어쩐지 깊은 상념에 빠진 듯한 백색 호랑이와 붉은 부리의 말쑥한 앵무새의 조합이 흥미롭다. 검은 바탕에 제목은 흰색, 저자의 이름은 어두운 노란색으로 찍혀 있다. 작가 이름 뒤로는 어둑어둑한 인도 도시의 스카이라인 위에 흰색 점이 흩뿌려진 그림이 실려 있다. 위쪽에는 눈에 거슬리지는 않을 정도로 다채로운 샹들리에 같은 그림이 그려져 있는데, 이것은 뒤 표지 위쪽을 가득 채운, 날개를 펼친 붉은 부리 앵무새 그림을 변주한 것이다. 책 표지에 삽입된 소설을 향해 비 오듯 쏟아 내린 칭송의 말도 엄청나다. 카프카, 프로스트 번역판이나 펭귄, 펠리컨 출판사의 D. H. 로렌스 원작, 혹은 단순하기 짝이 없는 디자인의 비스바라티 페이퍼백으로 된 벵골어판 타고르를 읽어 본 사람이라면 『화이트 타이거』로부터 함축된 의미를 하나 더 읽어 낼 수 있으리라. 게다가 책을 가판대에서 집어 들 때 받을 기분 좋은 느낌과는 사뭇 다르게 내용이 과격해서 더욱 그럴 것이다. 사실 책의 내용은 격렬하기 그지없으며 사업가의 낙원이라는 요즘의 인도 드림이나 인도 주식회사의 이미지를 산산조각 내기 충분하다. 진정한 피카레스크 소설이요, 『라사리요 데 토르메스의 생애(*La vida de Lazarillo de Tormes*)』의 계보를 잇는 책 중 최근작인 이 책의 무대는 부처가 깨달음을 얻은 곳에서 멀지 않은 인도 내륙의 어느 곳에서나 흔히 볼 수 있는 마을에서 시작해 봉건적인 파벌이 군림하는 마을로, 그다음엔 미국에서 돌아온 집주인이 자유를 사랑하는 유한 부인에게 신사적인 남편노릇을 할 수 있는 유일한 장소인 인도의 수도 뉴델리[1]로, 마지막엔인도의 실리콘 밸리이자 IT 업무로 밤을 지새는 도시, 방갈로르로 옮겨진다.

물론 『화이트 타이거』가 처음부터 영어로 쓴 덕에 전 세계 독자들에게 더 쉽게 다가갈 수 있는지도 모른다. 다시 말해 『화이트 타이거』만큼 간결하지만 인도어로 쓴 책보다 마케팅을 하기가 더 좋았는지도모른다는 것이다. 애초에 인도어로 썼더라면, 그 후 작가 본인이 영어로 번역을 했더라면 이 책의 운명이 어떻게 됐을까를 상상해 보면 흥미롭다. 만약 그랬다면, 전 세계적인 인기를 끌 수 있었을까? 이쯤 되면 인도 소설이 해외에서 화제가 된다고 할 때는 대개 영어판을 기준으로 함을 눈치채게 된다. 지금까지 영어판으로 나온 인도 소설은 제법 많은 편이며 영어권 독자라면 읽어 볼 만한 수준이기도 하다. 최근한 북미 출신 영문학 교수가 공들여 선정한 인도 소설 60선 목록에 포함된 작품 중 번역물은 겨우 다섯 편이고 나머지는 처음부터 영어로쓴 것들이었다. 좀 더 균형 있게 선정할 수도 있었겠지만 그 교수도 본인의 경험에 따라 선택했을 뿐이리라. 교과 과정에 포함시키다 보니 어쩔 수 없는 급박한 문제가 발생했었는지도 모른다. 이유야 어쨌든 이도서 목록에는, 여러 언어로 번역되고 해외에서도 권장 도서 목록에 자주 오르는 U. R. 아난다 무르티의 카난다어 소설 『삼스카라(*Samskara*)』는 빠져 있다. 그런데 무르티의 사례는 바로 얼마 전까지도 프렘찬드의 힌두어 소설 『고단(*Godan*)』이나 타카지 시바산카라 필라이의 말라얄람어 소설 『체민(*Chemmeen*)』이 대변했던 인도 주류 소설의 다언어 창

---

1) (옮긴이 주) 원문에는 지명이 표기되어 있지 않지만 이해를 위해 임의로 지명인 뉴델리
   와 방갈로르를 삽입했다.

작 경향의 일면을 보여 준다. 인도의 다언어를 고려하면 오직 일부만 번역이 되는 인도 소설의 방대함을 충분히 그려 볼 수 있을 것이다. 어쨌든 괴테의 세계 문학 사상을 되살리려는 시도든 아니든, 요즘 세상이 점점 세계화되어 가다 보니 번역의 불가피성을 부정할 수만도 없는 실정이다. 현대 인도 문학에서 식민지 유산의 증거로 자주 거론되는 '잡종성(hybridity)'은 인도어 소설에서도 이따금 보이지만 특히 영어판 인도 소설에서는 더 쉽게 발견된다. 그런 잡종성이 현지 문학의 전 세계 독자층 확보에 직접적인 도움이 되기는 할 터이다. 한편 번역이 제대로 되지 못해 전 세계적인 인기를 비교적 덜 끌 수밖에 없지만 인도어 소설이 현지 반응은 훨씬 더 크다는 사실을 부인할 수도 없을 것이다. 최근 수십 년 동안 가야트리 차크라보르티 스피박의 책이나, 마하스웨타 데비의 소설이 번역되면서 부족한 인도어 번역이 조금은 벌충이 되었다. 그러나 아직도 많은 소설들이 번역되기만을 기다리며 줄줄이 대기하고 있다. 드물지만 가끔씩 작가 스스로 번역을 청하여 전 세계적인 독자층을 얻는 사례가 있긴 있다. 몇 년 전 인도 출신 영어 소설 작가, 인도 현지 작가, 몇몇 해외 작가들이 한 자리에 모인 문학 포럼에서 노벨상 수상자 V. S. 네이폴을 중심으로 번역 출판을 향한 욕구가 처음으로 표출되었다. 물론 그런 분위기를 반대하는 목소리도 있었다. 인도라는 나라의 특이함에 주로 관심을 보이는 독자보다는 자기가 그려 내는 경험 속에 진정으로 머무를 수 있는 현지 독자들을 더 선호했던 탓이었다. 여기에 덧붙일 질문이 있다. '사회적 배경(milieu)'이란 것이 이제는 정말 사라진 걸까?

 이 질문은 번역에 대해 목소리를 높이는 작가들이 꿈꾸는 이상과 실질적인 번역 결과물 간의 정치 역학을 먼저 들여다본 이후 다시 되물어야 할 것 같다. 요즘 어느 국제 문학 모임에서는 이런 잡종어가 떠돌고 있다. 앵글로벌라이제이션(Anglobalization), 영어의 세계화를 뜻하는 말이다. 영국 식민지였던 인도는 좋든 싫든 당사자의 입장에 놓였다. 영어는 교육에서뿐만 아니라 인도 내부의 문학 번역에서도 연결 언어로서 공식적인 위치를 점하고 있다. 최근 한 민족이면서 동시에 우리(인도)가 지니고 있는 다원성에 대한 인식이 길러지면서 인도 문학 번역에서는 그 어느 때보다도 영어의 비중이 커지고 있다. 이중 언어 창작이 모국어―기타 인도어보다 모국어―영어 사이에서 더 많이 이루어지고 있는 점도 흥미롭다. 이것은 인도 영어의 타당성이나 그것이 창작물에 제공하는 안전한 정박지(碇泊地)를 부정하려는 것이 아니라 오히려 앵글로벌라이제이션에서 인도가 일부분을 차지하고 있음을 인정하는 것이다. 인도인이 세계화에 대한 비판을 할 때 (대부분의 식민지 이후 담론도 그랬듯) 주로 영어를 사용하는 현상은 일견 모순적으로 보일 것이다. 언어가 그저 입었다 벗을 수 있는 망토이고 우리 몸에 어떤 자양분도 될 수 없는 것에 그친다면 어땠을까? 그렇다면 우리가 무언가에 대해 말하는 방식이 전혀 중요하지 않을 테고, 인도인 사이에는 모국어로, 다른 이들에겐 영어를 사용하는 양분된 언어 선호 현상이 종종 엿보여도 이것이 세계화를 향한 인도의 저항에 방해가 되지 않겠지만, 언어란 그런 것이 아니다. 우리는 저항해야 한다. 그렇지 않으면 세계는 하나의 상(像) 위에 또 다른 상을 입히는 거울들이 줄줄이 걸려 있는 끝없는 복도를 향해 움직여 갈 것이다.

번역은 힘의 과시가 아닌 환대의 행위다. 다른 국가에서 온 텍스트를 자국민에게 전달하는 행동이며, 세계적인 기업 간의 거래가 아닌 두 민족 간에 이뤄지는 거래다. 하지만 번역이라는 행위를 통해 새로운 독자층이 발견된 지역에서 언어적 헤게모니를 거머쥐고 전 세계적인 권위를 누리려 들 수도 있다. 그 헤게모니의 역사, 무수한 타 언어를 핍박한 소수 국제 언어들의 역사는 너무도 잘 알려져 있다. 『오이디푸스 왕(Oidipous Tyrannos)』이나 그리스 시인 사포, 아나크레온의 작품을 흔하디 흔한 영어 번역문 대신 벵골어판으로 읽으려는 벵골어 독자가 얼마나 되겠는가? 마찬가지로 세계 고전 문학이 영어로 잘 번역되어 있는 마당에 모국어판으로 읽으려는 여타 인도어 독자들은 얼마나 많겠는가? 프랑 파농이여, 칭송을 받으라, 정신의 탈식민지화는 이토록 이루기 어렵다. 그래도 자발적으로든 강요에 의해서든 인도는 영어를 통해 세상을 배우게 되었다. 인도인이 영어에 의지해 세계를 흡수하는 것은 자주 있었던 일이다. 일례로 타고르는 영어로 번역된 중국 고전시를 읽곤 했으며 몇몇 시를 벵골어로 중역하기도 했다. 특히 이백의 시 네 편은 건전하면서도 영속적인 근대시의 사례로 번역했다.(이와 대조할 때 엘리엇, 파운드, 에이미 로웰의 시는, 그의 관점에선 뚝뚝 끊어지고, 왜곡되기까지 한 '근대성'의 대표작이었다.) 이제 앞서 얘기했던 사회적 배경이라는 쟁점으로 다시 돌아가야 할 때인지도 모르겠다. 타고르의 발언은 누구를 대상으로 한 것일까? 확실히 중국은 대상이 아니다. 타고르는 이미 1924년 중국을 방문했을 때 중국 시의 독특한 개성을 칭송한 전력이 있다. 타고르가 겨냥한 사람들은 1920년대 후반~1930년대 초반 타고르의 계보를 이으면서도 한편으로 영국계 미국인, 유럽 대륙의 영미인들, 그들의 선대 인물들을 긍정적으로 받아들였던 벵골 시인들이었다. 타고르에게 완전히 동의하지는 못했는지도 모르지만 그의 후계자들은 어떤 사회적 배경이 '분명'히 존재한다는 그의 말을 경청했다. 그런데 그 사회적 배경이 지금은 사라진 것일까?

나는 가끔 아룬다티 로이가 글쓰기를 포기한 이유가 무엇일까 궁금하다.『작은 것들의 신(The God of Small Things)』(1997)은 작가가 선례를 따르리라 기대됐던 삶과 언어 사이에서 성공적인 타협을 이뤄 냈음을 보여 주는 작품이 아니었는가. 그런데 그녀가 지금 하고 있는 유일한 일은 사회 운동이다. 현재 작가의 주변을 동료 사회 운동가나 인권 운동가들이 채우고 있음을 감안하면 그녀가 사회 운동을 하게 된 사회적 배경이 확실히 존재한다고 말할 수 있겠다. 하지만『작은 것들의 신』을 쓸 때도 그런 것은 있지 않았는가? 불평등을 조장하면서 평등이라는 포퓰리스트적인 슬로건을 떠들어 대는, 현대의 외양을 갖췄다지만 여전히 봉건적인 케랄라를 비난한 로이의 책이 고향을 강타하지 않았던가? 사회적 배경을 갖는다는 것은 어딘가에 소속된다는 것이다. 로이가 2개 국어를 쓰는 작가였다면, 다시 말해 모국어인 말라얄람어로도 글을 썼다면 케랄라 문학의 일부분이 되었을 것이다. 로이의 소설을 사회학적으로 해석하는 한편, 작품을 수놓은 언어, 단어의 유희, 장소를 향한 탐구와 분리시켜 본다면, 로이는 인도의 가짜 근대성과 사회적 불평등을 비난하는 비평가로만 분류될 것이다. 하지만 문학 선배이자 수십 년 동안 저작 활동을 해 오고 있는, 주류 벵골어 작가이자 벵골어―기타 인도어 번역으로 주요 인도 작가로도 간주되는 마하스웨타 데비에게는 소설 창작과 사회 운동이 어떤 충돌도 일으키지 않는다. 사실 데비는 오랫동안 주요 사회 운동가로 활동했으며, 인도에서 제일 역사가 긴 원주민인 산림 거주민의 고난을 파헤친 선구자로서 거주민들과 환경을 희생시키는 자본 중심적인 대규모 개발에 반대해 왔다. 데비에게서는 사회적 배경의 부족함을 전혀 찾아볼 수 없다. 데비의 소설 중 어떤 것은 이제 고전으로 자리 잡아서 특정 지역이 배경이지만 지역성이라는 것이 다양한 지역의 독자들에게도 걸림돌이 되지 않음을 입증해 준다. 문득 인도 북부 고산 지대 출신이며 전후(戰後) 영문학 권위자였던 어느 젊은 영문학 교수가 데비의 작품을 읽고서 진정한 변이를 겪게 된 과정을 지켜본 일이 떠오른다. 그 교수는 데비의 소설에서 인도식 '우화'를 발견했을 뿐만 아니라 그녀의 사회 운동 활동에도 이끌렸다. 갑작스러운 죽음만 당하지 않았더라도 이 교수는, 마하스웨타 데비로부터 크게 영향을 받은 뒤 지금껏 제대로 알려지지 않은 인도 구전 문학에 헌신하고 있는 타 지역 출신의 다른 영문학 교수와 별반 다르지 않은 길을 걸어갔을 것이다. 몰려드는 세계화의 독기 그 어느 것의 손길도 닿지 않은 채 말이다!

3

　최근 출판된 『한때 대영제국으로 알려졌던 국가(*The Country Formerly Known as Great Britain*)』에서 작가 이언 잭은 여러 현실 가운데에서도 특

히 런던에서 아무 때나 버스에 오르면 영어는 한마디도 들리지 않고
온통 타국 언어만 들려도 비현실적으로 느껴지지 않는, 말 그대로 비
영국인들이 영국을 접수한 상황에 대해 이야기한다. 내로라 하는 다른
국제 도시에서도 마찬가지로 무수한 외국어가 사용될 것이고 길거리
에서는 다양한 피부 색깔의 인종이 보일 것이다. 데리다가 환대를 주
제로 쓴 에세이에서 논했듯, 역사와도 무관하지 않은 이주(移住), 디아
스포라, 다문화주의 또는 통문화주의(transculturalism)는 이렇듯 익숙한
단어다. 어떤 사람들은 집이 두 곳이다. 예를 들어 해외에서 살지만 일
년에 한 번씩, 감당하기 어려우면 몇 년에 한 번씩이라도 옛집으로 찾
아오는 인도인들이 있다. 그들은 이민 시민자다. 인도에서 들은 이야기
한 토막을 예로 들어 보겠다. 콜카타의 어느 병든 노인에겐 해외에 거
주한 손녀딸이 유일한 혈육이자 보호자였다고 한다. 전화만이 유일한
통신 수단이었는데, 뻔한 이야기지만 노인의 건강이 악화되었고 점점
걱정이 된 손녀딸은 할아버지에게 자주 전화를 걸라고 일러 뒀다. 하지
만 결국 노인은 심장마비를 겪고 손녀딸은 그 사실을 까맣게 모른 채
지냈다고 한다. 실제로도 해외에서 아들이나 딸이 와서 장례식을 치를
때까지 시신을 방치하는 일이 종종 벌어진다. 이 문장을 막 다 썼을 즈
음, 나에게도 런던에서 사는 친구의 소식이 전해졌다. 문학 작품, 사진,
벵골어로 된 무수한 잡문을 망라한 전설적인 수집가였던 이 친구가 몇
년 전 아내가 죽은 이후 쭉 혼자 살고 있었는데 사망한 지 3주 만에 안
락의자에 앉은 채로 발견되었다는 소식이었다. 내가 말하고자 하는 것
은 그 소식을 들었을 때 느꼈던 애통함이 아니라 고향을 떠나온 자의
철저한 고독이다. 아무리 뿔뿔이 흩어졌다고 해도 공동체 정서가 남아
있는 옛 고향에서라면 딱히 신경을 쓰지는 않는다고 해도 누구든 한
사람쯤은 이웃이 죽었음을 알아차렸을 텐데 말이다. 스웨덴에서 말년
을 홀로 보낸 한 벵골 출신 화가는 2년 전 콜카타에서 친구가 벵골어로
전화했을 때가 떠나온 고향의 말을 느껴 본 마지막이었다고 한다. 날이
갈수록 뿔뿔이 흩어져 살게 되는 세계화 시대에 생각해 볼 만한 은유

적인 상황은 아닐까. 지금 우리에게 혹시, 모국어 환경에서 멀리 떠나
온 후 아주 가끔씩만 바보마냥 더듬거리게 된 그 모국어가 고향과 이어
주는 통로가 되고 있는 것은 아닐까? 아마 타지에서도 자국 언어와 문
화를 중심으로 인간관계를 맺고 있는 사례가 있을 것이다. 심지어 한때
재외 동포 문학이라고 불렀던 류의, 고국에 거주하지 않으면서도 글을
쓰는 문학 활동이 가능할 수도 있을 것이다. 지역에는 세계화로도 쉽게
말살할 수 없는 복원력이 있다. 이 복원력이 한 개 이상의 언어 사용역
(言語使用域)이 작용하는, 이른바 다중 언어 글쓰기로 개화할 수도 있
다. 즉 고대 및 중세 인도 문학에서 산스크리트와 타 언어가 공존했던
'마니프라발라(Manipravāla)'가 새롭게 재탄생할 수도 있는 것이다.

한편 '고블(허겁지겁 해치우기)'이라는 단어에서 말장난 삼아 '글로
벌(세계)'을 떠올리는 사람도 있을 것이다. 확실히 소비주의는 세계화
되어 가는 경제의 공식 문양이다. 전에 독일 뮌헨에 정착한 어느 인도
친구가 『행복 기계(*Die Macht des Glücks*)』(2003)에 대해 이야기한 적이
있다. 그 친구가 이 책으로부터 제일 먼저 거론한 내용은 서구 세계 겸
유럽 겸 독일로 통합된 나라의 상황에 대한 것이었다. 하지만 아시아
의 우리도 이미, 현지 식으로는 어떻게 부르든 상관없이, 쇼핑몰과 공
항 같은 곳에서 그 상황을 복제하고 있지 않은가? 30년 전쯤 어떤 청년
이 마치 지붕 위로 올라가 아래를 내려다 보며 외치는 듯한 태도로 "전
세계가 판매용"이라는 예언 같은 말을 했을 때 나는 그가 나를 놀리
는 거라고 생각했다. 하지만 지난 세월 동안 나의 고향은 여러모로 '바
자르(인도 현지어로 쇼핑몰)'가 되었으며, 도시의 간판이 상인과 고객
사이의 점점 늘어만 가는 계약 양을 입증해 주는 증인 역할을 하고 있
다. 어떻게든 특정 소득 계층이 그 계약의 당사자가 되게 만들려는 모
습을 곳곳에서 볼 수 있다. 핸드폰으로 메시지가 전달되고 유선 전화
가 메시지 도착을 알리는 벨소리를 울려 대고, 제일 탐나는 조건에 부
동산, 자동차, 최신형 컴퓨터 같은 것을 사고 팔려는 일대일 거래도 눈
에 띈다. 한 사람의 왕성한 탐욕에 끝이 없는 것이다. 탐욕은 전염성이

제법 높다. 하지만 누군가에게 그것은 박탈이나 마찬가지다. "다른 이의 소유물, 아니 그 어떤 것이든 탐하지 말라.(Iśopanis ad's 'mā gr dhah kasyasvid dhanam)" 요즘 들어 이 말에는 새로운 중요성이 덧입혀진 듯하다. 사실 이 말은 어떤 면에서 요즘 우리의 글쓰기, 산문과 운문 모두에 파고들고 있다. 하나같이 똑같고 시장 중심적이기만 한 세계화의 얼굴도, 비난과 배척으로 일관하지만 않는다면, 문학적 표현을 통해서 곰곰이 들여다볼 만한 주제 거리가 될 수 있음을 보여 주고 있는 것이다. 해외에 살지 않으면서도 세계화를 이루려는 인도의 열망 이야기가 나왔으니, 내 애송시(지금은 고인이 된 말라얄람 시인 아이야파 파니케르의 풍자시) 「비디오 죽음(Video Death)」의 영문 번역판에서 한 구절을 인용해 볼까 한다.

사로에게

어머니가 위중하다는 소식을 들었어. 축구가 끝나면 갈 계획이다. 그런데 지금 여기는 비가 부슬부슬 내리고 있구나. 이 비 때문에 길을 나서기가 그래. 감기라도 걸리면 어떡하니? 그러니 네가 수고를 해야겠다. 어머니의 임종 순간을 비디오로 찍으렴. 알지? 마지막 숨과 최후의 헐떡거림, 케랄라식 장례식도 하나하나 빼놓지 말고 다. 순전히 전통 의식인 것들만 말이야. 이곳의 우리 친구들이 그걸 보면 좋아할 거야. 걔들은 이미 비디오로 인도식 결혼식, 피로연, 신혼여행, 초야, 이혼, 과부 화형, 출산 같은 건 다 봤거든. 그래서 이젠 임종 때 마지막 숨의 우여곡절, 장례식, 장례용 시신 화장(化粧), 새로 짠 수의, 또 뭐더라, 마지막 밥 한 숟가락, 의식 절차들, 화장하려고 쌓아 올린 장작 더미, 항아리 깨기, 그런 걸 보고 싶어 안달이야. …… 촬영 기사를 미리 예약해 둬. 촬영 기사가 오지 않았다라든가 어머니가 마지막 순간에 죽을 듯하더니 안 돌아가셨다는 변명은 하지 말고. 전기가 나가면 어머니께 알아서 참고 버티시라고 해. …… 그래도 이 정도 부슬비면 나라도 갈 텐데. 어머니가 나한테 얼마나 중요

한지 너도 알잖니. …… 네 형수는 패션쇼 퍼레이드가 있고 또 어딘가에
서 할인 행사가 있어서 못 간다는구나. 테이프를 보내기 전에 제목에 "사
랑하는 인도 어머니의 마지막 임종 순간"이라고 써넣거라. 우리 손님들이
그걸 결혼식으로 착각하게 하면 안 되거든. …… 어머니께 좀 도와달라고,
좀 맞춰 달라고 부탁 드려. 그게 친애하는 어머니한테 아들이 바라는 마지
막 소원이라고. 그 비디오 테이프, 크리스마스 전에 꼭 받아야 하는 것 잊
지 말고. 서둘러라. 그리고 너도 잘 지내고.

4

2006년 인도에서 열린 문학 포럼에서 파리 제3대학(소르본 누벨)의
장 베시에르가 유럽, 특히 프랑스에서 대두된 세계화의 "문화적 예외"
를 주제로 강연한 적이 있다. 강연은 지역과 세계의 상호 작용을 인정
하고 받아들인 현 텍스트 이론들을 바탕으로 했다. 텍스트가 문화 콘텐
츠를 통해 한편으로는 구체성을 얻고 다른 한편으로는 정보성 콘텐츠
를 통해 일반성을 획득함으로써 독자에게 자신의 것과는 다른 "타인의
신념과 태도를 상상"하게 해 주는 힘을 부여한다는 것이다. 이 이론은
상호 텍스트성과 하이퍼텍스트성 이론으로 더 확장되어 "어느 문학 작
품이든 담론(문학이든 일반적인 내용이든)의 전 세계 네트워크에 귀속
한다."(베시에르 2006: 20, 21)라는 말로까지 이어졌다. 그다음, 베시에
르는 '정체성과 차이' 이론을 기반으로 시장화와 문화 균질화 현상에
대해 비평했다. 문학 텍스트의 작동 원리를 설명한 이 이론에 따르면
우리가 정체성을 파악하려는 이유는 차이를 이해하고 싶어하기 때문이
다. 장 베시에르는 EU가 장려하고 유네스코가 승인한 세계화의 "문화
적 예외" 개념을 옹호하며 다음과 같은 말로 강연을 마무리했다. "문학
작품은 어느 것이든 일종의 문화적 재귀성을 유발하며, 그 문화적 재귀
성으로 인해 지역마다의 문화 자료를 표현하고 특정, 불특정한 다른 문

화를 표기하여 광범위하게 유통되고 읽히도록 하는 것이 가능해진다. …… [그]것은 일종의 전반적인 문화 환대성을 상징한다."(베시에르 2006: 32) 그러나 번역물 수치에 반영되어 있듯, 문화 환대성 속에 자리 잡은 헤게모니에는 의문점이 있다. 번역물의 75퍼센트는 고작 네 개 언어가 독점하고 있고(영어 40퍼센트, 프랑스어 15퍼센트, 독일어 15퍼센트, 러시아어 5퍼센트) 기타 언어는 나머지 25퍼센트에 불과한 것이다.(본 수치는 장 베시에르 1999년 논문으로부터 인용했음.)

가야트리 차크라보르티 스피박이 세계화에 대한 대안으로 내놓은 것이 '전(全) 지구성(Planetarity)'이다. 그녀는 세계(globe)와 전(全) 지구(planet) 사이의 대치점을 눈여겨보고 있다. 세계는, 세계 자본주의가 지금 하고 있듯, 싸워서 얻어 낼 수 있는 것이지만 전(全) 지구는 그렇게 얻어 낼 수 없다. 그것은 우리에게 대여된 것이기 때문이다. 스피박은 물질적인 지구가 중요했던 자본주의 전(前) 단계의 공동체나 집단을 돌이켜 본다. 또 쿠바의 영웅이자 시인 호세 마르티를 인용한다. "도시는 국가의 두뇌이지만 혈액이 재분배되는 국가의 심장은 바로 시골이다."[2] 이 지점에서 타고르를 연결 지어 생각해 볼 수 있지 않을까. "내가 정성스럽게 쓸고 닦아야 할 여기 내 집." 이 말은 세계 온난화가 이미 진행 중인 요즘에 들어서 더 특별한 의미를 지니는 듯하다. '집'에 가능한 한 더 가깝게 접근함으로써 오늘날의 글쓰기가 재앙으로부터 인류를 구할 수도 있는 것이다. 한 집의 글쓰기와 다른 집의 글쓰기 사이에 아무리 먼 거리가 있다고 해도, 그 집들이 아무리 다르다고(단순하거나 복잡함의 차이가 있다고) 해도, 이곳의 글쓰기와 저곳의 글쓰기는 그들 간에도 소통을 할 수 있고, 그리하여 독자에게 세상이, 위대한 독재자의 지구 공이 그랬던 것과는 다르게, 산산이 흩어져 버리는 일은 없을 것이라는 희망을 가지게 한다.

---

2) 가야트리 차크라보르티 스피박, 『경계선 넘기: 새로운 문학 연구의 모색』, 문학이론연구회 옮김(서울: 인간사랑, 2008), 179쪽.

■ 참고 문헌

Bessière, Jean., 「문학과 세계화: 세 가지 접근(Literature and Globalization: Three Approaches)」(Haritham: Journal of the School of Letters, Mahatma Gandhi University, Number 18. Kottayam, 2006), 14~34쪽

Mazumdar, Pravu., 『행복 기계(*Die Macht des Glücks*)』(München: Deutscher Taschenbuch Verlag, 2003)

Spivak, Gayatri Chakravorty, 『경계선 넘기: 새로운 문학 연구의 모색(*Death of a Discipline*)』(New York: Columbia University Press, 2003)

Stiglitz, Joseph E., 『세계화와 그 불만(*Globalization and Its Discontents*)』(New York: W. W. Norton & Co., 2002)

아미야 데브 Amiya Dev 인도 평론가. 1935년에 태어나 인도 콜카타에 살고 있다. 자다브푸르 대학교에서 석사 학위를, 미국 인디애나 대학교에서 박사 학위를 취득했다. 다양한 언어와 문학이 공존하고 있는 인도에서 비교 문학의 원론을 닦는 데 크게 기여했다. 벵골어와 영어로 저서 활동을 하고 있으며 주요 저서로는 『과학, 문학 그리고 미학(*Science, Literature and Aesthetics*)』, 『비교 문학의 이론과 실천(*Comparative Literature: Theory and Practice*)』, 『타고르와 중국(*Tagore and China*)』 등이 있다.

멋진 신세계에서—겸허한 제안

유종호

부재하는 '자기 방'

전 세계가 기침을 하게 된다는 미국 경제의 감기가 아니라도 스페인이나 그리스의 재정 위기설 보도가 나온 다음에는 주식 시장의 주가 하락 소식이 전해진다. 그리고 그것은 곧 생활필수품의 가격 상승으로 이어진다. 이렇게 주변부의 국민 경제가 세계적 파급을 일으키는 것을 보면서 우리는 국민 경제가 쇠퇴하면서 국경의 의미가 상대적으로 희박해 가는 글로벌 경제 시대에 살고 있다는 실감을 갖게 된다. 그러나 글로벌 경제 시대라는 21세기에 우리로 하여금 별난 '멋진 신세계'에 살고 있음을 체감시키는 것은 이른바 탈공업 사회의 도래와 디지털 혁명이 야기한 여러 변화들이다. 즉 새 테크놀로지가 초래한 변화이다.

서울 지하철 7호선에 역이 있는 가산 디지털 단지라는 곳은 옛 구로공단 자리를 가리킨다. 불과 얼마 전까지만 하더라도 저임금 근로자들이 일하는 굴뚝 문명 시대의 공장이 모여 있던 곳이다. 이제 옛 자취는 사라지고 말끔한 고층 건물이 빽빽이 들어섰는데 외관으로 보아서는 주거용 아파트처럼 보인다. 그러나 사실은 그것이 전자 제품 공장이라는 것을 알고 많은 사람들은 놀라게 된다. 석유 램프 불이나 등잔불로 밤을 밝혔던 유년 시절을 가진 세대들에게 특히나 산업화 이후의 기술 혁신과 사회 변화는 현기증 나는 것이었다. 1950년대 중반에 명동에 있는 어느 다방에 텔레비전이 설치되어 있었다. 미 8군에서 시청하는 흑백 프로그램을 보여 주는데 그것을 구경하기 위해 많은 사람들이 모여들었다. 오늘날 사람들은 자기 집 거실의 컬러 텔레비전 앞에서 어느 채널이 재미있을까, 리모컨을 마구 누르고 있다. 1944년 태평양전쟁 말기 초등학생 시절에 동원되어 일본의 전쟁 홍보 영화 2편을 보았다. 그중의 하나가 「결전(決戰)의 하늘로」란 것이었다. 얼마 전에 유튜브에서 우연히 그 영화 장면을 다시 보게 되었다. 명작 영화도 아닌 허드레 홍보용 전시 영화를 60여 년 만에 비록 10분간이긴 하지만 다시 볼 수 있다는 것은 꿈에도 생각 못 한 일이었다. 그런가 하면 당대 인물의 육성 인터뷰나 강연을 유튜브에서 시청하면서 미구에 현행 형태의 대학이 사라진다고 해서 의아심을 갖게 했던, 가령 경영학자 드러커의 발언이 허무맹랑한 것이 아님을 실감하기도 했다. 이렇듯 옛날에는 과학 공상 소설에서나 벌어진 별세계에 우리는 살고 있고 이 별세계의 미래는 우리의 예견 능력 범위를 사뭇 넘어서는 것이다.

한편 우리는 미궁(迷宮) 같은 도시를 차로 달리면서 내비게이션을 통해 미지의 목적지에 도달할 수 있다. 곳곳에 CCTV가 설치되어 있어 우리의 거동이 부지중에 기록된다. 문명의 이기가 주는 편의는 엄청나지만 그것이 축복만이 아니라는 불안감도 없지 않다. 세계 도처에서 일어나는 무차별 총기 난발 사건이나 가공할 테러 현장이 즉각적으로 보도되면서 원거리에서 일어나는 공포 현장이 바로 근접해 있다는 느낌을 안겨 준다. 테크놀로지의 발전은 테러 행위에도 전례 없는 효율성을 부여할 것이기 때문이다. 놀랍고 멋진 신세계에 살고 있다는 감개는 글로벌 경제 시대에 살고 있다는 것보다 디지털 혁명과 커뮤니케이션 혁명의 시대에 살고 있다는 감개로 실감되게 마련이다. 따라서 글로벌 경제 시대의 문학보다는 디지털 혁명과 전자민주주의 시대의 문학을 말하는 것이 더 적정성이 있다고 생각된다. 새 테크놀로지가 인간 생활에 미치는 영향은 명시적으로 드러나는 현상 말고도 깊고 폭넓다. 청교도들이 건설한 미국 사회가 첨단적으로 성적 기강 해이 사회가 된 것은 20세기 초 자동차의 보급과 1950년대 경구 피임약 보급의 결과이기도 하다. 전자는 타자의 시선을 차단하는 프라이버시 공간의 기동화(機動化)를 야기했고 후자는 성적 금욕의 필요성을 대부분 무력화시켰기 때문이다.(호이징하는, 우리가 말하는 르네상스는 16세기의 한 국면에 지나지 않으며 그 개념에 맞지 않는 많은 것이 진행되고 있었다고 말한 바 있는데 우리가 글로벌 경제 시대를 얘기할 때 염두에 두어야 할 사항일 것이다.)

　"인간의 모든 불행은 자기 방 안에 조용히 눌러 있지 못한다는 단 하나의 사실에서 나온다는 것을 나는 발견했다." 파스칼의 『팡세』에 보이는 대목이다. 정적주의적 경건한 신앙 생활을 중시하는 사람의 얼마간 편벽된 생각이라고 할 수 없는 것도 아니다. 그러나 자기 방 안에 눌러 있다 하더라도 현대인은 이미 불행에서 자유로울 수 없다. 방 안에 비치된 PC가 개인을 세계에 연결시켜 주고 있으며 어느새 오락실과 노래방과 포르노 영화관과 미인 대회 참가자들이 점령군처럼 주둔해서 상주하고 있기 때문이다. 이제 현대인은 파스칼이 생각한 조용히 집중할 수 있는 '자기 방'을 가질 수가 없게 되었다. 빈 몸이 되어 절간이나 수도원으로 피정을 가기 전에는 그러하다.

추락의 현장

　이 '멋진 신세계'에서 문학의 지위는 하강을 계속하고 있는 것으로 생각된다. 미국에선 1960년대부터 진행되어 온 대학에서의 인문학 및 문학과의 쇠퇴와 발맞추어 일어나고 있는 현상이다. 인문학이나 문학 내부에서의 탈신비화 성향도 크게 작용했지만 그런 탈신비화 성향도 외부 환경의 변화에 따른 문학 쪽의 반응이라는 국면이 없지 않다. 인쇄술의 발달과 함께 일어난 변화 속에서 근대 문학이 사실은 과도한 지위 격상을 누렸다가 시청각 매체의 기고만장한 발전의 결과, 분에 넘치는 자리에서 내려서는 것인지도 모른다. 빈약한 대로 책이 유일한 문화적 예술적 창구였던 시대에 성장한 우리로서는 근대 문학의 철저한 역사화를 통해서나 겨우 상상할 수 있는 사태라 할 것이다. 근래에 와서 책은 전에 가지고 있던 아우라를 상실하게 되었다. 책이 희귀한 문화재였던 시절, 아무리 빈약한 책이라도 독특한 개성과 단일성을 가지고 있었다. 표지, 장정, 체제, 활자, 인쇄 양식, 지질이 어울려서 독특한 개성을 지녔고 그것은 책 내용을 시사했다. 이러한 개성 있는 책 속에 포장된 작품은 거기에 상응하는 무게와 위엄을 지녔었다. 요즘 나오는 전자책의 획일적인 성격과 대비해 보면 그 차이가 뚜렷해진다.

전자민주주의 시대의 특산품은 요즘 우리 사회에서 새로운 문학 형식으로 각광을 받고 우리 시대를 상징해 주고 있는 인터넷 소설이다. 작가적 차이가 없는 것은 아니나 인터넷 연재이기 때문에 생겨나는 불가피한 특성이 있다. 광범위한 네티즌을 상대하기 때문에 흥미 위주, 줄거리 위주의 작품이 되기 쉽다. 무교육(無敎育)보다 더 문제적인 반교육(半敎育) 독자를 상정하기 때문에 어휘나 세계 이해나 안이한 수준에 머물러 있게 된다. 성격상 연속 방송극과 경쟁을 하게 되고 그것은 지문보다 대화가 많은 작품 구성에도 흔적을 남기고 있다. 그리하여 주제나 소재 처리 면에서 새롭고 도전적인 것은 찾아지지 않는다. 20세기 초반에서 후반의 어떤 시기에 이르기까지 신문 연재소설이 수행한 문학적 기능을 보다 대중적인 수준에서 이행하고 있다고 할 수 있다. 여기서 가장 주목할 점은 언어와 문체적인 측면이다.

시인 "오든이 죽었을 때 그의 『옥스퍼드 영어 사전』은 손길로 거의 조각이 나 있었다 한다. 이야말로 시인과 시인의 사전이 끝나는 방식이다." 『옥스퍼드 영어 사전』의 광고에 곁들인 스티그말러(Steegmuller)의 말이다. 출처가 《뉴욕 타임스》로 되어 있는데 사전 서평에서 따온 것인지 오든 관련 기사에서 따온 것인지는 불명이다. 프랑스어 단어 하나하나를 습관적으로 음미했다는 말라르메를 연상케 하는 말인데 플로베르의 『보바리 부인』이나 편지를 번역했고 플로베르 연구서를 낸 인사에게서 나올 수 있는 말이다. 오늘날 문학 추락의 한 면을 조명해 주는 말이라 생각한다. 사실 요즘 학생들이 우리말 사전을 찾아보는 일은 거의 없다. 어려서부터 자습서에 나와 있는 단어 설명을 수동적으로 수용했고 또 어원이나 좋은 예문이 실려 있어 재미있게 참조할 수 있는 국어 사전이 없는 것과도 연관되지만 기본적으로 말의 매혹에 대한 무관심 때문이라 생각한다. 문학과 학생들이나 창작 지망자들도 사정은 크게 다르지 않다. 언어 자원의 수동적 수용에 만족할 뿐 능동적 적극적인 활용에는 무심한 편이다. 어려서부터 시청각 매체에 중독되어 인쇄 문화에서 핵심적인 글말의 음영이나 매혹과 무연하기 때문이라 생각한다. 젊은 시인들도 모국어 위기 시대의 선행 시인들에 비해서 어휘 탐색 열정은 희박한 것으로 보인다. 예술 작품이 진정 혁명적으로 되는 것은 그 형식 때문이라며 마르크스주의 비평가의 오류를 지적한 것은 근접 마르크스주의자 마르크제이다. 성취된 내용이 곧 형식이고 언어 정련이 내용 성취에 필수적임에도 불구하고 그것을 단순한 표피적 기교 문제라고 격하시키는 태도를 가진 시인치고 성공한 시인은 없다. 그럼에도 앞에 보이는 오든과 같은 태도가 보이지 않는 것은 징후적이며 디지털 혁명 시대에 더욱 심화될 공산이 크다.

근대 문학의 주연 장르로 등장한 소설은 후원자가 사라진 시대에 집단 후원자를 불러모으며 제한적 관습(convention)에 매이지 않는 자유로움으로 중산층 독자에게 호소하였다. 봉건적 질서 아래서의 신분의 고정성이 무너지고 신분 이동이 극히 유연해진 시대에 어떻게 살 것인가 하는 문제를 추구해서 "정신의 세속화"를 주도하였다. 19세기 유럽의 걸작들은 신분 이동을 주제로 해서 넓고 느슨한 의미의 형성 소설의 경개를 띠고 있다. 그리하여 성공적인 소설은 일상생활을 심각하고 진지하게 처리함으로서 당대 현실의 개관적 묘사를 수행하여 문학의 위엄을 보여 주었다. 거기서 멈추지 않고 소설의 예술화를 통한 지위 격상은 19세기 후반부터 20세기 전반에 이르러 최고조에 달한 감이 있다. 소설의 예술화에서 핵심적인 것은 낭비 없는 구성과 문체의 정련에서 이루어졌다. 사실 오락으로서의 소설과 예술로서의 소설을 가르는 가장 중요한 척도는 문체라 해도 과언이 아니다. 소설이 언어나 문체 정련을 소홀히 하고 줄거리 위주로 흐를 때 그것은 곧 오락 소설로 가는 지름길이 된다. 언어 정련과 문체에의 의지가 보이지 않는 것은 단순한 형식의 문제가 아니라 작가의 정신과 통찰의 문제이다. 사실 줄거리 위주의 서사 기능은 영화를 위시해서 모든 장르가 성질을 달리하면서 공유하고 있다. 문학의 독자성은 언어를 매체로 한다는 점에 있고 언어 동물인 인간에게 가장 핵심적인 것이기도 하다. 이러한 문학의 생득적 특권을 포기하고 영화나 방송극과 경쟁함으로서 문학은 스스로 추락하고 있다. 인터넷 연재는 그런 면에서 문학의 자유 낙하와 추락을 상징하고 있는 것으로 보인다. 식민지 시대의 우리 작가들 가운데는 신문 연재로 생계 문제를 해결하고 문학적 야심은 단편을 통해서 구현한다는 이중적 전략을 구사한 이들이 있었다. 그 나름의 효용과 성과가 있었지만 혼신적 참여와 집중이 결여된 문학적 노력에 한계가 있음은 물론이다. 배보다 배꼽이 더 커서 주객이 전도된 경우가 허다하다. 뿐만 아니라 작가적 야심의 소진으로 끝난 경우도 없지 않다. 오든과 그의 사전이 보여 주는 국면이 문학도 사이에서도 희귀 현상이 되는 것과 동전 안팎 관계를 이루고 있다.

　여기서 징후적인 것은 무라카미 하루키〔村上春樹〕 현상일 것이다. 황금 송아지를 타고 앉아 애독자의 환호에 유유히 손을 젓는 이웃 나라의 잘나가는 작가를 폄훼하거나 중상하고 싶은 생각은 전혀 없다. 팝송을 즐겨 듣지도 않고 팝 음악을 높이 평가하지도 않지만 히트곡이 비상한 재능의 산물이요 아무나 내놓을 수 있는 것이 아니라는 것은 잘 알고 있다. 베스트셀러도 사정은 비슷하다. 젊은 동포들이 애독

한다고 해서 그의 고명한 초기 작품 몇 편을 읽었을 뿐이고 많이 읽지
도 않았다. 그의 최근작은 본국에서 1000만 부 이상이 나가고 우리나
라에서도 무려 300만 부가 나갔다고 한다. 작년 말의 보도였으니 지금
쯤 숫자가 불어났을 것이다. 17세기 영시에 나오듯 "세계와 시간이 듬
뿍 있다면" 또 내가 그 가정법의 조건절을 통감하고 있는 늙은이가 아
니라면 그의 작품을 더 읽었을지도 모른다. 무라카미의 영어 번역자는
『무라카미 하루키와 말의 음악』이란 소개서를 냈는데 이때 음악은 예
술 음악이 아니라 팝 음악일 것이다. 요즘 젊은이들이 별로 읽지 않는
왕년의 청춘 소설 『좁은 문』에는 "보들레르의 14행시 몇 구절을 위해
서는 위고의 전부를 주어도 좋다."라는 대목이 보인다. 마찬가지로 오
에 겐자부로〔大江健三郎〕의 단편 「인간의 양(羊)」, 「싸움의 오늘」을 위
해서라면 『노르웨이의 숲』 전부를 주어도 좋다는 것이 작품을 읽고 나
서의 솔직한 심정이었다. 그 정확성은 확인할 길이 없지만 최근 오에
가 무라카미를 인정한다는 발언을 해서 입장을 바꿨다는 말을 듣고 일
부 지식인들이 개탄해 마지않는 자본주의의 세계적 제패를 실감하면서
어떤 배신감마저 느꼈다. 반대 입장에서 토론을 전개한 일이 있는 작가
가 그 후 노벨상을 타고 나서 만나자마자 생색내듯 "미안합니다."라고
하더라는 조지 슈타이너의 말이 생각나 은근히 켕기는 바가 없지 않다.
만날 기회가 있을 리 없는 작가는 안심해도 되지만 편재하는 추종자의
야유는 피하지 못할 것이다. 옛 동구권에서도 가장 뒤졌다는 루마니아
에서조차 베스트셀러가 되어 있다는 그의 소설은 집단적 후원자의 수
준을 알려 주면서 오늘의 문학 위상을 말해 주고 있다.

　이러한 수용자 측의 하향 평준화 경향은 유독 문학 분야에 해당하
는 것만은 아닌 것 같다. 음악에서도 예술 음악의 향수자(享受者) 수는
감소하는 한편으로 팝 음악의 수용자는 늘어 가는 추세에 있다고 한
다. 서구에서 음악에 대한 기초 소양과 취향을 마련해 준 것은 교회 음
악이었으나 세속화의 진전에 따라 교회 인구가 줄어든 것에 따른 후
속 상이라는 설명이 있다. 피아니스트이자 음악사회학자인 찰스 로즌

은 20세기 초엽까지만 하더라도 유럽 및 미국 중산 계급의 여성들에게 피아노 학습과 연주는 신부 수업의 하나였고 가족이 청중이 된 피아노 연주는 흔한 일이었음을 지적한다. 이러한 관행이 예술 음악 애호의 기초가 되었으나 이제 음악 복제 기술의 발전으로 그런 관행이 사라진 것이 고전 음악 애호자 감소와 연관이 있다는 것이다. 피아노를 통해 음악을 알게 된 세대와 음반을 통해 음악을 접한 세대 사이에는 커다란 차이가 있다는 주장이다. 모두 경청할 만한 지적이다. 그러나 고전 음악 음반의 최대 시장의 하나였던 일본에서도 그 수요가 현저히 줄어들고 있다고 한다. 예술 음악 향수가 한때 중산층 현시 소비의 형태로 성행했으나 평등주의 에토스의 확산은 이제 엘리트 혐의자에게 냉소적 시선을 보내는 시대 경향과 연관된 것인지도 모른다. 스포츠 영웅을 제외하고는 모든 분야에서 뛰어남에 대한 경의가 사라지고 있는 우리 시대의 병폐인 비속성의 반영이요 대중의 문화적 반역일 것이다.

　예술 음악과 문학의 추락은 어디까지 갈 것이며 그 방지책은 가망이 없는 것일까? 거기에 대해서 필자는 아무런 해답의 단서도 찾지 못하고 있다. 사회 전반에 연관되는 사항이어서 종합적인 접근이 아니고서는 충실한 대답을 내놓지 못할 것이다. 또 미래 예견에 대해서는 별다른 믿음을 갖고 있지 않다. 역사적 통찰력을 가지고 있다는 명성을 누린 마르크스도 자본주의 안에서의 복지국가나 파시즘의 대두를 전혀 예견하지 못했다고 비판받고 있다. 자본주의가 글로벌 경제로 귀결된다는 것을 예견했다고 지적하는 의견도 많지만 만국 노동자의 단결을 호소한 그가 한국 자동차 공장 노동자의 이익을 디트로이트의 자동차 공장 노동자들이 반대하는 것 같은 사태를 예견했다는 증거는 보이지 않는다.

겸허한 제안

　적정성 있고 설득력 있는 미래 예견은 못하지만 우리는 사태 발전에 적절히 대응할 수는 있다. 문학 추락의 한 징후로 간주되고 있는 독자의 감소도 독자 측의 관심 다변화와 연관된 국면이 있다. 반세기 전만하더라도 우리의 경우 문학은 문화적 창구에서 독점적 지위를 누리고있었다. 인쇄 문화에 의존한 문학은 가장 저렴하고 취득 가능성이 큰소비재였다. 그러나 오늘날 음악, 미술 연극, 영화를 위시해서 다양한장르의 문화 향유가 가능해지면서 향수자가 크게 분화되고 분산되었다. 뿐만 아니라 근대의 정신의 세속화를 한결 능가하는 정신의 전문화가 이루어지고 있다. 문학에서 어떻게 살 것인가의 답변을 구하고 모색한 사람들은 직업의 다양화가 이루어지기 이전의 중산층의 비전문가들이었고 이들이 이른바 '일반 독자'를 구성했다. 오늘날 많은 전문가나반(半)전문인이 등장했고 그것은 1만 2500개에 이른다는 직업의 수에서도 엿보인다. 이들은 각각의 분야에서 전문가 혹은 반(半)전문인으로서 살아가며 직업 세계가 요구하는 실용적 소양을 위해서 시간을 소비한다. 그런 의미에서 '일반 독자'는 사실상 해체된 것이나 진배없다.뿐만 아니라 평등주의 및 반(半)엘리트주의의 에토스 속에서 굳이 문학과 예술을 통한 '교양'이란 이름의 현시 소비를 실천할 필요성도 사라졌다고 보아야 할 것이다.

어기시 우리는 묻게 된다. 새로운 문학과 예술의 생산은 진정 끊임없이 필요하고 계속되어야 하는 것일까? 그동안 축적된 지금까지의 문학적 예술적 생산품으로 만족하지 못할 이유가 어디 있는가? 너무나많은 걸작과 수작이 있어서 우리는 그것을 모두 향유할 정신적 시간적여유조차 없지 않은가? 바흐나 비발디에서 쇼스타코비치에 이르는 작품만으로도 음악에 대한 갈증은 충분히 해소되고도 남지 않는가? 악보가 있고 그것을 해석한 수많은 연주자의 연주가 있고 그 음향 복제가 있지 않은가? 호메로스나 소포클레스에서 시작해서 조이스나 카뮈에 이르는 수많은 작품들이 있지 않은가? 또 시경(詩經)에서 시작해서르쉰에 이르는 동양의 보석들이 있지 않은가? 또 나라마다 섬기고 자랑하는 '위대한 전통'의 별자리가 있지 않은가? 각각의 국민 문학의 걸작을 서로 나누어 돌려보는 것만으로도 우리는 "세계와 시간이 듬뿍 있다면"이란 탄식을 토할 수밖에 없는 처지가 아닌가? 더 이상 더하고 보태려 하는 것은 공허한 소동이 아닌가?

오르테가는 사람들로 차 있는 도시, 여행자로 차 있는 기차, 투숙객으로 차 있는 호텔, 환자로 차 있는 저명 의사의 대기실과 같은 비근한 '충만'의 사실에서 시작해서 대중의 등장과 반역을 거론하며 경고한 바 있다. 오늘날 많은 공공 도서실과 개인 서재는 소설을 위시해서 쉬운 읽을거리로 차 있어 새로운 생산품이 불필요할 정도다. 그러니까 모든 필자들이 문학 생산을 중단하고 기존 생산품을 재음미한다면 필자들에게도 독자에게도 다 같이 도움이 될 것이다. 속도의 압력으로부터 해방되어 필자도 독자도 느림의 덕목을 기반으로 꼼꼼한 책읽기를 수행할 수 있을 것이고 그것은 새로운 통찰과 지혜를 안겨 줄 것이다. 속독에 쫓기어 정독을 소홀히 함으로써 현대의 많은 병폐가 생겨난다는 것은 유념해 둘 필요가 있다. 문학 텍스트나 현실이란 텍스트나 그 읽기 방법은 동일하다. 세목을 놓치지 않는 정독을 통해서만 적정한 이해가 가능하다.

물론 오늘의 문제를 다루는 오늘의 문학은 필요하다. "사람들이 가장 칭송하는 노래는/ 듣는 귀에 가장 오래 메아리치는 최신의 노래입니다."란 말이 『오디세이아』 제1권, 405~406행에 보인다. 해 아래 새로운 것이 없음에도 모더니즘의 매혹과 필연성은 항상적인 것이다. 그러니 문학 생산 중단은 영구적인 것이 아니고 가령 10년 정도의 시한을 두고 실행하면 될 것이다. 당사자들의 생계 문제가 있겠지만 그동안 장외 활동을 통해서 경험을 쌓는 것도 유익할 것이다. 가령 큰 콘래드나 작은 셔우드 앤더슨의 전반생을 생각해 보라. 각종 지원 사업도 많으니 생산 중단 기간 보조금을 지급하는 것도 하나의 방편일 것이다. 잉여 농산물 해결책으로 비생산 농가에게 보상금을 지불하는 선진국의 선례가 있지 않은가? 많은 고전을 재음미함으로써 문인들은 문학의 위엄을 재확인할 것이고 독자들은 문학적 안목의 향상을 기할 수 있을 것이다. 우리 앞에 놓인 고전의 풍요함을 실감하는 것도 새 경험이 될 것이다. 작년에 미국에서 『보바리 부인』의 새 번역본이 나왔는데 그것은 스무 번째의 영어 번역이라 한다. 영국에서는 투르게네프의 『아버지와 아들』 번역이 나왔는데 열대여섯째의 영역본이라 한다. 이야말로 고전에 대한 예의요 도리가 아닐까? 끝으로 필자는 스위프트 산문의 애독자임을 밝혀 둔다.

유종호 평론가, 전 연세대학교 특임교수, 대한민국예술원 회원. 1935년 충북 충주 출생. 서울대학교 영문과 및 미국 뉴욕주립대학원, 서강대 대학원 등에서 수학했다. 1957년 《문학예술》에 「불모의 도식」을 발표한 후 비평 활동을 시작했다. 섬세하고 날카로운 언어 감각과 균형 잡힌 시각을 지닌 문학평론가로서 『유종호 전집』(전6권), 『시란 무엇인가』, 『서정적 진실을 찾아서』, 『다시 읽는 한국시인』, 『나의 해방 전후』 등의 저서를 출간했다. 번역서로 『그물을 헤치고』, 『파리대왕』 등이 있으며, 2004년에는 시집 『서산이 되고 청노새 되어』를 펴내기도 했다. 현대문학상, 대산문학상(평론 부문), 인촌상, 만해학술대상 등을 수상했다.

저주받은 문학의 역설 — 세계화 시대의 '잠자는 미녀'

이인성

'세계화'라는 어휘가 도처에서, 한편으로는 공공의 공간에서 무슨 사회운동의 구호인 양 외쳐지는가 하면, 다른 한편으로는 사적 공간에서 무슨 텔레비전 광고의 문구처럼 속삭여지고 있다. 대략 20여 년 전부터 대두되기 시작한 이 어휘는, 그러나 아직 그 분명한 개념이나 실체를 드러내고 있지는 않은 것 같다. 어쩌면 이와 관련한 모든 것이 여전히 논란 속에 있기 때문인지도 모르겠다. '세계화'는 기본적으로 전 지구를 정치·경제·문화의 차원에서 보다 긴밀한 하나의 공동체로 묶는 것을 지향하는 어떤 움직임일 것이다. 그런데 가령, 그 올바른 이상이 이 지구를 마치 한 국가와 같은 단일한 체제로 통합하는 데 있는지, 아니면 지역적 특수성과 다원적 체제를 인정하면서 그 조화로운 전체를 지향하는 데 있는지에 대한 토론을 시작한다면, 그건 결코 간단한 문제가 아닐 것이다.

그런 류의 토론과는 별도로, 우리에게 '세계화'라는 것을 분명히 체감시키는 어떤 실제적 현상이 있기는 하다. 이 세상의 모든 것이, 도대체 뭐가 어떻게 돌아가는 건지 파악하기조차 힘들 정도의 빠른 속도로 최대한 넓게 멀리 퍼져 나가고 있는 우리 삶의 환경 자체 말이다. 신속성과 확산력! 어쩌면 우리가 지금 겪고 있는 세계화는, 전달 내용이 아니라 전달 방식 자체의 문제가 아닐까 하는 생각마저 든다. 아마도 그것은 세계를 연결하는 소통 매체의 혁신, 즉 디지털 네트워크의 등장과도 긴밀히 관련될 것이다. 잘 들여다보면, 그것을 통해 전파되고 있는 주도적 내용물(이념과 체제에 관한)이 없는 것은 아니다. 너무 당연한 듯싶어 놓치고 있었던 것들, 즉 정치적으로는 서구식 자유민주주의, 경제적으로는 서구식 자본주의가 바로 그 주도적 내용물이라 할 수 있다. 그러나, 세계화가 구 동구권의 붕괴 이후 촉발되었다는 점을 상기할 때, 익히 짐작할 수 있는 이 점이 크게 흥미롭지는 않다. 오히려 흥미를 끄는 것은 문화의 영역이다. 여기서 가장 두드러진 현상은 대중문화의 범람인데, 이것이 '후－근대적(post-modern)' 문화 형태의 문제와 뒤섞여 논의되고 있기 때문이다.

문화 영역의 이러한 양상은, 그 논의의 정당성 여부를 떠나, 정치·경제 영역에서 서구식 '근대화'의 산물이자 목표인 자유민주주의와 자본주의가 명백히 부각되는 것과 대비되면서, 보다 진전된 문제를 제공해준다. 이를테면, 세계화를 근대화의 종착점으로 설정해야 하는가 후－근대화로 나기는 출구로 설정해야 하는가? 물론 내게는 그런 거창한 물음에 속 시원히 답할 역량이 없다. 나는 다만, 위와 같은 문제를 염두에 둔 한국의 한 작가로서, 관심의 초점을 문학에 맞추면서, 세계화라는 것이 구체적으로 어떤 현실적 상황을 야기하고 있는지, 그 속에서 어떤 실존적 태도를 선택해야 할지, 고민해 보고자 한다.

나 자신의 초라한 현실로부터 이야기를 시작하겠다. 우선 나는, 내가 60억이 넘는 세계 인구 중에 그 사용 인구가 1억도 안 되는 소수 민족 혹은 집단의 언어로 소설을 쓰는 작가임을 확실히 상기시키고 싶다. 다시 말해, 나는 태생적으로 세계화에 한계를 지닌 작가다. 어떤 언어의 문학도 번역을 거치지 않고 세계화될 수는 없겠지만, 현 세계에서 중심부의 언어(영어·프랑스어·스페인어 등, 그리고 어쩌면 미래의 중국어까지)가 아닌 주변부의 언어를 사용하는 작가에겐 그것이 더욱 어렵다는 뜻이다. 주변부에서는 중심부의 문화를 받아들이기 위해 중심부의 언어를 익히는 많은 고급 인력이 배출되지만, 중심부에서 주변부를 수용하는 데 봉사하는 인력은 극히 미미한 탓이다.

　게다가 번역은 그 작업에 소요되는 필수적 시간을 필요로 한다. 새삼스러운 소리지만, 번역은 그 자체로 매우 지난한 일거리다. 특히 문학 작품의 경우엔 더욱 그렇다. 내 실제 경험을 예로 들자면, 보잘것없는 내 소설의 첫 번역은 프랑스어 번역이었는데, 프랑스인과 한국인으로 짝을 이룬 두 공역자가 뛰어난 능력의 소유자였음에도 불구하고, 아니 그랬기 때문에 더욱, 실제 작업은 지체되었다. 번역자들은 우선 작품 자체나 작품 내용상의 역사적·사회적·일상적 맥락들을 파악하고 지식을 구하기 위해 노력했다.(이 점은 특히 프랑스인 역자의 경우에 더 큰 과제였다.) 실제 번역에 임해서는, 단어 하나하나의 뉘앙스나 문장 하나하나의 구조에, 나아가 문체의 변화나 전체적인 글의 리듬에까지 세심한 관심을 기울였다. 더불어 나와의 토론도 지속적으로 병행하다 보니 예상보다 훨씬 소요 시간이 늘어났고, 결국 번역 원고를 완성하는 데 3년여의 시간을 들였다. 이어 출판사를 찾고 출판 스케줄을 기다려 책이 나오기까지 별도로 1년쯤이 더 걸렸다.

　사실, 주변부에서 중심부의 문학 작품을 번역하는 것도 만만한 일이 아니다. 다시 내 경험을 이야기하자면, 나는 '대산 세계 문학 총서'의 기획을 입안하고 실행하는 작업에 참여한 적이 있었다. 이 총서는 너무 난해하거나 상업성이 없어 도외시되어 왔던, 그러나 우리도 읽어야 할 가치가 있다고 판단되는 걸작들을 ('제3세계'의 작품들까지 포함하여) 최초로 번역 소개하기 위해 기획된 것이었다. 어떤 작품을 먼저 선택하고 누가 적임 번역자인가를 찾는 문제와는 별도로, 이 경우에도 한 작품을 번역 출판하는 데 평균 3년 정도의 시간이 소요된다는 것을 우리는 깨달았다. 앞서와 똑같은 노력과 시간이 여기서도 필요했던 것이다.

그 목록에 로렌스 스턴의 『트리스트럼 샌디』나 말라르메의 『시집』 같은 것들이 포함되어 있다는 사실을 알면 어느 정도 수긍이 갈 것이다.

양방향으로 확인할 수 있는 이러한 번역의 현실은 문학의 세계화를 상당히 어렵게 만든다. 지극히 일반론적인 차원에서도 그렇다는 말이다. 그런데, 오늘날 지칭되는 ‘세계화’란 것이 신속한 확산력을 필수적으로 요구하는 어떤 특수한 풍조라면 더욱이나, 문학이 이 흐름을 따라잡기 힘들어지고 거기서 소외될 소지가 크다. 혹자는 반론을 제기할 것이다. 원어판 책이 나오자마자 거의 동시에 세계 여러 나라 언어로 번역 출판되는 문학 작품들도 많지 않냐고. 그렇다, 얼핏 세계화의 흐름에 잘 편승한 듯이 보이는 그런 경우들이 있다. 아니, 그냥 무시하고 지나치기엔 껄끄러울 만큼, 이에 대한 관찰과 성찰이 필요할 만큼, 그런 경우들이 꽤 많아지고 있다. 어떻게 그것들은 그토록 빨리 번역될 수 있었을까? 무슨 요인이 그것들을 여러 나라에서 즉각 번역하도록 유인했을까? 이러한 유통은 어떤 과정을 통해 가능해졌을까?

우선 소박하게 대답해 보자. 그것들이 그렇게 될 수 있었던 이유는, 첫째는 중층적 의미를 굳이 따져 볼 필요도 없이 기계적으로 번역할 수 있는 쉬운 언어로 쓰였고, 둘째는 세계 시민들이 두루 부담 없이 즐길 만한 소재와 내용을 담았고, 셋째는 그것을 다국적 산업의 영업 방식으로 상품화했기 때문일 것이다.(간결한 예로, 어른을 겨냥한 동화나 우화가 양산되는 것처럼.) 이 대답 뒤에는, 그렇다면 그것들이 과연 ‘진정한(authentic)’ 문학에 속하는가 하는, 숨은 질문이 도사리고 있다. 그런 현상에 대해 내가 취해야 할 입장과 태도를 최종적으로 정리하여 밝힐 단계가 아직은 아닌 상태에서 나는 그것이 이 발제의 끝에 어느 정도 설득력 있게 드러나기를 바란다. 그냥 이 순간의 내 감정을 날것으로 드러내자면, 그것들은 대부분 문학 비슷한 것, 문학의 이름으로 포장된 것, 보통 말해져 온 대중 문학이 전 지구적인 산업의 형태를 띠는 것이라 말하고 싶은 심정이다.

그러나 말조심해야 한다. ‘진정한’같이 구시대적이고 모호한 어휘를 함부로 사용해서는 안 되고 대중문화를 함부로 폄하해서도 안 되는 게 오늘의 문화적 상황이기 때문이다. 이제, 작가/독자, 엘리트/대중, 고급 문화/대중문화, 창조/모방, 특수성/보편성 따위의 구분은 점차 조롱거리가 되고 있는 듯이 보인다. 기존의 가치 체계는 붕괴되고 있고, 대신 페터 지마(Peter V. Zima)가 말하는 일종의 '무차별성' 위에서 자유분방한 문화 활동들이 펼쳐지고 있는데, 이는 후-근대적 문화를 논할 때 흔히 지적되는 사항들이기도 하다. 기억을 더듬건대, 후-근대적 문화의 문제는 20세기 후반기에 진행된 가열한 철학적, 문학적 논쟁들 끝에, 모더니즘과의 대비 속에서 약간은 저널리스틱하게 제기되었던 것 같다. 요컨대, 그것은 '작가의 죽음'(개인 주체의 부정), 독창성이나 창조성 개념의 폐기, '의미'라는 것 자체의 소멸 뒤에 등장하는 새로운 문화 형태를 예감하고 진단하는 데서 비롯되었던 것이다.

이 지점에서 매우 아이러닉한 문제 하나가 제기된다. 모든 지적 가치 체계가 그토록 흔들리고 있음에도 불구하고, 왜 자본주의라는 물적 가치 질서만은 더욱 확고해지고 있는가? 가만 생각해 보면, 자본주의는 세계의 혼돈마저도 뒤에서 조정하고 있는 보이지 않는 손이 아닐까, 의혹이 든다. 아무튼 우리 문맥에서 이 문제가 치명적인 까닭은 이 잡식성의 자본주의 시장 경제 질서가 어느 틈에 후-근대적 발상들마저 흡수하여 이용해 먹고 있다는 데 있다. 상업주의적 입장에서 보자면, 번역부터가 성가시고 품이 많이 드는 난해한 고급 문학 작품이나 이론들로는 많은 소비를 창출해 많은 이윤을 내기가 힘들 것이다. 차라리 그런 것들은 용도 폐기해 버리는 게 나으리라. 대신 '무차별성'을 이용하면 더 쉽게 더 많은 언어 상품을 생산할 수 있다. 그러니 문학도 누구나 다양한 요깃거리로 만들 수 있고 누구나 즐겨 소비할 수 있는 시스템 속에 편입시켜라!

이 시스템 속의 작가(라기보다 제작자)는 세계의 근원적 혼돈이나 인간의 심연 같은 것엔 관심을 기울일 필요가 없을 것이다. 애당초 심오한 의미란 것은 허상으로 치부될 테니까, 그는 그저 기호화된 전형적 행위자 모델들에 원초적 감정을 포장해 적당한 갈등과 파국을 엮어 내는 것으로 충분하다. 그리고 그는 독창성이니 모방이니 하는 쓸데없는 자의식에 시달릴 필요가 없을 것이다. 하늘 아래 새로운 것이란 없는 법이니까, 기존하는 이야깃거리들을 코드화시키고(환상 소설, 모험 소설, 추리 소설, 무협 소설, 애정 소설 따위) 그때그때 조립해 새로운 트렌드를 생산해 내는 데 열중하면 된다. 또한 그는 문체 같은 것을 고심할 필요도 없을 것이다. 언어란 이야기의 전달 도구에 불과하니까, 소비 독자를 유인하기 위한 감각적 표현의 연마를 제외하면,(유일하게 필요한 문체는 '감각적 문체'이리라.) 최대한 단순한 문장으로 가독성을 높이는 것이 좋다.

　이런 현상은 과거에도 얼마든지 있었지만, 요즘처럼 광범위하게 문학의 장(場)을 휩쓸며 이른바 본격 문학을 완전히 밀어낼 듯한 기세로 계속 팽창력과 장악력을 높여 가던 때는 결코 없었다. 한국에서도, 아무 회의 없이 이런 조류에 편승하는 작가들이 꽤 많아지고 있다. 심지어, 미리 외국에서도 잘 읽힐 주제나 소재들을 골라 외국어로 번역될 수 있는 문장으로만 쓰겠노라고 스스럼없이 말하는 작가들마저 있다. 그들에겐 문학의 장도 명백히 시장, 그것도 세계 시장인 것이다. 아마도 이러한 풍조에 대한 비판적 관점에서, 파스칼 카자노바(Pascale Casanova) 같은 '세계 문학(world literature)' 연구자들은 '하나가 된 세계'를 전제하면서도 획일적인 시장 중심적 유통과 맞서는 다른 문학 유통의 문제틀을 수립하려 애썼던 것이리라. 그러나 그런 노력이 이론적으로는 문학의 '진정성'을 보존한다 하더라도, 세계화의 현실적 추세 속에서는 결국 문학을 고립시키는 것이 아닐까? 과연 문학은 어떤 미래를 품고 있는 것일까?

　이제, 우리 사유를 한 단계 더 진전시켜야 할 때가 온 듯하다. 곰곰이 따져 보면, 문학의 세계화가 어렵다는 이 문제는 단순히 번역과 유통의 차원에 머무는 것이 아니라, 보다 근본적으로 언어 자체의 속성과 결부된 것일지 모르겠다는 사뭇 불길한 예감이 일어난다. 문학 밖으로 눈을 돌려 문화 전체의 구도를 조감해 볼 때, 문학은 이미 다른 문화 양식, 즉 미술·음악·영화 등등에 비해 그 세계화가 상당히 뒤처져 있는 게 분명한데, 그 이유인즉 문학이 언어를 매개로 소통된다는 바로 그 존재 방식 때문이 아닌가 싶은 의혹이 드는 것이다. 특히 문학이 언어의 두 소통 양상 중에서 말(구어)도 아니고 문자(문어)에 의존하고 있다는 것은 더욱 심각한 세계화의 걸림돌이 아닐까? 끝없이 세계화를 요구하는(거의 강요하는) 이 시점에 문학이 처해 있는 상황의 진실은 무엇일까?

　대답을 찾기 위해서는 약간의 우회가 필요하다. 주지하다시피 인쇄술의 발명과 더불어 근대화의 기초가 되고 그 중심적 역할을 담당했던 문자 매체의 영광은 이미 과거의 역사가 되었다. 더불어, 정보 전달과 문화적 전파의 지배력이 텔레비전을 비롯한 시청각 매체로 넘어간 것은 이미 오래된 현실이다. 컴퓨터의 발명 이후, 정보를 무한히 저장하여 자유자재로 검색·활용할 수 있게 하면서 쌍방향의 소통까지 가능케 한 디지털 매체(인터넷)의 등장은 보다 혁신적인, 가히 혁명적인 변화로 일컬어지는데, 이 매체는 자신의 체계 안에 문자 매체적 기능과 시청각 매체적 기능을 모두 통합하고 있는 총체 - 매체의 형태로 발전하였다. 그러나 여기서 지적하고 싶은 점은, 이 통합적 '가상 공간'에서의 주도권 역시 급격히 시청각 매체 쪽으로 기울고 있다는 사실이다. '유튜브'의 영상들은 넘쳐나는데, '트위터'에서의 문자 사용은 짧을수록 좋은 것으로 치부되고 그 언어들도 무슨 암호처럼 변해 가고 있다.

　요컨대, 세계 시민들의 일상생활과 문화 전체가 시청각적 체계로 재편되고 있다. 그리고 그 전환 과정에서 문자의 역할은 상당 부분 말의 역할로 대체되어 왔는데, 이제는 그 말의 몫마저 점차 축소되고 있는 듯이 보인다. 일찌감치 자본과 결탁하여 세계화에 앞장섰던 영화의 경우를 보자. 영화가 세계의 문화 시장을 선점할 수 있었던 것은, 간략히 말해, 언어 해독이 불가능한 상태에서도 영상만으로 어느 정도는 내용과 실감이 전달될 수 있었기 때문이었다. 그런데 최근엔, 주로 스펙터클한 볼거리를 제공하는 오락 영화에서 나타나는 현상이지만, 아예 감탄사나 욕설 외의 대사는 최소화하려는 경향이 엿보이고 있다. 하기야 죽느냐 사느냐 총을 쏘아 대며 전투를 벌이거나 두 남녀가 뜨거운 육체적 사랑을 나누는 데 무슨 말이 그리 필요하겠는가. 그러니까 그런 장면들만을 계속 확대해 이야기를 얽는다면 대사 한마디 없는 영화도 얼마든지 가능할 것이다. 영화와 함께 세계화 속도전의 쌍벽을 이루는 팝 음악의 경우도 마찬가지다. 뮤직 비디오가 등장하며 영상과 결합된 팝 음악은 댄스 음악을 필두로 세계를 누비고 있다. 거기서도 중요한 것은 음율과 춤이지 더 이상 가사가 아니다. 가사는 대개 잘 들리지도 않는다. 가사를 읊는 가수의 목소리가 그저 소리로서의 효과를 낼 뿐이다. 정신없이 보고 듣고 함께 몸을 흔드는 것으로 댄스 음악의 목적은 달성된다.

이처럼 영화나 팝 음악이 가급적 언어를 배제해 나가는 것은, 언어 기호들을 최대한 시청각적 기호들로 대체해 언어를 거치지 않고 인간의 육체적 감각과 직접 소통하려는 야심의 소산이라 할 수 있다. 육체적 감각에는 국경이 없으므로, 그보다 더 세계화에 유리한 방법은 없을 것이다. 그래서인지 그 야심은 끝이 없어 보인다. 최근엔 디지털 기술에 의존해 삼차원(3D) 입체 영상이 개발되고 있고, 언젠가는 인간의 오감 전체와 교류하며 허구를 현실과 똑같이 체험케 하려는 계획도 제시되어 있다. 아무튼, 이처럼 인간의 실(實) – 감각을 겨냥하는 문화 형태를 통해 그 효과를 극대화하려 들면 들수록 언어가 거추장스러운 장애물이 되는 것은 분명하다. 해독하고 이해하고 종합해 나가는 두뇌 활동이 필요한 언어는 감각의 즉각적 발동을 억제하기 때문이다. 말도 그렇지만 문자는 더욱이나 그렇다.

이쯤에서 문학의 문제로 돌아오겠다. 논의를 전개해 오는 사이에 이미 짐작했겠지만, 현재와 같은 문화적 상황을 전제로 하는 한, 문학의 세계화란 주제에 대한 나의 진단은 매우 비관적이다. 반복건대, 이것은 지역 언어 사이를 매개하는 번역 작업 이전의 보다 근원적인 문제, 언어라는 의사소통 도구 자체와 결부된 문제이다. 바로 위에서 암시했듯 지금 행해지고 있는 문화적 세계화의 방법론이 온갖 '콘텐츠'의 시청각화를 극대화하는 방법론과 그대로 맞물려 있다면, 그래서 시청각적 문화 양식들이 더욱 다양하게 증식되고 증폭되며 세계의 문화 판을 점령해 나간다면, 당연히 문학의 자리는 계속 그 변두리로 밀려나며 좁아질 수밖에 없을 것이다. 지하철의 풍속도가 어떻게 변했는지 보라. 자리에 앉은 승객이 재빨리 꺼내 들여다보는 것은 종이 책이 아니라 '스마트 폰'이나 '아이 팟'의 화면이다. 그 속에 전자책(e-book)이 내장되어 있긴 하지만, 그것을 책으로 이용하는 사람은 거의 없다. 전자책도 결국은 그림책이나 만화책으로나 쓰이지 않을까?

그러고 보면, 문학의 세계화보다는 문학의 존립 여부를 먼저 걱정해야 하는 것은 아닌지 알쏭달쏭하다. 사실, 문학의 종말을 예언하는 사람들이 벌써부터 꽤 있었다. 내 입장은 충분히 비관적이되 그토록 절망적이지는 않다는 것이지만, 내 비관의 정도를 언급해 두는 게 이 논의를 정리하는 데 유용할 것 같다. 나는 우선, 지금 진행되고 있는 세속적 세계화의 한 자리를 겨우 차지하고 있는 듯이 보이는 베스트셀러 오락물 소설들마저도 머지않아 그 입지가 크게 좁아지리라고 단언할 수 있다. 그런 것들은 흔히 대개 영화와의 공모 관계 속에서 수요를 창출하고 있는데, 영화의 소재나 줄거리를 제공하는 통로가 다양해지고 책을 읽는 것이 일종의 교양이라는 고전적 허영마저 사라지고 나면,(벌써 사라지고 있다.) 문화적 소비의 상호 상승 작용을 일으켰던 양자 간의 관계는 종료될 것이기 때문이다. 솔직히, 나로선 그게 어떻게 되든 아무 상관도 없다. 내 관심은 오로지, 이와 대비되는 본격 문학의 미래에 있다.

기왕 대비를 시켰으니, 우리가 '진정한'이라는 수식어를 달았던 본격 문학에 대해, 저 앞에서 언급했던 대중 문학의 특성을 뒤집는 방식으로 몇 마디 토를 달아 두고자 한다. 최대한 짧게 요약하자면, 그것은 세계와 인간에 대한 근본적 성찰을 불러일으키면서, 이때까지 몰랐던 그 무엇인가를 이때까지 말해지지 않았던 어떤 어법으로 드러내 독자의 의식과 감성에 미학적 충격을 가하는 문학을 일컫는다. 그것은 명쾌한 쾌락을 조립하는 데 몰두하게 만드는 것이 아니라, 불투명한 고통을 응시하며 방황하고 모색하게 만든다. 동시에 그것은 상투성을 허물고 도식화된 언어를 쇄신하게 만든다. 그렇다면 묻자. 이러한 문학은 지금 어디에 어떻게 존재하고 있는가? 이 물음의 배면에는, 과연 누가 이러한 문학을 읽고 있는가라는 질문이 덧대어져 있다. 학교에서 학생들이 수업을 위해 읽는 것 말고, 누가 어디서 무엇을 위해 도스토옙스키나 제임스 조이스를 읽는가?

비유를 동원하자면, 오늘날의 본격 문학은 마치 저주에 걸려 긴 잠에 빠진 '잠자는 숲속의 공주'(영어 제목으로는 '잠자는 미녀(Sleeping beauty)'인데, 독일어 원제는 '작은 가시장미(Dornroeschen)'라고 한다.)나 마찬가지가 된 듯하다. 일종의 알레고리로 풀자면 이렇다. 언어의 왕국에서 고대하던 공주가 문학의 이름으로 태어났지만, 미술 요정, 음악 요정 등, 여러 요정들이 모여든 축하연에 초대되지 않은 영화 요정의 저주를 받게 된다.(그 요정까지 대접할 수 있는 황금 접시가 애당초 모자랐다는 것은 그 당시엔 그런 요정이 존재하는지조차 모르고 있었기 때문이 아니겠는가.) 그녀는 결국, 한창 꽃 피는 나이에 이르러, 그 요정이 노파로 변신하여 시청각적 실을 뽑아내고 있던 디지털 문명의 물레에 혹해 다가갔다가 그 바늘에 찔리고 만다. 그러자 언어의 성 전체가 그 순간 속에 멈춰 시간의 흐름마저 정지된 긴 잠 속으로 빠져 버리는 것이다. 차후 100년 동안, 언어의 성은 가시덤불 숲에 쌓여 밖과 차단되고 그 속에 잠들어 있는 아름다운 문학 공주는 '가시장미'라는 은유적 이름의 전설로만 회자될 것이다. 마침내 백마를 탄 독자(讀者) 왕자가 찾아와 입을 맞출 때까지…….

지금, 아름다운 공주 아니 문학은 잠들어 있다. 그런데, 그 아름다움을 온 누리에 알리기는커녕 문학을 다시 깨우는 데만 100년의 긴 세월이 걸린다면, 이야말로 암담한 현실이 아닌가! 그저 담담히 기다리는 수밖에 없다 할지라도, 그토록 오래 기다리려면 그 기다림을 지탱해 줄 어떤 힘, 이 암담하게 닫힌 현실이 자기모순을 드러내며 언젠가 스스로 길을 열 수밖에 없으리라는 선지적 믿음이 필요할 것이다. 이에 관해 이야기하기 위해, 나는 위에서 차용한 알레고리를 좀 더 확장시키며 몇 가지 의문을 덧붙여 보려 한다. 죽음의 저주를 100년간의 잠으로 완화시켜 준 마지막 요정은 어떤 요정일까? 성을 휘덮고 있는 가시덤불 숲의 가시들은 무엇이며, 미녀 공주의 애칭이 된 '가시장미'의 가시는 무엇일까? 성으로 들어가려던 이전의 다른 왕자들은 가시덤불에 걸려 죽었는데, 왜 마지막 왕자 앞에서는 가시덤불이 스스로 길을 내줬을까?

우리가 제시했던 문맥에서 단도직입적으로 말하자면, 이 가시덤불 숲은 시청각 문화가 확대되며 형성하는 숲이다.(수종 이름을 알 수 없는 이 괴이한 덤불엔, 마지막 왕자가 나타나기 전까지 100년 동안 꽃이 피지 않은 채 가시만이 무성하다.) 디지털 기술 문명에 힘입어 왕성하게 번져 나갈 이 가시덤불은 언어의 성을 완전히 휘덮고 차단할 지경에 이른다. 그런데 왜 하필 가시덤불인가? 내 관점에서는, 이 가시가 디지털 문명의 해악성을 표상하는 것으로 치환된다. 문학 공주도 한 순간 그 디지털 물레의 재미에 홀려 바늘에 찔렸었다. 가시덤불 숲은, 그 재미가 숨기고 있는 치명적 바늘들이 이제 무방비 상태로 널려 있음을 뜻하리라. 아니나 다를까, 이 가시덤불 속에서 여러 왕자들이 죽었다. 실제로, 시청각 문화와 디지털 문명의 부정적 측면을 경고하는 메시지들이 여기저기서 흘러나오고 있음을 상기하기 바란다. 오늘의 시청각 문화는 육체적 감각만을 자극하고 육체적 반응만을 조장하는데, 육체는 반성을 모른다. 디지털 문명이 조성한 '가상 공간'에서는 익명의 군중들이 몰려다니며 무분별한 전체주의적 행태들을 자행하고 있는데, 이 군중 심리에도 반성이란 없다. 그냥 퍼지고 찌른다.

그러나 문학이라는 '가시장미'의 가시는 전혀 다른 가시다.(이 은유적 이름은, 살벌한 가시덤불을 바라보며 그 깊은 곳에는 가시를 달고도 아름답게 꽃피는 장미 같은 존재가 숨겨져 있으리라 상상한 결과일 것이다.) 이 가시는 언어의 가시로서, 문학—장미의 아름다움을 감각적 욕망에 따라 마구 꺾어 버리는 것이 아니라 심미적 거리를 두고 감상하게 만든다는 점에서, 성찰과 반성을 요구하는 비판적 기제라 할 수 있다. 언어는 의사소통의 도구인 동시에 사유의 도구이다. 인간은 오직 언어를 통해서만 사유한다. 그러므로 언어를 통해 예술이 되고자 한 문학에는 그런 비판적 기제가 근원적으로 설치되어 있는 셈인데, 그것이 이제 시청각 문화와 디지털 문명의 저 괴물스러운 결합체의 가시들에 대해서도 반성과 성찰을 요구하고 있다. 가시덤불의 가시도 문학적 가시와 같은 것으로 바뀌어야 하지 않겠냐고. 문화·문명적 타자들과의 본질적이면서도 기능적인 '차이'를 숙고함으로써 자신의 위상과 존재 가치가 진정 무엇인지를 인식하고 구현해 나가려 할 때, 이 신생의 문화·문명은 비로소 맹목적이고 폭력적인 지배 욕망에서 벗어나 인간적 삶의 질을 향상시키는 데 기여할 수 있겠기 때문이다.

그런 의미에서, 문학 공주의 죽음을 100년간의 잠으로 완화시켜 준 마지막 요정은, 문학의 짝패이기도 한 철학의 요정으로 보고 싶다. 이 요정은 필경 공주가 잠든 긴 세월 동안 가시덤불 숲을 떠돌며 뿌리와 줄기와 가지를 살피고, 그 의미와 한계를 따져 볼 것이다. 그리고 그 숲과 대화하며 위험한 가시 대신 꽃을 피울 가능성을 모색해 나갈 것이다. 그런데 정녕 그 과정에 그렇게 긴 세월이 필요한 것인가? 아마도 그런가 보다. 한 문화·문명이 정말로 의미 있는 틀을 갖추고 제대로 기능하기 위해서는 말이다. 그사이엔 언제나, 여러 왕자들을 희생시켰던 그런 위험이 도사리고 있을 것이다. 그러나 시청각 문화와 디지털 문명이 올바른 자기 정체성을 찾고, 문학이 깨어나면 자신들에게도 유용한 자양분이 제공되며 서로 상보적인 관계로 어울릴 수 있다는 것을 깨우칠 때, 그것들은 문학으로 다가가려는 자를 환대하며 기꺼이 길을 터 줄 것이다.(마지막 왕자가 나타나자, "커다랗고 아름다운 꽃이 활짝 피어 있다가 저절로 길이 열"린다.)

그러고 나면, 문학을 깨울 하나의 조건만이 남는다. 새로운 시대에 새롭게 태어난 독자의 등장! 이 미래의 독자가 진정으로 문학을 향유하기 위해서는 어쩌면 죽음도 불사하는 그런 용기가 필요할지 모른다. 자신처럼 문학으로 다가가려다가 희생당한 전례를 알고 있거니와, 시청각 문화와 디지털 문명에 젖어 살아온 인간으로선 유폐되어 있던 이 오래된 문학이 오히려 낯설고,(공주의 육체는 15세에 멈춰 있지만, 시간의 나이로 치면 115세다.) 그래서 그것과 접촉하면 자신도 영영 잠 속에 빠져 버리지나 않을까 하는 두려움에 사로잡힐 수 있기 때문이다. 그것을 이겨 낼 힘은, 문학에 대해 바깥 세상에 떠돌고 있는 풍문만으로는 결코 충족되지 않는 문학의 실체와 온전히 마주하고 싶다는 열망, 문학의 절대적인 무엇인가를 찾아내고 싶다는 열망밖에 없을 것이다.(마지막 왕자는 "그래도 나는 〔죽음이〕 두렵지 않습니다. 내가 〔직접〕 들어가서 그 아름다운 공주를 보아야겠어요."라고 말한다.)

그리하여 모험이 감행되고, 마침내 문학에 입술을 맞추고, 문학과 함께 살아가기(읽어 가기) 시작한다면? 그때, 전혀 다른 '행복'의 세상이 열리지 않을까? 바슐라르(Bachelard)가 "천국은 도서관이 아닐까."라고 말했던 것 같은……

그런데, '잠자는 숲 속의 공주' 이야기에는 묘한 암시가 하나 숨어 있다. 왕자가 성안으로 들어가자 숲길이 다시 닫힌다는 것이다. 이야기의 정황상, 공주와 왕자가 그 성안에만 갇혀 살며 행복하다는 뜻은 아닌 것 같다. 아마도 그들에겐 자유롭게 길이 열리고 닫히고 할 것이다. 허나, 성을 둘러싼 숲이 사라지지 않는 건 분명하다. 그렇다면 이 암시를 우리 문맥에는 어떻게 적용해야 할까? 미래의 세계에서 문학이 다시 나름의 활기를 띠더라도, 그 활동은 이미 그보다 더 크게 둘러쳐져 있는 시청각 문화와 디지털 문명 안에 자리 잡은 작은 영역에서 이루어질 수밖에 없다는 뜻으로 이해해야 하지 않을까? 그것들이 어쨌든 인류 문화사의 새로운 대세일 테니까 말이다. 근대 사회가 태동한 이후 문학은 언어중심주의에 힘입어 거의 3세기에 걸쳐 문화적 절대 왕권의 지위를 누려 왔다. 그러나 19세기부터 물질 문명이 가속적으로 팽창하여 20세기에 들어서는 문화적 패러다임의 근본적인 변화를 초래했는데, 그로 인해 전체적인 문화 구도가 재구성되면서, 문학의 위상도 크게 바뀌어 가고 그 활동 영토 자체도 점점 더 좁아져 가고 있는 것이다. 공주·왕자의 신분은 이제 허울일 뿐이다.

문학의 자존심에는 상처가 났겠으나, 이러한 상황은 언어의 자식으로 태어난 문학의 역사적 숙명에 가깝다. 과연 우리 시대의 작가들이 그 숙명을 회피하지 않고 끝끝내 문학을 문학으로 밀고나가, 그 상처를 넘어 "새로운 전율"(위고가 보들레르를 두고 한 말이다.)을 창조해 낼 수 있을까? 이에 관련해, 19세기 중반기의 프랑스 문학은 소중한 귀감이 될 수 있다. 맹목적으로 물질 문명에 탐닉하고 돈의 논리만을 내세우는 부르주아적 속물성이 판치던 이 무렵에, 진정한 작가들이 처한 상황은 한마디로 "저주받은 시인"의 그것이었다. 보들레르에겐 삶 자체가 유배였고, 플로베르는 그 "야비한 환경"으로부터의 자발적인 유배를 택했다. 그러나 그들은 그 상황에서 새로운 시대 변화에 대응하여 '모더니즘' 문학의 출발점으로 평가되는 혁신적인 작품들을 창조해 냈다. 근대문학사를 전·후로 가르는 기점으로 간주될 만한 1857년에 동시에 출간된 『악의 꽃』과 『마담 보바리』를 당대 사회는 몹시도 학대했지만, 그 미래의 시간이 이 작품들을 위대한 정전으로 떠받치고 있는 것은 참으로 역설적인 반전이 아닐 수 없다.

마지막 내 속내를 드러낼 때가 되었다. 솔직히, 여전히 문자 매체가 중심이었던 보들레르·플로베르 시대에 비해, 오늘의 문학적 상황은 더욱 가혹해 보인다. 현란한 대중문화로 도배된 이 시대의 새로운 매체에 문학이 들어설 자리는 거의 없다. 그 한 모퉁이에 자리를 마련해 줄 듯이, 자본이 유혹하고 있기는 하다. 많이 읽지도 않는 문학은 해서 뭐 하냐며, 그냥 대중문화의 일원이 되어 함께 놀자며. 그러나 문학은 이

옵션을 거부하고 도래할 독자를 위해 쓰이기도 하는 법이다. 그런 글쓰기는 현실로부터의 유배를 전제로 하지만, 그 유배는 새롭게 태어날 독자를 위해 저 자신부터 거듭나는 과정일 수 있다. 내 전망에 의하면, 그것은 문학의 문화적 위상이 바뀌고 있는 것에 대응해 현실적으로는 자본에 맞서, 일종의 '인디(indie)' 문화로 변신해 나가는 과정이 될 것이다.(대중문화의 원류인 영화와 팝 음악의 영역에서 '인디' 활동이 벌어지고 있다는 사실은 의미심장하다.) 어쩔 수 없이 소수가 된 집단과 함께하는 '작은' 문화, 작지만 다른 무엇보다 '깊은' 문화! 그것이 되기 위해 낡은 껍질을 벗으려면 아주 긴 잠을 거쳐야만 할지 모른다. 그러나 잊지 말자. 우리는 이 시대의 문학이 처한 유배 형태를 잠 속에 갇힌 상태로 비유했는데, 잠이 죽음과 결정적으로 다른 면은 잠 속에 꿈이 작동하고 있다는 것이다. 그렇다면 문학은 지금도 잠 속의 꿈속에서 계속 암중모색 중이리라. 미래의 독자들이 '행복한 소수(happy few)'가 될 수 있도록, 무엇을 어떻게 써야 할지에 대해……

　한마디만 덧붙이자면, 문학의 참다운 세계화는 그다음의 더 먼 미래의 이야기이다.

이인성 소설가. 1953년 서울 출생. 서울대학교 불어불문학과 및 동 대학원을 졸업했으며, 한국외국어대학교 불어과와 서울대학교 불문과 교수를 역임했다. 1980년 계간《문학과지성》을 통해 작가 활동을 시작하여, 실험적인 문체와 독창적인 소설 양식으로 인간 의식의 심연을 지속적으로 탐색해 왔다. 첫 연작 장편 소설『낯선 시간 속으로』이후,『한없이 낮은 숨결』,『미쳐 버리고 싶은, 미쳐지지 않는』,『강 어귀에 섬 하나』등을 펴냈고, 곧『악몽 소설』을 출간할 예정이다. 이외에 산문집『식물성의 저항』과 불문학 연구서『축제를 향한 희극』을 상자하기도 했다.

세계화와 문학적인 것의 회복

최윤

문학, 세계화: 두 어휘의 조합

현재 전모가 드러나지 않은, 진행 중의 현상에 대해 일목요연하게 말하기 어렵다. 세계화가 그런 것 같다. 사회학자들, 경제학자들은 이 단어를 정의하기 쉬울 수도 있겠지만 특히 문화니 문학과 연관지을 때 세계화의 양상은 다양한 만큼이나 대립적인 특성을 드러내기도 한다. 문학과 세계화, 두 어휘의 조합은 우리에게 여러 갈래의 불분명하며 복잡한 생각거리를 제공한다. 그건 마치 미루어 둔 숙제처럼 마음이 불편해지는 것이기도 하다. 불편함을 야기하는 내면을 들여다보며 이 두 어휘의 조합으로부터 다음의 질문들을 던져 본다.

첫째, 문학의 세계화는 다른 영역에서의 세계화와 같은 범주에 속하는가. 삶의 모든 영역에서의 세계적인 상호 의존 상태는 문학의 영역에서도 동일한 방식으로 진행되고 있는가.

둘째, 세계화의 양상은 영역에 따라 그 진전의 완급의 차이가 있는 것 같다. 세계화가 진행되면서 전통적인 문학이 위기의식을 느끼지 않을 수 없다. 이러한 와중에서 문학의 어떤 영역에서 세계화는 긍정적으로 작용할 것이며 또 세계화가 문학에 미치는 부정적인 여파에 대해 문학은 어떤 대응을 할 수 있을까.

셋째, 문학은 전 지구 세계화에 어떤 역할을 하고 있는가. 혹은 앞으로 그 역할을 할 수 있으며 또 해야 하는가.

물론 이같이 질문들은 서로 뒤섞여 있다. 어느 쪽으로 생각을 진전시키건 한 가지 전제는 분명한 것 같다. 세계화는 삶의 거의 모든 영역으로, 세계의 모든 지역으로 확산되어 가고 있으며 그 정도는 심화되어 가고 있다는 것. 그것은 문학의 영역에서도 마찬가지이며 문학도 이러한 환경 아래서 많은 변화를 겪고 있다. 세계화의 풍경 일단을 눈에 띄는 대로 살펴보자.

세계화의 풍경들

소극적이든 적극적이든 세계화는 지난 세기 말에는 매우 협소한 의미로, 또한 음험한 저의를 가지고 있는 공격적이며 지배적인 일원화된 프로젝트로 이해된 감이 있다. 누군가 혹은 한 나라 혹은 한정된 한 이념(예를 들면 자본주의 혹은 서구나 미국)에 의해 기획되고 전개된 하나의 프로젝트로. 그러나 문제는 그보다 더욱 복합적이다. 시작과 기획이 어떠했건 그 이후에 지구상에 나타난 여러 가지 사건과 양상들은 세계화를 다르게 이해할 수밖에 없도록 우리를 유도한다. 세계화는 이제 다양한 현대적 삶의 변화적인 요인들이 종합적으로 만들어 낸 기정사실의 '현상'으로 우리에게 다가와 있다.

눈에 보이지도 손에 만져지지도 않는 것들의 세계적인 확산이 활발한 것과 괘를 같이해서 실제로 대륙과 대양을 가로지르는 탈경계적 삶의 양식이 전 지구적으로 확산된 것은 이미 상당 시간이 지났다. 그것은 지난 2세기에 걸쳐서 각 대륙에서 일어난, 그리고 지금도 활발하게 일어나고 있는 '이민 노동'에만 한정되지는 않는다. 그런가 하면 인류 역사의 오랜 시간 전부터 정치적, 문화적, 종교적, 이념적인 이유로 닫힌 현실에서 탈출해서 열린 가능성의 땅으로 이동하는 '디아스포라'나 '난민'에만 이 탈경계적인 삶이 국한되지 않는다. 물론 이러한 유형의 탈경계 이동은 세계화와 함께 더욱 박차를 가하게 된 세계화의 진풍경이기도 하다.

경제, 정보 혹은 정치나 종교, 문화 같은 매크로한 영역에서는 물론이고 이제는 노동이나, 일상, 결혼 등의 친밀한 사적 영역에 이르기까지 탈경계적인 삶은 지구인에게 익숙한 것이 되었다. 지금은 사실 금치산자가 아니라면 자신의 욕망과 삶의 원칙과 취향에 따라 자신의 언어와 국가와 영토를 떠나 살고 싶은 곳을 선택해 살 수 있다. 원해서이기도 하지만 대부분의 다국적 기업의 형태는 탈경계적이며 이른바 세계적인 시민들을 구성원으로 하고 있다. 창세기부터 인류 공동체의 기준이 되던 위의 세 가지 틀의 경계를 세계화가 지워 가고 있다. 물론 모든 재구성이 그렇듯이 이 틀의 약회니 외해는 많은 갈등을 만들고 있으며 앞으로도 만들 것이다.

문화 생산의 대부분도 다국적 기업의 형태로 이루어진다. 기술과 직결된 영역일수록 이 경향은 강하다. 영화, 연극, 음악, 미디어 거의 모든 분야에서 그러하다. 이러한 환경에서 개인의 실존의 양상들도 다국적화, 세계화의 경향을 띠는 것은 당연한 것처럼 보인다. 현대적 개인의 특성을 지칭하기 위해 동원된 '유목민(nomade)'라는 용어는, 적어도 탈경계적이며 탈중심적인 새로운 삶의 양상을 지칭하는 데 유효한 것처럼 보인다.

세계화의 현상들에 대한 묘사는 더 길고 세밀하게 나열될 수도 있을 것이다. 그만큼 세계화의 풍경은 다양하며, 세계화는 경제 주도국의 주도적인 경향이 경제적 약소국의 문화로 이동하는 현상으로 이해되던 것에서, 이제는 역으로 경제 약소국이었던 나라나 문화권의 자본과 상징 자본이 역으로 이동하는 현상이 두드러진다. 탈경계적인 흐름은 쌍방적이 되어 가며 간과할 수 없는 여파와 진동을 만들어 내고 있다. 인도의 볼리우드(Bollywood) 영화, 아랍권이나 아프리카의 워드 뮤직, 대중문화 영역에서의 한류 등 예들은 점점 풍부해진다. 세계화는 확실히 대중적 장르에서는 문화 취향의 세계화로 연결되고 있음을 관찰할 수 있다.

문학의 세계화와 문학 상품의 세계화

다시 위에 던진 문학에 대한 세 질문으로 돌아오도록 하자. 문학의 내적인 발전 단계를 들여다보면 우리는 문학의 세계화가 어떤 영역에서는 이미 이루어져 있었다고 할 수 있다. 물론 전 지구적 시장 경제에서 촉발되어 다른 영역으로 확산된 '세계화'라는 단어가 지난 세기 후반에 등장하기 전에 시작된 일이다.

문학의 세계화는 아주 독특한 양상으로 표출되고 있었다고 말할 수 있다. 그것은 보편주의라는 이름으로 문학의 중요한 가치를 구성해 왔으며, 사실 서구의 근대 문학은 세계 대부분의 나라의 근대 문학의 전범, 캐논으로 자리를 잡았다는 점에서 그러하다. 작가들은 각 나라의 언어로 그 나라의 풍광과 현실을 그리지만 문학의 내적인 글쓰기의 원칙은 '대체적으로' 일관된 어떤 이상적 글쓰기를 지향하고 있으며 이것이 서구 문학이 보편적 미적 기준으로 평가하는 일련의 관행/전통이기 때문이다. 물론 문학의 보편적인 힘을 전면적으로 부정하기 어렵다. "인간의 상상 가능한 구조의 보편성"이라고 뒤랑(Gilbert Durand)식으로 표현할 수도 있겠다. 이것은 한편에서 수세기에 걸쳐 통용된 문학의 세계화다.

　문학의 보편성에 대한 이상이 세계화의 시대에 도전을 받고 있는 것은 흥미로운 사실이다. 1950~1960년대를 전후해서 이러한 문학적 전범이나 틀에 대한 문제를 제기하고, 언어권, 문화권의 고유성에 대한 시도들이 이루어지고 있는 것을 우리는 알고 있다. 부분적이며 때로는 정치적으로 고무되었던 이 예외적인 시도들은 세계화의 맥락에서는 이제 일반적인 현상이 되었다. 비서구의 나라들에서 문학의 세계화의 일차적인 단계는 자국의 문학이 국가적, 언어적 경계를 넘는 물리적인 현상을 지칭한다. 그리고 문학에 있어서 세계화는 이 역행적인 흐름에 초점이 맞추어지는 경우에 더 활발하게 용어가 쓰여진다. 즉 그것은 소수 언어에 속한 나라의 문학이 타언어로 번역되고 출판되는 일이다. 아직까지 번역되는 언어가 세계 시장에서 주도적인 언어(영어, 프랑스어, 스페인어, 독일어 등)일수록 고가의 상징 자본이 된다.

　문학의 번역은 전 지구화의 시대에 자국 문학을 타 문화에 알리기 위해 필요할 뿐만 아니라, 인류의 인류에 대한 균형적인 지식을 위해서도 점점 더 확대되어 이루어져야 하는 일임에 틀림없다. 왜냐하면 무엇보다도 문학 번역은 한 나라의 문화를 다른 문화권에 재현하는 일이기 때문이다. 그렇기에 이 작업은 번역자들이 의식하건 의식하지 않건 매우 대화적인 활동이며 이런 의미에서 마사오가 일본의 근대를 번역의 문제로부터 풀어 나간 것(『번역과 일본의 근대』)은 매우 의미심장하다. 왜냐하면 타자(타문화)와의 진정한 대화는 자아(자문화)를 변모시키기 때문이다.

　어떻건 문학에 있어서 단일한 세계어에 대한 환상/우려는 무의미해 보인다. 미래를 연구하는 학자들의 생각은 오히려 그 반대다. 아탈리(Jacques Attali)는 플로베르의 『사회 통념 사전』을 연상시키는 재미난 저서 『21세기 사전』에서 어떠한 언어도 세계적인 언어로 성장하지 못하며 자유를 향한 언어의 대혼란이 일어날 것임을 예측한다. 그의 낙관적인 예측은 "언어의 영향력은 …… 그 언어로 쓰인 명작의 수와 명성에 따라 좌우될 것"이라고 흥미롭게 덧붙인다.

　어떻건 문학과 세계화의 관계는 그리 간단하지 않다. 기술적으로 이미 가능한 자동 번역이 문학에는 적용되지 않는다. 존재의 총체적인 구조화를 요청하는 언어 장르이기 때문에 문학은 세계화에 가장 큰 걸림돌이 될 수 있다. 그럼에도 불구하고 탈경계화는 문학에서도 흥미로운 작가군들을 부각시킨다. 문화적 언어적 이중 국적 작가들의 등장이다. 콜로니얼리즘의 결과로 혹은 이민으로 인해 언어와 문화의 이중적이며 분리적 경험을 하는 작가들이나 자발적 언어 이주 작자들, 즉 자신의 모국어 아닌 언어로 글을 쓰기로 선택한 작가들이 여러 언어권에서 속속 배출되고 있다. 이것은 물론 현대 문학에서만 등장하는 것은 아니지만 현대에 이르러 두드러진다. 후자의 작가들의 경우 예외가 없지는 않지만 대부분의 경우 이것은 언어의 경계 이동이라기보다는 문학관의 선택에 관계된 것이라 하겠다.

　시/청각 예술과는 달리 문학이 국경을 넘는 절차는 매우 길고 까다롭다. 따라서 수월한 세계화의 유혹도 적지 않다. 문학은 여느 상품과 그다지 다르지 않은 유통 과정을 거친다. 적나라하게 표현하면 '팔릴 만한' 문학 작품을 수출한다. 이 묘한 수식어는 모든 출판사와 에이전트들의 중요한 화두이면서도 사실 진지하게 문학 내적으로 논의된 적이 없다. 상업적 투자 대상이 될 만한 작품이란 뜻인지, 아니면 대중성을 가지고 있다는 뜻인지, 아니면 문학사를 바꿀 만한 '진짜 오래 팔릴 만한' 작품성을 구비하고 있다는 뜻인지 구분되지 않는다. 물론 이상적인 것은 이 세 가지를 다 구비하고 있는, 존재하기 어려운 작품일 것이다. 누군들 그런 작품을 쓰고 또 사고 싶지 않을까.

　소수 언어가 주도적 언어로 번역될 때는, 세계화라는 명목으로 작품은 번역과 각색, 혹은 재편집의 과정을 거치는 경우도 심심치 않게 등장한다. 이 경우 작가도 언어도 문화적 고유성도 궁극적으로는 그다지 중요하지 않다. 세계화의 난점은 정보가 생산되자마자 거의 동시적으로 유통되기에 이렇게 재구성된 작품은 작품과 작가 모두에게 치명적이 된다.

　그런데 잘 살펴보면 다행히도 문학에는 나름대로의 세계화를 경영
하는 자기 통제의 구조가 있는 듯하다. 문학 속의 비본질적인 현상은
거품을 만들고 거품 속에서 사라져 버린다. 문학의 세계화와 연관해서
우려할 만한 입장은 바로 언어 예술 작품이 지닌 특수성으로 인해서
세계화에 저항하는 지점들을 도외시하고 여느 상품의 세계화 논리 속
으로 문학을 끌어들이려는 시도들일 것이다. 무수히 팔리고 인류에 각
인되지 않는 대다수의 문학 출판물이 있다. 그 무수한 생산품의 흐름
안에서 숫자로는 미미할 수도 그렇지 않을 수도 있는, 더 광범한 의미
의 시간대를 살아가는 작품들이 있다. 그 생존의 과정의 어느 시점에서
그 작품에 내재해 있는 유의미한 것으로 인해서 작품은 공간과 경계를
넘는다. 그래서 문학 작품의 세계화는 공간 개념이기도 하지만 시간성
과도 밀접한 연관을 가진다. 시간성이 공간을 확장하고 경계를 무화하
기 때문이다.

　그러나 현대의 전 지구적인 정보망과 정보가 유통되는 방식은 흥미
로운 결과를 문학 영역에서도 기대하게 한다. 우리가 매일 경험하듯이
요즈음의 정보 유통은 전방위적이며 또한 동시적이다. 이것은 문학 작
품에 대해서도 마찬가지다. 작품과 독자 사이의 관계는 좀 더 가까워졌
고 소통의 방식도 다양하다. 중요한 것은 우리 시대에는 이런 환경에서
글을 쓰고 있다는 것이다. 문학을 둘러싼 고유성은 어느새 여느 상품의
논리와 큰 차이를 보이지 않은 채 변모하는 문학 환경 안에서 압박을
받기 시작했다. 그러나 문학은 역설적으로 압박 속에서 새롭게 창조되
기에 이 거대한 세계화의 시간대에서 나는 문학의 자율적 자기 통제의
기능이 다시 한 번 새로운 출구를 마련하기를 기대한다. 그것이 위에서
제안한 세 번째의 질문이다. 전 지구의 세계화 시대에 문학은 어떤 역
할을 할 수 있을까. 또한 문학은 문학적 세계화를 위해 어떤 대안을 제
시할 수 있을까.

문학적 세계화에 대한 질문 혹은 제안들

언어

정보화 시대, 첨단 과학의 시대, 다문화 시대에 언어가 미디어 앞에서 축소될 것을 많은 이들이 우려했다. 그러나 결과적으로 보면 이 시대에 언어는 오히려 양적으로 범람한다. 이메일, 블로그, 소셜 네트워크를 포함해 한 개인의 언어적 표현은 그 전 시대와는 비교할 수 없을 만큼 확장되고 다변화됐다. 일생에 편지 한 번 쓰지 않던 사람이 적어도 이 다양한 매개체들 중의 하나를 통해 자신을 타자와 교류하고 자신을 표현한다.

비록 정보적이며 도구적인 언어라고 해도 언어가 이토록 개개인의 삶에서 만개한 적이 있었던가. 그러나 20세기에 만개해 지금까지 점점 더 강렬해지는 이 언어의 정열과 정비례해서 언어에 부여하는 의미나 언어의 가치가 심화된 것 같지는 않다. 역설적이게도 이 확장에 정비례해서 언어에 대한 불신임이 확대된 듯하다. 언어는 점점 더 활발한 도구가 되어 가지만 그 언어가 진리를 담고 있는지의 여부와는 무관하게 그러하다. 언어는 언어로서 증명되지 않는다. 언어의 진리 여부는 이미지 스펙터클에서 결판이 나기 일쑤다. 시각화되어 가는 사회적 특징 중의 하나는 언어는 점점 더 현상화되어 간다는 것이다.

가속화되는 세계화의 소용돌이 속에서 문학이 담당해야 할 첫 번째 역할은 바로 언어에 대한 믿음의 회복일 것이다. 언어적 주체가 자신의 발화에 대해 부여하는 신임의 관계는 문학의 위상과 관련이 있다. 지난 수세기의 문학은 미와 진리와의 분리 과정을 겪어 왔다. 그와 동일한 리듬으로 문학에서 가치의 문제는 서서히 축소되어 마침내 그것은 문학적인 것이 외면적으로 다루어서는 안 되는 일종의 금기가 되었다. 과거적이며 일원적인 획일적인 가치, 공적이며 유일한 미적 체계로 문학이 다시 수렴되는 일은 실제적으로 불가능함에도 불구하고 획일화에 대한 반작용으로 대응한 상대주의는 이제는 돌이킬 수 없는 문학의 제2의 생리가 되었다.

점점 더 파편화되어 가는 추세 속에서 미와 가치의 문제를 새롭게 문학 내에 통합하는 것은 문학의 미래를 위해서 중요하리라 생각한다. 세계화의 다면성을 인정하면서 문학이 시대에 맞는 새로운 언어관을 제안하는 것이다. 그렇게 해야 문학의 언어는 발화의 주체 당사자뿐만 아니라 대상에 대해 실행력을 가지게 될 것이다. 언어적 정열은 소멸적이며 현상적인 표현을 넘어 관계를 만들게 될 것이다. 자신이 믿고 있지 않은 말을 발설하고 쓰는 것, 언어의 진정한 사용 능력을 상실한 인간의 불안한 정체성에서 수많은 글쓰기-읽기 사이의 관계의 파행이 야기된다. 세계화 시대의 문학은 바로 이 분열적인 언어 사용자들의 삶에 관여해야 하는 어려움이 있다. 새로운 기술 사회가 발견한 언어의 쾌락, 재미, 정열을 포기하지 않으면서, 어떻게 이 언어의 힘을 복원할 수 있을까. 문학에 조금이라도 예언적인 기능이 있다면 그것은 문학을 하는 사람들이 언어의 실행적인 능력을 믿고 있기에 그럴 것이다. 왜냐하면 언어 자체가 애초에 문학의 유일한 사건이기에 그러하다.

시간성

세계화의 풍경에서 우리에게 익숙한 것은 이 시대에 모든 것이 이동 중이라는 것이다. 고정된 것, 정착, 원천, 뿌리는 이 세계화 시대의 기술적이며 효용 지향의 인류에게 매우 불편한 것이며 두려움을 주는 것이기도 하다. 타자/타문화와의 관계는 일회적이며 파편적이다. 그러나 문학의 생리는 소멸에 저항하며, 시간 속에 지속을 지향한다. 그것은 문학이 (언어) 공동체 없이는 존재할 수 없기 때문이다. 그것은 예외적인 경우를 제외하고는 지역적 경계 안에서 의미를 잉태한다. 지역이 국가이건 문명권이건 공통의 문화가 전제된다. 타 장르와 달리 마티에르가 언어인 이유로 문학은 고정된 것, 고유한 것, 정착과 원천 속에서 구성되어 온 것들에 대해 다루지 않을 수 없다. 이것 또한 문학이 직면하는 어려운 과제다. 혼종과 순간적이며 부유하는 세계화의 흐름 속에 시간성을 역설하고 존재의 원천으로 돌아가는 역의 흐름을 제안하는 일은 문학이 당면한 어려움 중의 하나다. 경계 안에서, 시공의 제한적 틀 안에서 문학이 생겨나지만 문학은 본질적으로 세계적이다. 단지 미적이며 형식적인 문학적 전통만을 의미하는 것이 아니다. 인간과 세계에 대해 질문을 던지는 방식, 문학의 기능에 누적된 것들 속에서 자연스럽게 만들어지는 것이다. 이 전통 속에 지역과 세계가 내재되어 있다. 이러한 인식으로 세계의 문학은 어떻게 소멸과 찰나 속에 지속적 시간과 영원을 얘기할 수 있을 것인가, 이 질문이 세계화의 시대에 문학에 던져졌다.

융화(fusion)

지금 우리가 겪고 있는 혹은 누리고 있는 세계화의 양상들을 가능하게 하는 것은 근대 이후 부단하게 지속된 물질 과학의 진보임을 누가 부인할 수 있을까. 일상 속으로 깊숙하게 들어온 첨단 기술들, 생명의 물질적 비밀, 모든 경험을 대신해 주는 가상의 시공간, 감각적으로 만져지는 정보들에 둘러싸여 있는 현대적 개인은 가상의 풍요, 풍요의 가능성을 누리고 있는 것이 사실이다. 현재의 과학 기술이 어디까지 갈 수 있는지, 그 끝이 파멸인지 승리인지 예측할 수 있는 지식이 내게는 없다. 그러나 기술의 발달은 매우 분명한 한 가지 변화를 여일하게 야기했다. 그것은 근대 이후 기술의 진전에 발맞추어 인간의 육체가 점진적으로 중요성을 띠고 등장하면서, 삶의 모든 영역의 가치들을 변모시켰다는 것이다. 즉 인간의 육체적인 현실이 우위에 놓이며, 정신의 영역을 부단하게 지배하게 된 것이다. 반려 동물이 오랜 시간을 인간의 환경 속에 살면서 그들의 야생성을 상실하듯이 현대의 인간은 인간이 부여받은 정신, 영혼의 영역의 능력과 깊이를 조금씩 상실해 가고 있는 것이 사실이다.

문학은 늘 인간의 두 영역, 물질과 정신, 육체와 영혼의 불균형을 위기로 인식해 왔으며 이것은 우리들의 세기에는 더 심화되어 등장하는 상존적인 문제다. 세계화의 극단적인 전망이 다시 한 번 문학에 대한 오래된 우려를 자극한다. 극단적인 단계에 이르러 문학이 이 파괴적 불균형에 민감해졌다고 생각하지 않는다. 물질과 육체 중심의 문학이 양산되는 가운데서도 세계 여러 나라의 문학은 사실 부단하게 이 문제를 제기해 왔다고 생각한다. 다만 그것은 현상과 물질과 육체의 현란한 소란 속에 묻혀 있었다고나 할까. 세계화의 부정적 징후들로 인하여 지구인들은 좀 더 이들 문학에 귀를 기울이게 될 것인가. 수용의 양상이 어떠하건 문학은 이 퇴화되고 심약해진 인간 영혼의 비밀스러운 지대의 탐사를 멈출 수 없다.

위기의 지적, 현상의 제시에서 문학이 더 나아가야 할 것이다. 나는 유물적 세계화의 시대에 물질과 정신, 육체와 영혼이 미래적으로 결합하는 융화의 문학적 시도를 기대한다. 그것은 한편으로는 정신/영혼의 퇴화된 부분을 되살리는 일에 속하지만, 다른 한편으로는 육체와 물질에 대한 세계화 시대의 윤리를 재정립하는 것이기도 할 것이다. 물론 이러한 융화의 문학은 또다시 소란한 세계화의 문학적 이벤트 사이에서 잊혀질지도 모른다. 그러나 더 이상 앞으로 갈 수 없는 어느 시간대에 이 융화의 문학이 빛을 발할 것임을 믿어 의심치 않는다.

그 밖의 제안들

질문과 제안이 여기 시도한 것처럼 한정된 몇 개의 목록으로 그칠 수는 없다. 너무 길어지지 않도록, 제한된 시간 안에, 몇 가지 추가적 제안을 하는 것으로 그치기로 한다. 나는 문학이 세계화의 유목민의 삶에 더 깊은 영향력을 미치기를 바란다. 세계화는 어떤 면에서는 문학인에게 주어진 도구다. 그것을 어떻게 쓰는가는 모든 도구가 그렇듯이 쓰는 사람에게 달려 있다. 문학이 좀 더 예언적인 능력을 가지기를 바란다. 현상 이면의 깊은 곳의 논리를 보기를 원한다. 문학의 자율적 통제 능력이 문학을 한 단계 더 고양된 인간성의 지대로 이끌기를 기대한다. 앞으로 예견할 만한, 깊은 그 징조가 이미 가시적으로 드러나고 있는 지구상의 다각적인 갈등에 문학이 평화의 대안을 제시하기를 바란다. 소설가인 나는 정치가나 노동자, 은행가나 간호사, 의사나 직장인이나 소상인이나 무직자…… 앞에서 매우 겸손해지지 않을 수 없다. 그들은 현실의 최전선의 전위대들이기 때문이다. 물론 소설가도 그 역할을 할 수 있다. 그러나 문학 안에서는 다르다. 문학은 언제나 최전선의 생존 활동으로 정의되는 것이 아니기 때문이다. 문학은 그 모든 활동을 의미 있게 하는 일종의 충전기라고 하는 것이 옳다. 그것으로 인하여 빛을 생성하는 그 무엇.

문학이 몸으로 말하는 것이 아니라 언어로 말하며, 문학은 육체에 대고 말하기보다는(물론 육체조차도 변모시키는 놀라운 힘이 문학에 있긴 하다.) 영혼에 말한다는 것을 상기시키는 더 많은 작품들이 세계화 시대의 한 특징이 되기를 바란다.

최윤 소설가, 번역가, 서강대학교 불문과 교수. 1953년 서울 출생. 서강대학교 국문과 및 동대학원을 졸업하고 프랑스 프로방스 대학교에서 불문학 박사 학위를 받았다. 1988년 중편 「저기 소리 없이 한점 꽃잎이 지고」를 계간 《문학과사회》에 발표함으로써 문단에 데뷔하여, 『회색 눈사람』, 『숲 속의 빈터』, 『열세 가지 이름의 꽃향기』, 『마네킹』, 『첫 만남』 등의 소설을 발표했다. 프랑스 악트쉬드 출판사의 『한국 문학 총서』 편집을 맡아 이문열, 이청준 등의 작품들을 번역, 출판하기도 했다. 소설로 동인문학상, 이상문학상 등을, 번역 작품으로 한국번역대상, 대산문학상(번역 부문) 등을 수상했다.

시 한 편을 지으려면 행성이 필요하다

잭 로고

여러분도 많이 들어 보셨겠지만 나이지리아의 이보(Ibo)족에는 "아이 한 명을 키우려면 마을 전체가 필요하다."라는 속담이 있습니다. 이번 발표를 준비하면서 저는 이 말에 대해 곰곰이 생각해 봤습니다. 물론 글로벌적인 관점과 문학적 맥락에서 말입니다. 제가 시 한 편을 지으려면 행성이 필요하다고 말한 것은 오늘날처럼 기밀하게 여결된 세상에서 새로운 시는 지구의 모든 대륙으로부터 밀려드는 영향력의 소용돌이 속에서 탄생될 수밖에 없다는 뜻입니다. 현재 우리는 인터넷을 통해, 번역된 문학 작품을 통해, 그리고 작가들끼리 주고받는 영향력을 통해 문학적 전통의 테두리 안에서 끈끈한 유대 관계를 맺고 있습니다. 따라서 모든 작가가 국가 및 민족적 전통 안에서뿐 아니라 현대는 물론이고 전 세대를 아우르는 문학적 전통의 울타리 안에서 작업하고 있습니다. 이런 사실을 보여 드리기 위해 제가 직접 창작한 시를 한 편 소개할까 합니다. 제가 공식 석상에서 낭송하는 시입니다. 그리고 잠시 후에 제가 왜 이 시를 낭송하는지 그 이유를 알려 드리겠습니다.

Ghazal of the Sweet Waves [1]

Get good and comfortable now. I'm going to tell of love.
I'm going to squeeze my voice so small, and I'm going to yell of love.

My mother used to whiskey and cry her way to sleep,
But even so she used to kvell of love.

They go on and on about the sweet waves of love.
But Sister Billie, she could paint the hell of love.

When I ache with age I won't miss the act of love
But I'll still miss the taste and the smell of love.

Don't forget the children with their wands and masks
When you dive under the spell of love.

If you're not ready for the O-V-E of LOVE
Don't get started with the L of LOVE.

I've made more than my share of love mistakes,
Still, I hope my daughters will think well of love.

Zack, you're a used poetry salesman,
So good, so good at the hard sell of love.

---

1) 잭 로고, 「달콤한 물결의 가잘」, *Spillway* 15, winter 2010, edited by Susan Terris(Huntington Beach, California: Tebot Bach Publishers), 34쪽.

달콤한 물결의 가잘

이제 기분 좋게 편히 있어요. 사랑에 대해 말해 줄게요.
아주 조그맣게 목소리를 쥐어짜 사랑에 대해 크게 외칠 겁니다.

내 어머니는 위스키에 취해 울다 잠이 들곤 했죠.
하지만 그러면서도 사랑에 열광했어요.

그들은 그렇게 달콤한 사랑의 물결에 대해 말하고 또 말했죠.
그러나 빌리 수녀님이라면 사랑의 지옥을 그릴 수도 있었겠죠.

나이가 들면서 사랑의 행위를 그리워하진 않을 겁니다.
하지만 사랑의 맛과 향기는 여전히 그리울 겁니다.

가면을 쓰고 지팡이를 든 그 아이들을 잊지 말아요.
당신이 사랑의 마법에 걸렸을 때 말이죠.

LOVE의 OVE기 준비되어 있지 않다면.
LOVE의 L도 시작도 하지 말아요.

사랑을 하면서 내게 허락된 몫보다 더 많은 실수를 저질렀죠.
그래도 내 딸들이 사랑을 아름답게 생각하기를 바랍니다.

잭, 당신은 한물간 시를 파는 세일즈맨이군요.
사랑의 강매에 그토록 수완이 좋으니.

　이 16행의 시, 또는 노래가 제가 평생 노출된 글로벌화된 문학 전통을 어떤 식으로 반영하고 있을까요? 우선 이 시는 서정시, 즉 가잘

(ghazal) 형식으로 쓰였습니다. 가잘은 약 1400년 전인 7세기에 아랍어로 쓰이기 시작했습니다. 그 후로 13세기와 14세기에 페르시아에서 꽃을 피웠고 더욱 발달했죠. 이 시기는 페르시아 시의 황금기로서 하페즈(Hafez)와 루미(Rumi) 같은 당대 문학계의 거목을 배출한 때이기도 합니다.

제가 처음 가잘을 접하게 된 것은 스페인의 위대한 시인인 페데리코 가르시아 로르카(Federico García Lorca)의 작품을 읽으면서였습니다. 로르카는 1936년 정치적 암살을 당해 38세의 나이로 일찍 생을 마감했습니다. 당시 그는 『타마리트 시집(*Diván del Tamarit*)』을 집필 중이었습니다. 여기서 "diván(디반)"은 아랍 문학에서 시 모음집을 뜻하며, "tamarit(타마리트)"는 중세 시대에 로르카의 고향인 스페인 안달루시아를 지배했던 이슬람 세력 지도자들의 모임을 가리킵니다. 이 책에서 로르카는 알 안달루스 시대에 대한 존경을 표합니다. 이 시기는 그가 자라난 그라나다의 알함브라 궁전으로 대표되는 무어인 문화가 융성했던 때입니다. 로르카는 알 안달루스 문화의 뿌리인 아랍 전통에 존경을 표하면서 다음과 같은 예지적인 발언을 한 바 있습니다. 예술에 있어서 서양이 동양으로부터 많은 영향을 받았다는 사실을 존중할 필요가 있으며, 따라서 동서양의 상호 이해가 더욱 절실하다고 말이죠. 『타마리트 시집』에서 그는 모든 시에 아랍의 시 형식인 가잘과 카시다(qasida)를 따라 제목을 붙였습니다. 그럼 지금부터 로르카의 가잘을 한 편 소개하겠습니다. 미국의 시인 머윈(W. S. Merwin)이 영어로 번역해 1961년 미국 뉴디렉션(New Directions) 사에서 출간한 『페데리코 가르시아 로르카 시 선집(*Selected Poems of Federico García Lorca*)』[2]에 수록된 작품입니다.

---

2) 페데리코 가르시아 로르카, 『페데리코 가르시아 로르카 시 선집』, edited by Francisco Garca Lorca and Donald M. Allen(New York: New Directions, 1961).

Gacela of the Terrible Presence

By Federico García Lorca

I want the water reft from its bed,
I want the wind left without valleys.

I want the night left without eyes
and my heart without the flower of gold.

And the oxen to speak with great leaves
and the earthworm to perish of shadow.

And the teeth of the skull to glisten
and the yellows to overflow the silk.

I can see the duel of the wounded night
writhing in battle with noon.

I resist a setting of green venom
and the broken arches where time suffers.

But do not illuminate your clear nude
like a black cactus open in the reeds.

Leave me in an anguish of dark planets,
but do not show me your cool waist.

형편없는 존재의 가셀라

나는 물이 하상(河床)으로부터 빠져나오기를 바랍니다.
바람이 골짜기가 없이 지내기를 원합니다.

밤에 눈이 없기를 원하고
가슴에 황금의 꽃이 없기를 바랍니다.

그리고 황소가 커다란 나뭇잎과 얘기하고
지렁이가 그림자 속에서 사라지기를 바랍니다.

해골의 이가 번쩍거리고
비단이 노란빛으로 물들기를 바랍니다.

상처받은 밤이 눈앞에 보입니다.
한낮과의 결투에서 발버둥치는 모습이.

나는 거부하죠, 초록빛 독사의 여명과
시간이 고통을 겪는 무너진 아치의 풍경을.

그러나 갈대밭에 드러난 검은 선인장처럼
당신의 선명한 나체를 드러내지 말아요.

어두운 행성의 번뇌 속에 나를 내버려두되
당신의 멋진 허리는 보이지 말아요.

 흥미롭게도 머윈은 제목을 번역하면서 영어 단어인 "가잘"을 쓰지
않고, 스페인어인 "가셀라(gacela)"를 그대로 썼습니다. 아마도 가잘 형

식이 그 당시에는 영어로 제대로 알려지지 않았기 때문이 아닐까 생각합니다. 로르카의 시는 아름답고, 가잘 형식의 대표적인 특징인 열망과 정열을 제대로 살리고 있습니다. 시의 화자는 사랑하는 여인에게 멋진 허리나 벗은 몸을 자신에게 보이지 말라고 애원합니다. 그런데 로르카 당신은 왜 사랑하는 사람의 벌거벗은 모습을 보고 싶지 않았나요? 제 생각엔 로르카 자신이 그 해답을 알려 줄 것 같습니다. "믿기지 않을 만큼 매력적인 육체를 소유하는 고통을 겪느니 차라리 아예 눈길을 주지 않는 게 낫다."는 거죠. 그는 또한 스페인어로 가잘의 형식을 완벽하게 재현하기 위해 2행 연구(couplet)를 사용했습니다. 가잘 역시 한 연이 2행으로 구성되기 때문이죠.

그러나 가잘의 그 두 가지 특징을 빼고는 로르카 당신은 가잘의 규칙을 완전히 무시했군요. 이 시에서 당신은 스페인 시의 각운인 "리마 아소난테(rima asonante)"를 이용했습니다. 이것은 각 연에서 마지막 두 모음이 일치하는 각운 형식이지만 이런 각운은 가잘에서 전혀 쓰이지 않습니다. 로르카, 그다음 어떻게 됐는지 아나요? 당신의 마지막 작품으로 인해 세대를 막론하고 모든 영어권 시인들이 가잘을 단지 서정시로만 생각했고, 1961년 번역 출간된 당신의 시 선집을 따라 지어진 영어 가잘 역시 시 형식에 대한 정확한 정보가 제대로 반영됐을 리가 없겠죠.

그러나 그 후 세계화 시대에 접어들었고 1961년 이후 몇 십 년 동안 인구의 대규모 이동이 일어났습니다. 아가 샤히드 알리(Agha Shahid Ali)라는 인도 카슈미르 출신의 시인이 있었습니다. 그는 1976년 미국으로 건너갔고 펜실베이니아 주립대학교에서 박사 학위를 받았습니다. 그는 우르두어, 영어, 카슈미르어를 구사하면서 자랐고, 따라서 우르두어로 쓰인 주옥같은 가잘을 접하고 시 형식을 제대로 이해하게 됐습니다. 그는 시인으로서 정확한 형식을 갖춘 영어 가잘을 창작하고, 영어권 사용자들에게 가잘의 품격 있는 구조를 가르치는 데 평생을 바쳤죠. 제가 가잘의 실제 형식을 처음 알게 된 것도 샤히드를 만나고 그의 가잘 시집인 『오늘 밤 나를 이스마엘이라 불러 주오(*Call me Ishmael Tonight:*

A Book of Ghazals)』[3]와 영어로 쓰인 가잘을 모아 수록한 『아름다운 분열(*Ravashing Disunities: Real Ghazals in English*)』[4]을 읽으면서였습니다. 안타깝게도 그는 오십 대 초반에 뇌종양에 걸렸습니다. 뇌종양 선고를 받고 자신이 수술로도 치료될 수 없다는 사실을 안 후, 그와 전화 통화를 한 적이 있습니다. 당시 그는 자신이 영어로 창작 중인 가잘을 마무리하면서 남은 시간을 보내겠다고 말했고, 그로부터 얼마 되지 않은 2001년에 세상을 떠났습니다.

저는 샤히드의 권유로 그가 번역한 20세기 위대한 우르두어 시인인 파이즈 아흐메드 파이즈(Faiz Ahmed Faiz)의 작품을 읽게 됐습니다. 그러던 어느 날 제가 강의하던 "세계의 현대시" 수업에서 파이즈의 시를 낭송해 줄 사람을 찾다가 버클리 대학교에서 우르두어를 가르치던 하미다 바누 초프라(Hamida Banu Chopra)라는 여성을 우연히 만나게 됐죠. 그녀의 뛰어난 낭송을 들으면서 저는 우르두어 시에 더욱 빠져들었습니다. 당시 그분은 남아시아 버전의 시 낭송회라고 할 수 있는 무사이라(mushaira)를 준비하고 있었고, 캘리포니아 밀피타스(Milpitas)에 있는 인도 커뮤니티 센터에서 열린 그 행사에 저를 초대했습니다.

밀피타스는 세계의 기술 변화를 주도해 온 최첨단 기업들의 본거지인 실리콘 밸리에 자리 잡고 있죠. 이러한 '경제 발전소'를 건설한 기업인들과 능력 있는 전문가들 중 상당수가 인도 대륙 이민자입니다. 그 결과 이 지역에는 활기에 넘치는 관객들이 우르두어 시를 듣기 위해 찾아옵니다. 실제로 제가 그 낭송회에 갔을 때 200여 명의 관객이 자리하고 있었습니다. 행사 전체가 우르두어로 진행됐는데도 그 정도 청중이라면 캘리포니아 북부에서 제가 가 본 시 낭송회 중에서도 규모가 상당한 편에 속했죠.

---

3) 아가 샤히드 알리, 『오늘 밤 나를 이스마엘이라 불러 주오』(New York: W. W. Norton, 2003).

4) 아가 샤히드 알리, 『아름다운 분열』(Hanover, New Hampshire: Wesleyan University Press, 2000).

　제가 그 낭송회에서 발견한 한 가지 사실은 우르두어로 시를 읊는 것은 영시를 낭송하는 것과는 다르다는 점이었습니다. 우선 시가 낭송되는 동안 박수가 끊이지 않습니다. 관객들은 낭독자를 향해 격려의 함성을 지르며, 가장 좋은 연을 다시 읊어 달라고 소리칩니다. 낭독자와 함께 마음에 드는 구절을 함께 큰 소리로 낭송하는 사람들도 있습니다. 무대에 등장한 사람들은 전통적인 미국의 영시 낭송자와는 다릅니다. 대부분 시를 노래하고, 때로 직접 작곡한 멜로디에 맞춰 부르기도 합니다. 감정이 고조되면 시의 구절들을 반복해서 낭송하기도 합니다. 시를 노래로 부르지 않는 경우엔 아주 아름답게 읊조립니다. 그때 낭송된 작품 중 한 편을 녹음해 왔는데 여러분께 들려 드리겠습니다. 인도의 저명한 시인이자 영화 음악 작곡가인 샤킬 바다유니(Shakeel Badayuni)의 가잘입니다. 이번에는 이 가잘을 저와 안슈만 찬드라(Anshuman Chandra)가 함께 영어로 번역한 것을 소개해 드리겠습니다. 안슈만 찬드라는 제가 앞서 언급했던 인구의 대이동을 여실히 보여 주는 분입니다. 인도 북부에서 태어났지만 미국으로 건너와 실리콘밸리에서 소프트웨어 엔지니어로 일하고 있습니다. 재능 있는 가잘 가수이자 작곡자이기도 하죠.

Ghazal by Shakeel Badayuni

My heart longs to go beyond the obsession of love,

and find joy in a new session of love.

Love drowned me in its tides

but my heart hopes that was a mere digression of love.

My lover and I are so far apart

my heart yearns to make a confession of love.

For so long my life has been colorless

but my heart wants a new impression of love.

May God save heaven and earth.
In my heart I pray there's no recession of love.

God, don't let me repeat these sins! Oh, Shakeel,
 your heart wants to undo your transgression of love.

샤킬 바다유니의 가잘

내 마음은 사랑의 집착을 넘어서고
새로운 사랑에서 기쁨을 발견하기를 열망합니다.

사랑은 나를 파도 속에 삼켜 버렸지만
내 마음은 그것이 단지 사랑의 탈선이기를 바라죠.

사랑하는 이와 나는 너무나 멀리 떨어져 있어
내 마음은 사랑의 고백을 갈망합니다.

오랫동안 내 인생은 빛깔을 잃었지만
내 마음은 새로운 사랑의 감동을 원하죠.

"신이시여, 하늘과 땅을 구하소서."
내 마음은 사랑이 물러나지 않기를 바랍니다.
신이시여, 제가 이런 죄악을 반복하지 않게 해 주소서.
오! 샤킬, 당신은 마음속으로 사랑의 무죄를 원하고 있군요.

(안슈만 찬드라와 잭 로고의 우르두어 영역본을 중역(重譯))

안슈만 찬드라는 자신이 작곡한 곡으로 직접 연주하여 가잘을 불러 녹음했습니다. 내가 우르두어, 페르시아어, 아랍어 등으로 쓰인 가잘에 대해 알면 알수록 가잘을 영어로 창작해 보는 것이 중요하다는 생각이 들었습니다. 특히 제 모국인 미국이 가잘이 탄생하고 번성한 이슬람 국가의 정치, 문화를 변모시키는 과정에 크게 관여하고 있는 상황에서 더욱 그렇습니다. 이슬람 국가를 변모시키려 하기 전에 최소한 그들의 문화를 배우고 이해하려 해야 하지 않을까요? 어떤 면에서 전쟁은 다른 문화나 민족에 대한 호기심이 비정상적으로 드러난 형태라고 할 것입니다. 그런 호기심을 평화적인 방법으로 충족시킬 수 있다면, 전쟁 방지에 한발 다가설 수 있겠지요.

하지만 영시와 형식이 많이 다른 가잘을 제가 어떻게 이해할 수 있었겠습니까? 심지어 가잘의 용어도 영어권 사람들에게는 낯설기만 합니다. 예를 들어 카피야(qâfiyah)는 2행 연구의 거의 끝부분에 반복적으로 나타나는 각운이고, 라디프(radif)는 각 행 끝을 동음으로 반복시키는 것을 말합니다. 영시에서도 일종의 라임(rhyme)으로 "moon, June, tune"을 사용해 왔지만, 가잘에서 맨 끝 직전에 라임이 위치하는 것과는 달리 영시의 라임은 각 행의 맨 마지막에 놓입니다. 그리고 가잘에는 매 행 맨 마지막 부분에서 음이 정확히 반복하는 것도 있습니다.

또한 가잘에는 주제와 무관한 독립적인 2행 연구들이 있습니다. 시 한 편에서 다양한 주제가 등장하는 것은 서구 예술의 아리스토텔레스적인 통일성을 무너뜨리는 행위입니다. 그렇다면 이와 유사한 사례를 어디에서 찾을 수 있을까요? 저는 동아시아에서 수백 년 동안 전통적으로 각 연의 유기적 연결성이 적은 짧은 시들이 만들어져 왔고, 그중에서도 특히 일본의 렌가[連歌]가 대표적이라는 사실을 알게 되었습니다. 그렇지만 너무 오래전의 이야기죠? 그러다가 미국 문학 이외의 작품들까지 섭렵하게 되면서 저는 각 연의 상호 연관성이 두드러진 단가(短歌) 몇 편을 발견할 수 있었습니다. 특히 일본의 유명한 여성 작가 요사노 아키코가 저술한 『헝클어진 머리[みだれ髮]』에 관심을 갖게 되었습니다. 요사노는 생전에 2만여 편의 시를 창작했고, 유부남이었던 요사노 뎃칸과의 치명적인 사랑의 경험을 토대로『헝클어진 머리』를 19세에서 20세까지 집필했습니다. 나중에 두 분은 결혼해서 11명의 자녀를 두기도 했습니다. 이 시집은 연관성 있는 짧은 시들을 어떻게 연결해야 하는지에 대한 훌륭한 본보기가 되었고, 이에 영향을 받아 현대 일본 시인 타와라 마치의『샐러드 기념일〔サラダ記念日〕』과 같은 명작들이 등장했습니다.

한편 1900년 이후에는 모더니즘 시가 파리, 취리히, 베를린, 상트페테르부르크, 런던, 산티아고, 부에노스 아에리스 등 유럽과 남미의 국제적인 도시들을 휩쓸었습니다. 안나 아흐마토바(Anna Akhmatova)의 선구적인 시집『저녁(*Vecher*)』이 1912년에, 기욤 아폴리네르(Guillaume Apollinaire)의 신기원을 이룬 시집『알코올(*Alcohol*)』이 1913년에, 파블로 네루다(Pablo Neruda)의『스무 편의 사랑의 시와 한 편의 절망의 노래(*Veinte poemas de amor y una canción desesperada*)』가 1924년에 출간되었습니다. 하지만 최초의 위대한 모더니즘 시집은 동아시아에 위치한 일본의 사카이라는 작은 마을에서 쓰였다고 말씀 드리고 싶습니다. 바로 그곳에서 요사노 아키코가『헝클어진 머리』를 집필했기 때문입니다. 이분이 하인리히 하이네와 같은 유럽 작가뿐만이 아니라 벨에포크 시대의 파리 아르누보 예술가들의 관능미에서 영감을 얻었기 때문에, 이 시집은 세계 예술의 상호 연관성을 보여 주는 좋은 예라고 할 수 있을 것입니다.

제가 가잘을 짓는 데 영감을 받은 또 다른 하이쿠 연작은 사실 멕시코 소설가 알베르토 루이산체스(Alberto Ruy-sanchez)의 작품입니다. 그의 소설『모가도르의 비밀 정원(*The Secret Gardens of Mogador*)』[5]에는 스스로 "9개의 분재"라고 칭한 관능적인 하이쿠 시리즈가 있습니다. 그중

---

5) 알베르토 루이 산체스,『모가도르의 비밀 정원: 지구의 소리(*The Secret Gardens of Mogador: Voices of the Earth*)』, translated by Rhonda Dahl Buchanan(Buffalo, New York: White Pine Press, 2009), 129~130쪽.

일부를 소개해 드리겠습니다.

1

From afar I smell

magnolias in your womb

unraveling me.

2

From all sides

my delirious frogs

leap into your pond.

3

I am that stubborn water

seeking day and night

all your roots.

(Translated from the Spanish by Rhonda Dahl Buchanan)

1

멀리서 향으로 느낀다오.
그대 깊은 곳의 목련 꽃이
나를 흐트러뜨리는 것을.

2

사방에서
내 기쁨에 들뜬 개구리들이
그대의 연못으로 뛰어오른다오.

3
나는 그렇게 강인한 물이라오
밤이나 낮이나
그대의 뿌리를 찾아 헤매는.

(론다 달 뷰캐넌의 스페인어 영역본을 중역)

　여러분도 이해가 되시겠지요. 이제서야 저는 두 행의 스탠자와 어떤 연관을 갖는 주제를 하나의 목걸이로 잇는 방법에 대해 알 수 있었어요. 하지만 셰익스피어, 워즈워스 같은 영문학 대가들의 각운과 전혀 다른 가잘의 라임은 어떤가요? 영어로 가잘을 지으면서 카피야와 라디프를 활용하는 것은 전적으로 불가능해 보였고, 영어의 자연스러운 소리에 어긋나는 것처럼 느껴졌습니다. 이렇게 라임 기법을 이해할 수 없었던 상황에서, 예상치 못하게도 매우 미국적인 것에서 이런 라임을 듣게 되었습니다. 바로 브로드웨이 뮤지컬을 위해 작곡된 곡들에서였죠. 반복된 사운드나 단어 앞에 오는 라임이 영시에서는 잘 쓰이지 않지만, 대중음악에서 아주 유행하는 형태라는 것을 알게 되었습니다. 여기 로렌츠 하트(Lorenz Hart)의 노랫말 구절을 소개해 드릴 테니 라임을 주의 깊게 들어 보시기 바랍니다.

I'm wild again
Beguiled again
A simpering, whimpering child again
Bewitched, bothered and bewildered am I

Couldn't sleep
And wouldn't sleep
Until I could sleep where I shouldn't sleep

Bewitched, bothered and bewildered am I

주체할 수 없어요, 또다시.

마음을 빼앗겼어요, 또다시.

히죽 웃고, 훌쩍거리는 아이가 됐어요, 또다시.

마법에 걸린 듯, 안절부절못하고, 갈팡질팡할 뿐이에요.

잠들 수가 없어요.

잠들지도 않을 거예요.

잠들 수 없는 곳에서 잠들 때까지.

마법에 걸린 듯, 안절부절못하고, 갈팡질팡할 뿐이에요.

아이라 거쉰의 불후의 명곡 「꼭 안아 주고 싶은 당신(Embraceable You)」도 좋은 예입니다.

Embrace me,

My sweet embraceable you,

Embrace me,

My irreplaceable you

Just one look at you—my heart grew tipsy in me.

You and you alone bring out the gypsy in me.

안아 주세요.

꼭 안아 주고 싶은 내 사랑.

안아 주세요.

단 하나뿐인 내 사랑.

당신을 꼭 한 번 보았을 뿐인데, 내 마음은 취해만 갑니다.

오직 당신만이 내 마음속 집시를 깨울 수 있어요.

두 예시는 모두 가잘 라임과 유사합니다. 첫 번째 곡의 "wild again, beguiled again, child again" 구절에서 "again"이라는 반복된 소리 앞에 라임이 놓입니다. 가잘의 라임 기법이 귀에 들어오기 시작하자, 이것이 어떤 면에서는 어린 시절 소네트보다 더 친숙하다는 사실을 깨닫게 되었습니다. 이것은 아마 제가 어린 시절, 어머니와 친구들이 마티니를 마시고 담배를 피우면서 담소를 나누는 중에 즐겨 듣던 「팰 조이(Pal Joey)」와 「무엇이든 좋아(Anything goes)」에서 나오던 엘라 피츠제럴드(Ella Fitzgerald)의 음악을 들으면서 자랐기 때문일 것입니다. 이 곡의 대부분은 미국의 유대인들이 작사를 했듯이 이것은 제가 속한 미국 유대인 문화의 일부이며, 가잘의 셈어 형태가 브로드웨이 뮤지컬 가사에 녹아 있다고 할 수 있을 것입니다. 그런데 직접적인 영향이 있다는 확신이 들면서도 지금까지 정확히 밝혀낼 수는 없었습니다.

저는 전 세계에서 찾아낸 많은 자료를 활용해 직접 가잘을 쓸 수 있게 되면서, 이것을 어떻게 부를 것이냐에 대한 질문이 제기되었습니다. 그러나 인도 시의 복잡한 멜로디와 박자를 배울 기회가 없어서 이를 완벽하게 익힌다는 것은 불가능했습니다. 제가 알고 있는 음악적 전통 중에 행을 자유자재로 반복하고 가잘에서처럼 라임으로 끝을 맺는 것이 있었을까요? 저는 자신의 시를 노래로 불렀던 미국 시인들을 떠올렸습니다. 제가 가장 좋아하는 시인 중 한 분은 세이쿠 순디아타(Sekou Sundiata)입니다. 그는 아프리카계 미국 작가로 밴드 연주에 맞춰 시를 낭송하고, 시집을 책으로 출판하는 대신에 음반으로 발매했습니다.[6] 또한 블루스의 열렬한 팬으로, 이후에 여러 차례 시를 양식화하기도 했습니다. 그 이전 세대에서 이와 비슷한 시인으로는 아프리카계 미국 시의 대가 랭스턴 휴즈(Langston Hughes)를 떠올릴 수 있습니다. 이분 또한 블루스 형태로 시를 창작했습니다. 그런데 미시시피 강 삼각주에서 돌연 생성됐던 음악 장르로 남아시아의 시를 부르는 게 가당키나 했을

---

6) 세이쿠 순디아타, 「꿈의 푸른 빛 일체감(CD)」(New York: Mouth Almighty, 1997).

까요?

실제로 가능했습니다. 조나단 쿠리엘(Jonathan Curiel)은 『알 아메리카: 미국 내 아랍과 이슬람 뿌리로의 여행(*Al' America: Travels Through America's Arab and Islamic Roots*)』[7]에서 블루스가 노예들이 북미로 끌려왔을 때 서아프리카에서 번성했던 이슬람 음악의 영향을 많이 받았음을 보여 주고 있습니다. 또한 아프리카에서 아메리카로 끌려온 노예의 20퍼센트 이상이 이슬람 종교 의례에 따라 아랍어 기도문을 낭송했고, 아랍 음악이 블루스 발전에 영향을 미쳤다는 사실을 증명하고 있습니다.

하지만 블루스는 아프리카인들의 후손인 미국인들이 억압받거나 사랑을 상실한 상태를 애통해하며 표현한 양식입니다. 어떻게 저 같은 뉴욕 출신의 중산층 백인 유대인이 블루스를 노래할 수 있겠습니까? 대신 제가 정말 비통하게 느꼈던 것에 대해 글로 쓰는 것은 가능하겠지요. 꼭 어떤 특정 인종만이 사랑을 잃고, 그 아픔을 느낄 수 있는 것은 아니니까요. 저는 가잘 각 행의 마지막을 "of love"라는 라디프로 반복하여 라임을 살리면서, 각 연에서 제게 중요한 것에 대해 얘기하고 있음을 계속 상기하려고 했습니다. 저는 어린 시절을 회상해 보고, 깊이 사랑하는 사람과 친구에게 결코 집착하지 않았던 제 어머니에 대한 기억을 떠올리게 됐습니다. 또한 다음 세대에 대해서도 생각해 보았습니다. 때로 사랑을 온전히 시도해 보기도 전에 포기해 버리는 것처럼 보이는 제 딸을 생각하면서 말이죠.

이 가잘을 노래할 때, 저는 인도 시 낭송을 들었던 경험을 생각합니다. 청중의 반응에 따라 인도 시 낭송은 매번 달라지곤 했습니다. 또한 세이쿠 순디아타와 같은 아프리카계 미국 시인들이 특정 단어와 구절을 반복하여 리듬과 운율을 더하면서 낭송했던 소리도 떠올립니다.

---

7) 조나단 쿠리엘, 『알 아메리카: 미국 내 아랍과 이슬람 뿌리로의 여행』(New York: The New Press, 2008), 20쪽.

요컨대, 저의 짧은 가잘은 "80가지 문학적 영향력으로의 세계일주 (Around the World in Eighty Literary Influences)"라고 부를 수 있는 일종의 행성 여행입니다. 오늘날 개별 작가들이 지니고 있는 문학적 게놈 지도를 그려 보면 각기 다른 모습이겠지만, 그 영향력만큼은 모두 세계적일 것입니다.

저는 작가들이 자신의 조국과 그 외 자신이 속해 있다고 생각하는 집단의 문학적 전통을 발전시키는 데 이바지하는 한편, 작품 속에서 이런 종류의 행성적인 연관성을 갖는 게 중요하다고 생각합니다. 중국의 발전소가 내뿜는 오염 물질이 방글라데시 마을에 홍수를 불러일으킬 수 있고, 미국의 집무실에서 내린 결정으로 인해 아프가니스탄 마을에 폭탄이 떨어질 수도 있는 이 세계에서 작가들이 문학과 예술의 전통, 행성의 발전에 대한 지식을 넓히고, 자신의 조국에 거의 알려지지 않은 문화와의 연결 고리를 만들려고 노력하는 것이 중요합니다.

마지막으로 이제 여러분들이 가잘 한 편을 창조하는 데 필요한 많은 요소들 중 일부를 알게 되셨으니, 제가 노래하는 가잘 한 편을 더 소개해 드리고 싶습니다.

Ghazal of the Quarter Moon

Call that babysitter, we're gonna slip tonight.
Maybe even take a starry dip tonight.

We've been such straight-A parents,
couldn't we just skip tonight?

The moon is swaying right over the bay.
It would spill its light if it should tip tonight.

Lord, I've been thirsty all the day,
but I know I'm gonna take a good long sip tonight.
Let's find a route with no red lights,
a street we can unzip tonight.

It's been too many weeks since I've danced my mind free,
but I'm gonna let'er rip tonight.

Sweetie, be sweet to your Zack.
I'm not Superman—don't you be kryptonite.

반달의 가잘

베이비시터를 불러, 슬며시 나갈 거니까, 오늘 밤.
별빛 아래에서 물위를 떠다닐 수도 있겠지, 오늘 밤.

늘 만점짜리 부모였지만
이번 한 번만 안 될까, 오늘 밤?

달이 만(灣) 위에서 흔들리고 있어.
기울어지면서 달빛을 흘리겠지, 오늘 밤.

아, 하루 종일 목말랐지만
오랫동안 갈증을 달랠 거야, 오늘 밤.

신호등이 없는 길을 찾아 보자.
벗겨 낼 수 있는 길로, 오늘 밤.

홀가분하게 춤춰 본 게 언제인지.
하지만 끝까지 가 볼 거야, 오늘 밤.

내 사랑, 당신의 잭에게 다정한 모습을 보여 줘.
나는 수퍼맨이 아니니, 당신도 크립토나이트처럼 굴지 말아 줘.

잭 로고 Zack Rogow 미국 시인, 번역가. 캘리포니아 예술대학교(California Institute of the Arts) 교수로 현대 세계 문학의 이해 및 번역, 미국 시 및 라틴 아메리카 문학 등을 가르치고 있다. 그의 시는 현대 미국인의 고립과 외로움, 이혼과 가정 파탄, 그리고 어린아이의 홀로서기와 현실 배우기, 눈뜸과 성장을 은유적으로 잘 묘사하고 있다는 평을 받고 있다. 시와 에세이 등으로 여러 문학상을 수상했으며 프랑스 문학 작품을 영어로 번역, 소개하고 일본 시 형태인 단가(短歌)를 짓는 데도 능하다. 『무한 이전의 수(*The Number Before Infinity*)』『위대한 성공(*Greatest Hits*)』, 『같은 행성(*The Selfsame Planet*)』 등의 시집과 『초록 밀가루(*Green Wheat*)』 등의 번역서를 비롯해 수십 종의 작품을 발표했다.

세계의 독자를 염두에 두고?

이승우

1

오늘날의 세계는 우리에게 외부 환경의 변화에 민감하게 반응하라고 종용하는 것 같다. 과학 기술이 주도하고 자본주의가 실어 나르는 오늘날의 변화는 삐르고 과격하다. 속도가 너무 빨라서 따라잡기가 어렵지만 따라가지 않으면 도태되기 때문에 따라잡지는 못하더라도 따라가기라도 해야 하는 것이 현대인의 운명이다. 변화에 민감하게 반응하라는(따라잡지 못하더라도 따라가기라도 하라는) 요구는 전 영역을 망라해서 시달되고 있다. 아쉽게도 문학 역시 열외의 대상이 아니다.

미리 말하자면, 문학, 특히 산문 문학인 소설을 쓰는 작가에게 이 요구는 어지간히 부담스러운 것이 아니다. 왜냐하면 변화에 즉각적이고 신속하게 대응하자면 민첩함과 순발력이 필요한데, 그러기에는 한참 둔한 장르가 소설이기 때문이다. 한 편의 소설은 그때까지의 그 작가의 삶의 총체라고 흔히 말해지거니와 그 삶의 총체라고 하는 것이 쉽고 빠르게 거둬들이거나 원하는 어떤 시점에 임의적으로 빼내 쓸 수 있는 것이 아니다. 심지어 습작기 때 읽은 독서 목록이 그 사람의 문학을 결정한다는 말이 있고 보면 외부의 변화에 민감하게 반응하라는 것이 얼마나 어려운 요구인지 알 수 있을 것이다.

이런 사정을 전제하면 경계를 허물거나 약화시키고 거리를 무화시키거나 단축시킴으로써 세계를 하나의 단위로 만들어 내는 이른바 세계화의 흐름이 문학과 작가에게 가하는 부담이 어떠한지 짐작하고도 남음이 있다. 한두 마디로 요약하긴 어렵지만 오늘날의 세계와 시대가 한국 문학과 한국 작가에게 요구하는, 혹은 오늘날의 한국 문학이 한국의 작가에게 요구하는 큰 명제 중의 하나는 '더 큰 콘텍스트 속에서 문학하라.'는 것이라고 생각한다. 나는 이 요구의 구체적인 내용에 대해, 이를테면 그 요구가 무엇으로 이루어져 있는지, 어떤 배경과 원인을 가지고 있으며 누구에 의해 발설되는지, 그리고 어떻게 하라는 것인지에 대해 알찬 이야기를 할 만한 사람이 아니다. 그러므로 나는 한국이라는 작은 나라에서 한국어로 글을 쓰는 한 작가의 입장에서 전 지구적으로 진행되는 세계화가 한국 문학과 작가들(이라기보다 내 자신)에게 요구하는, 요구한다고 생각되는 몇 가지 사실들에 대해 지극히 주관적이고 단편적인 견해를 털어놓으려고 한다.

2

세계화 시대의 작가라면 세계의 독자를 염두에 두고 글을 써야 한다는 주장이 큰 텍스트 속에서 문학하라는 말의 주석으로 제시되곤 한다. 한국 문학의 지방적 특성을 극복하고 세계인들의 공감을 얻기 위한 방안을 이야기할 때 등장하는 이 문장은 창작자의 각오로 나오기도 하고 응원석의 주문으로 나오기도 한다. 이것은 한국 문학이 세계의 독자들에게 다가가지 못하고 있다는 것을 인정하면서, 그 까닭이 성격 때문이든 수준 때문이든, 한국 문학 작품 속에 세계가 읽을 만한 내용이 담겨 있지 않기 때문이라는 사실을 전제하고 있다. 한국 문학에 세계가 읽을 만한 내용이 담겨 있지 않다면, 그 이유는 두말할 것 없이 한국의 작가가 세계가 읽을 만한 작품을 쓰지 않았기 때문이다. 그러니까 이제는 세계의 독자를 염두에 두고 세계의 독자가 읽을 만한 작품을 써야 한다고 요구하는 것이고, 쓰겠다고 각오하는 것이겠다. 한국 문학이 세계 문학의 변방에 있는 이유를 오로지 작가의 작품에서만 찾으려고 하는 이런 견해에 전적으로 동의하지는 않지만, 변방에서 벗어나기 위한 묘책인 양 제시되는 '세계의 독자를 염두에 둔 글쓰기'에 대해서도 선뜻 고개가 끄덕여지지 않기는 마찬가지다.

세계의 독자라는 크고 애매한 단어가 가장 먼저 걸린다. 세계가 무엇인지 말하는 것은 독자가 누구인지 말하는 것만큼 어렵다. 세계의 독자를 염두에 둔 작품을 써야 한다고 말할 때 우리는 우리가 그 일부로 속해 있는 세계와 세계의 독자를 대상화함으로써 우리 스스로를 세계에서 소외시키고 있다. 이를테면 '세계로 가기 위해' 한국 문학이 어떠어떠해야 한다는 말도 하는데, 세계에 소속해 있으면서 세계로 간다고 말할 수는 없다. 그렇다면 우리가 가고 있거나 가려고 하는 세계는 우리가 포함되어 있는 세계가 아니라 우리 밖의 타자, 일종의 환유로서의 세계일 것이다. 한국 문학이 세계의 독자를 염두에 둔 글을 써야 한다고 세계와 맞설 때 이 환유로서의 '세계'는 너무나 분명하게 세계, 혹은 세계 문학의 중심부를 지목하는 것으로 인식된다. 이때 세계, 혹은 세계 문학의 중심부에 대해 의식하는 주체는, 지리적으로든 문학의 영향력이라는 관점에서든, 극동 아시아의 한구석에 위치한 아주 작은 나라인 대한민국의 문학이고 작가이다. 그러면 이 작은 주체가 의식하는 큰 대상인 '세계'는? 이 질문의 답은 너무 뻔하다. 오래전부터 보편을 점유해 온 서양(유럽과 미국)을 은연중에 '세계'라고 지칭하고 있는 것이 분명해 보인다.

유럽이나 미국으로 진출해야 한다고 좀 더 솔직하게 말하는 목소리도 있고, 좀 더 노골적으로 노벨문학상 수상을 한국 문학의 세계화와 연결시키기도 한다. 내 의견을 말하자면, 나는 꼭 그렇게 생각하지는 않는다. 유럽이나 미국으로 진출하는 것이 옳지 않다거나 그럴 필요가 없다는 것이 아니라 그렇게 하는 것이 한국 문학을 세계적 수준(그것이 무엇인지, 그 수준을 누가 정하는지 알 수 없지만)으로 올리는 길이라는 생각에 동의하지 않는다는 뜻이다. 한국 작가의 노벨문학상 수상이 의미 없다거나 불가능하다는 것이 아니라 그것이 한국 문학을 세계화시키는 길이라는 생각에 동의하지 않는다는 뜻이다. 노벨문학상은 그저 규모가 조금 큰, 다른 상과 마찬가지로 그 나름의 고유한 작동 메커니즘을 가진, 수없이 많은 문학상 가운데 하나에 지나지 않는다고 하면 너무 단순한 생각일까.

내가 하려는 말은 한국 문학을 사유할 때 우리의 의식 속에 인정의 주체로서의 '세계'가 유럽과 미국으로 상정되어 있다는 것이다. 그들은 인정하는 자이고 그들을 제외한, 우리가 포함된 나머지는 인정받아야 하는 자가 되어 있다. 세계로부터 인정받기 위해 어떻게 해야 하는지에 대한 논의와 주장들이 꽤 있는 것으로 알고 있다. 가령 국민문학의 테두리에서 벗어나야 한다든가, 보편성을 담보한 문학이어야 한다든가, 번역에 견딜 수 있는 작품을 써야 한다든가, 한국 문학이 하나의 장르가 되어야 한다든가, 구체적인 실천 방안으로서 질 좋은 번역가를 양성해야 한다든가 하는 것이 그런 예이다. 심지어 작품의 무대를 외국으로 옮기고 이국적(서양적) 정서를 담아내는 것이 바람직한 문학의 세계화인 것처럼 소개된 적도 있었다. 번역가 양성은 조금 다른 문제지만, 이런 방안들의 바탕에는 지금까지의 한국 문학은 미흡하거나 합당하지 않기 때문에 다른(더 나은) 문학을 해야 한다는 생각이 깔려 있는 것처럼 보인다. 왜 미흡하고 왜 합당하지 않은지도 말해지는데, 그 기준은 당연히 '세계'를 점유한 서구의 문학이다. 문학 이론은 물론 역사나 세계관이나 창작 방법론을 포함한 서구의 문학적 기호(嗜好)들이 유일한 기준이 되고, 그 기준에 맞춰 쓰고 읽고 비평하도록 종용하는 목소리는 너무 커서 듣지 않을 수 없다. 타자의 시선에 따라 자기를 타자화함으로써 세계의 인정을 받으라는 요구 역시 마찬가지다.

한식 세계화의 방법에 대한 논의 가운데 흥미로운 것이 있었는데, 한국 음식을 현지인들의 입맛에 맞게 퓨전화하는 것보다 그들의 입맛이 한국 음식에 익숙해지도록 하는 것이, 당장은 몰라도 긴 안목으로 보면 효과적이라는 내용이었다. 음식과 문학이 다른 영역이긴 하지만, 햄버거와 소시지에 의해 우리 입맛이 서구화된 것이나 세계 문학 전집과 학교 교육을 통해 우리 문학의 입맛이 서구화된 것을 생각하면 참조할 가치가 전혀 없지는 않은 것 같다.

문학의 영역에서 글로벌 스탠다드라는 용어를 쓰는 것이 적합하지 않다고 생각한다면 특정한 기호에 의해 이루어지는 '인정'의 시스템 역시 적합하지 않다고 보아야 한다. 문학에서 '표준'이라는 것은 평범이나 상식처럼 모욕적인 용어이기 때문이다. 문학을 경영이나 스포츠와 혼동하거나 혼동하고 싶은 사람들에게 문학의 세계화 논의가 점령되지 않았으면 하는 것이 내 바람이다.

영토가 사라지고 경계가 무너짐으로써 문학이 글로벌 스탠다드로 통합되는 것이 아니라 스탠다드나 표준과 상관없이, 아니, 스탠다드나 표준 없이, 각각의 개성을 가진 다양한 문학들이 느슨해지고 무너진 경계를 넘어 세계 이곳저곳을 자유롭게 활보하는 그림을 그려 본다. 전도서에는 "모든 강물은 다 바다로 흐르되 바다를 채우지 못하며 어느 곳으로 흐르든지 그리로 연하여 흐른다."라는 문장이 나온다. 문학이라는 바다는 결코 다 채울 수 없는 큰 바다이며 그 바다를 향해 무수히 많은, 각각의 개성을 가진 이런저런 문학의 강들이 흐르는 것이 마땅하다. 하나의 큰 강으로는 이 거대한 바다를 결코 다 채울 수 없다.

3

세계화 시대를 사는 작가는 왜 세계의 '독자'를 염두에 두고 글을 써야 하는 것일까. 세계의 '독자'를 염두에 두고 글을 쓴다는 것은 어떻게 쓴다는 것일까. 이 질문은 세계의 변화에 민감해야 한다는 현실적 요구에 대한 의문과 반문을 내포한다. 예컨대 이 요구가 문학 내부의 자발적인 목소리인가, 아니면 시장의 목소리인가, 의심해 보아야 한다는 것이다.

'독자' 역시 '세계'만큼, 아니 어쩌면 더 심각한 오해와 왜곡의 가능성이 있는 단어이다. 세계의 독자를 염두에 두어야 한다는 말 속에 독자의 양적 확대에 대한 기대가 내포되어 있다는 것을 부인하기 어렵다. 양적 확대는 기본적으로 시장의 영역에서 강조되고 의미가 부여되는 개념이다. 가치 평가의 유일한 기준이 판매량과 이윤인 곳이 시장이다. 세계화 속의 세계는, 앞에 내세우는 슬로건과는 달리, 중심과 주변의 경계가 사라지고 다양성과 차이가 존중되며 각자의 개성이 발휘되는 만화경이 아니라 단 하나의 시장 논리가 전 영역을 지배하고 관리하며 통솔하는 전체주의적 단일 체제라고 할 수 있다.

문학이 시장으로부터 자유로웠던 적은 없지만 오늘처럼 시장의 영향력이 압도적이었던 적도 없었다. 시장은 거대한 자본과 전 지구적 유통망을 통해 세계의 독자를 거느린 전 지구적 베스트셀러들을 탄생시킨다. 세계의 독자를 염두에 둔다는 말이 어디서 비롯했고 무엇을 지향하는지 짐작할 만한 대목이라고 할 수 있다. 근본적으로 이것은 문학적 고뇌의 산물이 아니라 상업적 전략의 표출인 것이다.

특정한 문학적 기호를 표준화하는 것도 바람직하지 않지만 시장의 요구와 시장의 관리를 문학적으로 내면화하는 것은 더 바람직하지 않다. 이를테면 베스트셀러에 부여되는 문학적 인증 같은 것이 문제라고 할 수 있다.

세계를 지배하는 유일한 원리로서의 시장 논리는 대중 문학과 본격 문학의 구분을 흩뜨리는 식으로 문학에 간섭한다. 시장의 논리(혹은 욕망)에 의하면 좋은 문학이나 나쁜 문학, 고상한 문학이나 통속 문학, 순수 문학과 참여 문학과 같은 구분이 있을 수 없고 오직 독자들의 사랑을 많이 받은(많이 팔린) 문학과 그렇지 않은 문학이 있을 뿐이다. 책이 많이 팔리진 않지만 문학에 대한 열정과 자부심으로 글을 쓰는 작가는 받아들여지지 않을 것이다. 아직은 몰라도 곧 희귀한 존재나 웃음거리가 될 것이다. 열정과 자부심은 시장의 가치로 환원되지 않기 때문이다. 대중 문학이나 통속 문학이라는 용어는 불편하기 때문에 사용하지 않을 것이고, 아마 곧 사라질 것이다. 이 현상은 거대 자본을 가진 대형 출판사가 주도하고 대형 출판사의 관리 대상인 작가들이 이에 동조함으로써, 혹은 출판사가 이에 동조하는 작가들을 활용함으로써 빠른 속도로 확산되고 있다.

시장이 문학에 상업적으로 접근하긴 하면서도 겸연쩍어하던 시절이 있었다. 그리 오래되지 않은 일이다. 가령 한국의 경우 1970~1980년대에 순수 문학과 대중 문학은 엄격하게 구분되어 출판되고 유통되고 비평되었다. 이를테면 문학 잡지에 발표하는 글과 일간지, 또는 여성지에 발표하는 글은, 한 작가의 것이라고 해도, 내용과 성격, 그리고 수준이, 실제로는 어땠는지 모르지만, 판이하다고 받아들여졌고, 판이하게 다른 것으로 취급되었다. 적어도 작가의 의식 속에서는 이 구분이 매우 선명했을 것이다. 예컨대 이 시절의 작가들은 상대적으로 독자를 더 많이 의식하는 상업적 코드의 작품과 상대적으로 독자를 덜 의식하는 문학적 코드의 작품에 대한 인식이 뚜렷했고, 시장 역시 그러했다. 상업적 코드에 의해 집필된 작품들은 시장의 통제 대상이 되었지만 그렇지 않은 이른바 본격 문학이라고 불린 작품들은 시장의 통제 대상에서 제외되었다. 작가의 의식 속에 이런 구분이 가능했던 것은 시장의 영향력이 그만큼 크지 않았기 때문이고, 따라서 작가가 시장에 대해 우선권을 행사할 수 있었기 때문이라고 할 수 있다.

그렇지만 오늘날의 시장은 그렇게 겸손하지가 않다. 대중 문학과 본격 문학의 구분을 없앤 것은 시장이다. 그것은 그 구분이 무의미하기도 하고 성가시기도 하기 때문이다. 무의미한 것은 많이 팔리는 작품과 그렇지 않은 작품 말고 다른 것에는 관심이 없기 때문이고, 성가신 것은 많이 팔리는 작품을 만드는 데 그런 구분이 방해가 되기 때문이다. 시장은 대중 문학으로 분류됨으로써 무시 받고 천대 받는 것은 결코 독자의 수를 늘리는 데 기여하지 않는다고 생각하므로 대중 문학이라는 용어를 쓰지 않으려고 한다. 본격 문학이라는 용어를 쓰지 않으려고 하는 데에도 같은 동기가 작용한다. 예컨대 본격 문학이라는 낙인이 찍혀서는 독자들의 눈길을 받을 수 없다고 생각하는 것이다. 애초에 문학의 장에서 논의되고 비평되지 않았던 대중 문학 작품(과 유사한 작품)을 문학의 장으로 끌어올려 논의하고 비평하는 기술도 놀랍지만 애초에 시장의 간섭 밖에 있던 본격 문학 작품(과 유사한 작품)을 시장 안에 흡수하여 상품으로 요리해 내는 기술은 더 놀랍다고 할 수 있다. 한쪽에서는 상업적 코드의 작품들에 대한 문학적 인증들이 이루어지고 다른 쪽에서는 문학적 코드의 작품들에 대한 상업적 포장들이 이루어진다. 상업 작품에 문학적 인증을 받아 내고 문학 작품을 상업적으로 포장해 자신의 간섭과 관리 아래 둠으로써 시장은 유일한 지배자가 되었다. 우리는 지금 대중 문학 작품을 문학으로, 본격 문학 작품을 상품으로 만들어 내는 시장의 이른바 쌍방향식 연금술을 목도하고 있는 셈이다.

4

헤게모니를 가진 특정한 문학적 기호가 세계 문학의 표준이 되고 거의 유일한 지배 원리인 무소불위의 시장이 문학을 기획해 내는 현실을 의심과 불만이 가득한 시선으로 바라보면서 나는 묻는다. 세계의 독자를 염두에 두고 글을 쓰라는 것이 기만적인 요구라면, 그럼 어떻게 하겠다는 것인가? 무슨 방법이 있는가?

어떤 종말론자들의 삶의 태도와 관련해서 인상적인 것은 곧 닥칠 종말을 대비하기 위해 삶을 포기하거나 이제까지와 다른 삶을 사는 것이 아니라 이제까지 살아온 대로 계속 사는 것이다. 곧 종말이 올 거라는 인식을 지닌 채 살던 곳에서 계속 살고 하던 일을 계속하는 것이다. 종말 의식을 가지고 사는 사람의 삶의 모습이 다른 사람이나 이전의 그와 다르지 않다고 해서 그가 다른 사람이나 이전의 그와 다르지 않다고 할 수 없다. 똑같이 보이지만 그는 이미 다른 삶을 살고 있는 것이다.

나는 이런 종말론자들의 삶의 태도를 하나의 모델로 상정할 수 있다고 생각하는데, 세계의 변화에 신속하고 민첩하게 반응하며 자기 문학을 바꿔 나가는 것이 아니라 세계의 변화에 대한 철저한 인식을 내면화한 채 자기 문학을 계속해 나가는 것이다. 그랬을 때 이 사람의 문학의 모습이 다른 사람이나 이전의 그의 문학과 달라지지 않았다고 해서 그가 다른 사람의 문학이나 이전의 그의 문학과 다르지 않다고 할 수 없다. 똑같이 보이지만 그는 이미 다른 문학을 하고 있는 것이다.

세계의 변화에 민첩하게 반응하여 문학을 바꿔 간다는 것이 어떤 사람에게는 가능하고 쉬운지 모르겠지만 대개는 어렵고 불가능한데, 그 이유는 문자 매체가 워낙 순발력이 없기 때문이고, 그에 비해 세계의 변화는 너무나 빠르고 신속하기 때문이다. 허겁지겁 따라갈 수는 있지만 허겁지겁 따라가면 또 세상은 저만치 달아나서 다른 모습을 보일 것이다. 문학에게 요구되는 것은 허겁지겁 세상을 따라가는 것이 아니라고 생각한다. 문학의 위기를 말한다면, 그것은 세계의 변화 때문이 아니라 세계의 변화를 감시하고 비판하고 도전하기 위해 깨어 있어야 할 문학이 오히려 세계에 흡수되고 세계의 변화를 추종하는 것으로 살아남으려고 하기 때문일 것이다.

세계의 변화에 대한 철저한 인식을 가지고 자기 문학을 한다고 해서 세계에 어떤 영향을 미칠 거라고 기대할 수는 없다. 그것은 종말 의식을 지닌 채 자기 삶을 사는 사람이 세계에 어떤 영향을 미칠 거라고 기대할 수 없는 것과 같다. 그러나 그렇다고 의미가 전혀 없는 것은 아니다. 나는 기본적으로 문학은 세계에 미칠 영향에 대한 욕망으로부터 거리를 두고 있으며, 그와 같은 초연함을 통해 문학적 방식으로 영향을 미치는 것뿐이라고 생각하는 편이다. 말하자면 무엇을 함으로써가 아니라 '있음'으로써 세계를 유지시키고 의미 있게 하는 그런 존재. 문학은 기대하지 않은 채로 기대된다.

문학이 소통되고 공감되는 지점을 생각해 보자. 때때로 나는 한국의 어떤 동시대 작가의 작품보다 유럽의 어떤 작가의 작품에 더 친밀감을 느끼고 더 잘 이해한다고 생각할 때가 있다. 그 작가의 언어를 전혀 모르고 시대가 같지 않은데도 그렇다면 이것을 어떻게 해석해야 할까. 일반적으로 우리는 언어가 다르면 이해하기가 어렵고 소통도 불가능하다고 생각한다. 동시대가 아니면 감각이 다르기 때문에 이해가 불가능하다고 간주하기도 한다. 그러나 생각해 보면 언어가 같고 시대가 같다고 해서 반드시 잘 이해하고 잘 소통하는 것은 아닌 것 같다. 이해를 위한 통로는 언어나 동시대 감각의 일치만은 아니고, 마찬가지로 이해를 가로막는 장애물도 언어나 동시대 감각의 불일치만은 아니다. 물론 번역을 통하지 않고는 전달이 되지 않으므로 번역의 중요성은 문학의 세계화와 소통을 이야기할 때 빼놓을 수 없는 주제이지만, 그러나 참된 소통과 공감은 미상불 언어의 번역을 통해서가 아니라, 번역될 필요가 없거나 번역될 수 없는 어떤 것을 통해 이루어진다. 그것을 기억이라고 하든 세계관이라고 하든 심지어 유전자라고 하든 그런 것이 문학적 만남을 이끌어낸다고 나는 믿는다. 그리고 작가는 그런 만남에 대한 기대와 그런 만남을 통한 영향 말고는 갖지 않는 자라고 생각한다.

이런 생각 때문에 한국 문학의 고유한 개성이나 집단적 정체성을 보여 주어야 한다는 식의 주장에 대해서도 선뜻 고개를 끄덕이지 못하는 것 같다. 한국 문학의 고유한 개성이나 정체성이 무엇인지, 문학이 어떤 집단적 정체성을 가져야 하는지에 대해 말할 수 있는 사람이 있겠지만 나는 아니다. 사실 나는 카프카가 독일 작가인지 체코 작가인지 잘 모르고 별로 관심이 없으며, 독일이나 체코 문학의 집단적 정체성과 카프카 문학의 연관성 같은 것에 대해서도 생각하지 않는다. 카프카는 특정한 집단의 문학적 정체성과 함께 우리에게 다가오고 읽히는 것이 아니라 카프카 자체로 다가오고(혹은 다가오지 않고), 읽힌다.(혹은 읽히지 않는다.)

요동치는 세계의 변화와 상관없이, 혹은 그 때문에 더욱 자기 문학을 해야 한다는 한마디를 하기 위해 많은 말을 했다. 나는 이것이 용기를 필요로 하는 일이라고 생각하지 않는다. 필요한 것은 용기가 아니라 욕망의 억제, 세상과의 거리 두기, 일종의 초연함일 것이다. 하기야 모든 것을 흡수해 버린 시장의 한복판에 살면서 이런 것을 지킨다는 것이 용기 없이 가능한 일 같지는 않다.

이승우 소설가, 조선대학교 문예창작과 교수. 1959년 전남 장흥 출생. 서울신학대학교를 졸업하고 연세대학교 연합신학대학원을 중퇴했다. 1981년 《한국문학》 신인상에 「에리직톤의 초상」이 당선되어 등단했다. 종교적 사유에 인간에 대한 이해와 성찰이라는 진지한 주제로 독특한 소설 영역을 확보해 왔다. 대표작으로 『생의 이면』, 『식물들의 사생활』, 『그곳이 어디든』, 『한낮의 시선』, 『나는 아주 오래 살 것이다』, 『오래된 일기』 등이 있다. 『생의 이면』, 『미궁에 대한 추측』 등이 프랑스어로 번역되어 많은 사랑을 받았는데, 『식물들의 사생활』은 2009년 프랑스 갈리마르사의 폴리오 시리즈 목록에 한국 소설 최초로 선정되었다. 대산문학상(소설 부문), 동서문학상, 현대문학상, 황순원문학상 등을 수상했다.

3장 이데올로기와 문학

Literature in the Age of Post-Ideology

신화, 이데올로기, 일별

벤 오크리

1

생명이 숨으로 엮여 있듯 삶은 신화로 엮여 있다. 땅에서 샘이 솟듯이 신화는 인간사로부터 비롯된다. 신화는 시간이라는 불길 속에서 인간의 숨겨진 면모가 추출된 정수이다.

연금술사들은 마법의 작업에서 결정적 변화를 가져오는 요소가 될 정수, 즉 영원의 응집체를 찾고자 했다. 지구를 방랑하며 존재해 온 기나긴 시간 동안 인간은 갖가지 불가사의한 순환의 고리를 감지했고, 되풀이되는 원리에 주목했으며, 삶과 사랑과 죽음의 비극적인 맹위를 일별했다. 그리고 인생의 방향을 찾기 위해, 존재의 광야에서 길을 잃지 않기 위해, 어둠 속의 길잡이 역할을 해 줄 신화라는 정수를 뽑아냈다.

꿈이 그러하듯 신화는 우리를 지탱해 주었다. 다만 꿈은 역사에 대한 해답으로서 우리 안에서 절로 샘솟는 것인 데 반해 신화는 우리가 의식적으로 파악하고 기호화한 것이며, 여러 가닥의 실이 엮여 단단한 밧줄의 형태를 이루듯이 우리의 여정에 엮여 들어가 있다.

2

인류 최초의 조상이 완전한 인간이 된 것은 그들의 삶 속에 존재하는 신화적 구조를 감지한 순간부터였다. 그들이 깨닫고 구체화한 이러한 신화로부터 최초의 문명이 시작되었다. 인간이 맨 처음 깨달은 사실은 태양이 그러하듯 자신도 떠올랐다가 지고 또다시 떠오른다는 것이었다. 그는 어둠이 태양을 점령하지만 태양은 밤의 죽음을 뒤로하고 다시 떠오르는 사실을 인지했다. 그는 인간의 영웅적 본성이 무적의 강인함이나 단지 용감한 데 있는 것이 아니라 태양과 마찬가지로 밤의 완전한 패배로부터 다시 회복하는 데 있음을 깨달았다.

3

문명은 최초의 고인돌이나 거석, 석기, 불의 발견에서 시작되었다기보다 무르익은 밤의 한가운데서 비롯되었다. 그 무서운 밤의 어둠 속에는 괴물과 미지의 존재가 도사리고 있었고 악몽이 나래를 폈으며 그 어둠을 막을 수 있는 것은 어디에도 없었다.

이러한 어둠은 그 자체로 하나의 세계이자 폭정이었다. 어둠은 정신의 침범을 허락하지 않았다. 그것은 우리 조상의 영혼에 좌절감을 안겼다. 어둠은 짙고 음침했으며 죽음보다도 무서웠다. 죽음은 최후이고 결말이지만 저 어둠은 피할 길도 없었기 때문이다.

인류 최초의 조상은 얼마 동안이나 그 어둠의 지배를 받았을까? 원시의 조상이 처했을 상황을 한번 상상해 보자. 그들은 언어도 없이 미개하며 아직 지구에 익숙하지 않다. 그들은 온갖 징후와 함께 분출하는 우주, 각종 이미지로 뒤덮인 숲에 살고 있다. 밤이 시작되는 순간을 그려 보자. 밤은 엄청난 세력으로 덮쳐 온다. 밤의 덮개가 하늘을 완전히 가린다. 세상이 변한다. 아무것도 볼 수 없다. 나무는 악마가 된다. 두 눈은 무용해진다. 이렇듯 볼 수 없는 세상에서 우리의 조상은 사방에 미치는 절대적인 어둠의 용매 속에 몸을 움츠렸다. 그들에게 그 어둠은 지구상에서 가장 강력한 힘으로 느껴졌으리라. 어둠은 모든 것을 삼켰다. 어둠은 높은 곳에서부터 아래로 다가왔다. 어둠 속에서 인간은 한없이 미약했다. 어둠은 인간보다 강했으며, 전 지구보다도 하늘보다도 강한 듯했다. 어둠의 지배는 극복할 수도 정복할 수도 도전할 수도 없는 것이었다. 어둠의 군림은 절대적이었다. 인간은 그저 어둠에 굴복하고 어둠을 견디고 희망을 버리는 수밖에 없었다.

　　　4

　　바로 이 어둠으로부터 신화가 탄생했다. 인간의 가장 오래된 기억, 가슴에 새겨진 낙인처럼 가장 긴 시간 동안 지속된 기억은 바로 그 어둠에 대한 기억이다.

　　밤이 되살아날 때마다 밤은 영원히 머무를 것처럼 보였다. 마치 다시 돌아와 무시무시한 위용으로 자신의 왕국을 되찾는 왕의 모습과도 같았다. 밤의 집게손가락이 그의 삶에 슬며시 엄습해 오는 것을 보는 인간의 불안감이 어떠했을까? 그 어둠은 신화의 어머니다. 어둠의 기억, 어둠의 힘, 어둠의 공포는 지금까지도 우리를 떠나지 않았다. 우리에게는 그 영원한 흉터가 남아 있다. 우리가 자신에 대해 느낀 최초의 감각은 밤의 세계로의 유배에 대한 감각이다. 우리에게 어둠은 태고의 고향이다. 우리는 밤의 아이들이다. 우리가 치른 최초의 투쟁, 첫 번째 싸움, 첫 번째 이야기는 어둠과 연관된다. 우리는 어둠을 극복한 과정으로 스스로를 정의한 존재다.

　　우리가 달성한 최초의 위업도 저 어둠과 연관된 것이었다. 신화는 어둠으로부터 탄생했다. 어둠이야말로 우리의 능력과 통제를 벗어난 모든 대상을 형상화한 유일한 세력이었기 때문이다. 어둠은 우리 실존의 자궁이었다.

밤은 우리 몸 속 섬유질처럼 우리의 일부로 존재한다. 우리는 살붙이로서가 아니라 우리가 아는 한 영원히 존속될 하나의 조건으로서, 항상 어둠을 인지한다. 어둠은 우리가 태어나기 전부터 존재했고, 한시도 우리를 떠난 적이 없다.

5

인류 최초의 조상이 맞은 밤은 시대를 갈랐다. 한 번의 밤에는 한 생애를 좌우하는 어떤 것이 있었다. 인간의 상상력은 밤이 영원히 계속될지도 모른다는 생각을 불러일으켰다. 도대체 무엇이 이 밤을 종식시킬 수 있을까? 인간이 아는 것 중에는 그 무엇도 없었다. 밤은 역사를 에워쌌다. 미래의 밤은 과거의 밤보다 더 길 수도 있다. 밤은 영원의 시간 동안 그 모습을 드러냈다. 밤의 시작은 모든 끝의 시작이었다. 모든 밤은 종말이자 파멸이었다. 인간은 영원할 것 같은 밤의 세력에 맡겨졌고, 어둠 속 적대적 행성에 고립되었다.

6

신화의 씨앗은 어둠 속에 심어져 있다. 살아 있는 창자에 꽂힌 칼보다 더 깊은 통증을 주는 힘겨운 밤의 기억은 길가메시 서사시부터 이집트 신통기, 중국의 밤의 신부터 이름을 말할 수조차 없는 아프리카의 심연의 신에 이르는 모든 민족의 신화에서 영원히 지워지지 않는 그 흔적을 드러내 보인다. 창세기에서는 빛이 있기 전에 어둠이 있었다고 했다. 모든 땅의 최초의 신들은 아직 창조되지 않은 시간의 어둠으로부터 신비로운 모습으로 성큼 걸어 나왔다.

우리의 비명, 울부짖음, 공포감, 성가, 북소리, 무시무시한 형상의 가면, 춤, 국가적 공포, 주기적 격동, 피로 물든 전장, 압제 아래의 길고도 끔찍한 침묵, 견딜 수 없을 만큼 지독한 고통 속 억양 없는 아우성, 눈먼 영웅의 모습에 솟구치는 비통함, 대답 없는 하늘을 향한 절규는 모두 저 어둠에서 비롯되었다.

어둠은 얼마 동안이나 지속되었을까? 밤이 올 때마다 그것은 영원했다. 어둠 속의 매 순간은 영원이었다. 인간은 깨어나면 어둠이 가고 없을 거라는 희망조차 감히 품지 못한 채 어둠 속에 잠들었다. 그리고 깨어났을 때, 어둠은 여전히 그들을 지배하고 있었다.

7

그러나 어둠의 심연 속에 있던 어느 날, 지극히 미약했지만 어떤 변화가 일어나기 시작했다. 무언가 바뀌기 시작했다. 어떤 상태가 어둠과 싸우고 있는 것이었다. 어쩌면 이 싸움은 영원의 어둠이 드리워진 내내 계속되었을 수도 있다. 그러나 이 변화, 이 전환을 누가 볼 수 있었을까?

매일매일이 신기원이다. 우주에서 대대적인 역사가 일어난다. 처음 발견한 깊은 어둠 속 작은 저항의 징후는 분명 원시 인간에게 비할 데 없이 중요한 현상으로 다가왔을 것이다. 그 무엇보다 기적의 탄생과 가장 밀접한 상관관계를 지닌 것은 어둠 속에서 저항이 일어난 시점이다. 그것은 아무것도 볼 수 없던 눈이 씨앗처럼, 작은 꽃처럼 영원의 밤을 뚫고 솟아날 수 있는 이름 없는 대상을 수평선 너머로 스치듯 보았던 순간이다. 신화가 잉태된 곳은 어둠 속이었을지 몰라도 신화가 탄생한 곳은 그 작은 빛의 지점이었다.

그 스쳐 지나간 여명을 견디며 어둠 속에서 기도를 한 이들이 인류 역사에서 최초로 기도한 이들일 것이다. 그러나 가장 열정적으로 기도

한 이들은 희망을 꽃피우며 그 광명을 염원하고 수평선의 왕의 귀환에
경의를 표한 이들이었을 것이다.

인간성은 이렇듯 어둠을 뚫고 나온 자각으로부터, 즉 밤을 극복함으
로써 탄생했다. 신화는 어둠을 기호화하고 위대한 신들을 어둠에 선물
했지만, 동시에 어둠과 성격이 다른 단 하나의 미미한 존재, 빛을 발하
지만 또한 하늘에 원래 내재되어 있는 것이기도 했던 어떤 존재가 어
둠을 물리친 순간 역시도 기호화했다.

타오르는 태양이 아닌 미약한 여명, 곧 빛의 기운. 신화의 토대에서
바로 이 순간이 문명의 탄생을 이끌었다. 지구의 낯선 풍경 속에서 오
랜 시간 체류한 뒤, 인간은 자신의 일대기에 어둠이 자멸한다는 사실
을 포함시켰다. 어둠의 육체 너머의 무언가로부터 어둠과 대립되는 존
재가 탄생한다. 어둠의 몸 너머에서 어둠을 소멸시킬 씨앗이 잉태된다.
어둠의 지배력으로부터 그 종말이 예언된다. 뒤이어 어둠이라는 사실
과 빛의 확실성과 함께 고인돌과 거석, 석조 구조물, 석기, 물질 안에
숨어 있는 빛을 끌어내는 부싯돌의 불꽃은 의식(儀式)과 도시의 탄생
을 도왔다.

8

신화는 근본적으로 이데올로기와 구분될 필요가 있다. 그 두 가지가
같은 그림자를 공유하는 것처럼 보이는 경우가 있기 때문이다.

에즈라 파운드는 음악으로부터 지나치게 멀어지면 시는 위축된다고
말했다. 마찬가지로 신화로부터 지나치게 멀어지면 문학은 위축된다.
이데올로기도 같은 그림자를 가지고 있지만 그 성격은 다르다. 신화는
인간사의 본질에서 생겨나지만 이데올로기는 인간사에 부여된다. 신화
가 본질적이라면 이데올로기는 의도적이다. 신화가 밤으로부터 비롯된
다면 이데올로기는 한낮의 행위이다.

　이데올로기는 사회를 구성하는 토대가 되는 관념과 원칙, 양식으로 이루어져 있다. 이데올로기는 국가나 계급, 민족, 교리의 숨겨진 존재 이유다. 우리가 후대에게 신화를 가르치는 이유는 그들이 누구이며 어디에서 왔는지를 알려 주고 그들의 신비한 근원을 밝혀 주기 위해서다. 그러나 그들에게 이데올로기를 심어 주는 이유는 그들을 우리가 원하는 사람으로 바꾸고, 우리가 계획한 틀에 맞추고, 민족, 계급, 교리, 성(性)과 같은 국가의 구조화된 목적의 구현체로 만들기 위해서다.

　신화는 이데올로기적 목적을 위해 전복되는 경우가 많다. 우리가 신화에 특정한 기능과 의미를 부여하는 순간 신화는 이데올로기화된다. 신화가 열려 있고 자유로울 때는 마음을 움직이고, 상상력을 새롭게 자극하고, 과거와 현재와 미래의 기반이 되는 그 본연의 모습이 유지된다. 그러나 이데올로기는 항상 폐쇄적이고, 이론의 여지가 없이 해석에 반대하며, 감옥이 그곳의 풍경을 결정짓듯 한 민족을 규정하기에 이른다.

9

　구성원들의 통치 기준이 되는 일련의 통합된 관념을 갖추려고 시도하는 것이 사회의 속성이다. 가장 중립적인 형태를 띠는 사회적 응집의 원리는, 그것이 의도적으로 만들어졌든 역사라는 대장간에서 벼려졌든, 그 사회의 이데올로기라 부를 수 있는 것이다. 사회는 스스로를 규정한다. 때로는 다른 사회와의 관계 속에서 스스로를 규정한다. 때로는 피비린내 나고 분열적인 내적 대화를 통해 스스로를 규정한다. 때로는 종교적 신념이 그 기준이 된다. 드물게는 권위 있는 사상가들이 인간 사회에 최선이라고 여기는 각종 관념을 기준으로 스스로를 규정한다. 때로 사회는 이러한 자기 정의(self-definition)의 여러 단계를 거치기도 한다. 종종 하나의 사회는 지속적으로 이어지는 내적 대화가 앞서

구현한 결과물을 조정하고, 전복시키고, 다시 받아들이는 등 여전히 진행 중인 장대한 과업이다.

그러나 사회가 스스로 마지막 정의에 도달했다고 믿으며 자기 정의를 사회의 구성원보다 중요한 원칙으로 격상시키는 순간 우리는 가장 강력한 이데올로기를 보유하게 된다. 이렇게 되면 인간이란 무엇이고 어떠해야 하는지를 국가가 결정하게 된다. 그에 따라 인간은 자신의 존재와 본질, 운명이나 국가의 존재와 본질, 권력 등에 대한 근본적인 질문을 제기할 자유를 완전히 잃는다. 국가가 인간의 운명이자 궁극적인 목적이 된다. 또한 인간의 과거이자 미래가 된다. 이렇게 되면 국가는 마치 운명처럼, 밤처럼, 인간보다 훨씬 큰 존재로 군림하고, 인간은 국가가 정해 주는 만큼의 존재로 그치게 된다.

10

비교적 길지 않은 문명의 역사에서 이데올로기는 다양한 형태로 우리와 함께 존재해 왔다. 인간은 신화 안에서 수태되지만 이데올로기 안에서 형체를 갖춘다. 고대 이집트인들은 태양신 라와 아몬 신을 숭배했고 오시리스 신화가 그들의 삶 전체를 지배했지만, 일상 생활에서는 수많은 사제가 장악한 파라오 국가의 이데올로기를 따랐다. 이 경우 신화는 이데올로기에 기여하기 위해 만들어지고 이데올로기는 다시 신화를 강화했다.

고대 이집트를 비롯해 사실상 다른 모든 공간에서 이데올로기가 지녔던 규모와 보이지 않는 깊이는 그토록 먼 과거에 존재하던 이러한 공간들이 신이나 국가, 기존 질서의 본질에 대해 근원적 질문을 던진 사람을 배출한 예가 거의 없다는 사실에서 뚜렷이 드러난다. 논란이 많은 아크나톤 왕의 사례를 제외하고는 그 어떤 반역자도, 이견도, 대안적 철학도 나오지 않았다.

이데올로기는 개인이 아닌 국가를 위해 존재한다. 설령 개인의 이데올로기처럼 보이는 경우라도 실제로 그것은 개인주의의 이데올로기이다. 그 둘 사이에는 중대한 차이가 있다.

11

인간이 최초로 자립하여 신과 사회, 운명의 본질에 대한 위대한 질문을 제기했던 고대 그리스에서는 강력한 이데올로기의 힘이 민중의 삶 속에 빠르게 번졌다. 그것은 인간이 주인도 될 수 있고 노예도 될 수 있다고 말하는 이데올로기였다. 내게 있어 노예제는 훌륭한 그리스의 이상을 훼손시키는 것으로 여겨진다.

그러나 신화와 이상의 갈등 속에서 어떤 위대한 조짐이 나타났다. 「일리아드」는 다른 어떤 것 못지않게 그러한 갈등으로부터 비롯된 산물이었다. 의지의 힘을 압도하는 운명의 힘을 예시하는 오이디푸스 왕 역시 신화의 영향력이 이데올로기를 얼마나 앞서는지를 보여 준다. 왕은 점점 더 커져 가는 재앙 앞에서 상황을 통제하고 자신의 권위로 혼란을 잠재우려 애쓴다. 그러나 그의 나라보다 더 강력한 힘이 닥쳐 와 왕을 비극적인 진실의 소용돌이 속으로 휘몰아 넣는다.

이데올로기는 바다 위에 도시를 세우고, 벽돌을 세워 화산을 막고, 인간의 본성을 장벽 안에 가두려는 시도와 같다. 태어날 때부터 인간이 공산주의자나 자본주의자, 기독교도, 이슬람교도, 국가에 기여하는 국민, 노예, 하인, 불교 신자, 힌두교 신자 등으로 정해져 있는 것은 아니다. 이들은 우리가 태어난 사회에 이미 형성되어 있는 형식이자 우리가 실존의 무대에 등장할 때 우리에게 강요되는 양식이다. 이러한 양식은 우리의 본질이 아니다.

12

이데올로기는 사회 속에서 우리를 규정한다. 즉, 이데올로기는 사회를 이루는 핵심이다. 축적된 이데올로기의 힘은 곳곳에서 관습, 또래 집단의 압력, 사회적 순응, 행동 규칙, 예의범절, 말하지 않아도 우리가 행하도록 기대되는 것들 등의 형태로 나타난다.

이데올로기는 그에 속하지 않는 외부인, 희생자, 감옥, 그로부터 거부당하고 배척된 자들을 통해 그 본질을 드러내 보인다. 이데올로기는 우리를 대신해 우리의 존재에 이름을 붙이고, 우리가 갈 길을 제한하고, 우리의 발전을 가로막고, 정신의 흐름과 발산을 억누른다. 이데올로기는 단기적으로 국민을 통치하고 관리하는 것을 용이하게 해 주지만 그렇게 하는 과정에서 인간의 본성과 잠재력을 제한하는 막대한 대가가 따른다. 햄릿의 대사를 빌리자면 "이성은 고귀"하고 "능력은 무한"하며 "신처럼 뛰어난 이해력"에 "세상의 백미"인 인간이란 존재를 약화시키는 역할을 하는 것이다.

13

어떤 면에서 사회는 대립되는 여러 이데올로기의 전장이라 할 수 있다. 그러나 문학은 이데올로기와 인간의 본성, 이데올로기와 자유 간의 끝없는 대화이다. 달리 표현하자면, 신화, 이데올로기, 인간의 본성과 가능성이라는 삼자 간의 대화라고도 할 수 있다.

우리는 문학을 통해 이데올로기와 그것이 표출된 다양한 형태들로 이루어진 바다를 항해하는 사회 내 남성과 여성을 망라하는 인간의 노래를 듣는다. 혼자 무인도에 남은 로빈슨 크루소는 사회의 축소판인 그곳을 이데올로기로 규정한다. 다른 인간을 만나는 순간 그가 가장 먼저 한 일은 그들을 종으로 삼은 것이다. 『오만과 편견』은 그야말로 이데올로기적 동화가 아닌가?『위대한 개츠비』는 아메리칸 드림이라는 치명적 매력이 형성한 이데올로기에서 비롯된 비극적 작용이 아니고 무엇이겠는가?『모비딕』에도 이데올로기의 단층선이 가로지르고 있다. 이데올로기와 보복의 형이상학은 에이하브 선장과 선원들이 흰 고래를 찾아 목숨을 건 추적에 나서게 만드는 자극제로 작용한다.

　이데올로기는 비극적인 자유에의 추구에 대위법적 음을 제공한다. 이것이야말로 소설 속 인물들이 무의식적으로 맞서 싸우거나 압도당하거나 몰두하는 대상이다. 제임스 조이스(James Joyce)의『율리시스』에서 이데올로기는 더블린 거리 곳곳을 활보하고, 하나의 등장인물이자 언어와 구조의 층위 중 일부가 된다. 이데올로기는 주인공 블룸이 거리 구석구석에서 마주하는 식민주의자들의 조각상이다. 곳곳에 만연한 교회와 그 교리의 존재이기도 하다. 치누아 아체베(Chinua Achebe)의『모든 것이 산산이 부서지다(*Things Fall Apart*)』에서 이데올로기는 비극의 원천이다. 이 책에서 주인공 오콩코는 식민주의 이데올로기와 부족의 이데올로기가 쌍둥이처럼 뒤얽힌 보이지 않는 거미줄에 갇힌다. 심지어 돈키호테의 광기마저도 이데올로기의 광기, 즉 협객의 이데올로기라 말할 수 있다. 돈키호테가 제정신을 찾는 것은 17세기 스페인 사회의 지배적 이데올로기로 되돌아가는 것과 같다. 갖가지 꿈과 이데올로기 사이를 오락가락하는 돈키호테가 진정한 자유를 얻은 단 한 순간은 몬테시노스 동굴에서의 계시의 순간이지만, 제정신을 찾은 그는 그 순간을 전적으로 부정한다. 대다수 문학 작품에서 거미줄처럼 복잡하게 뒤얽힌 이데올로기를 만나지 않을 확률은 거의 0에 가까울 것이다.

　때때로 시인들만이 드물게 찾아오는 정신적 고양의 순간에 이데올로기의 침투로부터 자유로워질 수 있다. 때로 뮤즈는 시인으로 하여금 인간 사회의 규율이 인간의 자유라는 대의를 가로막는 영역으로부터 벗어날 수 있게 해 준다. 바로 이때 우리는 찬란하게 아름다운 순간, 의도적인 통제 계획으로 혼탁해지기 전에 인간이 사는 이 땅이 지녔던 본연의 모습을 상기시키는 초월성의 순간을 일별할 수 있다.

14

이데올로기는 인간의 정신 구조 속에 깊이 자리 잡은 나머지 우리의 진정한 본성만큼이나 우리 자신과 구분하기가 힘들다. 이데올로기는 우리의 심리, 우리의 형이상학, 우리 행동의 근원과 심지어 우리가 생각하는 사랑의 핵심에까지도 침투했다.

플라톤은 인간이 정치적 동물이라고 했다. 그러나 수세기에 걸쳐 이데올로기의 홍수를 겪은 지금, 인간은 이데올로기적 동물이라고 말하는 편이 더 사실에 가까울 듯하다. 형식과 이해에 뛰어난 인간은 다양한 속성을 지닌 존재이다. 영적이고, 정치적이고, 사회적 존재인 동시에 어쩔 수 없이 이데올로기적인 존재이기도 하다. 인간이 국가의 통제력과 보이지 않는 인종, 계급, 성, 종교의 영향력으로부터 자유로운 세상을 상상하는 것은 곧 국가의 초월 및 사회 정신의 각성의 가능성을 상상하는 것과 같다.

15

인간은 항상 원시 상태의 자유와 사회적 상태에서의 자유의 속박 간의 갈등 속에 존재해 왔다. 장자크 루소는 인간은 어디서나 자유롭게 태어난다고 말했다. 그러나 어디서나 인간은 이데올로기와 수수께끼로 가득한 바닷속의 물고기처럼 산다. 바로 이 때문에 모든 문학 작품에 교묘하게 포함된 주제가 자유가 된 것이다. 이데올로기적 인간은 자신이 그림자의 세계에 살고 있음을 인지한다. 그의 삶은 음울하고, 일상은 어둡고, 그의 정신은 그의 것이 아니다. 그의 운명은 이미 정해져 있는 듯 보이고, 그의 숙명은 거대한 바위의 그늘 아래 사는 것이다.

시대를 막론하고 이데올로기적 인간은 동굴 거주자이다. 그는 동굴 벽에 어른거리는 형체를 보고 그 그림자를 실재하는 것으로 보게 되었

다. 마찬가지로 이데올로기는 이러한 사물의 그림자를 사물 그 자체로
만들었다. 그림자가 실체로 간주되는 것이다.

16

그러나 전 시대에 걸쳐 때때로 시인, 소설가, 극작가, 예언자, 예술
가, 선지자는 그 동굴에서 빠져나갔다 되돌아와서 저 바깥에 진짜 세상
이 있으며 동굴 안의 우리는 자유를 잃은 채 살고 있다는 놀라운 이야
기를 우리에게 전해 준다.
많은 경우 우리는 이것이 신성 모독이라는 생각과 격분한 감정으로
인해, 세상을 역전시키는 소식을 전하는 이들을 응징하고 죽인다. 그들
은 감히 우리의 세상을 뒤집어 놓으려 했다. 현실은 현실이 아니고 현
실이 아닌 것이 현실이라고 암시했다. 그들은 태양이 우리 주위를 돌지
않는다고 말했고 지구가 평평하지 않다는 극악무도한 소리를 했다. 그
들은 우리가 그 누구보다도 자유로운 사람이라고 생각하지만 사실은
노예라고 말했다. 눈에 보이지 않는 아름다운 세상이라거나 햇살, 언
덕, 아름다움, 바다, 웃음 등 우리에게 아무 의미도 없는 당혹스러운 단
어들을 말했다. 그들은 술에 취한 듯, 미친 듯 보이고, 우리는 이런 예
술가들이 현실 감각을 잃어버렸다고 생각한다. 지금의 현실, 즉 동굴
안의 현실만이 유일한 현실이라고 여기기 때문이다.

17

그러나 오랜 시간이 지남에 따라 서서히, 하나둘씩 차례로 우리는
동굴에서 벗어나 우리가 현실이라고 믿었던 동굴 벽의 그림자 너머의
세상을 일별한다.

처음에는 빛 때문에 눈앞이 보이지 않는다. 그러다 서서히 우리는 동굴 너머의 이해할 수 없는 수수께끼 같은 현실로 가득한 세상을 본다.

가장 먼저 동굴 너머를 탐험한 이 여행자들의 이야기, 즉 자유에 관한 첫 번째 이야기는 향후 문학이 어떤 모습을 보일지에 관한 힌트를 제시한다. 그 힌트는 이미 우리에게 전해졌고 이곳에 있다. 잡힐 듯 잡히지 않는 상징적인 신화로 우리의 꿈에 끊임없이 따라다니는 그 글들의 페이지 사이사이에 끼워진 채로.

그러나 동굴 밖에서는 우리에게 더 이상 문학이 필요 없을지도 모른다. 문학은 속박당한 자유에 대한 위안이자 외침일지도 모른다. 문학은 우리의 문명이라는 거대한 동굴에 계속 드리워져 있는 어둠 속에서 꾸는 자유를 향한 영원한 꿈일지도 모른다. 문학은 우리가 부르는 새장에 갇힌 새의 노래일지도 모른다. 언젠가 피카소는 예술가는 눈이 뽑혔기 때문에 더 아름다운 소리로 노래하는 되새와도 같다고 말한 바 있다. 비극적이었던 오이디푸스 왕의 비통한 심정이 떠오르는 대목이다. 나이팅게일이나 앵무새의 노래도 떠올려 볼 수 있다.

18

지난 수년간 나는 새로운 유형의 문학이 인류사에 탄생할 수도 있다는 직감에 사로잡혀 있었다. 우리는 항상 문학을 생각할 때 과거와 연결 짓는다. 실제로, 문학은 그것이 지닌 과거성(pastness)에 의해 권위를 얻는 것이 사실이다. 우리는 그 과거를 전통이라 부른다. 그러한 전통이 가진 자력과 중력은 연속성과 유사성 및 대조를 통해 미래의 전통을 탄생시킨다.

그러나 나는 동굴을 벗어난 문학을 꿈꾼다. 진정한 인간의 조건은 동굴 안에 묶여 있는 것이 아니라 자유로운 것이라고 말하는 문학을. 지금 우리가 처한 상황에 대해 말하는 문학도 귀중하다. 동굴에 대해 제대로 아는 것이 좋으니 말이다. 동굴은 우리의 고향이자 우리의 역사였고, 우리의 고통과 비극이 펼쳐진 무대였다. 동굴이 우리의 고향인 이유는 우리가 수천 년 동안 내내 이곳에 있었기 때문이다. 그러나 이곳은 우리의 진정한 고향이 아니다.

19

우리의 진정한 고향은 은유와 상징으로 암시되고, 신화 속에서 직관되며, 꿈을 통해 제시되고, 짧은 순간 부분적으로 감지된다. 그것은 저 마법의 책장을 통해 짧은 한순간 우리 안의 삶과 접촉하고, 경이로운 상형 문자에 의해 조심스럽게 깨어난다. 문학 작품 속 페이지 곳곳에는 우리를 감질나게 하는 갖가지 비전이 그려져 있다. 암호화된 시의 꿈 속에 빠져들거나 찬란하게 빛나는 글의 해변을 거닐며 최상의 행복을 느끼는 순간, 우리는 그 빛으로 충만해진다. 우리는 그 빛을 감지하는 마법과도 같은 짧은 순간을 매혹이라 부르거나, 무아지경이나 다른 세상을 맛보았다고 말한다. 그러나 사실 마법과도 같은 모든 상상력의 불꽃과 마음속의 모든 광채가 창작, 관조, 해방이라는 단 하나의 행위로 통합되는 이 순간만큼 우리가 실재했던 적은 거의 없었다.

우리의 오랜 고향이 은유적 동굴이라면 진정한 고향은 햇빛과 공기, 산과 바다가 있는 세상이다. 그 참된 고향에서 우리는 햄릿이 말한 "무한한 우주의 왕"이 된다. 우리에게는 동굴에서(그리고 그곳의 악몽에서) 해방되는 날을 꿈꾸게 해 줄 햇빛과 같은 문학이 필요하다. 우리가 가진 고립에 대한 치명적 애착으로부터 탈출하고자 하는 결의를 굳건히 해 줄 산꼭대기와 같은 문학이 필요하다. 우리를 그림자의 마력으로부터 자유롭게 해 줄 빛과 같은 문학이 필요하다.

그러나 이런 일을 가능케 하기 위해서는 그림자와 빛, 억압과 바다, 정치와 햇빛, 지옥과 신화, 연옥과 형이상학, 어둠과 아이러니, 비극과 웃음, 익숙한 것과 놀라운 것, 텍스트의 선문답과 명료한 수수께끼, 이야기와 메타픽션을 한데 엮은 문학이 필요하다. 그런 문학이 있을 때, 보이는 것을 통해서만 보이지 않는 것을 이해할 수 있는 인간의 정신이 그가 지금껏 한 번도 들어 보지 못한 천상의 노래의 유혹 속에 서서히 힘을 얻어, 지금 이 시대의 하늘 아래서 동굴을 벗어나 빛으로 나오는 위대한 여정을 시작할 수 있을 것이다.

20

그렇게 새로운 공기를 들이마시고 우리 눈이 경이로운 자연에 익숙해지면 우리는 원래 불러야 했던 노래, 속박 속에 살았던 기나긴 시간 동안 스치듯 들었던 그 노래를 부를 것이다.

그리고 그 노래로부터, 좌절한 인간의 피가 아닌 영원과 유희의 불꽃으로 쓰인, 우리 본연의 천재성으로 가득한 문학이 탄생할지도 모른다.

벤 오크리 Ben Okri 나이지리아 출신 영국 소설가, 시인. 1959년 나이지리아 출생. 런던에서 자랐으나 1968년 가족과 함께 나이지리아로 귀향했다. 현재는 런던에 살고 있다. 초기 작품은 나이지리아 내전 당시 목격한 정치적 폭력을 고발하는 작품들이 주를 이루어 첫 소설인 『꽃과 그늘(*Flowers and Shodows*)』과 『안으로의 풍경 (*The Landscape of Within*)』 모두 국가와 가족의 붕괴와 혼란 속에서 고통받는 소년들이 등장한다. 월레 소잉카 (Wole Soyinka), 치누아 아체베(Chinua Achebe)와 함께 나이지리아를 대표하는 작가로 아프리카의 사회·정치적 상황에 대한 가장 영향력 있는 목소리로 꼽힌다. 『사당에서 생긴 일(*Incidents at the Shrine*)』, 『새로운 억압 아래의 별들(*Stars of the New Curfew*)』 등 10여 편의 소설을 발표하고 시, 단편 소설, 에세이집 등을 출판했으며 그의 작품들은 20개 이상의 언어로 번역되었다. 1991년 『굶주린 길(*The Famished Road*)』로 부커상을 수상했으며 이외에 영국 훈장과 커먼웰스상, 아가칸상 등을 수상했다. 그의 최근 작품은 2010년 출간된 『자유에 관한 이야기들(*Tales of Freedom*)』이다.

이데올로기로서의 문학—내 문학과 이데올로기

이문열

작가로 등단한 뒤로 가장 자주 듣게 되면서도 언제나 대답하기 난처한 질문은 '왜' 문학하는가, 또는 '어떻게' 문학하게 되었는가, 였다. 젊은 날에는 내가 문학을 하게 된 과정이나 경위가 내 삶의 이력과 너무도 긴밀하게 뒤얽혀 있어서, 어떤 불변의 예정을 실천한 것 같은 필연성으로밖에 더 내 문학을 설명할 길이 없었다. 그때만 해도 내 기억에 더 선명했던 것은 내가 언젠가 우울하고 몽롱한 언어의 조종사로 끝장을 보게 될지 모른다는 불안과 그 운명에서 달아나기 위해 급조했던 반(反)문학 이론들, 그리고 어느 날 끝내 한 소설가가 되고 만 나를 보고 소스라쳤던 경험 같은 것들이었다.

하지만 그로부터 30년이 더 지난 이제는 거드름 섞어 조작하거나 미화하고 과장한다는 느낌 없이 그 물음에 답할 수도 있을 것 같다. 특히 이데올로기와 연관지어 내 문학을 이야기하라면 대답은 더욱 정연해진다.

참혹한 이데올로기의 그늘에서 싹튼 문학

1950년 9월 한국전쟁의 첫 번째 반전 때 공산 정권을 도와 일했던 남한의 한 젊은 지식인이 패퇴하는 공산군을 따라 북쪽으로 달아났는데, 그 월북은 그가 신봉했던 이데올로기의 적들 사이에 남겨진 그의 젊은 아내와 어린 자식들에게 재앙과도 같은 생존 환경을 남겨 주었다. 특히 연좌제(緣坐制)란 아시아적 전제 국가의 잔재는 아버지의 부역(附逆)을 언제든지 현실적인 처벌이 가능한 원죄(原罪)로 바꾸어 적지에 남겨진 그의 아내와 아이들의 몸과 마음을 옥죄었다. 거기다가 그의 젊은 아내가 피투성이 내전을 겪으면서 키운 피해망상은 그 아이들의 삶을 더욱 끔찍하고 고달프게 만들었다.

3년 뒤 정전(停戰)이란 형태로 한국 전쟁이 종결되었을 때도, 그 젊은 아내의 의식은 여전히 집단 학살의 공포에서 벗어나지 못하고 자신과 아이들의 생존을 위한 두 개의 원칙을 고수하였다. 그 하나는 전쟁이 다시 터졌을 때, 자신과 아이들이 개전(開戰) 첫머리에 체포되는 일이 없도록 경찰의 파악에서 벗어나 있는 일이고, 다른 하나는 불행히 체포되더라도 반드시 도회지에서 체포되어야 한다는 것이었다. 대부분의 부역자 집단 학살이 개전 열흘 안에 자행되었다는 점과 그래도 대도시에서는 법과 재판이 있어 마구잡이 학살을 피할 수 있었다는 경험 때문이었을 것이다.

하지만 훗날까지도 잘 이해할 수 없었던 그 젊은 어머니의 그런 원칙에 따라 이 도시 저 도시로 이끌려 다녀야 했던 그녀의 다섯 아이들에게는 그 삶이 또래들과는 달리 별난 체험이 아닐 수 없었다. 그리고 그 다섯 중 넷째였던 어린 내게는 특히 그랬다. 어머니의 피해망상 때문에 외롭고 고달프게 떠돌아야 했던 그 10년은 그 뒤 50년이 다 되어 가는 지금까지도 내게는 억울한 느낌을 주는 고난과 모멸의 세월이었다.

나중에 알게 된 바로는, 아버지가 월북한 뒤에도 고향에는 어머니와 우리 다섯 남매가 의지해 살기에는 넉넉한 전답이 있었다. 그러나 경찰의 파악 밖에 있기 위해서 도회를 떠돌며 사는 바람에 고향에 있는 재산은 있으나 마나 한 것이 되었다. 이따금 어머니 혼자 밤중에 몰래 고향으로 숨어들어 우리 땅을 헐값으로 떠맡기듯 처분한 돈으로 다급한 경제적 난국을 해결하는 수도 있었지만, 도회지에서의 우리 삶은 거의 구걸에 가까운 적빈(赤貧) 속에 방치되었다. 전후의 피폐한 경제 때문에 우리가 의지하려고 찾아간 지인들도 큰 힘이 되지 못한 경우가 많았기 때문이었다.

그때의 굶주림과 헐벗음이 내 어린 영혼에 남긴 상처에 못지않게 우리가 떠돌던 삶의 유형도 쉬 지워지지 않은 각인으로 내 가슴에 새겨졌다. 그때는 지금처럼 주민등록이 잘 정리되어 있지 않던 때라, 우리 가족이 밤중에 낯선 도시로 자취 없이 떠나 버리면 경찰이 다시 알고 우리를 찾아오는 데는 빨라도 한 해가 더 걸렸다. 우리를 어떤 도시에서 보았다는 목격자의 전문(傳聞)이나 그들 나름의 정보망을 통해 우리의 자취를 밟아 오는 것인데, 그때 걸리는 2~3년이 우리가 한 도시에 머무는 기간이 되었다.

야반도주나 다름없는 우리 일가의 다음 이주는 그 도시의 대공(對共) 담당 형사가 다시 우리 가족을 찾아와 동태를 파악하고 가는 그날로부터 한 달을 넘기지 않고 감행되었다. 형사가 느닷없이 찾아올 무렵의 불길하고 음울한 분위기, 그리고 뒤이은 은밀한 이주 준비와 함께 마침내 출발의 밤이 다가왔다. 집주인에게조차 말하지 않고 식구대로 보퉁이 하나씩만 맨 채 단칸 셋방을 빠져나와 늦은 야간열차에 오르면 까닭 모르게 솟곤 하던 눈물. 어머니의 엄명 때문에 그동안 사귄 동무들에게 작별조차 못하고, 우리들에게 도움을 베푼 지인들에게조차 우리가 가는 도시를 알려 주지 못한 채 결행되던 그 떠남의 묘한 분위기는 오래오래 아픈 기억처럼 가슴속에 남았다.

정들 만하면 떠나야 했던 그 도시들, 멀어져 가는 도시를 차창 밖으로 바라보며 젖었던 나름의 감회. 하지만 다음 날 아침 새로운 도시에 내리면 어느새 되살아나곤 하던 낯섦에 대한 동경과 기대. 그때 애 늙은이의 설익은 사유로 상정해 보았던 삶의 원형은 떠돎이었고, 존재의 양식은 외로움이었다. 그리고 그것들은 어느 정도 내 문학적 감수성의 형성과 연관이 있겠지만, 거기까지 내 문학의 출발점으로 끌어대고 싶지는 않다.

이제는 거의 확신을 가지고 말할 수 있는 문학과 나의 친화(親和) 과정은 그 고단한 떠돌이 삶의 한 부작용인 제도 교육에서의 이탈과 그 때문에 생긴 여가에서 비롯됐을 것이다. 이 도시 저 도시를 떠돌면서 나는 초등학교를 세 번 옮겨 다녔는데, 세 번 모두 학적부가 연결되지 않은 전학이었고, 그사이에는 몇 달 혹은 한 학기 가까운 공백이 있었다. 그게 또래의 다른 아이들에게는 흔치 않는 여가가 되었는데, 그런 내 여가는 대개 교과 밖의 책 읽기에 돌아갔다.

그 뒤 초등학교를 졸업하고 한 해 만에 우리 외롭고 고달팠던 첫 번째 떠돌이 삶 10년이 차면서 우리의 귀향이 결행되었다. 밤낮으로 불안하게 여겼던 것처럼 전쟁이 쉽게 일어나지 않았을뿐더러, 민정 복귀를 앞두고 있던 군사 정권 지도자가 연좌제 폐지를 공약하자, 용기를 얻은 어머니가 고향으로 돌아갈 결심을 하게 된 까닭이었다. 선산(先山) 발치에 있던 넓은 산지를 개간하여 새로운 삶의 터전을 삼으려고 식구들이 모두 고향으로 모였고, 나도 다니던 중학교를 몇 달 만에 그만두고 고향으로 돌아갔다. 중학교가 없는 고향에서 비정규 과정을 거쳐 검정고시로 고등학교에 진학할 때까지 나는 또 2년 반을 제도 교육에서 벗어나 있게 되었다. 그리고 또래보다 터무니없이 늘어난 여가는 다시 책 읽기에 바쳐졌다. 나는 시간이 나는 대로 우리 성씨들만이 사는 마을을 돌아 친척들의 빈약한 서가에 있는 책들을 거두어 왔다. 그리고 닥치는 대로 그 책을 읽으며 도시의 또래들과는 비교할 수 없을 만큼 늘어난 여가를 죽여 냈다.

그런데 문제는 무료와 외로움을 달래는 것 말고는 특별한 지향이 없고 아무도 지도해 주지 않는 책 읽기였다. 그렇게 되면 책 읽기는 어쩔 수 없이 재미와 자극적인 감동 쪽으로 편향되게 되고, 끝내는 문학 작품 특히 소설 쪽으로 흘러가기 쉽다. 나도 마찬가지였다. 잠시 통속 잡지나 만화 같은 읽을거리를 기웃거리다 소설 쪽으로 방향을 튼 나의 책 읽기는 이내 나를 조숙한 문학 애호가로 만들어 놓았다.

그 뒤 검정고시로 그럭저럭 고등학교에 진학했으나 그마저 일찌감치 그만두고 다시 제도 교육에서 벗어나게 되자, 이전처럼 책이 나의 유일한 스승이 되면서 문학은 점점 더 내 정신적인 성장의 여러 국면을 주도하게 되었다. 특히 어렵게 검정고시를 통해 진학한 대학마저 1년 만에 때려치우고 나 자신도 잘 모르는 나의 길을 걷기 시작하면서 제도 교육으로부터의 이탈은 문학과의 친화를 넘어서는 의미를 가지게 되었다. 대학 졸업까지 우리 제도 교육이 요구하는 16년 가운데 8년을 혼자만의 책 읽기로 때워 가는 동안 문학은 이제 위로물이나 둔피처(遁避處) 이상의 한 은밀한 지향(指向)으로까지 내 의식 속에 자리 잡기 시작했다.

따라서 아버지가 선택한 이데올로기의 엄혹한 그늘에서 피해망상에 빠져 있던 어머니가 살아남기 위해 선택했던 초기 10년의 생활 방식은 내 어린 정신이 문학과 친화할 계기가 된 것만으로 그치지 않았다. 그때의 떠돎과 일탈이 뒷날의 삶에 끼친 그 후유증은 이미 그럴 필요가 없어진 뒤에도 떠돌이의 습성과 제도 교육으로부터의 일탈이라는 형태로 남아 문학에 대한 의존을 키우다가, 끝내는 내 삶 자체를 문학에 내던지게 하였다.

작용과 반작용의 심화 학습

나의 문학 지향은 먼저 불안의 형태로 내게 의식되었다. 이러다가 나는 저잣거리의 잡문을 담는 그릇으로 내 삶을 허비하게 될지도 모르겠다……. 언제인가부터 나는 그런 불안으로 문학을 경계하게 되었는데, 그것은 아마 청년 시절 초기까지도 내 의식에 강하게 작용했던 전통적인 가치관 때문이었을 것이다. 그때까지도 우리 사회의 가치관은 문학, 특히 문예창작에는 그리 호의적이지 못했다. '장부로 태어나서 글쓰기에 너무 빠져들면 큰 뜻을 잃게 된다.'와 같은 전근대적인 문예관에서는 벗어났다 해도, 우리 현대 문학 초기의 선배 문인들이 남긴 퇴폐와 곤궁의 이미지는 아직 다 털어 내지 못하고 있었다.

하지만 불안이나 경계도 지향의 한 형태이다. 그리고 겉으로는 불안이나 경계 때문에 잘 드러나지 않지만 의식 내부에서는 그 지향에 이르기 위한 학습이 시작되고 있었다. 이른바 문학청년들에게 습작기라고 불리는 창작가로서의 자기 형성 기간이었는데, 오래잖아 그것은 은밀하면서도 치열한 심화 학습 과정으로 발전해 나갔다.

돌이켜 보면 소년기 말의 내가 먼저 손댄 습작 활동은 글쓰기 중에서도 '어떻게'에 해당되는 부분이었던 것 같다. 나는 도구적(道具的) 실용이라는 개념을 앞세워 드러내 놓고 문장 수련에 들어갔다. 문장은 앞으로 내가 어떤 분야에서 일하게 되더라도 가장 유용하고 효율적인 도구가 될 것이란 전제 아래 이루어진 기교적 연마였다. 나는 글이 도구가 아니라 존재를 드러내는 유일한 수단이 될지도 모른다는 불안을 억누르며 효과적인 언어의 선택과 배치를 익혀 나갔다. 그 무렵 내가 공들여 했던 문장 연마는 그림의 데생에 해당하는 것으로, 오래된 일기에는 그날의 기록 대신 범상한 주변 사물의 모사로 채워진 부분을 흔히 볼 수 있다.

하지만 문장 수련은 필연적으로 '어떻게'뿐만 아니라 '무엇'을 쓸 것인가와도 만나게 되어 있다. 특히 '어떻게' 쓰는가에 어느 정도 숙달 되면 그 '무엇'의 무게는 더욱 커져, 나중에는 바로 그 '무엇'이 '어떻게'의 심화 학습 자리에까지 놓이게 된다. 그런데 십 대가 다할 무렵 그 '무엇'의 자리에 놓이게 된 것이 나를 문학과 조우하게 하고 친화하고, 마침내는 그것을 한 지향으로 삼게 만든 바로 그 이데올로기의 그늘이었다.

그때까지 연좌제란 이름으로 월북자 가족들을 옥죄던 남한 사회의 악의와 복수심은 끊임없는 가치 박탈의 체험과 피해 의식으로 내 의식을 이데올로기의 그늘에 가둬 놓았다. '어떻게'에 어느 정도 숙달되면서 내 글쓰기의 '무엇'은 관념의 연마 쪽으로 기울어졌는데, 그중에서도 가장 생생한 자극을 주고 절실한 반응을 이끌어내는 것은 내 존재를 부조리와 모순 속에 내던져지게 한 아버지의 이데올로기를 둘러싼 관념들이었다. 그리하여 소년 시대 끄트머리에서 시작되는 '무엇'을 중심으로 한 내 문장 수련의 심화 학습은 사회주의 이데올로기, 그중에서도 특히 마르크스레닌주의에 대한 작용과 반작용의 형식으로 진행되었다.

아버지의 이데올로기에 대한 나의 첫 번째 의식적인 접근은 십 대 후반에 처음 시도되었다. 사춘기를 벗어나 내 존재의 근원으로서 아버지를 찾아보고 싶어지면서 나는 그의 이데올로기에 주목하였다. 대지주로서의 반평생과 일본 유학이란 흔치 않은 학벌을 무의미하게 만들고, 젊은 아내와 열네 살부터 유복녀에 이르기까지 어린 오 남매를 적지에 팽개친 채 홀로 북쪽으로 떠나게 만든 것이 바로 그 이데올로기였기 때문이었다.

하지만 그때는 유신(維新) 직전의 엄격한 반공 이데올로기 시절이라 아버지의 사상에 접근하기는 쉽지 않았다. 삼엄한 검열은 마르크시즘 이론서의 집필이나 출간을 철저히 봉쇄해 아직 외국어 독해력이 충분하지 않은 내게는 서적을 통한 접근이 불가능했고, 그 이데올로기를 가슴속의 빛으로 품고 있는 사람들도 드물어져 말로 전해 듣기도 쉽지 않았다. 거기다가 전쟁이 끝난 지도 벌써 20년이 다 되어 가 어쩌다 그런 사람을 만나도 핵심을 조리 있게 전해 줄 만큼 기억하고 있지도 못했다.

그 때문에 공연히 만나서 서로 좋을 게 없는 사람들이나 찾아다니고, 요행수를 바라 헌책방이나 뒤지고 다니다가 결국은 호된 꼴을 보고 말았다. 엉뚱한 사건에 연루되어 가택 수색을 당하던 중에 어렵게 구해

놓은 소화(昭和) 12년 판 사회주의 사상 전집 열 권이 들켜 사나흘 호
된 심문을 당하고 겨우 풀려난 일이 그랬다. 그때 월북과 밀봉 교육의
혐의까지 받아 그 알리바이를 증명하려고 진땀을 뺐던 일이 지금도 생
생하게 기억난다.

그 뒤 짧지만 조심스러웠던 대학 생활을 보내면서 내가 몰두했던 이
상한 독서도 어떤 면에서는 아버지의 이데올로기를 추적하는 작업이었
을 것이다. 나는 용케 번역 출간이 허용되었던 조안 로빈슨의 마르크시
즘 비판이나, 비판서이면서도 1980년대 들어서야 해금된 카를 포퍼의
저서 일부 같은 것을 읽으면서 그 인용문이나 행간(行間)에서 순정한
마르크시즘의 파편들을 찾아보려고 애썼다. 그리고 한편으로는 한때
제2인터내셔널에서 추방될 때까지 마르크시즘과 경쟁했던 아나키스트
의 저서들을 통해 마르크시즘의 반면(反面)이나 반영(反影)을 찾아보
려고도 했다.

그러다가 유신 시대가 열리면서 나는 오이디푸스적 복합 감정에 감
정에 빠져들게 된다. 서로를 이용해 서로의 권력을 지켜 나가는 남북의
이른바 적대적(敵對的) 의존 관계가 점차 진상을 드러내자 갑자기 솟
아오른 부성(父性) 살해의 열정이 먼저 아버지의 이데올로기부터 부정
하게 하였다. 이십 대 중반의 일로, 그 갑작스러운 반전에는 그때 한창
절정이었던 연좌제의 피해망상도 한몫을 했을 것이다. 나는 한때 진심
으로 반공(反共)이 내 이데올로기가 되기를 빈 적도 있었다.

하지만 아무래도 나는 내 아버지의 아들이었다. 오이디푸스적 복합
감정도 잠시, 부성살해의 열정이 광풍처럼 지나가면 나는 다시 내 피의
아버지를 찾았다. 그리고 오이디푸스처럼 자신의 두 눈을 파낼 정도는
아니지만, 그래도 제법 가슴 서늘한 회한에 젖어 내가 부정하고 짓밟은
것들을 돌아보게 되었다. 어쩌면 나는 그때 한편으로는 짓밟고 부수면
서, 그리고 다른 한편으로는 그래서 그림자나 파편으로만 남은 아버지
의 이데올로기를 다시 더듬어 껴안으면서, 긍정과 부정 사이를 시계추
처럼 왔다 갔다 한 것이나 아닌지 모르겠다.

특히 이십 대 후반기를 보냈던 대구에서의 아버지 찾기는 지금 돌이켜 보기에도 애틋한 추억이 있다. 그때 나는 다시 아나키즘으로 우회하여 아버지의 이데올로기와 만나 보려고 한 것 같은데, 내가 학원 강사로 떠돌던 대구에는 마침 한국 아나키즘의 정맥이 한 갈래 이어져 오고 있었다. 허유(虛有) 선생이라고 불리던 하기락(河岐洛) 교수로 그때 이미 칠순에 가까웠는데도, 젊은 나를 동지라 부르며 반겨 주시던 그분의 모습이 눈에 선하다. 나는 그분에게서 먼저 크로포트킨과 프루동의 저서 몇 권을 빌려 읽었고, 그분이 쓰신 한국 아나키즘 역사를 사서 정독했으며, 슈타이너부터 바쿠닌까지 그분이 추천해 주신 이런저런 아나키즘 저서들을 찾아 대구의 헌책방을 여러 날 뒤진 적도 있다.

반(反)이데올로기에서 탈(脫)이데올로기로

아버지 살해와 아버지 찾기 사이의 오락가락이 끝난 것은 결국 삼십 대로 접어든 뒤가 된다. 그 뒤로도 아버지의 이데올로기 주위를 맴돌며 긍정과 부정 사이를 오락가락하던 나는 한동안 양비(兩非)와 양시(兩是)의 진창을 헤맸다. 그러다기 역사적 허무주의의 세례를 빌으면시 마침내는 반(反)이데올로기 쪽으로 길을 잡는다.

나는 이데올로기를 인간을 위한 어떤 것으로 믿어 왔다. 그 계급성이나 당파성에도 불구하고 이데올로기는 그들의 존재에 근원적인 뜻을 부여하는 가치 체계이고, 자신과 객관적인 조건들을 현실적으로 인식할 수 있게 해 주는 분석 체계이며, 원망(願望)과 확신으로 자신에게 잠재해 있는 에너지를 의지적으로 활성화하는 신념 체계이고, 구체적인 사회적 쟁점에 대응하는 수단과 태도를 결정하게 해 주는 선택 도식이라는 이데올로기 일반론에도 대체로 동조해 왔다.

그러나 내가 아버지의 이데올로기를 부정하거나 긍정하기 위해 접근했던 우리 시대의 이데올로기들은 모두가 기이한 전도(顚倒)를 겪고 있었다. 원래 인간을 위한 수단으로 고안되었던 이데올로기는 그것이 한 이데올로기로 기능하는 순간 오히려 인간을 자기 확장의 수단으로 삼았다. 그리하여 인간의 복리 증진을 위해 자신을 내던져야 할 이데올로기가 거꾸로 인간을 희생으로 삼아 자신의 번성을 도모하는 목적의 전도를 일으켰다. 우리 가족이 겪은 불행도 아버지의 이데올로기에서 일어난 목적의 전도에서 비롯된 것이었다.

거기서 반(反)이데올로기의 논리를 키워 가던 나는 다시 탈(脫)이데올로기로 길을 잡게 된다. 그리고 더 나아가 무(無)이데올로기에 이르게 되는데, 기실 무이데올로기는 그 자체가 하나의 이데올로기라고 할 수 있다. 이데올로기는 오직 이데올로기에 의해서만 부정되고 무화(無化)될 수 있기 때문이다.

그리하여 이데올로기와의 길항(拮抗)으로 써야 할 '무엇'을 연마한 나는 마침내 무이데올로기를 내 글쓰기의 이념적 기반으로 삼게 되었다. 하지만 내 삶을 문학에 의탁하리라는 결의를 하고서도 한동안 나는 무이데올로기도 하나의 이데올로기일 수가 있다는 것을 깨닫지 못했다. 이십 대 후반에 내 자호(自號) 중에는 삼무자(三無子)란 것이 있는데, 그때 내게 없던 세 가지는 나라와 스승과 이데올로기였다. 그것으로 미루어 그때까지만 해도 내게 있어서 무이데올로기란 소극적이고 부정적인 의미를 가진 어떤 문학적 입지(立地)에 지나지 않았던 듯하다.

그러다가 권위주의 통치 아래 점차 그 압력을 키워 가던 우리 사회의 의식 과잉이 급속하게 좌편향의 이데올로기로 전화되어 가던 1970년대 말에 등단하게 되면서 나도 차츰 무이데올로기의 이념성에 눈뜨게 되었다. 나는 이데올로기가 없는 것이 아니라, 이데올로기를 부인하고 부정하는 이데올로기를 가진 이데올로그였을 뿐이었다.

하지만 부인과 부정은 이데올로기의 한 출발은 되지만 그것만으로 온전한 이데올로기가 될 수 없다. 부인과 부정으로 지워지고 빈 공간을 무언가 대안으로 채워 놓을 때 비로소 그 이데올로기는 완결된다.

사회주의 이데올로기는 사유 재산의 부정으로 첫걸음을 내디뎠지만, 수많은 이념가의 불꽃 같은 사유와 고안들이 사유 재산이 부정된 그 빈자리를 채운 뒤에야 하나의 이데올로기로 완결될 수 있었다. 아나키 즘도 한 온전한 이데올로기로 자리 잡기까지는 초기 발안자들이 지워 버린 국가 권력의 자리에 적당한 대체물을 채워 넣기 위해 수많은 자 유인들이 밤을 지새우며 머리를 쥐어짜야 했다.

무이데올로기란 나의 이데올로기도 그런 일반 원리에서 벗어날 수 는 없었다. 어떤 이데올로기가 이데올로기답게 되려면 부인과 부정만 으로 그쳐서는 안 된다. 지워 버린 것, 비워 낸 것들에 대한 대안이 없 는 이데올로기는 이데올로기로서의 기능을 할 수 없다.

거기에 생각이 미치자 비로소 나는 내가 지워 버리고 비워 낸 자리 에 무엇을 채워 넣었는지, 무엇이 부인되고 부정된 이데올로기를 대신 하고 있는지 궁금해졌다. 처음에는 그게 무엇인지 얼른 집혀 오지 않았 다. 그러나 비정형적인 내 이데올로기에 대한 비판과 논쟁을 거치는 동 안에 차츰 그 무엇은 뚜렷해졌다. 이데올로기를 지우고 비워 낸 자리에 내가 채워 넣은 것은 바로 문학이었다. 문학이 곧 나의 이데올로기가 된 것이었다.

이데올로기로서의 문학

어떻게 보면, 문학이 곧 내 이데올로기였다는 말은 논리적 진술이라 기보다는 비유적 묘사처럼 느껴질는지도 모르겠다. 문학이 이데올로기 가 될 수 있는가. 하지만 그때 내게 문학은 틀림없이 한 이데올로기로 기능했다. 문학은 내게 있어서 존재에 근원적인 뜻을 부여하는 가치 체 계였고, 현실을 객관적으로 인식할 수 있게 해 주는 분석 체계였으며, 내 안에 잠재해 있는 에너지를 의지적으로 활성화하는 신념 체계였고, 구체적인 사회적 쟁점에 대응하는 수단과 태도를 결정하게 해 주는 선택 도식(選擇圖式)이기도 했다.

그 뒤 30여 년, 한 이데올로기로서의 내 문학은 수다한 변용과 굴절을 겪었다. 문학 이데올로기는 필연적으로 문학지상주의 경향을 띠고, 문학의 자기목적성과 자족성을 주장하는 교의에 빠지기 쉽다. 수직적인 가치 체계를 부정하고 상위 가치를 인정하지 않으며, 거기에 종속되거나 그 실현을 위해 복무하기를 거부한다.

그런데 내가 한 신출내기 작가로 출발한 시대는 불행히도 모든 가치가 공동선(公同善)의 기치 아래 통합되는 시대였고, 그 아래 수직적으로 종속된 문학은 상위 가치에 복무할 것을 공공연하게 요구받고 있었다. 그리고 그 이데올로기는 오랜 권위주의 통치에 반발해 탈주한 지식인들을 유인하고 설득하여 시대정신의 고지를 선점하였다.

그렇게 되면 이데올로기로서의 내 문학은 유사 의식의 어두운 열정과 정신적인 허영으로 범벅된 그 시대의 이데올로기와 충돌하지 않을 수 없게 된다. 거기다가 점차 그들의 운동성에 과부하가 걸리고 적(敵) 개념이 무절제하게 확대되면 불화는 점차 열전으로 변해 가고, 그에 따라 내 문학의 이데올로기도 전투적으로 발전했다.

지난 30년 그 시대의 공동선에 대한 방관자 또는 냉담자로 출발한 내 문학이 지나온 변용과 굴절의 자취는 이제 돌아보기조차 처참한 기억이 되었다. 짧은 시기의 밀월 뒤 나의 문학, 나만의 이데올로기에 의지해 통합주의와 수직적인 가치관에 홀린 시대의 주변을 서성거리던 나는 오래잖아 유사 의식과 정신적인 허영의 가세로 더욱 거대해진 시대 이데올로기와 터무니없는 싸움에 말려 들어갔다. 그리고 후반이 되면 분별없는 분노에 빠져 미덥지도 않고 별로 정이 가지 않는 이데올로기들과 합종연횡하며 이제는 정치권력까지 장악한 그 리바이어던과 좌충우돌 싸움을 벌였다. 특히 지난 10년은 추악하게 타락한 적과 돌이킬 수 없이 타락한 방법으로 싸운 끔찍한 세월이었다.

그사이 내 문학은 아마도 깊이 상처 입고 불구가 걱정될 만큼 뒤틀렸을 것이다. 하지만 그렇다고 거기 실었던 이데올로기까지 이지러지고 변질되었다고는 생각하지는 않는다. 마구잡이 난타전으로 찢기고 할퀴고 그을린 것은 내 이데올로기의 표피이지 본질은 아니다. 억지처럼 들릴지 모르지만 아직도 문학은 내게 이데아처럼이나 휘황한 이데올로기다.

이문열 소설가, 한국외국어대학교 석좌교수. 1948년 경북 영양 출생. 서울대학교 국문과를 중퇴하고 1979년 동아일보 신춘문예에 「새하곡(塞下曲)」으로 등단했다. 계간 《상상》의 자문위원과 세종대학교 국어국문학과 교수를 역임했다. 1998년에는 미국의 출판 에이전시 뉴욕 와일리(WYLIE) 사와 전속계약을 맺기도 했다. 한국 현대 문학을 대표하는 능란한 이야기꾼으로서 현학적 지식과 읽는 재미를 두루 갖춘 수많은 작품들로 독자들의 큰 사랑을 받고 있다. 주요 작품으로 『금시조』, 『우리들의 일그러진 영웅』, 『사람의 아들』, 『황제를 위하여』, 『영웅시대』, 『시인과 도둑』, 『변경』, 『대륙의 한』 등이 있다. 동인문학상, 이상문학상, 현대문학상, 호암상 예술상, 프랑스 문화예술공로훈장 등을 수상했다.

이문열 · 이데올로기로서의 문학 — 내 문학과 이데올로기　265

이제 한국 문학은 이데올로기를 먹어야 한다

정과리

이데올로기에 관한 이론적 논의들

이데올로기에 대한 논의는 두 단계를 거쳐서 진화해 왔다. 첫째 단계에서 이데올로기는 두 가지 의미로 정의되었다. 하나는 그것은 집단적 차원에서 존재하는 '허위 의식'이라는 것이었다. 그에 대한 발언들은 마르크스 이래로 수없이 되풀이되었다. 그 발언의 밑바탕에는 이데올로기를 허위 의식으로 규정할 수 있는 상위의 인식 체계를 '말하는 주체'가 가지고 있다는 믿음이 숨어 있었다. 그 믿음을 그들은 '과학'이라는 이름으로 표면화해 왔다. 주체 바깥에 고정불변의 보편적 기준이 있는 듯이 말이다. 그러나 이른바 '객관적' 과학에 대한 다양한 의혹이 제기되었을 때, 이데올로기를 다르게 규정하는 시도가 생겨났다. 이데올로기는 집단적 차원에서의 '신념 체계'라는 것이다. 그러니까 그것은 그 자체로서 옳고 그름의 문제를 떠나 정당한 주관성의 총화로서 실제적 효과에 다가가고자 하는 의지라는 것이었다. 그것은 부르주아와 프롤레타리아를 가르고 프롤레타리아의 집단적 의식에, 부르주아의 허위 의식에 대항하는 혁명적 의식의 자격을 부여하고자 한, 마르크스로부터 루카치를 거쳐 오늘날까지도 이어지는 마르크스주의 해석자들의 기나긴 연쇄의 집요한 주장에 의해서건, 혹은 거꾸로 보수적 지식인 에릭 보즐린(Eric Voegelin)처럼 "인간의 지식을 지상적 복락을 위해 쓰이게끔 만드는 폐쇄된 지적 체계[1]"로 파악한 태도에 의해서건, 이데올로기는 당사자도 알고 있지 못하는 정서적 충동이라기보다는 뚜렷한 판단과 의지를 통해 형성된 일관된 실천적 태도의 정신적 집합물, 즉 신념 체계이다.

'허위 의식'이든 '신념 체계'이든, 이 단계의 이데올로기 정의에서의 포인트는 그것이 집단적인 것이라는 점이다. 이데올로기는 '개인'을 초월한다. 따라서 개인의 힘으로는 그 이데올로기를 교정할 수 없고, 또 개인의 의식은 이데올로기와 엄밀히 일치하지 않는다. 각 개인의 사사로운 생각과 잡사들은 무의미한 것이고 집단적 층위에서 일어나는 사건들과 의식들이 중요한 것이다. 요컨대 진정한 주체는 집단이다. 이런 류의 생각들은 한때 폭넓은 지지를 받은 적이 있었다. 그러나 이러한 생각은 슬그머니, 특정한 초월적 세력을 끌어들이게 된다. 이데올로기를 허위 의식으로 규정하는 경우에는 이른바 과학적 지식을 가진 자 혹은 집단을 상정하게 된다. 그것을 신념 체게로 규정하는 경우에도, 그 신념 체계의 공시자를 별도로 설정하게 된다. 왜냐하면 그것은 '개인'을 초월하는 어떤 곳에 있으니까. 부르주아의 집단 의식을 허위 의식으로, 프롤레타리아의 집단 의식을 신념 체계로 간단히 대별했던 마르크스주의의 이데올로기 논의가 궁극적으로 '당에의 복무'로 귀결한 것은 그 때문이다. 이른바 자본주의 사회에서는 프롤레타리아마저 '물화되어 있다(reified)'라는 주장으로 파문을 일으키고 수많은 사람을 감화시킨 루카치가 '실제 의식(real consciousness)'과 '가능 의식(possible

---

1) Ted V. McAllister, Revolt Against Modernity-Leo Strauss, Eric Voegelin, and the Search for a Postliberal Order(University Press of Kansas, 1995), 17쪽.

consciousness)'의 구별을 통해, 궁극적으로 '당(party)'에 의한 민중의 장악을 정당화한 것은 그러한 관념적 곡예의 막다른 골목이 무엇인가를 여실히 재현한 최고의 희극이었다고 할 수 있다. 그런데 그 희극에 얼마나 많은 사람들이 골머리를 앓다가 온 세상의 짐을 다 짊어진 듯한 비극적 운명의 존재로 전락했던가? 또한 "인간은 정치만으로 사는 게 아니다."라는 한마디로 그 희극을 대범하게 벗어났던 트로츠키 역시 자신에게 닥친 비극은 떨쳐 버릴 수 없었다.

이데올로기를 집단의 관념으로부터 개인의 실존의 문제로 돌리는 데 결정적인 역할을 한 것은 알튀세르의 이데올로기론이다. 알튀세르는 「헤겔과 마르크스」에서 이데올로기에 대한 두 개의 새로운 관점을 제시했는데, 하나는 이데올로기는 '상상적'이라는 것이고, 다른 하나는 '물질적'이라는 것이었다. 전자의 정의는 얼핏 '허위 의식'의 정의의 재판처럼 보인다. 그러나 그렇지 않다. 그 정의의 핵심은, "이데올로기는 개인을 주체로 호명한다.(l'idéologie s'adresse à l'individu en tant que sujet)"는 유명한 명제에 있다. 알튀세르는 그 정의를 통해서 이데올로기가 거짓된 환상이라 할지라도 단순히 집단에 대한 의탁이 아니라, 개인의 적극적 호응에 의해서 발동되어 개인에게 삶의 의미를 보장하는 정신적 양식으로서 개인의 삶의 실천을 통해서 발동되고 증폭된다는 것을 보여 주었다. "이데올로기는 물질적"이라는 후자의 정의는 그러한 개인의 삶의 실천으로서의 이데올로기는 바로 '국가 이데올로기 관리 기구(Apparatus idéologique de l'Etat)'라는 제도적 장치들을 통해 일상적 삶의 아주 세세한 부면들에 구체적인 형상과 무게와 벡터를 가지고 투영됨으로써 작동한다는 것을 가리킨다. 이데올로기는 그렇게 해서 관념의 울타리를 벗어나 인간의 육체 속으로 들어오게 되었다.

그러나 이러한 정의에도 여전히 문제점은 남아 있었다. 이데올로기는 이제 인간이 일용하는 양식이라 할 만하였다. 우리는 이데올로기의 빵을 뜯으며 내일을 향해 전진한다. 그런데 이것은 여전히 허위 의식이었다. 이데올로기에게 들린 존재는 '주체로서 호명된' 존재이지 스스로

주체화되는 과정을 통과하는 존재가 아니었다. 이러한 태도에는, 과학/
이데올로기의 이분법을 고집하고자 한 알튀세르의 집착이 개재되어 있
었다. 이 집착은 그로 하여금 "역사는 주체 없는 역사다."라는 명제를
도출케 한다. 그러나 그 말을 하는 존재는 여전히 하나의 주체였다. 알
튀세르라는 주체. 스스로 과학의 편에 있다고 생각한 주체. 알고 있다
고 가정된 주체.

　아마도 이데올로기를 일방적으로 허위 의식으로 정의하는 인습으
로부터 탈출하기 위해서는 부르디외의 '아비투스(habitus)'와 아감벤의
'장치(dispositif)'에 대한 정의를 기다려야 할 것이다. 아감벤은 푸코로
부터 착안해, 장치를 다음과 같이 설명한다. "나는 생명체들의 몸짓, 행
동, 의견, 담론을 포획, 지도, 규정, 차단, 주조, 제어, 보장하는 능력을
지닌 모든 것을 문자 그대로 장치라고 부를 것이다. …… 요컨대 생명
체들(실체들)과 장치들이라는 두 개의 커다란 부류가 있다. 그리고 이
양자 사이에 제3항으로서 주체가 있다. 생명체들과 장치들이 맺는 관
계의 결과, 이른바 양자가 맞대결한 결과로 생겨나는 것을 주체라고 부
르기로 한다."[2]

　아감벤의 '장치'는 알튀세르가 말하는 '이데올로기 관리 기구'와 크
게 다르지 않다. 그러나 아감벤이 알튀세르보다 한 발 더 나아간 점이
있다면, 후자가 '이데올로기 관리 기구'의 작용을 일방적으로 보고, 따
라서, 탈주체화를 위한 별도의 기제를, 과학의 이름으로, 그러나 환상
적으로, 끌어들일 수밖에 없었다면, 아감벤은 생명체와 장치들 사이의

---

2) "J'appelle dispositif tout ce qui a, d'une manière ou d'une autre, la capacité de capturer, d'
　orienter, de déterminer, d'intercepter, de modeler, de contrôler et d'assurer les gestes, les
　conduites, les opinions et les discours des êtres vivants. …… Il y a donc deux classes : les
　vivants (ou les substances) et les dispositifs. Entre les deux, comme tiers, les sujets. J'appelle
　sujet ce qui résulte de la relation, et pour ainsi dire, du corps à corps entre les vivants et
　les dispositifs." ─Giorgio Agamben, *Qu'est-ce qu'un dispositif?*, traduit de l'italien par Martin
　Rueff, Rivages poche, Éditions Payot & Rivages, 2007, 31~32쪽. 한국어 번역은 양창렬
　옮김, 『장치란 무엇인가? ─ 장치학을 위한 서론』(난장, 2010), 33~34쪽.

상호 작용(맞대결)이 실제적인 삶의 풍경임을 적시하고, 그 상호 작용 속에서 '주체'의 발생을 보고, 그리하여 그 발생 과정을 '주체화 과정' 이라고 이해하는 데에 있다.

그런데 아감벤은 희한하게도 오늘날 디지털 문명과 전자 기기의 출현 속에서 '주체의 산종(dissémination)'을 보더니 급기야는 산종의 증식과 축적을 '거대한 탈주체화 과정(gigantesque processus de désubjectivation)'과 동일시해 버린다. 그리고 그가 보는, 탈주체화 과정의 실제적인 결과는 "통치 기계의 끊임없는 공회전(de grands tours pour rien de la machine gouvernementale)"으로서, 이것은 "세계를 구원하기는 커녕 세계를 파국으로 이끌어 간다."[3]

이러한 논리의 전개는 이상한 이탈로 보인다. 옛날에 보인 게 맞대결이라면 지금 보이는 것도 맞대결일 것이다. 옛날에는 주체화 과정이 보였다면, 주체화 과정의 주체가 맞대결의 핵심에 놓여 있기 때문이다. 그런데 오늘의 문제를 탈주체화 과정이라 정의하려 한다면, 어디선가 그 동인을 끌어와야 할 것이다. 그 어디선가가 왜 갑자기 출몰하는가?

이 기이한 퇴행 속에는 그가 알게 모르게, '주체화 과정'을 전적으로 긍정하고자 하는 욕구가 있는 것으로 보인다. 그래서 주체로 집결되는 과정을 바라보는 시선이 편안했던 데 비해, 주체가 산종되는 과정을 바라보는 건 불편해지는 것이다. 그런데 저 주체화 과정 자체도, 그것이 생명체를 살게 하는 건 분명하지만, 그 또한 스스로의 환상에 추동되고 있는 건 아닌가?

우리가 이데올로기를 물질성의 차원에까지 끌고 갔다면, 그것은 우선은 바로 이데올로기가 우리 삶의 동력임을, 우리 존재의 매 순간에 운동을 일으키는 것이라고 이해해야 할 필요가 있기 때문이다. 요컨대 그것은 실감의 문제인 것이다. 그게 아니라면 왜 주체가, 아니, 주체로

---

3) "Mais, au lieu de le sauver, elle reste fidèle à la vocation eschatologique originaire de la providence et le conduit à la catastrophe." 앞의 책, 50쪽; 양창렬 옮김, 한국어본, 48쪽.

서 가정된 존재가 그것을 기꺼이 받아들이며 그것을 자신의 몸으로 재생산하겠는가? 그런데, 이 에너지의 충전과 방류로서의 실감이란, 진정한 것이라기보다, 진정한 것이라는 환상 속에서 추동되는 생기의 감각이라고 해야 타당할 것이다. 그것은 인간을 주체화하며 동시에 노예화한다. 주체에 대한 환상 속으로 침닉하는 것. 그것이 노예화이기 때문이다. 이 문제를 제일 먼저 포착한 것은 주체(subject)라는 어사의 두 품사(명사/형용사)의 의미론적 대립에 착목한 알튀세르이지만, 그러나 이것은 '주체인 줄 착각하지만 실상 노예'라는 뜻에서가 아니라, 주체화될수록 노예화된다는 뜻으로 이해되어야 할 것이다. '나'는 공동체의 소망을 성취하는 영웅이 될수록 공동체의 하수인이 된다. '나'는 '자아의 이상'에 근접하면 할수록 '이상적 자아'의 환몽에 시달린다. 또한 따라서, 주체화와 탈주체화는 불가피하게 상반적이면서 동시에 상보적인, 다시 말해 모순으로서 상생적인, 동시적 작용으로서 운동하기를 요청될 수밖에 없는 것이다. 그렇다면 오늘날 많은 사람들이 목격하고 있다고 생각하는, 저 주체의 산종은, 실은 탈주체화가 특별히 부각되어 드러나는 주체화―탈주체화 과정이 아니겠는가? 왜냐하면 실제로 이 희한한 탈주체화의 공간은 주체에 대한 욕망으로, 지구상의 모든 존재를 창조자로 착각게 하는 마술로 가득 차 있기 때문이다.

그러나 문제는 저 모순으로서의 상보성은 자연스럽게 이루어지지 않는다는 데에 있다. 그것을 그대로 방치하면 무차별화가 진행되면서 엔트로피의 증가가 통제 불가능한 상태로 접어든다. 이데올로기의 무서운 효과는 주체화 과정 자체에 있는 것이 아니라, 주체화 과정이 탈주체화 과정을 삼켜 버리는 데에, 그래서 저 탈주체화 과정이 그대로 노예화의 양상으로 변질되는 데에 있다.

나는 문학은 바로 여기에서 자신이 개입할 자리를 발견한다고 생각한다. 지금까지의 논의를 통해, 이데올로기를, 단순히 허위 의식이 아니라, 주체화 과정을 동반한 자기 환상이 집단화되어 나타난 욕망의 지적·정서적 표현태라고 요약할 수 있을 것이다. 이러한 파악은 곧바로,

또한 모든 다른 삶을 향한 실천에는 이데올로기가 작동하고 있다는 판단으로 이어진다. 그런데 이 이데올로기의 대체 과정은 주체화의 욕망 속에서 노예화로 이어지는 사태의 순환적 회로를 연속적으로 그린다. 이 순환 회로가 현재의 우주처럼 계속 팽창하고 있는지, 아니면 영원한 반복이기만 할 뿐인지는 다시 밝혀야 할 문제일 것이다.

그런데 '장식으로서의 문자(belles lettres)'의 운명을 떨치고, 근대의 초엽에 '자유'의 정신이자 몸이고 운동체로서 면모를 일신한 언어 문화, 즉 문학이 하는 일은 다른 일이다. 그것은 이데올로기의 순환 운동에 뛰어드는 게 아니라 그 순환 운동의 기관실 속으로 잠입하는 일이다. 문학은 이데올로기 기관의 회로를 헤집어서 이데올로기 기구의 작동을 혼란에 빠뜨리거나 기관장의 키를 대신 움켜쥐고 "천당이든, 지옥이든" 아랑곳 않고 오로지 "새로움"을 향해 나아간다.(보들레르) 그것이 세계의 욕망에 "무관심한(disinterested)" 문학의 비영리적 행위의 근본이라는 것을 이미 오래전에 서양의 철학자는 적시한 바 있다.

이데올로기와 한국적 욕망

이제 나는 여기에서 잠시 마음의 암전을 이용하여 지금까지의 얘기와는 전혀 무관한 듯이 보이는 다른 무대를 등장시키고자 한다. 바로 한국 문학이라는 무대를. 왜냐하면, 바로 알튀세르가 착종되었고, 아감벤이 기이한 복고주의에 빠진 지점, 즉 주체화와 탈주체화 사이의 관계 연산식이 혼란에 빠진 지점에서, 한국의 현 상황이 그대로 들끓고 있다고 판단하기 때문이다. 또한 그 상황 속에서 한국 문학이 그 근본적인 의미에서의 위기를 겪고 있다고 판단하기 때문이다.

사태의 요점만 말해 보자. 이데올로기만큼 한국 문학과 이렇게 오래도록 밀접한 관계 속에 놓여 있던 인간 활동의 영역은 없었다. 바깥에서 들어온 양대 이데올로기에 훼손된 한국인의 순결과 그 무속적 치유는 해방 이후 거의 항상적인 한국 문학의 주제가 되어 왔다. 다른 한편, 최인훈·이청준·김승옥에서부터 이인성·최윤을 거쳐 최제훈에게까지 이르는 지적 흐름은 유입된 이데올로기가 한국인의 구체적인 삶 속에서, 토속적 인습과 충돌하고, 자기에 대한 욕망으로 재구성되는 가운데, 한국인의 정체를 어떻게 형성하는가, 혹은 만들 수 있는가를 끈질기게 탐구해 왔다. 또는 저 1980년대의 마르크스레닌주의와 마오쩌둥의 모순론과 주체 사상의 기묘한 혼합 속에서 "문학의 혁명에의 복무"를 외쳤던 민중주의 문학가들은 진리로서 선택된 이데올로기에 문학을 최대한도로 밀착시키려 하였다.

그러나 1990년 초엽 현실사회주의의 붕괴 이후 이데올로기에 대한 논의는 문학의 장에서 이탈하기 시작했다. 그리고 문학은 급격히 상업적 욕망의 회오리 속에 휘말려 올라갔다. 그리고 문학의 '가치'가 급변하기 시작했다. 지금까지 문학은 '진실'의 이름을 떠맡고자 했다. 그것이 이데올로기와 겨루는 문학의 삶의 방식이었다. 그런데 '이데올로기'의 실종과 더불어 문학도 진실을 잃었다. '진실'의 이름을 떠맡고자 했던 소명도 잃었다. 문학이 스스로에게 부여한 '신성함'은 그렇게 사라졌다. 일종의 환상의 성채일 수도 있는 이 신성함이 사라진 것을, 그래서 이제 인간 그 자신만의 '지금 이곳에서의 삶'만이 남은 것을 축복해야만 하는가? 이런 질문을 하는 바로 그 순간, 인간들은 오로지 자신만으로 살겠다고 선언하면서 동시에 그 자신만으로는 도저히 살 수 없다는 듯이 다른 것을 탐닉하기 시작했다. 온갖 현재적 향유, 즉각적인 감각들, 물질적 쾌락들의 순수 육체성들이 새 시대의 길쭉한 아케이드를 타고 황홀한 이상적 자아(moi idéal)의 초상에까지 이르는 것이었다. 그것들은 부재하는 현존으로 지정해 두었던 자아의 이상(idéal du moi)이 사라진 자리를 가득 메웠다. 메웠을 뿐만 아니라 여분의 어둠을 꾸준히 넓혀, 하얀 구멍들을 내고, 그 안에 향유의 물신들을 거듭 채워 넣었다. 그 물신들은 물론 문화 산업의 실리콘밸리에서 대량 생산되었는데, 사람들은 그것들을 바로 그들 자신들이라고 믿으려고 애썼고, 꾸준히 믿고 있는 듯하다.

현실사회주의가 기나긴 자기 배반의 끝에서 마침내 허무하게 무너졌을 때, 그것이 새로운 공공 담론 영역(public sphere)의 창출의 계기가 될 것이라 생각한 사람들이 몇몇 있었다. 그러한 생각의 밑바탕을 이루는 것은, 지금까지 한국인의 정신세계를 광범위하게 지배하고 있었던 초자아적 거대 담론에서 벗어날 적기가 되었다는 판단이었다. 즉 한국의 상공을 떠돈 거대 담론들은, 그것이 서양식 민주주의이든, 혹은 만민 평등의 세상을 위한 프로그램이든 또는 순수 개인의 아나키즘이든, 언제나 당위로서 제시되어 우리의 삶을 개조하려고만 들었다. 한국인의 삶이 워낙 부박했기 때문에 그랬겠지만, 그러나 그것들이 한국인의 일상생활의 세세한 결들과 조응하지 않는 한, 늘 한국인에게 그것들은 유령처럼 횡행하는 것들이었다. 사람들은 그 유령들을 "바깥으로부터 유입된 억압적 이데올로기들"이라고 불렀다. 현실사회주의의 붕괴는 윽박질과 핍박의 표정으로 군림했던 그 이데올로기들의 존재 자체의 불요함을 가리키는 증거가 될 수 있었다. 이제 이데올로기의 억압에서 해방된 자유로운 공공 담론의 장에서 한국 문학의 구성원들은 저마다의 실천으로부터 피어나고 또한 그 저마다의 실천에 작용할 세계관들을 가지고 서로 겨루게 될 것이었다. 이미 김현은 한국에서 독재 권력이 우발적으로 잠시 증발했던 시기에, 문학 비평이 더 이상 사회적 당위에 기대지 않고 오로지 자신의 활동만으로 살아남아야 할 때가 왔음을 지적하였다. 그 지적에 대해 숱한 호응이 있었던 것은, 저마다 자신의 고유한 삶에서 출발하여 그것을 세계를 이루는 성분으로 만들어야 한다는 요구가 진정성의 힘을 가지고 있었기 때문이다.

그렇게 몇몇 사람들은 1987년의 민주 항쟁이 이룬 새로운 삶의 지평에서 모두가 자유롭고 공히 평등한 민주 세상에서 각자의 주장을 가지고 논리의 경연을 펼칠 수 있으리라고 생각하였다. 진정한 의미에서의 '대화'가 시작되리라고 기대하였다. 그러나 그것은 '한여름밤의 꿈'이었다. 이데올로기가 물러난 자리의 공백을 채운 것은 논리와 쟁론이 아니라 욕망이었다. 무슨 욕망? 그냥 욕망이었다. 그냥 욕망이라는 게 가능한가?

출발점이 바깥의 이념으로부터 '자기 자신'이라는 개인의 실존적 문제로 바뀐 건 당연한 수순이었다. 그러나 그로부터 튀어나온 건 '사회들'이 아니라 '충동들'이었다. '자신들', 즉 각각의 개인들이 저마다의 인식과 동경과 기획에 의해서 건설하고자 한 새로운 사회의 플랜들이 아니라, 형태화되지 않은 서로에 대해서 이질적일 뿐만 아니라 그 자체만으로도 종잡기가 어려운 매우 혼란스러운 충동들이었다. 그것은 민주화에 대한 열망의 분출과 민주화의 프로그램 사이에 명백한 간극이 있었음을 가리킨다. 다시 말해 1987년 항쟁의 주역들은 독재를 무너뜨리는 목표에 대해서는 만반의 준비를 갖추고 있었지만 새로운 민주 사회를 건설할 과제에 대해서는 거의 준비가 없었다. 단지 그 양자가 혼동되고 있었을 뿐이었다. 아마 역사를 참고한다면 이러한 사태가 예외적이지 않음을 알 수 있을 것이다. 오랜 제도적 개혁을 통해서 서서히 근대 사회로 이행한 영국과 달리, 급격한 혁명을 통해 공화국을 세운 프랑스는 그 후로 무려 1세기 동안을 공화국과 왕정복고의 양극 사이를 진동하는 격동 상태에 놓여야만 했었다. 프랑스는 세당(Sédan)의 치욕과 파리 코뮌의 항거를 거쳐 19세기 후반기에 가서야 자유민주주의의 실제적인 골격을 갖추게 된다. 하지만 모두가 그런 격변을 통해서 성공하는 것은 아니었다. 1917년의 혁명으로 갑자기 사회주의 정권을 수립한 러시아는 사회주의 건설의 각종 프로그램을 '당'에 의한 새로운 독재 속에 우겨 넣는 과정을 통해 결국 1세기 만에 붕괴되고야 말았다. 이런 다양한 사례들은 저항과 건설 사이에, 탈독재와 민주화 사이에 근본적인 간극이 있어서 그사이에 적절한 교량을 설치하지 않는한, 언제나 비민주의 계곡으로 굴러떨어질 수 있음을 경고하는 것이라 할 수 있다. 실로 마르셀 고셰(Marcel Gauchet)에 의하면 '마법으로부터 깨어난 세계'로서의 근대 사회의 역사적 과정이라는 것은 '자유주의의 위기'와 '전체주의의 위협' 사이를 뚫고 지나가야만 하는 "현상 유지만

으로는 결코 존재하지 못하는" 힘겨운 과정이었다.[4]

이러한 과정에 대한 인식이 곧바로 1987년 민주 항쟁에 참여한 '군중들'이 보여 준 힘에 대한 부정으로 읽히지 않기를 바란다. 차라리 이 인식은 엘리아스 카네티(Elias Canetti)의 무시무시한 통찰을 생각나게 한다. 카네티는 군중의 존재 의의를 누구보다도 적극적으로 평가한 사람이었다. 그에 의하면, 군중은 "언제나 성장하기를 원"하며, "군중의 내부에는 평등이 지배하고 있"고, "군중은 밀집 상태를 사랑"하며, "하나의 방향을 필요로 하"는 "항상 동적[5]"인 덩어리다. 그러나 이런 적극적 의미 부여에도 불구하고 카네티는 그의 저서 전체를 통틀어 군중의 대의가 승리하는 경우를 결코 들지 않는다. 오히려 군중은 그들을 해방시키는 '방전' 속에서 그들의 의사에 관계없이 '권력자'에 의해 동원되고 추적당하고 죽임을 당하며, 노예 상태로 전락하는 운명 속으로 빠져드는 것으로 묘사된다.

다행히 '1987년 이후 한국'의 경우엔 '전체주의의 위협'이 실질적으로 닥치지 않았다. 그러나 그렇다고 해서 좋아진 것도 아니다. 한국 사회는 상반된 두 차원 속으로 동시에 접어들었다. 한편으로는 군중의 자발성이 용인된 상태에서 정치적 차원에서의 지속적인 민주화가 진행되었다. 그러나 다른 한편으로, 문화적 차원에서는 군중의 자발성을 부추기는 문화 산업 및 정치가 한국인들을 그들의 오래된 '자존'을 향한 갈증을 부추기며 극단적인 자기 환상 쪽으로 끌고 갔다. 그 자기 환상의 가장 중요한 특징은 다음과 같다. (1) '이상적 자아(moi idéal, Ideal Ego)'가 '자아의 이상(Idéal du moi, Ego Ideal)'을 대체하였다. 이것이 가장 핵심적인 특징으로서, 한국인에게 자존을 부여하려는 욕망이 극

---

4) 마르셀 고셰, 『민주주의의 도래(*L'avènement de la démocratie*)』, 현재까지 3권 간행, 제 1권: 『근대 혁명』, 제2권: 『자유주의의 위기』, 제3권: 『전체주의의 시련』(Gallimard, 2007~2010).

5) 엘리아스 카네티, 강두식 · 박병덕 옮김, 『군중과 권력』, 개정판(바다출판사, 2010), 36~37쪽.

대화되어, 한국인의 현재적 상태를 곧바로 이상화함으로써 발생한 태도이다. 이 태도가 한국인의 핵심적인 동력으로 작용하면서, 부대적으로 나타난 현상들을 간추리면 (2) 욕망이 원칙을 앞선다. (3) 자신을 존중하는 만큼 타자를 배려하지 않는다. (4) 좋은 것이 무조건 좋은 것이라고 생각한다, 라고 할 수 있다. (2)는 최근에 일본의 재앙에서 나타난 일본인들의 '질서' 때문에 그와 비교하여 매우 선명하게 부각된 한국인의 특징으로 빈번히 제시되고 있는 것으로서, 욕망의 순수성에 대한 가정적 정당화에 근거하여 과정보다 의도를 중시하게 하여, 그때그때 유발된 생각들을 곧바로 행동화한다. 욕망의 정당성에 대한 질문은 애초에 차단되고, 까다로운 규칙과 번잡한 절차 역시, 간단히 무시된다. 오직 '생각 혹은 느낌'='행동'='느낌 혹은 생각'의 즉각적 순환 회로가 작동할 뿐이다. 1988년 이후의 한국인이 갑자기 '고요한 아침의 나라'의 '은자'로부터 '다이나믹 코리안'으로 변신한 원인이 여기에 있다 할 수 있다. 그 역동성의 도가니에서 모두가 자기만의 이야기를 하는 가운데, 정치가들과 산업가들의 주도에 의해 합류한 의견들은 급격하게 뭉치고 주변의 의견들을 빨아들이기 시작했고 그로부터 이탈하는 의견들을 초토화하는 공습을 열었다. 나중에 그 집단화된 의견들이 오류로 판명되었을 때, 오류를 메꾼 말들은, "나는 몰랐다", "이니면 말고"라는 식의, 프리모 레비(Primo Levi)가 수용소로부터의 해방 이후에 거듭 확인했던 현대적 변명에 상통하는 것이었다. 그 변명들은, 요컨대 주체화의 욕망이 자신의 주체됨을 부정하는 방식을 통해서까지 주체성을 보존하고자 벌이는 투쟁의 전략을 잘 보여 준다. 그렇게 해서라도, '자존'의 세계는 지켜져야 할 것이었다. 그러나 그 격류 속에서 처참하게 짓밟힌 소수자들은 일상의 세계로 복귀할 수가 없었다. 그들은 자살로 세상과 단절하거나(2010년 3월 보건복지부의 발표에 의하면 한국인의 자살율은 인구 10만 명당 26명으로, OECD 국가 중 최고 수준이다.) 극심한 우울증의 늪 속으로 빠져들었다. 그리고 모든 건 무감각해진다. 반성의 현에 닿지 않으며, 더 이상 하나의 느낌, 하나의 생각은 이차적인 재구성을 작동시키지 못한다. 그냥 소비될 뿐이다. 그 가운데에, "부자되세요."라는 구호가 자연스러운 나날의 명령이 되는가 하면, 구제역이 퍼져 나가자, 손해 비용의 교환이라는 간단한 처리 방식을 통해, 기르던 가축들을 생매장하는 진풍경이 펼쳐져 나간다. 그렇다. 좋은 게 좋은 것이다. 그 너머는 아무것도 없는 것이다. 지상파 TV를 통해서 날마다 현재를 찬양하는 축제가 벌어지는 것도 그 맥락에서 보면 당연한 것이다.

그러니까 이 세계는 욕망의 순수한 방전의 세계라고 할 수가 없다. 여기에는 욕망들이 개인들의 생생한 실감을 동반하고 있는 집단적 이념으로 똘똘 뭉치고 있다. 마치 성간 가스와 먼지들이 하나의 별을 탄생시키듯, 매캐한 연기를 피우며 사방에서 번쩍이는 욕망의 구름들은 집단적인 '의견'을 형성한다. 다시 말해 매우 공격적인 이데올로기가 구성되는 것이다. 바로 여기에서 우리는 전 막(act)의 마지막 문장을 상기한다. "이데올로기는, 단순히 허위 의식이 아니라, 주체화 과정을 동반한 자기 환상이 집단화되어 나타난 욕망의 지적·정서적 표현태"라는 말. 이 거대한 정신의 덩어리는 허위 의식이 아니다. 주체화와 주체의 진화가 전개되고 있기 때문이다. 신념 체계도 아니다. 왜냐하면 이데올로기에 들린 대부분의 사람들이 그 들림의 사실 자체를 부인하기 때문이다. 오직 순수한 정념의 표출이라고, 어떤 집단적 이익이나 명령에도 의존하지 않는 개인의 자발적인 선택이라고. 그러니까 여기에는 허위 의식이나, 신념이 아니라, 자신에 대한 은폐가 작동하고 있는 것이다. 옛날에 자기기만(mauvais foi)이라고 불렸던 은폐가. 즉, 오늘의 이데올로기는 자기기만을 동력으로 삼는다.

1990년대 이후의 한국 문학은 서둘러 이데올로기로부터 달아나는 데서 새로운 세계를 찾았다. 바로 순수한 개인의 세계. 혹은 그 개인의 세계가 어떻게 훼손되는가를 보여 주는 데서 세계의 상처를 읽어 왔다. 이러한 개인 세계의 추구가, 집단적 정념 문화로서의 개인의 욕망의 세계와 어떻게 같고 다른지, 그것이 이것에 저항하는지, 혹은 그것은 이것의 다른 판본에 지나지 않는지. 또한 우리는 이데올로기적 투쟁의 문제를 낭만적 사랑으로 감싸는 경우도 종종 보아 왔다. 우리는 이런 방향이, 오늘의 집단 문화에 대한 반성인지 아니면 그것을 거울로 비추어 낸 자신에 대한 환상적 이미지인지, 물어야 할 것이다.

그러나 이제는 무엇보다도 그것을 외면하거나 포장할 게 아니라, 저작해야 할 때가 되었다고 생각한다. 이데올로기는 개인의 욕망을 언제나 먹어 삼키는데, 그것이 그냥 감쪽같아서는 안 되는 것이다. 포식 끝에 남겨진 음식 쓰레기를 식탁 위에 방치해 놓고 저마다의 방으로 돌아가기 위해 일어서면서 쓰레기통 속으로 구겨 넣은 냅킨의 엷은 천으로 스며나는 자기기만의 냄새를 참지 말아야 할 때가 온 것이다. 그 이데올로기를 먹어 줘야 만, 항상 먹는 자로서의 입씻음을 넘어, 이빨과 살점이, 육체와 육체가 만나 벌어지는 격렬한 고통을 이해할 것이기 때문이다. 반갑게도 나는 최근의 몇몇 소설들과 시들에서, 이미 이데올로기와 먹는 싸움들을 개시한 기미를, 이미 먹기 시작한 흔적을 발견한다. 하지만 여기서 직접 거론하진 않을 것이다. 이 자리에서는 암시로 충분할 것이다.

정과리 평론가, 연세대학교 국문과 교수. 1958년 대전 출생. 서울대학교 불문과 및 동대학원을 졸업하고 충남대학교 불문과 교수를 역임했다. 1979년 동아일보 신춘문예에 평론 「조세희론」으로 등단했다. 문학의 보편성과 특수성, 문학의 사회적 기능, 문학 제도 등을 폭넓고 깊이 있게 성찰해 왔다. 저서로 『네안데르탈인의 귀환 — 소설의 문법』, 『네안데르탈인의 귀향 — 내가 사랑한 시인들 처음』, 『문학, 존재의 변증법』, 『존재의 변증법 2』, 『스밈과 짜임』, 『글숨의 광합성』 등이 있다. 소천비평문학상, 팔봉비평문학상, 대산문학상(평론 부문)과 김환태평론문학상 등을 수상했다.

이데올로기와 문학

정지아

안녕하세요. 평소 존경하던 여러 작가분들을 뵙게 되어 반갑습니다.

아마 한국을 처음 방문하는 분들이 많으실 겁니다. 인천 공항에서 숙소로 이동하시는 동안 아마 여러분들은 1945년 종전 이후 세계 최빈국 중 하나였던 한국이 지난 반세기 동안 거둔 놀라운 성장 앞에 잠시 어리둥절하셨을 거라 짐작됩니다. 놀란 분도 계실 테고 감동한 분도 계시겠지요.

아시다시피 한국은 아직도 분단되어 있는 세계 유일의 국가입니다. 분단과 가난으로부터의 탈피가 아마 한국 전쟁 이후 모든 한국인의 가장 주요한 관심사였을 것입니다. 한국에서 독재 정치가 가시적으로나마 청산된 것은 1990년대 이후입니다. 민주화 이후 한국은 선진자본주의로의 진입에 성공하였으며, 오늘날 한국인들은 유례없는 경제적 풍요를 누리고 있습니다. 상당수의 한국인들은 민주화와 경제적 성장을 통해 대부분의 모순이 해결되었으며, 이제 남은 것은 얼마나 더 높이 날아오르느냐의 문제일 뿐이라고 생각하는 것 같습니다. 아직도 계속되고 있는 분단 상황에 대해서도 남한의 경제력으로 흡수 통합되는 날이 목전에 도달한 것으로 당연시하는 분위기가 압도적입니다. 세계적인 흐름일 테지만 한국에서도 유일하고 압도적인 가치는 경제입니다. 자본주의의 경제력 앞에 사회주의가 무릎을 꿇었다고 해서, 오늘날 북한이 전 세계의 골칫덩이로 전락했다고 해서, 과연 자본주의적 가치를 인간에게 유일할 뿐만 아니라 유익하며 옳은 것이라고 말할 수 있을까요? 저는 오늘, 저의 개인적 경험을 통해 자본주의적 가치, 즉 돈이 모든 것을 압도하는 이러한 시대에 우리가 과연 무엇을 지향할 수 있으며, 무엇을 써야 하고, 왜 써야 하는지에 대해 여러분들과 의견을 나누고자 합니다.

물론 제 개인적 경험이 한국인의 보편적 경험이라고 자신할 수는 없습니다. 그러나 저와 비슷한 상황에서 비슷한 고민을 하며 자란 사람들도 적지 않습니다. 그들이 이 사회의 주류는 아닐지 모르지만 적어도 지난 1980년대 한국의 민주화를 가능케 한 주요한 동력이었음은 분명합니다.

저는 한국 전쟁이 종료되고 12년이 지난 1965년에 태어났습니다. 제가 직접적으로 전쟁의 참상을 목격한 것은 아닙니다만 그렇다고 전쟁의 영향을 받지 않은 것도 아닙니다. 제 유년기의 성장을 말씀드리기 위해서는 제 고향에 대해서 먼저 말씀드려야 할 것 같습니다. 제 고향은 한국에서 두 번째로 높은 지리산 자락에 위치해 있습니다. 이곳은 한국 전쟁 이전부터 발생했던 남한 내 민중 봉기의 성지와도 같은 곳입니다.

간략하게 말하자면 1947년, 남한만의 단독 정부 수립에 반대하여 제주도에서 민중 봉기가 발생했고, 제주와 가까운 여수에 주둔하고 있던 국군 14연대에 폭동 진압 명령이 내려졌습니다. 14연대 사병들의 사회주의 조직이 이에 반대해 반란을 일으켰으며, 이들은 인근 지역의 사회주의 당 조직과 연대해 무력 투쟁을 벌였습니다. 이들은 몇몇 지역을 해방시키기도 했으나, 이내 국군의 진압에 쫓겨 지리산으로 입산하였으며, 한국 전쟁 발발 전까지 게릴라전을 수행했습니다. 정확한 수가 집계되지 않았으나 이 기간 수만 명 이상의 사회주의자 혹은 그 동조자들이 지리산 주변에서 목숨을 잃었고, 이는 곧 남한 내 사회주의 세력의 약화로 이어졌습니다. 지리산에서의 무력 투쟁은 한국 전쟁이 종료된 이후까지 산발적으로 전개되었으며, 1955년 무렵 완전히 종료되었습니다.

제 고향 구례는 이러한 지리산 자락에 위치해 있습니다. 이데올로기 투쟁의 격전지였던 탓에 제 고향은 전쟁 당시 고통을 겪지 않은 집안이 없을 정도였습니다. 저희 옆 마을의 경우, 14연대가 지나간 후 사회주의자들에게 밥을 해 주거나 먹을 것을 주었다는 이유로 한 마을에서 무려 서른 명의 사람들이 국군에게 총살을 당했습니다.

구례에서는 남한 내 대부분의 지역과 마찬가지로 당시 좌익세가 강했습니다. 그러나 사회주의자들은 이미 14연대와 함께 지리산으로 도피한 후였고, 국군에게 총살당한 자들 대부분은 돈을 받고 먹을 것을 주거나 숙소를 제공해 준, 이데올로기와는 아무 상관없는 평범한 사람들이었습니다.

당시 제 아버지는 남한조선공산당의 조직원으로 남한만의 단독 정부 수립에 반대하는 시위를 벌이다 수배 중이었으며, 14연대 반란 사건 이후 당 조직과 함께 지리산 일대에서 빨치산 투쟁에 합류하였습니다. 제 어머니는 사회주의자인 남편 때문에 쫓겨 다니는 생활을 견디다 못해 지리산에 입산하였습니다. 두 분은 지리산에서 7년 동안 빨치산 생활을 했고, 그로 인해 종전 후 각각 20년 형과 5년 형을 선고받고 감옥 생활을 했습니다.

제 아버님은 복역하던 도중 병으로 인해 잠시 병보석을 나온 상태에서 저를 낳았고, 제가 여덟 살 때 남은 형기를 마치기 위해 다시 감옥으로 돌아갔습니다. 부모님이나 친척, 선생님, 누구도 아버지가 왜 감옥에 있는지 설명해 주지 않았기 때문에 어린 시절 저는 가치관의 혼란을 겪어야 했습니다. 주변 사람들 모두 법 없이 살 사람이라고 평가하는 제 아버지가 죄수의 신분으로 감옥에 갇혀 있다는 걸 이해할 수 없었으니까요. 부모님의 이데올로기 때문에 저희 집은 이사 갈 자유도 없었으며, 경찰들이 동태를 파악하기 위해 집을 상시 감시했고, 저희 사촌들은 육군사관학교 입학이 좌절되었습니다. 사회주의 사상을 가진 자의 친인척들에게까지 책임을 묻는 연좌제는 공식적으로 1980년에 폐지되었습니다만, 한국 사회에서 실질적으로 공무원, 경찰, 공무원, 사립교원 당사자 이외의 친족이나 친지의 사상을 비공식적으로도 조회하지 않게 된 것은 2005년부터입니다. 그사이 수많은 사회주의자들의 자녀, 사촌들은 아무리 능력이 뛰어나도 판검사는커녕 말단 공무원조차 될 수 없었습니다. 저희 사촌들 중에도 공무원 시험에 합격했으나 저희 부모님 때문에 신원 조회에서 탈락한 사람들이 여럿 있습니다. 한국의 작가들 중에 사회주의자 부모를 둔 분들이 많은데, 유독 예술 분야에 사회주의자 자녀가 많은 이유 또한 연좌제 때문이라고들 합니다.

저는 초등학교 4학년 때 부모님이 사회주의자라는 것을 알게 되었습니다. 당시의 저에게 사회주의란 적, 즉 북한을 의미하는 것이었습니다. 당시 초등학교 교과서에 북한 공산당원은 채찍을 든 괴물로 묘사되어 있었으니까요. 저는 제 부모가 적에게 동조하는 사람들이란 것에 심한 정신적 충격을 받았습니다. 제 사춘기는 사람들의 미래까지 옴짝달싹할 수 없게 만드는 이데올로기라는 게 무엇인가, 라는 고민으로 점철되었습니다. 그러나 당시 한국은 사상 검열 때문에 사회주의를 객관적으로 조명한 책조차 출판되지 않은 상태였고, 제 부모님이나 선생님들은 사회주의가 무엇이며 왜 나쁘냐는 제 질문에 얼굴이 하얗게 변한 채 어디 가서든 그런 말은 절대 입에 담지도 말라고 다그칠 뿐이었습니다.

제가 부모님의 이데올로기를 조금이나마 이해하게 된 것은 1984년, 대학에 입학한 후였습니다. 전두환 정권은 광주 민주화 항쟁을 폭력으로 진압함으로써 정권 창출에 성공했고, 대학 사회는 연일 광주 민주화 항쟁 진실 규명과 독재 정권 타도를 외치는 시위가 끊이지 않았습니다. 대학시절 민주화 운동에 합류하면서 저는 비로소 제 부모님이 범죄자가 아니라, 혁명을 위해 청춘은 물론 목숨까지 담보로 내놓은 혁명가였음을 깨달았습니다.

사회주의가 한국 사회에 처음 소개된 일본 강점기 시절, 사회주의 운동을 이끈 것은 일본으로 유학 간 지주 계급 출신의 인텔리들이었습니다. 그들은 사회주의 사상을 체계적으로 학습하고, 사회주의 이론이 식민지인 조국의 독립과 미래 건설에 유일한 대안이라는 확신으로 사회주의자가 되었을 것입니다. 그러나 제 어머니는 여자도 남자와 똑같이 공부할 수 있다는 단 한마디에 열렬한 사회주의자가 되었습니다. 당시 한국은 여자의 목소리가 담장을 넘어서는 안 된다는 남존여비 사상이 여전히 지배적이었고, 제 어머니는 배움에 대한 갈망에 목말라 있다가 남자도 여자와 똑같은 존재라는 사회주의 사상에 매료당한 것이지요. 어머니의 동료였던 한 노인은 평생 노비로 살았는데, 사회주의자들이 자신을 하대하지 않고 동무라고 불러 준 것에 감명 받아 사회주의자가 되었고, 결국 지리산에서 목숨을 잃었습니다. 올해 여든일곱이신 제 어머니에게 사회주의는 곧 평등입니다. 남자와 여자, 자본가와 노동자가 평등한 세상, 제 부모님은 그런 세상을 위해 자신들의 청춘을 기꺼이 바친 것입니다.

여기서, 한 가지 짚고 넘어갈 것이 있습니다. 한국 사회가 민주화되었다고는 하지만 아직도 스스로를 사회주의자 혹은 공산주의자라고 밝히는 사람은 없습니다. 남한 사회에서는 아직도 사회주의 이데올로기를 금지하는 반공법이라는 것이 버젓이 존재하고 있습니다. 탈이데올로기 시대라는 요즘에도 정권 반대 시위가 펼쳐지면 그 배후에 좌파 세력이 버티고 있다는 논평이 주요 일간지에 실릴 정도입니다. 세계적으로 사회주의가 폐기 처분되다시피 한 오늘날까지 국가적 차원에서 사회주의 이데올로기를 금지하고 있는 나라는 아마 한국이 유일하지 않을까 싶습니다. 이러한 상황은 물론 한국적 특수성에서 기인합니다. 남한은 공산주의를 표방하고 있는 북한과 아직도 대치하고 있는 상태이며, 과거 이데올로기로 인해 남북한은 동족상잔의 비극을 치렀습

니다. 이 때문에 한국에서 아직도 사회주의는 적이며, 죄입니다. 1980
년대 민주화 운동을 이끌었던 수많은 젊은이들은 사회주의자로 몰려
온갖 고문과 협박을 당했고, 심지어 목숨을 잃기도 했습니다. 지난해만
해도 광우병에 걸린 미국 쇠고기 수입을 반대하여 시청 광장에서 대규
모 촛불 시위가 벌어졌는데, 시위 참여자 중 상당수가 정부에 의해 재
판에 넘겨졌으며, 그들의 사상이 의심받기도 했습니다.

합법적 공산당이 존재하는 서유럽 출신의 작가들로서는 사회주의
사상을 가졌다고 해서, 혹은 그럴지도 모른다는 일말의 가능성 때문에
무수한 사람이 감옥에 가고, 심지어 목숨을 잃어야 했던 1990년대 초
반까지의 한국적 상황을 아마 이해하기 어려우실 겁니다. 그러나 그게
사실이었고, 아직도 남한에서는 스스로 사회주의자임을 자처하는 사람
이 공식적으로는 단 한 명도 없습니다. 공식적으로 언명하는 순간, 그
사람을 기다리고 있는 곳은 감옥일 테니까요.

개탄할 만한 현실이긴 합니다만, 제가 이 자리에서 사회주의자임을
고백하고자 하는 것은 아닙니다. 사실 저는 어떤 주의를 가져 본 적도
없습니다. 지금까지 제가 싸워 왔고 앞으로도 싸워야 할 대상은 사상
의 자유를 가로막고, 심지어 실재했던 역사적 사실까지 왜곡하는 부당
한 현실입니다. 저는 대학을 졸업하던 1990년, 제 부모님의 삶을 소설
로 형상화한 장편 소설 『빨치산의 딸』을 출간했습니다. 이 소설이 다루
고 있는 8·15 해방 이후 사회주의 활동과 지리산을 무대로 한 사회주
의자들의 투쟁은 한국의 공식적 역사에 전혀 기록되지 않은 사실이었
습니다. 독재 정권이 감추려고 했던 역사적 사실을 다루었을 뿐만 아
니라 사회주의자들의 폭력 투쟁을 미화했다는 이유로 『빨치산의 딸』은
출간 직후 판매 금지가 되었고, 출판사 사장은 구속되었으며, 저는 3년
가까이 수배 생활을 했습니다. 이 책에 대한 판금조치는 아직도 풀리지
않고 있습니다.

저는 사상가도 아니며 혁명가도 아닙니다. 저는 철도 노동자였던 아
버지가, 평범한 주부였던 어머니가, 나아가 당대의 수많은 사람들이 사

회주의 혁명에 뛰어들 수밖에 없었던 이유를 알리고 싶었을 뿐입니다. 그들이 옳았든 틀렸든 그들은 죄인이 아니라 자신들이 옳다고 생각한 신념을 위해 싸웠으며, 그것이 우리 역사의 일부였음을 알리고 싶었을 뿐입니다. 옳고 그름은 자유가 존재한 차후의 문제일 것입니다.

저뿐만 아니라 한국의 진보 세력은 기본적인 표현의 자유는 물론이요, 법에 명시된 근로기준법조차 지켜지지 않는 독재 치하에서 이데올로기적 고민을 수행해야 했습니다. 진보 세력의 제1차 과제는 독재 타도였고 이에는 모두가 동의했으나, 다음의 행로를 위해 객관적으로 상황을 점검하고 판단할 기회조차 갖기 어려웠습니다. 사상의 자유를 지나치게 억압한 결과 그 역반응으로 관념적 사회주의자들도 다수 탄생했습니다. 민주화 주도 세력의 역량이 충분히 성숙하지 않은 상태에서 시위 학생의 잇따른 죽음으로 인해 시민들의 폭발적인 시위가 터졌고, 1987년 한국은 급작스럽게 민주화의 시대를 맞았습니다.

주도 세력의 역량이 충분하지 않았던 탓에 독재 정권의 유화 정책으로 민주화가 제대로 이루어지지 않았다고 비판하는 사람들도 있습니다만, 어찌됐든 한국 사회는 1987년 민주화 대투쟁으로 인해 어느 정도의 민주주의를 획득한 것이 사실입니다. 독재 정권을 무너뜨리고 어느 정도의 민주주의를 가능케 한 것은 분명 시민들의 힘이었습니다. 그러나 1948년 단독 정부가 수립된 이래 남한에서 자본주의는 한 번도 비판의 대상이 되어 본 적이 없습니다. 독재 정권 시절에는 자본주의의 폐해를 비판하는 것은 물론이요, 자본주의조차 인정한 근로기준법을 지키라는 요구 자체가 반사회적일 뿐 아니라 국가의 존립을 위태롭게 하는, 반국가적인 것으로 여겨졌을 정도입니다. 그렇기 때문에 당시에는 자본주의의 문제보다 민주화가 더 우선이었습니다. 민주화와 더불어 폭발적으로 노동조합이 결성되었고, 노동자들의 불만이 터져 나오기 시작했습니다. 1990년대 중반은 노동 운동의 시대였습니다.

그러나 동독을 위시한 사회주의 국가들의 몰락과 IMF를 기점으로 한 신자유주의의 급격한 확산으로 인해 한국 사회는 1970~1980년대에는 상상할 수 없던 새로운 국면에 접어들게 됩니다. 철도, 전기, 통신 등 공공 산업의 민영화가 급속하게 이루어졌고, 기업의 고용 구조 유연화 전략에 따라 노동 인구의 절반이 비정규직으로 전락했습니다. 그러나 기업이 망할지도 모른다는 위기 앞에서 노동조합의 주장은 계급이기주의로 내몰렸고, 점차 침묵하지 않을 수 없었습니다. 이러한 상황은 오늘날까지 지속, 혹은 악화되고 있습니다. 청년 실업 문제가 심각한 이슈로 등장하고, 빈부 격차도 나날이 커지고 있으며, 가난의 대물림 현상은 더 심각해지고 있습니다. 이러한 모순에도 불구하고 과거 독재 시대와 같은 혁명적 움직임은 전혀 드러나지 않고 있습니다. 몇 년째 실업자 신세를 면치 못하는 대학 졸업생들 또한 사회적 모순에서 그 이유를 찾기보다 개인의 능력 때문이거나, 집안의 경제력에서 주로 기인하는 스펙이 나쁘기 때문이라고 좌절할 뿐입니다. 초등학교에서 대학에 이르는 공공 교육은 취업을 위한 스펙을 쌓기 위한 과정으로 전락했습니다. 인격 도야와 같은 예전의 중요한 교육적 가치는 실종된 지 오래이며, 대학에서 인문학의 위치 또한 다르지 않습니다.

얼마 전 한 기업의 대표가 시위하는 한 노동자를 사무실로 끌고 가 주먹과 야구 방망이로 구타한 뒤 매값이라며 2000만 원을 건넨 사건이 있었습니다. 대중들의 질타를 받고 구속 수감되긴 했지만 돈만 주면 고용한 사람을 때려도 된다는 자본가의 마인드가 한국 사회에 팽배해 있는 것 또한 부정할 수 없는 사실입니다. 욕망을 충족시켜 줄 자본을 소유하는 것이 오늘날 한국인 대다수의 꿈이 되었습니다. 자본주의의 독주를 막아 줄 어떠한 대안도 아직은 뚜렷하지 않은 것 같습니다.

그러나 대안이 없다고 해서 모순의 존재까지 부정할 수 있는 것은 아닙니다. 저는 글을 쓰는 사람으로서, 작가는 하나의 절대적 이데올로기를 신념화한 사람이기보다 언제 어디서든 당대의 모순을 정면으로 응시하는 사람이어야 한다고 생각합니다. 그럼에도 불구하고 거대한 벽과 같은 현실에 절망할 때가 종종 있습니다. 오늘날 한국 사회에서는 예술 또한 자본의 소비 대상에 지나지 않는다고 해도 지나치지 않을 겁니다. 진정성을 추구하는 작가들은 점점 독자들에게 외면당하고, 그런 책을 출판하는 출판업자는 경쟁에서 도태되고 있습니다. 출판사도 작가도 살아남기 위해 쉽고 재미있고 자극적인 것을 원하는 독자들의 기호를 반영하지 않을 수 없게 된 것입니다.

이러한 시대에 우리는 왜 써야 하고 무엇을, 어떻게 써야 하는 것일까요? 막막하게 느껴질 때 저는 제 부모님의 삶을 생각합니다. 사회주의가 옳았는지 틀렸는지, 명확하게 말할 자신은 없습니다. 그러나 제 부모님에게 사회주의는 당대의 모순을 해결할 유일한 방법이었고, 한국 사회와 인간의 발전을 위해 제 부모님은 자신들의 청춘과 목숨을 아낌없이 내놓았습니다. 설령 사회주의가 본질적 모순을 내포하고 있어서 실패가 노정된 이데올로기였다고 해도, 부모님은 그 이데올로기를 관념적으로, 맹목적으로 추종한 것이 아니라, 인간은 평등해야 한다는, 자신들의 삶의 교훈으로부터 사회주의로 나아간 것입니다. 사회주의가 막을 내렸다고 해서 평등이라는, 수많은 사람들이 꿈꾸었던 가치까지 폐기 처분해야 하는 것은 아닐 겁니다.

이데올로기란 이렇게 말해도 좋을지 모르겠습니다만, 모순이 배태한 그 시기 최선의 답이 아닐까 싶습니다. 그렇다면 이데올로기란 인간 사회의 모순이 존재하는 한 언제나 새로운 가능성으로 주어질 수밖에 없을 겁니다.

새로운 가능성이 무엇인지는 잘 모릅니다. 그러나 그 방향에 대해서는 말할 수 있습니다. 인간의 역사를 놓고 과연 그것을 진보라고 말할 수 있는가, 라고 반문하는 회의주의자들도 있습니다. 오천 년 전의 그리스인들보다 우리가 더 행복한가, 라는 질문이라면 참으로 답하기 어렵습니다. 그러나 한 가지 분명한 것은, 오천 년 전의 그리스보다 더 많은 사람들의 자유와 권리가 확보되었다는 점입니다. 저는 그것이 인류의 역사를 진보라고 말할 수 있는 유일한 근거라고 믿습니다. 물론 생산력의 발달이 다수의 자유와 권리의 확장에 큰 역할을 했습니다. 그러나 생산력의 발달 그 자체가 곧 다수의 자유와 권리의 확장을 의미하는 것은 아닙니다. 오늘날 자본주의는 인류 역사상 유례없는 생산력의 발달로 풍요를 가져왔습니다만, 그 풍요는 세습되고, 그로 인해 풍요의 그늘 속에서 신음하는 자들도 많습니다. 태양의 그늘은 밤이 되면 사라지지만 자본의 그늘은 밤이 되어도 사라지지 않습니다. 풍요로워질수록 아이러니하게도 그 풍요로운 열매에 다가설 수 없는 사람들이 더 많아지고 있습니다. 생산력의 발달과 그로 인한 풍요로운 열매가 인간 다수의 자유와 권리의 확장으로 귀결되지 않는 한, 새로운 대안을 찾으려는 인간의 시도는 멈추지 않을 것입니다.

인간은 욕망하는 존재입니다. 바로 그 때문에 자본주의는 사회주의에 승리할 수 있었습니다. 그러나 인간은 욕망하는 동시에 그 욕망을 조절하고 통제할 수도 있는 존재이지 않을까요? 인간이 욕망을 조절하지 않았다면 지금까지의 역사는 불가능했을 것입니다. 인간은 욕망하는 동시에 자신의 욕망을 자각하고 조절할 수 있는, 주체적 존재입니다. 인간의 주체성을 신뢰하면서, 인간 다수의 자유와 권리를 확장하기 위한 새로운 대안을 찾는 것, 이것이 제가 글을 쓰는 이유이며 아마도 목적일 것입니다.

민주화 운동을 하던 시절, 선후배들이 차가운 감옥으로 끌려갈 때마다 우리들끼리 위로하던 말이 있습니다. 어둠이 깊다고 아침이 오지 않는 것은 아니다. 아직 어둠이 깊습니다. 그러나 언젠가 아침은 오고야말 터이지요. 그 아침은 또 다른 밤의 전제일 것이고, 그 밤이 지나면 새 아침이 올 것입니다. 우리는 그 무수한 밤 중의 어떤 밤에 서 있을 뿐입니다.

정지아 소설가. 1965년 전남 구례 출생. 중앙대학교 문예창작학과 박사과정을 수료했다. 1990년 실제 빨치산이었던 부모의 삶을 그린 장편 소설『빨치산의 딸』을 출간하면서 널리 알려졌고, 1996년 조선일보 신춘문예에「고욤나무」가 당선되었다. 전통적인 리얼리즘 기법으로 비극적 현대사와 그로 인해 뒤틀려 버린 개개인의 운명, 내면 깊숙이 상흔을 남기고 있는 상처들을 소설로 형상화했다. 대표작으로 사회주의자들의 쓸쓸한 말로를 그린『행복』과『봄빛』,『숙자 언니』등이 있다. 이효석문학상, 한무숙문학상, 오늘의소설상 등을 수상했다.

탈이데올로기 시대의 문학

잉고 슐체

여러분, 안녕하십니까. 대한민국에 초청해 주셔서 대단히 감사합니다. 여기 이렇게 동료 작가님들과 자리를 함께한 가운데 여러분 앞에 서게 되어 몹시 기쁩니다.

대한민국을 방문하게 되어 특히 기쁜 이유는 여러 가지가 있습니다. 우선 지금까지 제 소설 작품들 중에 두 권이 한국에서 출판되었는데요, 이제 그 책을 읽은 독자들의 반응을 직접 들을 수 있을 것이기 때문입니다. 또한 제 방문은 독일과 대한민국 두 나라 모두에게 매우 흥미로운 경험이 될 것이라고 믿기 때문입니다. 여러분의 나라는 아직도 분단 상태입니다. 저는 분단되었던 나라에서 태어나, 두 가지 정치 체제를 모두 다 경험했습니다. 두 가지 체제를 비교할 수 있는 특혜가 제게 주어진 것이라고 생각합니다. 헌데 그러한 비교가 어떻게 가능할까요? 무슨 기준으로 두 체제를 비교할까요? 베를린 장벽이라는 역사적 전환점을 독일과 유럽과 세계는 어떤 의미로 받아들였나요? 또한 그 사건이 우리 일상과는 무슨 관계가 있습니까? 작가로서 글을 쓰는 일과는 또 무슨 관계가 있지요?

이제부터 저는 1962년에 구동독 드레스덴에서 태어난 사람으로서 겪었던 개인적인 경험담을 이야기해 드리려고 합니다. 즉 동독—독일 민주공화국에서 태어난 후, 27년 동안 "실제로 현존했던 사회주의" 체제 속에서 살았고 학교를 다니며 직장에 다녔던 한 사람으로서, 또한 1989년 하루아침에 세상이 뒤바뀐 사건을 계기로 개인적으로도 인생의 큰 전환점을 맞았던 사람으로서 겪었던 경험입니다. 물론 문학과도 관련이 있으며, '우리는 어떤 시대에 살고 있는가?'라는 질문과도 관련이 있는 이야기입니다. 지금 우리는 정말로 탈이데올로기적 세상에 살고 있는 것인가요? 북한이나 쿠바와 같은 나라들을 제외하더라도, 과연 이데올로기는 냉전의 종식과 함께 세상에서 완전히 사라졌을까요?

저는 바로 그 물음을 다루기 위해 제 개인적인 경험담을 말씀드리려고 하는 것입니다.

피상적으로 본다면, 저는 열세 살 소년이었을 때 품었던 장래 희망을 이루었다고 볼 수 있습니다. 즉, 작가가 된 것입니다. 물론 그때 꿈꾸었던 소망을 너무 늦게 이루긴 했습니다. 하지만 그보다 더 중요한 점은 작가로서 사는 삶이 어린 시절 늘 상상했던 영웅성과는 거리가 멀다는 사실입니다.

단순한 작가가 아니라 유명한 작가가 되고 싶었습니다. 그것도 가능한 한 빨리 유명해져야 했습니다. 유명한 작가가 되면, 동독 정부가 절 너무 부담스럽게 느낀 나머지 군대에 징집하기를 포기하고 서독으로 보낼 거라고 믿었기 때문입니다. 서독에 가서는 제 영웅성 때문에 가장 좋은 호텔에 묵을 것이라고 상상했습니다. 그 당시 제가 유명해질 수 있는 방법은 작가가 되는 길밖에는 다른 가능성이 없어 보였습니다. 축구, 음악, 미술…… 그 어느 분야에서든 큰 재주가 없는 데다가 자연과학 분야라면 더더욱 그랬습니다. 반면, 이야기를 지어내는 데는 자신 있었습니다. 아무튼 중요한 건 우리 집안에서 작가라는 존재가 늘 큰 존경을 받았다는 사실입니다. 저는 어머니한테서 자란 외동아들인데요, 어머니 집안이나 어머니의 친구들이 개인적으로 어느 작가와 친분이 있었기 때문은 아니었습니다. 하지만 E. T. A. 호프만이나 토마스 만, 헤르만 헤세나 하인리히 하이네 등의 작가들은 우리 가족의 일원이나 다름없었고, 알베르트 아인슈타인이나 요하네스 세바스티안 바흐 혹은 모차르트나 베토벤 역시 마찬가지였습니다.

1976년 가을, 그때 전 곧 만 열네 살이 될 무렵이었고 8학년 학생이었습니다. 바로 그때 작곡가 볼프 비어만이 동독을 떠나 망명하는 사건이 일어났습니다. 그때까지 한 번도 비어만이라는 이름을 들어 본 적은 없었지만, 매우 중요하고도 유명한 사람임에는 틀림없는 것 같았습니다. 신문사들은 연일 각계각층의 모든 주요 인사와 노동자동맹들이 그를 비난하는 기사만 내보냈기 때문입니다. 전 그 모든 비난들이 얼마나 어처구니없는 일인지를 감지했습니다. 그건 서독 방송국이나 라디오 방송에 대한 반응, 즉 서독 사람들이 그 소식을 보고 들을 것이라는 전제 아래서 나온 반응이었기 때문입니다. 비어만에 관해 집에서 나눈 토론은 그리 긍정적인 편은 아니었습니다. 어머니 눈에 비친 비어만은 그저 조야한 프롤레타리아였으며 그의 정치적 관점은 너무나 공산주의적 성향이 짙었습니다. 그럼에도 저는 한 가지 사실만은 알아차렸습니다. 시가 한 국가를 뒤흔들 수 있다는 깨달음이었습니다. 전 바로 그런 시를 쓰고 싶었습니다. 그래서 전 일기를 많이 썼고 시나 산문 습작을 했습니다. 뒤돌아보면 '그렇게 하지 말걸.' 하고 후회하는 때도 있습니다. 전 항상 제 자유 시간을 방해받을까 봐 걱정을 했고, 무엇인가 남한테 보여 줄 만한 멋진 작품을 창작해야 한다고 끊임없이 스스로를 다그쳤습니다.

동독 인민군 18개월 복무 기간 동안에 육군을 배경으로 한 소설 몇 편이 탄생했습니다. 그 이후 이태 동안 저는 군대에 관한 소설을 썼습니다. 하지만 스물세 살에서부터 서른 살이 될 때까지의 기간에는 거의 아무런 글도 쓰지 못했습니다. 쓰고 싶지 않아서가 아니었습니다, 오히려 그 반대였지요. 하지만 습작을 할 때마다 그 집필의 이유가 뚜렷하지 않은 글은 작품이 되지 않을 것임을 알아차렸습니다. 저는 독서를 많이 했고 곧 언젠가 저만의 고유한 목소리를 갖게 되기를 바랐습니다.

군대 시절부터 알게 된 사실이 있었습니다. 즉, 동독인 남자라면 피해 갈 도리가 거의 없는 그 군복무 기간 동안의 이야기는 편지나 대화로는 그 참 묘사가 불가능하다는 것이었습니다. 휴가 여행 중 제가 사람들에게 군대 이야기를 들려주면 때론 재미있는 에피소드처럼 들리기도 했고 때론 그렇지 않을 때도 있었습니다. 하지만 사실 오랫동안 제 마음을 짓누르고, 악몽 속 아침 기상 호루라기에 놀라 잠에서 깨도록 한 그 근본적인 내용은 어떤 언어로도 표현되지 못한 채 남았던 것입니다. 아주 이따금씩 경험한 사실이 있었습니다. 즉, 평소에 말로 표현하는 동안에는 몰랐던 것들이 글을 쓰는 동안 비로소 이해되기도 하고, 혹은 오로지 이야기로 풀어낼 때라야만 표현이 가능한 내용이 있다는 사실입니다. 대학생 시절, 그리고 훗날 극장에서 일했을 때도 저는 우리 사회의 모습을 좌지우지하는 치열한 갈등 상황들의 중심에 서 있다고 느낄 때가 많았습니다. 동독에서는 책이 한 권씩 출간될 때마다 혹은 새 연극 한 편이 공연될 때마다 그 안에서 벌어진 토론과 논쟁의 경계가 극단적으로 확대되었고, 그리하여 개인이 활동하는 공간과 각자 고유한 삶을 변화시킬 수 있는 가능성이 커졌습니다. 책과 연극을 둘러싼 토론들은 흔히 두 사람 간의 대화로 시작되었지만, 곧 빠른 시간 내에 서너 사람 혹은 그보다 더 많은 수의 지인들과 친구들 모임으로 확대되어 갔습니다. 함께 모여 독서를 하는 일이 소중했고 우리는 다른 사람들의 경험과 지식을 공유하는 일을 절대 포기할 수 없었습니다. 방황과 갈구, 더 이상 앞으로 나아갈 수 없다는 좌절감과 무력감, 새롭게 도전하기는 했으되 길을 또 잘못 들었다는 느낌, 그런 것들이 작업을 이루는 중요한 구성 요소였습니다.

우리는 글을 쓰고 읽으며 서로서로의 생각을 조금씩 탐지해 나갔습니다. 줄마다, 문장마다 우리 스스로를 깨달아 나갔고, 점차 거침없는 진솔함과 무조건적인 신뢰가 생겨났습니다. 우리들의 대화 속에서 발전해 갔던 그 사고방식이나 관점이 어떻게 해서 제 자신의 것이 되었는지를 설명하기는 더욱더 어렵습니다. 선생님과 학생으로 이뤄진 위계질서는 갈구하는 자들 간의 동등한 눈높이로 대치되었습니다. 그건 집단의 인식이 형성되는 과정이었고, 말하고 질문하고 대답하는 것의 빈번한 반복이었으며, 상이한 관점, 인생 경험, 가치 평가를 교환하는 과정이었고, 그 과정을 통해 우리는 다양한 차원의 감각적 인식을 내포한 글들을 접할 수 있었습니다.

그건 감각적 인식, 학문적 및 비판적인 사고, 감정, 시적 연상을 얻기 위한 노력들이었습니다. 강도가 매우 높은 상상력을 요하는 시도였습니다. 우리의 기본적인 태도 역시 모든 생명력을 총동원하는 것이었고, 우리는 저항이 세상에 관한 인식과 학습 속에서 시작된다는 것, 그리고 역사적 사건을 파악하기 위해서는 그 사건의 발전 과정을 탐구해야 한다는 사실도 배웠습니다. 그리고 물론 우리는 그렇게 배운 모든 것들을 우리가 처한 상황과 관련지었습니다.

우리는 상대방에게 생각한 바를 설명하고 반드시 그 논거를 제시하며, 그리고 무엇을 언급하더라도(그 상황에 관해서 달리 표현할 말이 없습니다만) 참으로 즐거운 비판의 과정을 기꺼이 거치면서, 그렇게 우리는 글들 속에서 길을 찾아 나아갔습니다.

그건 글자 그대로 읽기를 배우는 과정이었고, 책이나 극본뿐만이 아니라, 우리를 통해 혹은 우리 주위에서 일어난 모든 사건들을 읽으며 배우는 과정이었습니다. 제가 우리 모임에서 배웠던 것은 문자로 쓰인 글들에 한하는 것이 아니었습니다. 그것은 동시에 말하기를 배우는 과정이기도 했습니다. 그건 새로운 종류의 언어를 사용해 보려는 시도였는데, 전문 분야의 학문적 용어의 피안에서, 또한 '그렇다, 아니다'를 잘라 말하는 흑백 논리의 공공 용어의 피안에서 이루어진 시도이기도 했습니다. 이미 오늘 내일 일을 다 알고 있다고 여기는 이른바 전문가들을 향한 반항이었습니다. 그 전문가들이란 고전적인 총체성을 사용하며 세계를 이미 다 완성된 무엇인 양, 혹은 빤히 들여다볼 수 있는 무엇인 양 제시하며, 자신들의 의견이 옳다고 자처하면서 우리를 대신해서 결정을 내리는 사람들입니다.

1988년 저는 알텐부르크 시의 시립 극장 드라마투르그가 되었습니다. 극장에서는 우리가 원하는 거의 모든 것을 시도해 볼 수 있었습니다. 1988년과 1989년의 알텐부르크에서는 적어도 그랬습니다. 우리는 매번 기획한 연극이 금지되기를, 그로 인해서 일시에 많은 사람들에게 알려지기를 바랐습니다. 연극이 금지되면 그 연극이 공연되는 경우보다도 오히려 더 많이 알려질 수 있기 때문입니다. 아무튼 저는 그렇게 생각했습니다.

1989년 9월 저는 글을 쓰는 일을 당분간은 잊고 살 수 있겠다고 생각했습니다. 자유로운 공간과 그것이 제공하는 가능성을 십분 이용하지 못했다고 느꼈기 때문에 저는 동독을 떠나지 않았습니다. 늦어도 고르바초프가 권력을 잡은 이후 시대에는 조금도 이상하게 들릴 것이 없는 또 한 가지 다른 이유가 있습니다. X 시점을 위해서 적어도 몇 명은 남아 있어야 한다는 것이었습니다. 그리고 진짜로 그 시점, X 시점이 왔습니다. 두려움과 믿을 수 없는 경탄으로, 당황과 활발한 활동으로 저는 거기에 적극 동참했습니다.

하루아침에 많은 것들이, 우리가 늘 이야기하고 꿈꾸던 그것들이 현실이 되어 있었습니다. 갑자기 저는 도처의 조직들에 불법으로 가담하기 시작했고, 우리는 동아리를 만들어 성당과 극장 혹은 시위대에서 낭독할 결의문의 초안을 잡았습니다. 제 눈에 비친 라이프치히의 월요 시위는 우리들의 노력의 결실이었습니다. 우리는 모든 것이 중국식 해법으로 무력 진압되거나 아니면 모든 것이 변화할 것을 알았습니다. 갑자기 인민전선이 거기 있었고, 각자가 품었던 두려움은 자신과 똑같은 생각을 가진 동료를 보는 가운데 사라졌습니다. 굳이 조직 같은 것은 구성할 필요가 없었습니다. 자유를 위해서, 공동 결정과 생활 조건 개선을 위해 시위를 하는 데는 정당 같은 것 역시 필요하지 않았습니다. 우린 전단지의 초안을 잡았고 신문사를 설립하기로 계획했습니다. 그로써 우린 민중을 설득하고 민주주의화를 촉진하려고 했던 것입니다. 마비된 세상을 흔들어 깨우고, 경쟁적인 무기 구축을 종식시키며, 분단을 극복하는 일은 현실적으로 보였습니다. 전쟁, 빈곤, 질병, 환경 파괴를 마침내 멈출 수 있는 전제들로 보였습니다.

저는 일기를 쓰려고 많은 애를 썼습니다. 하지만 멀리 조망하며 조용히 반추하기에 저는 당시 상황에 너무나도 깊이 개입되어 있었습니다. 모든 것이 너무 명확하지 않았던가요? 동참할 것이냐 말 것이냐 그것만이 문제였습니다. 그런 것을 글로 쓴다는 것은 제게는 너무나도 불필요한 일처럼 보였습니다. 날마다 일어나는 일은 또렷한 현실이었고 절대 잊어버리지 않을 게 분명했기 때문이었습니다. 1989년에는 극장보다 더 따분한 곳은 없었고, 반면 텔레비전, 라디오, 신문보다 더 흥미진진한 것도 없었습니다. 제가 친구들과 함께 신문사를 설립했던 일은 정치적인 보도 의식에서 나온 일이었습니다. 우리는 민주주의화의 과정을 동행하고 싶었습니다. 또한 저는 신문사를 차리고 언론인이 되면 새로운 시대를 더 잘 알게 되리라고 믿었고 많은 이야기들을 접하게 되리라고 기대했습니다.

어쩌면 저는 장벽 붕괴가 동독을 개혁으로 이끄는 것이 아니라 좀더 커진 서독으로 이끌 것임을 알아차린 마지막 몇 명 중 한 사람이었을 것입니다. 하지만 본연의 사건은, 즉 본연의 역사는 제가 사업가가되었다는 사실이었습니다. 전 의지와는 반대로 그 모험에 빠져들었습니다. '새로운 포럼'이 경제적 지원을 받지 못했던 데다가 의사 결정권을 한 사람에게만 일임할 수 없다는 생각에서 우리는 동업자가 되었습니다.

일 년 반 후, 우리는 주요 기사의 사안에 따라 다소 차이는 있었지만 보통은 대략 7000부 정도가 팔리는 신문보다는 12만 부가 팔리는 신문에 기사를 내기로 했습니다. 마지막 남은 가능성은 광고 전용 신문뿐이었고 기사는 광고로 지면을 채우고 난 후 남는 자리를 채우는 재료가되었습니다. 제가 느끼지 못하는 가운데 제게서는 언어가 사라졌습니다. 제 관심사는 오로지 숫자였습니다. 제가 하는 한, 경제적 생존 경쟁만을 위해 투쟁하는 사업가의 희로애락은 소설 따위와는 전혀 관계가 없었습니다. 제 눈에 문학은 더 이상 사회에 아무런 영향력을 미치지 못하는 것처럼 보였습니다. 그 모든 예술은 이제 모두 한낱 장식품으로 전락하지 않았던가요? 저는 언어의 세상에서 숫자의 세상으로 타락한 것이 아니었던가요? 언어란 게 숫자와 무슨 관계가 있었겠습니까?

1990년 3월 18일 첫 자유선거 날, 지난가을 엄청난 영향력을 행사했었고, 우리가 신문사의 일원이 되어 동참했던 그 시민운동의 대표자들은 총 93퍼센트 투표율 중 겨우 2.9퍼센트만을 득표했습니다. 바로 그때 고유하면서도 차별적인 정치를 목표했던 우리들의 마지막 정치적 노력들은 허무하게도 그 대상을 잃고 말았습니다.

늦어도 1990년 화폐 통합을 기해 언어는 완전히 사라졌습니다. 우리는 무엇인가 전혀 다른 것을 원했는데, 하지만 다른 대다수의 사람들은 우리와는 의견이 달랐던 것입니다. 또한 더 이상 실험하기를 거부하고, 당장에 서독 마르크를 가지길 원한 사람들이 이긴 것이 아니겠습니까? 하루아침에 갑자기 대다수의 사람들을 위한 개선이 일어났던 적이 도대체 단 한 번이라도 있었단 말입니까? 동독의 돈은 그래도 일주일 동안 베니스로 휴가 여행을 다녀올 정두는 되었습니다. 동독 주민들의 사정은 동쪽 진영의 이웃 나라들의 관점에서만 좋았던 것이 결코 아닙니다.

바로 그 시기에 "전 시대 민권운동가"라는 말이 생겨났습니다. 얼마 전까지만 해도 직업혁명가라고 느꼈던 저는 이젠 모든 정치성을 벗었다고 생각했습니다. 쓸모없는 사람이라는 느낌이 들며 만감이 교차했습니다. 모든 이데올로기가 공중에서 사라져 버린 듯, 세계는 오로지 물질적인 필연성만으로 움직이는 것처럼 보였습니다. 우리 신문을 사서 보는 독자가 한 사람이라도 있는 한 우린 모든 것을 글로 쓸 수 있지 않았을까요? 하지만 저는 독자들의 마음에 드는 기사를 쓰려고 했던가요?

저는 매월 말일에 봉급을 받는 것을 당연하게 생각하는 사람들을 은 근히 경멸했습니다. 그들과는 달리 우리는 매주 돈을 벌어들이기 위해 고군분투하지 않으면 안 되었으니까요. 그 일에 실패한다는 것은 제가 많은 빚을 지고 부도가 나서 열다섯 명에서 스무 명에 이르는 직원들 의 밥줄을 끊어야 한다는 말이었습니다.

우리는 의사가 사람을 치료하는 본분을 제쳐두고 돈을 버는 사업가 가 되어야 하는 상황을 막고자 의료 정책을 위해서 싸웠지만 승산이 없었습니다. 예전 직원이 현 직원들을 도우러 달려오긴 했지만, 우리는 기사를 내기도 전에 이미 빈털터리였습니다. 우린 실패했습니다. 그래 도 잘난 척하는 자들을 혼내 주기도 했습니다. 그들의 몇 가지 기만적 인 사건을 폭로했던 것입니다. 하지만 단 몇 년 사이에 전체 국민 경제 를 개인 소유화하려고 했던 독일 신탁청에 근본적으로 대항할 도리는 없었습니다. 우리 자신 역시 광고 의뢰나 신문 판매 부수라는 목표를 이루는 데만 대부분의 힘을 쏟았으니까요. 전 난생처음으로 진지하게 돈에 관해 생각해야 했습니다.

모험적인 첫 시기가 지나고, 출발의 마법이 사라진 후, 무엇인가를 해 본다는 즐거움이 없어진 후, 경제적 생존 경쟁은 우리들의 힘을 쇠 진하게 만들었습니다. 일 년 반 후에는 그 모든 시도들 중에서 오직 광 고 전용 신문사만이 남았습니다. 저는 그 신문사를 유지하려고 안간힘 을 다했습니다. 그 일을 계속해야 한다는 것은 거의 영웅적인 사명과도 같았습니다. 전 직원들의 일자리를 지켜 냈습니다. 그보다 더 고귀한 사명은 없었습니다.

1992년, 한 번도 도움을 받게 되리라고 기대한 적이 없는 한 개인 사 업가의 의뢰로 상트페테르부르크에 가게 되었습니다. 상트페테르부르 크에서 무료 광고 신문을 창립하려는 사람들에게 전문가적 조언을 주 는 일이었습니다.

1989년 여름, 마지막으로 레닌그라드를 방문했을 때 저는 그곳에 계 속해서 머무르고 싶다고 생각했습니다. 그곳에서 감지할 수 있었던 자유주의의 분위기는 그 도시를 방문한 관광객이 목격했던 극심한 물자 부족 상황을 보상하기에 충분했습니다. 하지만 1992년 가을에 저는 동독에서 출발한 것이 아니라, 서독에서 출발했고, 소련이 아니라 러시아로 갔으며, 레닌그라드는 예전 이름을 되찾아 상트페테르부르크로 바뀌어 있었습니다.

동독인 출신이면서 서독의 사업가로 건너간 저는 지난 2년 혹은 3년 동안 저 자신 역시 처음부터 다 배워야 했던 것들을 그들에게 가르쳤습니다. 러시아의 시장 경제는 1년이 채 안 되었는데도 물가 상승을 겪었으며, 그 상승률이 너무나 빨리 늘어나는 바람에 광고료를 나타내는 도표를 매주 새로 작성해야 할 지경이었습니다.

저는 상트페테르부르크가 저를 작가로 만들어 줄 것이라고 믿었습니다. 그 도시는 1990년대 초, 여러 시대의 단면이 한꺼번에 상충하는 곳이었습니다. 푸시킨의 시대, 도스토옙스키의 시대가 20세기 초의 모더니즘의 실험실과 공존했고, 10월 혁명의 페트로그라드와 내전의 시대가 공존했습니다. 그러고도 물론 여전히 스탈린의 폭정과 2차 세계대전 때의 독일 전선을 직접적으로 기억하고 있는 레닌그라드도 현존했고, 동독 관광객의 자격으로 방문했던 그 도시의 모습이나 고르바초프와 옐친에 관해 다투곤 했던 그 도시의 모습 역시 현존했습니다. 몇 달 전부터 이 도시에는 잔인하고도 예측 불허이며 요란한 자본주의가 지배하고 있었습니다. 네프스키를 따라 몇 백 미터를 걷는 것으로도 충분했습니다. 괴괴한 모순들이 나란히 줄지어 있는 광경을 볼 수 있었습니다. 최고 부자들과 가난한 사람들의 무리, 서유럽풍의 고급 상점들과 도시의 텅 빈 상점들, 이른바 "대지의 어머니"들과 하레 크리슈나(Hare Krishina)를 따르는 신도들 옆에 나란히 존재하는 로마정교의 목사들, 공산주의자들과 왕정주의자들, 파쇼주의자들과 민주주의자들, 옛 아방가르드와 소련의 예술가들 혹은 젊은 사회예술가들. 그들이 모두 한 거리에 나란히 공존했던 것입니다. 그 외에도 이 도시에는 어떤 식으로든 문학적인 흔적이 남아 있지 않은 도로란 없습니다. 누구나 라스콜리니

코프의 길을 따라 채소 장사 여자에게 갈 수 있고, 알렉산더 블록의 집에서부터 브로드스키의 집까지 산책할 수도 있었습니다.

그리고 저는 100만 명이 넘는 레닌그라드 시민의 죽음에 책임이 있는 나라에서 왔던 것입니다. 1941년에서 1943년 독일군이 도시를 봉쇄했을 때 그 도시의 시민들은 그 안에 갇혀 굶어 죽었습니다. 저는 어릴 때 겪었던 그때의 일을 아직도 기억하고 있는 언론인들과 함께 일했습니다. 그들에 비해 제 월수입은 100배 혹은 200배도 넘었습니다.

시간이 감에 따라 낮이 점점 길어지고, 기온이 따뜻해지면서 저는 주의력을 회복한다는 기분이 들었습니다. 외투와 모자를 벗어던짐과 동시에 겨울 동안 쌓였던 노곤함도 벗어 버리는 느낌이었습니다. 향기와 색깔들이 돌아왔고, 거리와 공원은 연설가, 음악가, 장사꾼, 산책객들로 붐볐습니다.

5월, 거의 봄을 거치지 않은 채 겨울 뒤를 바짝 따라온 여름은 해방 그 자체였습니다. 저는 줄곧 오시프 만델스탐의 작품『아르메니아 여행』을 들고 다녔고, 길에서 관찰한 것들을 틈틈이 메모했습니다. 일상을 이루는 세상에 대해 글을 쓴다는 건 즐거운 일이었습니다. 전찻길에 관한 묘사와 어떤 장사꾼 여자에 관한 스케치 사이쯤에서 첫 단편이 탄생했습니다.

저는 참으로 행복한 기분이었습니다. 그 주간에 제가 경험했던 환희는 그런 몇 편의 집필 때문이라기보다는 갑자기 제 앞에 모습을 드러낸 미지의 공간 때문이었습니다. 한 문장 한 문장 글을 써 나가는 일에 있어서나, 혹은 상트페테르부르크의 생활에서나 저는 마침내 고향에 와 있다는 느낌이었습니다. 지금까지는 많은 기대와 노력에도 불구하고 불가능했던 것들이 이제야 비로소 가능하겠다는 느낌을 받았습니다.

1993년 7월 독일로 돌아온 후에야 저는 경험들의 유사성을 보았습니다. 그때 독일은 동독이 서독으로 편입된 이후 막 첫 경제 위기를 겪고 있었습니다. 그 모든 낯섦에도, 그곳이나 이곳이나 사람들은 모두 그 세상의 변화, 즉 하나의 체제에서 다른 하나의 체제로 변모해 가는 과정에 들어 있었던 것입니다. 더욱이 동독만큼이나 소련의 영향을 많이 받았던 나라도 없었습니다. 단지 우리는 과도기라는 것을 경험하지 못했던 것뿐입니다. 동독 건립 40주년이 되는 날부터 서독으로 편입된 순간까지는 불과 일 년이 채 안 걸렸으니까요.

저는 종속성의 변화를 서술할 수 있는 가능성이 바로 그 점에 있다고 보았습니다. 뭘 해서 돈을 버는지 알 수 없는 인물은 신용할 수 없는 인물로 보인다는 사실 역시 재빨리 알아차렸습니다. 제가 도처에서 뚜렷이 드러나 보인 불의와 대치했던 반면, 적어도 서쪽에서만큼은 아무도 그 체제의 변화에 관한 진지한 질문을 던지려고 하지 않는 듯했습니다.

제가 들었던 가장 날카로운 비판은 동독 사람들의 위트였는데요, 그건 "동독에서는 사장님에 관한 한 뭐든지 말할 수 있지만 호네커에 대해선 아무것도 말할 수 없었다. 하지만 이제는 수상에 관해서는 뭐든 말할 수 있지만, 사장님에 대해서는 아무것도 말해선 안 된다."라는 조롱기 섞인 농담이었습니다.

그런 농담을 주고받았던 사람들은 옛 종속 상태가 가고 새로운 종속 상태가 왔음을 감지했던 것입니다. 물론 파라다이스를 꿈꾼 사람이 있었다면 그게 더 이상한 일이겠지요. 하지만 참으로 희한한 점은, 이 새로운 종속성이 평범한 상태로의 귀환으로, 인류의 자연적 상태로 제시된다는 사실이었습니다.

1989년 및 1990년까지 동독과 서독은 서로의 체제에 관해 의문을 제기했었습니다. 그와 동시에 동독과 서독은 서로의 비판을 받았었습니다. 그건 이제 다 지난 일이 되었습니다. 이제 우리는 그 어떤 세상보다도 더 나은 최고의 세상에서 사는 꼴이 되었습니다. 모든 연설들은 암묵적으로 현 상황, 즉 이 경우에는 자본주의적 생산 방식을 인간 사회에서 너무도 당연한 상태로 전제했던 것입니다.

이러한 전제 아래서 하나의 상황이 급속도로 발전해 갔습니다. 그 상황의 여러 가지 단면은 사유화, 신자유주의, 글로벌화, 포스트식민지주의, 사회주의 국가의 철폐 등등으로 묘사됩니다. 1989년 및 1990년 이후에서야 이러한 상황은 본격적으로 글로벌화될 수 있었고, 그것도 아무런 반대를 받지 않는 가운데 쉽게 이루어졌습니다. 서쪽 진영의 좌익 세력조차도 그때까지 그토록 격렬히 비판하던 그 모든 것들이 더 이상 비판의 대상이 아니라는 듯 갑자기 입을 다물었습니다. 이젠 아무도 '생산 수단의 사유화에 바탕을 둔 사회의 모순, 즉 점점 더 적은 수의 노동자들이 점점 더 많이 생산해야 한다는 모순을 어떻게 해결할 수 있을까' 하는 질문 같은 건 던지지 않았습니다. '모든 분야에서 이른바 효과적이라는 절차들은 사실은 전혀 효과적인 것이 아닐 뿐만 아니라 오히려 사회를 위협하고 있지 않은가?' 하는 질문 역시 등한시되기는 마찬가지였습니다. 그 결과 오히려 사회는 너무나도 자주 황폐화되고 경직되며 천박해지고 조야해지는 결과를 낳고 있는데도 말입니다. 부와 빈곤의 차이, 그에 따른 불의와 부정이 점점 더 증가하는 속에서 어떻게 민주주의가 보존되고 형성될 수 있단 말입니까? 어째서 계속해서 무엇이든지 사유화가 되어야 한단 말입니까? 전기나 수돗물, 기차, 의료 보험, 군대, 학교 교육, 텔레비전 방송국, 비행장의 경비소까지도 모두 개인의 재산이 되어야 하는 건가요?

독일에서 현 상태를 비판하는 사람이 동독 출신이면, 그는 즉시 1989년 이전의 상태를 회복하고 싶은 자로 간주되며 동독으로 돌아가고 싶은 사람으로 낙인이 찍힙니다. 바로 그러한 사고를 저는 이데올로기라고 부르겠습니다. 동독의 마지막 시기에 관한 이야기를 듣기 위해 사람들은 아주 자주 저를 초청합니다. 마치 1989년 이전에만 문제가 있었는데, 그 문제에 관해 논할 전문가가 저밖에는 아무도 없다는 듯이 말입니다.

그때마다 독일과 외국 언론인들이 하나같이 즐겨 묻는 질문이 있습니다. "11월 9일을 어떻게 보내셨습니까?"라는 것입니다. 그날에 관해서라면 별다르게 특별한 이야기를 드릴 수 없지만 그 대신에 10월 9일에 관해서는 말할 수 있습니다. 1989년 가을, 독일 정국을 뒤바꾼 결정적인 날은 바로 10월 9일이기 때문입니다. 두 번째로 자주 듣는 질문은 '독일 재통일에 관해서 어떻게 생각하느냐, 그리고 그건 완성된 통일이었나?' 하는 것입니다. 그건 통일이 아니라 편입이었습니다. 동독이 서독으로 편입된 과정이었던 것이며 아주 빨리 진행된 사건이었습니다. 당시 서독을 위해 편입 계약을 합의해 냈던 볼프강 쇼이블레는 그 당시 자신이 "여러분, 이건 동독이 서독연방국으로 편입되는 사건입니다 …… 우리는 애초부터 동등한 출발점에서 시작하는 게 아닙니다."라고 말했다는 것을 상기한 바 있습니다.

세 번째 자주 듣는 질문에 다다르면 저는 길을 아주 잘못 들었다는 느낌을 받습니다. "통일을 완성하기 위해서 그럼 무슨 일을 해야 합니까?"라는 질문인데요. 거기서 '통일을 완성한다'는 게 도대체 무슨 말일까요? 벨기에, 영국, 이탈리아, 스페인 혹은 캐나다와 달리 독일에는 다민족 간의 분리주의를 지향하는 움직임 같은 게 없습니다. 그렇다면 그들이 말하는 완성된 통일이란 동독과 서독의 균등한 임금과 결산 방식을 요구한다는 뜻일까요?

제 인상으로는 그런 질문을 던지는 사람들 본인들조차 너무나도 따분한 자신들의 질문에 하품을 하는 것처럼 보였습니다. 뭔가 재미있는 에피소드 같은 걸 기대하는지는 모르겠습니다만, 그들은 정말로 장벽 붕괴 20주년 기념일에 관심이 있을까요? 대개 그들이 듣고 싶은 대답은 이미 정해져 있습니다. 설교조이며, 죄를 깊이 반성하는 듯한 얼굴로, 그럼에도 기본적으로는 친절한 어투로 연단에 서서 일장연설을 시작하길 바라는 것입니다.

"아니, 장벽이 붕괴되어 행복하지 않으셨나요?" 라이프치히 첫 시위에서 우리가 사용했던 피켓은 아주 작았습니다. 양쪽 끝을 나무막대기에 고정한 것이었고 재킷 속에 숨기기 좋았습니다. 그건 시위대 머리위에서 손에서 손으로 전달되었습니다. "상하이까지 비자 자유를!" 하와이를 경유해 가든지 혹은 땅으로 가든지 그건 아무래도 좋았습니다.

이렇든 저렇든 사실은 장벽을 철거하는 것을 목표로 한 것이 아니었습니다.

서독이 문제가 아니었습니다. 세계가 목표였죠. 게다가 우리가 오늘날 흔히 말하는 무엇인가가 함께 움직였습니다. 그건 다른 이들과의 연대감, 특히 중국인들과의 연대감이었습니다. 그 라이프치히 시위로부터 넉 달 전, 중국의 평화 시위가 무력 진압되었으니까요. 동독 정부가 그와 비슷한 '해법'을 사용하지 않을까 하는 두려움은 10월 중순까지도 존재했습니다.

물론 저 역시 헝가리 국경이 열렸을 때 몹시 기뻤고, 물론 장벽이 붕괴되어 기뻤지요. 어떻게 기쁘지 않을 수가 있겠습니까? 하지만 정말로 그게 그리도 중요하단 말입니까?

대부분의 질문을 들을 때마다 마음에 걸리는 점은요, 그 질문들이 너무나도 비정치적이라는 데 있습니다. 그 질문들은 우리네 정치가들처럼 비정치적입니다. 정치가가 아니라 매니저가 되어 버린 우리 시대의 정치가들 말입니다. 그들이 매니저와 다른 점이 있다면 어떨 때는 많이, 어떨 때는 적게, 경영 회의를 통해서 사안의 결정을 내린다는 사실뿐이지요. 그들의 생각이나 행동은 이미 한 가지 문제에 고정되어 있습니다. 어떻게 하면 가능한 한 많은 소비를 창출하고, 어떻게 하면 더욱더 많은 성장에 도달할 것인가라는 문제입니다. 오로지 그런 목표만으로 구원을 모색하느라 다른 모든 종류의 문제들은 그 주변 문제 혹은 하위의 문제로 치부합니다.

1989년 및 1990년에 관한 탈정치적인 회상과 우리가 지금 '위기'라고 부르는 사건들에 대한 반응에는 유사한 점이 있습니다. 오늘날 우리가 겪고 있는 문제점들을 보다 더 쉽게 해결하기 위해서는 몇 가지 질문이 다시 한 번 새롭게 던져져야 합니다.

독일에서 통일이 아니라 편입이 일어난 원인이 무엇일까요? 동독은 어째서 수십억의 지원에도 불구하고 경제적으로 일어나지 못했으며, 2007년에 이르러서야 1989년의 주순을 겨우 회복했던 것일까요?

폴란드나 헝가리 혹은 소련의 국가 정당들과는 달리 동독 공산당 SED는 자발적인 개혁을 이뤄 내지 못했습니다. 동독 고위층은 마지막 순간까지도 자신들이 확실한 "역사의 승리자"라고 자처했습니다. 최후의 순간까지도 동독은 독재 체제이긴 했습니다만, 피를 흘리지 않고, 아니 평화적으로 무너뜨릴 수 있는 독재정이었던 것입니다. 그건 양측의 공로입니다. 무폭력 시위대들의 공로, 하지만 물론 정부와 정당 내에서 그것을 관철해 낼 수 있었던 몇몇 책임 인사들의 공이기도 하지요. 동독 내에서 점점 성장해 갔던 야당 세력들이야말로 그들의 성공에 대해서 가장 놀란 사람들이었습니다. 그와 동시에 야당은 그만큼 준비가 덜 되어 있는 상태였습니다. 지면으로만 보자면 1990년 3월 18일 선거의 승리자는 그리 큰 신용을 받지 못했던 구동독의 연합 정당 기민당(CDU)의 사람들이었습니다. 그들이 내세운 인물인 드 메지에르는 몇 주 전만 해도 "인정미 넘치는 사회주의"를 내세웠던 사람입니다. 초기의 조심성이 지나가자 콜은 동독 자매를 가슴에 안았습니다. 그의 계산이 맞아떨어졌습니다. 93퍼센트라는 높은 투표율 중에서 48퍼센트가 기민당(CDU), 독일사회연합(DSU), 민주주의 출범(Demokratischer Aufbruch)의 연합 정당 '독일을 위한 연맹(Allianz für Deutschland)'에게로 돌아갔던 것입니다. 그건 동독의 종말을 의미했습니다. 다만 인제 어떻게 멸망할지만이 미지수였지요.

동독과 서독 간 경제적 격차는 엄청났습니다. 저는 드라마투르그로 일하면서 매달 700동독마르크를 벌었습니다. 그건 1990년 환율로 계산해서 150서독마르크 정도밖에는 안 되는 돈이었습니다. 서쪽으로 100킬로미터만 가면 10배도 넘게 돈을 벌 수 있는데 누가 동독에서 일을 하겠습니까? 친구들과 신문사를 창립했을 때는 우리 월급으로 2000동독마르크를 받기로 결정했는데, 교환환율은 차츰차츰 우리에게 유리한 쪽으로 발전해 갔습니다.

그 당시 독일은 사실 과도기를 두었어야 합니다. 하지만 그러기에는 정부의 정치적인 의지가 너무 부족했습니다. 그보다는 결손 경제를 겪고 살았던 주민들을 사치로 설득하는 일이 훨씬 쉬웠습니다. 그러고도 그들은 첫 휴가 여행 철 초기에 벌써 1대 1의 환율로, 또한 저축된 돈의 경우는 4000동독마르크가 넘을 경우 1대 2의 환율을 적용해 서독마르크를 지급하겠다고 약속했습니다.

그리고 동독인들은 자신들의 사업체가 갑자기 서독마르크로 임금을 지불할 수 없음을 알고 있었으면서도, 그리하여 몇 주 혹은 몇 개월이 가지 않아 망하게 될 것을 예상할 수 있었음에도 불구하고, 그들 대다수는 너무나도 쉽게 산타클로스를 믿고 싶어했습니다. 기민당이 임명한 총리 드 메지에르 역시 4월 19일 정부 성명을 발표하는 자리에서 반드시 서독과 협상해서 보호 정책을 마련해야 한다고 말했습니다. 그는 그렇게 주장한 마지막 인물이었고 그의 그런 계획은 전혀 실행되지 않았습니다.

과도기를 두었더라면 동독인들이 일어설 수 있도록 시간을 줄 수 있었을 것이고, 선거자들을 유도해서 전국에서 경쟁 후보를 형성하기도 하고, 한꺼번에 몰려든 동독인들 때문에 생겼던 서독의 덤핑 임금 현상을 어떻게 막을 수 있을지 심사숙고할 수도 있었을 것입니다.

하지만 모든 문제들을 뒤로 미루는 일이 훨씬 쉬웠습니다. 그렇게 해서 동독에는 새로운, 국가적으로 강력한 원조를 받는 시장이 생겨났고, 콜은 경쟁자가 생기는 것을 제지한 가운데 서독 경제에 그 시장을 넘겨줄 수 있었던 것입니다.

동독인이 동유럽인들에게 자주 받는 질문이 있습니다. "많은 돈을 받았을 게 분명한데, 도대체 그 많은 돈을 어디다 날려 버렸나." 하는 것입니다. 동독인들은 서독의 형제자매들이 뼈 빠지게 일한 돈으로 살아가며 밤낮으로 낭비를 일삼는 존재들이거나, 그게 아니라면 뭔가 다른 데에 실책이 있었을 것이기 때문입니다. 하지만 1990년에서 1992년 사이의 기간 동안 서독의 직업인은 거의 1800만 명이 더 늘어난 반면, 동독의 실업률은 0명에서 1280만 명으로 폭증했습니다. 또한 1989년에서 1991년 사이에는 100만의 동독인들이 동독 지역을 떠났습니다. (같

은 시기에 서독에서 동독으로 이사한 인구는 약 12만 명밖에 되지 않았습
니다.) 콜의 말이 옳았습니다. 70에서 80퍼센트의 탈산업화로 동독의
상황이 본격적으로 드러나기 시작했던 것입니다.

한때 함부르크의 최고 시장이었던 헤닝 보세라우는 1996년에 이렇
게 말한 바 있습니다. "진실을 말하자면, 5년간의 동독의 철거는 서독
인들에게는 역사상 그 전례가 없이 큰 부를 축적하는 프로그램이었습
니다."라고요. 그 당시 일에 책임이 있는 몇몇 사람들은 오늘날까지도
높은 자리와 명예를 차지하고 있습니다. '통일 계약서'을 썼던 볼프강
쇼이블레 외에도 전 독일 연방대통령 호르스트 쾰러는 당시 경제부장
관으로서 직접적으로 화폐 통합을 주도했던 인물입니다. 하지만 동독
은 다 망한 지역이었고 빈털터리였다는 이론은 공공의 토론에서만 통
하는 게 아니었습니다. 진실을 반쯤만 요구하는 토론의 자리라면 어디
에서나 사람들은 그렇게 믿었습니다.

채무 상황에 관해서는 여러 가지 통계 자료가 있습니다. 1999년, 즉
10년이 지난 후, '독일연방은행'은 동독의 채무 상태가 200억이라고 밝
혔습니다. (연간 지급된 지원금의 아주 작은 부분이었습니다.) OECD역
시 비슷한 금액을 산출했는데, 일인당 674달러의 채무가 있다고 발표
했습니다. (오늘날 우리 현재 채무 상태는 2만 1000유로가 넘습니다. 극
적인 상승세인 것입니다.) 당시 연방은행 총장이었던 카를 오토 푈은
"동독 공산당 SED는 채무 상태 때문에 붕괴된 것이 아니라 체제가 도
덕적으로 타락했기 때문이었으며 고르바초프가 손을 뗐기 때문이었
다."라고 말했습니다.

6000억 마르크였던 동독 재산이 마이너스 250억 마르크로 떨어졌다
는 신탁청의 평가를 소재로 너도나도 두꺼운 책들을 내놓았지요. 한 나
라의 경제를 하루아침에 통째로 사유 시장에 던져 놓으면 엄청난 공급
과다가 일어납니다. 1990년대 초만 해도 높았던 부동산가나 땅값에도
불구하고, 그 부동산 거래에서조차 수익을 올리지 못했다는 사실을 고
려해 본다면 동독의 땅에 관해서보다 신탁청에 관해 더 많은 것을 알

게 됩니다.

1대 1 환율 적용 외에도 (유로 화를 받아들이는 조건과 준비 기간과 독일의 1대 1 환율 적용의 과정을 비교해 보시기 바랍니다.) 전문가들의 원칙에는 또 한 가지의 실수가 있었습니다. 동쪽 진영의 다른 국가들처럼 세입자에게 집을 넘기거나 혹은 그들에게 저렴하게 팔았더라면 국가의 재산을 실제 국민의 재산으로 만들 수도 있었을 것입니다. 그렇게 했더라면 경제가 안정되었을 뿐만 아니라 대출 신용도 높아졌을 것입니다. 하지만 그와는 정반대 현상이 일어났습니다. 즉 "보상 이전에, 건물을 원 주인에게 돌려주기"라는 방식으로 최대의 불안을 조성했던 것입니다.

과도기를 가졌더라면 또 다른 한 가지의 현상이 가능했을 것입니다. 바로 창업 시대입니다. 화폐 통합 이전 몇 달 동안 사람들은 거의 출발 자본이 없이도 사업을 시작할 수 있었습니다. 실제적으로 아무도 비자금을 이용하지 못했기 때문입니다. 그런 게 어디서 올 수 있었겠습니까? 그 당시 몇 달간 동독에 있었던 이라면 누구나 서독의 민주주의자들조차도 부러워할 정도의 자유가 주어져 있음을 알았는걸요. 그 자유는 돈이나 재산에 구애받지 않고, 또는 정당이 규정하는 위계질서와도 관계가 없어 보였습니다.

우리 신문사는 너무나도 힘겹게 서독마르크 충격을 넘겼고 1년이 지난 후 광고용 신문의 형태로 겨우 살아남을 수 있었습니다. 일간신문 중에서는 거의 오로지 예전 SED 당 소속 지역 신문들만이 살아남았다가 나중에는 베스트도이체 알게마이네 차이퉁(WAZ, Westdeutsche Allgemeine Zeitung)이나 스프링거(Springer) 사로 나뉘어 들어갔지요.

과도기를 두었더라면 무엇보다도 한 가지는 정말로 가능했을 것입니다. 즉 기습적인 변화를 피하고, 진지하게 심사숙고할 시간을 두어 정말로 통일을 준비할 수 있었을 것입니다. 동독과 통일을 하는 과정에서 서독은 지금까지의 모든 관행을 뒤돌아볼 수 있는 기회가 되었을 것이고, 스스로의 변화를 모색할 수 있었을 것입니다. 냉전 종식 후,

경쟁적 무기 생산 중단이라는 진정한 '평화의 배당금'을 누렸을 것입니다.

비단 동독을 위해서만이 아니라 다방면으로 좋은 제안들은 얼마든지 있습니다. 예를 들면 의사가 더 이상 경영인이 될 필요가 없는 의료보험 제도를 마련할 수도 있고, 이윤을 남기는 것이 목적이 아닌 보험 제도, 교통 체계의 생태학적 대안 마련, 무료 유아원과 유치원, 전일 학교 체계 등의 공동체를 위한 서비스를 갖출 수도 있었을 것입니다.

코뮌이나 주 정부나 연방 정부의 기업들은 옛 직원의 참여를 통해 살아남을 수 있었을 것입니다. 가령 예나의 차이스 공장처럼 말입니다. 무엇보다 중요한 것은, 정치가들이 동독 주민을 주체적인 시민으로서 대하며 그들에게 말을 걸었을 것이고, 빈 선거 공약(서독마르크, 소액 지불 현금, 동독 지역의 번영) 따위로 그들을 책임에서 따돌리는 일은 일어나지 않았을 것이라는 사실입니다.

그 당시 우리는 하나의 기회만을 놓친 게 아니었습니다. 1990년은 자칭 동쪽 진영의 '역사의 종말'을 통해서 보듯이 자본주의의 대안이란 실패한 것이라거나, 유토피아적이라고 치부했다는 점에서 전환점을 이룹니다. 사회보장은 비용 문제를 야기하고 성장을 방해하는 브레이크로 평가되었습니다. 시장은 우상이 되었고, 재산의 사유화는 이데올로기가 되었습니다. 순수한 자본주의 교의에 반하는 것이면 무엇이든 악평을 받았습니다. 성장, 효율성, 주가 변동, 주가 말고는 그 어떤 것도 의미가 없었습니다. 해가 갈수록 사회는 양분화되어 갔습니다. 사람들은 자유와 평등, 그 두 가지를 다 동등하게 요구해야 한다는 것을 까맣게 잊었습니다. 사회적 정의가 없으면 자유는 자유가 아닙니다.

최근 몇 년간, 제가 또 자주 들었던 질문이 있습니다. "이젠 서독에 도착하셨나요?" 그런 질문 앞에서 이제 난 이렇게 되물을 뿐입니다. 어떤 서독을 말씀하시는 겁니까? 1989년의 서독인가요, 아니면 1999년의 서독인가요, 그도 아니면 오늘의 서독? 라인 강의 자본주의를 말씀하시는 건가요, 아니면 순수한 자본주의?

장벽이 무너졌던 바로 그 당시, 우리가 하루 4.25유로로 식비를 해결해야 하는 이른바 '하르츠 4' 실업 수당 수령자를 만나 베를린 시내 왕복 버스비가 그보다 5센트 더 비싸다는 말을 들으면 어떤 반응을 보였을까요? 혹은 의사한테 전화를 걸었는데 "개인 보험 가입자이시면 1을 누르시고, 다른 경우에는 2를 누르십시오."라는 기계 음성이 나온다면 어땠을까요?

1980년대 말, 국민 선거로 국민의 의사를 물어야 했을 때 독일연방공화국 내에 어떤 외침이 있었는지를 사람들이 이야기하곤 합니다. 오늘날 대기업 경영진은 직원들의 예금 내역, 전화 연락 내역, 질병, 혹은 기호에 관한 정보를 입수하는 것이 전혀 문제될 것이 없어 보입니다. 항거요? 그건 기업의 직원들에게는 금지된 단어이고 조간신문을 접음과 동시에 분노 역시 금세 사라집니다.

흔히 동서 혹은 서동 문제라고 일컬어지는 것들은 오늘날에 와서는 피상적으로나마 문제로 다루어지지 않습니다. 1989년에서 1992년 사이 수입이 늘어 백만장자가 된 사람의 숫자는 40퍼센트나 늘었습니다. 그 현상은 미래의 방향을 제시했습니다. 즉 그때부터 이윤은 개인 소유가 되고 손실은 사회화되는 것입니다. 그동안 서독의 몇몇 도시들은 동독의 도시들보다도 더 뚜렷하게 그런 경향을 보이고 있습니다.

어떤 결정을 내리는 경우 오늘날 누군가가, 가령 은행의 몰수와 국유화에서 눈을 비비며 의심한다면, 그건 기본법이 확실히 규정하고 있는 가능성에 관한 생각조차 해 보지 않는 데 달려 있습니다. 사람들은 여전히 놀라지만, 그렇다고 해서 달라진 결과는 아무것도 없습니다. 현재 독일에서 적용되고 있고, 또 적용되어야만 할지 모르는 모든 조처들은 각종 주장들과 해명 속에서 이루어지고 있습니다. 즉 독일이 지금은 제한적인 상황에 놓여 있으며, 당분간 다른 선택의 여지가 없으며, 하지만 이윤을 남길 수 있는 전망이 조금이라도 다시 보이면 모든 것은 전처럼 될 것이라는 주장입니다. 그보다 더 나쁜 현상이 있습니다. 왜 공동체는 재산을 소유해서는 안 되고 2004년 이후 독일에서 허가된 개인 주주나 헤지펀드는 재산을 소유할 수 있다는 겁니까? 어떤 기준으로 그런 판단이 나온 걸까요? 최다 이윤을 내는 것만이 진짜로 가장 중요한 문제일까요? 공동체 구성원 전체가 골고루 분배를 받고 사회적 및 생태학적 단면이나 인권 문제가 더 큰 역할을 담당해야 하지 않을까요?

1990년에 하지 못했다면 이젠 그런 문제들에 관해 토론할 수 있고 또한 토론하는 것이 바람직합니다. 공동체가 언제 어떤 사안을 직접 손에 거머쥐어어야 시민들에게 유익할까요? 특정한 개인 사유 경제의 게임 규칙에 따르는 게 좋은 것은 무엇이 있나요? 전기 생산 기업에 관해, 은행업에 관해, 의료업계에 관해, 보험이나 기차나 교육 혹은 우체국에 관해서도 우린 고민해 볼 수 있을 것입니다. 그리고 무기 생산과 제약업에 대해서 토론하지 못할 이유는 또 어디 있겠습니까? 이윤을 추구하는 기업들이 언제나, 그리고 자꾸만 더 점점 많은 이윤을 남기지 않는다고 해서 도대체 그것이 공동체에게, 혹은 근로자에게 나쁠 이유가 무엇이란 말입니까? 우리를 미래로 이끌 거라는 성장과 이윤의 극대화는 이제 그 한계에 부딪쳤습니다. 기후에 관한 연구 보고들은 5년에서 10년 사이에 급브레이크를 밟지 않으면 안 된다고 경고하고 있습니다. 우리가 끊임없이 소비를 늘리는 동안 10억 명의 사람들은 먹을 것이 없어 굶주리고 있으며 깨끗한 물조차 공급받지 못하고 있습니다. 어떤 정당이 미래의 정권을 잡으면 그런 현상들에 반하는 정치를 하겠다는 약속을 걸고 선거에 임합니까? 경제의 국제화는 시민의 국제화를 수반해야 합니다. 즉 정치의 국제화가 뒤따라야 하는 것입니다. 주권 국가는 기업이나 투기자들이 던지며 노는 공이 되어서는 안 됩니다.

다른 말로 하자면, 제 문제는 과거에도 지금도 동독이 사라졌다는 것이 아니라 서독이 사라졌다는 사실입니다. 한때 인간적인 표정을 가졌던 서독이 사라진 것입니다.

늦어도 1989년 및 1990년부터 정치는 후퇴하기 시작합니다. 정치는 모든 생활 분야의 경제화, 즉 극단적인 자본주의로 나아가는 길을 열어주고 있습니다.

오늘날의 이데올로기는, 현 상태와 현재 일어나는 사건들이 무언인가 이미 주어진 것, 혹은 자연법칙으로 이미 확고부동하게 정해져 있는 것인 양 보이도록 하는 데 있습니다. (심지어 때로는 영원한 형이상학적 법칙으로 잘못 해석되기도 합니다.) 그러므로 우린 그 법칙들을 받아들여야 하며 그 법칙에 적응해서 살지 않으면 안 된다는 논리인 것입니다. 금융 위기나 경제 위기가 보여 주는 바와 같이 수익은 개인 소유로 돌아가고, 손실은 사회의 문제로 돌아가는 것입니다.

마지막 사민당 연방 수상은 독일인들에게 이제 돈을 좀 많이 쓰라고, 국내 경제를 살리기 위해 소비를 하라고 요구했습니다. 그런 요구 안에 들어 있는 냉소주의를 간과하고라도, 그의 말 안에는 플레이보이의 이상, 즉 가능한 한 짧은 시간 내에 가능한 한 많은 돈을 쓰는 소비자가 되어야 한다는 이상이 들어 있습니다. 이제 주체적인 시민은 사라져 버렸고 우수한 구매자와 소비자만이 중요한 세상이 된 것입니다. 경제 성장이 우리 사회의 결정적인 크기를 좌우한다는 생각을 받아들이지 않는 사람은 담론 밖으로 밀려나 따돌림을 받게 됩니다.

반면 그 담론에 참가할 수 있는 사람은 이윤을 '주주 가치(Shareholder Value)'라고 부르는 사람들이며, 노동을 파는 이를 '피고용인'이라고 부르고, 노동을 사는 이를 '고용인'이라 부르는 사람들입니다. 그들은 또한 기업과 기업인들을 위한 세금 절감은 '투자자의 부담 줄이기'로 부르며 가난한 이들이 지는 부담은 '각자의 책임', 실업 수당의 절감은 '성장으로의 자극'이며 최저 임금의 하락은 '글로벌 경쟁력'이라거나 '시장 경제에 부흥한 근로 정책'으로 부르며 광역 포괄 계약을 목표로 하는 노조는 '임금 동맹'이니 '브레이크' 등등으로 부릅니다.[1]

우리는 문학 속에서 이런 현상에 관한 묘사를 발견할 수 있습니다. 예를 들어 루이스 캐럴의 『거울 나라의 엘리스』라는 작품이 있지요.

험프티덤프티는 엘리스와 이야기를 나누는 중에 'glory'라는 말을 완

---

1) 이반 나겔, 『오단어 사전』(베를린, 2004) 중에서 인용.

전히 말이 안 되는 문맥으로 사용합니다. 그는 자신의 주장을 "There's glory for you!(너를 위한 영광이 있어!)"라는 말로 결론짓습니다. "glory 라니, 그게 무슨 말씀이신지 저는 못 알아듣겠는데요."라고 엘리스가 반문합니다.

험프티덤프티는 무시하는 듯한 미소를 짓습니다. "그걸 네가 어떻게 이해할 수 있겠어? 내가 먼저 설명을 해야 하는 걸. 그러니까 내 말은 '그게 유일하고 결정적인 증거가 아니고 뭐겠어!'란 뜻이었던 거지."

"아니, 하지만 '영광(glory)'은 '유일하고 결정적인 증거'라는 뜻이 아니잖아요." 엘리스가 그렇게 이의를 제기합니다.

험프티덤프티가 건방진 어투로 말합니다. "내가 어떤 한 단어를 사 용하면, 내가 옳다고 생각하는 뜻의 단어인 거야. 그 외에는 더도 덜도 아니지."

"하지만 제가 묻고 싶은 건요, 누군가 단어들의 뜻을 전혀 다른 뜻으 로 마음대로 바꿔 버려도 되느냐 하는 거예요." 엘리스가 말합니다.

"내가 묻고 싶은 건, 누가 더 강한 자냐 하는 거야. 그 외에는 아무것 도 아니지."라고 험프티덤프티가 말합니다.

엘리스는 너무 혼돈스러워 그의 말에 대한 적당한 대답을 찾지 못합 니다.

누군가 흔히 사용되는 공공의 용어를 받아들이기 시작하면 그는 이 미 길을 잃고 맙니다. 이미 과거에도 그런 현상은 있었지만, 공공의 용 어들이 오늘날처럼 이렇게까지 논박의 여지없이 링구아 프랑카(Lingua franca)가 된 적은 없었습니다. 엘리스는 단순히 혼돈스럽고 당황해서 대답을 하지 못하는 게 아닙니다. 혼자라면 누구나 길을 찾지 못합니 다. 사람은 언어를 독창적으로 혼자 개발해서 사용할 수 없습니다. 말 을 하려면 다른 사람이 필요합니다. 친구, 가족, 이웃, 동료, 미지의 사 람들 등등.

외로움과 고립의 극복은 저항의 한 근본 토대입니다. 우리들의 언어 는 끊임없는 '말했다 — 물었다 — 대답했다'의 과정이며, 개인마다 서로 다른 관점, 사고방식, 인생 경험 그리고 가치 매김, 명명, 모순을 인내하는 과정, 모든 생명력의 긴장을 교환하는 과정입니다.

친구를 구하는 것은 다른 언어를 구한다는 말과도 같습니다. 문학 속에서는 상황과 사실로부터 다시금 상황과 사실이 탄생됩니다. 즉 행동으로 만들어진 것, 인간에 의해 만들어진 것, 그로써 변화할 수 있는 것들이 탄생합니다. 무엇에 관해 말을 하든, 금기가 없는 자유 공간이 열리고, 그 공간 안에서 말은 언제나 침묵에 의해 다시금 위협을 받으며, 그럼에도 그 안에 존재하는 인물들은 계속해서 친구를 찾고 동반자를 찾아 헤맵니다. 저항은 인식으로부터 출발합니다.

문학은 어떤 특정한 경험을 한 후 홀로 머무르지 않게 하기 위해 존재합니다. 그것은 대화나 학문적인 언급으로도 표현할 수 없고, 그 보편성과 동시대성을 보존한 채 오로지 하나의 이야기 속에서만, 한 편의 시 속에서만, 소설 속에서만 표현할 수 있는 경험입니다. 문학은 무엇인가를 설명하기 위해 존재하는 것이 아닙니다. 하지만 문학은 사회의 자기 이해를 위해 사용될 수 있고 또한 사용되는 것이 바람직합니다. 우리 시대와 우리의 터전으로부터 만들어 낸 그림은 우리의 소망과 우리의 행동에 영향을 미치기 때문입니다. 이런 의미에서 저는 세상을 가장 차별적으로 기술하는 문학이 가장 효과적으로 영향력을 발휘한다고 생각합니다.

던진 질문이 근본적일수록 문학에서 드러난 그러한 차별성들은 더욱더 큰 의미를 갖게 됩니다. 저는 그 어떤 것도 당연하게 받아들이지 않고, 근본적인 질문을 던지는 문학을 읽고 싶습니다. 과거와 현재의 사회에서 모두가 합의한 것이라고, 혹은 당연하다고 불리는 것 앞을 가로막고 질문을 던지며 의문을 제기하는 문학을 읽고 싶습니다. 가령, '우린 일하기 위해 사는 것인가 아니면 살기 위해 일하는 것인가?'라는 질문 같은 것입니다. 지금의 우리 사회는 '일하기 위해서 사는 것'이라고 대답합니다.

모든 삶의 분야를 경제의 원칙 아래 놓는 일이 민주주의와는 무슨 관계가 있습니까? 돈과 수명은 어떤 관계에 있습니까? 우리는 왜 이제 더 이상 무장 해제를 거론하지 않지요? 문학은 더욱더 많은 것에 놀라고 이상하게 여겨야 합니다.

『천일야화』는 문학의 사회적 영향력에 관해 이의를 제기하는 이에게 다음과 같은 이야기로 대답합니다. 세헤라자드는 어찌되었든 침실에서만큼은 귀를 기울여 줄 마음의 준비가 되어 있는 왕 앞에 나아갑니다.

왕의 그러한 마음가짐조차 기대할 수 없다면 이야기를 들려주려는 모든 노력은 헛수고가 됩니다. 도대체 어떤 왕이 이야기 따위를 들어줄 마음을 먹는단 말입니까? 하지만 우리는 개개인 누구나 혹은 어느 사회든 모두가 이야기를 필요로 한다는 것을 알고 있습니다. 어떤 때는 지어낸 이야기가 사실인 것처럼 간주되기도 하고 심지어 그것이 종교로 굳어질 때도 있습니다. 또 어떤 때는 실제 일어난 사건들이 그 실감나는 효과를 노리고 스토리로 변모하기도 합니다. 이야기는 성경에서 따오기도 하고, 그림이나, 혹은 영화나 달력에서 따올 수도 있습니다.

누군가 문학이 미치는 영향력이(효과가) 무엇이냐고 묻는다면, 우린 그 해답을 가령 세헤라자드와 왕의 이야기에서 들을 수 있습니다. 왕의 위협 아래 놓인 사람은 세헤라자드 혼자만이 아닙니다. 그녀의 여동생인 디나라자드가 언니와 동행하고 있습니다. 디나라자드는 이야기를 앞으로 밀고 나가는 역할을 담당합니다. "아, 언니. 신 앞에서 언니에게 부탁하겠어. 잠들지 않았거든. 우리한테 아름다운 이야기 한 편 들려줘." 그러면 세헤라자드가 대답합니다. "기꺼이." 이윽고 아침의 여명이 밝고 세헤라자드의 이야기가 끝나면 디나라자드가 한숨을 쉬며 말합니다. "어쩜. 언니 이야기는 그토록 멋지고 재미있을까." 바로 이 말은 세헤라자드로 하여금 다음과 같은 말을 하도록 부추깁니다. "내일 밤에도 또 한 편의 이야기를 들려줄 수 있어. 내가 그때까지도 살아 있다면 말이지." 이런 의미에서 작가와 독자는 자매지간인 것입니다. 자매는 천 일을 살아남아야 한다는 똑같은 상황에 처해 있으며 서로에게 의지하고 있습니다. 그리고 이 두 자매는 모든 것을 다 말하기에는 천 가지의 이야기로도 모자라다는 것을 잘 알고 있습니다.

잉고 슐체 Ingo Schulze 독일 소설가. 1962년 독일 드레스덴 출생. 예나 대학교에서 고전학을 전공했고, 알텐버그에서 극작가와 신문사 편집자로 활동했다. 1995년 『행복의 33가지 순간(*33 Augenblicke des Glücks*; *33 Moments of Happiness*)』으로 등단, 많은 상을 수상하며 주목받았다. 1998년 주간지 《뉴요커》가 뽑은 '최고 신예 유럽 소설가 6인', 런던 《옵서버》가 뽑은 '21세기에 가장 주목해야 할 21명의 작가' 등에 선정됐다. 통일 이후 독일 문단에서 주목할 만한 문제작들을 내놓은 '동독 3세대 작가'를 대표하는 작가이다. 2005년 발표하여 국내에도 소개된 소설 『새로운 인생(*Neue Leben*, *New Lives*)』은 페터 바이스 상(Peter-Weiss-Prize)과 그린차네 카보우르 상(the Premio Grinzane Cavour)을 수상했다. 현재 베를린의 예술아카데미(Akademie der Künste) 문학 부문 책임자이며 독일문학과언어학술회에 소속돼 있다.

늪을 건너는 법

구효서

이데올로기라는 말은 정의하기 어렵습니다. 정의하긴 어렵지만 기원을 따지는 데는 그다지 어렵지 않을 것 같습니다. 아무래도 Ideologie의 어원이 Idea일 것이기 때문입니다.

많은 사람들이 이데아를 말했고 인용했고 해석했습니다. 그만큼 뜻이 다양해지고 복잡해졌으며 애초의 뜻과는 반대의 의미로 읽히기도 했습니다. 그럴 만도 하지요. 플라톤이 죽은 지 2358년이나 지났으니까요. 요컨대, 이데올로기란 이데아를 어떤 관점으로 접근하여 어떻게 함축해 내느냐의 문제인 것 같습니다.

이데아를 말할 때 함께 따라 나오는 말이 있습니다. 학교에서는 분유(分有)라고 배웠습니다만, copy라는 번역어에 해당하는 말이라고 봐야겠지요. 이데아에 대한 뜻을 알아차리기도 전에 "현실 세계는 사본에 불과하다."라는 말에 깜짝 놀랐던 기억이 납니다. 사본의 세계에 살고 있다니? 그때부터 친구들 사이에서는 원본과 사본에 대한 논란이 일기 시작했습니다. 원본은 없고 사본만 있다, 원본만 있는 거고 사본 따위는 없는 거다, 사본이 원본이고 원본이 사본이다, 원본이니 사본이니 하는 것들 모두 말장난이다, 등등.

　원본을 말하자니 사본을 말하지 않을 수 없었습니다. 사본을 말하는 것이 곧 원본에 대해 말하는 것이기도 했습니다. 그러한 어린 친구들의 열정 어린 토로와 태도, 원본론과 사본론 사이를 역동적으로 오가며 발생시키는 전기적 자장, 그 각각의 것들을 저는 이데올로기라 이해합니다. 다시 말하거니와 이데올로기라는 것이 이데아라는 말에 기원을 둔 것 같기에 원본 얘기를 꺼낸 것입니다. 그러자니 사본 얘기가 당연히 따라 나온 것이고요. 사본이라는 말 없이는 원본이라는 말도 없는 것일 테니까요.

　저는 오늘 이 자리에서 '이데올로기와 문학'에 대해 말해야 하는 입장에 있습니다. 그 '입장'이란 것을 저의 경우에 국한하자면 '소설가 구효서'에 해당합니다. 소설가의 한 사람으로서 '이데올로기와 문학'을 말해야 하는 것입니다. 그러니 제목을 살짝 바꾸어야겠습니다. 바꾼 제목은 이렇습니다. '이데올로기와 나의 소설'. 제 소설을 텍스트로 하여 이야기를 전개해 나가지 않을 수 없음을 양해바랍니다.

　이데올로기라는 말에 대한 제 나름의 해석을 앞에 밝혔으니 이제부터 진전시킬 내용도 그 해석에 기반할 것입니다.

　제가 소설가로서 첫 장편 소설을 쓴 것은 지금으로부터 꼭 20년 전이었습니다. 『늪을 건너는 법』이란 제목이었지요. 어머니를 찾아 나서는 내용이었습니다. 화자는 지금까지의 어머니가 친어머니가 아니었다는 사실을 우연히 알게 됩니다. 말하자면 화자는 중년에 이르도록 가짜 어머니를 진짜 어머니로 알고 살았던 것입니다. '진짜'와 '가짜'라고 말했습니다만, 달리 말하면 '원본'과 '사본'의 관계이지 않겠습니까. 지금까지 친어머니라고 믿어 왔던 대상이 친어머니가 아니라는 사실은 지금까지 진짜라고 믿어 왔던 세계가 진짜가 아니라는 뜻으로 치환됩니다. 친어머니를 찾아 나서는 도정은 그래서 '믿었던 세계'에 대한 회의와 반성이며, 어딘가 따로 존재하는 '원본의 세계'에 대한 추구이며 지향이라 할 수 있습니다. 그러한 행위를 플라톤의 언어로 바꾸면 진리 추구의 열망인 '에로스' 혹은 '상기(想起, anamnesis)'라 불릴 것이며 고대 그리스어로는 '필로-소피아'에 해당할 것입니다.

소설의 화자는 친어머니를 찾기 위해 오래전에 떠나온 고향으로 향합니다. 친어머니와 관련된 사건의 문건(文件)들을 추적하는 한편 친어머니를 기억하는 사람들을 탐문하지요. 새롭고도 놀라운 정보들이 그의 수중에 속속 들어옵니다. 친어머니의 존재를 밝히는 것은 시간 문제처럼 보입니다.

그러나 시간이 흐르고 친어머니에 관한 정보들이 늘어나면 늘어날수록 친어머니의 실체는 오히려 점점 멀어지고 혼란과 착종만 가중됩니다. 정보의 양이 실재 구명(究明)과 반비례하는 사례는 얼마든지 있습니다. '원본'과 '진짜'의 세계는 다가갈수록 멀어지는 신기루였던 거지요. 추구해도 그 추구가 끝내 달성될 수 없는 거라면 과연 이데아란 무엇일까요.

화자의 친어머니 추적은, 늪 같은 혼돈과 무명(無明)에 가려져 안 보이는 것이 이데아라는 전제에서 출발한 것이지요. 이데아란 그 무명의 늪을 건너 마침내는 도달해야 할 지평이라고 믿은 것입니다. 그러나 화자는 끝내 늪에 빠져 더 이상 앞으로 나아가지 못하고 허우적거리는 신세가 됩니다. 그때 화자는 생각합니다. 이데아 자체가 늪일지도 모른다고 말이지요.

이데올로기의 어원일 이데아의 존재를 무참히 회의하는 것으로 소설은 끝납니다. 실재론(實在論, realism)적 이데올로기에서는 벗어났으나 회의의 늪에서는 여전히 벗어나지 못했습니다. 늪을 건너도 늪에 빠졌으니, 늪이 중층적 구조라는 것은 분명했습니다. 끝내 『늪을 건너는 법』은 숙제로 남고 말았습니다.

이로써 고래로 우리의 초월적 대상이었던 진선미 중 진에 대한 탈이데올로기적 관점이 제 소설 안에서 어느 정도의 제스처를 취하게 되었다고 생각했습니다.

진에 대한 회의는 도미노처럼 선과 미의 탁월성까지 흔들었습니다. 진이 학문과 철학의 대상 영역이라면 선은 아무래도 종교의 대상 영역이겠지요. 미는 예술이겠고요. 저는 뒤에 발표한 또 다른 장편 소설 『비밀의 문』에서 그 문제들에 빠져들었습니다. 어쩔 수 없었습니다. 저는 여전히 늪에 빠져 있었고, 허우적거리는 행위 자체가 소설가인 저에게는 소설을 쓰는 일이었으니까요.

불교에서 전륜성왕(轉輪聖王)이라 칭송되는 고대 인도의 아쇼카 왕이 실은 전대미문의 폭군이라는 게 『비밀의 문』의 모티프입니다. 『늪을 건너는 법』에서 진과 위(僞)를 병치시켜 놓았듯이 이번에는 선과 악을 병치시킨 것이죠. 그것들을 수평적으로 병치함으로써 진과 위, 선과 악 간의 수직적 위계 가치 질서를 허물고 싶었습니다. 진이 곧 선이라는 항등식을, 조건에 따라 규정이 달라지는 방정식으로 바꿨다고 할까요. 재미있었습니다. 하루아침에 성군을 폭군으로 만드는 일은 어쩌면 소설가 고유의 면책특권일 테니까요. 한국에서 민초의 영웅으로 불리는 임꺽정을 『악당 임꺽정』으로 만든 것은 그래서였습니다. 『비밀의 문』에 이어 발표한 장편 소설의 제목이 『악당 임꺽정』입니다.

이데아를 어떤 식으로 구명해 내느냐에 따라 진과 위가 서로 자리를 바꿀 수 있듯이, 믿음과 소망의 문제를 어떻게 조명하느냐에 따라 선악의 위치가 달라질 수 있다는 소설적 사례를 제시하고 싶었습니다. 그렇게 하고 싶었던 까닭은 진과 선의 규명에 이데올로기적 요소가 개입돼 있으며, 따라서 진과 선이 항등의 관계에 놓이는 것 역시 이데올로기 작동의 결과라는 사실을 타진하기 위해서였습니다.

내친김에, 『비밀의 문』에서 저의 문제의식은 선뿐만 아니라 미에까지 이르고자 했습니다. 진은 학문, 선은 종교, 미는 예술의 탐구 범주라고 말했습니다. 색으로 표현되는 것이 미술이고 소리로 표현되는 것이 음악이라면 문학은 언어로 표현되는 예술입니다. 문학적 미의 탐구라면 그래서 언어 탐구일 수밖에 없는 거지요.

문제는, 언어라는 것으로 어떤 대상을 사실대로 표현할 수도 있지만 사실과 다르게 표현할 수도 있다는 점입니다. 더욱 난감한 일은 표현된 언어가 사실에 기반하고 있는지 아닌지를 일일이 확인할 수 없다는 점입니다. 더더욱 난처한 것은 언어 표현의 주체가 거짓을 사실로 착각할 수도 있다는 점입니다. 다시 진짜와 가짜, 원본과 사본의 문제로 되돌아왔습니다.

되돌아온 까닭이 있습니다. 진선미를 항등식의 관계로 보면 참이 곧 선한 것이요 선한 것이 아름다운 것이 됩니다. 이 세 가지 덕목의 초월적 대상은 그런 식의 '커넥션' 관계에 있습니다. 이러한 항등적 커넥션의 위험성은 하나가 흔들리면 모두가 흔들린다는 점에 있습니다. 그러니 미가 흔들리면 진이 흔들릴 수밖에 없고 우리의 논의는 처음으로 되돌아갈 수밖에 없는 것입니다.

『비밀의 문』에서 저는 아쇼카 왕으로부터 가장 큰 신임을 받았던 재상을 등장시켰습니다. 그러나 그 재상은 아쇼카 왕의 폭정을 남몰래 기록하고 낱낱이 폭로하는 문서를 후대에 남기고 맙니다. 2200여 년이 지난 어느 날 그 기록을 비밀스레 접한 한국의 불교도 청년은 큰 혼란에 빠지지 않을 수 없습니다. 제 소설은 두 권 분량으로 길게 이어집니다. 그리고 나중에 새롭게 밝혀지는 사실이 있습니다. 재상의 기록은 사실의 기록이 아니라, 조선 시대 억불숭유의 목적으로 창작된 위서였던 것이지요.

그러나 픽션에 의해 한바탕 혼란을 경험했던 한국의 불교도 청년은 위서라는 사실이 밝혀지는 것으로 안정을 찾기는커녕 세상에 문자로 기록된 모든 문서를 의심합니다. 문학 작품은 물론 정사라고 일컬어지는 역사서와 모든 종교적 경전에 이르기까지. 나중에는 글말뿐 아니라 입말까지도. 언어 자체를 부정하기 시작했습니다. 소설가 지망생이었던 그 청년은 결국 말도 글도 사용하지 않는 이상한 지하 집단의 일원이 됩니다.

　문학 예술의 수단인 언어에 대해 혹심한 회의의 태도를 보였던 까닭은 진선미의 항등식적 관계를 형성하고 유지하는 이데올로기의 출발이 언어에 있다는 판단 때문이었습니다. 말을 하거나 쓰는 일이 매우 공포스럽지 않을 수 없습니다.

　무엇을 아름다움이라 일컫는가. 무엇을 선이라 하며 무엇을 진이라 하는가. 이 문제는 결국 언어의 문제였던 것입니다. 진선미를 방정식의 관계로 바꾸면 추악한 진리가 있을 수 있고 추악한 선도 있을 수 있습니다. 아름다운 거짓, 아름다운 악도 있을 수 있습니다. 진선미의 항등식적 커넥션을 지탱해 온 것은 결국, 그것을 퍽이나 필요로 했던 개인이나 집단의 옹색한 이데올로기(반성을 허락지 않는 말)였던 것이지요.

　우리가 문학 예술의 수단으로 사용하고 있는 언어는 불행하게도 사실과 거짓을 지시하거나 표현할 수 없습니다. 선과 미에 대해서도 규정할 수 없습니다. 진선미는 언어에 의해 발화될 수 없음에도 불구하고 발화되고야 마는 것: 이데올로기의 욕동일 뿐입니다.

　이쯤 말하고 나니 제가 슬그머니 유명론(唯名論, nominalism)이나 반실재론의 입장에 서는 듯합니다. 세상이 언어로만 이루어진 것은 아닐 테지만, 사유와 인식 행위 자체가 언어 작용이라고 제가 말한다면 세상의 상당 부분이 언어로 구조화되어 있다고 말하는 것과 같습니다. 그런 데다 언어로 구조화되어 있는 그 세상을 저는 가상의 세계라고 주장하고 싶으니 유명론자나 반실재론자라 해도 크게 불만은 없습니다. 불만이라니요. 아직도 이데올로기의 언어적 조상이랄 수 있는 이데아와, 그것의 분신들인 자연, 신, 인간 혹은 이성이란 것이 버젓이 세상의 언어를 자기들 방식으로 거의 독점하고 주인 행세를 하고 있지 않습니까. 저는 유명론자도 반실재론자도 뭣도 아니지만 제 균형 감각의 명령을 따르기 위해서라도 당분간 더 유명론자 편에 남을 의향이 있습니다.

이데아의 분신들이 자연, 신, 인간 혹은 이성이라고 말했습니다만, 저는 소설을 쓰기 위해 그것들의 여러 하위 개념(상위 개념일까요?) 중 하나라고 할 수 있는 '국가'와 '민족'에 주목했습니다. 현실적인 삶의 이야기로 구체화하는 것이 소설이므로 저는 국가를 말하기 위해 '아버지'를, 민족을 말하기 위해 '문화(음악)'를 소설 속에 끌어들였습니다.

3년 전에 저는 『나가사키 파파』라는 장편 소설을 썼습니다. 이번에는 스물한 살 먹은 한국인 소녀가, 친어머니가 아닌 친아버지를 찾아 일본 나가사키로 갑니다. 친어머니 찾는 『늪을 건너는 법』이 진(眞)을 쫓는 이야기였다면, 친아버지 찾는 이 소설은 자기(혈육)의 정체성을 추적하는 이야기입니다.

한국은 순혈주의를 강조해 왔습니다. 단일민족국가 이데올로기이지요. 일본은 자국의 제국주의적 이해(利害)에 따라 단일민족국가주의와 혼혈민족국가주의를 번갈아 표방해 왔습니다. 내부 단결을 위해서는 천왕 중심의 국체주의와 단일민족국가주의를, 그리고 조선과 타이완 등 식민 지배를 위해서는 혼혈민족국가주의를 택했던 것이지요. 타민족 동화 정책이 필요했던 것입니다.

하여튼 한국은 전통적으로 단일민족국가주의인데요, 그러니 어린 신세대 소녀라 할지라도 친아버지가 아닌 양아버지는 받아들일 수 없었던 겁니다. 피가 섞이지 않았으니까요.

소설의 결말은 이렇습니다. 친아버지인 줄 알고 찾아간 남자가 친아버지가 아니었다는 것이죠. 하지만 주인공 소녀는 (여사여사한 소설 내적인 이유로) 그 남자를 아버지라 부르고 아버지라 여깁니다. 가짜가 진짜가 되는 순간이 아니라, 가짜와 진짜의 구별이 소용없어지는 순간이지요.

소설 속에는 한국인 소녀 말고도 일본인 사회에서 차별받는 중국인과 내지인(內地人; 일본인이면서도 홀대당하는 아이누인, 하층 부라쿠민〔部落民〕이 등장합니다. 이 소설에서 강조하고 싶었던 것이 있습니다.

단일민족국가주의를 표방하든 혼혈민족국가주의를 부르짖든 일본이 변함없었던 것은 타민족에 대한 꾸준하고도 꾸준한 차별이었다는 점입니다. 그리고 그 차별 의식이 바로 근대 민족 국가 존립에 필수불가결한 이데올로기라는 사실입니다. 일본뿐이겠습니까. 어느 나라나 좀 그렇지요. 이데아와 그 분신들의 완고한 지배 실상이 이러하니, 저는 어쩔 수 없이 좀 더 그 허위 의식을 어떻게든 꼬집는 편에 서야겠습니다. 소설이란 그런 이데올로기의 망령에 저도 모르게 물들고 시달리며 상처받고 아파하는 사람들의 실상을 외면해서는 안 되는 장르라고 믿기 때문입니다.

지난해에는 『랩소디 인 베를린』이라는 장편 소설을 발표했습니다. 랩소디라는 음악 형식을 제목에 끌어들인 것에서도 짐작할 수 있듯이 음악과 미술 등의 '문화'라는 것이 오늘날 '민족'을 대신하는 시대 이데올로기라고 생각했기 때문입니다. 문화란 기본적으로 국민 문화일 수밖에 없다는 관점입니다. 이는 조선에서 태어난 일본인 학자 니시카와 나가오〔西川長夫〕의 잘 정리된 논저의 내용을 전적으로 공감하고 인용하는 바입니다. 내셔널리즘이 '문화' 속에서 생존을 이어 가고 있다고 보는 것이지요. 『랩소디 인 베를린』의 공간 배경은 독일과 일본과 남한과 북한을 아우르며, 시간 배경은 18세기부터 현재에 이릅니다. 근대 국가가 자리하는 공간과 시간이지요. 그 나라들과 시대를 종횡으로 연결하는 것이 음악이라는 '문화'입니다. 소설 속에는 근대 국가 이데올로기의 피해자라 할 수 있는 재일 한국인 디아스포라 음악가의 비극적 상황이 등장합니다. 그 음악가의 음악은 어느 민족 국가에도 소속되지 못한(않은) 그의 처지만큼이나 고달픕니다. 문화가 곧 국가 혹은 민족이라는 반증입니다.

'문화'로서의 '문학'은 어떨까요. 더욱이 소설은 어떨까요. 소설이라는 근대적 장르 그 자체가 국민 국가의 틀을 반영한 것이라는 생각에 동의합니다. 이에 대한 설명은 가라타니 고진〔柄谷行人〕의 『일본 근대

문학의 기원』으로 대신하면 될 것 같습니다.

음악이나 미술보다 문학(소설)이라는 장르가 더욱 혹독하게 근대 민족 국가 형성에 이데올로기적 첨병 노릇을 한 이유는 명백합니다. 소설은 그 나라의 '국어'로 쓰이기 때문입니다. 한국과 일본 같은 고립어를 사용하는 나라에서는 '국어'라는 말 자체가 강력한 내셔널리즘을 내포하고 있습니다. 국어는 국가 간 충돌의 개념이며, 따라서 국력에 따라 국어의 확산은 타국에 대한 지배력으로 변하기도 합니다. 식민지 조선에서는 일본어에 의해 조선어가 물리적으로까지 억압되었던 사례가 있습니다. 조선의 경우가 아니더라도 '문학'이라는 '문화'에 의한 '국어'의 확산 효과는 있어 왔고 앞으로도 있을 것이라 봅니다. 독일에서도 국어라는 개념이 사용되는지는 알 수 없으나 과거 독일령 포젠 주(Posen 州, 현 폴란드 포즈나니 현)에 대한 독일의 언어 정책이 조선에 대한 일본의 언어 정책에 많은 영향을 끼쳤다는 사실이 밝혀지고 있습니다.

제가 쓰는 소설의 언어는 '대한민국의 문화유산' 즉 '국어'일 수밖에 없습니다. 다시 한 번 글 쓰는 일이 공포스러워집니다. 작가나 시인에게는, 창작을 위해 사용하는 언어가 곧 그 작가나 시인 자신이랄 수 있기 때문입니다. 시인의 시가, 그 시를 쓰는 시인이라고 하는데 어찌 국가 이데올로기와 직접 관련된 '국어'라는 말에 초연할 수 있겠습니까.

그런 문제를 깊게 고민한 조선의 시인이 있었습니다. 그 시인의 시 한 구절을 기억합니다.

"창 밖에 밤비가 속살거려/ 육첩방은 남의 나라/ 인생은 살기 어렵다는데/ 시가 이렇게 쉽게 씌어지는 것은/ 부끄러운 일이다"

자기 언어에 대한 치열한 반성 없이 "쉽게 씌어"졌다고 부끄러워하는 시인의 부끄러움은 공포와도 같은 것 아니었을까요.

식민 종주국 일본의 작은 방에 엎드려 쉽게 쓴 자신의 조선어 시를 부끄럽게 여기던 시인. 그의 시는 '문화' 운동을 통해 조선 독립을 도모했다는 죄목으로 일본 경찰에 모두 압수당해 빛을 보지 못하고 소멸해 버렸습니다. 역시 일본 경찰은 시인의 시를 '문화'로 본 것이며 조선이라는 '국가'의 독립 수단으로 인식한 것입니다. 그러는 사이 시인도 일본의 감옥 안에서 자신의 시처럼 영영 소멸해 버리고 말지요.

윤동주 시인입니다. 시인과 시, 그리고 그가 고집하던 '조선어'와 일본 '국어'라는 이데올로기와의 관계. 그런 것들을 시인처럼 고민해 보고 싶어 쓰기 시작해서 오늘 아침까지 쓰다 나온 장편 소설이 『동주』입니다.

이렇게 정리를 하고 나니, 마치 저는 그동안 오늘의 주제를 위해 소설을 써 온 것처럼 돼 버렸습니다. 어찌 안 그렇겠습니까. 언어라는 것이 세상의 사물과 현상을 다 지시하지도 표현하지도 못하지 않습니까. 터무니없이 한정된 기능으로 세상 만물을 지시하고 표현해 낼 수 있다고 큰소리치는 것 자체가 허세일 뿐입니다. 저는 글을 쓰면서 그런 허세를 부려 왔으니 이런 주제와 이런 기회를 통해 다시 한 번 저와 제 소설에 대해 자기비판을 해야겠지요.

미술과 음악 등 여타 예술도 기껏해야 다섯 개에 불과한 인간의 감각 기관을 통해 인식되는 부분적 경험 세계의 반영에 불과하므로 역시 큰소리칠 것은 못 됩니다. 큰소리치다니요. 작은 소리로 말하고 큰 소리로 반성해야겠지요. 그리고 보면 누구나의 모든 예술 활동이 오늘의 주제에 부합된다고도 볼 수 있겠네요. 넓게 보자면 그렇다는 말입니다.

작은 소리로 말하고 큰 소리로 반성할 바에야 아예 반성의 빌미를 없애 버리는 건 어떨까요. 말을 안 하고 글을 안 쓰는 것 말입니다. 문학은 존재하지 않습니다. 그러나 문학이 존재하지 않는다 하여 언어가 존재하지 않는 것은 아니지요. 우리에게는 눈빛이 있고 손짓이 있고 비명이 있습니다. 사는 한 언어를 벗어날 수 없습니다. 언어가 곧 실재가 아닌 이상 숙명적으로 환상과 이데올로기를 발생시킵니다. 이러한 숙명에서 벗어나려면 '언어에서 벗어나는 언어'를 작동시킬 수밖에 없으며 그 사슬은 아마 끝이 없을 겁니다. 탈이데올로기의 의지 역시 이데 올로기일 테니까요. 현대 소설이 아무리 이데올로기적 추구를 포기하 고 파편화된다 하더라도 그것이 소설이라는 이름으로 불리는 언어 형 식인 한 이데올로기에 다시 갇히게 되겠지요.

벗어날 수 없는 것이 숙명의 속성이라 해서 숙명을 굳이 우울하게만 생각할 필요는 없지 않을까요. 세상의 모든 이름 있는 것들은 저마다 그런 숙명적 자기 정체성의 울타리를 갖는 것일 테니까요. 다만 저는, 바로 앞에서도 말했습니다만, '언어에서 벗어나는 언어'로써 끝없이 탈 주하는 것, 그것을 저의 예술가적 쾌락의 본질로 삼고자 합니다.

그래서 저는 "비판적 담화의 주체는 자신의 언어학적 처리 방식과 자신의 가능성의 조건들을 반성하며 이를 끊임없이 테마화하는 것"[1] 이라는 문장에 동의합니다. 자신을 특정 사회 집단의 분파적 이해에 위 치시키지 않고 스스로를 상대화하여 비판하면서 그것 자체를 소설의 테마로 삼는다는 말이겠지요.

저는 쉽게 언어의 늪, 소설의 늪에서 헤어날 수 있을 거라곤 생각하 지 않습니다. 그러나 가만히 있다가는 빠져죽을 테니 허우적대는 일을 그치지도 않을 것입니다. 내 언어가 하나의 이데올로기에서 탈주하기 위해 어떤 다른 이데올로기를 차용하는지를 눈 부릅뜨고 보는 거지요. 왜냐면 저는 또 곧 그것에서 벗어나야 하기 때문입니다.

티벳 승려들이 몇 날 며칠 공들여 모래 만다라를 장엄하게 꾸미고 나서, 완성하는 순간 1초의 망설임도 없이 흩어 버리는 이유를 알 것 같습니다.

강을 건너는 법 중에 이런 게 있답니다. 내가 아예 강이 되어 버리면 저절로 강 저쪽에 닿을 수 있다는군요. 서두에 제가 말했을 겁니다. 이 데아 자체가 늪이었다고요. 그럼 이데아에 당도하는 일은 아주 쉽군요.

---

1) Peter V. Zima, 『소설과 이데올로기: 현대 소설의 사회사』에 대한 옮긴이 김창주의 해설 문(문예출판사), 410쪽.

늪이 이데아일 테니까요. 벗어나지 않으면서 벗어나는 법을 알았습니다. 늪을 건너는 법은, 늪이 되는 일이었습니다. 저는 이제부터 늪 같은 소설을 쓰고 싶습니다. 이렇게 생각하고 나니 벌써 여기저기에 늪들이 보이기 시작했습니다. 아주 많습니다. 아, 많은 소설가들이 이미 늪이 되어 있군요. 저만 늦었습니다.

구효서 소설가. 1958년 강화도 출생. 목원대학교 국어교육학과를 졸업했다. 1987년 중앙일보 신춘문예에 단편 「마디」가 당선되어 등단했다. 초기에는 사회와 권력의 횡포를 고발하는 전위적 형식 실험이 돋보이는 작품을 발표했으며 최근에는 소소한 일상과 삶의 풍경을 그리는 작품을 주로 쓰고 있다. 대표작으로 『소금 가마니』, 『명두』, 『시계가 걸렸던 자리』, 『조율―피아노 월인천강지곡』, 『나가사키 파파』, 『비밀의 문』, 『늪을 건너는 법』, 『랩소디 인 베를린』 등이 있으며, 한국일보문학상, 이효석문학상, 황순원문학상, 대산문학상(소설부문) 등을 수상했다.

4장 다매체, 세계 시장, 글쓰기

Writing for the World Market and the Multimedia Environment

테크놀로지와 퇴화

시마다 마사히코

20세기 말 즈음부터 일의 대부분을 한 대의 컴퓨터상에서 처리할 수 있게 되었다. 원고의 수수와 개인적인 통신, 독자와의 교류, 리서치와 한숨 돌리는 기분 전환까지가 모두 PC 화면을 통해 이루어진다. 그래서 PC가 고장 나면 갑자기 전근대로 돌아가고 만다. PC 의존도가 심각해져 어느새 이것 없이는 아무것도 할 수 없는 신세가 되었다. 생각해 보면 컴퓨터 과학 기술과 인터넷은 라이프스타일을 송두리째 바꾸어 놓았다. 집에 틀어박혀 웹 너머로 세상과 눈싸움을 벌이면 쇼핑과 투자, 사교와 연애 그리고 중상과 범죄, 테러까지 얼마든지 가능하다. 키보드 조작 하나로 사회를 혼란에 빠뜨릴 수도 있고 거액의 이득이나 손실을 낼 수도 있게 되면서 세상의 모든 일이 싸구려 같아졌다. 정보 통신 혁명에 의한 경제는 분명 세계 공황의 원흉이 되었고, 그러한 정치는 여론의 단순화와 비평의 퇴조, 그리고 정책 논의보다 캐릭터 중시 경향을 초래해 우민 정치와 집단 히스테리를 심화시켰다. 모두가 동일한 미디어와 정보 소스, 소프트를 사용함으로써 언론과 표현의 다양성 또한 현저히 상실되었다.

빠르고 쉽고 편리한 것…… 이것들은 모두 지루하다. CG 영상의 얄팍함과 파워포인트 프레젠테이션의 따분함, 신시사이저의 깊이 없는 소리에 실증이 날 무렵 나는 자연스럽게 1960년대 영화나 문호의 강연 테이프, 축음기 소리에 담긴 흔들림이나 잡음이 기분 좋게 느껴졌다. 손에 와 닿는 뭔가 부족한 느낌 때문에 어떤 원초적인 것을 하고 싶어 하는 자신을 발견했다. 전자파를 발산하거나 코드가 달린 것이 아닌 더 투박한 자연물과 접하고 싶어진 것이다. 그것은 본능적인 욕구였다. 의식주, 교통 통신, 문화 활동의 모든 면에서 우리는 자기 몸이나 머리를 쓰지 않게 되었다. 편리하고 쾌적하고 손쉬운 것을 최우선으로 여긴다면, 공장에서 만들어진 식품을 먹으며 대량 생산된 일회용 상품들을 사용하고 끊임없이 공급되는 정보를 부질없이 소비하게 된다. 그런 수동적 생활을 계속하는 동안 사람들의 사고 능력과 신체 능력이 나약해졌다. 과학 기술의 진보는 살아 있는 인간의 능력을 퇴화시키는 것이 분명하다. 그러나 인간 역시 자연의 산물이다. 그 기본 구조는 만년 동안 변함이 없다. 우리 모두는 어쩔 수 없이 원시적이다. 그럼에도 고대의 사냥꾼이나 농민이나 사무라이로는 되돌아갈 수가 없다.

4년 전 파리의 아카데미 프랑세즈 도서관에 수장된 구텐베르크 성서 초판본을 열람할 기회가 있었다. 15세기 유럽에 정보 혁명을 가져왔다는 활판 인쇄술인데, 이 새로운 기술의 첫 성과는 성서의 대량 복제였다. 이 초판본은 150부가 발행되었다고 한다. 오늘의 감각으로 보면 자비 출판 시집보다 적어 아무런 사회적 영향력이 없을 것처럼 여겨지나, 실제로 이는 세상을 뒤엎기에 충분한 수였다. 활판 인쇄술이 발명된 뒤 5년간 유통된 서적이 발명 전 1000년 동안 유통된 서적 수를 웃돌았다는 사실을 떠올린다면 얼마나 엄청난 변화인지 알 수 있다.

구텐베르크 성서는 일반 하드커버의 책 두 배 정도 되는 백과사전만 한 크기였다. 호화스러운 가죽 표지로 책등에는 라틴어로 「BIBLIA SACRA 1455」란 금박이 새겨져 있었는데, 이것은 나중에 붙여진 것으로 발행 당시는 목차와 페이지 표시, 행갈이도 없었다고 한다. 그야말로 투박하게 구약성서 텍스트만을 인쇄한 것이다.

1455년에 발행된 초판본 150부는 상당수가 유실되어 현재 남아 있는 것은 40부라고 한다. 그중 1부가 일본 게이오 대학교 도서관에 수장되어 있다. 이 초판본 이전의 서적 형태는 사본(寫本)이다. 즉 한 권씩 손으로 옮겨 적은 원고 자체를 LIBRO나 BOOK이라 불렀다. 그러나 양쪽은 외견상 그다지 다르지 않다. 활판 인쇄술을 사용한 서적도 처음에는 사본 체제였기 때문이다. 그러니까 최초의 활자 폰트는 손으로 쓴 문자를 모방한 것이 된다.

15세기 유럽에서 종이는 아직 내구성이 의문시되어 사본 시대부터 애용해 온 양피지를 고집하는 사람이 많았다. 구텐베르크 성서도 종이와 양피지의 비율이 반반 정도였다고 한다. 내가 손에 든 것은 종이로 된 성서였는데, 550년 이상이 지났음에도 손으로 뜬 종이에는 창세기며 출애굽기가 분명하게 기술되어 있었고, 일반적으로 읽고 다루기에 충분한 강도를 지니고 있었다.

양피지도 내구성이 나쁘지는 않으나, 적어 넣은 문자를 지우거나 바꿀 수 있다는 난점이 있었다. 종이는 한번 잉크가 배면 그 부분을 잘라내지 않는 한 정보를 바꿀 수가 없다. 그것은 문신과 매우 닮아 있다.

종이책이 대단히 뛰어난 정보의 보존 수단이라는 것은 이미 역사적으로 증명된 사실이다. 전자화된 데이터를 앞으로 어떻게 보존할지에 대해서는 아직 결말이 나지 않았다. DVD나 USB 잭 수명은 종이에 비해 상당히 짧기 때문에 중요한 데이터는 종이에 인쇄해 두거나 고대인들처럼 돌에 새겨 두는 것이 확실할지도 모른다.

사본 시대에 서적은 교회나 국가의 공유 재산이며 전제 군주나 봉건 영주의 독점적 소유물이었으나, 활판 인쇄술은 개인이 서적을 소유할 수 있는 길을 마련해 주었다. 아직 누구나가 손에 넣을 수 있는 것은 아니었으나 분명 보다 많은 사람들 눈에 띄게 되었고, 이는 사람들이 스스로 생각하는 시대 풍조인 르네상스와 기성 권력에 대항하는 혁명도 마련해 주었다. 종교 개혁 또한 그중 하나이다.

성서 초판본이 당시 판매되던 어떤 물건과 같은 가격이었는지는 모르나, 현재의 서적은 꼭 한 끼 식사 가격이다. 이 또한 지나치게 적당한 기준일지 모르나 주먹밥 한 개의 가격으로 살 수 있는 문고판이 있는가 하면, 프랑스 요리의 풀코스와 같은 가격의 학술서도 있다. 어찌 되었든 전자책의 보급으로 서적 가격이 더욱 떨어질 것은 불가피하다. 데이터 송신료에 광고나 디자인료가 보태지고 편집 비용과 저자의 인세를 더한 것이 책의 가격이 될 터인데, 전자책의 가격 책정에는 '어떠한 종이책보다도 저렴하게'라는 대목이 있었다. 어떤 의미에서는 당연한 일로 종이와 인쇄 비용이 들지 않는데 종이책보다 비싸다면 이는 부당하다.

그러나 가격이 싸진다고 서적이 더 많이 유통되는 것은 아니다. 또 텍스트를 전자화하면 절판이나 매진 염려 없이 언제든지 필요한 정보를 끄집어낼 수 있어 편리하나, 그러한 편리함이 인류에게 정말 필요한 것인지도 알 수가 없다. 확실한 것은 그것으로 돈벌이를 하려는 사람들이 그 메리트를 역설하고 있다는 것이다. 하지만 그보다 더 마음에 걸리는 것은 전 세계의 도서를 전자화해 일괄 관리하는 시스템은 세계 제국을 만들려는 발상 그 자체라는 것이다. 동일한 규격과 공통어, 표준적인 가치관에 근거한 시스템은 그대로 검열이나 정보 조작의 권력이 될 수 있다. '아마존'이나 '구글'은 적어도 스탈린에 의한 대숙청이나 나치스에 의한 분서(焚書), 대심문관에 의한 이단 심문을 한 국가 내에서뿐 아니라 세계적으로 가능하다. 그런 생각을 하는 사람이 있는지 어떤지는 모르나, 적어도 그러한 일이 가능하다는 것이 두려운 것이다.

지금까지 미디어는 대중을 우민화하는 데 지대한 효과를 발휘했다. 텔레비전이나 PC, 휴대 전화로 많은 사람들을 완만하게 이어 주면서도 정작 가까운 이웃들에게는 관심이 없다. 사람들을 정보의 홍수에 빠뜨려 건망증을 더욱 심각하게 만들었다. 언제든지 정보를 끄집어낼 수 있다는 편리함은 분명 기억력을 앗아 갔다.

정보가 유통된 역사를 되돌아보면 알 수 있다. 인류가 아직 문자를 갖지 못했던 시대의 커뮤니케이션은 음성을 통해 이루어졌다. 문학의 가장 오래된 형태는 신화인데, 이는 아이누의 전승 서사시인 '유카라'가 그렇듯이 입을 통해 후대에 전해졌다. 선택된 이들이 이 장대한 이야기를 암송해 다시 입으로 다음 세대에게 전했다. 고대 그리스의 영웅 서사시도 그러하다. 『오디세이아』의 12,000행과 『일리아드』의 15,000행도 이를 암기한 음유시인이 각지를 돌며 읊음으로써 퍼져 갔다. 고대의 텍스트는 대나무나 파피루스, 양피지에 적어 보존되다 이윽고 인쇄가 되어 서적 형태로 유통되는데, 그때는 아무도 전문을 암기하려 들지 않았다. 종이책이 유통된 지 550년, 이미 충분히 건망증이 심해진 인류에게 또 다른 시련이 찾아왔다. 전자책과 종이책 중 어느 쪽이 더 내용을 기억하기 힘들지는 굳이 검증할 필요도 없을 것이다. 펜으로 쓰는 일이 적어지면서 한자를 제대로 못 쓰게 된 경험이 누구에게나 있을 것이다.

빼앗긴 것은 기억력뿐만이 아니다. 우리는 '이 책은 이렇게 읽어라'하는 방침을 따르는 데 지나치게 익숙해졌다. 또한 오해를 살 만한 글은 삼가게 되었다. 「바보의 벽」이라는 바보와 영리한 자가 합작해 만들어 낸 책 때문에 책을 객관적으로 읽어 내는 힘과 행간을 집어내는 감, 빈정거림과 유머를 이해하는 센스가 둔해지고 말았다. 이것을 퇴화라 하지 않고 뭐라 해야 할까?

자본주의에 휘둘리는 사람들에게는 늘 방대한 정보를 꾀고 있어야 한다는 강박 관념이 따라다닐 것이다. 어제와 오늘의 가치가 다른 주식이나 환율 세계에서 그저께의 기억 같은 건 그저 방해가 될 뿐이다. 그러나 자본주의를 이해하고자 한다면, 매일 쏟아지는 뉴스나 주가 정보 대신 19세기에 출판된 『자본론』을 읽어 두면 충분하다. 띄엄띄엄 읽고 잊어버리는 것을 목적으로 한 서적이라면 전자 출판이 적합하겠지만, 그렇게까지 해서 책을 읽을 필요가 있을까? 이 세상에 진정 읽어야 할 책은 그다지 많지가 않다.

근대주의, 자본주의의 소프트에는 사용 가능 햇수가 있어 어떤 사건을 경계로 결딴이 난다. 세계에 돈이 넘쳐나는 현상을 빚어낸 금융 시스템이나 미국 중심의 일극 체제란 정치 시스템도 효력을 잃고, 세계는 블록화 내지는 자국의 통화와 경제를 지키려는 배타주의가 고조되어 전쟁 전야와도 같은 양상이다.

1960년대 미국에서는 베트남 전쟁에 대한 반전 운동에 학생 운동이 연동해 카운터컬처(counter-culture)라 불리는 운동이 꽃피웠다. 프로테스탄티즘과 실용주의 철학, 자본주의가 서로 얽혀 이루어진 문화가 무너진 뒤에는 가장 오래된 문화 형태로 되돌아가 자기 자신을 리셋할 수밖에 없었을 것이다. 소멸 위기에 놓인 언어를 보존하려는 것처럼 잃어버린 문화 전통을 부활시키는 것, 그것이 긴 안목으로 보면 문화에 활력을 불어넣는 일이 되었다. 몇 십 년 단위의 역사가 아닌 몇 천 년이란 스팬의 시간 축으로 문명을 되돌아보는 것이야말로 현대인의 연명과 결부된다.

LSD와 같은 환각제에 의한 인격 변용 연구자로 알려진 티모시 리어리는 이때 "Turn on. Tune in. Drop out."이란 메시지로 각지에서 사이키델릭한 체험을 전파했는데, 카운터컬처는 상당히 스피리추얼한 경향을 띠고 있었다. 미국의 지배 계급 자녀들이 솔선해 반전 운동에 참가하고, 기성 가치관에서 벗어나 황야로 나아가 때로는 마리화나의 힘을 빌려 자신의 무의식과 만나는 경험을 했다. 이른바 선주민의 통과 의례와 같은 경험이다. 그 시대에 만들어진 것은 문학이며 영화, 음악 모두가 상당히 글로벌했다. 비트닉, 사이키델릭, 밥 딜런, 아메리칸 뉴 시네마 등이 그것이다. 역사적으로 봐도 당시 made in USA의 문화들은 오늘까지도 세계적으로 가장 큰 영향력을 지니고 있다.

미국에는 과학적 세계관에서 일탈된 것을 문화 속에 절묘하게 포함시키는 전통이 있었다. 인간의 전체성을 회복하기 위해서는 과학 만능주의만으로는 부족하다. 티모시 리어리의 환각제, 존 C. 릴리의 격리 탱크(역주: Isolation tank, 감각 차단 장치라고도 하며 오감의 자극을 최소화함으로써 무중력, 무감각을 체험할 수 있는 장치)를 대신할 뭔가 다른 것이 필요하다. 환각제나 탱크와 같은 과학, 이데올로기와 종교, 에콜로지, 컴퓨터도 아닌 보다 소박하고 사람의 잠재력을 끌어내 줄 무엇인가가 필요하다. 그것은 일종의 재활 프로그램이라 해도 좋을 것이다.

우리들은 한 꺼풀 벗기면 동굴에서 생활하던 고대인이다.

동굴 밖에는 하늘과 대지가 있다. 그러나 우리들은 문명이라는 커다란 셸터에 틀어박혀 있다. 고층 빌딩 한편에 틀어박혀 전자파와 케이블에 둘러싸여 무수한 정보에 노출되어 있다. 스스로가 좋아서 동굴 같은 어둡고 좁은 곳에 들어가 있는 것이다. 일반적으로 야생 동물들은 넓은 하늘 아래를 돌아다니지만 강한 동물들에게 낮을 양보한 야행성 동물은 가혹한 자연계에서 살아남기 위해 동굴 같은 곳에 숨어 있다. 그러나 인간은 그럴 필요가 없는데도 동굴에 틀어박혀 있고 싶어 한다. 사무실이나 극장, 술집 등은 모두 동굴과 같은 곳이다.

고대인들에게는 있었으나 현대인들에게는 모자라는 것. 유년기에는 주체하기 힘들 정도로 있었으나 이제는 취약해진 것. 그것은 '꿈꾸는 힘'이다. 이것은 반드시 나이와 더불어 약해지는 것은 아니다. 하지만 나이가 들면 미래의 선택이 제한되기 때문에 그만큼 꿈도 시들해질 것이다. 노인이 꾸는 꿈은 과거에 매어 있고, 아이가 꾸는 꿈은 미래에 대한 불안의 이면이다. 과거의 경험에 비추어 가장 실현 가능한 미래를 꿈꿀 수 있는 자를 어른이라 한다.

그러한 어른도 한 꺼풀 벗겨 보면 사춘기의 아이다. 경험에 비추어 보아도 사춘기의 혼돈된 시기에 읽고 생각하고 영향 받은 것들을 그 후에도 죽 끌고 간다. 예를 들면 이삿짐을 싸다 문득 중학교 때 쓴 글을 발견기도 한다. 읽어 보면 유치한 글 속에 분명히 얼굴을 드러내고 있는 자신을 발견하고는 얼굴이 화끈거린다. 그러나 쑥스러워하지 말고 직시해야 하다.

예를 들면 「스타워즈」혹은 「센과 치히로의 행방불명」이나 「도라에몽」 등 아이들에게 꿈꾸는 힘을 키워 주는 영화나 애니메이션의 메가히트 작품은 모두 꿈꾸는 아저씨들의 일이다. 조지 루카스나 미야자키 하야오, 후지코 후지오는 수염을 기른 아이들이 아니라 그 모습 그대로 수염을 기른 아저씨들로, 아이들은 아저씨들의 상상력을 빌려 꿈꾸는 훈련을 하고 있는 것이다.

아저씨들 스스로가 사춘기로 돌아감과 동시에 역사의 사춘기, 인류의 사춘기라고도 할 수 있는 신화시대에까지 거슬러 올라가 상상력을 자극받는다. 법이나 규칙에 얽매여 모든 것이 자본의 원리로 움직이는 세계에서 생활하는 아저씨들 또한 현실에서 도피하고자 신화의 세계로 도망치는 것이다. 거기에는 순수하고 관대한 희로애락이 있고, 자연과의 교감이 있으며 신들과 인간의 지혜 겨루기가 있다. 그곳은 '유구' 혹은 '영원'의 영역이다. 나이가 들면 역사에 흥미를 갖게 되는 것도 '유구'나 '영원'으로 연결되는 다른 시간 축으로 사물을 바라보고 싶어지기 때문일 것이다.

어떤 나이가 되면 사장이나 교수가 되기도 하고 아빠 혹은 선생님이라 불리며 그에 걸맞은 행동을 하게 된다. 소속된 곳의 역할을 실수 없이 처리하거나, 대인 관계를 유지하는 것만으로도 시간이 지난다. 세상의 형편에 맞춰 나이를 들지 않을 수 없게 되는 것이다. 때문에 사람은 자신이 좋든 싫든 지루한 아저씨가 되어 간다. 지금 살고 있는 시간 축과 또 다른 시간 축을 어떻게 일상 속에 끌어들일 것인가, 그것이 문제다.

고대인의 상상력은 자유분방했다. 세계 각지의 신화를 읽을 때마다 그 풍부한 기지와 넓은 도량, 초현실적인 에피소드에 감탄하게 된다. 그들에게는 현실과 꿈, 이 세상과 저세상, 동물과 인간의 경계가 없이 그 사이를 자유로이 오간다. 신화는 고대인들의 생활 기록이며, 자연계의 법칙과 규율을 배우는 지혜의 장이며, 가혹한 삶과 운명을 받아들이는 수단이었다. 죽음, 사랑, 성, 전쟁, 동물들과의 관계, 도구의 발명과 관련된 에피소드는 모두 종교와 철학과 예술이 혼연일체되었던 시대의 사상을 오늘에 전해 준다.

신화와 현대의 과학과 철학은 모순되는 것이 아니다. 신화에 등장하는 인물들의 고뇌는 사상가들에게 계승되었고, 혼돈 속에 있는 사춘기의 아이들이나 마음의 병으로 괴로워하는 이들의 경험과도 소통되기 때문이다. 신화는 또한 자연의 위협과 겸허함을 가르쳐 준다. 쓰나미(해일)를 만난 사람들은 대홍수의 신화가 남의 일로 여겨지지 않을 것이다. 자연재해는 그 위력을 잊고 있을 때 닥치므로, 재해를 경험했던 사람들은 그 경험을 후대에 전하기 위해 노력할 것이다. 신화 또한 그렇게 계승되어 온 것이다.

신화에 등장하는 인물들은 초인이나 괴물이 아닌 우리와 같은 인간이다. 이야기의 사건이나 진위보다 등장인물들의 희로애락에 자신을 비추어 보면, 2000년이란 시간이 지났음에도 여전히 그들이 현대인과 같은 마음의 주인이었다는 것을 알 수 있다.

신화의 세계는 일상생활과는 다른 시간 축을 우리들에게 안겨 준다. 그런 의미에서 천체물리학이나 생물학, 고고학과 같은 학문 또한 일상생활과는 시간의 단위가 달라 우리의 상상력을 기우장대(氣宇壯大)한 곳으로 이끌어 준다. 사람의 평생은 길어야 80년 정도로 흔히 수명보다 짧은 스팬으로밖에 사물을 보지 못하지만, 거기에 전혀 다른 시간 축이 가미된다면 갱년기의 고민이나 생활 속의 불안, 불황이나 전쟁도 모두 날려 버리고 일종의 유머의 영역으로 들어서게 된다.

언젠가 나는 일본에서 세 손가락 안에 드는 부호와 짧은 대화를 나눈 적이 있다. 그는 내가 쓴 책 속에 마음에 걸리는 부분이 있었는지 저자를 앞에 두고 "어떤 재산도 저세상에 가지고 갈 수가 없단 말인가!" 하며 탄식했다. 나는 "비록 권태로울 정도의 부를 축적했다 한들 이 세상에서밖에 쓸 수가 없으니 부호들은 이를 어떻게 써야 할지 고민스럽겠습니다." 하고 동정했다. 부자가 되기 위해서는 이기적으로 타인을 차 내거나 했었겠지만, 충분한 재산을 모은 다음에는 이를 이타적으로 사용함으로써 영혼의 안식을 얻는 것이 무난할 것이다. 세상에서 모은 재산을 다 쓰기도 전에 죽는 사람들이 실은 많다. 사람의 수명은 부자나 가난한 자나 그다지 다르지 않다. 또 사람이 일생동안 맛볼 수 있는 쾌락의 양도 정해져 있어, 부자가 더 많은 쾌락을 즐길 수 있는 것도 아니다. 쾌락은 돈으로 사는 것이라기보다 뇌에서 만들어 내는 것이기 때문이다.

어차피 이 세상의 부를 저세상으로 가지고 갈 수 없으니 홀가분한 편이 낫다.

어느 세계에나 선구자가 있다. 원폭이나 IC 회로를 개발한 사람은 역사에 이름을 남겼으나, 처음으로 흙을 구워 토기를 만든 사람이나 철검을 만들어 낸 사람의 이름은 아무도 모른다. 또 암염을 필두로 다양한 광물을 약으로 사용해 왔는데 그것이 몸에 좋다는 사실들을 어떻게 습득했을까? 그들은 모두, 신에게 불을 훔쳐 낸 죄로 산 채로 심장을 독수리에게 물어뜯긴 프로메테우스의 후예들이다. 영웅에게는 비참한 말로가 따르기 마련이다. 처음으로 화약을 만든 사람은 성공과 함께 폭발에 말려들었음이 분명하다. 세균학자들 중에 독버섯에 중독되어 죽은 이가 몇 명이나 될까. 물감도 광물에서 추출해 내는데 버밀리언(vermilion)이나 크롬옐로(chrome yellow)는 각각 비소와 육가크롬의 맹독성이 있다. 화가 또한 목숨을 건 일이었다.

철검은 무기의 대명사이나 그 이전에 신성한 도구였다. 철을 단련하는 기술은 권력과도 직결되었다. 천황가의 증거인 삼종의 신기[1] 중 하나도 검이다. 그것은 세계 어느 나라의 신화도 마찬가지다.『니벨룽겐의 반지』에서는 두려움을 모르는 우자(愚者) 지크프리트만이 성검인 노팅을 단련할 수 있었다.『아서 왕 전설』에서 돌에 꽂힌 성검을 뽑을 수 있었던 것은 아서 왕뿐이었다. 검이 주인을 선택하는 것이다. 칼은 역사를 좌우했다. 많은 무장들의 심장을 꿰뚫고 목을 잘랐다. 엄청난 양의 피가 대지를 적셨다. 인류 전쟁의 역사에는 철에서 원자 폭탄까지가 일직선으로 연결되어 있다.

고대의 도기나 제철 기술이 현대에서는 컴퓨터 과학 기술과 금융 기술로 바뀌었다. 흙 속에 묻어 있던 규소를 가공해 집적 회로를 만들고 컴퓨터 테크놀로지를 숙련시켰다. 제철 회사는 마케팅 이론으로 수익

---

1) 역주: 거울, 검, 옥의 신기(神器).

을 올리고 있다.

화폐의 역사적 변천을 되돌아보면 예전에는 암염이나 조개나 가축이 화폐였고 청동기, 철기 시대가 되면 금속 조각이 화폐 형태의 주류가 되었다. 이윽고 무거운 금속을 들고 다니거나 교환하는 대신 신용 시스템이 만들어지자 이번에는 말이 노골적으로 화폐로 변한다. 인쇄물은 다시 자기플라스틱 카드로 변했고, 이제는 대부분이 단말을 클릭하는 것으로 바뀌었다.

일찍이 다윈은 이렇게 말했다. 인간은 지극히 고귀한 자질을 가지고 있으나, 그 신체에는 지울 수 없는 하등한 기원의 흔적이 남아 있다고.

유기물로 만들어진 생물이나 금속으로 만들어진 로봇도 결국은 자연물, 지구상에 있는 물질의 조합으로 이루어져 있다. 좋은 것도 나쁜 것도 모두가 지구에서 태어났다. 우리들은 지금도 흙과 끈끈한 관계를 유지하고 있다. 모든 것은 흙에서 나, 흙으로 돌아간다.

시마다 마사히코 島田雅彦 Shimada Masahiko 일본 소설가. 1961년 도쿄 출생. 도쿄외국어대학교에서 러시아 문학을 공부했다. 재학 시절 『상냥한 좌익을 위한 희유곡(優しいサヨクのための嬉遊曲)』으로 아쿠타가와상(芥川龍之介賞) 후보에 올라 주목을 받기 시작했다. 26년간 30권에 가까운 소설과 20여 권의 희곡 및 오페라 대본, 에세이를 발표했으며 아쿠타가와상 최종 후보에 여섯 번이나 올랐다. 권력과 어떤 종류의 권위주의, 엄숙주의도 거부하는 탈중심 지향의 진보적 지식인으로서 「토파즈」 등의 영화에 몇 차례 조연으로 출연하는 등 범상치 않은 반항끼와 방랑끼를 지녔다. 『몽유 왕국을 위한 음악(夢遊王国のための音楽)』으로 노마문예신인상(野間文芸新人賞)을, 『피안 선생(彼岸先生)』으로 이즈미교카문학상(泉鏡花文学賞)을 수상했으며 대표작으로 『퇴폐 자매(退廃姉妹)』, 『혜성의 주민(彗星の住人)』, 『악화(悪貨)』 등이 있다. 소설 『자유사형(自由死刑)』은 TV 드라마로 제작되어 2008년 일본에서 방영되었다. 한국, 일본, 중국이 참가하는 동아시아문학포럼 일본조직위원회 대표를 맡고 있다.

세계화 시대의 언어와 글쓰기

복거일

언어의 기능

글쓰기는 언어를 매체로 삼는다. 당연히 글쓰기에 대한 논의는 언어에 대한 성찰을 전제로 한다. 아쉽게도 이 점은 흔히 잊혀진다. 언어는 "사람들이 한 사회 집단의 구성원들로서 그리고 그 문화의 참여자들로서 소통하는 수단으로 삼는 전통적 발성 또는 문자 상징들의 체계(a system of conventional spoken or written symbols by means of which human beings, as members of a social group and participants in its culture, communicate)"[1]다. 간결하면서도 상당히 포괄적이어서, 이 정의는 일반적 논의를 충분히 감당할 수 있다. 그러나 우리의 목적엔 너무 범위가 좁다. 가장 너른 뜻에서, 언어는 정보를 전달하고 처리하는 데 쓰이는 상징들의 체계다. 그래서 일반적으로 언어로 여겨지지 않는 체계들도 언어에 포함되어야 한다.

---

1) 브리태니커 백과사전 '언어(Language)' 항목.

이 점은 생물적 언어가 잘 보여 준다. 생명의 본질은 정보 처리며, 모든 생명체들은 유전자들에 담긴 정보들에 따라 생성되고 유지된다. 이런 일에 쓰이는 유전자 언어(genetic language)는 네 개의 알파벳 C(cytosine), G(guanine), A(adenine), T(thymine)를 쓰는 DNA들의 언어다. 이들 알파벳 글자 셋이 모이면, 특정 아미노산을 뜻하는 코돈(codon)이 되고, 그런 아미노산들이 결합되어 단백질을 이룬다. 즉 코돈은 유전자 언어의 낱말이다. 64(4×4×4)개의 낱말들을 어휘로 지닌 이 유전자 언어는, 박테리아에서 사람에 이르기까지, 모든 생명체들이 공유한다.

아마도 궁극적 언어에 가장 가깝고 그래서 언어의 특질들을 잘 보여 주는 것은 수학이다. 우리가 실재를 파악하는 일에서 수학은 기본적 도구다. 그래서 과학 혁명을 상징하는 갈릴레오는 "자연의 책은 숫자로 쓰여진다."라고 선언했다. 우리는 자연으로부터 얻는 정보들을 법칙들로 압축하고 그 법칙들을 이용해서 실재를 구축하는데, 그 법칙들은 수학이라는 언어로 쓰인다.

여기서 주목할 것은 수학이 초월적으로 존재하는 것이 아니라 사람에 의해 구현된다는 사실이다. 실은 이 진술에서 '사람'은 '생명체'로 확장될 수 있다. 다른 동물들도 비록 원시적이지만, 수를 조작할 수 있는 능력을 지녔다. 사람이 속한 영장류는 물론 너구리, 쥐, 앵무새, 비둘기와 같은 동물들은 간단한 더하기와 빼기를 할 수 있다.

사람들이 아는 단 한 종류의 수학인 인간 수학은 어떤 추상적이고 초월적인 수학의 한 아종(亞種)일 수 없다. 대신, 우리가 아는 수학은 우리 뇌와 구현된 경험의 성격에서 나온 것으로 보인다.[2]

---

2) 조지 래코프·라파엘 누네즈(George Lakoff and Rafael E. Nunez), 「수학은 어디서 나오는가: 구현된 마음이 어떻게 수학을 생성하는가(Where Mathematics Comes From: How the Embodied Mind Brings Mathematics into Being)」.

언어는 삶과 앎의 근본적 요소이다. 생명 현상은 본질적으로 정보 처리이고 생명체들이 정보 처리의 수단으로 언어를 만들어 냈다. 그리고 일반적으로 언어라고 불리는 언어는, 즉 사람들이 일상적으로 쓰는 언어들은 언어의 한 종류일 따름이다. 이 점을 고려해야 우리는 언어를 제대로 이해할 수 있다.

이야기로서의 언어

언어가 전달하고 처리하는 내용은 이야기들이다. 그래서 정보 처리에서 이야기는 중심적 자리를 차지한다.

우리가 정보를 처리하는 주된 방식이 귀납이기 때문에 이야기들은 우리에게 긴요하다. 귀납은 본질적으로 패턴 인식에 의한 추론이다. 그것은 증거의 우세로부터 결론을 끌어내는 것이다. 예컨대, 아무도 집사가 그것을 하는 것을 보지 못했지만, 집사의 지문들이 칼에 있었고, 집사가 현장에서 떠나다가 들켰고, 집사는 동기가 있었다. 따라서 집사가 그것을 했다. 집사가 그것을 했다고 논리적으로 증명할 수는 없다. 논리적으로는 다른 누가 그것을 했을 수 있다. 따지고 보면, 아무도 집사가 그것을 하는 것을 보지 않았다. 그러나 증거의 패턴은 우리로 하여금 집사가 그것을 했다고 귀납적으로 결론을 짓도록 이끈다. 이야기들이 우리의 귀납적 사고 기계에 재료를 공급하고 패턴들을 찾을 자료들을 우리에게 주기 때문에, 우리는 이야기들을 좋아한다. 이야기들은 우리가 배우는 길이다.[3]

패턴 인식이 정보 처리의 본질이라는 사실과 관련하여 흥미로운 것은 수학의 대상이 패턴이라는 사실이다. 다른 언어들과 마찬가지로, 수학은

---

3) 에릭 바인호커(Eric D. Beinhocker), 『부의 기원(*The Origin of Wealth*)』.

우리에게 이야기를 들려준다.

수학은 '패턴들의 과학'이다. 수학이 하는 것은 추상적 '패턴들', 즉 수적 패턴들, 모양의 패턴들, 움직임의 패턴들, 행태의 패턴들, 한 집단에서의 투표 패턴들, 반복되는 우연한 사건들 등등을 조사하는 것이다. ……다른 종류의 패턴들은 수학의 다른 분야들을 낳는다.[4]

사람들은 귀납적 패턴 인식의 두 측면들에서 특히 뛰어나다. 하나는 비유와 유추를 통해서 새로운 경험들을 오래된 패턴들과 관련시키는 것이다. 다른 하나는 완전하지 못한 정보들에서 패턴을 찾아내는 것이다. 이런 패턴 인식에서 이야기하기는 본질적 역할을 한다. 패턴 인식과 이야기하기는 우리의 인지에 필수적이므로, 우리는 심지어 완전히 무작위적인 자료에서도 패턴들을 찾아내고 이야기들을 만들어 낸다.

이처럼 이야기하기는 사람의 삶에서 본질적 현상이다. 실은 언어 자체가 이야기다.

우리가 쓰는 기초적 문장들은 어떤 화제를 도입하고(문장의 주어) 이어 그 화제에 관해서 어떤 논평을 하거나 어떤 정보를 제공한다.(문장의 술어) 그래서, 우리가 "기린이 얼룩말을 물었다."라고 말하면, 우리는 기린을 화제로 도입하고, 이어 기린에 관해서 그것이 얼룩말을 물었다고 진술하거나 단언한다. 따라서, 문장의 뜻들은 흔히 진술들이라 불린다. 기린이 얼룩말을 물었다고 말하는 것은 기린에 관해서 그것이 얼룩말을 물었다고 진술하는 것이다. 결과적으로, 진술은 동사가 행동이고 명사들은 각기 다른 언어적 역할을 연기하는 연기자들인 소형 연극을 기술한다.[5]

---

4) 키스 데블린(Keith Devlin), 『수학의 언어: 보이지 않는 것들을 보이도록 하기(*The Language of Mathematics: Making the Invisible Visible*)』.

5) 라일러 글라이트먼(Lila Gleitman), 「언어(Language)」, 헨리 글라이트먼 외(Henry Gleitman et al.), 『심리학(*Psychology*)』.

우리가 일상적으로 쓰는 문장 하나하나가 "소형 연극(miniature drama)"이라는 사실은 이야기가 얼마나 근본적 현상인가 우리에게 일깨워 준다. 아울러, 언어를 매체로 삼은 문학이 전통적으로 핵심적 예술 분야이고 무척 중요한 지적 활동이었다는 사실을 설명해 준다.

언어의 진화

가장 기본적인 언어인 유전자 언어는 물론 모든 생명체들이 공유한다. 그러나 우리가 일상적으로 언어라고 부르는, 좁게 정의된 언어는 사람만이 쓴다. 실제로 그런 언어의 사용은 사람을 다른 동물 종(種)들과 가장 뚜렷이 구별하는 특질이다. 사람만이 제대로 발전된 언어를 통해서 의사소통을 한다. 어떤 다른 종도 문법적으로 구성된 어떤 종류의 언어도 지니지 않고 그것을 배울 능력도 없다.

여기서 언급되고 강조되어야 할 것은 모든 언어들이 끊임없이 진화한다는 사실이다. 진화는 종들의 분화를 낳는다. 인간의 언어들에도 이 법칙은 당연히 적용되니, 지금까지 존재했던 모든 언어들은 하나 또는 몇 개의 언어들로부터 분화한 것으로 믿어진다. 그리고 모든 언어들은 지금도 쉬지 않고 진화하며 앞으로도 그러할 것이다. 자연히, 진화적 관점에서 펴야, 우리는 언어를 제대로 이해할 수 있다.

신호 언어

태어나면, 우리는 먼저 신호 언어(sign language)를 배운다. 말을 제대로 배우기 훨씬 전에 아기들은 손으로 의사를 잘 전달한다. 인류의 언어는 원래 손을 이용한 신호 언어였고 목청을 이용한 음성 언어(spoken language)는 훨씬 뒤에 나왔다. 신호 언어가 나온 것은 적어도 200만 년

전으로 거슬러 올라가지만, 음성 언어가 나온 것은 수십만 년 전이었
다. 인류는 언어를 쓴 기간의 대부분에서 신호 언어를 쓴 셈이다. 자연
히, 사람의 뇌의 언어 중추는 신호 언어에 맞추어 나왔고 다듬어졌다.

　놀랍지 않게도, 우리는 아직도 신호 언어에 크게 의존한다. 우리는
그것을 늘 음성 언어와 함께 쓰고 흔히 그것만으로 의사소통을 한다.
전화할 때처럼 상대가 보지 못하는 상황에서도 우리는 말할 때 자연스
럽게 손짓을 하고, 손짓을 하지 못하게 되면 말이 잘 나오지 않는다.

　여기서 강조되어야 할 것은 신호 언어가 자족한 언어 체계라는 점이
다. 수전 블랙모어의 지적대로, "신호 언어는 그저 음성 언어의 간단해
지거나 뒤틀린 버전들이 아니라, 귀먹은 사람들의 집단들이 함께 모일
때마다 나타나는 전혀 새로운 언어들이다. 그것들은 낱말의 어미들, 어
순 또는 굴절의 문법적 기능들을 하는 몸짓들과 표정들을 지닌 자족한
언어들이다."

음성 언어

　신호 언어에 이어 우리는 음성 언어를 배운다. 음성 언어의 학습은
무척 힘들고 복잡한 과정이다.

　오랫동안 사람의 마음은 백지 상태에서 시작한다고 여겨졌다. 그런
백지에 환경이 갖가지 정신 현상들을 새긴다는 얘기다. 미국 심리학자
스티븐 핑커(Steven Pinker)는 이런 이론을 '빈 석판(The Blank Slate)'이
라 불렀다.

　그러나 '빈 석판'은 그른 이론임이 점차 드러났다. 사람의 마음은 분
명히 내재적 조직(an innate organization)을 지녔고, 거의 분명히 그런 내
재적 조직은 모든 사람에게 공통된 것일 터이다. 공교롭게도, 어쩌면
자연스럽게도, 그런 깨달음은 언어와 관련하여 맨 먼저 나왔다. 1950년
대 말엽에 노암 촘스키(Noam Chomsky)는 사람이 언어를 습득할 수 있

는 능력을 태어날 때 이미 갖추었음을 설득력 있게 보여 주었다. 그는 개별 언어들의 생성 문법들이 '보편적 문법(universal grammar)'의 변주들이라고 주장했다. 그의 혁신적 주장은 '빈 석판'을 단숨에 논파(論破)했다.

위에서 언급된 사실들은 사람이 언어에 관한 공통된 능력을 내재적으로 지녔음을 가리킨다. 그리고 그런 내재적 능력은 어린아이들이 아주 작은 훈련을 통해서 언어를 그리도 쉽게 배운다는 사실을 잘 설명한다. 나아가서, 인류가 써 온 모든 언어들이 하나 또는 몇 개의 원시 언어에서 파생되었음을 시사한다. 생명체들이 진화하면서 다양한 종들이 생기듯, 언어도 진화 과정을 통해서 분화했다고 추측할 수 있다.

언어는 문화의 산물이어서 문화적으로, 즉 비유전적(nongenetically)으로 진화한다. 그래서 개인이 생전에 습득한 언어 지식은 유전되지 않는다. 그러나 언어를 배워서 쓸 수 있는 사람의 육체적 능력은 유전적으로 전달되고 생물적으로 진화한다. 언어는 유전자-문화 공진화(gene-culture coevolution)가 가장 두드러지게 드러나는 분야다.

언어가 그렇게 공진화하므로, 언어의 습득은 필연적으로 각인(imprinting) 과정을 거친다. 타고난 언어 능력에 특정 언어 체계가 새겨지는 것이다. 이 과정은 컴퓨터의 하드웨어에 소프트웨어가 탑재되는 일과 비슷하다. 다만 한번 탑재되면 쉽게 바꿀 수 없다는 점이 다르다.

보다 일반적으로, 어떤 기능을 위한 기본적 능력이 선천적으로 마련되고 개체가 태어난 환경에서 필요한 지식을 얻어 그 능력을 완성시켜야 할 때, 자연은 각인이라는 방식을 고른다. 부모의 보살핌이 중요한 고등 동물들에서 부모를 알아보는 지식이 각인을 통해서 얻어지는 것은 대표적이다. 연어와 같은 물고기들이 각인을 통해서 자신들이 태어난 곳을 기억한다.

각인 과정엔 결정적 시기(critical period)가 있게 마련이다. 각인이 가능하고 그것을 넘어서면 각인이 불가능한 기간이 있다는 얘기다. 그렇게 해야, 적절한 시기에 각인이 되고 한 번 각인된 지식이 바뀌지 않고 오래갈 수 있다.

언어의 결정적 시기는 아이가 태어났을 때 이미 시작된다. 그래서 언어들의 구별도 아주 일찍 시작된다. 태어난 지 겨우 나흘밖에 되지 않은 아기들이 영어와 프랑스어를 구별한다는 것이 실험으로 밝혀졌다. 한두 달이 지나면, 아이들은 음소들(phonemes)을 구별하게 된다. 유아들은 거의 모든 음소들을 구별할 수 있다. 그러나 이 지각적 능력들은 활용되지 않으면 감소되고, 그래서 유아들은 그들의 언어 공동체에서 쓰이지 않는 구별들을 하는 능력을 잃게 된다. 모국어와 외국어 사이의 음소들의 차이를 변별하는 능력은 생후 6개월이 지나면 줄어들기 시작하며, 평균적 아이들이 말을 제대로 쓰기 시작하는 생후 12개월까지는 많이 감소한다. 즉 첫돌이 되면, 사람은 이미 모국어에 대한 편향을 깊이 지니게 된다.

낱말의 뜻을 배울 때 그것의 품사적 분류(즉 낱말이 명사냐 동사냐 부사냐 판단하는 것)를 고려하는 능력은 두 살 때 이미 마련되기 시작한다. 문장 안에서 낱말들 사이의 관계를 가리키는 낱말들(function words), 즉 영어의 of, ing, by, been과 같은 낱말들은 무척 추상적임에도 불구하고 15개월 된 아이들이 그런 기능적 낱말들에 대해서 예리하다. 문장의 구조와 의미 사이의 관련을 깨닫는 시기도 무척 일리시, 꺽이도 17개월이 되면 그런 능력을 갖춘다. 마침내 다섯 살이 되면 어른들처럼 말하게 된다.

결정적 시기의 존재는 언어 습득에서 모국어가 그리도 자연스럽지만 외국어들은 그리도 낯설고 배우기 어려우며 아무리 큰 투자를 해도 원어민처럼 능숙하게 쓸 수 없다는 사실을 잘 설명한다. 언어 습득에서의 결정적 시기는 대체로 11세 전후까지라고 알려졌다. 즉 사람은 11세까지만 어떤 언어를 제대로 각인할 수 있고, 11세가 지나면 다른 언어들을 각인 과정을 통해서 자연스럽게 배울 수 없다.

문자 언어

　음성 언어들은 흔히 문자 언어(written language)와 짝을 이룬다. 문자 언어는 나온 지 얼마 되지 않아서 우리에겐 아직 낯설다. 그래서 음성 언어는 쉽고 자연스럽게 익히지만 문자 언어는 익히기가 아주 어렵다.

　인류가 처음 발명한 문자 체계가 수메르 설형 문자(Sumerian cuneiform)였다는 점은 확실하다. 고대 문명들 가운데 가장 먼저 일어난 것이 메소포타미아의 문명이었다는 사실과 점토에 기록하고 말려 보관해서 많은 기록들이 남았다는 사실 덕분에 이론의 여지가 없다.

　수메르 문자의 발생에 관해서 가장 널리 받아들여진 이론은 피에르 아미에가 발전시켰고 드니즈 쉬만트 – 베세라가 증거들을 수집했다. 그것은 '풍요로운 초승달 지대'에서 농업이 시작된 기원전 8000년기에 나타난 진흙 토큰들로 시작한다. 토큰들은 특정 작물들을 뜻했다. 예컨대 원추와 구는 각각 현대의 리터와 부셸에 대체로 상당하는 '반'과 '바리가'라는 두 표준적 양들의 곡물을 나타냈다. 토큰들은 회계에 쓰인 것으로 보이니, 아마도 특정 가족이 정부 곡물 창고에 얼마나 냈는가 또는 빚을 졌는가 기록했을 것이다.[6]

　도시들이 생기고 교역이 활발해지면서, 산업이 발전하고 제품들이 다양해졌다. 자연히 보다 복잡한 토큰들이 만들어졌다. 그러나 아무리 복잡하고 정교해도 토큰들은 진정한 문자 체계로 보기 어렵다. 그것은 3차원적 상징들이었다.

　이 3차원적 상징들에서 2차원적 문자 상징들로의 변환은 천년기 대신 십 년 단위의 시간 규모로 가까이서 관찰했을 때 문화적 진화가 얼마

---

6) 로버트 라이트(Robert Wright), 『비영(*Nonzero*)』.

나 더딘가 보여 준다. 때로는 정구공 크기의 큰 점토 봉투들 안에 토큰들을 간수함으로써 기록들이 유지되었다. 5반의 곡물의 빚이나 지불을 기록하기 위해서 점토 원추들 다섯 개가 봉투 안에 들어가는 식이었다. 편리하도록, 봉투 안에 넣기 전에 토큰들은 봉투의 무른 표면에 눌려졌다. 그렇게 함으로써 봉투를 깨뜨려 열지 않고도 내용을 '읽을' 수 있었다. 원 두 개와 쐐기 하나는 봉투가 구 두 개와 원추 하나를 품었다는 것을 뜻했다. 명백히, 봉투 바깥 면의 2차원적 각인이 3차원적 내용을 필요 없게 만들었다는 결정적 통찰이 나온 것은 상당한 시간이 지난 뒤였다. 이제 봉투들은 판들이 된 것이었다.

이것이 수메르 설형 문자의 시작이었다. 그 체계는 여러 천년 동안 진화하면서 점점 추상적이고 강력해졌다. 이렇게 해서 적은 곡물과 많은 곡물의 토큰들은, 즉 원추와 구는 2차원적 형태로 일반적인 수적 상징들이 되었다. 쐐기는 1을 뜻했고 원은 10을 뜻했다. 이들 기호들은 이제 물체의 상징 옆에 놓여서 그것의 양을 가리키게 되었다. 마침내, 물체들, 사람들, 행위 등등의 상징들은 소리를 가리키게 되어 서양 문명을 현대적 음성 알파벳으로 이끌었다.[7]

문화의 진화

언어는 문화의 한 부분이다. 자연히, 언어를 제대로 살피려면 먼저 문화의 특질들을 살피는 것이 바람직하다.

가장 근본적 수준에서 정의하면, 문화는 "정보의 비유전적 전달"이다. 부모에게서 자식에게로 유전자들을 통해 전달되는 정보들을 빼놓고, 후천적으로 개인들이 얻는 모든 정보들이 문화라는 얘기다.

---

7) 로버트 라이트, 같은 책.

유전적 정보의 전달과 비유전적 정보의 전달은 본질적으로 하나의 현상으로 볼 수 있다. 이런 본질적 연관을 고려하지 않으면, 문화에 대한 이해는 깊을 수 없다. 사람의 육체에 든 유전적 정보들과 비유전적인 문화 사이에 본질적 연관이 있다는 통찰은 찰스 다윈이 주창한 진화론의 발전을 통해 얻어졌다. 따라서 다윈주의 진화론의 관점에서 살펴야 문화의 본질이 비로소 드러난다.

다윈주의의 핵심은 자연 선택 이론이다. 간략하게 얘기하면, 그것은 생존에 적합한 특질을 지닌 개체들이 살아남아서 자손들을 남기며 그런 과정을 통해서 진화가 이루어진다는 주장이다. 자연 선택이란 말은 자연이 선택의 주체라는 것을 암시하지만, 실제로는 자연이 의도적으로 선택하는 것은 아니다.

자연 선택을 진화의 기구로 보는 이론이므로, 다윈주의 진화론에서 근본적 논점들 가운데 하나는 자연 선택이 작용하는 단위다. 오랫동안 다윈주의 진화론은 유기체인 사람이 그런 단위라고 상정해 왔다. 모두 자명한 이치라고 여겨 온 이 가정은 그러나 여러 가지 어려움들을 만났다. 마침내 20세기 초엽에 진화의 기본적 단위는 유기체가 아니라 유전자이며 그런 관점에서 살펴야 생명 현상과 진화 과정이 제대로 설명된다는 주장이 나왔다. "유전자적 관점(gene's-eye view)"이라 불린 이 이론은 다윈주의 진화론을 한껏 밀고 나간 이론으로, 진화론이 품은 혁명적 함의들을 잘 드러냈다.

가장 일반적 형태에서 자연 선택은 존재들의 차별적 생존을 뜻한다. 어떤 존재들은 살고 다른 존재들은 죽는데, 그러나 이러한 선택적 죽음이 세계에 어떤 영향을 미치려면 추가적 조건 하나가 충족되어야 한다. 각 존재는 많은 복제들의 형태로 존재해야 하며, 적어도 존재들의 몇은 복제들의 형태로 진화적 시간의 상당한 기간 잠재적으로 살아남을 수 있어야 한다. 작은 유전적 단위들은 이러한 특성들을 지녔다. 개체들, 집단들, 그리고 종들은 그렇지 않다. 유전적 단위들이 실제로는 나뉠 수 없고 독립된

입자들로 취급될 수 있음을 보여 준 것은 그레고르 멘델의 위대한 성취였다. ……

유전자의 입자성의 또 하나의 측면은 그것이 늙지 않는다는 점이다. 그것은 백 세가 되었을 때보다 백만 세가 되었을 때 죽을 가능성이 높은 것은 아니다. 그것은 세대들을 거치면서, 자신의 방식으로 그리고 자신의 목적들을 위해서 잇따라 몸들을 조종하고 노쇠와 죽음으로 가라앉기 전에 죽게 마련인 몸들을 잇따라 버리면서, 몸에서 몸으로 건너뛴다.[8]

즉 유전자들은 자연 선택이 이루어지는 단위인 '복제자(replicator)'들이고 사람과 같은 유기체들은 유전자의 뜻을 수행하고 유전자를 다음 세대로 나르는 '수레(vehicle)'다. 도킨스는 '수레'를 "통합되고 정연한 복제자 보존의 도구"로 정의했다.

유전자가 자연 선택의 기본 단위인 '복제자'이고 진화의 주역이면, 유전자의 영향은 아주 멀리 미칠 수밖에 없다. 유전자의 영향은 실은 그것이 거주하는 유기체의 몸 밖까지 미친다. 그렇게 멀리 미치는 유전자의 영향은 "확장된 표현형(extended phenotype)"이라 불린다.

'확장된 표현형'들 가운데 가장 두드러지고 흥미로운 것은 문화다. 그리고 문화도 궁극적으로 신화의 법칙의 지배를 받는다. 진화의 과정이 작용하는 문화의 기본적 단위는 '밈(meme)'이라 불린다. 문화적 복제자로서의 밈은 유전적 복제자로서의 유전자와 아주 비슷한 방식으로 자신을 전파한다.

문화가 복잡한 현상이므로, 문화 복제의 기본적 단위인 밈은 독자적으로 존재하는 적이 드물다. 거의 언제나 밈은 관련되었거나 보완적인 밈들과 결합하여 유기적 복합체를 이룬다. 예컨대, 이념은 많은 아이디어들과 신조들과 정책들이 결합해서 나온 거대한 복합체다. '밈 복합체(memeplex)'라 불리는 이런 복합체는 흔히 함께 복제된다.

---

8) 리처드 도킨스, 『이기적 유전자』.

밈들과 밈 복합체들은 서로 경쟁하며 성공적으로 적응한 것들이 선택되어 널리 퍼진다. 따라서 어떤 사물에 관한 밈들이 서로 경쟁을 하기 전에는 어떤 것이 가장 나은 것인지 판별하기 어렵다. 경쟁을 통해서 비로소 가장 나은 것이 가려진다. 하이에크(Friedrich A. Hayek)가 경쟁을 "발견 절차(discovery procedure)"라 부른 것은 바로 이런 사정을 가리킨 것이다.

문화의 발전과 세계화

위에서 살핀 것처럼 밈들은 경쟁을 통해서 선택되고 퍼진다. 따라서 문화가 풍요롭고 번창하려면 세 가지 조건이 필수적이다.

첫 조건은 풍부한 밈들의 공급이다. 밈들은 자연 선택의 재료이므로 경쟁적 관계에 있는 밈들이 풍부해야 경쟁이 제대로 이루어지고 좋은 밈들이 선택될 수 있다. 존재하는 밈들에 대한 대안인 새로운 밈들이 끊임없이 나오도록 하는 것은 문화 발전의 기본적 조건이다. 문화의 다양성이 중요함을 강조하는 종래의 견해는 궁극적으로는 그런 사실에 바탕을 두었다.

둘째 조건은 선택 과정의 활발한 작동이다. 존재하는 밈들이 서로 경쟁해서 보다 나은 것들이 살아남아서 널리 퍼질 수 있어야 문화는 풍요롭고 번창한다. 그러려면 사회의 구성원들이 자유롭게 실험할 수 있어야 한다. 언론의 자유와 예술적 표현의 자유는 그래서 문화에 필수적이다. 보다 넓게 살피면, 갖가지 실험들이 끊임없이 나오는 시장의 존재가 문화의 토양임이 드러난다. 인종, 국가, 종교, 계급, 또는 미신에 바탕을 둔 실험에 대한 장벽들은 선택 과정이 제대로 작용하지 못하게 해서 문화에 부정적 영향을 미친다.

셋째 조건은 선택된 밈들의 효율적 전파다. 선택된 밈들이 널리 퍼지려면 밈들의 전달에 드는 '정보 비용'이 적어야 한다. 발전된 교통과 통신, 낮은 거래 비용, 그리고 낮은 법적 및 도덕적 장벽은 밈들의 효율적 전파를 돕는 요건들이다.

이 세 조건들이 제대로 채워져야 비로소 문화는 번창한다. 이런 사정은 역사적으로 여러 번 증명되었다. 가장 두드러진 것은 근세 유럽의 경험이다.

본질적으로 밈들이 사람들 사이에 널리 퍼지는 일이므로, 문화는 사람들 사이의 긴밀한 접촉을 바탕으로 삼는다. 어느 사회에서나 가족 안에서 이루어지는 세대들 사이의 친밀한 접촉이 문화 전수의 기본이라는 사실에서 이 점이 선연히 드러난다. 문화와 사람들 사이의 지역적 거리는 반비례한다. 문화는 사람들 사이의 지역적 거리를 줄이는 방향으로 진화했고, 기술의 발전과 인구의 증가로 사람들 사이의 지역적 거리가 줄어들면서 문화는 꾸준히 발전했다.

이런 사정은 제국의 등장에서 뚜렷이 드러난다. 여러 지역들과 민족들과 문화들을 아우르는 제국이 나타나면, 문화의 모든 분야들에서 다양한 밈들이 서로 활발하게 경쟁하게 된다. 그런 경쟁에서 우세한 밈들이 가려지고 그것들이 확산되어 표준이 나타난다. 그래서 재화들을 만드는 물리적 기술이나 사회를 조직하는 사회적 기술에서나 보다 나은 기술들이 널리 채택되고 도덕, 법, 종교, 언어와 같은 분야들에서도 표준화가 진행된다. 그래서 제국의 출현은 너른 지역에서의 문화적 동질화를 부른다.

특히 언어에서 이런 현상이 두드러진다. 제국이 출현하면 제국의 공용어가 아주 빠르게 표준 언어가 되고 나머지 민족어들은 점차 쇠멸하게 된다. 메소포타미아의 아카드어, 페르시아의 아람어, 그리스의 그리스어, 중국 진(秦) 왕조의 중국어, 로마의 라틴어는 대표적 예들이다. 현대에선 '영국 중심의 평화(Pax Britannica)'와 '미국 중심의 평화(Pax Americana)' 덕분에 영어가 세계의 표준 언어가 되었다. 이처럼 제국의 출현은 너른 지역에서 쓰이는 표준 언어의 등장을 부르고, 표준 언어는 제국의 문화를 동질적으로 만든다.

이제 온 세계를 아우르는 '지구 제국'이 빠르게 모습을 드러내고 있다. 이미 세계는 여러 분야들에서 하나의 단위가 되었다. 비록 많은 민족 국가들로 나뉘었지만, 세계는 경제적으로 긴밀하게 연결되었고 문화적으로도 점점 동질적이 되어 간다. 언어에서도 영어가 세계적 표준 언어로 등장했다. 이런 현상을 우리는 세계화라 부른다.

언어 장벽

이런 세계화의 흐름은 점점 거세어진다. 비록 여러 부작용들을 수반하지만 그것은 본질적으로 문명의 발전에서 나왔고 문명의 발전을 돕는다. 안타깝게도, 두 요인들이 그 흐름을 막아서 세계화를 비효율적이고 더디게 만든다.

하나는 민족주의다. 민족주의를 따르는 사람들에게 세계화를 통한 문화의 교류와 확산은 자신의 민족만이 지닌 특질들의 상실로 비치게 마련이다. 문화가 선택 과정이라는 점은 흔히 잊혀진다. 민족주의가 워낙 강렬한 감정이므로, 민족주의자들의 반대와 저항은 세계화를 통한 문화의 진화를 더디고 비효율적으로 만든다.

다른 하나는 언어 장벽이다. 지금 세계엔 6000여 개의 언어들이 쓰이는 것으로 추산된다. 언어가 워낙 방대한 체계이므로, 언어들 사이의 전환은 아주 어렵고 비용이 많이 든다. 그래서 언어는 문화의 확산을 막는 장벽으로 작용한다. 사람들이 서로 다른 언어들을 쓰기 때문에 생기는 언어 장벽은 물자의 교역을 막는 관세 장벽과 본질적으로 같고 관세 장벽과 마찬가지로 엄청난 부정적 영향을 미친다.

이런 사정은 사용자들이 상대적으로 적은 언어들로 글을 쓰는 작가들에게 아주 잔인한 불리를 강요한다. 문학도 경제적 측면을 지녔으므로 군소 언어로 작품들을 쓰는 작가들은 주요 언어들로 글을 쓰는 작가들처럼 많은 독자들을 기대할 수 없다. 그래서 세계에 알려지지 않은 작가들로 남는 운명을 맞는다. 그리고 그렇게 작은 시장에 바탕을 둔 민족 문학들은 활발한 진화 과정의 이점을 제대로 누리지 못하고 발전이 더디다. 비언어 예술이 국경을 쉽게 넘는다는 사정은 이 점을 도드라지게 한다.

안타깝게도 대부분의 작가들은 그런 불리를 인식하지 못한다. 누구의 정신도 자신의 사회를 덮은 민족주의 사조로부터 자유로울 수 없다. 민족주의는 자연스럽지만, 그것에 너무 깊이 빠지면 합리적 판단을 내리는 데 장애가 된다. 민족어가 민족주의의 핵심이므로 사람들은 그들의 민족어에 절대적 가치를 부여하게 마련이다. 그리고 자신들의 모국어가 오래전부터 존재해 왔고 지금의 형태를 지닌 채 앞으로도 오래 쓰이리라고 알게 모르게 가정한다. 그래서 군소 언어를 모국어로 지닌 작가들은 자신들이 불운하며 그런 불운에 적극적으로 대처하려고 생각하지 않고 자신들의 임무가 민족어의 보존이라고 자신을 설득해서 자신의 불운과 타협한다. 그들은 언어 장벽을 조금이라도 낮추어 문화의 진화를 도우려는 시도들을 거세게 비판하고 막는다.

이러한 경향은 유럽의 식민지가 되었던 적이 있는 나라들에서 특히 강하다. 민족주의는 원래 유럽 문명의 후진국들이었던 나라에서 다듬어져서 온 세계로 수출된 이념이다. 유럽 문명에 반감이 클수록 민족주의를 더욱 열정적으로 껴안는다는 사실은 더할 나위 없이 반어적(反語的)이다.

세계화와 글쓰기

지금 글쓰기는 어느 때보다 번창한다. 문화의 진화와 세계화는 작가들에게 점점 큰 시장을 제공한다. 온 세계가 하나의 '지구 제국'으로 통합되어 간다는 사실은 무척 고무적이다. 비록 언어만을 매체로 삼는 문학은 여러 매체들을 이용하는 예술 장르들에 점점 밀리지만, 언어가 본질적 중요성을 지닌 터라, 글쓰기는 여전히 중요할 것이다.

이런 추세를 더욱 강화해서 문화가 보다 잘 진화하도록 하려면 우리는 언어 장벽을 낮추는 데 힘을 쏟아야 한다. 그 일에서 작가들은 큰 공헌을 할 수 있다.

그 일을 제대로 수행하려면, 작가들은 자신들이 다루는 매체인 언어에 대해 보다 깊이 성찰해야 한다. 언어가 정보의 전달과 처리에 쓰이는 수단이고, 통상적으로 언어로 여겨지지 않는 생물학적 언어와 수학과 같은 언어들이 근본적 중요성을 지니며, 신호 언어가 처음 나온 언어이고 아직도 무척 중요하며, 모든 현존하는 언어들이 실은 하나 또는 몇 개의 원시 언어에서 진화한 것들이며, 언어에 대한 민족주의적 태도가 그리 현명하지 못하며, 언어 장벽을 낮추는 것이 문화의 진화에 긴요하다는 점을 인식해야 한다.

작가들은 '풍속의 심판관'이 되려는 유혹을 물리쳐야 한다. 특히, 언어의 심판관이 되고 싶은 욕심을 경계해야 한다. 어떤 이유로도, 심지어 자신의 모국어를 지킨다는 명분으로도, 작가들은 언어의 진화를 막아선 안 된다. 언어의 진화에 필요한 좋은 변이들을, 즉 좋은 문체들과 표현들을, 많이 만들어 내는 것으로 충분하다. 세계화의 시대에선 더욱 그렇다.

복거일 소설가, 사회평론가, 문화미래포럼 대표. 1946년 충남 아산 출생. 서울대학교 경제학과를 졸업했다. 1987년 장편 『비명을 찾아서』로 문단에 데뷔했고 1987년 《현대문학》에 시를 발표하며 시인으로도 등단했다. 문학 창작 활동뿐 아니라 우리 시대의 주요 사안들에 관심을 기울여 '우리 시대의 논객'으로 불리며 사회평론가로도 활동하고 있다. 『파란 달 아래』, 『캠프 세네카의 기지촌』, 『마법성의 수호자, 나의 끼끗한 들깨』 등의 소설과 『나이 들어 가는 아내를 위한 자장가』 등의 시집, 그 밖에 『국제어 시대의 민족어』, 『죽은 자들을 위한 변호: 21세기 친일 문제』, 『수성의 옹호』 등의 저서를 발표했다.

궁극의 질문들

조경란

나의 구식 휴대 전화기

개인적으로 저는 겉은 딱딱하지만 안은 부드럽고 살아 있는 것에 관심이 많습니다. 눈에 보이진 않지만 사람을 움직이게 하고 큰 변화를 일으킬 수 있는 것들에는 관심이 큽니다. 이를테면 체장이니 냄새, 의지, 언어 같은 것들 말입니다. 또한 저는 세련되고 모던한 사물들을 좋아합니다. 심플한 데다 현대적이기까지 하다면 말할 것도 없습니다. 그래서 옷이나 구두를 고를 때도 제가 가장 현대적이라고 생각하는 컬러, 블랙이나 화이트가 아니면 잘 고르지도 입지도 않습니다. 덕분에 종종 세련돼 보인다는 말을 듣곤 합니다. 그런 칭찬은 기분 좋은 일에 속합니다만 얼핏 그 겉모습 때문에 오해를 받는 일이 생기기도 합니다. 제가 가진 모든 것, 가방 속의 펜이나 수첩, 안경, 디지털 카메라 같은 것도 그럴 거라고 짐작하는 겁니다. 그런 아이템 중에는 현대인의 필수품인 휴대 전화도 있습니다.

사람을 아침형 인간과 올빼미형 인간으로 구분한다면 저는 지금으로부터 22년 전부터 올빼미형 인간에 속해 있습니다. 게다가 원고를 쓰는 기간에는 얼마가 됐든 휴대 전화를 아예 꺼 놓곤 합니다. 점심약속이라든가 일 때문에 걸려 오는 전화를 제때 받는다거나 하는 등의 제대로 된 사회생활이라는 것은 할 수가 없습니다.

어느 날, 오래 알고 지내는 한 편집자에게서 온 전화를 받았더니 다짜고짜 저에게 화부터 냈습니다. 수차례 전화를 걸었다는 그녀는 제 전화가 꺼져 있든 어쨌든 부재중 전화번호가 남겨질 텐데, 왜 그걸 보고도 전화를 주지 않을까, 며칠 내내 연락이 오기를 기다렸다는 것입니다. 그래서 제가 "요즘 전화에는 다 그런 기능이 있는 거야?"라고 물어보았습니다. 제 휴대 전화 기종이 너무 오래된 것이라 그런지, 아니면 그런 옵션을 선택할 수 있는데 몰라서 그런 것인지, 전원이 꺼져 있을 경우 상대방의 전화 번호가 남지 않습니다. 그 에디터에게 그 사실을 설명하는데 어쩐지 쩔쩔매는 심정이 되었습니다. 전화를 끊으며 그 에디터가 이렇게 말했습니다. "웬만하면 이제 전화 좀 좋은 걸로 바꾸지 그래."

제가 막 소설가가 되었던 시절에는 일명 '삐삐'라고 불리던 호출기가 대유행했습니다. 그때도 저는 그 경이롭게 보이던 개인 통신기를 몸에 지녀야 하나 말아야 하나 고민했습니다. 제가 모든 현대적인, 모던한 사물들을 다 좋아하는 것은 아니라고 깨닫게 한 결정적인 물건이 바로 그 호출기였습니다. 그건 바라보고 소유했을 때 편하고 즐겁고, 나와 일치감을 느끼는 그런 사물과는 좀 다른 데가 있었습니다. 어쩌면 그 이상이었을까요. 아무튼 호출기의 시대가 저물기 시작하면서 개인 휴대 전화가 빠르게 보급되기 시작했습니다. 인터넷 강국인 우리나라 통신 기기 발달과 모델의 변천은 참으로 놀랍고 굉장한 것이었습니다. 그러나 제가 놀란 이유 중 하나는 주변 사람들의 전화번호가 너무나 자주 바뀐다는 데 있습니다. 그게 새로운 기종으로 바꿀 때나 통신사를 이동한다거나 할 때 따르는 어쩔 수 없는 조건이라는 사실도 알게 되었습니다. 지금 쓰고 있는 제 휴대 전화는 2007년 5월에 구입한 기종입니다. 이제 겨우 4년밖에 안 된 것이니까, 제 기준으로 보자면 '너무' 오래된 것은 아닙니다.

아이폰이나 태블릿 PC 같은 진화된 모델들이 쏟아져 나오기에 관심이 생겼습니다. 트위터로 익명의 독자들, 국경 밖의 사람들과도 폭넓은 소통을 주고받는 작가들이 무척 특별하게 느껴졌습니다. 그 세계에서의 누군가는 소통의 달인이니 공감의 천재니 하는 말들을 종종 듣게 되었습니다. 정말이지 부러운 일이 아닐 수 없었습니다. 마음먹고 전화기 매장에 갔더니 점원이 제 전화번호는 2D에 속하는 것이라 번호를 바꾸지 않는 한 새 기종을 살 수 없다고 했습니다. 2D라는 말이 '구식'이라는 뜻인 줄 금방 알아듣기는 했지만 제 전화번호는 호출기 이후, 지금까지 쓰고 있는 두 번째 번호였고, 다른 어떤 의미와 상관없이 개인적으로 좋아하는 숫자들로 조합된, 그런 번호입니다. 아무리 아이폰에 관심이 많아도 정든 번호를 바꿔 가면서까지 그 최신형 기계를 갖고 싶진 않았습니다.

이런저런 생각을 해 보게 된 것은 한 베테랑 문학 담당 신문기자가 저에게 지나가듯, "21세기 작가가 그렇게 촌스러워서야 되겠어요?"라고 한 말을 듣고 나서부터입니다.

작가가 되지 않았다면 지금쯤 어떤 일을 하고 있을까, 이따금 상상해 볼 때가 있습니다. 햇빛과 바람 잘 드는 어느 조용한 방에 들어앉아 수작업으로 중국식 치파오 단추를 만들거나 뜨개질하는 사람이 되어 있을 것 같습니다. 아니면 아버지의 영향을 받아서 목수나 열쇠를 만드는 그런 일을 하고 있을지도 모릅니다. 오후가 되어 배가 고파지면 지금처럼 솥에 감자를 쪄 깨끗한 생수와 먹곤 할 것입니다. 평화로운 삶을 살 수도 있었을 겁니다.

그런데 불행히도 저는 그만 작가가 되고 말았습니다. 그것도 이렇게 꽤나 촌스러운 사고방식과 스타일을 가진. 당대의 작가라면 시대의 징후를 예리한 눈으로 포착해 내고 변화를 감지하고 예감하는, 자신이 속한 현 시대의 상을 그릴 수 있어야 할 것입니다. 그런 면에서 보자면 저는 실패에 가까운 글쓰기를 지속하고 있는 셈입니다. 저야 그렇다 쳐 도 제가 쓰는 소설조차 그렇게 시대에 뒤떨어진 것이면 어쩌나, 걱정이 납니다.

잡지나 신문, 광고지를 보다가 스마트폰 사용자만 확인해 볼 수 있 는 QR 코드를 보면 순간 손을 멈칫하게 됩니다. 그것은 사각형의 매우 작고 평면적인 코드에 불과해 보이지만, 지금의 저로서는 도무지 열 수 없는, 그런 어려운 문(問)입니다.

감정의 발견

2009년 12월, 뉴욕 컬럼비아 대학교에서 한 포럼이 열린 적이 있습 니다. 그 자리에서 저는 한국의 작가로서 세계 시장, 즉 미국 내에서의 문학, 출간 경험에 대해 말하게 되어 있었습니다. 저는 제 첫 번째 영문 판 소설 출간을 앞두고 2008년 12월, 블룸스버리(bloomsbury) 출판사에 서 가졌던 미팅의 경험, 그 일화에 대해 말하지 않을 수 없었습니다. 그 회의 때문에 당시 대산문화재단의 'U. C. Berkeley 작가 레지던스'로 체 류하고 있던 저는 캘리포니아에서 그쪽 퍼블리셔와 마케터, 에디터 등 등 아홉 명이 모인다는 블룸스버리의 미팅 룸에 혈혈단신으로 가게 되 었습니다. 그 미팅을 앞두고 저의 미국 에이전트가 이런 이메일을 보내 왔습니다. "아마 짧게라도 너 자신에 관해 말해야 할 거야. 준비를 해 가는 게 좋지 않을까." 블룸스버리를 찾아가는 동안 저는 그게 무슨 뜻 일까, 고개를 갸우뚱거렸습니다. 첫 책을 위한 미팅도 아니고 두 번째 책을 위한 미팅이었으니까 말입니다. 출판사 관계자들과 악수를 나누 고, 이윽고 미팅이 시작되었습니다. 긴장된 것은 둘째치고 저로서는 참 으로 감개무량한 순간이 아닐 수 없었습니다.

불과 20여 년 전만 하더라도 저는 이 세계에서 제가 아무것도 아닌 사람이라고 여겼기 때문입니다. 무엇을 해야 할지, 어떻게 살아야 할지 몰라 이십 대의 절반을 방에만 틀어박혀 있었습니다. 가족을 제외하곤 제 이름을 아는 사람도, 불러 주는 사람도 전혀 없었습니다. 그런데 지금은 세계의 중심 도시에 와서 제가 쓰게 될 미래의 책을 위한 미팅을 하게 된 것입니다. 저는 눈을 초롱초롱 빛내며 행여 그들의 질문을 놓칠세라 귀를 세우고 앉아 있었습니다. 제 책 담당 에디터가 퍼블리셔에게 저를 소개했습니다. 시작은 순조로운 것 같았습니다. 그런데, 퍼블리셔의 입술이 천천히 열림과 동시에 저는 저를 향해서 활처럼 날아오는, 이런 세 단어들을 지켜보게 됩니다. 그것은 Who나 혹시 you, 아니면 are 같은, 어느 문장 속에서나 조합을 위해 꼭 필요한 단어들일지도 모릅니다. 하지만 그 단어만을 사용해 문장을 만들어 놓고 보면, 예의를 중시하는 나라에서 태어나고 자란 저로서는 그 앞에 당사자를 두고 차마 할 수 없는, 그런 문장과 질문에 속하는 것이었습니다. 그러나 그 퍼블리셔는 같은 테이블, 코앞에 앉아 있는 저를 마주보면서 어떤 부사나 수식어도 없이 곧바로 "Who are you?" 이렇게 묻고 있었습니다.

바로 그 순간 느낀 감정과 그리고 그것이 그 당시 15년 가까이 글을 써 온 제가 '월드 마켓(World Market)'에서 받은 첫 질문이었다는 내용의 글을, 1년 후 같은 도시에서 풀이 잔뜩 죽은 목소리로 발표하고 있던 것이었습니다.

성격에 관해 말할 때 우리가 흔히 쓰는 내향적, 외향적이라는 용어를 처음 사용한 사람은, 1921년 카를 구스타프 융입니다. 융이 내향성(introversion)과 외향성(extraversion)을 구분한 기준은 다름 아니라 세상에 관한 각기 다른 태도였습니다. 내향적인 사람은 외부 세계보다는 자신의 감정에 몰입하는 데 익숙하며 외향적인 사람은 활동적이고 다른 사람과 어울리기를 좋아한다는 것입니다. 당연히 외향적인 사람의 관심사는 밖을 향해 열려 있고 내향적인 사람은 그 반대일 가능성이 큽니다. 전자는 긍정적인 생각을 끌어내려는 힘이 강하고 후자는 그렇지 못합니다. 이런 기준으로 비춰 보자면 저는 어쩔 수 없이 내향적인 그룹에 속합니다. 고독에 익숙하고 다른 사람과 떨어져 있는 것에 큰 불편함을 느끼지는 않지만 사회성이 현저히 떨어지고 쾌감을 느낄 수 있는 보통의 경우에도 그러지 못하는 편에 가깝습니다.

오랜 칩거 생활을 마치고 작가가 되어 세상 밖으로 슬그머니 얼굴을 내밀고 나왔을 때, 아니 그 불가능의 영역처럼 보였던 '문학'을 시작할 수 있게 되었을 때 제가 느낀 희열은 그 어떤 문장으로도 표현할 수 없는 것이었습니다. 평생 처음 느낀 거대한 열정과 기쁨, 희망, 가능성은 잊을 수 없습니다. 그 모든 다양한 감정들이 저에게는 생의 첫 쾌감처럼 느껴졌습니다. 내가 어떤 일을 해내다니! 하는 스스로에 대한 자부심과 기특함 같은 것들도 있을지 모릅니다. 누군가 저의 이름을 불러주고 이 세상에 제가 쓴 책이 출간되고, 가족 외에 아는 사람들이 늘어난다는 것도 신기했습니다. 그러는 어느 틈엔가, 순수를 잃고 제가 어떤 괜찮은 작가라도 된 양 착각 같은 것을 하고 있었을지 모릅니다. 당신은 누구입니까? 이 질문은 그러는 어느 무감각의 날, 기습적으로 가슴 한복판으로 날아든 화살 같은 거였습니다.

그날 미팅 때 제가 받은 두 번째 질문은 이러했습니다. "다음 작품엔 한국 작가로서 당신의 정체성, 동양의 에스닉(ethnical)한 무엇이, 들어 있겠지요?" 그것은 아마 질문이 아니라 관심에서 나온 의견이나 아이디어였을지 모릅니다. 그러나 어떤 일에든 어딘가 모르게 삐딱한 데가 있는 저에게는 그것이 하나의 '요구'처럼 들렸던 것입니다.

저는 곧 미국 체류 생활을 청산하고 집과 방이 있는 태생지로 돌아오게 되었습니다. 설상가상으로 돌아오는 비행기, 고도 4만 3000피트 상공에서 마흔 번째 생일을 맞았습니다. 짐작건대 젊음에 대한 자부심과 생의 호기심은 사라지는, 초조감으로만 채워져 있을 것 같은 나이였습니다. 한 개인으로서의 삶이 아니라 문학이나 언어에 관해서 그런 일이 일어나게 된다면 무척이나 고통스러울 것 같았습니다. 제가 책을 좋아했던 이유는 어디든 펼쳤을 때 저를 다른 세계로 데리고 가 주는 것은 그 사물밖에 없었기 때문입니다. 언어를 좋아한 이유는 언어에 대해 생각할 때면 즉각적으로 느끼게 되는, 언어가 주는 '불연속적 무한성(discrete infinity)' 때문이었습니다.

미묘히, 거의 동시에 저에게 벌어진 일들과 감정의 변화로 어쩐지 저는 책과 언어에 대한 그 모든 것을 다 잃게 돼 버릴지 모른다는 불안 속에 내동댕이쳐진 느낌이었습니다. 도로 쓸모없는 사람이 돼 버린 것 같았습니다. 집으로 돌아온 저는 예의 그 고집스러운 내향성의 사람답게 그 후로 꽤 오랫동안 방에 틀어박혀 있게 됩니다.

하나의 종(鐘)이었던 순간

지난해 연말, 오래 머물고 있던 도쿄에서 돌아와 텔레비전을 켰습니다. '폭설과 한파에 생존하는 법'이라는 공익 광고가 방송되고 있었습니다. 긴 겨울이 시작될 참이었습니다. 폭설과 한파가 닥친다면 나는 과연 살아남을 수 있을까, 곰곰이 생각했습니다. 한파나 태풍 같은, 꽤 이른 유넌 시절부터 겪어 왔던 자연이 불러일으키는 대침사에 대힌 경험이 깊이 각인돼 있습니다. 지금도 저는 단수, 단전으로 고립되는 악몽을 꾸다 벌떡 잠에서 깨어나곤 합니다. 사람들을 만나면 대화에 집중할 수 없을 만큼, 아이폰이나 블랙베리를 한 손에 꼭 쥐고선 한시도 놓지 않는 것을 보았습니다. 위험의 순간, 그것은 아마도 하나의 밧줄처럼 보일지 모른다는 생각이 스친 것을 기억합니다. 나도 저런 것을 몸에 하나쯤 지녀야 하지 않을까, 심각하게 고민하게 된 계기는 뜻밖에 찾아왔습니다. 그것은 지난 3월 11일에 있었던 일본의 쓰나미, 대재앙이었습니다. 이 참사에 대해서는 더 긴 이야기가 필요 없을 것 같습니다. 다만 도쿄에는 일본인 남자와 결혼한 제 피붙이와 두 조카들이 살고 있습니다. 그리고 지진이 일었던 그날 오후 3시 이후부터 동생 부부와 연락이 완전히 끊겨 버렸습니다.

그 참사가 있고 난 얼마 뒤, 우리나라 전국에서 대대적인 민방위 훈련이 실시되었습니다. 이미 동생의 일로 평상심을 잃고 있던 제 엄마는 자고 있는 저를 깨우더니 이제 곧 공습 경보가 발령될 거라고 말했습니다. 전기와 가스를 차단해야 하고 가까운 지하 대피소로 대피해야 한다고 말입니다. 겁에 질린 얼굴이었습니다. 저는 엄마에게 "어디로요?", 담담히 물었습니다. 변두리이긴 하지만 이 도시에 대피할 곳이 있다는 게 의아하게 느껴졌습니다. 제가 할 수 있는 일은 별로 없었습니다. 밖으로 나가, 다시 걷기 시작했습니다. 일상을 유지하는 것이 무엇보다 중요하게 느껴지는 순간이 있습니다. 쓰지 않으면 걷는 것. 그곳이 어디든 이것이 저의 보통의 삶입니다. 글을 쓰기 이전부터, 저는 이 도시의 오래된 상습적 산책자였습니다.

수전 손탁의 「토성의 영향 아래(Under the Sign Saturn)」는 프랑스인들이 '슬픈 사람'이라 부르곤 했던 발터 벤야민의 삶과 한 작가의 기질이 글 속에 어떻게 반영되는가 하는 문제를 분석한 글입니다. 벤야민에게 고독은 수전 손탁의 지적처럼 거대한 도시 내에서의 고독, 몽상하고 관찰하고 떠도는, 한가히 산책하는 사람의 분주함을 말합니다. 잘 알려진 대로 『아케이드 프로젝트』나 『일방통행로』 등에서 반복적으로 나타나는 거리, 길, 아케이드, 미로는 벤야민의 글에서 빼 놓을 수 없는 원형적 주제입니다. 『독일 비극애의 기원』에서 그가 토성의 영향은 사람을 '무감각하고, 우유부단하고, 둔감하게' 만든다고 한 고백은 우울적 기질의 특징을 나타낸 것으로 보입니다. 자신이 그런 기질을 갖고 있다고 아는 사람이 그것을 위해 할 수 있는 방법은 많지 않습니다. 그리고 벤야민은 그 누구보다 '걷는' 행위가 치료의 한 과정이라는 것을 알았던 사람입니다. 그는 뒤처져 걸으며 헤매고 찾고 천천히 눈앞에 나타나는 사물들을 관찰하고 사색합니다. 이런 기질이 갖는 희귀한 긍정적인 측면 중 하나는 바로 이것입니다. 관찰하다!

열두 개의 별자리 중 염소자리는 토성의 지배를 받습니다. 모든 것의 '한계'를 의미한다는 토성. 그 차갑고 냉혹한 별자리에서 태어난 사람들은 일반적으로 우울적 기질을 타고나며 그것에 민감합니다. 전통에 관한 지나친 존경심을 갖고 있으며 태생적으로 두려움을 품고 있습니다. 더 큰 문제는 행복해지는 법을 모른다는 것이라고 할까요. 별자리나 토성의 영향 아래 태어난 삶들에 관심을 갖게 된 것은 슬픔 때문이었습니다. 거의 항상, 감정의 가장 밑바닥에서 고요히 출렁거리고 있는 그것이 슬픔에서 비롯되었다는 것을 느끼게 되었고, 이 슬픔은 어디서 온 것일까 알고 싶었습니다. 걷고 읽는 행위에서 어떤 것을 배울 수 있고 습득하고 세계를 이해할 수 있을 거라는 믿음은, 일생 동안 제가 가진 그 어떤 믿음들보다 저를 발전시킨 그런 종류의 확신이었습니다. 차가운 토성의 자리에서 태어난 저에게 '걷는다'라는 동사는 '생각하다' '걷다'와 동일합니다.

걷는다는 것은 정말 무엇입니까.

뜻하지 않은 관찰, 놀라움, 무감각이 쪼개지는 듯한 느낌, 참을성, 경험, 망설임, 극복의 우회적인 수단, 목마름, 탐구, 접촉, 깨달음, 그리고 자유…… 쓰는 일은 손으로만 하는 게 아니라 발과 몸 전체가 세계와 맞닿은 결과로 시작된다는 사실을 배웁니다. 이리하여 저는 걷는 것을 멈출 수 없게 되고 우울적 기질에 휩싸인 정신과 육체에 잠시나마 탄력이 생기고 충만해지는 것을 느끼게 됩니다.

나는 왜 글을 쓰는가? 라는 질문처럼 어려운 것은 없습니다. 이 질문은 왜 쓰지 않으면 안 되는가? 혹은 문학은 무엇인가 하는 질문과 다르지 않기 때문입니다. 그것은 원자는 왜 그렇게 작을까? 하는 질문과 유사한 데가 있습니다. 때때로 제 몸과 세계가 소포체와 같다고 느껴지는 순간이 있습니다. 소포체의 내부는 마치 큰 풍선 안에 작은 풍선이 들어 있는 형상입니다. 내부의 내부는 외부라는 것을 보여 주는 세포입니다. 저의 내부와 외부는 언어로 이루어져 있습니다. 그걸 깨닫는 데 너무 오래 걸리긴 했지만, 어떤 재능이 없이도, 열정만으로도 글을 쓰겠다는 각오를 잃지 않게 되는 것입니다. 21세기, 이 다채로운 다매체 시대에 저는 제가 어떤 특별한 것을 할 수 있을 거라고 기대하지 않습니다. 방법도 알지 못하고 개인 홈페이지나 채널, 페이스북 같은 것도 없습니다. 세계 시장을 겨냥해 의도적으로, 제 소설 속에 한국 작가로서의 정체성을 만들어 넣을 생각도 없습니다. 속도감 있고 빠르고 직접적인 것에는 관심을 갖기 힘듭니다.

글쓰기에 관한 저의 주된 주제가 있다면 크게 이 두 가지, 두려움과 소통이라고 말할 수 있습니다. 개인적으로 제가 겪고 있는 가장 큰 어려움이기도 합니다. 제 내향은, 좁고 구불구불하지만 밖을 향해 열려 있는 내향입니다. 저에게 유일하게 열려 있는 것은 언어밖에 없을지 모릅니다. 글을 잘 쓰는 사람이 되겠다는 꿈을 포기한 지는 오래 되었습니다. 언어를 마치 활처럼 다뤄, 탁 트인 들판에서도 몸을 숨길 수 있는 능수능란한 궁수가 되겠다는 생각도 없습니다. 매일 쓰고 걷지만 매번 맨발로 모래 언덕을 오르고 있는 기분입니다. 한 발짝 오르면 반은 미끄러져 버리는.

제가 어렵게 저를 인정하고 이 세계에 소속되어 있다, 라고 느낀 것은 어쩌면 저의 성향과 원래의 나, 불완전한 나 자신을 인정하면서부터일지 모릅니다. 시대의 흐름에 뒤처진 채, 글쓰기를 내가 사는 이유와 동일한 것으로 생각하는 저의 글은 금붕어의 간처럼 작고 눈에 띄기 어려울지 모릅니다. 그러나 한 사람이 같은 모습으로, 어떤 일을 10년 넘게 하고 있다면 그것은 운명이라고 생각합니다. 참사나 고립의 순간, 소통의 부재는 여전히 두렵습니다. 주머니 속에 넣고 다니는 수첩과 펜을 새로 하나 샀습니다. 그리고,

한 순간을 기억할 따름입니다. 제가 아무것도 아닌 사람이라고, 저는 이 세계에서 미끄러져 버린 사람이라고 풀 죽어 이 도시를 타박타박 걷고 있던 어느 날. 제가 보고 제가 듣고 읽은 한 소리. 그것은 어쩌면 자연의 삶을 예찬하던 애니 딜라드의 말과 흡사할지 모릅니다. 무언

가 저를 들어 올려 두들길 때까지, 저는 제가 종인 줄 몰랐습니다. 그러나 저는 하나의 종이었습니다. 위험한, 딱딱해 보이지만 살아 있는 이 도시에서, 제가 언어를 처음 만난 그 순간부터.

조경란 소설가. 1969년 서울 출생. 서울예대 문예창작과를 졸업했다. 1996년 동아일보 신춘문예에 단편 「불란서 안경원」이 당선되어 문단에 데뷔했다. 삶의 주변에서 일어나고 있는 사소한 일들에 대한 세밀한 묘사가 두드러지며 독특한 스타일로 인간의 미묘한 심리를 그려 내고 있다. 대표작으로 『불란서안경원』, 『나의 자줏빛 소파』, 『코끼리를 찾아서』, 『국자 이야기』, 『풍선을 샀어』, 『식빵 굽는 시간』, 『혀』, 『복어』 등이 있다. 문학동네 신인작가상, 오늘의 젊은예술가상, 현대문학상, 동인문학상 등을 수상했다.

모든 것이 변하고 또 변하지 않는 시대를 향해 던지는 몇 개의 물음표들

정이현

What's happening in Twitter?

나는 아이폰 3G 사용자다. 작년 2월에 처음 구입했으니 벌써 1년이 훌쩍 넘었다. 꽤 자주 일어나는 충동이지만 당시의 나는 내 안의 무언가를 획 바꾸고 싶은 욕망에 휩싸여 있었다.

눈이나 코, 간이나 심장을 교체하는 것은 너무도 복잡하고 어려운 일이었으므로 이동 통신 대리점을 찾아갔다. 신용 카드를 내밀자 몇 가지 확인 과정을 거쳐, 곧 그 얄따랗고 매끈하고 빛나는 것을 손에 쥘 수 있었다. 가슴이 뛰었다. 사랑에 빠질 때면 늘 그렇듯 이유는 없었다.

사랑에 빠지는 일은 소통 불가능한 회로에 몸을 던지는 것과 비슷할지 모른다. 사람과 사랑에 빠지는 것보다 기계와 사랑에 빠지는 것이 조금 덜 위험해 보이는 이유는 세상의 모든 기계가 제품 설명서를 가지고 있기 때문이다. 그런데 아이폰에는 아주 얇은 몇 장의 종이 묶음 말고는 제대로 된 제품 안내서가 없다고 했다. 대체 어쩌라는 거지? 한없이 낯선 기계와 나는 서로를 멀뚱히 바라보았다. 직원이 친절하게 알려 주었다. 이제 앱스토어에서 하나하나 다운 받으시면 되는 겁니다. 어, 어떤 걸요? 글쎄요, 괜찮다 싶은 걸 다 하시면 되지요. 스티브 잡스의 친애하는 대리인처럼 그는 싱긋 미소 지었다.

새로운 나날이 시작되었다. 나는 더듬더듬 새로운 세계에 적응해 갔다. 주변에 나보다 한발 미리 이 길에 들어선 선배 유저들이 적지 않았는데 그들 대부분은 자신이 먼저 습득한 '스마트폰과 함께 살기' 비법을 전수해 주고 싶어 (혹은 과시하고 싶어) 안달인 것처럼 보였다. 나는 뉴 월드의 낙오자가 되지 않기 위해 필사적으로 애써야 했다. 그러다 자연스럽게 소셜 네트워크의 바다에 합류하게 되었다. 처음 트위터에 가입하였을 때 마침내 시대의 도도한 흐름에 동참하고 있다는 자부심으로 얼마간 감격한 것도 사실이다.

트위터의 아이디를 만들어야 했을 때 좀 망설였다. 나에게는 두 개의 이름이 있다. 소설을 발표할 때 사용하는 필명과 보통의 일상을 살아갈 때 쓰는 본명이다. 가끔 두 세상이 충돌하기도 하는데 (예를 들어 소설가의 자격으로 대학에서 강의를 할 때) 기묘하게도 그럴 때는 대부분의 사람들이 공식 문서에 새겨진 본명이 아니라 소설가의 이름으로 나를 호명하곤 한다. 이 혼란, 혼동이 주로 문제가 되는 것은 오프라인에서보다 온라인에서이다. 대개의 한국 인터넷 커뮤니티에 가입하기 위해서는 이용자의 본명과 주민 등록 번호를 기반으로 한 실명 확인 절차를 의무적으로 거쳐야 하고 이를 통과한 '안전한 시민'에게만 커뮤니티의 일원이 될 자격이 부여되기 때문이다. 트위터 계정에서는 다행히 반드시 실명을 사용하지 않아도 좋았다. 이 예외가 예기치 못한 딜레마를 주었다. 필명을 쓸 것인가, 본명을 쓸 것인가. 이 갈등은 '나는 누구인가?'라는 지극히 고전적인 질문 또는 '나는 누가 되고 싶은가?'라는 욕망의 칼끝과 관련되어 있었다. 그리고 그것은 필명 뒤에 숨을 것인가, 본명 뒤에 숨을 것인가를 결정하라는 뜻이기도 했다. 재미없는 암시처럼 나는 필명을 골랐다.

하나의 멘션은 140자 안에서 써야 한다. 나는 양손의 엄지를 열심히 움직여 거침없이 140자를 채우곤 했다. 그때 나는 트위터를 일종의 온라인 일기장이라고 생각했던 것 같다. 팔로어 수는 겨우 열 명 남짓. 모두 현실 세계에서 친하게 지내는 이들이었다. 필명과 본명을 모두 알고 있는 사람들, 소설가라는 직업의 허상과 실재의 간극을 익히 아는 친구들이다. 시시콜콜한 이야기들이 오갔다. "늦은 점심으로 칼국수 먹는 중. 김치가 맛없어서 우울하다."라거나 "원고 마감이 코앞인데 영화 보러 왔다. 편집자한테 들키면 큰일인데." 같은 문장들을 나는 아무런 문학적 자의식 없이 입력했다. 소설가의 이름을 대문에 보란 듯이 내걸고서 말이다. 이 순진하고도 이율배반적인 태도는 그러나 곧 시련을 맞게 되었다.

트위터를 돌아다니다 우연히 문단 선배인 소설가 K를 발견하게 된 것이다. 물론 그는 내가 나타난 것을 알 리가 없으니 모르는 척 그냥 지나가면 되었다. 그러나 여기는 동방예의지국이 아니던가. 이렇게 아무 기척도 없이 쌩하니 지나가 버린다면 나는 예의 없고 싸가지 없는 후배가 될 것 같았다. "오랜만에 인사드려요. 그동안 안녕하셨어요?" 웃고 있는 이모티콘까지 삽입하여 나는 수줍고 공손하게 인사했다. 만약 서로의 얼굴을 확인할 수 있었다면 꾸벅 고개라도 숙였을 것이다. "오 이현 씨, 정말 반가워요." 그도 나를 반갑게 맞아 주었다. 그리고 잠시 뒤, 놀라운 일이 벌어졌다. 채 열 명이 되지 않던 내 팔로어의 숫자가 하룻밤 사이 수백 명으로 늘어난 것이다. K가 리트윗이라는 형식을 통해 자신의 팔로어들에게 나를 소개하고 내 트위터 주소를 공개한 후폭풍이었다.

셀 수 없을 만큼 많은 사람들이 만나서 반갑다는 인사를 남겼다. 일일이 답변을 달다가 오래잖아 포기했다. 팔로어 숫자는 아주 빨리 불어났다. 금세 천 명이 되었고, 시간이 지나면서 이천 명, 삼천 명, 오천 명, 만 명을 넘겼다. 만 명이라니. 유독 숫자에 젬병인 나로서는 어림으로도 짐작하기 힘든 인구였다. 내가 통제할 수 없는 범위라는 것만은 분명했다. 트위터 한 귀퉁이에 숨어 일기를 끄적대던 'yihyunchung'이 더 이상 어제의 'yihyunchung'일 수 없음은 자명했다. 나는 당황했다. 소셜 네트워크에 발을 들이면서 왜 이런 상황을 예상하지 못했던 걸까? 나를 더 놀라게 한 것은 예상치 못한 만큼 설렘도 컸다는 거다. 멀고먼 줄만 알았던 세계, 막연히 궁금해하고만 있던 세계의 한가운데 뚝 떨어진 느낌이었다. 전혀 모르는 사람들끼리 한 공간 안에서 하나의 이슈를 놓고 평등한 대화를 일상처럼 주고받을 수 있다는 것만으로도 그곳은 가히 혁명적인 세계였다.

트위터의 매력은 무엇보다 즉각적이라는 데에 있어 보였다. 지금 막 충동적으로 떠오른 단상을 재잘대면 곧바로 줄줄이 리플이 달린다. "명동인데 점심으로 뭘 먹으면 좋을까요?"라는 질문을 하고 10분이 지나면 명동의 숨은 맛집 수십 개를 알게 되는 것이다. 어떤 질문도 어떤 대답도 가능하다고 생각했다. 어떤 지저귐도 가능하다고 생각했다. 혼자 밥을 먹으러 갈 때나 지하철을 오래 타야 할 때 책 대신 아이폰을 챙겨 드는 습관이 생겼다. 네모난 화면을 켜면 곧바로 사람들이 나타났다. 사람과 사람 사이를 정신없이 미끄러져 다니다 보면 고독의 예감은 어디론가 사라졌다.

트위터 안의 동료 작가들과도 자연스럽게 인사를 나누었다. 그들은 세를 과시하며 우르르 몰려다니는 일 같은 것은 생래적으로 하지 못하는 사람들이었으나, 대개 비슷비슷한 모퉁이에 몸을 기대고 있었으므로 그곳의 특성상 한두 다리만 건너면 죄다 조우하게 되었다. 작가들을 팔로하면서 모두 엇비슷한 고민을 하며 산다는 것도 새삼 알게 됐다. 모두들 거의 언제나 마감의 압력에 시달리고 있었으며 어디로든 도망가고 싶어 했다. 기혼 여성 작가들의 타임라인에서는 고단한 생활의 냄새가 묻어나기도 했다. 밤이 깊으면 "마감이 코앞인데 아이가 아직 안 잔다."라는 푸념 어린 멘션이 올라왔다. 그럴 땐 내 아이의 잠든 엉덩이를 도닥이면서 그 집 아이도 어서 순하게 잠들어 주기를 기원하는 답글을 달았다. 새로 나온 책 표지를 사진 찍어 자랑하는 동료에게는 진심 어린 축하의 말을 보냈다.

　문학에 관심 있는 팔로어들은 대부분 여러 명의 작가들을 동시에 팔로하고 있기 마련이었는데, 동업자들끼리 나누는 이런 개인적 대화는 사실 온전히 개인적인 것일 수 없었다. 우리의 내밀한 수다는 실상 수백 명의 타임라인에 무방비로 노출되고 있었으므로, 대형 스피커가 설치된 유리방 안에서 귓속말로 소곤거리는 연기를 하는 셈이었다. 이 아슬아슬한 줄타기가 쉬 체감되지 않는 것 또한 소셜 네트워크의 특징이었다.

　트위터가 '글쓰기'에 대한 하나의 흥미로운 대안 공간이 될 수도 있지 않을까라는 기대를 품은 것은 140자씩 끊어 쓰는 연재소설을 보았을 때였다. 한 작가가 번호를 매겨 가며 멘션 형식에 담아 새 소설을 업데이트했고, 독자들 – 팔로어들은 실시간으로 열정적인 작품 평을 남겼다. 개인적 퍼포먼스로 그쳤을 뿐 무브먼트의 단계로 확장되지는 않았지만 이것은 내게 꽤 인상적인 장면으로 남았다. 새 작품을 발표할 공간에 목마르거나 새 작품의 새로움에 부합하는 대안적 형식을 추구하는 작가가 있다면, 그리고 그가 제 작품을 불특정다수와 공유할 강력한 의지가 있다면, 이곳이 또 하나의 지면이 되지 못할 까닭은 없어 보였다.

　그런데 너는 왜 그러지 않았느냐고?

　이제야 은폐해 오던 진심을 말할 시간이다. 팔로어 만 명을 거느린 소설가 'yihyunchung'은 서서히 피로해지고 있었다. 언젠가부터 전처럼 편안하게 재잘대지 못하는 나를 발견했다. 타임라인의 여백 앞에서 새로운 글을 쓰려다 말고 멈칫거리기 일쑤였다. 글쓰기 버튼을 누르기만 하면 설명하기 어려운 무게감이 가슴을 짓눌렀다.

　우선 헛기침을 하고서 두 손을 비빈다. 그러곤 140자 안의 플롯(plot)을 짜기 시작한다. 중심이 될 문장을 맨 앞에 배치할지 맨 뒤에 배치할지 아니면 아무렇지도 않은 척 중간에 쓱 끼워 넣을지를 고민하고 나면 문맥을 가다듬어야 한다. 조사를 수정하고 맞춤법을 점검하고 나서도 여러 번 망설인다. 너무 진지해 보이는 것, 그러니까 딱 '작가'

가 쓴 글처럼 보이는 건 어쩐지 내키지 않는다. 아무렴, 세상의 편견에 굴복하는 건 재미없지. 말도 안 되는 핑계를 알리바이 삼아 살짝 가벼워 보이도록 그러나 지나치게 가벼워 보이지는 않도록 톤을 조절한다.

그렇게 보내기 버튼을 누르고 나면 본격적으로 조바심이 인다. 현실의 직무를 작파하고 내 글에 어떤 답글들이 달렸는지를 계속해서 확인하게 되는 것이다. 긍정이나 격려의 뜻이 담긴 멘션이나 리트윗이 줄줄이 이어지면 안심이 되었고, 반응이 신통치 않으면 괜스레 실망하였다. 혹여 내 의견에 반대되는 답이 달리기라도 하면 화가 나거나 기가 죽었다. 누구든 아무 글이나 쓸 수 있는 트위터라는 공간에서, 글 쓰는 일을 업으로 삼은 자의 기괴한 자의식이 뒤늦게 피어오른 것이다.

독백을 뱉지만 진짜 독백일 수 없다는 것, 어쩌면 SNS에서의 글쓰기는 독백의 형식을 띤 방백일지 모른다는 것도 알게 됐다. 타임라인에 오르는 글들은 분명 혼잣말이지만 혼잣말이 아닐 수도 있다는 무언의 합의가 이루어져 있다. "아 오늘 날씨가 참 좋은데 나는 우울하다."라는 혼잣말은 빠르게 공명한다. 타임라인에는 곧이어 "날씨 정말 좋다", "나도 우울하다", "힘내라"는 멘션들이 숨 가삐 올라온다. 반면 지나치게 개인적인 감정을 직접적으로 토로한 글에는 거짓말처럼 반응이 오지 않는다. 진짜 혼잣말에 대해서는 서로 터치히지 않는 것이 예의이자 불문율인 것 같았다. 마치 타인이 꽁꽁 숨겨 놓은 속옷 빨랫감을 우연히 목격했을 때처럼 말이다. 너무도 내밀한 남의 맨살에 내 손끝이 닿고 나서 감당해야 할 뒷일이 두려운 건지도 모른다.

그 무렵 출판사 몇 군데에서 연락이 왔다. 트위터에 썼던 짧은 글들을 모아 책으로 묶자는 거였다. 전에 내가 올렸던 글들을 다시 읽어 보았다. 불과 일주일 전에 쓴 글이 아득한 과거의 기억으로 느껴졌다. 소설을 쓰면서는 느껴 본 적 없던 감각이다.

소셜 네트워크의 시간은 찰나에 지나가 버린다. 타임라인 아래로 밀려나는 순간 소멸되어 버린다. 그곳에서, 시간은 아무것도 견디지 않는다. 구태여 견딜 필요가 없는지도 모른다. 시간의 풍화 작용과 상관없이 머물러 있던 나의 지난 중얼거림들은 남루했다. 본명과 필명 사이에서, 개인으로서의 욕망과 소설가로서의 욕망 사이에서, 감추고 싶은 허영과 드러내고 싶은 허영 사이에서 갈피를 잡지 못하였기 때문일까. 머뭇거림을 필사적으로 숨기고자 확고부동한 척하는 것은 문학이 되기 힘들었다. 나는 견딜 필요가 없는 것에 쉽사리 매혹 당하고, 그 견디지 못함에 대하여 느닷없이 환멸에 빠지며 살아왔다. 지금은, 견디지 못하는 것은 문학으로 피어날 수 없음을 믿어야 할 때라는 걸 그제야 알았다.

내가 쓴 글들을 하나하나 클릭하여 지워 나갔다. 소식도 모르는 옛 연인의 자취를 없애는 일만큼이나 재미없고 쓸쓸한 작업이었다. 만 명의 팔로어 중 누구도 내 지난 글들이 영원히 사라졌음을 알아채지 못할 거였다. 그렇다면, 존재하고 있었대도 진즉에 사라진 것과 같을지도 몰랐다.

소셜 네트워크가 내장한 여러 가능성을 부정하려는 것은 아니다. 그곳에서 누군가는 고된 창작으로 지친 영육을 잠시 쉬며 재충전을 할 수도 있을 것이고, 그곳에 남겨진 누군가의 한 줄 멘션은 뒤에 훌륭한 소설의 단초가 될 수도 있을 것이다. 그 소설은 아주 오랜 후 시간과의 싸움에서 살아남아 역설적으로 시간에 대한 문학의 영속성을 증명할 수도 있을 것이다. 그러나 그러기 위해서 나는 먼저 다른 심연을 통과해야 했다.

나는 나에게 고독의 기회를 되찾아 주기로 했다. 본명의 내가 필명의 나에게, 궁극적으로는 필명의 내가 본명의 나에게 해 주어야 하는 의무였다.

중독 현상에서 완전히 벗어나지 못한 외래 환자처럼 요즘도 가끔 트위터에 접속한다. 트위터는 오늘도 묻는다.

'what's happening?'

무슨 일이 일어난 거니, 너에게? 나도 잘 모르겠다. 아무래도 저 새롭고 아름다우며 개방적인 커뮤니케이션 시스템 바깥으로 나동그라진 것 같다고 짐작할 뿐. 언젠가는 아무렇지도 않다는 듯 그 안으로 다시 들어갈 수 있을까?

'세계 시장'은 어디 있나요?

세계 시장. 번역하면 'International Market'이거나 'Global Market'이 겠다. 마음 한구석을 어쩔 수 없이 불편하게 만드는 것은 '마켓'이라는 단어 탓이다. 소비자본주의의 첨병을 달리면서도 '돈'에 관련된 이야기를 직접 입에 올리는 것이 천박하다고 치부되는 이율배반적 사회에서 너무 오래 살아온 걸까. 마음을 담대하게 먹기로 한다. 그래도 어쩔 수 없다. 멕시코시티 다운타운 매장의 쇼윈도에 전시된 현대자동차의 픽업트럭이 된 것 같은, 오사카의 대형 슈퍼마켓 한 귀퉁이의 진열대에 놓인 국순당 생막걸리 병이 된 것 같은 이 미묘한 감정을 어떻게 설명하면 좋을지.

내 경우, 장편 한 권을 완성하는 데에 구상부터 탈고까지 2년 정도의 시간이 걸린다. 갓 인쇄되어 나온 신간의 도톰한 질감을 손가락 끝으로 느끼며, 소설가는 지나간 시간을 실물로 만질 수 있는 사람이구나라는 생각을 한 적도 있다. 그 신간이 뒤표지에 선명한 바코드를 달고 있는, 만 원에 팔리는 상품이라는 사실을 자꾸만 잊는다.

"작가는 작품을 시장에 내놓는 게 아니라 글을 써낼 뿐이다."라고 주장하고 싶은 욕망이 있다. 그렇지만 솔직하게 말하자. 지금 신간을 발표하는 한국의 여러 작가들은 마케팅 과정에 적극적으로 참여한다. 더 정확히 말하자면 적극적으로 참여하도록 독려된다. 홈쇼핑에 등장해 "이 책을 사시면 맛좋은 간장게장을 끼워 드립니다."라고 외치는 식의 노골적 형태가 아니라, 북 콘서트나 낭독회, 대형 서점의 사인회처럼 간접적인 방식을 띤다. 이건 영업 활동이 아니에요, 독자와 작가가 가일층 가까워질 기회일 따름이지요, 라는 진술은 진실일까, 변명일까.

자괴감 섞인 의문이 드는 것은 어쩔 수 없다.

독자와 직접 만나는 오붓한 자리를 사양할 명분은 작가 입장에서 마땅치 않다. 책 한 권을 놓고 작가와 출판사 에디터, 마케터, 서점 관계자 등등이 얽혀 있는 정황에 대해선 따로 언급하지 않아도 될 것이다. 출간을 결정한 이상, 그 책이 '온전히 나만의 것'일 수 없다는 데에는 전적으로 동의한다. 다만 그 신간 홍보 행사 뒤의 귀갓길은 내가 저 거대한 3차 산업 끄트머리에 대롱대롱 매달린 거미 같은 존재임을 새삼 확인하는 과정이라고 고백하려는 것이다. 대롱거릴 수 있어서 그래도 다행이라고 생각한다. 가혹하게 솔직하고 냉혹하게 변덕스러운 자본주의식 시장 경제 질서에서 언제 거미줄이 툭 끊길지 모를 일이다. 공장은 오늘도 바삐 돌아가고 열심히 미싱을 밟는 동안 창밖을 내다볼 경황은 없다.

이즈음 한국 문학을 '세계 시장'이라는 틀 안에서 논의하는 목소리가 자주 들려온다. 논지는 일관적이다. 우리 문학이 하루빨리 '세계 시장'에서 경쟁력을 가져야 한다는 것. 일견 반박할 틈 없어 보이는 이런 말을 들을 때면 아까의 거미줄이 떠오른다. 그 거미줄의 또 어디쯤에 나는 매달려 있는 걸까? 일본과 중국을 비롯한 아시아권 몇몇 국가에 장편 소설이 번역 출간되었으며, 비교적 다양한 국적을 가진 여러 외국 작가들과 공식적 대담을 가진 경험이 있고, 현재는 영국 작가와 공동 작업으로 새 작품을 준비하고 있으니 '세계 시장'이라는 단어의 지향에 비교적 긍정적으로 부합하는 사례처럼 비칠지 모른다. 반면 작품집이 아직 영어권에 정식으로 번역 소개된 적 없다는 사실은 제대로 된 '세계 시장'이라는 곳에 들어서지 못했음을 증명하는 명백한 근거로 보일 것이다.

그렇다. 단 하나의 국가에서 통용되는 언어(한국어)를 사용하여 글을 쓰는 변두리의 작가에게 '세계 시장'의 세계란 영어권, 즉 미국을 중심으로 한 북미와 유럽 일부를 의미하는 것일 수밖에 없다. 이런 상황에서 하나의 문학 작품이 애초에 영어로 쓰였는지 그렇지 않으면 영어로 번역된 것인지는 매우 예민한 문제이다. 영어를 구사하여 문학을 하는 작가들은 애초부터 비영어권의 우리와는 전혀 다른 방식으로 이 '세계 시장'에 진입한다. 미국에서 앵글로색슨으로 태어나 교육을 받은 작가가 제 모국어인 영어로 소설을 쓰는 것은 지극히 당연한 일이다. 그에게 작품이 외국어로 번역된다는 말은 비영어권 국가로 소개된다는 의미이다. 그러나 한국을 포함한 제삼세계 작가에게 '세계 시장'에 본격적으로 들어선다는 것은 무엇보다 먼저 영어권으로 대표되는 시장에 제대로 된 영어 번역본을 가지고 참여한다는 것을 뜻한다. 출발점 자체가 다른 것이다.

영어가 모국어인 작가가 평생 한 번이라도 'International Market'의 정체성에 관한 진지한 고민을 해 본 적이 있을까? 그럴 만한 절실한 필요가 있었을까? 나는 지금 'International Market'이라는 개념 자체가 어쩌면 일종의 허상인지도 모른다고 말하는 것이다. 스스로를 중심이라 여기는 '안'에서는 무관심한데, 스스로를 변방이라 치부하는 '바깥'에서는 온 신경을 곤두세우고 있다. 'International Market'에 대한 지나친 관심은 혹시 주변에서 중심을 앙망하는 태도와 밀접한 관련이 있는 건 아닐까. 그렇다면 주변은 어디이고 중심은 어디인가, 또 그 잣대가 무엇인가 하는 질문을 진지하게 되물을 시점이다.

한국 문학과 관련한 작금의 'International Market' 논의에서 또 한 가지 언급하고 싶은 것은 전문가 집단과 저널리즘의 태도이다. 이를테면 특정한 한국 문학 작품이 영어권 시장에서 상업적인 성과를 거두었을 때 그것을 보도하고 분석하는 시선은 국가 대항 스포츠 경기에서 메달을 딴 운동선수를 바라보는 것과 크게 다르지 않은 것 같다. 우리 문학이 '세계 시장'에서 좋은 결과를 거두었으니 장하고 기특하다는 전제와 함께, 그 작품과 작가가 우리나라의 국위를 선양한 것처럼 인식되는 것이다. 이것은 비단 문학에 국한된 문제만은 아닐 터이다. 예술 텍스트가 '세계 진출'이라는 명제 앞에만 서면 갑자기 너무도 쉽고 당연하게 애국 상품의 대상으로 변하는 광경은 자주 목격된다.

그런 식의 논의 안에서 개별 작가들은 끊임없이 변화해 가는 하나의 고유한 우주로서가 아니라 한국인의 피가 흐르는, 한국의 정체성을 작품을 통해 드러내는 존재로 대상화될 수 있다. '세계 속의 한국 문학'이라는 거대한 명제 뒤에서 작가 개개인의 특성은 뭉뚱그려지고 익명화될 위험이 있는 것이다. 우리는 국가대표 '한국 문학가'이기 전에 그저 문학가일 뿐이다.

우리 문학 작품이 이른바 '세계 시장'에서 '통'하는 것, '세계 독자'들에게 널리 읽히는 것은 분명코 긍정적인 일이라고 생각한다. '세계 시장'(즉 제3세계의 '팔릴 만한' 문학 작품을 영어권에 소개하는 역할을 하는 에이전트가 존재하고, 그들이 주도적으로 운영하는 곳)에서 관심을 받는 문학 작품이 각각 나름의 훌륭한 미덕을 가지고 있음은 명백하다. 그런데, 그렇다면 이런 물음도 가능하지 않을까? 그들이 관심을 가지지 않는 작품은 훌륭한 문학이 아닌가? 예술 작품이 거래되는 그 '시장'의 건전성과 자율성을 우리는 무조건 신뢰해야 하는가?

열심히 글을 쓰는 한국의 젊은 작가가 'International Market'에 편입되고 싶은 욕망을 가진다면 무엇을 해야 하나. 능력 있고 눈 밝으며 공명정대한 에이전트가 (아직은 아무도 알아채지 못한) 희대의 명작을 하루빨리 발견하도록 고대하는 것 말고 말이다. 그 수동적인 방법이 내키지 않는다면 이런 대안이 있겠다. 작품을 기획하는 단계에서부터 '세계 시장'에서 소비될 목적으로 쓰기 시작하는 것이다. 전 인류에게 통하는 보편성의 지점을 영리하게 파악하되, 서구의 독자들이 동양 작가의 입을 통해 듣고 싶어 하리라 예상되는 어떤 것, 그들에게 이국적이라 비칠 '가장 한국적'인 정서를 작품 밑바탕에 까는 것도 놓치지 말아야 한다. 뛰어난 한-영 번역가를 만나는 것은 하늘에 별 따기만큼 어렵다고들 하니 아예 직접 영어로 써서 미국 시장에서 먼저 출간한다면 더 말할 나위도 없을 것이다. 그러므로 무엇보다 먼저 영어 공부에 몰입하는 것이 이 땅의 문학청년들에게 새로 부과된 첫 번째 의무라고 해 두자. 요즈음 한국의 분위기로는 이런 재미없는 농담이 그다지 이상하지 않게 들린다.

스스로 한국 문단에 뿌리를 두고 있다고 생각하는 동시에 '문학 시장'이라는 존재를 마냥 무시할 수만은 없다고 생각하는 나는, 사실 이 문제에 있어서도 여전히 이중적이다. '세계 시장'이라는 단어에 의구의 눈초리를 보내고 있는 것이 사실이지만 막상 영어권 에이전트가 다가온다면 '노 땡큐'라는 대답을 하지는 못할 것이다. 머나먼 도시의 낯모르는 독자가 서점에서 내 책을 집어 드는 광경을 가끔 상상해 본다. 그가 첫 문장을 읽는 찰나, 낯모르는 그와 내가 문득 전율처럼 서로에게 닿는다고 믿는다. 더 많은 동시대의 독자와 닿고 싶다면 북미 시장에서 영어로 번역 출간되는 것이 현실적으로 가장 쉬운 출발점임을 알고 있다.

늘 중심을 의심하지만 한편으론 그 가운데를 향해 조금 더 가까이 가고 싶다는 욕망, 내가 선 자리를 끊임없이 되돌아보는 조바심은 역설적으로 여기가 얼마나 각진 모서리인지를 그리고 내가 나 자신을 얼마나 변방으로 여기고 있는지를 일깨운다. 나는 언젠가 이 혼란을 넘어설 수 있을까?

그럼에도 나의 시대는

작가가 해야 할 일, 고려해야 할 문제가 참 많아 보이는 시대다. 2011년 봄, 나는 흔들리고 나동그라지고 무너지고 다시 펄럭이기를 반복하며 살아가고 있다. 시시각각 변하는 환경 속에서 소설 쓰는 자로서 어떤 정체성을 가져야 하는지 어떤 표정으로 버텨야 하는지 어렵기만 하다. 비단 소셜 네트워크 시스템과 '세계 시장'뿐이겠는가. 귀 얇은 소설가를 미혹시키는 '압력들'은 어디에나 널려 있다. 점점 더, 그런 세상이 돼 가고 있다.

그럼에도, 나는 쓴다.

아니 좌충우돌, 쓰려고 노력한다. 지금 나에게 그것은 '나는 살아갈 것이다.'라는 말과 같은 뜻이다. 이 무섭도록 광적인 속도의 나날 속에서 여전히 소설이라는 것을 꿈꾸며 살아가다니 나도 어지간히 기막힌 인간이라고 이따금 생각한다. 할 수 없다. 인력으로 어쩌지 못하는 일도 있는 법이니.

다만 텍스트 곁이 아니라 그 바깥의 어딘가를 둥둥 떠다니는 일만은 경계하려고 한다. 이것은 휙휙 빠르게 스쳐 지나는 창밖 풍경에 멀거니 눈을 주다가 목적지에 도착하는 여행이 아니다. 내가 올라탄 것이 버스인지 기차인지 비행기인지를 고민하는 일도 부질없다. 한 글자 한 글자 쓰지 않으면 소설은 완성되지 않는다. 18세기에도 그랬고, 21세기에도 그렇다. 다음 세기에도 그다음 세기에도 마찬가지일 것이다. 이토록 시대착오적인 작업을 나는 본 적이 없다. 작가에게 주어진 결정적 임무는 더 잘 쓰는 것뿐이다. 그것이 나의 책무, 영원히 지리멸렬할 '나의 시대'를 통과하는 유일한 방법이다.

모든 것이 서둘러 변하지만 또 변하지 않는다. 속세를 향해 던진 저 질문들을 신속하게 해결하려 하기보다 그 물음표의 꼬부라진 등허리를 오랫동안 지긋이 바라보고 싶어졌다면 이제야 내가 그걸 간신히 깨달았기 때문일 것이다.

정이현 소설가. 1972년 서울 출생. 성신여자대학교 정치외교학과 및 동대학원 여성학과를 수료했으며, 서울예술대학 문예창작과를 졸업했다. 2002년 《문학과사회》 신인문학상에 단편 「낭만적 사랑과 사회」가 당선되어 등단했다. 치밀하고 감각적인 필체와 도시적 감수성으로 동시대 젊은 독자들의 감성을 수수하게, 때로는 화려하게 자극한다. 대표작으로 『낭만적 사랑과 사회』, 『오늘의 거짓말』, 『달콤한 나의 도시』, 『너는 모른다』 등이 있으며, 스위스 출신의 세계적 작가 알랭 드 보통(Botton · 45)과 '사랑과 결혼'에 관한 소설을 공동 집필 중이다. 이효석문학상, 현대문학상, 오늘의 젊은예술가상 등을 수상했다.

다문화주의, 다매체, 세계 시장 시대의 글쓰기

아나 마리아 슈아

즉, 오늘날의 글쓰기라는 말이겠다. 오늘날의 글쓰기가 다른 어떤 시대의 글쓰기와 특별히 달라야 할 이유가 있는가? 지금 나의 문제와 시각이 『오디세이』를 쓰던 호메로스나 『겐지 이야기』를 쓰던 무라사키 시키부가 당시에 직면했던 것과 다를 바가 있는가? 오랜 역사를 가진 우리 직업상의 본질과 어려움은 예나 지금이나 다르지 않다. 여전히 일상어를 분해하고 산산조각 낸 다음 다시 재구성해 새로운 의미를 부여함으로써 사용 또는 오용으로 망각된 말의 깊은 의미를 독자들에게 상기시키기 위해 갖은 애를 쓰고 있는 것이다. 정치적 언어는 상투어를 수없이 반복해 의미를 죽인다. 문학적 언어는 진부한 상투어의 이면에 숨어 있던 잊혀진 현실을 들춰내 다른 각도에서 다시 보게 함으로써 의미를 되살려 낸다. 언어를 통해, 또는 언어를 넘어 있는 그대로의 적나라한 현실을 보게 하는 것이다.

하나의 언어는 하나의 시각이며, 엉클어진 혼돈 상태의 경험을 직시하여 인간 이해의 영역으로 환원시켜 주는 수단이다. 인간의 정신은 일정한 질서를 요하며 체계화를 필요로 한다. 또한 일반화를 원하는데 이를 담당하는 것이 언어다. 모든 언어는 나름의 방식으로 일반화하고 체계화한다. 모국어를 사용하는 모든 원어민은 의식하지 못한 채 자동적으로 이러한 분류 체계를 사용한다. 그러나 작가라면 세계를 구성하는 체계에 예민한 촉각을 세우고 있어야 한다. 그래야만 새로운 의미를 찾기 위해 이러한 체계의 질서에 도전할 수 있다. 또한 우리의 경험을 가두고 있는 관습이라는 장벽을 언제나 자각하고 있어야 한다. 장벽을 뛰어넘고, 관습을 깨뜨리고, 다른 각도에서 현실을 보게 하는 새로운 체계를 제시하기 위해서다.

그러나 그렇다고 세계가 변하고 있으며 그 변화가 우리의 글쓰기에도 영향을 미치고 있음을 부인하려는 것은 아니다.

중남미의 세계화와 부작용으로서의 죽음

『부작용으로서의 죽음(*Death as a Side Effect*)』은 내 소설 중 하나다. 작품의 구성과 인물의 성격상 여러 가지 이유로 소설의 배경은 가까운 미래로 설정되었다. 공상 과학 소설에 나올 법한 미래는 아니고 지금의 현실에서 멀지 않은, 매우 가까운 미래다. 대단한 기술적 변혁이 닥친 미래는 아니고, 지금의 세계, 국가, 사회가 지니고 있는 특질이 좀 더 강화되고 부각된 미래다. 이런 미래를 구상하는 데 많은 상상력이 필요하지는 않았다. 주변을 둘러보며 눈에 들어오는 경향을 따라가는 것으로 충분했다. 주변을 둘러보았을 때 눈에 들어온 것은 세계화와 신자유주의였다. 내가 한 일은 이 같은 경향이 중단되거나 변하지 않고 한 방향으로 계속 진행될 경우 다가오게 될 미래를 떠올려 본 것뿐이다. 그때 내 눈앞에 펼쳐진 것은 완전한 재앙이었다. 세계화와 신자유주의는 동일한 것은 아니지만 나란히 중남미에, 그리고 세계에 도달했다. 이런 이유로 이 둘을 내가 가끔 혼동해서 쓰는 것을 양해해 주리라 믿는다.

나는 경제학자가 아니라 소설가다. 이면에서 어떤 일이 벌어지고 있었는지는 알 수 없다. 1996년 소설을 시작할 무렵, 아르헨티나의 거시 경제 지표는 매우 훌륭했다. 그러나 동시에 난폭한 글로벌 자본주의의 영향력을 거리 곳곳에서 볼 수 있었다.

나는 지금 세계화의 어떤 측면에 반기를 들고자 하지만 그렇다고 이를테면 전화, 비행기, 컴퓨터, 시간, 삶, 죽음처럼 중지시킬 수 없는 과정에 역행하려는 것은 아님을 밝혀 두고 싶다. 아담이 에덴동산으로 돌아갈 수 없듯 중남미는 세계화 시대 이전으로 되돌아갈 수 없다. 게다가 고립이 언제나 낙원인 것도 아니다. 좋든 싫든 우리는 이미 세계화의 시대에 깊숙이 들어와 있다.

중남미 국가들은 1980년대에 외채 위기를 겪으면서 시장을 개방하고 국영 기업을 민영화했다. 시장 자유화 정책이 채택되고 관세와 무역 장벽이 철폐되었다. 수입품에 대한 관세가 급감하면서 중남미 전역에 걸쳐 수출에 비해 수입이 현저한 속도로 증가했으며, 특히 아르헨티나의 수입 증가율은 놀라운 속도로 치솟았다. 외국 자본 유치를 위해 정부는 고환율 정책을 수립했다. (비정상적으로 들리겠지만 의회의 법안 통과로 달러에 대한 페소화의 고정 환율제가 실시되었다.) 관세 하락과 통화 가치 상승은 아르헨티나 국내의 기간 산업인 경공업의 몰락을 초래했다. 의류 가전세품, 심지어 식료품에 이르기까지 수입에 의존하기 시작했다.

대부분의 종족과 국가는 스스로를 세계의 중심이라 생각하지만 아르헨티나 사람들은 스스로 세계의 최하위권에 놓여 있다고 생각하고 또 그렇게 이야기한다. 그러나 이 같은 자기 폄하의 다른 한편으로 우리는 중남미권의, 대륙의 일부라는 것을 망각하는 경향이 있다. 마치 세계에서 동떨어진 집단이기라도 한 것처럼 항상 우리의 악덕과 미덕에 대해 고심한다. 환율 수준을 그렇게 결정한 것이 부패한 아르헨티나 정부만은 아니었다. 칼럼니스트 윌리엄 파프(William Pfaff)는《인터내셔널 해럴드 트리뷴》에서 자유화로 인해 각국 경제 중 세계 시장에서 경쟁력이 있는 분야에 단기 투자 자본이 유입되었으며, 그 결과 통화

가치 상승, 수출 저조, 수입 증가가 초래돼 중남미 국가의 무역 적자가 심각해졌다고 진단했다. 그는 단기 투자 자본은 변동성이 매우 심하기 때문에 급속히 유입된 만큼 빠르게 빠져나갈 수 있으며, 이 과정에서 심각한 장기적 위기를 가져오게 된다고 덧붙였다.[1] 우리는 이와 같은 단기 자본을 '제비 자본(swallow capital)'이라 부르는데, 봄이 되면 날아오고, 여름이 끝나는 시기에 놀랄 만큼 민감하며, 겨울이 오기 전에 다른 곳으로 이동하기 때문이다. 아르헨티나인들은 거시 경제의 안정성과 이에 수반되는 세계 금융 시장의 인정을 얻기 위해 극심한 경기 침체를 견뎌야 했다.[2]

중남미 국가에서 중소기업은 일자리의 가장 큰 공급원이었다. 그러나 국가 정책은 뚜렷하게 세계적인 대기업 중심으로 돌아갔다. 이로 인해 제일 먼저 초래된 가시적 결과는 높은 실업률이었다. 가장 양호했던 때도 당시까지 사상 최고치였던 15퍼센트 이상을 기록했으며, 실업 위기가 극에 달했을 때는 무려 25퍼센트까지 치솟았다. 이 같은 일자리 위기에도 불구하고 아르헨티나는 지난 10년간 파라과이, 볼리비아, 페루 등을 비롯한 중남미 각지에서 이민자를 받아들였다. 통화 가치 상승이 세계적인 대형 기업들을 불러들인 것처럼 가난한 이민자들도 아르헨티나로 몰렸다. 심지어 전혀 뜻밖의 루마니아 집시들까지 유입됐는데, 불법 조직에 의해 들어와 부에노스아이레스 거리에서 페소 달러를 구걸했다.

1990년대는 세계화, 탈규제, 난폭한 자본주의, 신자유주의가 한꺼번에 휘몰아친 시기였다. 경제적 결정은 시장의 손에 맡겨졌다. 자본은 이윤만 추구할 뿐 장기적으로 생각하지 않는다. 바로 여기에서의 즉각적 이익을 노린다. 아르헨티나에서 일어난 일을 상징적으로 보여 주는

---

1) 윌리엄 파프, 「중남미, 세계화로 아직 얻은 것 없다(For Latin America Globalization has not been paying off)」,《해럴드 트리뷴》 2000년 8월 31일 자.
2) 캐리 A. 메이어(Carrie A. Mayer), 『라틴 아메리카의 세계화와 불평등(*Globalization and Inequality in Latin America*)』(2000년 3월).

예로 쇼핑몰 학교를 들 수 있다. 부에노스 아이레스에서 상가가 들어서기에 최적인 장소에 공립 학교가 있었다. 시 당국은 학교 건물의 1층을 팔았다. 1층의 모든 교실을 쇼핑몰에 뺏긴 교사와 학생은 좁은 2층에서 복닥거려야 했다. 교육으로부터 즉각적인 이익이 나올 리 있겠는가. 장기적 투자는 이제 물정 모르는 옛말이 돼 버렸다. 물론 세계화가 중남미 대륙에 몰고 온 폐해 대부분의 책임이 부정부패와 행정적 과오 등을 저지른 국내 정부에 있다는 것을 부인하려는 것은 아니다. 지금은 상황이 변해 가고 있지만 우리는 여전히 이런 문제가 초래한 결과를 겪고 있는 중이다.

생쥐들이 침몰하는 배를 빠져나가듯, 웬디스와 던킨 도너츠가 아르헨티나를 떠날 때 세계화 낙원에 파탄 조짐이 있음을 우리는 느낄 수 있었다. 이제는 그 자리에 맥도날드가 남아 마치 우리나라 풍경의 일부처럼 보인다. 국제통화기금(IMF)은 페소화 가치 상승을 용인했고, 계속해서 차관을 제공함으로써 상승세를 유지시켰다. 수입품 증가로 국내 산업은 무너졌다. 글로벌 기업은 수출 증가보다도 현 시장 장악에 훨씬 더 관심이 많았다. 수백 개의 공장이 문을 닫았다. 제도가 붕괴하자 실업률은 연일 25퍼센트를 넘었고, 이는 곧 매일 27명의 아동이 영양실조로 죽고, 폭력, 반달리즘, 거지, 노숙자가 거리에 넘쳐나게 됨을 의미했다. 소설에서 내가 미처 상상하지 못했던 일도 생겨났다. 쓰레기를 주워 생계를 꾸리는 "카르토네로스(cartoneros)"의 등장이었다. 남녀노소를 불문하고, 전국적으로 20만 명에 이르는 카르토네로스들이 쓰레기통에서 폐지나 보드지를 뒤지고 다니게 되었다.

『부작용으로서의 죽음』은 이러한 도시를 조명한 소설이다. 소설을 통해 나는 도시의 악몽을 보여 주려 했다. 그동안 우리는 이곳의 변화를 목격했다. 북쪽과 남쪽이 나뉘고, 부촌과 빈민촌이 나뉘었다. 내가 어렸을 때 공원은 시 정부가 관리하는 공공장소였다. 1990년대에 정부는 민영 기업들로부터 홍보 효과를 위해 본사 주변 지역의 공원을 관리하겠다는 제안을 받았다. 그 결과 부유층이 사는 지역의 도심 공원들은 훌륭하게 관리된 반면, 다른 공원들은 끔찍할 정도로 방치되었다. 지난 5년간은 세심하게 관리된 공원 주위로 반달리즘을 막기 위한 울타리가 둘러쳐졌다.

우리에게 강요된 세계화 사회의 표본은 배타적이었다. 실업과 소외는 범죄와 폭력을 양산하기 마련이다. 점점 더 많은 사람들이 스스로를 보호하기 위해 외부인 출입이 차단된 거주지를 택하고 있다. 반면 가난에도 그 나름의 특권이 있는 법이어서 시내의 많은 건물과 일정 구역 전체가 통제 구역으로 바뀌고 있다. 사실상 외부인 출입 차단 지역, 통제 구역, 무인 지대로 나뉜 도시의 모습을 그려 보는 데는 그다지 많은 상상력이 필요하지 않았다.

세계화의 바람직하지 못한 결과 중 하나는 점점 벌어지는 빈부 격차였다. 이런 상황은 내 소설에서 그려진 대로 폭력이 만연하게 되는 근거를 제공한다.

『부작용으로서의 죽음』은 세계화나 신자유주의에 대한 소설이 아니다. 한 가족, 아버지와 아들, 부당한 여자들, 사랑에 빠진 남자들, 노년에 대한 이야기일 뿐이다. 그러나 소설을 쓰는 동안 나를 둘러싼 진짜 세상이 소설 속으로 스며드는 것은 어쩔 수 없었다. 세계화의 꿈은 악몽이 되었고, 내 소설은 의도한 바는 아니지만 이를 예견하는 글이 되었다. 문학은 정치적 의무를 초월해 있다. 문학은 우리에게 어떤 인간의 삶도 행복한 결말로 끝날 수 없음을 상기시키기 위해 존재한다. 그리고 설사 그렇더라도 어떤 식으로든, 어찌 됐든, 어디에서든, 심지어 글로벌화한 신자유주의 세상에서도 인생은 살 만하다는 것 또한 상기시킨다.

아르헨티나를 나락으로 빠뜨린 바로 그 세계화가 지난 8년간 우리 경제를 진작시켰다는 것 또한 인정하지 않을 수 없다. 세계 시장에서 중국과 인도의 곡물과 육류 수입이 늘어남으로써 중남미 경제는 다시 복구될 수 있었다. 이제 아르헨티나의 신정부도 신자유주의가 할퀴고 간 상처를 치유하기 위해 노력 중이다.

인터넷과 프로메테우스

아르헨티나 작가 호르헤 루이스 보르헤스(Jorge Luis Borges)는 모든 사람은 자기가 최악의 시대에 태어났다고 생각한다는 말을 했다. 나는 이 새롭고 낯선 인터넷 시대, 그 영향력과 능력의 전부를 아직 가늠조차 할 수 없는 이 혁명적인 시대에 태어난 것에 감사한다. 앞으로 어떤 놀라운 변화로 우리를 이끌어 줄지 알 수 없다. 그러나 물론 동시에 무시무시한 시대이기도 하다.

식별력 없는 그들에게 별들이 뜨고 지는 이치를 가르쳤소.
무엇보다도 으뜸가는 발명인 셈하기와 글자 짜맞추는 것도 가르쳤고,
모든 예술의 유모인 기억력과 상상력도 주었소.[3]*

무슨 이유에선지 인류는 세계에 대한 자신들의 정복력에 죄책감을 갖는다. 유대-기독교에서는 인간의 손에 놓인 이 세상은 에덴동산으로부터의 추방에서 비롯되었다고 말한다. 인간 문명의 근원에는 항상 죄악이 자리하고 있는 것처럼 보인다.

아마도 이런 이유 때문에 인류는 모든 기술적 발명 뒤에 신의 형벌이 뒤따를 거라고 생각하는 듯하다. 프로메테우스가 불을 훔친 죄의 대가로, 인간은 세상의 모든 해악과 희망이 담긴 판도라의 상자라는 벌을 받는다. (희망이 좋은 건지 나쁜 건지는 끝내 알 수 없을 것이다.) 오늘날 많은 이들이 멀티미디어 기기와 그에 기반한 문화가 새로운 판도라의 상자가 아닐까 생각한다.

---

3) 아이스킬로스(Aeschylos), *Prometheus Bound*; 김종환 옮김,『사슬에 묶인 프로메테우스』(지만지, 2010), 72쪽.

* (옮긴이 주) 신으로부터 불을 훔친 프로메테우스가 그에 대한 형벌로 코카서스 산맥의 절벽에 쇠사슬로 묶인 채 고통 속에 울부짖으며 하는 말이다. 불은 문명과 기술, 그리고 그때까지 인간이 종속되어 있었던 세계와 자연의 정복을 의미한다.

여러 가지 이유로 인류는 대재앙이 다가오리라는 불길한 예감을 계속 안고 산다. 핵폭탄에 대해서도 그랬고, 새천년이 다가올 때도 그랬다. 인간은 자기가 죽을 것을 아는 유일한 종이다. 그럼에도 죽음을 모른 체하는 데 매우 능숙해서 마치 죽음이 존재하지 않는 것처럼, 영원불멸의 존재인 것처럼 살아갈 수 있다. 인간에게 죽음은 자연스러운 것이 아니다. 모든 죽음이 충격적이며 뜻밖의 일로 다가오는 것도 그런 이유다. 모든 사람, 모든 문화가 죽음에 대해 설명하고자 하고 의미를 부여하려고 애써 보지만 명백하게 밝힐 수 있었던 적은 없었다. 사회가 어떤 중요한 변화를 겪을 때마다, 이 변화는 우리에게 죽음을 연상시킨다. 자신도 모르게 이런 변화를 개인의 소멸 가능성과 연관시켜 생각하게 되고, 이런 위협감을 일반화한다.

정보 과학과 인터넷의 등장은 근대 인쇄술의 발명에 비견되는 혁명적 사건이다. 믿기 어려운 속도로 점점 더 많은 사람이 점점 더 많은 지식에 접근하는 것이 가능해진 것이다. 근대 인쇄술의 발명이 문화의 종말을 예고했던가? 물론 그랬다. 중세 문화의 종말을 예고했다. 중세 시대의 문화는 편찬의 문화였다. 수도원의 작은 방에서 조심스럽게 문서를 필사하던 수도승이 문화의 몰락을 초래하고 말, 저 저주받을 인쇄기, 악의 화신을 두고 얼마나 분개했을지 상상하기는 어렵지 않다.

단테 알리기에리(Dante Alighieri)는 『신곡』을 토스카나어로 썼다. 그러나 (단테도 다른 작품에서는 그랬듯이) 당대의 시인 대다수가 라틴어로 글을 썼다. 교파를 초월한, 거창하고 중요한, 진정으로 의미 있는 문화는 라틴어로 쓰였기 때문이다. 작가로서 나는 가끔 오늘날 글쓰기가 고전 라틴어 같은 것이며, 시청각 미디어는 통속 라틴어에서 비롯된 로망스어 같은 것이 아닐까 하는 생각을 한다. 나는 내가 마술적 사고, 천년왕국설, 그리고 오래된 멸종의 느낌에 휩쓸리고 있다는 것을 안다. 다시 한 번 의아함 속에 질문을 던진다. 출판업이 인류의 과거 어느 때보다 번성하는 오늘날, 왜 사회는 끊임없이 책의 죽음을 논하는 것일까. 종이 책과 전자책 모두 마찬가지다. 형식이 문제가 아니라 내용이 사라진다는 것이다.

현대인은 멀티미디어 문화의 영향력 속에 살고 있다. 현실은 미디어화하고 있으며 오로지 미디어로 만들어진 것만이 현실로 존재한다고 인정되는 극단적인 방식으로 변화하고 있다. 이와 동시에 모든 것이 미디어로 만들어진다. 미디어는 더 크고 중요한 자리를 차지하고 점점 더 다변화되어 가는 반면, 인간의 오래된 환상, 예를 들어 20세기의 디스토피아 사상에서 거대한 공포로 표현된 세뇌 같은 것은 부인되고 있다. 세뇌는 과거에 그랬던 것처럼 쉽지 않다. 어떤 정당과 정부도 존재하는 모든 미디어를 조종할 수 있다고 호언장담할 수 없게 되었다. 점점 더 많은 정보가 언제 어느 때든 누구에게나 제공되고 있기 때문이다. 소셜 네트워크, 블로그, 웹 저널 등도 제각각 독립된 매체로 작동하고 있어 통제는 거의 불가능하다.

멀티미디어의 새로운 역할은 여러 가지 방식으로 우리의 글쓰기에 영향을 미치고 있다. 픽션과 사실 정보가 결합되고 혼동된다. 이런 혼재의 영향력이 곳곳에서 드러난다. 한편으로 독자들은 순수 픽션에 점점 흥미를 잃어 간다. 이른바 '실화'로 분류되는 전기물, 보도물, 역사서, 역사 소설, 논픽션 소설 등, 현실과 강하게 직결되는 종류의 글이 픽션보다 신호된다.

픽션에 대한 인간의 끊임없는 허기는 시청각적 미디어가 채워 주고 있는 듯하다. 누군가 멀티미디어 기기를 끄고 책을 펴야 하는 (혹은 킨들에 집중해야 하는) 사람이 있다면, 그가 원하는 것은 즉각적인 보상이다. 즐거운 시간을 보내고 있다는 것만으로는 부족하다. 그들은 세상에 대한 '사실적인' 지식을 배우기를 원한다. 실제적인 지식이 아니라 훌륭한 문학 작품에서 얻게 되는, 지혜에 가까운 앎을 전파하는 총체적 지식 따위를 배울 시간이 없는 것이다.

반면에 뉴스는 점점 더 허구처럼 되어 간다. 더 많은 사람들의 시선을 끌기 위해서라면 현실도 개편되어야 하는 것이 되었다. 즉 우리가 픽션을 만들 때 사용하는 수단을 이용해 처리해 주어야 하는 것이다.

허구는 사실로, 사실은 허구로 향해 가는, 이 엇갈린 양방향의 움직임은 허구와 현실의 혼돈을 가중시키고 있다.

수용자의 태도에도 큰 변화가 일어나고 있다. TV 시청자만큼이나 독자도 변하고 있다. 무엇이든 쇼로 보일 수 있다. 전쟁, 우스개, 범죄, 문신, 음식 등 인간이 가진 가장 무거운 문제부터 가장 가벼운 문제까지 모든 것이 온통 범벅이 되어 정보의 소용돌이 속에 뒤섞인다. 대저 고립의 종말이 온 것이다.

다문화주의

시마다 마사히코는 파리로 간 일본인 소년이 세계 각국의 이주 희망자들을 돕는 이른바 망명국이라는 사무소에서 유대계 폴란드인 행세를 하는 소장을 도와 일하는 이야기를 그린다. 이 글에서 작가는 다문화주의라는 주제를 부각시키려 했을까? 아니면 그저 주변에서 벌어지고 있는 상황을 본 것일까? 세계는 다문화적이다. 예전부터 늘 그랬다. 내 할아버지 무사 슈아는 레바논 태생이다. 할머니 아나는 아르헨티나에서 태어났지만 할머니의 부모님은 지브롤터 출신이다. 따라서 이들은 사실상 스페인 사람이지만 법적인 국적은 영국이다. 그러나 그들 스스로는 모로코 사람이라 생각한다. 내 외조부모는 폴란드에서 태어났다. 우리 유대인은 항상 다문화적이었다. 물론 세계가 점점 작아지고, 여타 인간 문화의 경우와 마찬가지로 문학도 점점 더 다문화적으로 변모하는 것은 사실이다.

하지만 이 말에는 새로운 위험이 도사리고 있다. 다문화주의가, 문학에 접근하는 정치적으로 올바른 방법이 되어 가고 있는 것이다. 정치적 올바름(political correctness)은 새로운 형태의 검열이 될 수 있다. 픽션 작가들이 독자들에게 다문화적인 관점을 일깨워 주기 위해 노력해야 한다는 위험한 생각은 던져 버려야 한다. 훌륭한 문학에 훌륭한 의

도란 건 없다. 시민의 한 사람으로서 우리는 선의로 가득할 수 있지만,
모름지기 픽션을 쓰는 작가는 얼마든지 못 믿을 사람이 될 수 있다. 작
가란 선하지도 도덕적이지도 관대하지도 않으며 행복을 믿지도 않는
다. 홍보 책자를 만들 거라면 좋은 의도로 가득 채워야 한다. 그러나 작
가는 하나의 단어가 지닐 수 있는 모든 가능한 의미를 다루어야 하며,
언제나 그런 애매모호함 속에서 글을 써야 한다. 이 때문에 사회, 정당,
정부가 작가를, 가장 신성한 원칙조차 언제라도 어길 수 있는 사람들로
불신하는 것이다. 플라톤이 그 끔찍한 이상 국가에서 시인을 추방한 것
도 이런 이유다. 충분히 납득할 만한 일이다.

글로벌 시장, 과연 글로벌한가?

　문학을 대상으로 할 때 글로벌 시장은 과연 진정으로 글로벌한
가? 어느 정도는 그렇다. 그러나 문화 상품이라는 측면에서 보자면
세계적이라는 말은 여전히 북미 지역을 가리킨다. 우리는 모두 콜라
를 마시고, 「프렌즈(Friends)」, 「로스트(Lost)」, 「E. R.」, 「소프라노스
(The Sopranos)」 같은 미국 드라마를 본 적이 있으며, 「너스 제키(Nurse
Jackie)」나 「매드맨(Madman)」을 본다. 전 세계 범죄자들은 할리우드 영
화의 범죄자를 흉내 낸다. 중남미 드라마가 한국에서 꽤 인기 있다고
들었다. 그렇더라도 아르헨티나에 알려진 한국 작가가 몇이나 될까?
한국어로 번역된 아르헨티나 작가의 작품은 얼마나 될까? 분명 극소
수일 것이다. 나는 지금까지 필리핀 작가가 쓴 책을 한 번도 읽은 적이
없다. 필리핀뿐만 아니라 다른 많은 주변국 작가의 작품도 마찬가지다.
이 글로벌화한 세계에서, 아프리카 작가에 대해 우리는 얼마나 알고 있
는가? 늘 그랬듯이 영향력 있는 주요 국가들은 개발도상국가보다 자국
의 책을 해외로 수출하는 게 훨씬 용이하다. 해리 포터가 중남미에서
탄생했다면, 그 삶의 여정과 활동이 더 고달팠을 것이다. 내 작품 중 하

나가 대만에서 출간될 예정인데, 영어본에서 중역한 것이다. 우리가 스페인어로 읽을 수 있는 일본 작가의 작품도 매우 드문데, 노벨상 수상 작가 오에 겐자부로, 무라카미 하루키, 요시모토 바나나 등 미국에서 이미 성공을 거둔 작가에 국한된다.

1960년대만 하더라도 아르헨티나는 스페인어로 된 도서의 주요 수출국이었다. 그때야말로 세상이 글로벌하게 느껴졌다. 당시 우리는 적어도 스페인어권에서만큼은 세계의 중심에 있는 것처럼 느꼈다. 출판사와 배급업체는 중남미 전역에 걸친 문화적 소통망을 구축했다. 이 시스템은 안정적인 통화와 신용도를 바탕으로 유지되었다. 그러나 아르헨티나의 출판업계 역시 다른 경제 분야와 마찬가지로 파탄의 위기를 맞는다. 한편 스페인은 국가의 보호 장치 아래 경쟁국보다 더 뛰어난 재정적 기술력과 마케팅 능력으로 자국의 출판 산업을 발전시킬 수 있었다. 스페인에서 출간된 책이 수출 시장을 장악한 것은 당연한 수순이었다.

초기에 스페인 출판업계는 이미 구축된 대륙간 통로를 이용해 상품을 유통시켰다. 그러나 1980년대 중남미의 외채 위기로 변경과 신용 보증이 사라지고 자국 시장은 위축되었으며 서점들이 스페인 출판사에 진 부채를 상환하지 못하게 되자 상황은 다시 한 번 달라졌다. 스페인 출판사는 중남미의 현지 출판사를 매입해 거의 모든 나라에서 현지 시장만을 위해 독점적으로 출판물을 내놓기 시작했다. 그 결과는 출판계의 배타적인 분열이었다. 중남미 국가를 이어 주던 문화적 연결 고리가 끊긴 것이다. 얼마 안 가 스페인 출판사는 더욱 규모가 큰 세계적 기업과 합병을 꾀했다. 그러나 마케팅 정책은 그대로 유지했다. 따라서 오늘날 중남미 작가가 같은 대륙의 다른 나라 독자들을 대상으로 책을 내고 싶다면 스페인에서 출판하는 수밖에 없게 되었다. 중남미 작가들은 미국 대학에서 만나거나, 유럽에서 중남미 작가들을 위해 마련한 학술 대회, 포럼, 회합을 통해 서로 만난다. 지리상 가까운 거리에도 불구하고 스페인에서 출판되지 않는 한 아르헨티나 독자가 우루과이 작가의 작품을 읽을 기회는 거의 없다. 부에노스아이레스가 스페인어권 출판의 중심에 있었던 1960년대에는 브라질 작가의 번역서가 지금보다 훨씬 더 많이 출판되었다. 스페인은 브라질 문학에 관심이 없는 듯하다.

1990년대에는 세계화와 신자유주의가 다른 경제 분야에서와 마찬가지로 중남미의 출판 시장을 잠식했다. 이미 언급했듯 1980년 전에 스페인 내전과 프랑코 독재 정권을 피해 들어왔던 스페인 출판인들이 아르헨티나에 세운 출판사들은 세계적인 주요 출판업체들에 매각되었다. 그 결과는 자본의 집중, 세계화, 그리고 더 많은 즉각적 이윤 창출에 대한 요구였다.

동네 소형 서점은 자취를 감추고 어디서나 그렇듯 중심가의 대형 체인 서점으로 대체되고 있다. 서점은 이제 신상품 전시장이 되었다. 매달 너무 많은 신간들이 쏟아져 나와 쫓아가기가 힘들 정도다. 기다릴 줄 모르는 자본은 더 빨리 이익을 내기를 원한다. 단편집처럼 한 걸음 한 걸음 독자들에게 천천히 다가가는 문학서들에 희망을 거는 것은 이제 불가능해 보인다. 오늘날 출판계에서 유일하게 수지가 맞는 마케팅 전략은 매달 그 전달에 쏟아낸 신간을 덮어 버릴 만큼 많은 양의 신간을 또 물밀듯이 쏟아내는 것뿐이다. 다행히, 아직 소규모 출판사와 전문 시적 책방이 문을 열고 있다. 부디 이들이 오래 버텨 주기를 바란다.

글로벌 세상, 글로벌 언어

중남미의 많은 젊은 작가들이 글로벌화한 세계에 편입되기로 결심했다. 가브리엘 가르시아 마르케스(Gabriel Garcia Marquez)와 붐 세대 작가들이 큰 성공을 거둔 뒤에 중남미 작가들은 세계 무대에서 성공하려면 이국적이며 열대풍인 토속적인 글을 써야 했다. 문화에 대한 이같이 초보적이고 순진한 태도는 사실상 다분히 유럽 중심적이었으며, 마술적 사실주의는 반복과 모방, 의무로 의해 판에 박힌 관습이 되고 말았다. 그러자 젊은 작가들이 반기를 들고 나섰다. (칠레의 맥콘도 (McOndo), 멕시코의 크랙(Crack) 세대 작가, 그리고 중남미의 다른 여러 작가들이 그 예이다.) 이들은 보편적인 스페인어로 글을 쓸 자유, 자기 나라만의 토속적인 관용 표현을 쓰지 않을 자유, 틀에 박힌 '유형'으로 묶이지 않을 크나큰 자유를 요구한다.

멸종 위기의 단편 소설

새로운 마케팅 경향으로 인해, 오늘날 중남미 단편 소설은 사실상 멸종 위기에 놓여 있다. 특히 남쪽 원뿔 지대(Sothern Cone) 국가 출신 의 최고 작가 대다수가 단편 소설의 거장들임에도 그러한 상황이다. 언 제나 그래 왔듯 신진 작가들을 포함해 작가들은 여전히 단편 소설을 쓰고 있다. 그러나 시장은 장편 소설을 선호한다. 출판사는 단편 소설 출간을 거부한다. 이런 상황에는 이른바 실화나 리얼리티라는 데 쏠린 독자들의 관심 탓도 일부 있을 것이다. TV에서 리얼리티 쇼가 일일 연 속극이나 미니시리즈 드라마의 자리를 대신하고 있는 것처럼 픽션은 예전만큼 인기가 없다. 이러니 단편 소설은 점점 찬밥 신세가 되고 있 다. 퇴행적인 문화적 흐름에 관객들이 그리스 연극보다는 로마의 원형 극장 공연을 선호하게 된 것이라 할까? 재현으로는 충분하지 않다. 사 람들은 이제 진짜 피를 보고 싶어한다. 진짜 같고 그럴듯한 이야기와 말들이, 사실과 융화될 수 있는 것처럼 가장하는 기이한 특권을 누리 고 있다.

이러한 사실성에 대한 요구 때문에 단편 소설은 설 자리를 잃고 있 다. 단편은 즉각적인 문화적 한 혜택으로서의 정보를 제공해 줄 수 없 다. 실용적이지도 않다. 한 편의 단편 소설을 읽고 뭔가 배울 수 있는 것은 없다. 단편 소설이, 현실과 역사와 맺고 있는 관계는 항상 명쾌하 지 않다. 픽션 장르 중에서도 장편보다 단편은 더 규정하기 힘든 성격을 갖고 있는 것이다. 시장의 이런 압박은 아르헨티나에서 긍정적인 면으로 작용하기도 했다. 매우 흥미로운 신진 장편 소설가들을 배출한 것이다. 출판사가 단편 소설 선집을 출판하는 데 동의하는 경우란 이미 성공한 작가를 위해 배려 차원에서 해 주는 게 거의 전부이기 때문이다.

단편 소설 장르가 처한 또 다른 나쁜 상황은 유럽에서 그 입지를 잃어 가고 있다는 것이다. 유럽의 학계 비평가들은 호르헤 루이스 보르헤스의 작품 세계를 존중하고 있지만 단편 소설은 대체로 소설가들이 장편 집필 사이에 손가락 연습 삼아 쓰는 것이라고 생각될 정도로 주변적인 장르로 취급되고 있다.

한 가지 예외는 있는데, 주제별 단편 모음집이 독자들의 관심을 끌고 있는 것 같긴 하다.

마이크로픽션

오늘날의 신세계가 문학에 항상 해롭기만 한 것은 아니다. 신생 장르가 (적어도 시구 문학계에서는 새로운) 인터넷상에서 좋은 반응을 얻고 있다. 마이크로픽션, 서든 픽션, 혹은 초단편이라 불리는 이 장르는 20세기에 탄생해 중남미 지역에서 매우 특별한 방식으로 발전해 왔다. 스페인어로 쓰인 마이크로픽션은 총 25줄, 한 페이지를 넘지 않아야 하며, 장르상으로는 시, 아포리즘, 짧은 단편, 단상과의 경계 지대쯤에 있다고 하겠다. (그러나 이들 장르와는 혼동하지 않는 게 중요하다.)

멕시코의 후안 호세 아레올라(Juan Jose Arreola)와 아우구스토 몬테로소(Augusto Monterroso)의 많은 계승자들이 어디로 튈지 모르는, 때로는 사납게 돌변하는 이 별종을 탄생시키고 길들이는 데 공헌했다. 아르헨티나에서는 보르헤스나 훌리오 코르타사르(Julio Cortázar) 같은 최고의 작가가 이 장르를 선택했다. 시장에서 냉대받는 비상업적 장르인

데다 시와 마찬가지로 미덥지 못한 마이크로픽션은 온갖 어려움 속에서도 꿋꿋하게 잘 성장하고 있다. 인터넷이 그 한 가지 이유이다. 마이크로픽션은 웹에서 읽기에 가장 좋은 장르이기 때문이다. 다른 한편으로는 학계 비평가들의 '눈에 들었다'는 이유도 있다. 오늘날 마이크로픽션 작가들은 중남미 전역에 점점 세를 확장해 가는 일종의 비밀 결사대의 일원으로 볼 수 있다.

미몽에서 깨어남

오래전에 작가들은 참여 의식이라는 막연하긴 하지만 익숙한 사고를 지니고 있었다. 정치를 포함해 세계와 사회, 정신을 변모시키겠다는 일반화된 운동의 적극적인 일원이었던 것이다. 오늘날의 우리는 훨씬 겸손해졌다. 가장 젊은 층의 작가, 심지어 작가 지망생들까지도 더 현명하고 더 슬프고 더 늙은 듯하다. 우리는 지금 마치 중세 시대의 필경사처럼 열정과 향수를 품고, 변모하는 환경에 무관심한 우리의 문학이 다시 한 번 인류에게 중요해질 시대가 오기를 당혹감과 혼돈 속에서 기다리고 있다.

새로운 현실

그러나 현실은 변했고, 그런 변화는 작품의 심미성에 있어서도 변화를 가져온다. 와인 애호가는 맥주 애호가에게 자리를 내주었다. 적어도 우리 나라에서는 그렇다. (다른 나라에서는 정반대되는 상황임을 알고 있다.) 이 글로벌화한 세계에서 우리 작품의 등장 인물들은 이제 맥주를 마시러 가고, 디스코텍에 가고, 가상 현실의 일부로서 살아가며, 마약을 복용한다. 마약은 정신적 문제 때문이 아니라 삶의 한 방식으로 그려진다. 정치적 집회가 아니라 록 페스티벌에 더 많은 군중이 모인다. 1960~1970년대에 마리화나와 환각제가 문학에 자리 잡았던 것처럼 오늘날은 마약과 화학 약품의 문학이 자리하게 되었다. 마약은 등장 인물과 심지어 작가에게도 영향을 끼칠 뿐만 아니라 텍스트의 리듬 자체에도 영향을 주고 있다.

새로운 현실은 새로운 속어를, 새로운 은어를, 새로운 문제를 낳는다. 주변성, 실업, 거리 폭력, 반달리즘이 문학 속에 파고든다. 이메일은 서간 문학을 부활시키고 있다. 우리는 이제 어떤 광경에 대한 한 시선을 읽는다. 전 세계는 대형 쇼로 탈바꿈했고, 직접 참여는 없는, 서로 보고 보이는 관음증의 무대가 되었다. 그곳에서 우리는 카메라의 피사체로 어디서나 찍히고 만들어지는, 사람이라기보다 하나의 캐릭터가 된다.

그러나 문학이 예술임을 잊어서는 안 되겠다. 지금까지 예술은 변한 게 거의 없다. 언제나처럼 비실용적이되 필수적인 것으로, 인간의 삶이란 반짝 타올랐다가 영원이라는 어두운 안개 속으로 소멸하는 한낱 작은 불꽃에 지나지 않음을 상기시키기 위해 존재하는 것이다.

아나 마리아 슈아 Ana Maria Shua 소설가, 단편 및 미니픽션 작가, 동화작가. 1951년 아르헨티나 출생. 부에노아이레스 대학교에서 문학을 공부했다. 1976년 군사 정부가 집권하자 파리로 이주했다가 귀국과 동시에 작품 활동을 시작했다. 1967년 시집 『환자(*Soy paciente; Patient*)』로 문단에 데뷔했으며 아르헨티나를 비롯해 미국, 베네수엘라, 독일 등에서 많은 상을 수상했다. 라틴 아메리카를 중심으로 발전한, 원고지 7장 안팎의 짧은 분량에 무한한 상상력을 풀어 넣는 미니픽션의 대표작가이다. 1994년 소설 『기억에 관한 책(*El libro de los recuerdos, The Book of Memories*)』으로 구겐하임 펠로십(Guggenheim Fellowship) 후원을 받았으며 소설 『라우리타의 사랑(*Los Amores de Laurita; Laurita's love affaires*)』은 영화로 만들어지기도 했다. 소설, 동화 등 다양한 장르에서 80여 권의 작품을 출판했으며 세계 여러 언어로 번역, 출판되었다.

전자책이 가져가지 않는 것

김연수

奇文共欣賞 뛰어난 글을 함께 감상하고
疑義相與析 난해한 곳은 서로 분석한다오.

—도연명(陶淵明)의 「이사(移居)」

영국의 소설가 존 버거는 『본다는 것의 의미(*About Looking*)』라는 책에서 화가 터너의 유화 「눈보라」에 얽힌 일화를 소개한다. 한 친구가 그에게 자기 어머니가 눈보라 그림을 좋아했다는 사실을 말하자, 터너는 이렇게 말했다.

"나는 이해를 바라고 그림을 그린 게 아니라, 그런 상황이 어떤 모습이었는지 보여 주고 싶었을 뿐이야. 나는 눈보라 장면을 관찰하려고 선원들에게 날 돛대에 잡아매게 했지. 그렇게 묶인 채로 네 시간을 보냈고, 그 눈보라에서 벗어날 수 있을 것 같지 않았네만, 만약 그 상황에서 벗어날 수만 있다면 그걸 꼭 기록으로 남기겠다고 느꼈지. 그러니 다른 사람이 그 그림을 좋아하고 말고 할 일은 하나도 없다네.”

　“하지만 우리 어머니는 그와 똑같은 장면을 겪으신 적이 있었기 때문에 그때의 상황이 온전히 되살아난 거지.”

　“어머니가 화가인가?”

　“아니.”

　“그렇다면 자네 어머니는 다른 걸 생각했을 것이네.”

　이 일화를 자신의 예술을 이해하려는 대중을 무시하는 아티스트의 오만함으로 이해하면 곤란할 것이다. 터너는 자신이 본 것을 그대로 캔버스에 그렸을 뿐이다. 하지만 그것만으로는 터너가 겪은 상황을 모두 설명할 수 없다. 시각화하면서 그의 경험을 좀 더 잘 설명할 수 있는 정보들, 예컨대 바람 소리라든가 추위라든가 배의 흔들림 같은 것들은 대부분 유실됐으니까. 이해를 바라고 그린 게 아니라는 그의 말은 바로 여기서 비롯한다. 뒤집어 말하면, 그는 오해를 예상하면서도 자신이 본 것을 그려야만 했다. 그렇다면 이 오해는 어디서 비롯하는 것일까? 이 오해는 해석의 문제라기보다는 볼 수 없음과 관련된 문제다. 이 오해는 주로 시각과 연결된다. 시각은 제한된 감각이다. 시각은 자신이 볼 수 없는 것이 존재한다는 사실을 전제한다. 눈은 오직 사물의 표면만 볼 뿐이다. 만약 사람을 본다면, 눈은 그의 육체만, 그중에서도 겉모습만 볼 수 있다. 내장이나 핏줄 같은 것을 눈은 보지 못하며, 하물며 그의 성격이나 영혼을 본다는 것은 불가능하다.

　그 사실을 알기 때문에 터너는 네 시간 동안 눈보라를 지켜본 뒤에 자신이 본 것만을 그림으로 그렸다. 말하자면 그는 눈보라의 ‘겉모습’을 그린 셈이다. 그런데 친구의 어머니는 그가 그린 눈보라의, 말하자면 ‘영혼’이 자신이 언젠가 겪은 것과 동일하기 때문에 그 그림을 좋아한다고 말한다. 터너가 보기에 그런 식으로 자신의 그림을 좋아하는 건 불가능하다. 왜냐하면 그는 눈보라의 ‘겉모습’만 그렸기 때문이다. 역설적으로 말하자면, 이 ‘겉모습’은 뭔가를 보지 못하게 가리는 차폐막이랄 수 있는데, 친구의 어머니가 그 차폐막 너머를 봤다고 말하니 그 럴 수 없다고 반박하는 셈이다.

'겉모습'이라는 차폐막이 어떤 식으로 오해를 만드느냐에 대한 흥미 로운 사례가 존 버거와 사진작가 잔 모르가 함께 펴낸『말하기의 다른 방법(*Another Way of Telling*)』에 나온다. 여기서 잔 모르는 자신이 찍은 사 진 한 장을 제시한 뒤, 그 사진을 본 각 직업군의 반응을 글로 모았다. 그 사진과 몇 가지 반응을 소개하면 다음과 같다.

원예사: 사진 찍는 데 가 장 좋은 자릴 찾아다니 는 사람 같다. 그는 자연 을 사랑한다. 도시 밖으 로 빠져나가고 싶어 하 는 요즘의 젊은이다. 집 에서 볼 수 없는 것을 찾 아 어디든지 간다.

목사: 미래는 젊은이 의 것! 희망의 모습. 얼 굴과 옷이 인상적이다. 바야흐로 때는 봄이라!

여배우: 꽃이 만발한 나무 속의 젊은이. 봄. 성적인 분위기. 펠리니 감독의 「아마르코르드 (Amarcord)」에서 "난 여 자를 원해!" 하고 외치 는 남자를 연상시킨다.

정신과 의사: 꽃들이 만발한 과수원에 있는 스페인 노동자. 그가 프롤

레타리아란 사실과 계절이 봄이란 사실의 대조, 아니 사실 대조적인 건 없다. 그가 뭘 들고 있는 것 같다. 하지만 하얀 걸로 보아 카메라는 아니고. 놀란 표정이지만 나쁜 짓은 안 한 것 같다. 과수원에서 처녀가 일광욕이라도 하고 있는 모양이다.

실제로는: 1971년 워싱턴, 베트남 전쟁에 반대하는 시위, 백악관 앞에 모인 40만 시위대. 이 젊은이는 더 잘 보이는 데서 사진을 찍기 위해 나무 위로 올라갔다.

이 다양한 오해들은 "그렇다면 자네 어머니는 다른 걸 생각했을 것이네."라는 터너의 말에 붙은 주석과 같다. 사진은 조금의 오차도 없이 사진작가가 본 것을 그대로 보여 주지만, 바로 그 이유로 그가 보여 주고자 하는 좀 더 추상적인 본질을 보여 주진 못한다. 이 사진에는 다행히도 캡션이 붙어 있기 때문에 우리는 잔 모르가 실제로 보여 주고자 했던 게 무엇인지 어느 정도 짐작할 수 있다. 유사한 이유로 그저「눈보라」로 알려진 그림에 터너가 붙인 원래의 제목은 '눈보라. 항구 입구 먼 바다의 수심이 얕은 곳에 들어서 수로 안내를 받아 입항하고자 신호를 보내고 있는 증기선. 그날 밤, 필자는 이 눈보라 속에서 하위치 항구를 출발한 아리엘호 선상에 있었음'이 되는 것이다. '겉모습'만으로는 모든 걸 보여 줄 수 없기에 이런 캡션들이 필요한 셈이다.

터너의 일화에서 이런 한계를 염두에 두고 우리가 주목해야만 하는 부분은 "어머니가 화가인가?"라는 그의 되물음이다. 아마 그녀가 화가였다면 터너의 대답은 달라졌을 것이다. 따라서 화가라는 건 '겉모습'이라는 차폐막을 꿰뚫어 볼 줄 아는 능력을 지닌 사람이다. 하지만 이보다는 '겉모습'이라는 차폐막의 조직과 형태를 읽을 줄 아는 사람이다, 라고 말하는 편이 옳겠다. 그는 차폐막이 1차적으로 표현하는 것을 넘어서 2차적으로 지시하는 추상적인 것들까지 읽을 수 있다. 예컨대 "가면을 가리키며 걷는다.(Larvatus Prodeo)"라는 말은 연극에서 배우가 슬픔을 연기하는 대신에 슬픈 표정의 가면을 쓰고 나오는 경우를 빗댄

말이다. 슬픈 표정의 가면만을 볼 때는 관객은 슬픔을 볼 수 있으나, 배우가 손가락으로 그 가면을 가리키며 자신이 지금 슬픈 표정을 연기하고 있다는 것을 암시할 때는 슬픔을 보지 못한다. 이때 슬픔은 우는 소리나, 눈물처럼 눈으로 볼 수 있는 것이 아니라 매우 추상적인 것이 되며 슬픈 표정의 가면은 그 추상적인 슬픔을 가리키는 도구가 된다.

캔버스에 담긴 눈보라 그림이 '겉모습'에 불과하며, 그건 그 자체가 하나의 표현인 동시에 다른 추상적인 것을 가리키는 도구라는 것을 읽을 수 있는 사람을 터너는 화가라고 생각한 것 같다. 그렇다면 화가가 캔버스에서 보는 것은 텍스트라고 할 수 있을 것이다. 텍스트는 더 이상 차폐막이 아니라 그 자체가 하나의 표현인 동시에 그 표현을 뛰어넘는 추상적 본질에 대한 정보를 담는 저장 매체가 된다. 텍스트는 자신을 읽어 줄 만한 능력이 있는 사람을 만날 때까지는 그저 '겉모습'의 상태로 놓여 있다. 말하자면 '영혼'이 없는, 그러므로 신비도 없는, 사물의 상태다. 시각은 이 겉모습의 이면을 보지 못한다. 해석할 수 있는 사람만이 이 겉모습을 꿰뚫어 볼 수 있다. 문맹자에게 책이란 하얀 것은 종이요 검은 것은 글이라는 사실 이상을 보여 주지 못하지만, 해석할 수 있는 사람에게 책은 혁명의 도구가 되기도 한다.

어떤 그림을 두고 눈에 보이는 대로 해석한다면 이를 상황 의존적이라고 일컬을 만하다. 예컨대 눈보라 그림을 보고 한때 자신이 본 눈보라의 광경을 떠올릴 때, 그는 자신을 둘러싼 구체적인 세계의 구체적인 사물을 통해서만 그 그림을 인식한다. 공교롭게도 이런 일은 문맹자들에게 흔하게 일어난다. 월터 J. 옹의 저서『구술 문화와 문자 문화(*Orality and Literacy*)』에는 A. R. 루리아의 꽤 흥미로운 조사 내용이 나온다. 루리아는 1931년과 그 이듬해에 걸쳐 소비에트 연방의 우즈베크 공화국과 키르키스 공화국의 오지에서 읽고 쓰지 못하는 사람들과 얼마간 읽고 쓸 수 있는 사람들을 상대로 광범위한 현장 조사를 벌였다. 그는 편안한 분위기로 찻집에 앉아서 그들을 상대로 질문을 던졌는데, 그건 자신이 찍은 사진을 보여 주고 그 반응을 들은 잔 모르의 방식과 흡사했다.

이 조사에 따르면 읽고 쓰지 못하는 사람들은 추상적으로 사고하지 않고 상황에 의존한다. 예를 들어 기하학적인 도형을 식별할 때, 읽고 쓰지 못하는 사람들은 원의 경우 '접시, 체, 물통, 시계, 달' 등으로, 사각형의 경우 '거울, 문, 집, 살구 건조판' 등으로 일컬었다. 반면에 어느 정도 읽고 쓸 수 있는 사람들은 기하학적 도형을 원과 사각형으로 범주화할 수 있었다. 또한 읽고 쓰지 못하는 사람들은 논리적 사고가 결여돼 "눈이 있는 북극 지방에서는 곰은 모두 흰 빛깔을 하고 있습니다. 노바야젬블라는 북극 지방에 있으며 거기에는 언제라도 눈이 있습니다. 그러면 거기 있는 곰은 어떠한 빛깔을 하고 있습니까?"라는 질문에 "글쎄, 잘 모르겠는데요. 까만 곰이라면 본 일이 있습니다만 다른 빛깔을 한 것은 본 일이 없거든요."라는 대답이 나왔다.

이런 차이에 대한 이유로 옹은 구술 문화는 기하학적인 도형, 추상적인 카테고리에 의한 분류, 형식 논리적인 추론, 절차, 정의 등의 항목과는 아무런 관련이 없기 때문이라고 설명한다. 사고란 문자와 무관하게 정신적인 활동이라고 생각하기 쉽지만, 루리아의 조사에 따르면 우리는 텍스트 안에서만 추상적으로 사고할 수 있다. 더 중요한 것은 우리가 텍스트 안에서만 자기 자신을 대상화할 수 있다는 점이다. 루리아의 연구에서 가장 흥미로운 지점은 읽고 쓰지 못하는 사람들은 자기를 분석하는 데 곤란을 느낀다는 점이다. 그들은 자신이 누구냐는 질문에 "나는 무척 가난했고 지금은 이미 결혼해서 자식도 있어요."라고 대답하거나 지금의 자신에 만족하느냐는 질문에 "좀 더 땅이 있어서 보리를 더 경작하면 좋겠다."는 식으로 대답했다. 즉 그들은 외부의 상황 속에서만 자신을 바라볼 뿐, 내면이 존재하지 않는다.

마찬가지의 일이 그림을 단순히 시각적으로만 보는 사람이 화가의 그림을 관람할 때도 일어나는 게 아닐까? 즉 우리는 텍스트를 통해서만 화가의 작품을 향유할 수 있는 게 아닐까? 캔버스에 그려진 형태와 색깔을 해석할 수 없다면 그림의 의미를 추상적으로 범주화하지 못할 것이다. 물론 그들도 뭔가를 떠올리겠지만 그건 자기가 본 곰에 대해서 말하는 것과 같이 외부적 상황에 의존하는 것이리라. 그들이 떠올리는 것과 화가가 떠올린 것이 일치할 확률은 그리 높아 보이지 않는다. 아마 그들은 "다른 걸 생각했을 것이다." 프랜시스 베이컨은 "우리가 원하는 것은 하나의 사물이 가능한 한 사실에 입각한 것이면서, 그럼에도 불구하고 동시에 마찬가지로 우리가 그림을 그릴 때 하기 시작하는 것처럼 단순히 대상을 도해하는 것이 아니라 그것이 깊은 암시를 주는 것이거나, 또는 감각의 영역을 깊은 곳까지 열리게 하는 것을 그려 내는 것이 아닌가요? 그것이 예술이 추구하는 전부가 아닌가요?"라고 말했다. 베이컨의 말이 맞다면, 만약 그림을 보면서 화가가 떠올린 것이 아닌 다른 걸 생각할 때 우리는 예술이 추구하는 전부를 향유하지 못하는 셈이다.

소설 역시 하나의 예술이라면 베이컨의 말을 그대로 적용할 수 있을 것이다. 즉 소설을 쓸 때 소설가는 단순히 어떤 이야기를 들려줄 뿐만 아니라 동시에 감각의 영역을 더 깊은 곳까지 열리도록 만드는 텍스트를 구성한다. 소설가는 화가보다 불리한 위치에 놓여 있다. 화가는 자신이 본 것이 어떻게 보였는지를 그리는 사람이지만, 소설가는 자신이 들은 이야기가 어떻게 들렸는지 쓰는 사람이 아니기 때문이다. 화가는 보인 대로 그릴 수 있지만, 소설가는 들은 대로 쓸 수 없다. 소설가에는 선행하는 이야기가 없다. 이 때문에 앞에서 적용한 베이컨의 말은 다음과 같이 바꿔야만 할 것이다. 즉 소설을 쓸 때 소설가는 단순히 텍스트를 구성할 뿐만 아니라 동시에 감각의 영역을 더 깊은 곳까지 열리도록 만드는 텍스트를 구성한다고. 말하자면 소설은 두 겹의 텍스트로 이뤄진 셈이다. 이 이중의 글쓰기는 소설을 시작부터 추상화시킨다. 소설의 문장을 단순히 읽는다는 것 자체만 해도 텍스트를 읽는 일이 된다. 그 문장을 해독하는 일은 그 자체가 매우 지적인 행위다. 단순하게 예를 들자면, 비너스 상에 대해서는 뭐라고 충분히 떠들 수 있는 다섯 살 짜리 꼬마도 『마담 보바리』를 펼쳐서는 어떤 견해도 밝히지 못한다. 그건 소설 자체가 이미 텍스트로 구성돼 있기 때문이다.

소설가에게 가장 곤혹스러운 질문은 소설의 내용이 실제로 겪은 일이냐는 것이다. 처음 소설을 쓰기 시작했을 때만 해도 그런 질문을 받으면 대부분 내가 지어낸 이야기지만 내 경험이 녹아 있을 것이라는 식으로 대답했다. 하지만 지금은 그게 잘못된 대답이었다고 나는 생각한다. 소설을 읽는 독자들이 그게 실제로 작가에게 일어난 일인지 아닌지 따져 보는 건 소설을 읽을 때 그들은 '어떤 이야기'의 텍스트를 해독하고 있다고 생각하기 때문이리라. 말하자면 "실제로 겪은 일입니까?"라고 말할 때, 독자들은 "텍스트 말고 이야기가 궁금합니다."라고 묻는 셈이다. 앞에서 말했다시피 소설가는 들은 이야기를 다시 들려주는 사람이 아니라 처음부터 텍스트를 쓰는 사람이다. 그에게는 텍스트에 선행하는 어떤 이야기가 존재하지 않는다. 적어도 터너의 눈보라는 한때 실재했지만, 소설 속의 이야기들은 대부분 실재한 적이 한 번도 없고, 앞으로도 없을 허구다. 소설의 텍스트는 애당초 돌아갈 수 있는 시간적 맥락이 없다.

수전 손택에게 바치는 글인 「사진술의 이용」에서 존 버거는 "카메라가 발견되기 전에는 무엇이 사진을 대신했을까?"라는 흥미로운 질문을 던진다. 판화, 소묘, 채색화 등을 예상할 수 있겠지만, 존 비기는 '기억'이라고 말한다. 하지만 기억과 달리 사진에는 맥락을 보여 주지 못한다는 한계가 있다. 이는 제한된 감각으로서의 시각이라는 문제로 다시 돌아가는 얘기다. 그렇지만 맥락 속으로 다시 돌아갈 때 사진은 마법처럼 이야기를 들려준다고 그는 주장한다. 그가 말하는 맥락은 직선적 흐름이 아니라 방사형의 그물망, 다수의 기억과 같은 것, 경우에 따라 출렁이나 크게 바뀌지 않는 역사와 같은 것이다.

일반적으로 사진이 좋으면 좋을수록 창조될 수 있는 그 맥락은 보다더 완전한 것이 된다. 그러한 맥락은 시간 속에서 그 사진을 대신하게 되는데 (그것은 불가능한 것인 그것 자체의 원래 시간이 아닌) 서술되는 시간 속에서이다. 서술된 시간은 그것이 사회적 기억과 사회적 행위의 성격을 띠게 되면 역사적 시간이 된다. 짜맞춰진 서술되는 시간은 그것이 자극하고자 하는 기억의 과정을 존중해야 할 필요가 있다.

그렇다면 인쇄술이 발명되기 전에는 무엇이 소설을 대신했을까? 이야기, 민담, 전설 등을 말하겠지만 아마도 꿈, 그중에서도 실현되지 않은 꿈이 아닐까? 실현되지 않은 꿈은 그 자체가 하나의 텍스트로 존재할 뿐, 그 텍스트의 겉모습이 될 원래의 이야기는 현실에 존재하지 않는다. 그간 혁명을 꿈꿨다가 처형당한 많은 사람들의 꿈은, 공적인 역사는 그걸 음모(plot)라고 말하겠지만, 그 플롯은 실현되지 않은 계획, 즉 현실에 존재하지 못한 이야기다. 소설의 플롯 역시 이와 마찬가지라 현실에는 존재할 자리가 마련돼 있지 않다. 그러므로 사진이나 그림과 달리 소설은 역사적 시간 속에서 맥락을 찾지 못한다. 독자들에게 다시 대답하자면, "내가 쓴 소설에 등장하는 모든 인물과 사건들은 모두 내가 창작한 것으로 만약 현실의 인물과 사건들과 유사한 경우가 있다면 그건 우연의 일치에 불과하다." 대신에 꿈은 해석되어야만 하듯이, 모두 해독을 마친 소설의 텍스트 역시 한 번 더 해석되어야만 한다. 소설이 두 겹의 텍스트로 이뤄졌다는 말은 이런 의미다.

첫 번째 텍스트는 도서계(bibliosphere)라고 부를 만한 자족적 생태계의 소산이다. 이 생태계에는 크게 나눠서 텍스트를 만드는 사람들과 그 텍스트를 읽는 사람들이 있다. 가장 왼쪽에 작가가 있어서 글을 쓴다고 치자면, 가장 오른쪽에는 독자가 있어서 그가 쓴 글을 읽는다. 작가가 이야기를 만들고 독자가 그 이야기를 읽는다고 생각하면 얘기가 간단해지겠지만, 실제로는 그렇지 않고 작가는 첫 단계의 텍스트를 쓰고 독자는 최종 단계의 텍스트를 읽는다. 이 두 가지 텍스트는 미묘하게 다르다. 작가가 쓴 첫 텍스트는 수많은 사람들의 손을 거쳐서 독자가 읽는 최종 단계의 텍스트로 진화한다. 예를 들어서 편집자는 작가의 원고를 교정하는 식으로 그 텍스트에 기여한다. 그가 표시한 교정 부호 하나하나는 작가가 표현한 문장만큼 중요하다. 표지를 만드는 디자이너나 그 책을 어느 분류에 넣어야 할지 결정하는 사서도 마찬가지다. 우리가 도서관의 어느 서가에서 그 책을 찾을 수 있느냐도 텍스트를 대하는 데 영향을 끼친다. 정도는 미미하겠지만 종이 회사나 인쇄소의 노동자들 역시 그 텍스트를 형성하는 데 기여한다. 만약 그 텍스트를 먼저 읽은 사람이 있다면, 즉 도서관에서 밑줄이 그어진 책을 빌려서 읽었거나 흔적이 남은 중고 서적을 읽었다면 그 선행 독자 역시 최종 단계의 텍스트 형성에 기여한다.

그래서 책을 펼치면 우리는 많은 것을 읽게 된다. 파본이냐 아니냐는 당연히 중요하다. 내용을 읽는 데는 아무런 지장이 없다고 해도 독자는 파본을 불완전한 텍스트로 여긴다. 어떤 폰트를 사용했으며 크기와 행간과 자간은 어떤지에 따라 같은 내용이라도 독자는 전혀 다른 텍스트로 읽을 수 있다. 표지만 바꿔도 소설의 텍스트는 달라진다. 하물며 작가가 자신의 예전 작품을 개정해 표현 방식과 문장의 배열을 바꾼다면 전체적인 줄거리에는 아무런 변화가 없다고 해도 그건 새로운 텍스트가 된다. 그러므로 서점을 찾아가 하릴없이 서가를 배회하다가 어떤 책의 제목에, 혹은 표지에 끌려서 그 책을 사 와 매일 잠자기 전에 읽는다고 할 때, 그 독자가 읽는 텍스트가 작가가 최초로 쓴 원고라고 말할 수 있는 사람은 아무도 없을 것이다. 이 텍스트는 도서계 전체가 조금씩 기여해서 만든 공동의 텍스트다. 독자의 손에 이르렀을 때, 이 텍스트는 더 이상 변경이 불가능한 최종 단계의 텍스트가 된다.

하지만 최종 단계의 텍스트라고 해서 이게 독자가 최종적으로 해석해야만 하는 텍스트는 아니다. 물론 독자는 먼저 이 텍스트, 그러니까 종이에 인쇄된 문자 자체를 해석해야만 한다. 모국어로 쓴 문장이라고 해서 누구나 그 문장을 쉽게 해석할 수 있는 것은 아니다. 앞에서도 말했다시피 다섯 살짜리 꼬마는 글을 읽을 수 있다고 하더라도 『마담 보바리』를 해석할 수 없다. 학식과 경험에 따라 독자가 한 소설을 해석하는 편차는 다양하게 나타날 것이다. 일반적으로 봤을 때, 나이가 들수록 소설의 문장은 좀 더 쉽게 해석된다. 도서계 전체가 기여해서 만든 이 책의 텍스트를 모두 해석하고 나면 이제 소설가의 텍스트를 해

석해야만 한다. 서두에서 말한 터너의 일화를 빗대어 말하자면, 책이라
는 사물 안에 인쇄된 문자를 '겉모습'이라고 말할 수 있다. 이 문자는
스스로 표현하는 동시에 자기 자신을 뛰어넘어 다른 추상적인 뭔가를
가리킨다. 이 추상적인 뭔가가 두 번째 텍스트, 즉 터너 식으로 말해서
'화가만 생각할 수 있는 것'이다. 그것은 어쩌면 플롯이랄 수도 있고,
내러티브랄 수도 있고, 스토리랄 수도 있을 것이다. 때로는 거대한 기
획일 수도 있다. 그게 무엇이든 중요한 것은 독자가 일차적으로 해석하
는 텍스트, 즉 종이 위의 활자들은 플롯도, 내러티브도, 스토리도, 기획
도 아니라는 점이다. 그것은 정말이지 겉모습, 형태와 색채를 갖춘, 그
걸 텍스트로 해석할 수 있는 독자가 올 때까지는 뭔가를 감추고 있다
는 것을 강력하게 암시하는 차폐막이다.

　전자책에 대한 이야기를 하려고 이렇게 길게 에둘러 왔다. 전자책은
일단 기존의 도서계를 붕괴시킨다는 점에서 완전히 새로운 국면을 예
고한다. 전자책의 성공은 산업적으로 제지업자, 인쇄업자, 편집자, 출
판사, 서점상, 사서 등을 파산시키거나 실직 상태로 만들 것이다. 이 말
은 곧 첫 번째 텍스트를 구성하는 데 있어서 이들의 기여가 빠지게 된
다는 뜻이다. 그게 어떤 변화를 이끌어낼지는 아직도 미지수지만, 어쨌
든 그들의 기여가 빠진다면 텍스트가 변할 것이라는 데에는 이견이 없
으리라고 본다. 전자책을 통해서 소설을 읽는 독자 앞에 놓인 최종 단
계의 텍스트가 기존의 도서계 안에서 소설이 유통될 때와 비교해서 얼
마나 달라질지, 더 좋아질지 더 나빠질지, 소설이 더욱 사랑을 받을지
아니면 쇠락의 길을 걸을 것인지 예측하기란 너무나 힘들다. 그러나 전
자책 이후의 독자 앞에 놓인 소설은 두 겹의 텍스트라기보다는 단일한
텍스트가 될 것이라는 생각이 든다. 그렇다면 독자가 모든 문장을 해석
하는 즉시 소설은 모든 게 명료해지리라. 이런 독서의 경험은 지금까지
도 존재해 왔다. 예를 들어 영화를 소설화한 책들이 그렇다. 물리적으
로 하나의 텍스트가 사라지는 것이기 때문에 전자책은 이런 소설만 가
져갈 것 같다. 그것이 옳든 그르든 소설의 난해함은 전자책 안으로 들

어가지 못할 것이다. 좀 더 설명이 필요할 테지만, 도서 생태계의 붕괴,
1차적 텍스트의 영향력 축소, 난해함의 종말 등은 책의 물질성과 긴밀
하게 연결돼 있다. 전자책은 자신이 가져가지 않고 종이 책에 남겨 두
는 이 물질성에 대해서 좀 더 숙고해야만 할 것이다.

김연수 소설가. 1970년 경북 김천 출생. 성균관대학교 영문과를 졸업했다. 1993년 《작가세계》 여름호에 시를
발표하며 등단했으나 이듬해 장편 소설 『가면을 가리키며 걷기』를 발표하며 소설가로 본격 활동을 시작했
다. 전통적인 소설 문법의 영역 안에서 새로운 소설적 상상력을 실험하며 허구와 진실, 현실과 환상 사이를
넘나드는 작가이다. 장편 소설로 『네가 누구든 얼마나 외롭든』, 『밤은 노래한다』, 『꾿빠이 이상』, 『사랑이라
니 선영아』, 『7번 국도』, 단편집으로 『세계의 끝 여자 친구』, 『나는 유령 작가입니다』, 산문집으로 『대책 없이
해피 엔딩』, 『여행할 권리』 등을 출간했다. 동서문학상, 동인문학상, 대산문학상(소설 부문), 황순원문학상, 이
상문학상 등을 수상했다.

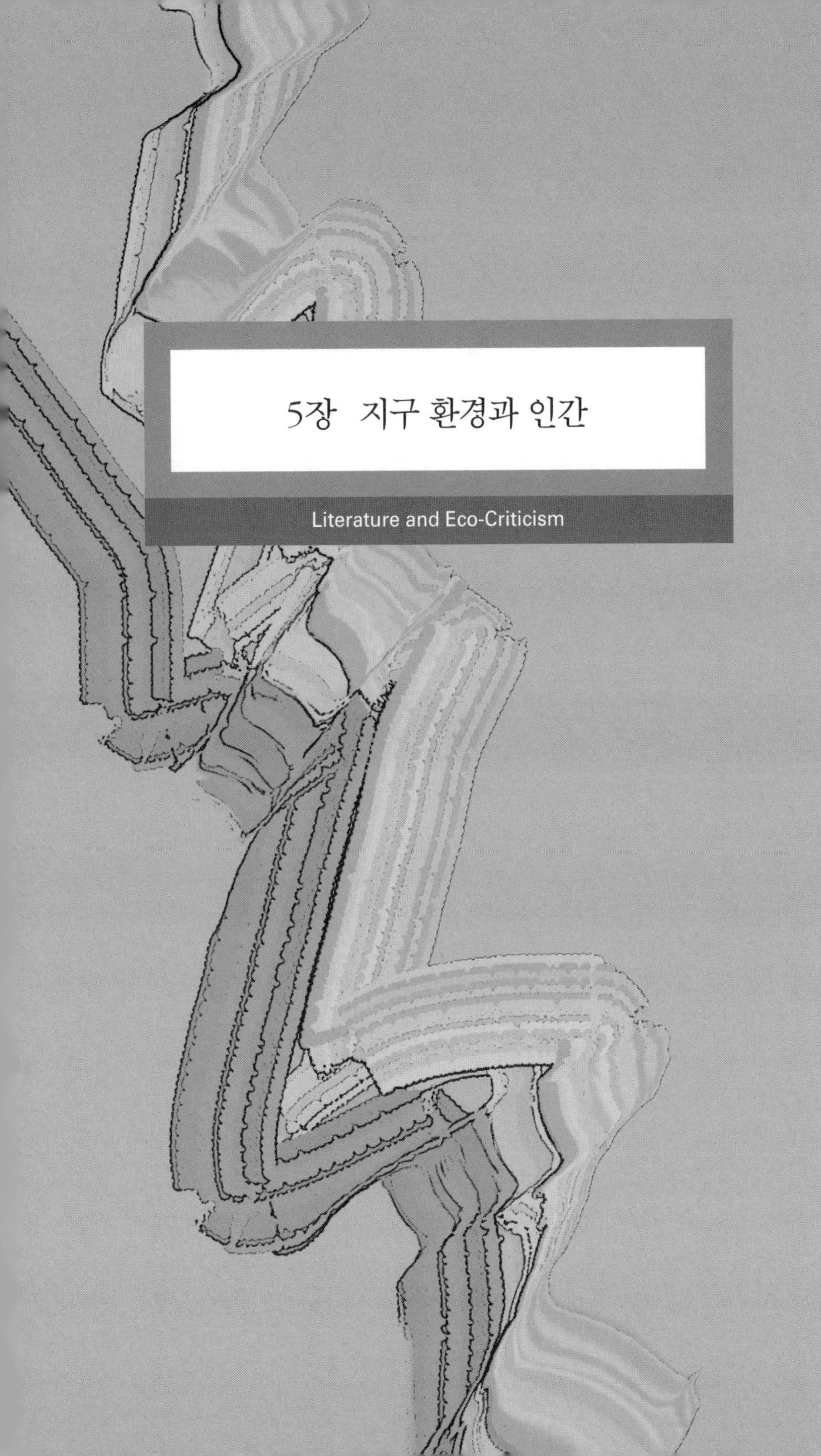
5장 지구 환경과 인간
Literature and Eco-Criticism

소설이 존재하는 한……

앙투완 콩파뇽

　점점 더 세계화되어 가는 이 세상에서 미래의 소설은 어떠한 형태일까? '세계의 소설'은 어떤 모습일까? 여기에 선행되어야 할 질문은 "그런데 소설이 계속 존재할 것인가?"이다. 문학이야말로 세계화에 잘 적응하는 편이 못되기 때문이다. 문학은 언어에 대한 애정을 기초로 하는데 소통용 언어인 영어 외의 언어의 경우 점점 더 입지가 줄고 있기 때문이다. 또 독서는 시간과 고립이 필요한 행위이나 우리에게는 이 두 가지가 점점 더 부족해지고 있다. 우리는 점점 더 많은 시간을 컴퓨터 앞에서 보내며, 각종 전자 보조 기구들은 잠시도 우리를 가만두지 않는다. 문학은 벌써 약 2세기 이전부터 국가와 동일시되는 경향을 띠고, 국운의 부흥을 동반했으며 민족주의와 제국주의와 발자취를 같이하기도 했다. 반면 지금 우리가 살고 있는 세계화 시대는 후기 민족주의, 후기 식민주의 시대이다. 프랑스 소설 외의 것을 경험하기 위해 우리가 즐겨 읽는 19세기 러시아, 영국 소설, 또는 20세기 미국 소설을 보면 더 이상 민족주의적일 수 없음을 알게 된다.

　프랑스 문학은 그 어떤 나라의 문학보다도 세계화의 위험에 노출되어 있다고 생각한다. 그것은 프랑스 외에 그 어떤 국가도 프랑스만큼 문학에 의해서 정의된 경우가 없기 때문이다. 프랑스는 자국 문학의 전체를 하나의 총체적 덩어리인 양 인식한다. 다시 말해, 낭만주의 이후부터 우리는 그 나라를 상징하는 작가를 국가에 동일시하는 습관을 가지게 되었다. 단테, 셰익스피어, 세르반테스, 괴테, 푸시킨이 그러하다. 프랑스의 경우, 한 명의 작가로 이름을 좁히는 것이 항상 어려운 일이었다. 몰리에르? 몽테뉴? 위고? 그 누구도 완전히 프랑스를 상징한다고 하기가 어렵고 그래서 한 명의 이름이 완전히 정착하지 못했다. 프랑스 문학은 중세에서 20세기까지 한 번도 쉼표가 없었던 것이다. 즉 한 번도 휴지기를 가진 적이 없었던 것이다. 이탈리아 문학은 중간에 휴지기가 있었고, 독일 문학은 중세와 18세기 말까지 거의 알려진 작품이 없다. 독일 문학을 가르치는 외국 대학은 현대 문학부터 시작을 한다. 그러나 불문과의 경우 중세, 르네상스, 고전주의, 계몽주의를 빼고 지나갈 수는 없는 일인 것이다.

그래서 프랑스 문학은 그 자체가 바로 영구한 한 명의 위대한 작가처럼 여겨진다. "Dignitas non moritur.(위대한 것은 죽지 않는다.)"가 그것을 잘 표현한다. 프랑스의 교육 기관과 정부, 국가는 그래서 자국의 문학에 강한 정체성을 느낀다. 얼마 전까지만 해도 프랑스 사람들의 머릿속에는 「클레브 공작부인」을 읽지 않은 사람이 차기 행정 담당관이 된다는 것은 상상할 수 없는 일이었다. 그렇기 때문에 문예가 덜 중요해진 이 세상에서 프랑스의 정체성은 유약한 상태에 놓이게 된 것이다. 이렇게 국가의 정체성에서 문예가 오랫동안 특별한 입지를 차지하고 있었기 때문에 현재의 상황에 프랑스가 불편함을 느끼는 것이다. 그렇다고 해서 방어적 입장에만 머물 것이 아니라 오히려 반격을 할 때라고 생각한다.

어떤 이들은 누보 로망과 1970년 라캉, 바르트, 데리다가 대표하던 프랑스 이론들 이후에 프랑스 문학이 소진했다고 주장한다. 심지어 누보 로망과 1970년대 이론들이 이후 프랑스 문학의 무기력한 상태를 야기했다고 주장하기까지 한다. 내가 보기엔 그런 말들은 부조리하다. 왜냐하면 우선 현대 문학을 절대적으로 판단하기에는 아직 시기상조이기 때문이다. 또 한편으로 누보 로망의 형식주의, 또는 1970년대 이론들이 세계적으로 성공적으로 수용된 것이 프랑스 근대 문학의 연장선상에 있다고 보이기 때문이다. 2009년에 프랑스의 유서 깊은 문예지인 《누벨 르뷔 프랑세즈(NRF)》가 창간 100주년을 맞이했다. 위대한 고전 작가들의 도래 이후에 클로델, 지드, 프루스트, 발레리가 있었고, 이후에는 초현실주의, 실존주의가 등장했고, 이어서 1970년대 이론가들이 문학의 순수주의를 끝까지 몰고 간 것이다. 물론 여기에는 최상의 면과 최악이 모두 존재한다.

말년의 롤랑 바르트는 콜레주 드 프랑스 강의 말기에 미래의 소설은 불순, 잡종의 형태로 샤토브리앙이나 프루스트 식의 작가의 삶에 대한 글이 혼합된 형태이거나 그가 애호하던 일본의 하이쿠에 가까운 무게 있는 시적(詩的) 메모 형식이 될 것이라고 예상한 바 있다. 소설은 계속해서 문학의 가장자리를 곁눈질하며 변화를 시도해 왔다. 연재소설, 모험 소설, 탐정 소설 등의 부수적 또는 주변적 장르를 차용해 온 것이다. 오늘날의 문학은 이론에 힘입어 내부를 순화하려는 노력을 더 이상 하지 않는다. 문학과 다른 분야에서 20~30년 동안 지속된 현대화 움직임의 결과로 우리는 결국 더욱 길을 잃고 만 것이다. 그러나 우리가 갈피를 못 잡는 상태를 공허의 상태와 혼동해서는 안 된다.

그렇다면 바르트가 예상했던 새로운 혼성 형태의 소설 양식은 도래했는가? 이제 어떻게 하면 프랑스 소설, 아니 프랑스어의 소설을 쓰되 프랑스 본토라고 하는 경계를 넘어 세계적인 소설을 쓸 수 있는가? 요즘 프랑스 소설이 스스로에 구속되어 있으며 자국 내에서 폐쇄적으로 간혀 있단 말을 자주 듣는다. 그런데 나는 오히려 프랑스에 대해 감히 이야기하는 소설이 적은 데에 놀라고 있다. 많은 소설들이 미국이나 우리가 동방이라고 부르는 지역을 배경으로 한다. 얀 아페리

(Yann Apperry) 소설의 배경은 캘리포니아이며, 아만다 스터스(Amanda Sthers)의 경우는 아프카니스탄이 배경이다. 프랑스적인 체험을 이야기하는 책들은 사실 외국어로 더 많이 번역이 되기도 하는데, 도시 외곽 지대의 삶이나, 마그레브 출신의 이민 2세 젊은이들 또는 대중적 작가, 특히 여성 작가의 작품들이다. 특히 아주브 베가그(Azouz Begag)나 파이자 게엔느(Faïza Guène)의 작품이 대표적이다. 이들의 작품이 우수해서라기보다는 세계가 관심을 가지고 있는 21세기의 프랑스적 현실인 커뮤니티의 존재, 소수 집단의 시련에 대해서 이들의 작품들이 이야기를 하기 때문인 것이다.

세계화가 우리를 사로잡은 이 시대에 가장 지역적인 작품들이 세계적으로 가장 알려진다는 사실은 모순적이지 않은가? 그러나 사실은 전혀 그렇지 않다. 세계화는 후기 식민주의적 현상으로 국가와 국가적 사실로서 문학 작품에 대해 의혹을 가지고 제국이 혐오해 온, 가장 협의의 지역 단위를 선호하는 경향이 있다. 바로 여기에서 '세계의 소설'이라고 하는 요청의 현실에 대해 한번 생각해 봐야 할 것이다. 우리는 범세계적인 소설, 초국가적인 문학을 추구해야 하는 것이다. 그 말은 맞지만 나이키나 자라(Zara)처럼 세계적인 브랜드와 같은 의미가 아니라 오히려 세계적인 것이 우리에게로 오는, 초국가적인 것이 도시 내에 또는 외곽 순환도로 너머에 위치하는 양상이어야 한다. 세계에서 읽고 싶어 하는 프랑스어로 된 작품은 프랑스 현지의 현실 또는 프랑스어권 지역의 현실을 밋밋하게 또는 타오르는 열정으로 표현한 작품이다. 오늘날의 프랑스에서는 이민이 중요 문제로, 이민자들의 동화, 통합이 실패하고 그들 거주 지역에 소요 사태가 있었으며, 교육이 실패했다는 것을 잘 알고 있다. 독자들은 그런 점들을 독서를 통해서 이해하고자 하는 것이다.

외국인들이 관심을 갖는 프랑스 문학은 프랑스의 현실에 대해 말하는 작품으로 상당한 수의 작품들이 이민자 2세나 프랑스권 작가들이 쓴 것이다. 그것은 별로 놀라운 것은 아니다. 우리는 타자와 타자의 문화, 사회, 세계를 이해하기 위해서 소설을 읽기 때문이다. 소설은 타자에 대한 학습인 것이다. 세계화된, 인도주의적 감수성의 문학이라는 현자적이며 정직하고 품위 있는 기획을 구현하는 작가인 르클레지오가 노벨 문학상을 수상하였다. 반면에 우웰벡(M. Houellebecq)과 같은 작가의 작품은 르클레지오보다 더 대중적 출판사에서 번역되어 출판되었는데 그것은 그의 작품이 1968년 이후 사회를 도발적이며 패러디 방식으로 표현하고 있기 때문이다. 트리스탄 가르시아(Tristan Garcia)의 에이즈 세대의 이야기를 재구성한 『인간 최상의 부분(*La Meilleure part des hommes*)』은 미국의 대규모 출판사인 파라르, 스트라우스 앤 지로사(Farrar, Straus and Giroux)에서 번역, 출판되었다.

프랑스 소설의 경우, 그 명맥을 유지하게 해 주는, 도시 외곽 지대 이야기와 프랑스어권의 작품이 없다면 공백기라고 할 수 있을 것이다. 내가 "미국에서는 매년 겨우 12개 정도의 소설만이 번역되며, 그 대부분은 프랑스어권의 책이기는 하다."라고 말하면, 혹자는 프랑스와 미국에서 문화에 부여하는 의미가 다르다는 점을 상기시키며, 프랑스에서는 문학 독서가 왕립아카데미 격이라면 미국은 할리우드이며, 양질의 짓은 판매 부수민으로 좌우되지 않는다고 빈박힌다. 그럴 수도 있다. 그러나 영어 번역뿐만 아니라 이탈리아어, 일어로 번역된 작품도 거의 같은 것들이다. 그리고 어차피 판권은 프랑크푸르트 국제 도서전에서 거래가 진행된다. 미국 출판사에 알려지지 않는 프랑스의 저명한 작가의 작품이라면 그 경우는 정말 새로운 것일 것이다. 지리적 거리와 더불어 국가적 선입견에서 자유로운 외국인 독자들은 회화의 애호가들이 그러했듯이 항상 후대의 판단을 앞질러 왔다. 이들은 일찍이 인상파, 초현실주의, 누보 로망에 도취했다. 번역은 문학 활력을 표시하는 그릇된 지표가 아니며, 이런 면에서 프랑스 소설가들은 개인적으로 우웰백만큼이나 별로 좋아하지 않는 베른하르트 슐링크(B. Schlink) 같은 독일 작가들보다 덜 알려져 있으며 그보다 더 호락호락하지도 않으며 더 어려운 세발트(W. G. Sebald)보다도 독자를 확보하지 못하고 있다.

'세계의 소설'의 또 하나의 가능한 모습이라고 할 수 있는 조너선 리텔(Jonathan Littell)의 『착한 여신들(*Les Bienveillantes*)』은 미국인이 프랑스어로 쓴 작품으로 나치의 장교가 독일 점령하의 유럽을 동에서 서로 횡단하는 이야기다. 이 두꺼운 소설은 프랑스, 독일, 이스라엘 등에서 성공을 거뒀으나 영어로 번역된 미국에서는 그다지 반응이 좋지 않아 세계적 베스트 셀러가 되는 데에는 실패했다. 아무도 이 소설을 미국 소설로 취급하지 않았다. 이 책이 잘된 책이고, 허구와 역사의 경계선상에 있으며, 엄청난 양의 자료 수집이 필요했고, 흥미진진한 이야기가 등장하며 사악한 등장인물 때문에 한번 책을 손에 잡으면 놓을 수 없었다는 사실에도 이 책을 미국 소설이라고 생각하는 사람은 없었다. 또 이 책의 서사적 요소에 대해서는 얼마나 기만적인 반응이 많았던가!

어쨌든 『착한 여신들』은 전형적인 소설처럼 여겨진다. 그러나 첨단 정보 통신 기술이 미래의 책에 대해 긍정적이든 부정적이든 영향을 미치지 않을 것이라고 생각하지 않을 수 없다. 부정적인 것은 이미 서구의 청소년들이 2세기 동안 계속해서 소설에서 삶을 배워 왔는데, 현재 우리가 세계에 대해 그렇게 많이 읽은 적이 없었을 정도로 읽고 있는데도 문학 독서가 잘 이루어지고 있지 못하다는 점이다. 이 문제는 잘 알려져 있다. 요즘보다 아동용 서적들이 더 훌륭했던 적은 없지만 청소년기로의 전환이 잘 되지 않고 있으며 청년기의 경우, 특히 남성들은 장시간의 독서를 포기하는 경향이 있다. 독서뿐 아니라 영화와 TV도 포기하고 인터넷에 매달려 있다. 미국에서 서점은 폐업하는데 아마존은 시장을 더욱 확보하는 추세이며, 이제 이북(e-book)과 시장을 공유하고 있다. 긍정적인 면은 내가 생각하기에 전자책이 10년의 초보 단계를 거쳐 도약하는 듯하다는 점이다. 오늘날 읽기를 배우는 세대는 『전쟁과 평화』를 아마존의 킨들이나 아이패드에서 열독할 것이라고 기대할 수 있다는 것이다.

이런 현상들은 소설적 글쓰기에 어떠한 변화를 가져올 것인가? 빈번히 텍스트를 떠나 서핑을 하며 또는 열려 있는 페이지를 벗어나 단어나 암시에 관해 검색하고 관련 설명이나 반론을 찾아보는, 하이퍼텍스트적 독서의 발전에 소설이 어떻게 변화하지 않을 수 있을 것인가? 뉴욕에서는 강의를 시작할 때 노트북을 닫으라고 요구하지 않으면, 학생들이 끊임없이 인터넷으로 여러분의 말을 확인해 보면서 듣는 것을 본다. 그들이 읽는 방식도 바로 그런 것이다. 우리 모두가 점점 더 손가락을 이동하면서 구글을 통해 많은 양을 읽어 대고 있다. 책은 바로 우리 눈 앞에서 변화하고 있는 중이다. 미래에는 『잃어버린 시간을 찾아서』를 읽으면서 작품에 등장하는 음악가인 뱅퇴이의 문장을 클릭하면 그의 모델인 프랑크나 포레, 또는 바그너의 음악이 들릴 것이고, 엘스티르의 카르크위트의 문을 클릭하면 모네나 휘슬러의 그림이 뜨게 될 것이다. 독서는 더 시각 이미지화될 것이며 반면 덜 상상적이 될 것이다. 여기에는 합당한 이유가 있다.

이런 현상에서 하이퍼텍스트 소설까지는 단 한 발의 간격이 있을 뿐이다. 나는 요즘 소설에 사진이 잔뜩 포함되거나 설명 없이 삽입된 이미지 컷의 숫자에 때로 놀라는 경우가 종종 있다. 이런 종류의 편집은 더 용이해졌고 저렴해졌다. 언제 이북용 킨들을 위한 소설이 등장할 것인가? 보너스로 웹사이트를 끼워 주는 형태로 말이다. 아마도 이미지, 음향, 비디오 중 선택을 하게 될 것이다. 이런 장르를 예고한 작품으로 앙드레 브르통의 『나자(*Nadja*)』를 들 수 있다. 브르통은 이 작품에서 묘사가 나오는 부분에서 전통 담화와의 단절을 표현하기 위해서 사진을 삽입한 바 있다. 오늘날 작가로는, 세발트가 『오스테를리츠』에서 이 방식을 사용했고, 유대인 쇼아(Shoah)를 다룬 다니엘 멘델스존(Daniel Mendelssohn)의 『실종자들』이란 작품 역시 우크라이나에서 실종된 사촌들의 사진과 그들의 발자취를 추적하는 작가가 만난 증인들의 사진이 가득 차 있다. 이제 소설 작품 부록에 사진 설명이나 음악 설명이 들어 있는 작품을 보는 것은 그리 드문 일이 아니다. 이미지가 범람하는 것은 문학을 기타 미디어로부터 분리하지 않은 서적을 선호하는 독자에 부응하기 위한 것이다.

다음번 세계의 소설은 하이퍼텍스트일 확률이 높다. 그런데 19세기, 20세기의 위대한 소설들은 이미 그 당시 기술이 허용하는 범위 내에서 하이퍼텍스트였다고 말할 수 있다. 문학이 왜 기술에 대해 두려움을 느껴야 하는가? 『잃어버린 시간을 찾아서』는 자전거, 전화, 자동차와 항공기에 대한 소설이다. 프루스트는 아이팟이 나오기 이전에 이미 전화를 이용한 오페라 청취기인 테아트로폰에 붙어 살았다. 1980년에 바르트는 소설의 준비라는 강의에서 당시가 컴퓨터가 막 시작된 시점이었지만 이미 소설 담화의 함정에서 벗어나기 위한 앨범 소설을 기대한다고 말한 바 있다. 바르트는 다양한 장르와 다양한 감각을 동원하는 그러한 다형의 소설을 꿈꾸었다. 오늘날 우리는 이제 막 시작 단계에 있을 뿐이다. 일부 소설에는 이미 CD가 포함되어 있고 소피 칼(Sophie Calle)은 작품에 DVD를 첨가한 바 있다. 앞으로 더 기다려 봄직하다.

문학은 블로그 때문에 오염이 될 것인가? 그럴 수도 있다. 소설은 항상 오염된 상태였으니까. 소설의 순수한 고유성은 바로 오염성이다. 오염성은 좋은 작품을 생산할 것인가? 문학이 문학을 상실하지 않으며, 하이퍼텍스트가 상호 텍스트를 내포하는 한에서는 그러하다. 세발트의 소설의 힘은 그가 고안한 텍스트와 사진의 유희뿐만 아니라 그 문학적인 깊이에서 오는 것이다. 깊이 있는 독서를 요구하는 소설은 반드시 박식한 작품이 아니며 세계의 경험 속에 문학적 경험이 포함된 작품이다. 리텔이 블랑쇼(M. Blanchot)에 대해 이야기하고 바타유(G. Bataille)에게서 영감을 받는 것은 조금 응용력이 발휘되고 약간은 교과적인 부분이다. 그러나 프랑스 소설들이 문학과 기술 모두가 두려워 자폐적인 경향을 띠게 된 이 마당에 어떻게 그런 점을 가지고 리텔을 원망할 수 있겠는가? 세계의 소설을 쓰기 위해서 그것이 바실리 그로스만(Vassili Grossman)의 『삶과 운명』처럼 세계가 겪은 가장 심오한 공포에 관한 것이라 하더라도, 문학을 비롯해, 이 세상에 애착을 느껴야 한다.

그렇다. 미래에 세계의 소설은 하이퍼텍스트적 독서가 가능하게 이미지와 음향을 통합할 것이다. 그러나 물론 문학을 통합할 것이다. 또 링크가 가득하며 자체 사이트를 갖게 될 것이다. 아니 어쩌면 이 모든 것은 이미 존재한 것도 같다. 결국 나는 지금까지 러시아의 문학사가이며 문학이론가였던 미카일 바흐친(Mikhail Bakhtin, 1895~1970)이 이미 소설에 대해서 생각했던 것의 연장선상에 서 있을 뿐이다. 대화와 다성성, 인칭과 담화의 혼합에 대해 이야기하면서 바흐친은 라블레와 도스토옙스키를 예찬한 바 있다. 대사육제와 같은 소설은 세상과 사회, 계층, 커뮤니티와 계파들의 소리를 울림으로 또는 불협으로 들리게 해 준다. 라블레, 도스토옙스키, 프루스트, 그로스만은 그들에게 가능했던 방식을 통해 이를 보여 주었다. 오늘날 같으면 이들은 인터넷을 쓰고 있을 것이다.

앙투완 콩파뇽 Antoine Compagnon 프랑스 평론가. 1950년 벨기에 출생. 영국, 튀니지, 미국에서 자랐다. 파리 에콜 폴리테크니크에서 공학을 전공하고 파리 7대학에서 프랑스 문학 박사 학위를 받았다. 파리 4대학 소르본, 미국, 영국 등에서 가르쳤고 2006년부터는 콜레주 드 프랑스에서 프랑스 현대 문학, 컬럼비아 대학교에서 프랑스 문학 및 비교문학을 가르치고 있다. 미국학술회회원, 영국학술회 교신회원이다. 21세기의 대표적인 프랑스 문학비평가로 꼽히는 그는 몽테뉴, 보들레르, 프루스트 등에 관한 문학 이론, 비평사뿐 아니라 문화사, 교육학 등에 대해 수많은 저서를 썼다. 대표 저서로『모더니티의 다섯 가지 역설(*Five paradoxes of modernity; Les Cinq Pardoxes de la Modernite*)』,『양 세기 사이의 프루스트(*Proust Between 2 Centuries 3, Proust entre deux siècles*)』,『이론의 악마, 문학과 상식(*Le Démon de la théorie*)』,『무수한 것에 대면한 보들레르(*Baudelaire devant l'innombrable*)』,『반 현대주의 작가들(*Les Antimodernes, de Joseph de Maistre à Roland Barthes*)』, 소설『지난번 애도(*Le Deuil antérieur*)』,『페라고스토(*Ferragosto*)』등이 있다.

수요와 욕구

한사오궁

11년 전 시골에 집을 한 칸 지었다. 매년 대략 반년 정도 그곳에서 살았다. 기자인 친구 하나가 찾아와서 말했다. 이곳은 확실히 산이 푸르고 물이 맑아 좋기는 하지만, 자네 여기서 농부가 되는 것은 현대화와는 정반대의 길을 걷는 게 아닌가? 그때 나는 웃으며 말했다. 자네는 광저우〔廣州〕에서 기자 일을 하면서 이곳보다 훨씬 나쁜 공기를 마시고 이곳보다 훨씬 못한 물을 마시는데 왜 자네가 사는 그곳이 꼭 현대화되었다는 거지? 더구나 나는 신선한 공기와 좋은 샘물, 싱싱한 과일을 즐기고 비교적 자유롭고 편안한 생활을 누리는데 역으로 더 현대화된 것이 아닌가?

이 반문에 그는 할 말을 잃고 말았다.

우리가 분명히 해야 할 논리적 전제가 있음을 알 수 있다. 무엇이 현대화인가? 무엇이 행복인가? 이 문제는 사실 시골 농민을 시험하고 있다. 내가 사는 그 시골에 얼마 전 조그만 제지 공장이 몇 개 들어섰다. 오염이 너무 심한 데다 연산 3만 톤도 못 되어 마땅히 폐업을 해야 하는 그런 업종이었다. 공장이 막 들어서려 했을 때, 나는 농민들에게 이

런 류의 공장은 막아야 한다고 권했지만, 그들은 그렇게 생각하지 않았
다. 그들은 소규모 제지 공장이 세수를 늘려 주고 취업 기회도 가져다
준다고 말했다. 그러나 두 해가 지나자 그들의 오리와 물고기가 모두
죽어 버렸고 많은 사람들이 피부병과 이름 모를 괴질을 앓았으며 중년
의 나이에 요절하기도 했다. 농민들은 이에 놀라고 당황하여 소동을 일
으켰고, 상급 기관에 찾아가 이 공장들의 문을 닫게 해 줄 것을 요구했
다. 다름 아니라 농민들은 고통을 맛본 후에야 각성을 하게 되었고, 비
로소 생명이 돈보다 더 중요하다는 것을 알았으며, 돈이 행복과 동의어
가 아니란 것을 깨달았던 것이다.

　사람들은 항상 '사람 본위'를 말하지만, 일을 할 때는 대개 '금전 본
위'가 된다. '금전 본위' 즉 '자본'이라는 이 어휘는 아주 적절하여, '캐
피탈'을 이 어휘로 번역하면, '인본'에 대응시키기에 아주 딱 들어맞게
된다.

　'사람 본위'란 무엇인가? 생명을 필요로 하는 일이다. '금전 본위'란
무엇인가? 돈을 필요로 하는 일이다. 이는 가장 통속적인 해석이다. 자
본주의는 많은 경우 사람을 생명으로 간주하지 않는다. 적어도 대부분
의 하층 노동자를 생명으로 생각하지 않는다. 사람은 무슨 '인력 자원'
이니 '생산 요소'로 간주될 뿐이다. 단지 자본 증식의 도구나 생산 과
정 속의 요소로 가격이 매겨져 생산 코스트에 계상될 뿐이다. 물론 사
람은 확실히 노동자이자 소비자로서 중요한 경제적 기능을 하고 있다.
그러나 사람의 생명은 하늘과 관련된 것이고, 돈은 그러한 것은 아니기
에, 가치로 계산할 수 없는 사람의 특성과 위상을 완전히 금전으로 범
주화할 수는 없다.

　'금전 본위'가 됨으로써 사람을 구매력의 다과에 따라 여러 등급으
로 나눌 수 있게 되고 이로부터 엄중한 사회 계급 제도가 생겨났다.
'금전 본위'는 생태 환경을 대가를 치러야 하거나 치르지 않아도 되는
자원으로 간주하고 그것이 자본 증식과 경제 발전에 도움이 되기만 한
다면 사회적 영향 여부는 고려하지 않은 채 이용한다. 기실, 생명체로

서의 인간은 먼저 공기와 물, 햇빛을 필요로 한다. 이 모두는 가장 기본적으로 필요한 물자로, 대자연이 사람들 모두에게 평등하게 공짜로 나누어 준 자산이다. 진실로 '자본'은 어떤 때는 '인본'에 무해하고, 심지어 돈 많은 사람이 더욱 큰 행복감을 누릴 수 있다. 그러나 마찬가지로 많은 경우, GDP와 사람의 행복은 결코 필연적인 상관관계에 있지 않다. 공기가 오염되어 사람들이 산소 카페를 많이 만들면, GDP는 오히려 상승하게 된다. 물이 오염되어 사람들이 병 속에 담긴 천연수를 많이 찾게 되면 GDP는 또 상승한다. 사람들이 거주하는 환경이 나빠진 이후, 사람들은 온갖 궁리를 다하여 관광 레저 지구를 찾아 떠난다. 그러면 항공 산업, 호텔업, 요식업, 자동차 산업, 관광 산업 등의 GDP는 더욱 상승하게 된다. 이로부터 '금전 본위'가 활성화될 때, '인간 본위'는 도리어 위협을 받게 된다는 것을 알 수 있다. GDP가 올라갈 때, 사람들의 생활의 질은 오히려 하강할 것이다. 이처럼 소비는 많으나 질은 낮은 삶이 바로 보통 사람들의 현대화된 삶이 아니던가! 이 세계 속의 부유한 나라와 부유한 사람들이 국부적으로 '환경 개선'을 실현할 수 있다 할지라도, 눈 밝은 사람들은 서양 쓰레기들과 오염도 높은 산업이 선진국가로부터 개발도상국가로 대량으로 전이되고, 변방 지역의 삼림 남벌이 핵심적인 지역의 삼림 보호를 대신하여 목재 소비의 필요성을 충족시켜 주리라는 것을 간파하기는 어렵지 않을 것이다. 이와 같은 일들은 생태에 대한 대가를 치르는 데 있어서의 불평등한 재배치에 지나지 않는다. 총체적으로 위험을 제거할 수 없을 뿐만 아니라 일종의 허위적인 생태 약탈이요 생태 착취가 아닐 수 없다. 가난한 나라와 가난한 사람들에 대해 말하자면 지극히 불공평한 일이다. 이런 의미에 있어 '아메리칸 드림'으로 대표되는 자본주의 현대화 모델은 위태로운 환상이다. 우리가 지구를 일고여덟 개나 더 만들어 50여 억이나 되는 사람들의 '아메리칸 드림'을 다 만족시켜 줄 수는 없지 않은가.

생태 환경은 경제에 제약을 줄 뿐 아니라 문화에도 제약을 가한다. 광의의 생태 조건은 지리와 기후, 생물의 종류, 인구 등을 포함하는데,

결국 특정한 문화에 대한 배양과 발전에 영향을 주게 된다. 올림픽은 고대의 유럽에서 기원했고 과거 제도는 고대 중국에서 기원했는데, 모두 하늘에서 떨어져 내린 것이 아니다. 이로부터 생겨난 문화 현상과 문화 전통은 모두 유목과 농경이라는 두 가지 생산 양식 및 유목을 선양하고 농경을 선양하는 두 가지 자연 조건의 합리적인 산물인 것이다. 특정한 토양에는 거기에 맞는 식물의 싹이 자라게 되고, 특정한 생태에는 거기에 맞는 문화가 성장하게 된다. 일부 유럽인들이 북 아메리카에 오고 난 후, 전쟁과 전염병이 5천만의 인디언들을 소멸시키고, 전 대륙이 텅텅 빈 것 같다는 것을 발견하게 되었다. 인력 자원이 지극히 결핍되어 있는 까닭에, 노동을 숭상하는 신교의 관념과 그대로 부합하게 되지 않았던가? 그리고 머신에 몰두한 생존 책략과 공업 문화가 대세를 이루게 되지 않았던가? 바로 이러한 상황에서 병마개 따기, 제초기, 포드 자동차, 보잉 비행기 등이 미국에서 자연스럽게 태동하게 되었다. 유럽인들은 연극 관람을 좋아했지만 미국에서는 이것저것 시도하다가 머신 연극을 만들었으니, 바로 영화였다. 유럽인들은 주막에서 죽치기를 좋아했지만 미국인들은 이것저것 시도하다가 머신의 주막을 만들었으니, 바로 맥도날드였다. 어떤 의미에서 말하자면 일부 머신광들이 미국 문화 특색의 이면에 있는 "보이지 않는 손"이 되었다고 할 것이다. 기실, 오늘날 글로벌 문화의 곤경에 대해 따져 묻는 것도 이로부터 시작할 수 있다. 맥도날드와 할리우드로 대표되는 미국 문화가 전 지구에 파급되고 현대의 교통과 전파 기술에 의지하여 광범하게 복제되었을 때, 생태와 문화의 관계는 이미 상당히 취약하게 변하거나 심지어 완전히 단절되어 버렸다. 문화의 복제화와 유행화, 거품화, 인스턴트화 등은 이로부터 온 세상을 뒤덮어 버렸다. 다원화는 다원적인 천편일률에 불과하고, 개인화는 개인적인 천편일률에 불과하게 되었으니, 마치 전 세계의 도시가 갈수록 한 도시처럼 변하고, 문화의 풍부성과 원초적 생명력은 점점 감퇴되는 것 같다. 사람들에게는 아마도 문화를 생태로부터 뿌리째 뽑아 버리는 것이 문화에 대한 해방인지 아니면 문화에 대한 질식인지 하는 질문을 던질 충분한 이유가 있을 것이다.

만약에 사람들이 독특함으로써 복제에 대항하고, 깊이로써 거품에 대항하고자 한다면, 스스로의 눈빛을 자신의 발 아래 토지를 향해 더욱 더 돌려야 하지 않을까? 자신의 특유한 생태와 생활 및 특유의 문화적 전통 자원에 대해 다시 한 번 더욱 근원적인 뿌리를 찾는 노력을 펼쳐야 하지 않을까?

생태 환경 문제를 해결하고자 한다면 확실히 기술이 필요하고, 자금도 필요하다. 문제는 현재 전 세계에서 보유하고 있는 자금과 기술로도 인류의 물 마시는 문제, 공기를 호흡하는 문제, 식품 안전의 문제, 토질 악화의 문제 등을 충분히 해결할 수 있으면서도 이들 문제가 결코 해결되지 않고 있을 뿐만 아니라, 나아가 지구 온난화의 추세가 더욱더 가속화되고 있다는 데에 있다. 이익 최대화 및 이로부터 온 개인 이익 우선, 자기 집단 이익 우선, 자기 국가 이익 우선은 오늘날 가장 유행하는 가치관이 되었고, 인류의 탐욕, 우매 및 허영은 현재도 팽창되고 있다. 어떤 경우, 단지 월병(月餅) 몇 개 먹을 뿐이지만, 그러나 월병의 생산과 판매를 둘러싼 광고업과 포장업은 이미 기형적으로 확장되어, 중추절 때문에 펄프 천만 톤이 가치 없이 소비되고 이는 삼림에 대해 거대한 위협을 이루게 된다. 나아가 산성비, 사막화, 오존층 파괴 및 각종 극단적인 기후 관련 재난을 만들게 된다. 그렇다면 결코 꼭 필요하지도 않은 이들 광고업과 포장업은 어떻게 흥성된 것인가? 일반 소비자로서의 우리의 물품 구매와 선물할 때의 체면 의식, 약간의 허영심, 다른 사람보다 좀 더 수준 높아 보이려는 겉도는 마음, 이것들이 바로 지구 생태 환경을 파괴하려는 죄악과의 공모에 동참한 것은 아닌가?

동아시아 문화 전통 속에는 자연을 존중하고 보호하려는 적지 않은 사상적 자원이 잠재해 있다. 불가에서는 살생을 금하고 있고, 많은 곳에서는 출가인들이 고기를 먹지 말도록 강조함으로써, 객관적으로 생태적 압력을 완화하고 있다. 도가에서는 "소박함을 보고 순박함을 지킬 것"과 "스스로의 자연스러움에 따를 것"을 주장하는데, 이 역시 건강한 생태관의 건립에 이롭다. 『예기』 속에는 푸른 싹을 상하게 하지 말고, 어린 가축을 해하지 말며, 손님을 초대하지 않으면 닭을 잡지 말고, 조상에게 제사를 지내지 않으면 양을 잡지 말라고 구체적으로 규정하고 있다. 모두 경제의 지속적인 발전 가능에 착안하고 있다. 송나라 때의 유가들은 "하늘의 도리를 지키고 인간적인 욕망을 소멸하라."라고 말했는데, 이는 당시 중국 지식계의 주류에 의해 금욕주의로 이해되었지만, 기실은 일대의 거짓된 사안을 만들어 냈다. 기실 송나라의 사상가 정이(程頤)는 이렇게 말했다. 무엇이 '하늘의 도리'인가? '하늘의 도리'는 바로 '봉양'이다. 이것이 가리키는 바는 궁실을 짓고, 먹고 마실 것을 도모하는 등 사람들의 정당한 수요이다. 무엇이 '사람의 욕망'인가? '사람의 욕망'은 바로 '지나친 욕망', 즉 인위적으로 만들어진 욕망인 것이다. 즉 여기서의 '욕망'은 탐욕인 것이고, 그리하여 힘을 다해 그를 경계하고, 그를 제거해야 한다는 것이다. 이는 공자가 『논어』속에서 말한 "혜택을 베풀되 낭비하지 말라."라고 한 정신과 일맥상통하는 것이다. 이러한 '혜택'과 '낭비'의 구분은 '하늘의 도리'와 '인간의 욕망'에 대한 구별이고, 서양의 'needs'와 'wants'의 구분에 상응하는 것이니, 바로 수요와 욕구의 구분이다. 그러나 서양인들은 아주 늦게 이러한 구별에 눈을 떴다. 예컨대, 20세기의 영국 사회학자 기든스(A. Giddens)에 이르러서야 이를 강조했던 것이다. 재미있는 것은 지난 세기의 5·4 운동 이래 중국의 주류 지식계가 지나치게 다급하였다는 사실이다. 소련의 '혁명화' 시대를 모방할 때나 미국의 '시장화' 시대를 모방할 때나 모두 한마음으로 국가와 국민을 부유하게 하는 대약진을 추구하였고, 색안경을 낀 채 본토의 문화 전통에 대해 시비곡직을 가리지 않고 요괴화를 시켜 버렸다. 그들은 이렇게 해야만 비로소 '인도주의' 혹은 '인본주의'로 회귀할 수 있고, 행복의 광명 대도로 나아갈 수 있다고 여겼다. 사실, 전인들은 바보가 아니었고 모두 행복을 추구하였다. 어리석게 '인본'과 '인도'를 부정한 것은 결코 아니었다. 그들이 탐욕을 반대한 소이는 '욕망으로서 생명을 해치는' 것에 대해 경각심을 일깨우는 것, 즉 탐욕의 생명에 대한 위해성을 경고하고자 한 데 불과했던 것이다.

우리 주변을 돌아보자. 과도한 식욕과 색욕이 지금 많은 사람들의 건강을 해치고 있지 않은가? 과도한 개발과 소모는 현재 수천 수만의 가난한 사람들을 생태 난민의 절대적인 곤경으로 던져 넣고 있지 않은가? 설사 우리가 충분한 돈이 있어 스스로 천연수를 마실 수 있고, 매일같이 산소 카페에 들어갈 수 있으며, 항상 관광 레저 지역에 여행 갈 수 있고, 심지어 모든 생태적인 대가를 남에게 전가할 수 있다고 할지라도 우리가 반드시 행복할 수 있는 것일까?

서구의 어떤 심리학자들의 조사 통계 숫자는 일찍이 많은 사람들의 주의를 끈 적이 있다. 이들 전문가들은 발견하였다. 미국인의 심리 장애의 비율은 전 인구의 23퍼센트를 점하고 있지만, 이 비율은 인도에서는 5퍼센트이며, 아프리카에서는 2퍼센트라는 것이다. 여기에서 생각해 볼 것은 미국이 세계에서 가장 돈이 많은 국가이고 GDP가 가장 높은 국가이며, 도시화와 현대화가 가장 잘 되어 있는 국가이지만, 미국인들은 자신들이 꼭 가장 행복하다고 느끼지는 않는다는 점이다. 이 수치는 정말 음미할 가치가 있는 것이다.

한사오궁 韓少功 Han Shaogong 중국 소설가, 번역가, 문학비평가. 1953년 중국 후난성〔湖南省〕 출생. 후난사범대학교 중문과를 졸업했다.《작가》지에 「문학의 뿌리〔文學的根〕」라는 작품을 발표하며 등단한 후 중국 '뿌리 찾기 문학'의 대표 주자로서, 전통 문화에 대한 반성과 재인식을 바탕으로 소재와 형식 등에서 중국의 전통을 재현함으로써 사회주의 이념과 서구 문명이 판치는 중국 주류 문화를 비판하는 작품을 썼다. 모옌〔莫言〕, 위화〔余華〕 등과 함께 현대 중국 문학을 이끌어 가며 가오싱젠〔高行健〕 이후 중국 작가 중 노벨 문학상의 유력한 후보자의 한 명으로 꼽히고 있다. 2002년 프랑스 문화부로부터 문예기사 작위를 받았고, 수필집 『산남수북〔山南水北〕』으로 2007년 루쉰문학상을 수상했다. 하이난성작가협회 주석으로 현대 중국 문학의 거장으로 꼽히며 『아빠, 아빠, 아빠〔爸爸爸〕』, 『마차오 사전〔马桥词典〕』, 『유혹』, 『빈 성〔空城〕』, 『모살〔謀殺〕』 등의 작품이 있다.

나는 나 바깥에서 왔다—지구 환경과 인간

정현종

1

　인간의 과욕이 초래한 지구 생태계 위기에 관한 진단과 경고의 강도가 시간이 지날수록 높아지고 있다. 인간을 비롯한 모든 생물의 삶의 디젼이 망기지면 당연히 거기 사는 생물의 삶도 끝장나게 마련이니, 민감하고 온당한 영혼들은 걱정에 잠겨 경고와 처방을 내놓는 것이다.

　예컨대 1980년대에 『가이아』나 『가이아의 시대』와 같은 책들을 통해 자연과학에 문외한인 나 같은 사람도 크게 계몽시킨 제임스 러브록(James Lovelock)은 최근에 『가이아의 복수』라는 책을 통해서, 『지구의 딜레마』, 『플랜 B』, 『플랜 B 3. 0』 등의 책을 낸 레스터 브라운(Lester R. Brown)은 온몸을 던져 일하는 광범위하고 구체적인 조사, 진단, 처방을 통해서 그리고 자연환경과 인간 문명에 관해 글을 써 온 저널리스트라고 하는 빌 맥키벤(Bill Mckibben)은 『자연의 종말』이라는 책을 통해서 중요한 정보와 진지한 성찰을 보여 주고 있다.

　그들의 글에서 공통되게 심각하게 이야기되는 것은, 신문이나 방송

등을 통해 이미 많이 알려졌지만, 지구 온난화와 그로 인한 기후 변화 그리고 그 원인인 탄소 연료 사용에 관한 것이다.

그런데 나의 느낌으로는, 지구의 건강 상태(따라서 모든 생물과 인류 문명의 건강 상태)를 걱정하는 그들의 말이 죽어 가는 지구 또는 곧 끝장날 지구를 향해 바치는 연도(連禱, litany) 같았다. 그리고 그런 느낌을 갖게 했다는 것은 그들의 글이 드물게 진지하고 진정성이 있다는 얘기일 터이다.

인간에게는 괴로운 진실일수록 똑바로 보지 않으려는 경향이 있다는 얘기를 우리는 줄곧 하면서 살고 있지만, 기후 변화와 그로 인한 재앙을 외면할 수만은 없는 것이, 그러한 재앙이 전 지구적인 현상이며 우리가 봄, 여름, 가을, 겨울, 몸으로 겪고 있기 때문이다. 예를 들어 2010년 9월 3일 한국을 강타한 태풍 '곤파스'는 우리가 기억하는 한 유례없이 강력한 것이어서, 그날 새벽 우리는 창문이 모두 깨져 속절없이 태풍의 한가운데에 노출된다는 공포를 느끼며 앉아 있었는데, 실제로 아파트의 고층에서는 유리창이 깨지고 날아갔다는 것을 나중에 알았고 거리에 흩어져 있는 유리 조각들을 보고 확인할 수 있었다든지, 올해(2011) 1월 한 달 동안 계속된 한파 같은 것들. 물론 근년에 지구에 빈번히 일어난 폭우, 폭설, 혹서, 혹한 그리고 그로 인해 생태계가 겪은 홍수, 가뭄 및 그로 인한 토양 유실, 생활 터전 상실, 대량 사상 등에 관해 우리는 알고 있으며 바로 지금도 세계 도처에서 그러한 재앙이 일어나고 있다. 그러니까 기후 변화로 인한 재앙은 남의 일이 아니며, 나라, 인종, 종교, 이념, 민족 따위들을 뛰어넘어 인류가 마음을 합해 대처해야 할 일인 것이다.

2

러브록 같은 지구생리학자에 따르면 인간에 의한 생태계 오염과 훼손의 정도는 가이아가 자기 조정 능력을 발휘할 수 없을 정도여서 이미 손을 쓸 수 있는 시기를 놓쳤다는 것인데, 그렇기는 해도, 내 생각으로는 이제 지상(地上)의 모든 생물의 생존을 위한 조건 중 가장 중요한 것인 지구의 건강 상태에 깊은 관심을 갖고 있는 사람들이 바라는 것은 '절제'인 것 같다. 인간이 자기들의 생명 유지에 필요한 만큼만 취한다는 그 절제는 이 행성에 일어나는 자연재해의 원인인 모든 '과잉'과 반대되는 것으로서, 생산 과잉, 소비 과잉, 인구 과잉, 과잉 이윤 추구, 과잉 자원 개발…… 등에 제동을 거는 마음의 움직임이기 때문일 것이다.

각자 하는 일이 남에게 어떤 영향을 미치느냐는 것이 궁극적으로 그 인간과 일의 가치를 결정하는 것이라면, 자신의 지나친 욕심의 통제는 '나'라는 존재의 가치를 매우 중요한 차원에서 스스로 확보하는 일이 된다. 그도 그럴 것이 그러한 태도는 나 아닌 존재들에 대한 배려의 소산이며, 내가 있기 위해 나보다 우선하는 것이 무엇인가에 대한 성찰에서 나온 것이기 때문이다.

그리고 그것이 꼭 윤리적인 것만은 아니다. 가령 나보다 먼저 있었던 자연에 관한 정보와 지식으로, 경이로움 속에서 어떤 깨달음이나 통찰을 얻을 수도 있는데, 내가 겪은 것을 예로 든다면 한 천문학적 발견과 관련이 있다.

1993년 7월 18일자 《LA 타임스》에서 나는 다음과 같은 기사를 읽었다.

은하수 너머 멀리멀리, 여기서 1200만 광년 떨어진 데서 초신성이 지금 폭발 중인데, 폭발하면서 모든 별들과 은하군의 에너지 방출량의 반에 해당하는 에너지를 방출하고 있다.

지구 은하계 너머, 나선형 M-81 은하계에서 발견된 특히 빛나는 이 초신성 1993J의 크기는 지구가 속해 있는 태양계만 한데, 폭발하는 별은 죽어 가면서도 삶을 계속하고 있다. 그건 다른 별들을 만드는 물질을 분출할 뿐만 아니라 생명 바로 그것의 구성 요소들을 방출하기 때문이다.
　우리 뼛속의 칼슘과 핏속의 철분은, 태양이 생겨나기 전에, 우리 은하계에서 폭발한 이 별들 속에 들어 있었던 것이다.

　읽고 나서 나는 은하계의 운동에 비교함직한 감동의 소용돌이 속에서 한참 앉아 있었는데, 내 뼛속의 칼슘과 핏속 철분의 원천이 별이라는 이야기를 듣는 순간 나는 반짝이기 시작했고, 모든 인간이 반짝였으며, 우리는 모두 별이고, 어린 시절에 외웠던 별 하나 나 하나는 동화적인 이야기가 아니라 사실이며, 가령 불교에서 말하는 삼천 대천세계가 바로 이 몸속에 있고, 모든 생물체의 몸도 마찬가지이며, 삼세(三世)가 한 몸을 꿰뚫고 흐르고 있다는 느낌과 생각이 동시에 소용돌이치는 비전이었던 것이다.
　그런데 그러한 대우주적 비전 못지않게 소우주의 활동 역시 우리를 생명 연계의 무한 앞에 세워 놓는데, 가령 미생물, 곰팡이, 벌레, 변형균류 등 토양에 사는 생물들이 자연 생태계를 유지하는 데 필요한 일을 거의 도맡아 한다든지, 우리 몸을 구성하는 수십 억 개의 세포 하나하나에 들어 있는 미토콘드리아라는 소기관이 발전소 역할을 한다는 등의 생물학적 정보가 그렇다.
　나는 애초에 나 자신이 만든 게 아니라는 사실, 나는 나 바깥에서 왔다는 사실을 실감으로 알 때 우리는 자기 바깥에 대하여, 생물에서 무생물에 이르는 다른 존재에 대하여, 그것들이 내 존재의 근원이며 육친에 다름 아니라는 느낌에 싸이게 된다.
　예를 들자면 한이 없겠지만, 하나 더 들면 바다에 사는 플랑크톤 에밀리아나 헉슬레이(Emiliana Huxleyi)는 나와 한 몸인데, 그 이유는 그것이 구름의 씨앗인 황화메틸을 만들어 내기 때문이다. 말할 것도 없지만, 구름은 비를 내려 햇빛과 함께 지상의 생명을 키우니 구름이나 플랑크톤은 내 몸의 기원들이다. 하늘에 떠 있는 구름을 우리가 두 눈으로 바라볼 때 우리는 우리 몸의 기원을 바라보는 것이며 나와 플랑크톤은 원래부터 사실적으로 구별할 수 없는 것이다. 생명의 기원을 연구하는 사람들이 인간의 기원을 바다의 거품이라고 말할 때, 그것은 시적 상상력을 자극하는데, 어떤 사실들은 그런 일을 한다. 신화에서 아프로디테가 바다의 거품에서 태어났다고 하듯이 어떤 사실들은 미적 상상의 원천이며 진리의 모태가 되기도 한다.

어떻든, 나는 나 바깥에서 왔다!

3

기후 변화 때문에 지구와 인류 사회가 겪는 재앙의 빈도가 높아지면서 생태계의 건강 상태에 대한 관심도 높아지고, 또 중병에 걸렸다는 지구를 위해서 각자 자기가 할 수 있는 일이 무엇인지 생각하는 사람들이 많아지리라 기대해 보지만, 누구보다도 기업인들과 정치인들의 의식의 변화가 중요할 터이다. 기후 변화의 주요 원인인 탄소 연료 사용 감축은 그들의 결정에 달려 있으며 대체 에너지를 위한 연구와 기술의 발전도 그들이 앞장서서 노력해야 하기 때문이다.

그런데 돈이나 권력은 인간의 정신이 온당하게 움직이는 걸 방해하거나 마비시키는 성질이 있어서 가령 기업인들이 이익 실현에서 맛본 재미에서 벗어나기는 쉽지 않을 터이고, 또 기왕의 조직의 관성에서 벗어나기도 쉽지 않을 것이다. 물론 많은 사람을 먹여 살린다는 순기능도 있고 그리하여 생존 차원의 자부심도 있을 터이다.

그러나 이제는 기업들도 기후 변화로 인한 재앙의 심각성에 눈을 뜨고 있고 그래서 예술과 인문학 등 문화에 대한 관심을 가지면서 '그린(green)'이라는 말을 붙이는 경영 전략이 늘어나고 있기도 한데, 가이아에 대한 배려가 기업에도 이롭고, 지구를 살려야 그 주민인 인간도 산다는 당연한 사실에 대한 깨달음이 생산자/소비자 모두의 마음을 움직여 자연의 회생을 위한 크고 작은 실천을 하게 하는 일이 중요할 것이다.

'자각'이 생사가 걸린 도약의 계기라는 것은 개체에게나 전체에 있어서나 틀림없는 사실인데, 말할 것도 없이 자각은 우리에게 끊임없이 닥치는 재난을 완화시키거나 방지하는 데 필수적인 마음의 움직임이기 때문이다. 그리고 우리의 얘깃거리인 지구의 위기의 심각성을 먼저 깨닫고 경고한 사람들이 기후를 비롯한 자연 생태 연구가들과 운동가들이라고 생각되는데, 그들보다 먼저 그 심각성을 직관적으로 느끼고 경고한 사람이 없지 않겠으나, 역시 과학적 연구 자료가 갖는 구체성의 설득력은 크다. 예를 들어 기온 상승, 해수면 상승, 살림 훼손 면적, 에너지, 물, 식량, 인구 등의 문제를 이야기할 때 제시하는 숫자의 위력은 대단하지 않은가. 숫자가 의식을 바꾸는 경우이다.

그런데 숫자를 비롯한 구체적인 자료의 즉각적인 효과는 그것을 받아들이는 쪽이 그것이 뜻하는 바를 잘 느낄 수 있어야 한다는 전제를 필요로 한다. 다시 말해서 그의 정신이 공부와 훈련을 통해 그러한 문제에 민감하게 반응할 수 있는 자질을 갖추고 있어야 한다는 얘기다.

우리가 나고 죽는 이 땅, 모든 생명체의 유기적 테두리, 나보다 먼저 있었고 내가 없어진 뒤에도 계속 있을 크고 넓은 테두리, 나 바깥을 향해 움직이는 정다움, 물이나 바람처럼 다가가는 정다움, 바깥 사랑……

그러한 마음의 움직임이 봄날의 아지랑이처럼 피어오르는 게 보이는 시가 있는데, 아메리카 인디언 시인 모리스 케니(Maurice Kenny 1929~)의 「제1법칙」이라는 작품이다.

돌들은 벽이 아니라 먼저 원을 만들어야 한다.
열려 있어, 새로운 풀과 언덕들
키 큰 소나무들과 강을 들일 만큼 넓어지고
잡초, 느릅나무, 물새를 비추는 태양처럼 넓어지도록.
제일 중요한 건 돌로 원을 만드는 것
거기서 발자국들은 바람에 지워지고

노인들과 이리들이 편안히 잠자고
아이들은 게임을 하고
원하면 눈송이를 낚아챈다.
말이 먼저 있어서는 안 된다.

여름이 봄이 될 때
애벌레는 나비가 되고
원을 위한 새로운 풀들을 찾을 것이다.
연못에 잔물결을 일으키고
물거미의 날개가 닿으면서
자란 것.
말이 먼저 있어서는 안 된다.

그것이 넓은 원을 만드는 돌들과 함께
시작하는 법.
저습지 금잔화는 활짝 피고
매는 쥐를 잡고
사내아이들은 언덕을 오르고
태양 아래 앉아
독수리 날개와 영양(羚羊)을 꿈꾼다.
말이 먼저 있어서는 안 된다.

사실 같은 내용이라도 어떻게 말하느냐에 따라 그 효과는 다르다.
지구와 인류 사회의 문제를 다루는 과학자의 글이나 강령이 그 구성원
의 각성과 계몽에 기여한다고 한다면 예술 작품은 감상자의 무의식에
스며들어 그 영혼의 체질을 자연스럽게 변화시킨다고나 할까. 사안의
중요성에 비추어 우리의 전 방위적인 노력이 필요한 것이지만, 시적 표
현이나 다른 예술 분야의 표현 방식은 그 고유한 힘을 갖고 있다는 애

기다.

언어는 인류 사회가 더 나은 쪽으로 가도록 부추기는 도구이기도 하지만 다른 한편으로는 그것이 인간만이 사용하는 도구이며 나와 다른 존재의 간격을 넓히고 대상화하는 것이라는 전언을 "말이 먼저 있어서는 안 된다"라는 구절에서 읽을 수도 있는데, 작품에 등장하는 자연과 생물들은 인간의 규정을 넘어서 그들 고유의 가치와 아름다움을 지니고 있기 때문이다.

아무리 좋은 말이라도 그 표현 방법이 상투적이면 효과는커녕 오히려 혐오감을 불러일으키며 또 추상적인 표현도 그 효과를 반감시킨다. 예건대 "존재의 크나큰 연쇄"라든지 "천지가 나와 한 뿌리요 만물이 나와 한 몸이다."와 같은 말은 진리임에 틀림없고 생명의 공생 관계를 간명하게 요약하고 있지만, 그 말들이 나의 피가 되고 살이 되는 육화(肉化) 작용에서는 "돌들은 벽이 아니라 먼저 원을 만들어야 한다./ 열려 있어, 새로운 풀과 언덕들/ 키 큰 소나무들과 강을 들일 만큼 넓어지고/ 잡초, 느릅나무, 물새를 비추는 태양처럼 넓어지도록."이라는 표현과 그 뒤로 이어지는 생명 활동의 묘사에 비해 효과가 떨어진다. 예술 작품에서 받는 감동에 의한 변화는 좀 더 근본적이요 전신적(全身的)이라 할 수 있다.

물론 산문도 그 문장에 따라, 즉 어떻게 썼느냐에 따라 그 효과는 아주 다르다. 여담이지만 산문의 경우, 글의 종류에 따라 다르겠지만, 뭉뚱그려서 얘기하자면, 모든 글에는 생각과 감정이 들어 있으므로 그 생각과 감정이 얼마나 맑고 밝은 원천으로부터 나왔느냐, 그 동기에 불순하거나 수상한 게 없느냐, 감동을 위해 필수적인 진정성이 얼마나 어리석음에서 멀리 있느냐, 상투성에 대한 혐오의 정도가 어느 정도냐……등, 비슷한 말을 조금씩 다르게 얘기한 것 같은 그러한 조건의 충족 정도에 따라 다를 터인데, 이것은 물론 시에서도 마찬가지이다.

어떻든 우리가 사는 동안 개인적인 난경에서부터 국가적인 난경 그리고 세계적인 난경을 동시에 겪게 마련인데, 예컨대 기후, 식량, 에너지, 질병 같은 것들의 문제는 개인/국가/세계를 구별할 수 없는 공통의 문제이며 또한 정치, 경제, 과학, 군사 활동들이 지구 환경을 결정하는 주요 요인이라고 한다면 다른 예술들과 함께 문학이 할 수 있는 일은 무엇인가에 대해 생각해 보게 된다.

꼭 생태 환경의 문제가 아니더라도 가치 있는 작품은 '나'에 갇혀 자족적인 재주 부리기나 하는 게 아니라 "잡초, 느릅나무, 물새를 비추는 태양처럼 넓어지는" 말하자면 '바깥을 향한 사랑'이 들어 있는 것일 터이다. 햇살은 어원상 '확장되다'라는 말에서 유래하여 '확장자들'이라는 뜻을 갖고 있다고 하는데, 벌써 짐작했겠지만 햇빛은 그 열로 만물을 키우고 그 빛으로 세상을 밝게 하여 생장과 밝음의 원천이므로 '확장'이며, 자기 자신의 소진이 가령 명성 따위를 위한 것이나 남을 이기기 위한 것이 아니라 바깥을 살리기 위한 것이므로 진정한 '확장'이다.

그러니까, 영토 확장, 세력 확장, 기업 확장 따위들과 아주 다른 확장이다. 정치나 경제도 이익이나 권력에만 집착하여 평생 제정신인 때가 단 몇 분이라도 있었는지를 생각해 보며 햇빛으로부터 위대한 확장 정신을 배우는 것도 나쁘지 않을 것이다.

예술 작품의 수용자에 대한 작용이 전신적이라는 말을 했지만 바깥 사랑이 한 본능이어서 자연 만물과 솔기 없이 이어져 있는, 아니 그것들과 그냥 한 몸인 시인이 있는데, 그런 시인의 작품에서 우리는 "만물을 생성하는 원초적 힘"(헤시오도스)인 에로스의 현현을 본다. 역시 아메리카 인디언 시인 시몬 오티즈(Simon J. Ortiz, 1941)의 「너를 보며」라는 작품이다.

나는 너를 본다.
네 어깨로
따뜻해진
부드러운 비탈에서.
내 눈은 감겨 있다.

네 피가
내 뺨을 톡톡
두드리는 걸 나는 느낄 수 있다.
내 마음속에서 나는
네 계곡들의 부드러운
움직임을 보고,
천천히 굽이치는
파동을 본다.
눈을 뜨면
네 숨결에 따라
오르내리는 아름다운 동떨어진 산.
거기 가늘고
아주 작은 양치가
자라고, 나는
숨으로
그것들을 움직일 수 있다.
네 피부로 다가가는 내
피부로 나는 너를 본다,
나는 너를 잘 알고 있었다.

부드러운 비탈은 네 어깨로 따뜻해져 있는데, 어깨는 또한 몸의 비탈이다. 바깥의 계곡과 네 몸의 계곡은 어디까지가 네 몸이고 어디까지가 바깥인지 구별할 수 없게 이어져 굽이쳐 흐르고 산은 네 숨결에 따라 오르내린다! 나는 내 숨으로 저 건너 아주 작은 양치를 움직일 수 있다.

에로스의 숨결로 가득 차 있다. 플라톤에 따르면 에로스는 우리들에게서 서로 낯설게 느끼는 감정을 없애 주고, 서로를 한 식구처럼 친근하게 느끼는 감정으로 채워 준다. 에로스는 사랑을 통해 육체적으로나 정신적으로 아름다움을 생산해 내며, 항상 아름다운 것을 사랑한다. 에로스는 아름다운 것을 사랑하기 때문에 필연적으로 지혜를 사랑하며 조화의 원리가 된다.

인간이 아름다운 것을 사랑할 때 그는 자연을 개발 대상이나 이용 자원으로만 보지 않고 그 형태와 색깔과 움직임의 아름다움에 매료된다. 에로스가 "절제에도 폭넓게 관여한다."고 하는데, 그렇다면 자연에 대한 그러한 태도는 아름다움에 대한 사랑이 물욕(物慾)을 능가하는 것이라고 할 수 있겠다.

천지의 조화가 깨진 지구―환경의 위기가 인간의 과도한 물질적 욕망에 기인하고, 아름다움에 눈을 뜨는 것이 그러한 맹목적 과도함에서 벗어나는 계기가 된다면, 인류 사회에서 예술과 예술 교육의 필요성은 증대된다고 할 수 있다. 미의식도 공부와 훈련을 통해 증진되는 것일 터이고 또한 어떤 일이든 우리가 알고 느끼고 판단하는 전 과정이 한껏 아름다울 때, 여전히 모자라는 대로, 비교적 살 만한 길을 겨우겨우 찾아갈 수 있을 터이기 때문이다.

4

그런데 자연 생태 못지않게 중요한 것이 마음의 생태일 것이다. 사실 지구 환경을 망쳐 놓은 것도 인간의 마음이요 문제의 심각성을 알아차린 것도 마음이며 해결하려고 노력하는 것도 마음이다.

생물의 차원에서나 사회의 차원에서나 인간이 이 세상에서 살아가는 그 존재의 최소한의 정당성은 인간이 겪는 여러 가지 고통과 수난을 완화하거나 해결하려는 노력에 공감하고 참여하는 것일 터인데, 그렇기는커녕 고통과 수난의 원천이 되는 경우가 있다. 그리고 그중에서 제일 나쁜 경우가 권력을 폭력적으로 행사하는 국가나 정치권력이다.

나는 한국에서 글을 쓰는 사람의 하나로 한반도 분단 체제가 만들고 있는 정신 – 심리적 분위기 속에서 살아왔는데 평화 기금과 카네기 국제 평화 재단이 조사 분석하고 2006년《포린 폴리시》가 발표한 20개 실패 국가에 들어가 있는 북한의 자국민에 대한 탄압은 물론, 같은 민족이며 이웃인 한국에 대한 위협에 대해 이야기하지 않을 수 없다.

북한의 참담한 현실에 대해서는 이미 많이 알려져 있고, 국민이 굶어 죽는데도 핵과 미사일 개발을 계속하면서, 한반도 평화를 위해 그들을 도우며 공존을 모색하던 대한민국을 향해 천안함 폭침과 연평도 포격이라는 군사 도발을 한 것도 잘 알려져 있다.

참으로 한반도의 평화를 원하고 그들을 도울 준비가 되어 있는 남쪽을 향해 사람으로서 최소한의 양식이라도 있다면 차마 하지 못할 폭언과 군사 도발을 하는 이유가, 어떻게 오늘날 그런 일이 있을 수 있을까 싶은 왕조 독재 체제의 유지를 위해서라는데, 그런 짓을 하는 그들이 그동안 자동인형처럼 살아온 정신 환경 — 언어 환경이 스스로를 몰락시킬 만큼 회복 불능 상태로 병들어 있었다는 것을 잘 보여 준다.

그레고리 베이츤(Gregory Bateson)이라는 학자는 그의 책 『마음의 생태학』에서 생태계 종(種)의 잘못된 단위와 분류, 사람과 자연의 대치 상태가 가져오는 결과 등을 이야기하는 가운데 다음과 같이 말하고 있다. "마치 잡초들의 생태계가 있듯이 나쁜 생각들만 통용되는 생태계도 있으며, 그 체계의 특성은 기본적 과오가 자체 번성하는 것이다."

위의 말은 가령 정치의 권력 투쟁이 맹목적이거나 기업의 이윤 추구가 과도할 때 어느 나라 어느 집단에도 다소간 적용될 수 있겠고 또 가령 이념 대결에서 자폐적 고정관념에 갇혀 단어의 뜻이 모호하거나 공허한데도 앵무새처럼 되뇌는 바람에 그 사용 빈도에 마취되어 그게 마치 목숨 걸고 지켜야 할 진리인 양 이상하게 안주하는 경우에도 적용될 수 있겠지만, 특히 북한 권력 집단에 맞아떨어지는 말로 보이는데, 그들이 있는 곳은 '나쁜 생각들만 통용되는 생태계'인 듯하며 '기본적 과오가 자체 번성하는' 곳인 듯하기 때문이다.

개인이든 집단이든 국가이든 그러한 상태에 있는 이웃과 더불어 산다는 것은 아주 괴로운 일이니 북한과 붙어서 살고 있는 남한 사람들의 스트레스는 지구상의 다른 지역 사람들은 알 수 없는 불행한 정신 환경이라고 할 수 있다.

어떻든 분명한 것은 자폐적 정신질환의 징후이며 자체 번성하는 과오의 결과라고 할 수 있는 지나친 호전성에서 북한은 하루빨리 벗어나야 한다는 것인데, 왜냐하면 그들이 그렇게 할 이유가 전혀 없기 때문이다. 그들이 자기들에게 손해일 뿐인 군사 도발을 하지 않는다면 한국도 미국도 그들을 공격할 의사가 없으며, 그들이 핵을 포기하고 진정으로 대화를 하고자 한다면 한국도 미국도 그들을 도울 준비가 되어 있다는 것이 그동안 되풀이해 온 이야기이기 때문이다.

뻔한 얘기지만 되풀이할 수밖에 없는, 한반도의 주민으로서는 여전히 절실한 정언 명령 전쟁은 하지 말아야 한다는 것이다. 튼튼한 안보가 평화의 전제 조건이라는 것 또한 뻔한 얘기지만, 우리는 각자 자기가 하는 일에 충실하는 한편 평화를 위한 공동의 염원도 각자의 마음속에 불씨처럼 깃들어 있기를 바라는데 그러한 마음이 평화를 위한 정신적 환경, 말하자면 평화의 대기(大氣)를 만들 터이기 때문이다.

뿐만 아니라 공존이든 통합이든 그 과정이 평화롭게 진행되게 하기 위한 실질적인 노력의 하나로 양쪽 모두에게 손해가 없을 DMZ 생태평화공원 조성 및 지정을 UN과 함께 남북이 적극적으로 추진해서 아시아와 한반도 평화를 위한 보루요 상징으로 만든다면 세계인의 감탄과 사랑을 받는 지역이 될 것이고 대대손손 우리의 자랑이 될 것이다.

DMZ의 생태에 관해서는 전문가들의 조사가 진행돼 왔고 신문들이 특별 기획으로 취재해서 소개한 바 있는데, 궁예 도성 성터 근처에 있는 저수지 '황금보(黃金湺)'를 찍은 사진을 조선일보 2010년 6월 22일자에서 보는 순간(그 물은 햇빛을 받아 하얗게 빛나고 있었고 오른쪽에는 갈대, 왼쪽에는 수색대원들이 훈련을 하고 있었다.) 나는 그 물이 양수(羊水)라는 생각이 번개처럼 들었다. 평화를 낳을 양수, 한반도의 주민에게 새로운 하늘이 열리는 전혀 새로운 삶을 낳을 양수, 평화로운

삶을 통해서만 얻을 수 있는 질적으로 전혀 다른 삶을 시작하게 할 양
수……. 햇빛을 받아 하얗게 반짝이는 그 물은 한반도 주민에게 전 지
역적인 커다란 자각을 독촉하는 빛을 반사하고 있었고 60여 년 동안
괴로운 삶을 살아온 우리의 무지와 어리석음에서 일거에 깨어나기를
재촉하는 빛을 몸과 마음에 쏟아붓고 있었다.

그 물이 그렇게 느껴진 것은 물론 그동안 되풀이된 테러와 군사 도
발 과정에서 육화된 평화에 대한 비원(悲願) 때문일 것이다.

나는 그날 작품을 한 편 썼다.

꿈이지만, 꿈꾸지 않으면 되는 일도 없고, 또 그 꿈의 기운이 마음에
서 마음으로 전해져 그게 실현될지도 모르니까.

2011년 봄

황금태
—남북의 모든 이에게 평화의 씨앗 DMZ 노래를 바침

> 이슈와라에 들어 있는 '덮는 힘'으로부터
> 이제 '변화시키는 힘'이 나왔다. 그것은 세 속
> 성들 중에 동성(動性)의 작용으로 생겨난 '자
> 각'으로 인한 것이었다. 이것에 투영된 것은
> 황금태(黃金胎)의 의식(意識)이었다. 그 의식
> 은 자각을 가진 것이었으며 그 모습을 드러내
> 기도 드러내지 않기도 하는 것이었다.
> —빠잉갈라 우파니샤드

그렇다, 거기 DMZ에서
황금보(黃金洑)를 보는 순간

아, 저거다! 저건
평화를 낳을 양수(羊水)다!는 느낌이
전류처럼 지나갔다.
그래서 '황금보'다!

DMZ,
한반도의 크나큰 상처,
유기체를 괴롭히는
막힌 혈관,
산 몸을 그 몸의 주인들 스스로
독살하고 있는,
어린애가 봐도 우습기 짝이 없는
어리석음,
비할 데 없는 불행의
원천.
그러나
그곳에 숨어 있는
황금보.
반도의 북쪽 평강고원에서 발원한 물이
모였다가
철원평야로 흘러드는
저수지,
그 물가의 갈대들은
그 물 위로 모두 고개를 숙여
경배하고 있다.
평화의 예감을 향하여,
평화 속에 나타날 새나라,
제3의 건국을 숨쉬고 있는

태아의 예감을 향하여,
그런 예감으로 조용히 긴장해 있는
수면,
우리의 양수를 향하여.

그곳의 새들
동물들
풀과 꽃들
그 어떤 것도
평화의 꿈 아닌 게 없다.
두루미와 함께 날아오르는 평화의 꿈
고라니, 산양과 함께 뛰는 평화의 꿈
도롱뇽과 함께 헤엄치는 평화의 꿈
갯메꽃과 함께 피어나는 평화의 꿈
황금보에서 목을 축이고
거기 물로 뿌리를 적시는 평화의 꿈,
그리하여
그것들과 함께
새로운 나라
하나 된 나라가 탄생하는 개벽의 꿈……

양수 황금보의 수면이 빛난다.
마침내 꿈틀거리는 자각과도 같이.
양수 황금보의 수면이 빛난다.
그 자각이 낳을 크나큰 탄생의 신호와도 같이.

DMZ
우리의 자각의 원천,

거기서 마침내
우리가 바라는 나라가 태어날
오 황금태여.

2010년 여름

정현종 시인. 1939년 서울 출생. 연세대 철학과를 졸업했고 1965년《현대문학》을 통해 데뷔했다. 중앙일보와 서울신문 기자로 재직하였고 서울예술대학과 연세대 문과대 교수를 역임했다. 인간의 실존적 조건에 대한 민감한 반응을 탄력적 언어로 노래한 초기 시로부터 남북 분단 상황이 일으키는 재앙과 고통에 대한 최근의 관심에 이르기까지 변모를 보여 오면서 문명, 자연, 환경, 일상생활, 시간, 마음 등에 대한 통찰을 노래해 왔다. 시집으로『사물의 꿈』,『고통의 축제』,『떨어져도 튀는 공처럼』,『사랑할 시간이 많지 않다』,『세상의 나무들』,『한 꽃송이』,『견딜 수 없네』,『광휘의 속삭임』 등이 있고 산문집으로『숨과 꿈』,『생명의 황홀』,『날아라 버스야』 등이 있다. 이산문학상, 미당문학상, 경암학술상(예술 부문), 대산문학상(시 부문) 등을 수상했고 2004년 칠레 정부가 네루다 탄생 100주년을 기념하여 전 세계 100명의 시인, 소설가에게 주는 네루다 메달을 받았다.

생태 문학과 생태 비평에는 아직 생태학이 없다

최재천 · 정재서

2007년 6월 5일 새벽 집에 배달된 조선일보를 펼쳐 들고 나는 온몸에 소름이 돋는 전율을 느꼈다. 경영학 명예 박사 학위를 받기 위해 서강대학교를 찾은 세계적인 미래학자 앨빈 토플러와 하이디 토플러 부부를 소개하는 신문 기사에 "IT 다음은 생태학……"이라는 제목이 붙어 있었기 때문이었다. 당시 나는 한국생태학회의 수석부회장으로서 그 후 2년 동안 회장직을 맡을 즈음이었다. 연구비가 부족하여 늘 가난한 학문인 생태학을 세계적인 미래학자들이 IT를 대체할 학문이라고 하니 흥분하지 않을 수 있겠는가? 복지와 건강이 단연 다가올 시대의 최대 화두인 만큼 생태학이 가장 중요한 기초 학문으로 자리 잡을 것이라는 예측이다. 지난 몇 년간 세계를 뒤흔든 경제 위기 때문에 경제학은 전례 없는 정체성 위기를 겪고 있다. 그동안 경제학은 경제의 주체인 인간이 완벽하게 합리적인 존재라는 대전제 아래 모든 연구를 진행해 왔다. 그러나 이번 경제 위기를 겪으며 경제학도 드디어 인간을 들여다보기 시작했다. 바야흐로 '뉴턴 경제학의 시대'가 저물고 '다윈 경제학의 시대'가 열리고 있다.

이런 학문적인 흐름에 발맞춰 나는 최근 2년 동안 중국 문학을 전공하는 이화여대 정재서 교수를 비롯하여 그와 함께 연구하고 있는 김지선, 최진아 박사, 그리고 과학철학자인 인하대 고인석 교수, 동물 생태학자인 강원대 박영철 교수와 함께 동양과 서양의 생태 문학 역사를 공부하며 새로운 생태 비평(ecocriticism)의 틀을 정립하려는 노력을 기울여 왔다. 서양 생태 문학의 전통은 자연스레 그리스 시대까지 거슬러 올라간다. 그리스 신화에 등장하는 신들은 모두 자연신의 형태를 띠고 있다. 그 후 18세기에 이르면 루소(Jean-Jacques Rousseau, 1712~1778)에 의해 자연 중심적 자연관이 확립되며 낭만주의 시대의 도래와 더불어 생태 문학의 특성이 강하게 드러난다. 한편, 헨리 데이비드 소로(Henry David Thoreau, 1817~1862)로부터 시작된 미국의 자연 문학(nature writing)은 뮤어(John Muir, 1838~1914), 레오폴드(Aldo Leopold, 1887~1948), 카슨(Rachel Carson, 1907~1964), 윌슨(Edward O. Wilson, 1929~) 등으로 이어지며 나름대로 훌륭한 전통을 이어 오고 있다.

나는 문학 평론을 전공하지 않아 학문적 권위에 기반한 연구 결과를 내놓을 능력은 없지만, 넓은 의미의 생태 문학 범주에 속하는 대부분의 서양 문학 작품들은 단순히 자연을 서술하고 때로 예찬하며 서투른 자연 회귀를 부르짖고 있다고 생각한다. 미국의 자연 문학 작품들은 다분히 이념적인 환경보호주의(environmentalism)의 색채를 지니고 있어 성숙한 생태 문학으로 보기 어렵고, 1970년대 이후 크리스트 볼프(Christ Wolf)와 에리히 프리트(Erich Fried) 같은 독일 작가들을 중심으로 하여 등장한 생태 소설과 생태 시들은 『황무지(*The Waste Land*)』로 시작된 엘리엇(T. S. Eliot, 1888~1965) 문학의 전통을 이어 간다는 점에서는 문학사적으로 중요할 수 있지만, 여전히 환경 파괴의 현실을 거칠게 비판하는 수준에 머물러 있다는 평가를 면하기 어려워 보인다. 자연을 단순히 인간의 삶을 위해 존재하는 배경 또는 대상으로 묘사하는 데 그치는 게 아니라 자연과의 교감과 소통을 이끌어

낸 작품은 그리 많지 않아 보인다. 이런 점에서 나는 인간과 자연의 상호 연결성(interconnectedness)을 집요하게 묘사한 멜빌(Herman Melville, 1819~1891)의 『백경(*Moby Dick*)』을 귀중하게 생각한다.

인간과 자연을 본질적으로 분리하는 서양의 이원론적 사고와 달리 정경교융(情景交融)의 사유 방식을 지닌 동양의 고전 문학은 본래부터 생태 문학적인 특성을 갖고 있다. 하지만 중국은 그들의 고전 문학에 풍부한 생태 문학 자산이 있음에도 불구하고 사회주의 체제를 거치며 이렇다 할 연구가 진행되지 않았다. 중국 사회과학원 문학연구소의 예수셴(葉書憲) 교수는 최근 중국의 신화를 인간이 자연을 극복한다는 종래의 마르크스주의적 세계관이 아니라 인간과 자연이 조화를 이루는 생태 문학의 관점으로 새롭게 분석하고 있다. 중국 문학에도 생태 비평의 필요성이 절실해 보인다.

한국의 생태 문학 논의는 1990년대에 이르러서야 본격적으로 시작되었다. 최인훈은 『꿈의 거울(우신사, 1990)』에 수록된 「문학과 이데올로기」와 「예술이란 무엇인가」, 「진화의 완성으로서의 예술」 등의 글에서 문학과 예술의 상상력을 인간의 DNA와 연관시켜 논의함으로써 문학과 진화생물학을 연계하는 새로운 방법론을 모색했다. 문학과 생태학 간의 다른 학제적 시도로는 이두진의 「에즈라 파운드와 자연 ― 시론과 경제, 정치사상에 나타난 생태학적 상상력」(《미국학논집》 29집, 1997), 김원중의 「교만의 공멸에서 겸손의 상생으로: 현대 미국 시의 생태학적 상상력」(《인문학연구》 6집, 1999), 우찬제의 「만공의 우주와 생명의 황홀경: 김지하, 정현종 시의 생태학적 상상력」(《인문학연구》 6집, 1999) 등이 있다. 2000년대로 접어들며 이러한 시도는 양적으로 상당한 진전을 보여 김봉군의 「한국 문학의 생태학적 상상력」(《한국문예비평연구》 8집, 2001), 곽경숙의 「한국 현대 소설과 생태학적 상상력」(《현대문학이론연구》 18집, 2002), 김해옥의 「생태인문학의 가능성과 이효석의 「산」을 통해 본 생태학적 상상력 불타의 중생관(衆生觀)을 중심으로」(《한국언어문화》 22집, 2002), 김미영의 「공선옥 소설에 나타난 생태학적 상상력 고찰」(《현대문학이론연구》 24집, 2005), 이수연의 「바실렌꼬의 「들다람쥐」에 나타난 생태학적 상상력」(《슬라브연구》 22집, 2006), 허만욱의 「다매체 시대, 시조와 현대 소설을 통한 장르 확장의 가능성 고찰 — 생태학적 상상력을 중심으로」(《시조학논총》 25집, 2006), 박선애의 「한국 근현대 문학의 동식물 상징 기호를 활용한 문화 콘텐츠 창작 소재로서의 가능성 연구」(《우리어문연구》 30집, 2006), 이평전의 「생태학적 사유의 기원과 신화적 상상력 연구 — 윤대녕 소설을 중심으로」(《환경철학》 6집, 2007), 차봉준의 「조세희 소설의 생태학적 상상력 연구」(《현대소설연구》 34집, 2007), 사순옥의 「파니 레발트의 생태학적 상상력과 생태 페미니즘의 원형」(《독일문학》 102집, 2007), 임은희의 「문순태 소설에 나타난 생태학적 인식 고찰 — 성과 여성, 자연을 중심으로」(《우리어문연구》 30집, 2008), 조회경의 「박완서의 「해산바가지」에 나타난 생태학적 상상력」(《문명연지》 10집, 2009) 등이 출간되었다. 이 밖에도 김욱동의 『문학생태학을 위하여(민음사, 1998)』, 이남호의 『녹색을 위한 문학』(민음사, 1998), 김용민의 『생태 문학』(책세상, 2003) 등의 논저들이 출간되어 생태 문학의 개념과 현황을 소개했다.

지난 20년간 국내 학계의 문학과 생태학의 학제적 연구는 양적으로는 그런대로 괄목할 만하지만, 대부분의 시도에서 생태학은 다분히 선언적인 주장만 하거나 당위성을 강조하는 수준에서 적용되었을 뿐 진정한 의미의 소통은 기대에 미치지 못했다. 카를 크로에버(Karl Kroeber)(1994)는 그의 저서 *Ecological Literacy Criticism: Romantic Imagining and the Biology of Mind*에서 영국 낭만주의 시 문학에 투영된 생태 문학의 성격을 분석하며 이제 문학 비평은 생물학과 연계하여 새로운 이론을 정립해야 한다고 주장했다. 21세기로 접어들며 '지식의 통섭'(統攝 consilience, Wilson, 1998)이 무엇보다도 중요하게 부각되고 있건만 생태 문학은 아직 생태학이라는 자연과학을 제대로 끌어안지 못하고 있다. 따라서 태생적으로 이원론적 사고의 틀을 벗어나기 어려워하는 서구식 생태 비평의 한계를 극복하고 동양의 천인합일(天人合一)의 감성을 바탕으로 하여 새로운 생태 비평을 정립하려는 시도는 매우 시의적절해 보인다. 이에 중국과 한국의 신화와 문학에 나타나는 구체적인 사례들을 중심으로 새로운 생태 비평 정립의 가능성을 가늠해 보고자 한다.

중국 신화

중국 최고의 지리서(地理書) 『산해경(山海經)』에는 상상하기 어려운 짐승들이 많이 등장한다. 그중 어떤 짐승은 생김새가 말의 몸에 새의 날개, 그리고 사람의 얼굴에 뱀의 꼬리를 하고 있다. 이를 그리스 신화의 키마이라(Chimaera)와 비교하면 흥미로운 차이점을 발견할 수 있다. 머리는 사자, 몸통은 염소, 꼬리는 뱀의 형상을 지닌 이 짐승은 이오바테스 왕의 부탁을 받은 벨레로폰이 페가수스의 도움을 얻어 목을 베어 죽인다. 자연을 타협할 수 없는 정복의 대상으로 본 서양의 사고에서 나온 상상의 짐승과 달리 『산해경』의 짐승은 사람과 더 불어 있기를 좋아한다.(其狀馬身而鳥翼, 人面蛇尾, 是好擧人)

452

중국 고전 소설

『삼국지연의』

서양에서는 동물성(Animality)을 비천함 또는 사악함의 상징으로 규정하는 데 비해 동양에서는 동물성을 인간 세상을 설명하기 위한 상징 체계로 사용했다. 『삼국지연의(三國志演義)』에 등장하는 인물들은 종종 동물에 비유되었는데 다분히 긍정적인 관점으로 묘사되었다. 장비(張飛)는 "표범 머리에 둥근 눈과 제비 턱에 호랑이 수염"을 가졌고, 관우(關羽)는 "대춧빛 얼굴에 붉은 봉황의 눈과 누워 있는 누에 모양의 눈썹"을 지녔으며, 마초(馬超)는 "호랑이 몸에 원숭이 팔뚝, 그리고 표범 배에 이리의 허리"를 가졌다고 묘사되고 있다. 이처럼 중국 고전 소설 및 우리나라 고전 소설의 동물에 비유하는 인물 묘사 기법은 일찍이 사마천(司馬遷)의 『사기(史記)』에서부터 이문열의 소설에까지 이어진다.

『금병매』

중국의 명(明)나라 시기의 소설 『금병매(金瓶梅)』에는 대단히 노골적인 춘화들이 들어 있다. 하지만 중국의 춘화는 성행위 자체에 초점을 두지 않고 오히려 남녀의 성 교합이 자연 경물의 일부로 보이도록 담담하게 표현되어 있다. 아울러 성 교합의 체위도 동식물의 명칭을 이용하거나 자연 현상에 빗대어 설명한다. 몇 가지 예를 들면 다음과 같다.

隔山取火(산을 사이에 두고 불을 취하는 모습)
金鷄獨立(금계가 외발로 선 모양)
描鼠同穴(한 구멍 안에 있는 고양이와 쥐의 모습)
小樹盤根(뿌리를 휘감은 작은 나무)
盲蛇歸穴(눈먼 뱀이 구멍을 찾는 모습)

山羊對樹(나무와 마주선 산양의 모습)

중국 고전 문학에서는 인간의 성(性)도 인간 중심적이 아니라 자연과 교감하는 자연의 일부로 간주되었다.

중국 고전 산문

동진(東晉) 시대 도연명(陶淵明)이 지은 「도화원기(桃花源記)」는 인간의 이상향을 그린 중국 고전 산문이다. 진(晉)나라 태원(太元: 孝武帝의 年號, 376~396) 연간에 고기잡이를 하는 무릉 사람이 있었다. 하루는 물길을 따라 나섰다가 얼마나 왔는지 모를 무렵 갑자기 복숭아꽃이 만발한 도화림(桃花林)이 눈앞에 나타났다. 냇물을 끼고 양편 기슭 수백 보의 땅에 다른 나무는 한 그루도 없고 향기로운 풀들이 싱싱하고 복숭아 꽃잎이 바람에 어지러이 날릴 뿐이었다. 어부는 복숭아 숲 끝에 무엇이 있는지 알고 싶어 계속 노를 저었다. 숲은 냇물이 처음 시작되는 곳에서 끝이 나고 그곳에는 산이 하나 있었다. 산에는 작은 동굴이 있는데 그곳에서 한 줄기 빛이 새어 나오는 것이었다. 어부는 배에서 내려 동굴로 들어갔다. 동굴이 시작되는 곳은 사람 하나가 간신히 지나갈 수 있을 정도로 좁았으나 수십 보를 더 나아가자 갑자기 앞이 탁 트이며 넓은 세상이 펼쳐졌다. 넓고 평평한 들에 집들이 정연하게 늘어서 있고 기름진 전답과 아름다운 연못에 뽕밭과 대나무 밭이 있었다. 사방으로 길이 나 있고 닭 우는 소리와 개 짖는 소리가 들려왔다.

우리가 그리는 이상향은 흔히 좁고 험난한 관문을 통해 진입할 수 있다. 성경의 '좁은 문' 비유도 비슷한 맥락을 지닌다. "국경의 긴 터널을 빠져나오자, 눈의 고장이었다. 밤의 밑바닥이 하얘졌다. 신호소에 기차가 멈춰섰다."로 시작하는 가와바타 야스나리의 소설 『설국(雪國)』이 그려 내는 '눈의 고장'은 비록 풍광은 전혀 다를지 모르지만 또 하나의 '도화원'이다. 좁은 공간을 통한 진입과 그 안에 존재하는 이상향 공간은 태아가 존재하는 모체 내의 공간, 즉 가장 자연스럽고 편안한 공간을 의미한다. 또한 「도화원기」의 공간은 인간과 연못, 전답, 수림(樹林), 가축 등이 공존하는 공간으로 결코 인간 중심적인 공간이 아니다. 이러한 이상적 공간 안에서 자연은 인간에게 타자화되어 있는 게 아니라 오히려 내면화되어 있다.

여러 해 전 작은 소모임에서 탁월한 작곡가이자 한국예술종합학교 총장을 지냈던 이건용 교수가 그의 작품 세계에 대해 얘기하는 걸 들은 적이 있다. 그는 작품을 구상할 때 늘 그의 마음속에 그려지는 풍경이 있다고 했다. 뒤에는 그리 높지도 낮지도 않은 산이 있고, 앞으론 탁 트인 넓은 들에 온갖 곡식이 무르익고, 산자락이 끝나는 무렵 수풀 사이로 소박한 집 한 채가 서 있고, 그 곁을 감아 돌며 맑은 냇물이 흐르는 곳. 여기에 정지용 시인의 「향수」에 나오는 황소의 울음소리만 보태면 우리 모두의 마음속에 살아 있는 고향의 모습이 된다.

넓은 벌 동쪽 끝으로
옛이야기 지줄대는 실개천이 회돌아 나가고,
얼룩빼기 황소가
해설피 금빛 게으른 울음을 우는 곳

이는 또한 조선 후기의 천재 화가 겸재(謙齋) 정선(鄭歚)이 그린 화첩 「귀거래사도(歸去來辭圖)」의 풍경 그대로이다. 진화심리학과 경관생태학의 이론에 따르면 우리 인간은 진화의 역사를 통해 우리 조상들이 살아온 자연환경에 선천적으로 끌리도록 설계되었다. 이른바 아프리카 사바나 이론(Orians, 1980), 조망과 피신 이론(Ruso, Renninger & Atzwanger, 2003), 길찾기 이론(Kaplan, 1992) 등에 의하면 먹이가 되는 동식물이 풍부하고, 뙤약볕과 맹수로부터 지켜 주는 나무, 탁 트인 시야를 제공하는 초원과 안전하게 우리를 감싸면서 접근이 불가능할 정도로 지나치게 울창한 게 아니라 언뜻언뜻 들여다 보이는 숲 속과 그곳으로부터 굽이굽이 흘러나오는 시냇물 등은 모두 우리 조상들에게 가장 많은 이득을 제공한 환경이었다. 문학 작품 속의 이상향에도 과학이 담겨 있다.

중국 고전 시

중국 고전 시 중에서도 당나라 왕유(王維)의 시는 생태 시의 요소를 풍부히 지니고 있다.

죽리관(竹裏館)

獨坐幽篁裏　그윽한 대숲에 홀로 앉아서
彈琴復嘯長　거문고 타고 또 긴 휘파람 부노라
深林人不知　깊은 숲 속이라 남들 알지 못하나
明月來相照　밝은 달빛 찾아와서 서로 비추네

그윽한 대숲에서 혼자 앉아 거문고를 타는데 대나무 사이라서 더욱 운치가 있다. '길게 휘파람을 분다'는 것은 거문고를 타는 것이 아직 끝나지 않아서 입을 쫑긋하고 있음을 표현한다. 깊은 대숲에 홀로 있으니 어느 누가 알겠는가? 밝은 달이 사람의 생각을 이해하여 홀로 있는 사람을 비추어 줄 뿐이다. 또한 홀로 있는 사람도 밝은 달과 더불어 둘이 되었기에 "서로 비추네"라고 말할 수 있다.

청(淸)나라 왕부지(王夫之)는 「석당영일서론(夕堂永日緖論)」에서 다음과 같은 '묘합무은(妙合無垠)'의 논리를 편다. "정(情)과 경(景)은 이름은 둘이나 실제로는 나눌 수 없다. 시에 뛰어난 자는 이 둘을 절묘하게 결합하여 가장자리가 없다. 빼어난 시는 정 가운데 경이 있고, 경 가운데 정이 있다." 동양의 생태 시에서는 자연과 인간이 따로 떨어져 있는 게 아니라 한데 어우러져 하나가 된다.

한국 고전 시

조선 중종조의 시인 박은(朴誾)의 시 「복령사(福靈寺)」에는 다음과 같은 구절이 있다.

春陰欲雨鳥相語 봄 그늘 찌푸려도 새들은 조잘대고
老樹無情風自哀 늙은 나무 무정한데 바람만 서글프다

한양대 국문학과 정민 교수는 『한시 미학 산책(2010)』에서 이 시를 물아위일(物我爲 一)의 극치로 평가하며 다음과 같은 해설을 덧붙인다. "봄 그늘은 잔뜩 찌푸려 금방이라도 비를 내릴 것만 같다. 새들은 아랑곳 않고 즐거운 노래가 한창이다. 풍상을 겪어 늙은 나무는 무표정하다. 슬픈 것은 엉뚱하게도 바람이다. 찌푸린 봄 그늘과 지저귀는 새, 무정한 늙은 나무와 유정한 바람, 대구의 짜임새에 묘한 긴장이 있다. 시무룩할 새들은 신이 났고, 덤덤해야 할 바람이 슬프다. 바람이야 슬프고 말고 할 것이 없으니, 이를 슬프게 듣는 것은 시인일 밖에. 시인의 정이 경에 녹아들어 가장자리를 찾을 수 없다."

한국 현대시

중문학자 이화여대 정재서 교수는 중국 고전 문학과 생태학을 학계 최초로 연계시켜 한국식 생태 비평을 구체적으로 논증한 학자이다. 그

는 「정경교융의 시학과 생태학적 문학론: 김용택의 「그 여자네 집」」에
서 중국의 문기론(文氣論)의 입장에서 우주의 질서와 문학 창작의 관
계는 자연과 인간은 문학 창작을 통해 평등하게 서로 소통해 내는 관
계임을 밝혔다. 김용택의 시 「그 여자네 집」이 보여 주는 정경(情景)의
교융(交融)은 주객의 대립적 관계가 아니라 서로 통합되는 관계이다.
그 시의 일부를 여기 소개한다.

　　살구꽃이 피는 집
　　봄이면 살구꽃이 하얗게 피었다가
　　꽃잎이 하얗게 담 너머까지 날리는 집
　　살구꽃 떨어지는 살구나무 아래로
　　물을 길어 오는 그 여자 물동이 속에
　　꽃잎이 떨어지면 꽃잎이 일으킨 물결처럼 가 닿고
　　싶은 집

　　(중략)

　　눈 오는 집
　　아침 눈이 하얗게 처마 끝을 지나
　　마당에 내리고
　　그 여자가 몸을 웅숭그리고
　　아직 쓸지 않은 마당을 지나
　　뒤안으로 김치를 내러 가다가 "하따, 눈이 참말로 이쁘게도 온다이이"
하며
　　눈이 가득 내리는 하늘을 바라보다가
　　속눈썹에 걸린 눈을 털며
　　김칫독을 열 때
　　하얀 눈송이들이 김칫독 안으로

하얗게 내리는 집
김칫독에 엎드린 그 여자의 등허리에
하얀 눈송이들이 하얗게 하얗게 내리는 집
내가 목화송이 같은 눈이 되어 내리고 싶은 집

2002년 한국생태학회가 세계생태학대회(INTECOL, International Congress of Ecology)를 우리나라에서 개최했을 때 나는 공동위원장을 맡으며 주로 기조 강연자들을 섭외하는 일을 했다. 10여 명의 해외 거물급 생태학자들을 초청하여 성대하게 치른 이 행사에 가장 중요한 강연에 나는 고 박경리 선생님을 모셨다. 우리에게 불후의 대작 『토지』를 남겨 두고 떠난 선생님은 말년에 환경 문제에 각별한 관심을 보이셨다. 세계적인 생태학자들 앞에서 선생님은 '환경(environment)'이란 용어는 인간을 따로 떼어 놓는 우를 범하기 때문에 싫어한다고 하시며, 그보다는 우리 인간을 포함하는 '생태'라는 용어가 훨씬 마음에 든다고 말씀하셨다. 생태를 직접 과학적으로 탐구하는 학자들이 미처 생각하지 못했던 문학적 상상력이 넘쳐흐르는 선생님의 강연에 세계적인 생태학자들의 찬사기 쏟아졌다. 그 순간부터 나는 생태학과 문학의 통섭을 줄기차게 꿈꿔 왔다. 「언젠가는 과학을 시로 쓰리라」는 꿈을 버리지 않고 있다.(최재천, 2003) 그 통섭의 바람이 아시아에서 새롭게 일 것 같은 조바심을 느낀다.

추기

이 논문은 제1저자인 최재천을 1인칭으로 하여 작성되었지만, 논문의 바탕이 된 연구는 이화여대 중문과의 정재서 교수 및 그의 연구진과 공동으로 수행한 것이다. 특히 이 논문의 중국 고전 문학 관련 일부 내용은 생태 문학 포

럼을 진행하던 당시 정재서, 김지선, 최진아의 발제문에서 원용한 것임을 밝혀
둔다.

■ 참고 문헌

곽경숙,「한국 현대 소설과 생태학적 상상력」,《현대문학이론연구》18집,
　　　2002

김미영,「공선옥 소설에 나타난 생태학적 상상력 고찰」,《현대문학이론연
　　　구》24집, 2005

김봉군,「한국 문학의 생태학적 상상력」,《한국문예비평연구》8집, 2001

김용민,『생태 문학』, 서울: 책세상, 2003

김욱동,『문학생태학을 위하여』, 서울: 민음사, 1998

김원중,「교만의 공멸에서 겸손의 상생으로: 현대 미국 시의 생태학적 상상
　　　력」,《인문학연구》6집, 1999

김해옥,「생태인문학의 가능성과 이효석의「산」을 통해 본 생태학적 상상력
　　　불타의 중생관을 중심으로」,《한국언어문화》22집, 2002

박선애,「한국 근현대 문학의 동식물 상징 기호를 활용한 문화 콘텐츠 창작
　　　소재로서의 가능성 연구」,《우리어문연구》30집, 2006

사순옥,「파니 레발트의 생태학적 상상력과 생태 페미니즘의 원형」,《독일
　　　문학》102집, 2007

우찬제,「만공의 우주와 생명의 황홀경: 김지하, 정현종 시의 생태학적 상상
　　　력」,《인문학연구》6집, 1999

이남호,『녹색을 위한 문학』, 서울: 민음사, 1998

이두진,「에즈라 파운드와 자연 — 시론과 경제, 정치 사상에 나타난 생태학
　　　적 상상력」,《미국학논집》29집, 1997

이수연,「바실렌꼬의『들다람쥐』에 나타난 생태학적 상상력」,《슬라브연구》

22집, 2006

이평전, 「생태학적 사유의 기원과 신화적 상상력 연구 — 윤대녕 소설을 중심으로」, 《환경철학》 6집, 2007

임은희, 「문순태 소설에 나타난 생태학적 인식 고찰 — 성과 여성, 자연을 중심으로」, 《우리어문연구》 30집, 2008

정민, 『한시 미학 산책』 완결개정판, 휴머니스트, 2010

정재서 역주, 『산해경』, 서울: 민음사, 1993

정재서, 「정경교융의 시학과 생태학적 문학론: 김용택의 「그 여자네 집」」, 《비평》 창간호, 1999

조회경, 「박완서의 「해산바가지」에 나타난 생태학적 상상력」, 《문명연지》 10집, 2009

차봉준, 「조세희 소설의 생태학적 상상력 연구」, 《현대소설연구》 34집, 2007

최인훈, 『꿈의 거울』, 서울: 우신사, 1990

최재천, 「언젠가는 과학을 시로 쓰리라」, 『열대 예찬』, 서울: 현대문학, 2003

허만욱, 「다매체 시대, 시조와 현대 소설을 통한 장르 확장의 가능성 고찰 — 생태학적 상상력을 중심으로」, 《시조학논총》 25집, 2006

Kaplan, S. *Environmental preference in a knowledge-seeking, knowledge-using organism*. In: J. H. Barkow, L. Cosmides, and J. Tooby (Eds.), The Adapted Mind, pp. 561~600, Oxford University Press, New York, 1992

Kroeber, Karl. *Ecological Literacy Criticism: Romantic Imagining and the Biology of Mind*. Columbia University Press, 1994

Orians, G. H. *Habitat selection: General theory and application to human behavior*. In: J. S. Lockhard (Ed.), The Evolution of Human Social Behavior, pp. 49~66, Elsevier, New York, 1980

Ruso, B., L. Renninger, and K. Atzwanger. *Human habitat preferences: A general territory for evolutionary aesthetics research*. In: E. Voland and K. Grammer

(Eds.), *Evolutionary Aethetics*, pp. 279~294, Springer, Berlin

Wilson, E. O., *Consilience: The Unity of Knowledge*. Vintage, New York, 1998〔최재천. 장대익 옮김, 『통섭—지식의 대통합』, 사이언스북스, 2004〕

최재천 행동생태학자. 이화여자대학교 석좌 교수. 1954년 강원도 강릉 출생. 서울대학교를 졸업하고 펜실베이니아 주립대학원에서 생태학, 하버드 대학원에서 생물학을 공부했다. 하버드 대학교 전임 강사, 미시건 대학교 조교수, 서울대학교 교수를 거쳤고 한국생태학회 회장과 환경운동연합 공동 대표를 역임했다. 과학의 대중화에 앞장서는 학자로서 에드워드 윌슨의 '통섭'을 국내에 도입하여 학계 및 일반 사회에 널리 알리고 있다. 현재 기후변화센터 공동 대표와 이화여자대학교 자연사박물관 관장을 맡고 있으며, 저서로는 『대담』, 『지식의 통섭』, 『21세기 다윈 혁명』 등이 있다.

차를 마신다는 것: 자연, 자유, 자살

요코 다와다

독일어를 쓰는 곳에서 이오누에 야스시는 진지한 주제를 다루는 작가로서 상당한 명성을 얻고 있다. 2008년에는 차의 달인인 센노리큐를 다룬 소설이 『차의 달인의 죽음(*The Death of the Tea Master*)』이라는 제목을 달고 독일어판으로 출판되었다. 내가 아는 몇몇 아방가르드 시인은 이 책을 읽고 몹시 흥분해서 이 놀라운 일본 책에 대해 물었지만, 부끄럽게도 나는 이 책에 대해 들은 바가 없었다. 나는 역사 소설을 자주 읽지 않는다. 물론 몇 번의 예외는 있었다. 가령 누카타노오키미 왕자와 칭기즈칸을 다룬 이노우에의 소설을 읽은 적이 있다. 하지만 그가 리큐에 대한 소설을 쓴 적이 있는지는 몰랐다. 주문을 하려고 했을 때 그 책이 절판되었다는 것을 알았지만, 마침내 중고 서점에서 1981년판을 구할 수 있었다.

2009년에 새로 페이퍼백이 나오게 되어 다시 일본에서 이 책을 쉽게 구할 수 있었다. 이것을 보면 어떻게 한 문학 작품이 한동안 모국어 독자의 기억 속에서 사라졌다가도, 번역을 통해 완전히 다른 문화 속에서 재탄생하여 다시 본국으로 돌아올 수 있는지를 알 수 있다. 때론 사람들이 오랜 여행 끝에 고향에 돌아올 때 얼굴이 달라 보이기도 한다. 하지만 이 소설의 경우는 어떠한가? 나는 언어를 가지고 실험하는 데 관심이 있는 내 또래의 오스트리아 시인들로부터 추천을 받아 이 책을 읽을 수 있어서 기분이 좋다. 그들 덕택에 사무라이와 다도에 대한 틀에 박힌 이미지를 벗어 버릴 수 있었고, 책을 읽으면서 예술과 정치의 관계 등과 같은 다른 것들도 생각할 수 있었다. 우리가 국제화되는 문학에 대해 이야기할 때, 그것은 단지 우리가 외국어로 쓰인 작품을 읽을 수 있다는 말뿐 아니라 우리 자신의 문학이 다른 언어로 번역되고 읽히는 과정을 통해 완전히 새로운 해석이 가능할 수 있다는 말도 된다.

1951년에 다도의 달인인 리큐는 스스로 목숨을 끊었다. 이에 대한 역사적인 사실이나 주변 상황이 명확하게 밝혀지지 않았기 때문에 그의 죽음은 여러 근대 소설의 주제가 되었다. 이노우에 야스시의 소설에서는 리큐의 문하생인 혼가쿠보라는 사람이 수년 동안 리큐의 진짜 사인을 찾으려 애를 쓴다.

어떤 사람들은 다도가 명상의 한 형태라고 한다. 하지만 입을 다물고 팔다리를 꼼짝도 하지 않고 있는 선 명상이나 현재 독일에서 인기를 끌고 있는 '명상'과는 달리, 다도에서는 한 사람이 작은 거품기로 차를 저어 다른 사람에게 권하고 이 과정 동안 몇 마디 이야기가 오간다. 어떤 사람들은 다도가 '신이라는 존재가 빠진 의식'이라고 한다. 이렇게 말하는 이유는 모든 동작이 일정한 양식을 따르며, 이런 동작을 배우기 위해서는 연습을 해야 하기 때문이다. 하지만 이것은 종교의식, 예를 들어 향을 켜고 두 손을 합장하며 기도하는 양식을 따라가기만 하면 되는 장례식과는 차이가 난다. 초보자는 선생이 수년에 걸쳐 완벽하게 익힌 동작을 따라 하는 것부터 시작하지만, 오로지 어떤 양식을 모방하기만 한다면 진정으로 다도를 수행하는 것이 아니다. 동작은 자연스럽게 안으로부터 나와야 한다. 어떤 차의 달인들은 "가장 간소한 동작이 가장 아름답다."며, 그런 동작을 위해 애쓴다고 한다. 나는 여기서 다도의 이론에 대해 자세하게 설명할 생각이 없다. 비록 내가 이십 대 초반까지는 다도에 대해 전혀 흥미가 없었지만, 독일에서 다도를 가르치는 일본인으로부터 여러 번 이야기를 들었고 때로 그들이 하는 이야기가 굉장히 흥미로웠다는 말을 하고 싶을 따름이다.

지난 10년 동안에 독일에서는 '의식'이라는 주제에 흥미를 갖게 된 사람들이 점점 많아졌다. 어떤 사람들은 원하는 것을 먹고 마시는 사회에서 소외감을 느끼지 않고, 평화롭고 고요한 삶을 살기 위해서는 일종의 '의식'이 필요하다고 생각한다. 예를 들면 매일 아침 출근하기 전 같은 시간에 같은 잔으로 커피를 마시는 행위를 '현대식 다도'라고 할 수 있을 것이다.

도요토미 히데요시는 리큐의 찻집을 자주 찾아 단골이 되었다. 둘은 차를 마시며 이야기를 나누었다. 리큐는 무정부주의자가 아니었다. 그는 권력 구조의 경계 안에 머물렀고, 권위 있는 자리에 있는 사람을 적절하게 예우하였다. 하지만 그는 다도의 달인이었다는 바로 그 이유 때문에, 차를 낼 때에는 신중하고 분별력 있는 태도를 버리고, 점점 솔직해지면서 때로 자기가 생각하는 것을 있는 그대로 말했다. 리큐는 히데요시에게 그의 조선 침략 계획을 반대한다고 말했다. 히데요시는 벌컥 화를 내더니 리큐에게 의식 자살을 명했다. 오늘날 일본 청소년들이 특별한 이유 없이 선생이나 친구를 향해 갑자기 욕설을 하는 것처럼 아마 히데요시도 '통제 불능' 상태였나 보다. 그는 마음을 진정하고 그 상황을 조용히 생각해 보더니 자신의 어리석은 명령을 거두었다. 하지만 리큐는 히데요시의 만류를 뿌리치고 의례를 따라 자신의 배를 가르고 죽었다.

소설에서 이노우에는 '자살'이라는 용어 대신에 "명예로운 죽음의 사건"이라는 단어를 썼다. 옛날식 표현인데, 이제 보니 말 자체도 자살을 해 버린 것 같다. 이 표현을 쓰기 위해 사용한 첫 번째 한자, 즉 내가 "명예로운"이라고 번역한 한자는 "높은 사회적 위치에 있는 사람이 아랫사람에게 무언가를 베풀거나 주는 행위"를 의미한다. 따라서 높은 위치에 있는 사무라이의 가신이 의식 자살을 하라는 지시를 받았다면, 그는 "감사하게도 명예로운 죽음을 택할 수 있는 영광을 얻게 된 것"이었다. "나라를 위해 죽는 것은 명예로운 것"이라는 생각을 젊은 일본인들의 머릿속에 확고하게 주입했던 2차 세계대전을 돌아보면, "명예로운 죽음"이라는 말이 섬뜩하고 불길한 인상을 준다.

학교에서 히데요시의 한반도 침략에 대해서 배웠지만, 처음에는 정말 이해가 되지 않았다. 나는 종종 중고등학교 교과서를 읽으면서 오늘날 일본 신문을 읽으면서 느꼈던 좌절감, 불만, 걱정을 느꼈다. 일본 신문은 범죄나 사건의 심층을 파고들지 않으면서 독자의 호기심만 자극하는 경우가 다반사다. 예를 들면 자기 부모를 칼로 찔러 죽게 하고 도망친 고등학생을 다룬 기사에는 희생자의 이름, 연령, 직업, 거주지가 실려 있지만 독자가 사건이 발생한 이유를 이해하는 데 도움이 될 만한 배경에 대해서는 아무런 설명이 없기 때문에 독자들은 불안에 휩싸이게 된다. 결과적으로 많은 사람들이 성급하게 "오늘날 젊은이들은 도덕의식이 없다."라고 일반화된 결론을 내리고는 거기서 생각을 멈춘다. 물론 무슨 일이 일어난 직후에는 이에 따른 사회적 배경을 알기가 어려워 신문에서 상세한 분석을 싣지 못하는 것이 당연하지만, 사건이 일어나고 며칠이 흐른 뒤에는 사회적 배경에 대한 상세한 설명과 사회학자, 심리학자, 역사학자, 작가, 젊은이들의 여러 의견을 듣고 싶다. 독자들이 사건에 대한 자신의 생각을 갖게 되려면 풍부한 배경 지식이 필요하다.

오늘날 일본 신문에서는 읽을거리가 많지 않다. 독일 신문은 몇 배나 많은 내용을 싣고 있고, 독자들에게 범죄나 사회적 문제에 대해 자신의 의견을 정리하고 이에 대해 다른 사람과 토론할 수 있도록 충분한 정보를 제공한다. 아니면 최소한 그 신문이 노력하고 있다는 것은 알 수 있다. 물론 어떤 나라든 내용보다 사진이 더 많은 신문들이 있다. 하지만 일본과 독일에서 이른바 식자층 독자를 대상으로 하는 신문을 비교해 보면, 일본 신문의 기사가 훨씬 짧다. 특히 논설난이 그렇다. 일본 논설은 짧을 뿐 아니라 그 수도 더 적다.

신문의 시대는 갔고 필요한 정보를 모두 인터넷에서 얻을 수 있다고 생각하는 사람들이 있다. 사실 매일 인터넷으로 신문을 읽는 것이나 인쇄된 신문을 읽는 것이 똑같을 수 있다. 하지만 예를 들어 한일 관계에 대해 일본어 구글에서 정보를 검색해 보면, 제일 먼저 어처구니없이 선동적인 게시물이 잔뜩 등장하며 믿을 만해 보이는 사이트를 찾기 전에 지쳐 버린다.

'위안부'라는 키워드로 인터넷 검색을 해 보면 정말 이유를 알 수 없지만 제일 먼저 "'위안부 문제'는 존재하지 않는다."라고 주장하는 글들이 무더기로 화면에 뜬다. 심지어 한 사이트에서는 《아사히신문》에 실린 위안부 문제에 대한 기사는 전부 날조된 것이다."라고 한다. 게다가 어떤 사이트에 누가 글을 쓰는지도 확인하기가 불가능하다. 일본에서 인터넷은 익명으로 역사적인 사실을 부인하기에 이상적인 수단이 된 것 같지만, 독일에서는 홀로코스트를 공개적으로 부인하는 말을 하는 것은 법에 저촉된다.

서점은 인터넷과 판이하게 다르다. 예를 들어 난징 학살에 대해 더 알기를 원한다면 즐겨 찾고 신뢰도 높은 서점에 가서 그에 대한 책을 사기만 하면 된다. 그 책의 저지기 누구인지도 언제든지 알 수 있다. 정보를 얻는 가장 빠른 방법이 인터넷 검색이라는 말이 반드시 옳기만 한 것은 아니다. 게다가 속도가 다는 아니다.

위키피디아 일본판에도 제대로 쓴 글이 몇 편 있지만, 그냥 봐서는 선동적인 글과 양심적인 글을 구분하기가 어렵다. 예를 들어 "재일 한국인"과 "재일 조선인"(일본에 거주하는 북한 사람과 남한 사람)에 대한 글에서는 이들이 "전쟁으로 폐허가 된 한반도를 떠나 일본으로 탈출한" 사람이며, 많은 사람들이 "밀항자"로 되어 있다. 마치 그들 중 거의 모두가 자신의 의지로 일본에 왔고, 밀항자의 위험을 감수하고서라도 필사적으로 일본에 오려고 했다는 식이다. 강제로 일본으로 끌려온 한국인이나, 일본 사회에서 여전히 겪고 있는 편견에 대한 말은 한

마디도 없다. 인터넷 검색 엔진에 키워드를 두드리는 것 이외에는 정보를 얻을 수 있는 다른 방법이 없는 신세대의 앞날을 생각하면 정말이지 몸서리가 쳐진다. 자연환경 문제에 대한 이야기는 자주 듣지만, '정보 환경'의 급속한 퇴보야말로 대단히 심각한 문제가 아닐 수 없다.

인터넷에는 나에 대한 잘못된 정보도 많다. 그것 자체는 그렇게 큰 문제가 아니다. 나를 두렵게 하는 것은 심지어 학식과 분별력을 갖춘 나이 지긋한 사람들조차도 인터넷에서 읽는 것을 자동적으로 모두 사실로 받아들이는 경향이 있다는 사실이다. 예를 들면, 유럽에서 강연을 하다 보면, 요즘 나를 소개하는 주최측에서는 원하는 정보를 인터넷에서 찾는 경향이 있다. 그들이 틀린 말을 하면 나는 그들에게 틀렸다고 한다. 그러면 내가 오류를 바로잡아 준 그 사람은 깜짝 놀라서 이렇게 말한다. "하지만 그것은 인터넷에서 읽은 겁니다." 이게 다가 아니다. 내가 쓰지 않은 글이 때로는 내가 쓴 글로 둔갑해서 인터넷에 등장한다. 책이나 잡지의 영역에서는 이런 일은 자주 일어나지 않는다. 인터넷에서는 큰돈을 쓰거나 노력을 기울이지 않고 누구든 언제든 정보를 게시할 수 있다. 다른 사람의 점검을 받지 않고도 말이다.

식품 오염과 대기 오염은 오랫동안 대중의 관심사였지만, 최근에 나타난 이런 정보 환경의 변화와 이에 따른 위험에 대해서 생각을 더 많이 할 필요가 있다고 본다.

물론 종이에 인쇄된 것은 덮어놓고 믿어도 된다는 말을 하려는 것이 아니다. 예를 들어 학교 교과서는 모든 어린이와, 심지어 보통 다른 책을 읽지 않는 사람들까지 읽을 수 있기 때문에 아주 중요하다. 하지만 일본 교과서는 특정한 역사적 사실을 의도적으로 배제했기 때문에 국제적 비난의 대상이 된다.

교과서와 비교해서 수험서는 전적으로 학생들이 입학시험을 준비하는 데 도움을 주려고 만든 책이다. 이런 이유 때문에 어떤 사람들은 수험서를 무시하는 경향이 있지만, 시험에 통과하기를 원하는 젊은이들은 수험서를 아주 열심히 읽기 때문에, 이런 책들을 우습게 보지 말아야 한다. 사실 학생들은 교과서를 읽을 때보다 수험서를 읽을 때 더 집중할지도 모른다. 게다가 교과서와는 달리 이 수험서들은 국가의 엄격한 검열을 받지 않는다. 입학시험을 준비하기 위해 내가 이용했던 수험서에는 이렇게 쓰여 있었다. "히데요시는 영토 확장을 원했던 다이묘(봉건 군주)와 사무라이의 야심의 방향을 국외로 돌리기 위한 수단으로 조선 침략을 결심했다. 이것은 침략 전쟁의 전형적인 예다."

하지만 이 수험서에서 이 복잡한 역사적 문제를 생각하는 데 필요한 모든 정보를 얻을 수 있다고 말할 수 없다. 그러나 영토 확장의 욕망은 이해할 수 있다. 나도 때로는 작은 아파트보다는 정원이 있는 저택에서 살고 싶다. 하지만 이웃을 죽이고 그의 집과 땅을 훔치는 일은 16세기에도 법에 저촉되는 것이었으며, 누구나 이런 행동에 대한 이야기를 들으면 본능적으로 잘못된 것이라고 생각한다. 그럼에도 불구하고, 역사 속의 권력자들이 일본 밖에서 바로 이런 짓을 저질렀다는 이야기를 들었을 때 많은 사람들이 그것이 잘못임을 깨닫지 못하는 것 같다. 도둑질은 범죄고 침략 전쟁은 범죄가 아닌가? 인간의 법과 도덕성은 믿지 말아야 하는 것인가? 어릴 적 나는 이런 것들이 궁금했다. 막연한 생각이었지만 말이다.

일본 역사 교과서의 또 다른 문제는 일본의 관점에서만 썼다는 것이다. 일본은 하나의 가정집으로 바깥에서 일어나는 일은 대수롭지 않게 여기는 것 같다. 예를 들면 이것은 "집에 쓰레기가 가득 차서 우리는 창 밖으로 쓰레기를 버렸고 그 후에 그 집 안은 깨끗해졌다."라고 써 놓고 투척한 쓰레기가 어떻게 바깥 거리를 엉망으로 만들었는지, 또는 어떻게 창문 아래로 지나가던 사람이 남이 던져 버린 병에 머리를 맞아 병원으로 실려 갔는지에 대한 부분은 생략해 버리는 것과 같다.

외국에서 공부한 일본 젊은이들은 다른 아시아 국가가 일본을 아시아에서 골칫덩어리로 여기는 것을 처음 알게 되었을 때 충격을 받는다. 유럽 사람들은 고등학교를 다닐 때부터 다른 나라에서 온 사람들과 이야기할 기회가 있어서, 독일인들은 2차 세계대전 동안 자기 나라가 한 일에 대해서 이웃 나라 사람들이 어떻게 보는지를 어릴 적부터 알게 된다. 일본 사람들은 이웃나라 사람들의 눈에 역사 속 일본의 위상이 어떻게 비춰지는지를 체감할 수 있는 순간이 거의 없다.

어떤 사람들은 자국의 과거를 비난해서는 안 된다고 생각하지만 나는 생각이 다르다. 과거의 실수를 찾아보고 발견한 것을 공개한 다음에 자국이 비슷한 실수를 다시 범하지 않도록 노력하고, 만약을 위해서 그 이웃 나라의 친구들에게 자신을 눈여겨봐 달라고 하는 것이 상책이다.

고등학교 시절에 히데요시의 조선 침략에 대해 처음으로 들었을 때 나는 말로 할 수 없는 불편함을 느꼈다. 지금 그 심정을 말로 표현해 본다면 아마 이런 식이 될 것이다. 일본에게 중국 대륙은 부모이자 선생이었다. 일본이 여덟 살이나 아홉 살짜리 아이였을 때는 문화를 배우기 위해 중국 대륙으로 사신을 보냈다. 중국과 그 너머 근동 및 중동 국가의 고도로 발달한 문화는 한반도를 거쳐 일본까지 상륙하였다. 일본이 열여섯 살 정도에 사춘기를 맞아 심리적으로 반항하기보다 무력을 써서 부모이자 선생인 중국을 공격하고 중국의 부를 훔치려고 했다면, 일본은 부끄러워해야 할 나라임에 틀림없다. 하지만 이것은 너무나도 유교적인 생각일 수 있다. 고등학교 시절 중국 고전 수업에서 공자의 논어에 대해 공부할 때 언제나 잠이 쏟아졌지만 나는 내 의지와는 반대로 유교주의의 영향을 받은 것 같다.

기회가 있을 때마다 나는 교과서에 없는 역사를 소설에서 배웠다. 하지만 예를 들어 이노우에 야스시의 소설은 리큐가 히데요시의 조선 침략을 반대한 이유를 설명해 주지 않는다. 그럼에도 불구하고 이 소설은 인간이 갖는 야망의 문제와, 이 문제를 해결할 방법을 모색하는 리큐를 조명한다. 이런 점에서 이 소설은 권력과 야망의 관점에서 국제 관계를 어떻게 볼 것인가에 대해 단서를 제공한다.

세도가들에게 요청했다면 리큐는 분명 엄청나게 넓은 찻집을 만들 수 있었을 것이다. 그렇게 할 수 있었지만 그는 일부러 그들에게 다다

미가 딱 두 개만 들어가는 작은 찻집을 지어 달라고 했다. 이것은 그가 자신의 욕망으로부터 벗어나고자 했음을 보여 준다. 오늘날 사람들은 자신의 욕망을 억제하는 수단으로 '이성'을 사용하고, 다른 사람들의 욕망을 억제하는 무기로 '법'을 사용한다. 리큐의 전략은 다소 빗나간 듯 보인다. 이것이 이 소설이 그토록 신비롭게 다가오는 또 다른 이유다. 이 점에 대해서는 뒤에 다시 이야기하도록 하겠다.

욕망은 때로 너무나 위험해서 인간에게 위협이 된다. 어느 시대나, 다양한 문화는 다양한 전략을 고안해 이러한 위험한 욕망에 대응해 왔다. 오늘날 민주주의 국가에서는 자본주의를 가장 열렬하게 추종하는 도시 한복판에서도 가능하면 법률을 위반하지 않고 많은 돈을 버는 것이, 근본적으로 옳은 일로 여겨진다. 사람들은 일에 방해가 되거나 건강을 해치지 않는 한, 실컷 식사를 하고 비싼 포도주를 마시고, 섹스를 하고, 돈을 쓰는 것이 제대로 사는 방법이라고 본다. 또한 이것이 무한한 경제적 성장으로 가는 길이라고 생각하다. 물론 약하게나마 이런 소비와 지출 과정을 견제하는 작용을 하는 일정한 사회적 요인이 있기는 하지만, 이런 제약들은 막연하고 희미해서 우리 눈에는 잘 보이지 않는다. 최근 몇 년 동안 수많은 독일 젊은이들이 채식주의자가 되었다. 그들은 스스로 새로운 규칙을 만들어서 막연하거나 희미하지 않고 명확하게 볼 수 있는 제약을 정립하려고 노력한다. 채식주의자가 되기로 결심한 이유를 묻는 질문에 대부분은 건강을 위해서, 또는 환경을 보호하기 위해서라고 대답할 것이다. 인간이 먹고자 하는 자신의 욕구와 지구의 욕구 사이에서 가시적인 관계를 형성하지 않는다면, 결국에는 건강을 해칠 정도의 폭식으로 이어지게 된다.

여기서 잠시 내가 독일의 예를 이토록 자주 드는 유일한 이유는 1982년 이후 독일이 내 삶의 터전이었기 때문이라는 설명을 해야겠다. 나는 유럽, 미국, 때로는 아시아와 아프리카 국가 등 여러 곳을 여행했기 때문에 나머지 세상에 대해서도 그렇게 모른다고 할 수는 없다. 그럼에도 불구하고 한 나라에서 오랫동안 살면서 그곳에서의 생활을 직접 목격하고, 그곳에 사는 사람들과 다양한 기회에 이야기를 나누게 되면 신문에서 볼 수 없는 또 다른 지식, 즉 '장소감'을 느끼게 된다. 이 좁고도 깊은 지식을 책이나 매스미디어에서 볼 수 있는 정보와 비교해 보며 이 세계를 전체적으로 생각해 보고 싶다.

베를린뿐 아니라 도쿄에서도, 법의 테두리 안에 있는 한 개인은 자신의 욕망을 최대한 충족시킬 권리가 보장된다. 반면에 이것은 또한 사람들이 스스로의 욕망에 의해 파괴된다면, 그것은 그들만의 책임이라는 의미도 된다. 예를 들어 술은 강제로 인체를 중독에 이르게 하는 화학적 성질을 갖고 있지만, 보드카를 만들고 텔레비전에 광고하는 회사는 알코올 중독 문제에 책임을 지지 않는다. 합리적으로 강한 의지를 갖고 있는 사람이 어떤 종류의 중독에도 빠지지 않는다는 생각은 잘못된 통념이며, 모든 사람이 이것을 알고 있다. 술을 많이 마시는 사람은 생활력이 강하다는 말이 거짓이라면, 의지가 없는 사람만이 알코올 중독자가 된다는 말도 거짓이다.

2010년 10월에 실시한 설문 조사에 따르면 알코올 중독은 특히 고학력에 고소득 직종에 종사하는 여성에게 많이 발생한다고 한다. 우리는 여성에게 고등 교육의 기회를 주지 않는 국가의 정치에 대해 비판적인 경향이 있다. 하지만 대학 교육을 받고 좋은 직장을 구했지만 결국 알코올 중독으로 사망하게 되는 여성들의 이야기는 지독하게 슬픈 구석이 있다.

술은 끊임없이 외부에서 공격하는 적이 아니라, 실제로 뇌로 들어간다. 외부의 적과는 싸우기 쉽지만 자기 뇌 안에 안착한 적과 어떻게 싸울 수 있다는 말인가? 어느 날 술은 갑자기 한 여성의 자아에 자리를 잡는다. 그 후 그녀의 삶은 점차 바뀌기 시작했다. 이제 보기 싫은 사람과 하기 싫은 일이 생겼다. 그녀는 자기에게 술을 너무 마신다고 주의를 주는 사람들을 피하기 시작했다. 하지만 그 사람을 보고 싶지 않다고 솔직하게 말하는 대신에, 무의식적으로 그 사람이 자기를 싫어하도록 행동하기 시작한다. 그녀는 초콜릿 케이크와 같은 음식을 싫어하게 된다. 초콜릿 케이크를 너무 많이 먹으면 술을 많이 마실 수 없다는 것을 알기 때문이다. 하지만 그녀는 자신이 더 이상 초콜릿 케이크를 먹지 않는 이유에 대해 전혀 다른 설명을 생각해 낸다. 그것이 건강이 좋지 않다거나 살찌게 한다고 말한다. 술을 마시면 살이 찌기 때문에 어떤 여성들은 식품 섭취를 줄이기도 한다. 그들은 칼로리를 전부 술을 통해 섭취하기 시작하고 그런 과정에서 몸을 망친다. 그들은 밤에 술을 마실 수 없는 곳은 발길을 끊는다. 밤에만 술을 마실 수 있기 때문에, 밤이 더 길어지고 아침에 늦게 일어나게 된다. 아침에 일찍 일어나야 하기 때문에 직장을 그만두고 싶어 한다. 하지만 왜 일을 그만두고 싶은지에 대해서는 완전히 다른 이유를 생각한다. 아무도 자신이 하는 행동의 동기가 오로지 충분한 알코올을 계속해서 섭취하는 것뿐이라는 것을 알아채지 못한다. 한 독일 신문에 따르면, 옛날에는 알코올 중독자라고 하면 빨간 코에, 헝클어진 더벅머리를 하고 길거리를 비틀거리며 걷는 남루한 옷차림의 남자를 떠올렸지만, 현대의 알코올 중독자는 말끔한 옷차림에 완벽하게 머리를 손질한 여성으로, 건강한 외모에 소득 수준이 높고 사회에서 안정된 위치에 올랐을 가능성이 많다고 한다.

오늘날 사회에서 욕망은 기형적인 단계에 이르렀고, 알코올 중독을 비롯한 여러 가지 중독이 중요한 문제가 되었다. 우리는 섹스 중독, 인터넷 중독, 쇼핑 중독, 일 중독에 대해 듣는다. 그런데 중독을 특정한 질병으로 볼 것이 아니라 사회를 계속 움직이게 하는 원동력으로 보아야 한다는 이론이 있다. 이 이론에 따르면 젊은 사람이 공부를 하거나, 사랑에 빠지거나, 몸을 바칠 수 있는 일자리를 찾거나, 물건을 사기 위해 절약을 할 때, 이 모든 활동의 원동력은 일종의 '중독'이라고 한다. 모든 것의 토대가 되는 것이 '자유'가 아니라 '중독'이라는 것이다. 만일 중독을 기반으로 한 사회가 남보다 앞서기 위한 자본주의적 경쟁에서 이길 수 있는 가장 큰 기회를 주는 것으로 드러난다면, 가령 음주를 금지하여 중독의 기능을 발휘하지 못하도록 하는 종교가 있다면 그 종교는 그 사회에서 골칫덩이 취급을 받을 것이다.

오랫동안 소설가들이 좋아하는 주제였던 또 다른 형태의 중독은 '도박'이다. 내 자신은 한 번도 도박을 해 본 적이 없지만 내가 좋아하는 문학 작품 중에는 도박꾼을 다루는 것들이 있다. 푸시킨의 『스페이드의 에이스(*The Ace of Spades*)』, 도스토옙스키의 『도박꾼(*The Gambler*)』, 아르투어 슈니츨러의 『나이트 게임(*Night Game*)』이 그것이다. 내가 이런 작품들을 좋아하는 이유는 어떤 방식으로든 도박을 문학의 언어가 독자들의 마음속에 심어 놓을 수 있는 중독에 대한 은유로 보기 때문인 것 같다. 하지만 컴퓨터가 우리의 생활을 장악하며 앞서 내가 언급한 정보 환경의 쇠퇴를 조장하면서 더 불길한 형태의 중독이 나타나기 시작했다.

우리가 보지 못하지만 어딘가에 분명히 중독에 대해 연구하는 사람이 있을 것이다. 중독을 치료할 방법이 아니라, 두뇌에 직접적으로 영향을 미쳐 새로운 중독을 만들어 낼 방법을 연구하는 것이다. 예를 들어 컴퓨터 게임은 룰렛이나 포커 같은 카드 게임 등의 옛날 방식 도박과는 근본적으로 다르다. 나는 도박이라면 종류를 막론하고 관심이 없고 카드 게임조차 거의 한 적이 없지만, 컴퓨터 게임을 하면 뇌의 깊숙한 곳에서 이상한 화학적 변화가 일어나고 있다는 느낌이 든다. 룰렛이나 파친코에 빠질 거라고는 생각하지 않지만, 컴퓨터 게임에 중독되는 모습은 상상할 수 있다.

고대로부터 문학은 욕망, 도취, 섹스, 중독, 자멸, 광기 등과 같은 인간의 수수께끼를 다루었다. 이제 우리는 우리 모두를 중독시키기 위해 만든 제품으로 둘러싸인 환경 속에서 살고 있기 때문에, 어쨌든 당분간이라도 우리가 스스로 보호하는 데 도움을 줄 유일한 동지는 예술과 지식이다.

실제로 다도는 신이라는 존재가 빠진 의식일지도 모른다. 다도는 욕망을 죽여 버리기보다는, 심장에서 욕망이 꾸준하면서도 강력하고 조용하게 흘러갈 수 있는 통로를 잘라 내려는 시도다. 16세기 일본에서 리큐는 자연스럽게 살고 싶다는 말을 했지만, 오늘날 우리가 쓰는 것과 동일한 의미로 '자연'을 말한 것은 아니다. 리큐에게는 무엇보다도 권력자를 두려워하지 않고 자기가 생각하는 바를 말하는 것이 자연스러운 일이다. 만일 그 결과로 권력자가 그의 죽음을 원한다 해도 리큐는 자신의 목숨을 구하기 위해 그 지시를 취소하게 하려는 노력도 하지 않는 것이 당연한 일이다. 또한 그에게는 자신의 죽음을 정의나 진리 같은 더 큰 명분을 위한 헌신으로 미화하지 않는 것도 자연스러운 일이었다. 이런 점에서 리큐의 죽음은 자연스러운 일이며, 그 자연스러움 자체가 그의 죽음을 그토록 이해할 수 없게 만든다는 생각이 든다.

리큐를 다룬 이노우에 야스시의 소설은 언론의 자유에 대한 소설로도 읽을 수 있다. 16세기에는 최소한 오늘날 우리가 사용하는 의미에서 '자유'라는 단어는 존재하지 않았다는 점을 반드시 기억해야 한다. 불교 용어처럼 '자유'는 '무소유' 혹은 다른 말로 '언제든지 다 내려놓을 수 있는 능력'을 의미했다. 예를 들어, 부자라면 자신의 모든 재산을 가난한 사람들에게 기꺼이 내어주는 것이고, 사회적 명예를 얻은 사람이라면 그 명예를 감사히 여기면서도 어느 누구도 다시 그에 대해 언급하지 않더라도 특별히 불만을 갖지 않는 것이 자유일 것이다. 자유롭다는 것은 먹는 것을 즐기되 필요 이상으로 먹지 않거나, 사람을 사랑하되 소유하려 하지 않고, 삶을 즐기되 언젠가는 죽는다는 사실을 기꺼이 받아들이는 것 등을 의미할 수 있다. 우리가 '자유'를 이런 방식으로 해석한다면, '언론의 자유'라는 현대식 표현은 이해하기 어려워진다. 리큐가 벗어난 것은 죽음에 대한 두려움 자체였다. 그렇기 때문에 그는 죽음으로 대가를 치러야 할 가능성이 있음에도 불구하고 자기가 생각하는 바를 자유롭게 말했다. 이것이 리큐가 말하는 자유다. 오늘날 '언론의 자유'라고 하면, 우리가 생각하는 바를 말할 수 있는 권리를 의미한다. 16세기에는 권리로서 언론의 자유가 존재하지 않았다.

리큐와 히데요시 사이에 일종의 공감대가 있음을 느낄 수 있지만, 이들의 관계를 한 단어로 규정하지는 못하겠다. 리큐가 살았을 때 일본어에는 현대적인 의미의 '우정'이나 '낭만적인 사랑'과 같은 단어가 없었다. 후손을 볼 목적으로 결혼했던 사무라이와 독신으로 살게 되는 승려는 종종 어린 소년을 연인으로 삼았다. 「우키요에」("떠다니는 세상의 그림"이라고도 함)라는 그림에 묘사된 남녀 한 쌍을 잘 살펴보면, 처음에 여성처럼 보였던 인물이 실제로는 와카슈라고 하는 젊은 남자일 때가 있다. 치고라고 불리는 동자는 사찰에서 살면서 승려를 위해서 일을 하고 승려의 사랑을 받았다. 또한 에도 시대의 그림 중에는 성적인 놀이에 탐닉하고 있는 두 여성을 묘사한 것들이 많다. 이러한 사회적 배경을 생각할 때, 리큐와 히데요시 사이에 성관계가 있었다 하더라도 특별히 놀랄 일은 아니다. 물론 그렇다는 증거가 없기 때문에 여기서 이에 대한 주장을 하지 않겠지만 말이다.

그럼에도 불구하고 그들의 관계에는 성적인 요소가 있었을 가능성이 다분하다. 리큐의 한 문하생의 말에 따르면 도요토미 히데요시는 백 번도 넘게 리큐의 찻집을 찾았고, 리큐의 거리낌 없고 편안한 행동을 너그럽게 받아들였다고 한다. 찻집에는 자체의 규칙과 관습이 있다. 이러한 관습에 따르면 지위가 높은 사무라이인 히데요시는 찻집에 들어가기 전에 검을 빼놓아야 했다. 거기서 그는 리큐의 방식에 따라 차를 마셨다. 결국 히데요시는 리큐의 손에 백 번이나 상징적인 죽음을 당한 셈이니, 한 번이라도 리큐를 죽여 복수하고 싶다는 생각이 들지 않았을까? 여기서 나는 '상징적인 죽음'이라는 표현을 자신의 몸을 완전히 남의 손에 넘긴다라는 의미로 썼다. 사무라이에게 검을 빼놓는다 것은 자신의 생명을 남의 손에 둔다는 것을 의미한다. 나아가 찻집 안에서 히데요시는 다도의 법칙에 따라 몸을 움직여야 했다. 앞서 말했듯이 이 관계는 한마디로 요약할 수가 없다. 우리는 각자 다른 단서를 담고 있는 에피소드를 다양한 목소리로 듣지만, 결국 상상력을 동원하여 그 조각들을 맞추는 것은 우리들의 몫이며 이것이 그들의 관계를 매력적으로 만들어 주는 것이 아닐까 생각한다.

히데요시는 찻집 안에 있는 동안 자신의 정치적인 자아를 포기함으로써 자기가 얼마나 리큐를 존중하는지를 보여 주었다. 하지만 그가 다시 사무라이로 돌아올 때 다도는 그에게 아무것도 아니었다. 이런 면을 보여 주는 한 가지 사건이 리큐의 '명예로운 죽음' 사건이 발생하기 훨씬 전에 일어났다. 히데요시는 차의 달인들을 불러 놓고 일본 각지에서 최고의 찻사발을 수집하여 열흘에 걸쳐 성대한 다도 의식을 거행할 계획을 세웠다. 하필이면 성대한 다도 의식이 열리는 첫날에 지방에서 농민 반란이 일어났다. 이 소식을 듣자마자 히데요시는 다도 행사를 취소하고 반란을 진압하기 위해서 말을 타고 자리를 떠났다. 히데요시에게 다도는 정치와 비교하면 아무런 가치가 없는 것이었다.

정치가로서 히데요시는 자신의 정책에 반기를 드는 사람은 즉각적으로 죽여 버렸다. 히데요시가 리큐에게 의식 자살을 명한 것은 바로 리큐가 히데요시에게 중요한 정치적 책략에 반대한 순간이었다. 나중에 자신의 명령을 철회했던 이유는 조선을 침략하려는 자신의 계획이 잘못임을 깨달아서가 아니었다. 오히려 그는 차의 달인이 한 말을 아이의 꿍알거림이나 여자의 푸념, 또는 여흥을 위한 망상이나 꾸며낸 이야기나 마찬가지로 여겼기 때문이었다. 후에 다시 생각해 보니 여자나 아이와 근본적으로 다를 바가 없는 누군가의 재잘거림에 진지하게 화를 내고, 결과적으로 리큐와 보내고 있는 소중한 시간을 잃어버린 것이 어리석어 보였다. 리큐는 이런 생각을 잘 알고 있었다. 그래서 히데요시가 자살하지 말라고 했을 때 그 말을 듣지 않은 것이다. 만일 리큐가 히데요시의 취소를 받아들였다면 정치에 비해 다도는 오락에 불과하다는 것을 인정하게 되었을 것이다.

이런 관계를 생각해 보던 중에 문득 스탈린과 미하일 불가코프가 떠올랐다. 불가코프의 죽음 역시 수수께끼였다. 지금까지도 밝혀지지 않은 것들이 너무나도 많다. 이에 대한 나의 지식은 주로 학자이자 번역자인 가메야마 이쿠오가 쓴 『러시아의 십자가 수난: 스탈린과 예술가들(*The Crucifixion of Russia: Stalin and the Artists*)』에서 얻은 것이다. 불가코프 아내의 말에 따르면, 그는 1940년에 죽기 전에 "스탈린이 나를 죽였어!"라고 큰 소리로 계속해서 외쳤다고 한다. 이 말은 무슨 뜻일까? 리큐가 실제로 히데요시에게 살해를 당한 것이 아니듯, 스탈린 역시 불가코프의 죽음에 직접적인 책임은 없었다. 1930년에 검열로 인해 경력에 오점이 생기자 불가코프는 스탈린에게 편지를 써서 자신의 상황을 견딜 수 없으며 작가로서 이런 식으로 살 수는 없다고 말했다. 같은 해, 마야콥스키가 자살한 다음 날, 불가코프는 스탈린으로부터 직접 전화를 받았다. 놀랍게도 스탈린은 불가코프에게 러시아를 떠나고 싶은지, 아니면 국립 극장에 올릴 희곡을 맡고 싶은지 물었다. 그 후 10년 동안 여러 작가와 시인이 체포되고 사형당했다. 하지만 불가코프의 희곡은 때론 상연이 금지되기는 했으나 그가 체포당한 적은 단 한 번도 없었다. 스탈린은 불가코프의 작품에 관심이 있었으며,「터빈의 날들(The Days of the Turbins)」을 열다섯 번,「조야의 아파트(Zoya's Apartment)」를 여덟 번 관람한 것으로 알려졌다. 1938년에 모스크바 예술 극장의 극장장이 불가코프를 찾아와 다음 해에 맞게 될 스탈린의 60세 생일을 축하할 희곡을 써 줄 수 있는지 물어보았다. 불가코프는 이를 수락하고 스탈린에게 공공연하게 아첨하는 작품을 썼다. 스탈린은 고위 당 간부들과 함께 이 희곡을 직접 읽고 금지 명령을 내렸다. 불가코프가 들은 이유는 스탈린과 같은 사람은 낭만적인 영웅처럼 묘사해서는 안 되며, 이 희곡은 환심을 사려는 목적으로 썼다는 것이 너무나도 노골적으로 드러난다는 것이다. 가메야마는 다음과 같이 네 가지로 금지의 이유를 들었다. 1) 주역을 현실적인 인물로 창조하지 않았다. 1930년대 중반부터 새로운 예술 형태를 창조하려는 모든 노력을 잔인하게 짓밟아 버렸다. 2) 희곡에 반독재의 원리를 표현하였다. 불가코프는 정치범들에 대한 동정심을 보였던 것이다. 3) 감옥 장면이 라게르의 강제 수용소를 떠올리게 한다. 4) 이 희곡은 스탈린의 혁명 전 이력을 다룬다.

불가코프가 이 희곡을 쓴 이유에 대해서는 학자들 사이에 이견이 있다. 불가코프가 왜 이 희곡을 왜 썼는가 하는 질문은 리큐가 왜 히데요시를 자신의 찻집으로 초대했는가 하는 질문과 같은 맥락이다. 예술가가 권력에 가까워지려는 노력을 하지 않는다면, 권력이 그를 죽이겠지만, 권력에 지나치게 가까워져도 마찬가지로 권력이 그를 죽일 것이다. 게다가 이 두 남자의 경우, 그들에게 접근한 것은 권력 구조가 아니라 권력을 가진 한 사람이었다. 하지만 불가코프는 오로지 살아남기 위해서 이 희곡을 쓴 것이 아니다. 그가 작품을 쓰면서 예술가와 독재자 사이에 존재할 경계선이 간단하게 허물어졌다. 그러나 조화로운 결합이 될 수 있었던 것이 독재자의 분노를 자극하여 결국 예술가의 죽음을 초래하게 되었다.

아마도 불가코프는 스탈린을 위한 멋진 자서전을 쓸 의향으로 시작했을 것이다. 이 목적을 성취하기 위해서는 혁명 전 스탈린의 삶을 포함시켜야 했고, 영웅 숭배를 표현하기에는 사실주의가 적절한 기법이 아니었기에, 사실주의에서 벗어났을지 모른다. 일단 본격적으로 작품에 착수하자, 정치범들에 대한 연민이 자연스럽게 등장했고, 라게르 강제 수용소의 이미지가 원고에 분명히 등장하게 되었다.

역사적인 인물의 수수께끼 같은 죽음은 종종 문학 작품의 소재가 된다. 리큐는 불가사의한 죽음을 통해 역사의 틈을 열었다. 그 틈으로 인해 후대의 사람들이 계속해서 그의 죽음에 대해 글을 쓰고 읽는다. 리큐는 우리에게 곰곰이 생각해야 할 여러 가지 문제들을 남겨 주었다.

심지어 아무리 뛰어난 견해라도 세월의 흐름에 따라 퇴색하기 마련이다. 의견이 벽과 같다면 문학은 우리에게 그 벽에 있는 틈처럼 수수께끼와 신비로움을 안겨 준다. 메시지는 소설이나 시 속에 숨겨져 발견되기를 기다리는 것이 아니다. 독자가 원하는 것이 메시지라면 자기가 살고 있는 시대에 대해 생각함으로써 스스로 메시지를 만들어 내야 한다. 이런 점에서 문학이 우리에게 주는 것은 정보가 아니라 정보의 형태로 의견이나 메시지가 가공되기 전에 존재하는 수수께끼인 것이다. 문학은 우리에게 스스로 생각해 볼 수 있는 장소, 즉 환경을 마련해 준다.

나는 믿는다

성석제

지구의 나이

빅뱅으로부터 시작된 우주의 나이는 최근 관측에 따르면 137억 년이다. 지구는 지금으로부터 45억 년 전에 생성되었다. 구약성경에 나오는 족장들의 나이와 족보를 근거로 창조 과학을 신봉하는 사람들은 우주와 지구의 나이를 6000~1만 년으로 추정하고 있다.

조상

호모 사피엔스 사피엔스와 유인원의 공통 조상은 500만~800만 년 전 숲에서 살았다. 이들은 다람쥐처럼 생긴 나무두더지류에서 진화했다. 나무두더지류는 고슴도치류에서 진화한 것으로 추정되고 고슴도치류는 불가사리에서 진화했다.

문자

가장 오래된 문자로 일컬어지는 이집트의 상형 문자는 기원전 3500년, 곧 지금으로부터 5500년 전에 만들어졌다. 인류 문명에서 가장 오래된 문학 작품으로 일컬어지는 것은 「길가메시 서사시」로 기원전 2000년경 만들어졌다.

문맹

현재 지구에 사는 사람 가운데 8억 5000만 명의 성인이 문맹이다. 학령기 아동 중 3억 5000만 명은 학교에 갈 가능성이 전혀 없다.

빙하기

지리학에서 빙하기는 지구의 극지방에 빙원이 있는 시기라고 정의하고 있다. 빙하기 안에는 빙하기(glacial age)와 간빙기(interglacial age), 즉 더 추운 시기와 덜 추운 시기가 존재한다. 지금 우리가 살아가고 있는 시기는 남극 지방, 그린란드, 히말라야 등의 빙하를 고려하면 빙하기 중에서 간빙기에 속한다.

현재의 간빙기는 약 1만 년 전 시작되었다. 만일 인간이 핵겨울 같은 급격한 기후 변화와 지구 온난화처럼 상대적으로 완만한 재앙을 일으키지 않는다면 지금의 간빙기는 1만 2000년에서 5만 년 동안 지속될 것이라고 추정되고 있다.

핵겨울

핵폭발은 빛과 열, 돌풍을 일으키며 방사선 파괴 효과를 초래한다. 핵폭발에 의한 다량의 질소산화물에 의해 태양의 자외선 같은 해로운 우주선의 복사로부터 생물체를 보호해 온 성층권의 오존층이 파괴될 수도 있다.

핵폭발에 의해 대기 중으로 많은 양의 먼지가 일시에 확산된다. 먼지는 햇빛이 지표면에 도달하는 것을 차단한다. 핵폭발 시 떨어진 불덩어리로 삼림이 타서 엄청난 연기가 발생하게 된다. 파괴된 도시에서 석유와 석유 화학 제품이 타서 발생하는 매연과 그을음은 삼림의 나무가 타서 생긴 연기보다 햇빛을 훨씬 더 흡수한다. 그 결과로 거대한 연기,

그을음, 먼지가 뒤섞인 구름이 생겨난다. 수억 톤의 연기와 그을음을 품은 이 구름은 자체의 열에 의해 높은 고도까지 상승하여 지표로 다시 떨어지거나 씻겨 내려갈 때까지 표류하게 된다. 이 두꺼운 검은 구름은 몇 주일 동안 거의 모든 햇빛을 차단시킬 수 있다. 이로 인해 지표면의 온도는 몇 주 동안 섭씨 11~22도만큼 떨어지게 된다.

어둠과 혹한이 낙진에서 생기는 많은 방사선과 결합, 식물의 광합성을 방해하여 생명의 연쇄가 돌이킬 수 없이 파괴된다. 농작물이 살아남을 수 없게 되며 기아·헐벗음·질병으로 인한 대량의 사망자가 발생하여 지구의 인구수는 이전에 비해 훨씬 감소한다. 지구는 단숨에 길고 긴 겨울에 돌입한다.

생명체

지구에서 가장 큰 생명체는 고래가 아니고 미국 오레곤 주의 꿀버섯이다. 멜휴어국립공원에 자생하는 이 꿀버섯은 흙 속에서 서로 연결되어 있는 균사들의 거대한 융단 형태로 존재하고 있다. 넓이가 890헥타르나 되는 이 꿀버섯을 과학자들은 단일한 생명체로 여기고 있다.

영국의 과학자 제임스 러브록은 1978년 『지구상의 생명을 보는 새로운 관점(*A New Look at Life on Earth*)』이란 책을 통해 지구와 지구에 살고 있는 생물, 대기권, 토양, 대양까지를 포함하는 하나의 범지구적 생명체를 '가이아'라는 대지 모신의 이름을 빌려 표현했다. 러브록에 따르면, 인간이 신체 대사를 조절하는 기능을 통해 생명을 유지할 수 있도록 자신의 체온을 조절하는 것처럼 지구와 지구상의 모든 생명체들은 서로 협력하고 공존하는 방식으로 지구의 산소량과 대기의 온도를 유지해 왔다. 지금까지 우리가 발견한 은하계의 어떤 행성도 지구처럼 생물권 전체가 하나의 유기체처럼 행동하며, 생명체가 살아갈 수 있는 공간으로 만들어 낸 곳은 없다. 어떤 행성도 지구상의 모든 생명체에 의해 조절되는 절묘한 환경 조절 메커니즘, 사이버네틱 시스템을 갖추지 못했다.

그러나 인간은 스스로가 가이아의 일원임에도 불구하고 생명체로서의 지구를 정복의 대상으로 취급하고 지구를 한낱 자신들의 '농장'으로 이용하고 착취해 왔다. 그에 따라 지구는 점점 생명력과 자기 조절 능력을 잃어 가고 있다.

농장

오늘날 사람들이 먹는 음식의 재료가 되는 가축은 유전자가 조작되고 감금된 채로 곡물과 성장 호르몬을 먹어 살이 찌고 지속적으로 항생제를 맞고 있다. 농작물은 과학적으로 최적화한다거나 생산성을 높인다는 명목으로 유전자 조작을 한 종자에서 싹을 틔우고 화학 비료와 제초제를 듬뿍 뿌려 키우고 있다. 농장은 공장이다.

농부

지구 전체 노동자의 60퍼센트는 농부이다.

닭

닭은 지구상에 존재하는 새 가운데 숫자가 가장 많다. 현재 약 520억 마리가 살아 있는 것으로 추정된다. 이 닭의 75퍼센트는 인간의 입으로 사라진다. 사육되는 닭은 자연에서 살아가는 닭에 비해 절반인 40일이면 성장이 끝난다. 사육되는 닭이 일생 딛고 살아가는 평균 바닥 면적은 A4 용지보다 작다.

소

지구상에 존재하는 소 12억 8000만 마리는 육상 전체 면적의 24퍼센트를 차지하고 있다. 미국 곡물 생산량의 70퍼센트를 소와 그 밖의 가축이 먹고 있으며 전 세계 곡물의 3분의 1을 가축이 소비한다. 소는 메탄가스를 방출하여 지구 온난화를 가져오는 주범으로 알려져 있다. 소가 나라 전체 메탄가스 배출량의 25퍼센트를 차지하는 에스토니아는 소를 키우는 농가에 방귀세(fart tax)를 매기고 있다.

우유

다른 동물이 새끼에게 먹이는 젖을 중간에서 가로채 먹는 동물은 인간밖에 없다.

돼지

2002년 5월, 미국 아이오와 주의 양돈 농민 17명이 암퇘지의 수태율이 80퍼센트나 떨어졌다고 보고했다. 이들은 모두 자기 농장에서 유전자를 변형해 재배한 농산물(GMO), 곧 Bt 옥수수를 사료로 먹였다는 공통점이 있었다. 그 결과 암퇘지들이 임신을 한 것처럼 생각하고 행동하며 임신을 하지 않는 증상을 보였다. 그 암퇘지의 고기를 먹은 사람들이 어떤 반응을 보였는지는 밝혀지지 않았다.

만일 당신이 유전자 조작 농산물로 만든 사료를 먹이고 10가지 이상의 항생제를 먹여 키운 돼지의 고기를 먹는다면, 당신은 자신도 모르게 스스로의 시장 지배력과 영향력, 이익을 위해 유전자 조작을 행하는 회사가 옳다고 지지한 셈이 된다. 만일 당신이 유기농 농사를 짓는 농부가 생산한 농산물로 만들어진 음식을 먹는다면 당신은 그 농부에게 손을 내밀고 힘을 보태 준 것이다.

식량

2006년 유엔식량농업기구에서 발표한 바에 따르면 현재 세계의 농업 생산력으로 유전자 변형 식품 없이도 별문제 없이 120억 명을 먹여 살릴 수 있다. 성인 1인당 하루 2700칼로리를 공급한다는 조건이다. 2005년 미국에서 재배된 대두의 85퍼센트, 유채의 84퍼센트, 면화의 76퍼센트, 옥수수의 45퍼센트가 유전자 변형 작물(GMO)이었다.

얼음의 사막

인류가 거주하고 있는 마을 가운데 가장 추운 곳은 북극에서 남쪽으로 320킬로미터 가량 떨어진 러시아 야쿠트자치공화국의 오이미야콘이다. 이 마을은 1964년 1월에 영하 71도를 기록함으로써 지상에서 가장 추운 마을로 기네스북에 올랐다.

이렇게 날이 추워지면 문제가 되는 것은 물이다. 물이 모두 얼어 버리기 때문에 마실 물부터 빨래나 세수에 필요한 물까지 녹여서 써야만 한다. 얼음을 녹이는 데는 연료가 필요하다. 워낙 추운 곳이다 보니 나무가 잘 자라지 않아서 얼음을 녹일 때는 석유를 쓴다. 대부분의 집에서는 물이 떨어지면 집 바깥에 물이 떨어졌다는 표시를 해 놓는다. 그러면 항시 김을 뿜어 올리며 다니고 있는 물차가 집집마다 있는 물통에 물을 공급해 준다.

오이미야콘에는 강이 있지만 겨울에는 얼어 버려서 물이 흐르지 않는다. 얼음이 있어도 녹여 쓸 수 없으면 물 부족으로 심각한 어려움을 겪게 되는 것은 사막이나 다름없다. 실로 '얼음의 사막'이라고 부를 만하다.

어떤 다큐멘터리 프로그램을 보니 물차에서 물을 공급받지 않는 한 농부가 있었다. 그는 조상부터 대대로 강에서 얼음을 채굴해 왔다고 한다. 그는 집에서 키우는 수소로 하여금 얼음을 실어 나르는 수레를 끌게 하고 있었다. 얼음을 녹인 물은 어떤 물보다 맛있다는 게 그의 주장이다. 맛있으니 좋아할 수밖에 없다는 것이다. 수레에 잔뜩 얼음을 싣고 집으로 가서 녹이면 거기서 나온 물을 가지고 음식을 만들고 차나 물로 마시고 나머지는 아내가 목욕할 때 쓴다고 한다. 그 귀한 물로 빨래는 하지 않는 것 같았다. 그가 그런 말을 할 때 화면 뒤편에 있던 소는 무슨 소리인지 모르겠지만 자신은 상관없다는 듯이 눈을 핥아먹고 있었다.

한낮 기온이 영하 44도에 달하는 날씨에 눈을 많이 핥아먹으면 체내 소화 기관에 큰 문제가 생길 수 있다. 마을의 소들은 대부분 지하 마그마의 활동으로 얼음이 녹아 흐르는 온천이 있는 곳까지 가서 물을 마신다. 마을에서 한 시간가량 걸리는 온천까지 가려면 특별한 준비가 필요하다. 특히 젖을 짜는 암소들은 가는 동안 젖이 얼 염려가 있으므로 특별히 만든 젖 가리개로 덮어 준다. 이렇게 매일 물을 마시러 왔다 갔다 하는 암소들 덕분에 마을 사람들은 우유를 마실 수 있다. 우유로 만든 아이스크림을 파는 가게도 있다.

지구에서 가장 건조한 곳은 남극 대륙으로 200만 년 동안 한 번도 비가 내리지 않은 곳이 있다. 드라이 밸리(Dry Valley)라는 곳은 눈과 얼음이 전혀 없고 눈도 비도 내리지 않는다.

학질

학질(瘧疾)이라고 불리는 말라리아에는 모두 네 종류가 있다. 한국에도 있는 삼일열형은 온대, 아열대, 열대 지방을 가리지 않고 가장 넓은 지역에 걸쳐 유행한다. 인체에 가장 치명적인 열대형은 열대 지방과 아열대 지방에 걸쳐 분포하며 사일열형과 난원형은 발병 빈도가 매우 낮다.

말라리아에 감염된 모기(학질모기)가 사람을 물면 모기의 침샘에 있던 말라리아 원충이 혈액 내로 들어가게 된다. 원충은 간으로 들어가서 성장하다가 잠복기가 끝나면 사람의 적혈구로 침입한다. 말라리아에 감염된 후 인체에서 임상 증상이 나타날 때까지의 잠복기는 7일에서 14일이지만, 삼일열 말라리아의 경우 상당히 길게(5개월~1년 6개월) 잠복해 있기도 한다.

발병 후 감염자는 추위로 피부가 창백해지고 몸을 떨기 시작한다. 이때 인체는 바이러스의 침입을 인지하고 열에 약한 바이러스를 죽이기 위해 체온을 올린다. 이런 기제로 발열과 발한이 몇 시간이고 지속된다. 발열이 지속되면 말라리아 원충뿐만 아니라 정상 세포도 큰 타격을 받기 때문에 빈혈, 두통, 구토 등의 증세도 나타나게 된다. 이렇게 반복적으로 증상이 나타나게 되면 인체는 견딜 수 없도록 허약해지고 사망에 이르게 된다.

열대형 말라리아는 삼일형 말라리아와 달리 원충의 말단부에 날카로운 가시 모양의 고리를 가지고 있다. 뇌로 침입한 열대형 말라리아 원충은 뇌혈관 내에 고리를 박는데 이에 따라 바이러스의 침입을 인지한 뇌에서 격렬한 발열을 지시하게 된다. 하지만 고열로 원충이 죽고 난 이후에도 고리는 빠지지 않은 채로 남게 되며 인체는 이를 살아 있는 침입자로 인식하여 거듭 고열로 공격함으로써 정상적인 뇌세포마저 파괴되는 과정을 밟게 된다. 이처럼 말라리아 원충이 뇌의 소혈관에 괴는 경우를 뇌형 말라리아라고 하며, 치사율이 매우 높다. 아프리카에 만연한 AIDS에 걸린 환자에게 뇌형 말라리아가 발병하면 사망할 확률이 90퍼센트 이상으로 치솟는다.

말라리아에는 백신이 없다. 말라리아에 대한 가장 유효하고 강력하며 현실적으로 유일한 대비책은 모기에 물리지 않는 것이다. 아프리카 우간다의 경우 국민 일인당 말라리아 모기에 물리는 회수는 1년에 1600회, 말라리아가 발병하는 회수는 1년에 8회이다. 모기에 물리지 않는 방법 가운데 가장 적은 비용으로 효과를 거두고 있는 것은 모기장을 치고 자는 것이다. 모기장만 제대로 설치하면 아프리카에서 30초마다 한 명씩 말라리아로 사망하는 어린이의 숫자를 25퍼센트 정도 낮출 수 있다.

세계보건기구는 전 세계에 3억 5000만에서 5억 명의 말라리아 환자가 있을 것이라고 추정하고 있다. 대부분의 환자는 5세 미만의 아이들이며 임산부도 취약한 계층이다. 전 세계에서 말라리아 퇴치 연구에 쓰이는 자금은 다이어트 약품 매출액의 5퍼센트에 지나지 않는다.

소홀히 다뤄지는 질병(neglected disease)
세계보건기구에서 전 세계 제약업계에서 관심을 기울이지 않는 질병을 이르는 말. 이러한 질병은 종류도 많고 해마다 수천만 명의 목숨을 앗아 가거나 불구로 만든다. 약은 거의 없거나 오래되었고 효과가 떨어지는 것뿐이다. 돈이 없어 약을 살 수 없는 빈곤국의 사람들이 걸리는 병이라 다국적 제약 회사들은 약을 개발하는 데 큰 힘을 기울이지 않고 있다.

예컨대 댕기열은 말라리아처럼 모기로 전염되고 매년 5000만 명이 발병하며 전 세계에서 20억 명이 한 번은 걸려 보았을 병이다. 100개국에서 발병하고 있으며 동남아와 아프리카, 브라질에 환자가 많다. 초기 증세로 40도 넘는 고열을 동반하며 어린이와 영양 실조 상태의 사람에게 치명적이다. 하지만 댕기열에 걸린 대부분의 환자들은 자신의 면역성으로 혼자 이겨 내는 방법밖에 가지고 있지 않다.

가장 흔한 질병

세계보건기구에서 1999년 발표한 바에 따르면 가장 흔한 질병의 순서는 폐렴·기관지염, 설사, AIDS, 그리고 우울증이다.

기근

1845년 아일랜드의 인구는 850만 명이었으며 당시 아일랜드 사람들은 대부분의 식량을 감자에 의존하고 있었다. 감자 생산량은 1400만 톤 수준이었고, 그중 47퍼센트가 식량, 35퍼센트는 가축 사료로 사용했으며 나머지는 수출하거나 종자로 썼다.

아일랜드에서 재배하던 감자는 미국에서 씨감자로 들여온 단일 품종으로 생산성은 좋았지만 감자마름병에 저항력이 없었다. 1843년 미국에서 발생한 감자마름병이 유럽을 거쳐 1845년 아일랜드에 들어오자 불과 2~3개월 만에 전 아일랜드의 감자밭은 초토화되었다. 이로 인해 기아에 시달리는 사람들이 속출했고 영양 실조로 갖가지 질병이 발생하여 100만 명이 죽고 150만 명이 이민을 떠난 것으로 집계되었다. 특히 아이들과 노인의 피해가 심했으며, 여자보다 남자가 더 많이 사망했다.

그러나 감자 기근 당시 아일랜드에는 생선, 소고기, 귀리, 밀 등이 풍부하게 있었고 식량을 수출하기까지 했다. 아일랜드의 기근은 식량 부족 때문이 아니라 가난한 사람이 먹을 수 있는 저렴한 식량이 부족했기 때문에 발생한 것이었다. 이때 식량 수입국이던 영국에서는 아일랜드에 대해 아무런 지원도 하지 않았다.

그로부터 140여 년 뒤인 1984년과 1985년, 아프리카의 에티오피아는 영국에 사료용 콩을 수출했다. 그 두 해 동안 에티오피아에서는 100만 명이 기아로 사망했다.

벼락

통계적으로 남성이 여성보다 여섯 배 더 자주 벼락에 맞는다. 벼락에 맞아 죽은 사람들 가운데는 골프 클럽, 탄소섬유 낚싯대 같은 번개 전도체를 가지고 있는 사람들이 많다.

지구에서 가장 큰 인공 구조물

미국 뉴욕 시의 남서부 스태튼 섬에 있는 쓰레기장 프레시 킬스 (Fresh kills)이다. 1948년 개장한 이 매립지는 면적이 12제곱킬로미터로 인근 지역의 쓰레기를 쌓아 나가다 주민들이 민원을 제기하는 바람에 2001년 3월에 문을 닫았다. '9·11 사태'로 세계무역센터가 파괴되었을 때 일시적으로 문을 열었으며 지금은 완전히 폐쇄되었다.

미국은 지구 자원의 30퍼센트를 소비하며 전체 쓰레기의 30퍼센트를 생산하고 있다. 최근 통계에 따르면, 미국인 1인당 매일 2킬로그램 넘게 쓰레기를 버리고 있다.

미국의 도로망이나 중국의 만리장성처럼 더 넓은 구역에 걸쳐 있는 인공 구조물은 있으나 밀집된 단일 구조물로는 프레시 킬스가 가장 크다.

눈과 눈

1948년 1월 30일, 인도의 마하트마 간디는 군중을 앞에 두고 생애 마지막 연설을 했다. 그 연설이 있기 직전에 콜카타에서 일어난 힌두교도들과 이슬람교도 간의 갈등으로 5000명 이상이 목숨을 잃었다. 복수를 외치는 군중에게 간디는 이렇게 말했다.

"여러분은 진정으로 복수를 원하십니까? 눈에는 눈으로 맞서야 한다고 생각하십니까? 계속 그런 식으로 대응한다면 인류는 곧 모두가 눈이 멀게 될 것입니다."

자원 폭동

2011년 1월 유엔식량농업기구가 작성한 세계 식량 가격 지수는 231을 기록했다. 이 지수는 2002~2004년 평균 가격을 100으로 했을 때를 기준으로 한 주요 식량 가격들로 산출한다. 전문가들은 최근의 곡물 가격 상승이 기후 관련 천재지변에 따르는 작황 부진, 수요 증가와 투기 등에 의한 것으로 보고 있다.

극도의 기후 변동은 정도와 빈도가 갈수록 늘어날 조짐을 보이고 있다. 예측 불가능한 심각한 기후 변동은 필연적으로 식량 수급에 문제를 초래한다. 2010년은 2005년과 함께 역사상 가장 더운 해를 기록했고, 역사상 가장 더웠던 10개 연도 중 9개 연도가 지난 10년간에 속한다.

식량 부족은 식량 가격의 급등을 가져오며 이에 따라 빈곤 국가들에 시위와 소요가 빈발하여 전 세계에 폭동의 쓰나미를 초래할 우려가 있다. 치솟는 석유 가격, 전 세계 대량 실업 사태, 경제 회복 무산은 불안정과 격변으로 이어질 것이다. 최근의 알제리와 튀니지, 이집트 민주화 시위의 배경에는 정치적인 민주화 요구 외에도 근본적인 기아 문제가 도사리고 있었다.

소득

오늘날 지구상에는 18억이 넘는 인구가 하루에 1달러도 안 되는 수입에 의존해 극도의 빈곤 속에서 살고 있다. 반면 가장 부유한 1퍼센트의 인구는 가장 가난한 사람 57퍼센트의 수입을 모두 합한 것과 같은 액수의 돈을 번다.

원유 생산 단가

미국은 배럴당 10달러, 북해는 15달러인데 이라크는 1달러 미만이다.

영양실조

40년 전 만성적인 영양실조로 고생하던 사람은 4억 명이었다. 지금은 8억 5400만 명이다.

아이티

2010년 아이티에 지진 대참사가 일어났을 때 구호팀의 일원으로 지진 현장으로 달려간 의사들에게 진료 중에 생수를 나눠 주지 말라는 지침이 내려졌다. 의료진을 위해 아이티로 공수된 생수의 양은 한정이 되어 있었고 생수를 한 번 나눠 주기 시작하면 감당할 수 없는 무질서와 혼란이 초래될 것이 분명했기 때문이었다. 해가 뜨기도 전에 진료소가 차려진 천막 앞에 환자들이 줄을 서기 시작했고 순식간에 수백 명으로 불어났다.

한 의사가 소년 환자에게 진통소염제 성분을 가진 알약을 주며 먹으라고 했다. 그러자 소년은 의사에게 "선생님, 제가 약을 먹을 수 있게 물을 좀 나눠 주세요."라고 간청했다. 알약을 그냥 삼키기는 힘들 것 같다는 것이었다. 의사는 그러고 싶었지만 물을 나눠 주면 안 된다는 지침 때문에 물을 줄 수 없었다. 소년은 결국 물 없이 약을 삼켜야 했다.

오후에는 더 많은 환자가 가족들과 함께 진료소 앞에 줄을 섰다. 의사들은 눈코 뜰 새 없이 바빴으며 화장실을 다녀올 시간마저 없이 진료에 열중했다. 비교적 가벼운 부상을 입은 환자에게 의사가 약을 처방해 주며 하루 세 번, 식후 30분 내에 시간을 맞춰서 먹으라고 했다. 그러자 환자는 의사를 올려다보며 물었다.

"선생님, 저는 사흘째 아무것도 먹지 못했습니다. 지금 먹을 것이 없는데, 앞으로도 먹지 못하면 식후 30분이라는 시간을 어떻게 지켜야 할까요?"

미국

10여 년 전 통계에 따르면 미국인은 1년 동안 평균적으로 케이크와 쿠키를 27.2킬로그램을 먹고 아이스크림을 104.6킬로그램을, 탄산 음료 576통(개당 340g)을 마신다.

미국에서는 저렴한 식품이 일상화되고 있으며 이들 식품의 값이 떨어지게 된 것은 정부의 농업보조금 때문이다. 저렴한 식품들 때문에 미국의 다음 세대들은 부모 세대보다 더 빨리 죽는 첫 세대가 될 것이다.(《뉴잉글랜드 의학저널》)

적응

지구 온난화는 지구가 인류에게 적응하는 과정에서 나타나는 현상이다. 지구가 인류에 대해 적응하면 인류가 변화한 지구에 대해 적응을 해야 할 것이다. 서로에 대한 적응이 과연 성공할 수 있을지, 그럴 의미가 있는지 결과가 어떻게 될는지 아무도 모른다. 현재 이 지리를 포함한 지구상의 어느 곳도 어떤 순간도 안전하지 않다.

지금 당장 지구와 내가 사랑하는 사람을 위해 어떤 행동이든 시작해야 한다. 나는 그렇게 믿는다.

■ 참고 문헌

크레이그 샘스 저, 이경식 옮김, 『우리가 꼭 알아야 할 음식에 관한 47가지 진실』, 휴먼앤북스, 2005

엘렌 러펠 셸, 정준희 옮김, 우석훈 해제,『완벽한 가격 CHEAP: 뇌를 충동
    질하는 최저 가격의 불편한 진실』, 랜덤하우스코리아, 2010
마리모니크 로뱅, 이선혜 옮김,『몬산토: 죽음을 생산하는 기업』, 이레,
    2009
장 지글러, 양영란 옮김,『탐욕의 시대: 누가 세계를 더 가난하게 만드는
    가?』, 갈라파고스, 2008
존 로이드 · 존 미친슨, 이한음 옮김,『지식의 반전』, 해나무, 2009
제임스 러브록, 홍욱희 옮김,『가이아 — 살아 있는 생명체로서의 지구』, 갈
    라파고스, 2004

성석제 소설가. 1960년 경북 상주 출생. 1986년 《문학사상》에 시「유리 닦는 사람」을, 1995년 《문학동네》에
「내 인생의 마지막 4. 5초」를 발표하면서 본격적인 작품 활동을 시작했다. 거짓과 참, 상상과 실제, 농담과 진
담, 과거와 현재 사이의 경계선을 넘나들며 흥겹고 유쾌하며 개성 있는 입담을 풀어놓는 이야기꾼으로 소설
『재미나는 인생』,『번쩍하는 황홀한 순간』,『홀림』,『황만근은 이렇게 말했다』,『인간적이다』,『아름다운 날
들』,『도망자 이치도』,『인간의 힘』 등을 냈다. 한국일보문학상, 동서문학상, 이효석문학상, 동인문학상, 현대
문학상 등을 수상했다.

산책의 종말

김경욱

소련의 우주인 유리 가가린이 인류 최초로 지구 밖으로 나가는 데 성공하자 충격을 받은 미국은 부랴부랴 항공 우주국(NASA)을 세우고 천문학적 자본을 투입해 아폴로 계획을 추진했다. 구겨진 자존심을 세우는 유일한 길은 달에 먼저 발을 딛는 것뿐이었다. 프로젝트 명칭대로라면 낭연히 태양이 목적지가 되어야 했지만 무엇 때문인지 목적지는 달로 정해졌다. 아폴로 계획을 밀어붙였던 정치인들이나 군인들에게는 다행스럽게도 대체 왜 달에 가야 하느냐고 묻는 사람은 없었다. 당시 대중의 관심은 달에 괴물이 사는지 그렇지 않은지, 우주선이 착륙하면 달이 무너지지나 않을지, 달의 세균이 지구로 반입돼 인류를 멸종시키지는 않을지 등의 너무나 과학적인 문제에만 쏠렸다. 설령 대중이 왜 달이어야 하냐고 물었더라도 아폴로 계획을 추진한 정치인, 군인들은 당황하지 않았을 것이다. 그들에게는 비장의 카드가 준비되어 있었다. 소련인들이 아직 발을 들이지 않았으니까. 바야흐로 지구는 냉전 중이었다.

인류 최초로 달에 발을 디딘 오하이오 출신의 우주인은 수많은 전문가들의 우려와 달리 달에 두 발을 딛고서도 멀쩡했다. 크레이터에서 괴물이 튀어나오지도 않았고 발밑이 무너지지도 않았고 우주복에 달라붙은 먼지가 폭발하지도 않았다. 자신감을 얻은 그는 "한 인간에게는 보잘것없는 걸음이지만 인류에게는 커다란 도약"이라는 말을 하고 걸음마를 떼는 아기처럼 앞으로 고꾸라질 듯 뒤뚱거리며 달 위를 걸었다.

아폴로 계획은 열두 명을 달 위로 보냈다. 그들이 지구로 돌아와서 가장 많이 들어야 했던 질문은 무엇일까? 달에 석유가 있던가요? 크렘린 궁 뒷마당이 보이던가요? 대중은 아폴로 계획을 부추겼던 정치인들이나 군인들이 떠들어 댔던 달 탐사의 경제적 파급 효과나 전략적 의미 같은 미심쩍은 이야기에는 별 관심이 없었다. 걸음마를 뗀 이후 쭉 지구의 흙만 밟아 온 사람들은 그들에게 물었다. 달 위를 걷는 기분이 어땠습니까? 천문학적인 액수가 투입된 프로젝트라는 것을 감안하면 소박한 질문이 아닐 수 없지만 대중은 끈질기게 묻고 또 물었다. 그러니까 달 위를 걷는 기분이 어땠냐고요?

우주인들은 달 위에 선 기분에 대해 어떤 식으로든 표현해야 했다. 인류 역사상 두 번째로 달 위에 섰던, 뉴저지 출신의 우주인은 자서전에서 말했다. "달 표면에 내렸을 때 나는 전율을 느꼈다. 나는 발밑에 있는 달 먼지에 큰 흥미를 느꼈다. 지구에서 백사장의 모래를 차면 어떤 모래는 가까이, 또 어떤 모래는 멀리 날아간다. 그러나 달 먼지는 대부분 같은 거리를 날아갔다." 다른 우주인들도 사정은 마찬가지였다. 그들은 이공계의 엘리트답게 대답했고 그 때문에 대중의 궁금증을 속 시원히 풀어 주지 못했다.

혹자는 아폴로 우주선에 시인이나 철학자를 태웠어야 한다고 투덜거리기도 했다. 달 위에 선 기분에 대한 궁금증만큼이나 시인, 철학자 우주인에 대한 대중의 아쉬움은 컸다. 오하이오 출신의 우주인과 뉴저지 출신의 우주인처럼 달에 직접 내려가는 행운은 얻지 못했지만 그들이 달 위를 걷는 동안 그들을 지구로 데려올 우주선을 조종하며 달을 한 바퀴 돌았던 우주인이 이렇게 항변했다. "만약 우주 비행사가 시인이나 철학자라면 우주선은 우주로 나가지 못했을 것이고 설령 나갔다 하더라도 지구로 돌아오지 못했을 것이다."

기술공학적 관점에서는 맞는 말이지만 심리적 관점에서는 이렇게 바꿔 말했어야 옳을 것이다. 시인이나 철학자가 우주로 나갔다면 지구로 돌아오지 않았거나 지구로 꼭 돌아오려 했을 것이라고. 시인이나 철학자가 달을 거닐었다면 지구로 돌아오고 싶은 마음이 싹 사라졌거나 그때의 느낌을 언어로 표현하고 싶어 안달이 났을 테니까. 나사가 대중의 심리에 더 관심을 기울였다면 달에 갔던 여섯 대의 아폴로 우주선에 적어도 시인이나 철학자를 한 명은 태웠을 것이다. 그랬다면 나사는 아폴로 우주선을 몇 대 더 쏘아 올릴 수 있었을지도 모른다.

어쨌거나 실제로 달 위를 거닐었던 사람들은 시인이나 철학자가 아니어서 달 위에 선 기분을 말로 표현하는 데 곤혹스러워했다. 달 위를 걷는 경험의 시적이고 철학적인 의미를 대중에게 알린 것은 그들의 말이 아니라 삶이었다. 달 위를 걸었던 사람들 중에는 지구로 돌아와 화가가 된 사람도 있고 전도사가 된 사람도 있고 상원 의원이 된 사람도 있고 정신 병원에 들어간 사람도 있다. 달 위를 걸은 경험이 그들의 인생을 바꾼 것만은 분명하다. 그런 의미에서 대중이 그들에게 던진 질문은 소박했지만 정곡을 겨누고 있었다. 대중은 이미 알고 있었던 것이다. 우주인들이 달 위를 걷기 전과 같은 삶을 살 수 없으리라는 것을. 달 위를 걸은 그들에게 어떤 일이 벌어진 것일까? 지구로부터 38만 킬로미터나 떨어진 곳까지 가서 그들이 본 것은 대체 무엇일까?

인류 최초로 지구 밖으로 나간 소련인이 "지구는 푸르다."라고 말한 이래 지구 밖으로 나간 많은 우주인들은 우주에 대해서가 아니라 지구에 대해 말했다. 아폴로 계획에 참여해 달 위를 걷고 나서 화가가 된 우주인도 예외는 아니었다. "진정한 에덴동산은 지구라고 생각한다. 우리는 천국에 살도록 축복받은 존재다. 우리는 300년 동안 망원경으로 우주를 살피고 탐사선을 먼 우주로 보내고 있지만 달 위를 걸으며 바라보던 지구만큼 아름다운 천체는 발견하지 못했다. 그래서 나는 우주 비행을 마치고 돌아온 뒤 다른 사람이 되었다.”

달 위를 걸은 사람들이 발견한 것은 발밑의 달이 아니라 그들이 가로질러 온 심연과도 같은 암흑을 배경으로 푸르게 빛나는 지구였고 자기 안의 심연이었다. 파리를 떠나고 나서야 파리에 대해 쓸 수 있었던 헤밍웨이처럼 우주인들은 자기 자신으로부터 멀어지고서야 자신을 온전히 들여다 볼 수 있었다. 의도와는 무관하게 아폴로 계획의 본질은 ‘산책’이었다.

자기 발견으로서의 산책에서 중요한 것은 공간이 아니라 군중이다. 군중은 우리의 영혼을 비추는 거울이기 때문이다. 아폴로 11호의 착륙선이 달 위에 사뿐히 내려앉을 때 그 역사적인 장면에 눈과 귀를 기꺼이 내준 지구인은 10억이었다. 달 위를 걸었던 우주인들이 달 위에 선 기분에 대한 질문을 받았을 때 말을 아꼈던 것은 시인이나 철학자가 아니라서가 아니라 호기심에 찬 타인의 얼굴에서 자신을 발견했기 때문인지도 모른다.

화가가 된 우주인은 우주 정거장에서 59일 동안 체류한 뒤 지구에 돌아와 아이스크림을 먹으며 쇼핑 센터를 오가는 사람들을 구경하던 순간이 초현실적이었던 달 여행만큼이나 멋지고 두근거렸다고 말했다. 오늘날 각국이 다투어 야심차게 추진하고 있는 우주 계획에 찬물을 끼얹으려고 한 말은 아닐 것이다. 그는 달 위를 걸었던 자신의 느낌을 비유적으로 고백한 것이다. 그러니까 달 위를 걷는 기분이란 근처의 쇼핑 센터에 나가 아이스크림을 먹으며 오가는 사람들을 바라보는 기분과 같은 것이라고.

지구 밖으로 나가 본 우주인들은 말한다. 지구에서는 지구를 볼 수 없다고. 마찬가지로 우리는 자신만의 골방에서는 스스로를 발견할 수 없다. 아폴로 계획에 참여한 우주인들이 지구를 발견하기 위해 38만 킬로미터의 심연을 가로질러야 했듯 우리가 우리 자신을 발견하기 위해서는 타자라는 심연을 가로질러야 한다. 그런 의미에서 산책을 완성하는 것은 산책자가 아니라 산책 길에서 만나는 타인이다. 독일의 한 철학자는 "우리가 심연을 들여다보면 심연 또한 우리를 들여다본다."라고 경고했지만 심연이 우리를 들여다볼 때만 우리도 심연을 들여다볼 수 있다. 군중이 없으면 산책도 없다.

자기만의 골방에 갇혀 있을 때 우리는 나르시시스트가 되기 쉽다. 골방에는 창은 없고 거울만 있기 때문이다. 사람들은 보이는 것을 보는 것이 아니라 보고 싶은 것만 본다는 격언은 거울만 들여다보는 자들을 위해 만들어졌다. 거울아, 거울아 세상에서 누가 가장 아름답지? 새 왕비가 거울을 들여다보는 것은 보아야 할 것이 아니라 보고 싶은 게 있어서다. 거울만 들여다보는 자에게는 거울에 비친 게 세상의 전부다. 그들이 거울을 창으로 착각하는 것도 그 때문이다. 나르시스를 죽인 것도 수면에 비친 자신의 이미지가 아니라 수면 아래에 또 다른 세상이 있으리라 믿은 착각이다. 나르시스가 거울을 창으로 착각했다면 새 왕비는 창을 거울로 착각했다. 왕비는 이렇게 물었어야 했다. 창아, 창아 세상에서 누가 가장 아름답지? 아니다. 왕비는 거울이 아니라 창이라는 사실을 알고도 일부러 그랬다. 창이 자기가 아닌 다른 사람을 보여줄까 봐 두려웠기 때문이다. 자신이 그리 부르면 창마저도 거울이 될 거라고 믿었기 때문이다. 나르시스가 자기애에 빠진 자의 어리석음을 보여 준다면 왕비는 자기애에 빠진 자의 오만을 보여 준다.

거울(사실은 창)에게 세상에서 가장 아름다운 자가 누군지 물었던 왕비를 파멸시킨 것은 젊은 공주에 대한 질투였고 질투를 낳은 것은 노화에 대한 두려움이었다. 골방에 갇힌 자의 나르시시즘은 종종 두려움에서 비롯된다. 타인과의 소통에 대한 두려움, 자기 자신과의 대면에 대한 두려움, 그러니까 산책에 대한 두려움. 독일의 한 작가도 간파하고 있었다, 나르시시즘이야말로 산책의 적이라는 사실을. "내가 사랑하는 사람이 나에게 말했다. 당신이 필요해요. 그래서 나는 정신을 차

리고 길을 걷는다. 빗방울까지도 두려워하면서. 그것에 맞아 살해되어
서는 안 되겠기에."

　10여 년 전 나는 무릎 수술의 여파로 한동안 혼자만의 방에 들어앉
아 있어야 했다. 그 유폐의 시간 동안 나는 글을 쓸 수 없었다. 글 쓰는
법을 잊어버린 것 같았다. 나는 자기 연민으로 하루하루를 연명했다.
물론 자기 연민으로 쓸 수 있는 글도 있다. '일기'라는 형식이, '고백'
이라는 형식이 그러하다. 자기 연민에 기댄 글쓰기의 특징은 높은 생산
성이다. 고백거리만, 불행만 재생산하면 되니까. 자기 연민에 빠진 자
에게 불행만큼 친숙한 모티프는 없을 테니까. 그래서 자기 연민은 창작
의 강력한 원동력이 되기도 한다. 제 주인의 얼굴을 태워 버릴 정도로.
「스타워즈」의 '다스 베이더'의 경우처럼. 그러니까 자기 연민은 심연이
고 '다크 포스'다. 하지만 자기 연민이라는 다크 포스에 기대는 글쓰기
는, 삶과 글이 구분되지 않는 글쓰기는 위험하다. 불행을 끊임없이 확
대 재생산해야 하기 때문이다. 전보다 더 불행해지지 않으면 새로운 글
을 쓸 수 없기 때문이다. 종종 그들의 마지막 작품이 '자살'이 되는 것
도 그 때문이다. 공(글)과 사(삶)가 구분되지 않으면 작가 개인뿐만 아
니라 우주가 혼돈에 빠진다. 우주의 명운을 건 결투의 와중에 "내가 네
아비다."라고 고백했던 '다스 베이더'의 경우처럼.

　당시의 나는 일기를 쓸 생각도 고백할 마음도 없었다. '고백'하자면
일기를 쓰기에는 게을렀고 고백하기에는 삶이 별 볼일 없었다. 우주 제
패의 야심이 있는 것도 요절할 배짱이 있는 것도 아니었다. 다시 한 번
'고백'하자면 나의 모토는 '짧고 굵게'보다는 '가늘고 길게' 쪽에 더 가
까웠다. 어쨌든 내가 깔고 앉아 있던 자기 연민은 글 쓰는 데 전혀 도
움이 되지 못했다.

　고백할 거리가 없어서 고백할 수 없었던 나로서는 새로운 글쓰기 방
법론이 필요했다. 고백하지 않는다면 '묘사'를 해야 했다. 거울을 들여
다보지 않으려면 창을 내다봐야 한다. 나는 창밖을 바라보았다. 창밖의
풍경은 내 삶만큼이나 단조로웠다. 세상에서 가장 아름다운 풍경이라

도 마찬가지였을 것이다. 아니, 풍경이 아름다웠다면 방에만 틀어박혀 있어야 하는 상황이 더 갑갑하고 쓸쓸했을 것이다.

거울만 들여다보는 자와 마찬가지로 창만 내다보는 자 또한 자기 자신과 대면하지 못한다. 창이 타인의 시선을 차단하는 엄폐물이 되기 때문이다. 거울만 들여다보는 자가 피학적인 방식으로 자신을 감춘다면 창만 내다보는 자는 가학적인 방식으로 자신을 감춘다. 거울만 들여다보는 자가 거울의 뒷면에 자신을 감춘다면 창만 내다보는 자는 창 안쪽에 자신을 감춘다. 고백이 시들한 것처럼 묘사 또한 마뜩치 않았다. 나는 딜레마에 빠졌다. 고백 없는 묘사는 공허하고 묘사 없는 고백은 맹목이라 여기게 됐으니까. 고백도 하지 않고 묘사도 하지 않고 글을 쓸 수는 없었다. 단 한 줄도.

나는 무릎이 회복되자마자 산책을 나갔다. 그러자 글이 거짓말처럼 술술 풀려나왔다. 산책은 자기 연민을 날려 버렸고 자기 연민에서 벗어나자 글을 쓸 수 있었다. 나는 글을 쓸 수 없어 자기 연민에 빠진 게 아니라 자기 연민에 빠져 글을 쓸 수 없었던 것이다. 그 무렵 내가 쓴 글은 대부분 죽음에 관한 것이었다. 고백도 아니고 묘사도 아닌 그 글은 사실 죽음이 아니라 삶에 관한 것이었다. 때때로, 죽음에 대해 말할 때 우리는 삶의 진실을 마주할 수 있다. 얼굴을 데지 않고 다크 포스를 들여다볼 수만 있다면 강력한 창조의 에너지를 얻을 수 있는 것과 마찬가지로.

다크 포스에 데지 않으려면 거울을 던지고 창밖의 세계로 산책을 나가야 한다. 골방을 박차고 밖으로 나가야 한다. MP3와 스마트폰을 내던지고 타인의 얼굴을 응시해야 한다. 내가 타인의 타인이라는 사실을 깨닫게 될 때까지. 나의 시선과 타인의 시선을 엮은 매듭이 팽팽해질 때까지. 타인의 얼굴에서 자기 자신을 발견할 때까지. 묘사가 고백이 되고 고백이 묘사가 될 때까지. 유리가 거울이면서 창이 될 때까지. 그러니까 포스가 균형을 맞출 때까지. 두려움을 견딜 수만 있다면, 심연이 우리를 들여다보는 순간의 두려움을 견딜 수만 있다면. 심연을 들여다보기 위해서는 심연이 우리를 들여다보는 위험을 무릅써야 하니까. 심연에게 먹히지 않고 심연을 들여다볼 수 있다면 우리는 하늘을 날 수도 있고 달 위를 걸을 수도 있다.

　아폴로 계획이 중단된 것은 달 탐사의 경제성과 전략적 의미가 부풀려졌다는 사실이 밝혀져서가 아니다. 달에 대한 대중의 관심이 식었기 때문이다. 달 위를 걷는 사람들이 늘수록 대중의 관심은 줄어들었다. 한계효용 체감의 법칙 때문만은 아니었다. 애당초 아폴로 계획에 대한 대중적 지지는 시적이고 몽환적인 것이었다. 아폴로 계획을 계속 밀고 나가기 위해서는 더 강렬한 영감이 필요했다. 달 탐사 계획에 대한 열광이 달 위를 걷는 사건에 담긴 시적인 의미 때문이었다면 답은 분명했다. 일반인들에게 달 위를 걸을 수 있다는 희망을 주면 된다. 하지만 그것은 현실적으로 불가능했다.
　산책을 위해서는 군중이 필요하지만 군중 또한 산책을 할 수 있어야 한다. 산책을 하지 않는 군중은 좀비이거나(리처드 매드슨,『나는 전설이다』) 식인 약탈자(코맥 매카시,『로드』)다. 이 경우 산책은 불가능해진다. 결국 관건은 균형이다. 산책자의 시선과 군중의 시선 사이의 균형. 산책자나 군중이 서로에게 '시선'이 아니라 '사선(死線)'이 된다면, 거닐기 위해 목숨을 걸어야 한다면 그것은 산책이 아니다.
　아폴로 계획의 위기는 산책의 조건을 충족시킬 수 없다는 데서 비롯되었다. 군중에게 산책의 기회를 줄 수도, 산책의 가능성에 대한 희망을 줄 수도 없었기 때문이다. 산책을 상용화할 수 없다면 대중의 이목을 끌 수 있는 또 다른 시적 영감이 필요했다. 아폴로 계획이 중단된 뒤 나사가 들고 나온 계획은 아폴로 소유즈 프로젝트였다. 아폴로 계획에 불을 댕긴 게 냉전 시대의 두려움이었다면 적국의 우주인을 우주 공간에서 만나 악수를 나누고 이런저런 임무를 수행하는 아폴로 소유즈 계획이야말로 아폴로 계획의 대미를 장식하는 이벤트로 손색이 없었다. 그러나 이마저도 군중을 계속 붙들어 두기에는 역부족이었다.

군중이 사라지면 산책은 불가능해진다. 군중을 사라지게 하는 것은 나르시시즘만이 아니다. 자연재해, 전염병, 테러리즘 또한 산책의 적이다.(이는 역시 인류의 나르시시즘에서 기인한 것들이다.) 산책의 적이 강성해질 때 소설에서는 묵시록적 상상력이 번창한다. 뒤집어 말하면 소설에서 묵시록적 상상력이 번성한다면 산책이 그만큼 힘들어졌거나 힘들어질 거라는 비관론이 만연하다는 뜻이다.

돌이켜 보면, 소설은 기원에서부터 산책의 종말에 민감했다. 유럽을 휩쓴 페스트라는 유령을 피해 피렌체의 교외에 은둔한 젊은이들의 이야기가 소설이라는 장르가 써 온 연대기의 서두를 장식하고 있지 않은가. 소설은 위기 의식을 자양분으로 삼는 양식이다. 허구를 지어내려는 본능이 삶의 유한성에 대한 두려움에서 비롯된 것처럼. 그러니 소설의 위기가 계속되는 한 소설은 사라지지 않을 것이다. 다만 산책의 종말이 찾아올 때 소설 또한 종말을 맞을 것이다.

달 위를 걷고 지구로 돌아와 화가가 된 우주인은 아폴로 우주선과 관련된 그림만 그린다. 이 화가에게도 수많은 사람이 물었을 것이다. 달 위를 걷는 기분이 어땠습니까?

그는 동료 우주인뿐만 아니라 자기 자신도 그렸다. 우주복을 착용한 채 달 위에 서 있는 그림이다. 유감스럽게도 표정을 읽을 수는 없다. 헬멧을 쓰고 있기 때문이다. 표정을 읽을 수 없으니 달 위를 걷는 기분이 어땠는지 짐작할 수 없다. 헬멧 유리에는 달 표면이 비춰지고 있다. 유리가 거울이면서 창이 되는 순간이다.

고백이냐 묘사냐를 고민하던 나에게 묘사면서 고백이 되는 문장이 있다는 사실을 알려 준 것도 거울이면서 창이 되는 유리였다. 유리는 낮에는 밖의 풍경을 보여 주는 창이 되지만 밤에는 밖을 내다보는 사람을 비추는 거울이 된다. 그런데 해가 저물 무렵이면 밖의 풍경 위로 풍경을 바라보는 자의 얼굴이 겹쳐진다. 창이 거울이 되고 거울이 창이 되는 순간이다. 안과 바깥의 어둠이 균형을 맞추는 순간. 우주인 출신의 화가가 그린 것도 바로 그런 순간일지 모른다. 달과 자신이 둘이면서 하나가 되는 순간. 포스가 나르시시즘의 유혹을 이겨 내고 균형을 맞추는 순간 말이다. 우주인 출신의 화가는 그 그림에 이런 제목을 붙였다. 「달 위를 걷는 것은 바로 이런 느낌」.

김경욱 소설가, 한국종합예술학교 서사창작과 교수. 1971년 광주 출생. 서울대학교 영문과와 같은 학교 국문과 박사 과정을 수료했다. 1993년 《작가세계》 신인상에 중편 소설 「아웃사이더」가 당선되어 등단했다. 천부적인 이야기꾼으로 불리는 작가는 소설 속에 영화, 음악, 그림, 인터넷과 같은 대중문화적 요소들을 다양하게 접목시켜 문자 매체와 영상 매체의 경계를 허물며 문학에 새로운 가능성을 부여했다. 대표작으로 『누가 커트 코베인을 죽였는가』, 『장국영이 죽었다고?』, 『위험한 독서』, 『황금 사과』, 『천년의 왕국』, 『위험한 독서』, 『동화처럼』 등이 있다. 한국일보문학상, 현대문학상, 동인문학상 등을 수상했다.

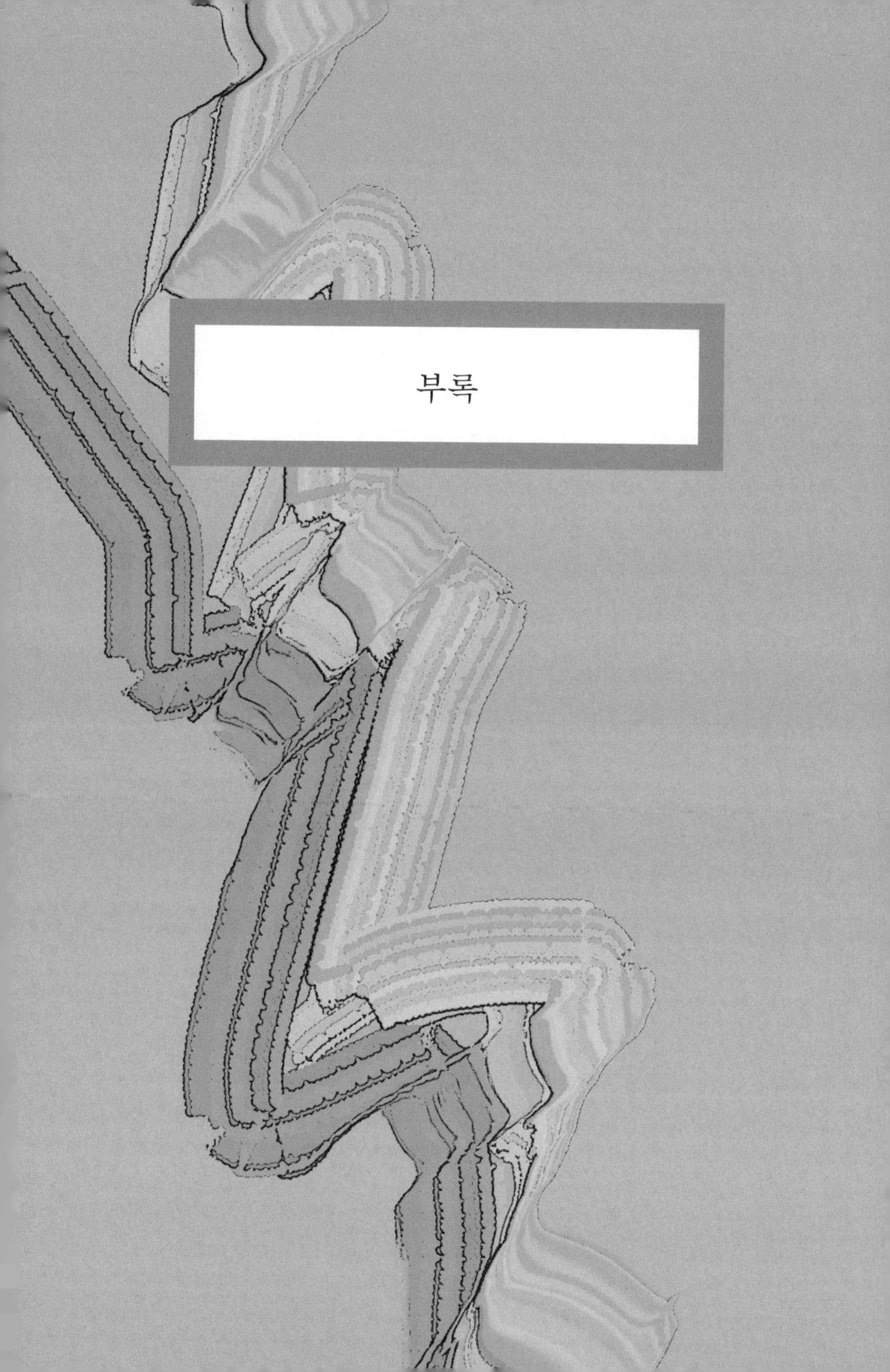부록

제3회 서울국제문학포럼 취지문

　오늘날 우리는 삶의 모든 분야에서 관습적인 경계가 급속도로 무너지는 세계화 시대에 살고 있습니다. 무역과 다국적 기업과 자본의 흐름은 지역 경제를 글로벌 경제 체제로 편입시키고 있으며, 문화와 테크놀로지와 해외 이주민들은 오늘날 국가의 경계를 넘어 활발하게 이동하고 있습니다. 더불어 한 국가의 문화와 정치와 경제에 대한 정보도 글로벌 네트워크 커뮤니케이션을 통해 국제 사회에 실시간으로 유통되고 있습니다.

　세계화에는 긍정적인 측면도 있고 부정적인인 측면도 있을 것입니다. 국가 간의 경계가 낮아지고, 정부가 부과하는 제한은 줄어들고 노동과 자본과 문화의 흐름이 가속화되는 데에는 여러 문제들이 따르지 않을 수 없습니다. 글로벌 시장 경제 속에서 문화의 동질화와 가치의 물화, 그리고 비인간화의 위험 또한 증가하고 있습니다. 공동체 의식의 쇠퇴와, 공동체적 삶에 대한 제도적 지지의 후퇴 등도 우려되는 부작용의 하나입니다.

　그 결과, 오늘날 우리는 삶의 총체성 그리고 작가의 창의적 자원과

영감의 배경을 형성하는 사회적/물질적 조건을 이루는 구체적 총체성
이 사라져 간다는 느낌을 갖지 않을 수 없습니다.

대산문화재단은 2000년과 2005년에 각각 『경계를 넘어 글쓰기』와
『평화를 위한 글쓰기』라는 제목으로 개최한 서울국제문학포럼을 지원
한바 있습니다. 서울국제문학포럼은 그동안 광의적으로는 세계화의 문
제라고 할 수 있는 주제들을 다루어 왔습니다. 2011년 5월에 개최되는
제3회 서울국제문학포럼은 다시 한 번, 여러 나라의 작가들을 초청해
세계화 과정 속에서 일어나는 문제들을 새로운 각도에서 더욱 심도 있
게 논의하는 기회를 마련하고자 합니다. 그리고 그 과정에서, 변해 가
는 삶의 조건 속에 부각되는 새 시대의 감수성과 새로운 문학 양식들
을 살펴보고자 합니다.

지금 계획하고 있는 『세계화 속의 삶과 글쓰기』라는 대주제는 다음
과 같은 소주제로 나누어 토의될 것입니다.

대주제: 세계화 속의 삶과 글쓰기

소주제: 1 문학과 세계화
        2 다문화 시대의 자아와 타자
        3 이데올로기와 문학
        4 다매체, 세계 시장, 글쓰기
        5 지구 환경과 인간

주제가 위와 같다고는 해도, 참여하는 작가들이 정해진 소주제에 얽
매여 글쓰기와 관련된 자신들의 이야기를 자유롭게 이야기하는 데에는
큰 제한을 받지 않을 것으로 기대합니다. 더 중요한 것은, 여러 작가들
의 자유로운 표현에 접하는 것이고 작가 상호간 교류의 기회를 마련하
는 것입니다. 포럼이 희망하는 것은 동서 작가들의 토의가 시대의 문제
들을 생각하는 데에 중요한 기여를 하면서, 동시에 이 뜻 깊은 행사가

즐거운 문학의 축제가 되는 것입니다.

제3회 서울국제문학포럼 조직위원회

조직위원장 김우창
집행위원장 김성곤
조직위원 전영애, 박재우, 윤상인
정과리, 은희경, 곽효환

**세계화 속의
삶과 글쓰기**

1판 1쇄 찍음 · 2011년 12월 20일
1판 1쇄 펴냄 · 2011년 12월 30일

르 클레지오 · 가오싱젠 · 김우창 외
편집인 장은수
발행인 박근섭, 박상준
펴낸곳 (주)민음사

출판 등록 · 1966. 5. 19. 제16-490호
서울시 강남구 신사동 506번지 강남출판문화센터 5층 (우)135-887
대표전화 515-2000 / 팩시밀리 515-2007
www.minumsa.com

ⓒ 대산문화재단, 2011. Printed in Seoul, Korea
www.daesan.org

ISBN 978-89-374-8428-5 03800